# 成一文集

长篇小说·**茶道青红**

成一◎著

山西出版传媒集团
北岳文艺出版社·太原

**图书在版编目（CIP）数据**

茶道青红 / 成一著 . — 太原 : 北岳文艺出版社，2019.1
（成一文集）
ISBN 978-7-5378-5656-0

Ⅰ . ①茶… Ⅱ . ①成… Ⅲ . ①长篇小说 – 中国 – 当代 Ⅳ . ① I247.5

中国版本图书馆 CIP 数据核字 (2018) 第 189413 号

书名：茶道青红
著者：成一
出 版 人：续小强
责任编辑：陈学清
书籍设计：张永文
印装监制：巩 瑨

出版发行：山西出版传媒集团・北岳文艺出版社
地址：山西省太原市并州南路 57 号　邮编：030012
电话：0351-5628696（发行部）　0351-5628688（总编室）
传真：0351-5628680
网址：http://www.bywy.com
E-mail：bywycbs@163.com
经销商：新华书店
印刷装订：山西人民印刷有限责任公司

开本：787mm×1092mm　1/16
总字数：3886 千字　总印张：271
版次：2019 年 1 月　第 1 版
印次：2019 年 1 月山西第 1 次印刷
书号：ISBN 978-7-5378-5656-0
总定价：698.00 元（全 12 卷）

1986年作者走访内蒙呼伦贝尔草原

1999年作者走访内蒙伊克昭盟草原

2009年作者走访江南茶乡

2015年作者在北京寓所书房（《茶道青红》写于此）

长篇小说《茶道青红》（作家出版社2009年版）书影

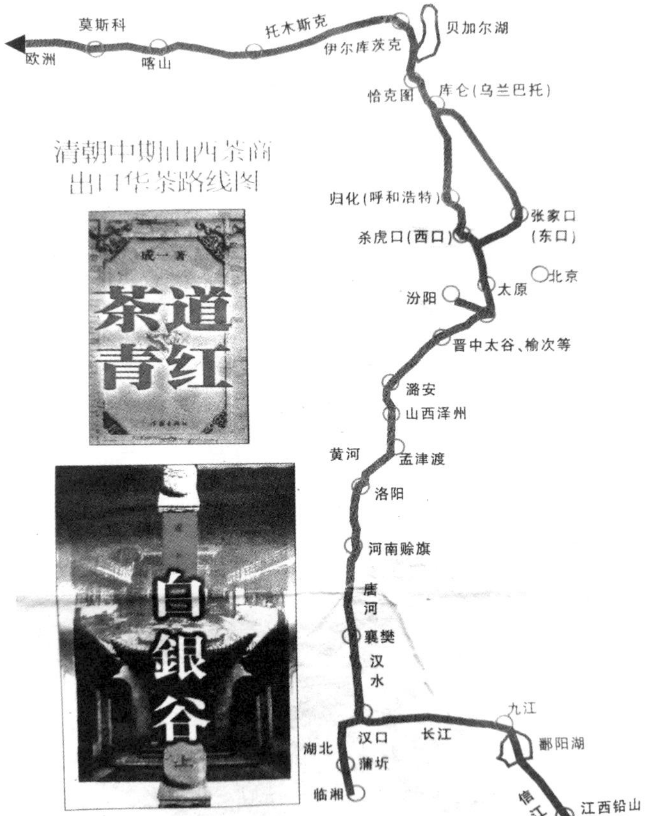


2009年8月3日

作者手绘的“万里茶道”示意图（刊于《北京晚报》）

# 目　录

# 第一章　离恨成真

## 1

绿树听鹈鴂，更那堪、鹧鸪声住，杜鹃声切。啼到春归无寻处，苦恨芳菲都歇。算未抵、人间离别。马上琵琶关塞黑，更长门翠辇辞金阙。看燕燕，送归妾。　将军百战身名裂。向河梁、回头万里，故人长绝。易水萧萧西风冷，满座衣冠似雪。正壮士、悲歌未彻。啼鸟还知如许恨，料不啼清泪长啼血。谁共我，醉明月？

这首宋词《贺新郎》，是辛弃疾名作，题为“别茂嘉十二弟”。此词咏唱离恨，铺排了许多古典故事，语语有境界，章法又绝妙，悲婉而具气势。开篇就先说这首宋词，只是因为它最为太谷康家戴氏夫人所喜爱。

戴夫人，名静仪，为明季清初名士祁县戴廷栻的孙女，一向喜爱宋词。嫁入康家后，对辛词更情有独钟。翻检稼轩长短句，这首《贺新郎》，又最是眼热不能舍。

这是为何？

太谷康家自雍正年间起，做恰克图茶叶外销生意，已历五十多年。茶货由福建武夷采买，起运第一站即到江西铅山，入水路北上。铅山为辛弃疾晚年久居之地，今尚有稼轩村在。其夫康乃懋及其子康仝霖，每从江南采办茶货归来，总不免说些稼轩遗闻。戴夫人听得多了，对辛词自然更翻检不辍。而茶货穿越江南中原，出塞外大漠，经万里风霜，抵恰克图买卖城，易手俄商后，第一站即达贝加尔湖区。贝加尔湖，古称北海，为汉使苏武牧羊地，今虽成俄境，但在湖之南，尚存苏武庙。康家父子北上买卖城，常入俄境料理生意，多次借道拜谒其庙。"向河梁、回头万里"，即言李陵将军在此送苏武归汉情状。稼轩如此一首名篇，竟与自家生意有如此关联，从铅山绿树，一路铺排到北海苏武！其间芳菲琵琶，风霜雪月，壮烈艰辛，器局情怀，真是非茶家不能体味。你说戴夫人能不格外偏爱吗？

只是，戴夫人没有想到，她的这一份闲情雅好，却为康家带来了一份不大也不小的为难。

去年夏天，即乾隆四十九年(1784年)六月，其夫康乃懋从武夷采办茶货归来，竟给她带回一位杭州乐工来。这叫她三分惊喜，七分不安！因特别喜爱这首《贺新郎》，戴夫人就生出了一份痴想：如此一首佳词，如能觅得一二高明乐工，依词配曲吟唱，那或许才能尽现词意的悲婉壮怀吧。其实，戴夫人少时习读宋词，就早有这种痴想了。宋词如此豪章艳句，本是为燕乐歌曲所填写，可惜乐曲失传已久，只空存了许多诱人的曲牌名。爱词及曲，时常生发出热却的向往。不过，戴夫人也只是将这份痴想，做闲情说说罢了，哪想就当真了？

康家因外茶生意，虽然已成富室，但这致富是何等的不易。从奇热的闽地到奇寒的北海，从江南泽国到塞外旱漠，中间万里茶道，万里艰辛。其夫其子，每年都要分头南下抵铅山，北上临北海，一步一步将这万里艰辛踏遍。即便没有那"用俭知耻"的祖训，任你奢靡，你能忍心吗？戴夫人与夫与子，虽也常年离多聚少，但并无许多怨恨，守俭持家，不求奢华，唯一喜好，就在诗书。好诗书，本也无多靡费的。忽然为她一份闲情，居然千里迢迢从江南繁华名城，雇来乐工，这实在太是意外，太破费，也太张扬了。

尤其这位乐工，又是个十五六岁的小女子，相貌平常，一身柔弱。这是为她雇来一个只会司乐的女伶，常年养在家中了？一家人平日闲说稼轩逸事，曾也提及词人当年在铅山家中，养有女乐工。每有新篇初成，即令乐工弹奏吟唱。这是要仿稼轩那一份风雅情致？

所以，乐工带回来，戴夫人就先问："这乐工，是赎来的，还是雇来的？"丈夫说明了是雇来的，期限仅一年，只是想叫夫人试着听听，看她弹奏吟唱宋词，有些味道没有。

戴夫人才踏实了几分，又问："这一年礼金是多少？"丈夫说："已先付了十两银子。"

十两银子？康家天盛川茶庄一般驻外的领庄掌柜，一年辛金也不过十两银子！

戴夫人就说："为我一份闲情，这实在是太靡费了。就不怕坏我守俭的名声？"

康乃懋正色说，"我们守俭不守俭，也不在别人说道。我与霖儿常年跑外，家中这一大摊家政商事，全撂给夫人一人张罗。成全你这一点夙愿，哪算得靡费！再说，这也有几分机缘巧合，是偶遇而得，不是专门寻访来的。"

原来，去年开春后，康乃懋例行南下武夷，茶事料理毕，就弯到了杭州。乾隆年间，杭州极度繁华，灯红酒绿之盛，也就不可免。但康乃懋来此，倒不是为领略浮华，寻欢作乐，他是来采买少量香片，即今所谓花茶，作为贵重礼品，以备馈赠库仑办事大臣以及喀尔喀蒙古贵族的。当时，杭州龙井得乾隆皇帝钦点，一时风行。而京师官场，喜饮香片，以龙井做茶坯窨制的花龙井，更受推崇。期间，康乃懋遇杭城一位叫阿福的茶行旧交，闲话时忽然向他提起了这位女乐工。因为他以往就同杭城的商界同道，说起过内人的那一份雅好，曾流露出想物色相当的乐工。其时杭州沾光贡品龙井，茶事隆盛，城里的茶馆茶寮特别多。茶馆多，售艺的乐工女伶也就多。中间也许有高手？但同道朋友多说，高雅的茶室倒是易找，高格的乐工可不好寻觅。越是所谓高雅的处所，越是多艳唱软吟，可售的是满溢的俗，哪里能容得下一个雅字？似稼轩古词那般豪放气象，今杭城乐工乐伎，恐怕无人能堪与司乐的。

所以，康乃懋一听这位阿福提及乐工事，就急忙问："寻到高手了？"

阿福却说："高手倒也不敢说，那离恨苦曲，却弹唱得感人落泪。"

细说之下，康乃懋才得知，这擅唱苦曲的是父女搭档。擅唱苦曲，原是因为自身的苦命。女伶的父母，本来是一对在茶馆售艺的天成搭档。男人司乐有一手，女人唱功也佳，夫弹妇唱，匹配得相得益彰。再加上此妇也貌美，一向在高雅的茶室售艺，所得还算不菲。哪里能想到，就在女伶五六岁时，妇人竟弃家私奔了富室。男人悲愤难消，却也无奈，只好携了弱女，继续售艺生涯。如此心境，以前常弄的艳词软歌，哪还能出得了彩？加之爱女渐渐长成，才艺渐佳，似也不逊其母，但相貌却未出脱得可人。江湖售艺，只有色艺双佳，才能出入于有钱人出入的高雅茶室。为了生计，此父女也只好售艺于一般的市井茶寮。幸好在这种处所，苦曲悲歌倒也可售。本就有离恨苦情，又凭借了出色的才艺，这父女弹唱苦曲竟也慢慢出名了。

这位阿福即慕名去听过几回，落了几回清泪。尤其说到，父女俩弹奏的古曲《苏武牧羊》，真也令人断肠。说得康乃懋就极想去听一听。阿福却说："可惜彼父自春日染病至今，总不见好，已经数月没有出来售艺了。"

康乃懋硬拉了阿福，去造访这父女。说此去赏艺不成，还可先周济一下彼父女，以图来日。他们是不速而至，老乐工则冷漠之至。这也不奇怪，他对富人是怀有敌意的。幸亏阿福用本地吴语，舍了脸面，又巧为说合，才打开局面。舍了谁的脸面？康乃懋的脸面。这巧字落在了何处？就落在了苏武身上。阿福指着康乃懋的一张黑脸开说:这位北商客脸面为何如此铁黑?他常年跑俄罗斯北海做外茶生意,给那万里风霜打磨出来的。北海知道吧?苏武当年牧羊之地!这位兄弟,每到北海,必先祭拜苏武的。为何?现虽沦为异邦,依然是苏武魂留之地,不忍令其冷寂过甚的。他敬苏武,胜于敬财神的。所以,听说老伯弹奏《苏武牧羊》似绝响,神往得不得了!如此说合了半天,老乐工才终于让座、赐茶,但却不肯接受他们得周济。

阿福又出巧言,说:“那老伯就扶病为这位北客弹奏一曲《苏武牧羊》,也不枉人家白跑一趟了。”

老乐工端详了康乃懋的黑脸半晌,仿佛看透了那风霜不假,才叫出他的女儿,父操古琴,女吹洞箫,合奏了一回《苏武牧羊》。期间,阿福耳语说,平日是女操琵琶,父吹长箫,灵动配老道,言绝响,不为过。今老伯久病气弱,不胜司箫,才这样换了位,也勉为其难了。但康乃懋已听得痴醉了。

曲终,康乃懋一时神痴不语,良久,才忽然摸出一两银子,说:“这是老伯抱病弹奏此曲的酬劳,一定要收下。”老乐工刚要推拒,康乃懋却跟着又摸出三两银子,说:“这呢,是另付的一份订金。有一首敝人素来喜欢的宋词,想请老伯试为配曲吟唱。待曲成,敝人准来听唱。视曲艺高下,再论长退短补。”

康乃懋本意是怕倔强的老乐工不肯答应他的所求,才以订金手段,试图说服。订金嘛,那便少了施舍的意味。他自己也实在想一试老乐工的才艺。不想,阿福又借机施用了激将伎俩,接过他的话头便说:“老伯,这三两银子,在做外茶的生意里,你道那是什么行情?一百斤茶货,从北地起运出口外,走四千里草原戈壁,运抵俄境恰克图,高脚驼队所得运费,也就是三两银子!我这位兄弟为何要出如此重的订金?实在是因为他嗜爱的这首宋词访遍国北江南,无一乐工敢接手配曲吟唱!”

这一激,果然有效。老乐工不再推拒,只沉思不语。

阿福更加码说:“这首古词,是宋代大家辛弃疾的名篇,赋唱离恨到极致了,也与苏武相关的。”

老乐工这才说:“是一曲什么古词?”

康乃懋忙从衣内取出一纸,上面早书写了那首《贺新郎》。老乐工倒是识字的。康乃懋还是给他略说了词中典故:昭君出塞,陈后失宠,庄母送媳,李陵战败,苏武归汉,荆轲刺秦。也许是因为阿福的激将,或者还因为被这些忠义离恨的故事所打动,老乐工终于答应一试。

数日后,康乃懋与阿福如约来听曲。依然是老乐工司琴,女儿吟唱,只是见老乐工明显有了精气神。用现在的话说,这或许是因为老乐工来了艺术创作的激情吧。一曲终了,康乃懋竟如堕绝域无路回,久久挣扎不出。连陪他的阿福,也似深陷艺境,忘了身在何处。

老乐工先还静候着,终于忍不住,问:“两位老板,看来是不满意?”

康乃懋这才惊醒,连说:“此曲岂值三两银! 岂值三两银!”

阿福也才慌忙呼道:“绝响,绝响!”

老乐工恬然一笑,说,“过奖了。薄艺能为二位赏识,我也就满意了。”但老乐工却执意退回那三两订金,说先所付一两银子,已经过多了。任怎么说,也不肯多收。

艺高,又重操守,这样的艺人,使康乃懋更多了敬意。于是,就想等老乐工康复后,礼聘父女两人北来一趟,以了却夫人一桩夙愿。辞别出来,便与阿福商量此事。阿福说,老乐工即便康复,怕也不宜远行的,倒不如先聘了其女北行。一则,此女独自演唱这首《贺新郎》,似也足以怡悦尊夫人的。再则,老伯得了聘金,也可从容养病了。这于康老板,亦算做成一件善事。康乃懋觉得这样倒也两全其美,只是彼父女多年相依为命,老伯能答应吗?阿福说,他来试着说合吧。

不几日,阿福真给说合成了,康乃懋还不大相信。阿福说,女儿倒是不怕远行劳苦,只愿换得佣金来孝敬父亲。但老乐工最担心爱女被拐骗,再也回不来了。他就给老伯说,这位康老板,要是喜爱欺骗讨巧,何苦还要常年奔波于万里商路，历尽千辛万苦，落得一副铁骨黑脸，做外茶生意？再说，康老板所付聘金，本来可以在杭城明白赎身一位有姿色的女伶了，何苦还要借聘名，落骗名？

康乃懋听了，忙道谢说："仁兄太擅辞令，也太费心了。"

于是，康乃懋便出具了一纸聘约，要意曰：聘期一年；先付清礼金十两银，来往盘缠、到晋后衣食所费及日后赏银，均由聘方另付；聘期内只司乐工，不务杂役，不受辱身，一切善待；如有所负，受聘主家可编曲传唱江湖，坏康家名声。这最后一条，是康乃懋执意添加的。阿福说由他居间担保即可，不必有此蛇足的。但康乃懋还是写上了。不过，这一条倒是很打动了老乐工：这是他想不出的处罚条款，也是他唯有的处罚能力。这位铁骨黑脸，又嗜好宋词的北商客，真也厚道？

就这样，康乃懋带着小女乐工，回到了太谷。

戴夫人知道了这样的来历，方安心了些。既使自己夙愿得遂，又算做了件善事，也好。她这才挑了一个从容的日子，来鉴赏女乐工的才艺。

女乐工先司自带的洞箫，吹了那曲《苏武牧羊》。戴夫人真还被征服了，熟知的意境，竟听出了新韵，似初识苏武，亲临北海，风雪无期，长夜无边。

再听小女子操弄琵琶，吟唱其父配曲的那首《贺新郎》，戴夫人也惊叹了几声，似一段旷世遗响，越世而来。不过，这也只是初听的印象。日后再听，便觉出有许多未尽的意味。

戴夫人毕竟潜心诗书多年，又有成年阅世感悟，再加上北方茶家立场，情致自然与这乐工父女不同。即便与自己的夫君，赏艺的情趣也不同。他常年奔波于商道，偶听音乐，就如久渴得甘露，感觉美好得不得了。她自己却似从容品茶，可能太挑剔了？后来，她也曾委婉指点女乐工，对此曲频加雕琢，试图脱胎换骨，可惜总也不尽如意。戴夫人终于顿悟：古人诗词，到底还是留于文字纸张间，才有无限意蕴，可不断体味。一旦付于曲律，即便是不同凡响，终要被局限了。不过，她的这番怅然若失的感悟，并没有让女乐工知道。她恪守丈夫所立契约，尽量善待这位小乐工。

小乐工艺名小兰，本名水莲。戴夫人便只唤她水莲。

水莲是苦命少女，原以为此番北来，不知要受多少苦。不想来到康家，却受到从未享受过的礼遇。衣食虽不似江南习惯，也不似她对富家的想象，但款待有礼有情，受之舒坦。平时除了司乐，什么也不必操劳，真是唱曲里曾有的一句词：衣来伸手，饭来张口。而司乐呢，也不是天天都有的功课。先是隔数日偶尔操弄一回，再往后，多是逢了节庆才有差事。她闲不住，想寻些事务来做，东家也不许。当家的夫人，见她识字不多，就安顿贴身的一位女佣，闲时教她识字，读《千字文》《幼学琼林》，背诵唐诗宋词。这位叫大瑜的女佣姐姐，年龄与她也相仿佛，竟这么通文墨诗词？大瑜姐姐说，都是东家夫人教她的。又说，东家夫人最喜欢通文识字的仆佣。所以康家的男女仆佣，都喜欢识字背书。这一切，使水莲对东家夫人，油然产生了越来越重的崇敬。

戴夫人是水莲没有见识过的一种富贵女人。她是富家主妇，却不苛待下人，还喜欢自操厨艺，茶艺，花艺。她通诗书，有学问，会算账。尤其令水莲惊异的，是夫人竟每日练习一种拳功！听说那是她母家祖传的武功，就叫戴家拳。夫人简直是能文能武的女人？而东家夫人生得也美貌！这叫水莲不由常常想起自己的生母来。她对遗弃自己的母亲，相貌如何，记忆已很模糊了，只是父亲常常说起，母亲之所以遗弃她们，全因为她的美貌。她在售艺生涯中渐识世事，意识到自己并未继承了母亲的美貌。所以对美貌的女人，就有了一种特别的敏感。而这位美貌的夫人，对自己又是这样的不嫌弃，赐予的情义，慷慨又不似虚伪。闲来，听她司乐之余，夫人常拉了大瑜等身边女佣，戏言拜她为师，学唱那首《贺新郎》。唱得走调时，每每相互揶揄，开怀嬉笑。那种时候，水莲总会暗生伤感：夫人要是她的母亲，那该多好！随着一年佣期的渐渐临近，她的这种伤感，也越来越沉重。她对这位夫人，已经有了一种不想割舍的依恋。

终日繁忙的戴夫人,对水莲的这种心思,并未十分体察到。她只是觉得,自今年过了年节后,水莲明显有些郁闷,便以为这可怜的小女子,是想家了。年后,水莲的父亲也托阿福捎信来,说他已大见康复,只是思念女儿甚苦。戴夫人就决定提前送水莲南归。二月二龙抬头过后,康仝霖要例行南下,料理新年度的茶货出品事务。正好可借此护送水莲南归的。哪想到,戴夫人刚将这意思告诉水莲,水莲就急得哭了。连说,佣期未到呢,她万万不能走,伺奉夫人不周,甘愿任打任骂!

戴夫人笑了,说:“水莲,看你人小,心思还不小!我们哪里是嫌你有不是?是怕令尊想你想得再伤了病体!佣期虽未到,我们不但不减你的佣金,还有格外的奖赏呢。你小小年纪,千里迢迢,别父离家,来给我们献艺,才艺难得,孝心更难得。我们格外奖赏你,还觉不够呢,哪里是嫌你有不是!”

水莲听了这种疼爱有加的体贴话,更哭得厉害了。说什么也要等佣期到了才走。走以前,也一定要见恩人康大掌柜一面。

戴夫人见水莲这样有情义,也只好作罢了。而水莲说到要见丈夫康乃懋一面,这又引起了戴夫人更重的一份烦心。

康乃懋是去年中秋节之后,离家北上,随驼队远赴恰克图买卖城的。恰克图外茶生意,一年中最繁忙的是在冬季。如果料理顺当,在年关之前,可回返家中。但今年直到正月末,康乃懋才有家信捎到,说边情有事变,不敢大意,故要入俄境,抓紧料理那边商务,归期要延后。信中言及水莲,嘱务必按约送归。康家父子南下北上,归期难料,这本也是常有的。但信中这句“边情有事变,不敢大意”叫戴夫人十分放心不下。做外贸生意,与国家外交密切相关。乾隆二十九年(1764年)和乾隆四十四年(1779年),因恰克图边境案事纠纷,大清朝廷就曾两次断然闭关,停止了两国互市。第一次停市,长达四年;第二次,也将近两年。这对外茶商家,那可是最大灾难。边境又出了什么事变,会再次危及两国互市吗?边境既有事变,他怎么还要贸然入俄境?她不敢多想。也许这一向总听水莲弹唱那曲《贺新郎》，离恨的意韵不散吧，她越不敢多想，越有一种不祥之感挥赶不去。

到二月霖儿南下，丈夫也再没有书信捎来。等得春去夏来，北边也依然没有新消息。戴夫人的焦虑是更甚了。而水莲的佣期眼看就要临近。杭州阿福早有信来，催告水莲确切归期，说彼父已生疑，有怒色。

但水莲自清明之后，郁闷更甚，茶饭也大减，本来就瘦弱的小女子，一天比一天更现瘦弱。入夏之后，竟病倒了。

这是怎么了呢？这时大瑜才悄悄告诉戴夫人，水莲是不想走。不进茶饭，她是故意的。衰弱生病，这样就不好送她上路南归了。她实在不想再回去过售艺生涯了，甘愿留下来给夫人做仆佣。

戴夫人一听，这哪里成！请她北来，分明立了契约的，负了约，彼父是要在江湖传唱，坏我康家名声的。再说，即便没有此约定，也不好成全她的。留下她，彼父一定会以为，她是步了其母的后尘，投了富室，如何受得了！

可水莲自戕成病，衰弱如此，又如何送她回杭州？

为了自己一份闲情，竟惹出这样的麻烦。偏偏又是在边情出了事变这种时候。

## 2

康家经营外茶五十多年，生意铺遍万里茶道，产、运、销都有一套成规了。天盛川茶庄驻外庄口数十家，都有得力的掌柜伙友，常年住庄料理。康家父子似也不必每年踏遍万里，亲理沿途生意的。但这是先人留下的规矩，直到康乃懋这一辈，都是谨守不敢违。这显然是因为生意做大了，家资厚积，前人怕后人坐享富贵，好逸恶劳，家业不继不说，子孙渐成废人，那更可怕。所以才立下此戒规，严令后辈永不离万里茶道，以冶炼铁骨，强志健智。

而其时外茶生意体制，乃是康家当家人亲任大掌柜。茶庄又是一年一季的生意，做外茶，更是川流行万里，其间一处有闪失，全程就断了。一耽误就是一年。尤其在当时，通讯十分不发达，商务信函，都是随贩运茶货的车船、马帮、驼队走，再紧急，也无法快达。所以，茶庄的主事者，即便是高手，也难以坐镇总号运筹帷幄的。随川流全线巡走，及时做全盘调理，应当是最有效率的选择吧。

康仝霖受母亲影响，本也喜好诗书，又天资聪慧。自小进私塾，就没有感觉到用功之苦。到十四岁，参加县学科考，便轻易过关，取得生员资格，即俗称的中了秀才。这使他暗生了走科举入仕的念想。为什么是"暗生"？因为其母戴夫人最尊敬的太外祖戴廷栻，有"择君而仕"的惊世主张，他与明季清初的一时名士傅山、顾炎武有深交，都终身志不仕清。康仝霖自就学起，便常听母亲敬述太外祖的这种气节。但他也听母亲说过顾亭林的三个徐氏外甥，如何有才学，一个不差，前后都科举高中，又都做到京师部堂尚书的高官。此三兄弟，做的也是清廷高官呀！以此问及母亲，她总说太外祖有言："一入仕途，便难洁身。经世之志，更难得酬。以至连立身的衣食，多不会自取，朝廷圣明也罢，昏庸也罢，你都得仰赖。不如先图自立，再谋经世。"母言不敢辩驳，但毕竟血气方刚，恃才自负，只好暗存了那一份念想了。

到十六岁，家里为他成婚后，父亲便带着他开始踏进万里茶道。

起先，只是一年带他走半程，或南下到武夷，或北上赴买卖城，奔波数月，休歇大半年。十八岁以后，父亲便全程带他巡走了，年年历尽万里茶道。二十岁后，他似乎算出道了，可以独立巡走茶道，也可以分担父亲的一半辛劳。那一年，父亲已经年近四十。他独立外出巡走这一年，父亲就可以在家养精蓄锐，从容筹划生意。

巡走茶道的艰辛，初时当然不堪承受，但看父亲轻车驾熟，万难也等闲的气象，那是来自血脉的激发：自己岂能太不肖？便觉踏平艰辛，本该是理所当然的吧。康仝霖到独立巡走茶道的时候，已经感到身内涨满了一种莫名的强大。这也使他颇感自负。只是，这种自负也并未使他倾心于外茶生意这份祖业。筋骨与心志的强健，再加上才学的自负，叫他更暗藏了一种施才经世的渴望。这就是说，出道之后的康仝霖，依然觉得自家的祖业并不是一份经世之业。奔波于万里茶道，他依然当作谋取经世大任前的一种磨砺。所以，独立巡走茶道中，他是不辞劳苦，却也用心不多，一切照父命行事。

乾隆四十九年(1784年)，父亲巡走茶道这一年，康仝霖在家休歇。在这一年里，他研读诗书，出游交友之余，忽生激情，想于茶道间，独立作为一回，以试自己的才智。因为这一年，他已经二十四岁。思量多时，终于谋得一步棋。但他未向任何人说破，包括他的母亲戴夫人。

乾隆五十年(1785年)二月二龙抬头后，康仝霖不动声色，照常南下，前去料理采办及起运茶货的诸多事宜。

临走之前，他照例与母亲，会同天盛川总号的大小掌柜，计议全年生意的大盘，以便决定携带多少茶资南下。因为康乃懋已函告边境有事变，戴夫人和总号掌柜们，都主张适当收缩生意，以备不测。但康仝霖却力主应当略有扩张。一则，父亲并未明言收缩；再则，因有事变，收缩者必众，我独反其道，或有出众机会。他的这番见识，就先把母亲打动了。因为戴夫人还很少见爱子如此坚持主见，投入生意。戴夫人有赞同的意思，掌柜们也只好附和。

可这毕竟是一个非同小可的决定。

外茶生意，一年一季，却要支垫三份本钱。一份买茶制茶，一份支付南北运费，一份供边境买卖城以及库仓的商号存货。南下采办茶货，再安顿北运至太谷总号，就需带去一份半的本钱，即全年一半的本钱了。天盛川已是茶庄大号，这全年的一半本钱，那是一笔数额不小的厚资。当时国内南北长途交易，尚无金融汇兑业可依托，这一笔厚资，几乎都要以现银方式携带。大清时代，法定的货币是白银。一笔厚资，即由一锭一锭的银锭堆成。携带如此巨量的银两南下，虽请了镖局解押，那亦是非同小可的事。

康仝霖力主扩张生意，却不尽是着眼于当年，主要还是为了走他暗谋的那一步棋。

好在，天盛川常年雇用的兴义隆镖局，其东家是戴夫人的本家。领局的武师戴隆邦及其侄戴文熊，都有一身独到的戴家拳功夫。局中镖师，屡与商道的劫匪强人搏击，从未失手，一时威名播扬江湖。戴家镖局除了镖师武功好，还有一套虚实莫测的布镖法。所以，康仝霖自踏入茶道以来，还没有经历过失镖的意外。

这一次，康仝霖一行，随同镖局武师，携带多于往年的茶资南下，一路也算顺利。进三月不久，就抵达了闽省武夷茶区的崇安。

武夷，古称武彝。武彝茶，在宋代即为识者赞赏，只是流传尚不广。经元明两朝，名声渐隆，但采摘规模仍然不大。一直到大清“与番夷互市”，西商选中武夷茶做外销，武夷茶区才成为国中产茶重镇。到乾隆年间，这里已是商家云集，许多穷崖僻径，也人迹络绎，哄然成市。其间的崇安县，因为是著名的武夷岩茶的主产地，交通又便捷，在当时就成为外销茶的集散地，商贾辐辏，更是繁荣异常。尤其在每年二三月间，新茶季开市，前来采办茶货的商家，加上涌来从事采茶制茶的江右“打工”客，一时使崇安突添人口数十万，通衢、市集、饭店、渡口，有毂击肩摩之势，以致米价亦昂。

康家的天盛川茶庄，在崇安下梅镇开有一间分号，按茶商习惯，称之为茶山庄口，常年有掌柜伙友驻庄。因为在此附近，康家置有几座自家的茶山，还有十几间制茶的茶厂作坊，以及数处储货的茶库，需要常年料理。康家辟置自有茶山，当然是为了茶货品质稳定。但因外销量一路增长，每年仍需收购大量散青茶，再以康家独到工艺，自制茶品。这里是天盛川大号的第一源头庄口，驻庄的掌柜伙友，自然都是精兵强将。

康仝霖到来后，得知今年茶情甚好，但恰克图边境有事变的消息，在这里也议论正甚。茶山掌柜徐文琪，正急迫等待少东家到来，以做定盘的决断：今年是扩盘，还是缩盘？

康仝霖做出了缩盘的决定。

徐掌柜显然很意外，忙问："恰克图边情，真是吃紧了？"

康仝霖说："尚无确切消息。但还是有些防备吧。"

徐文琪就说："同业中大号，多有扩盘打算。今年茶情好，青叶出货多，市价本就不会趋高，加上边情不利消息，收价走疲，当成定势。大号明面放言，要缩盘，可暗里在做扩盘打算。榆次常家大德川，即已如此定盘。"

外贸前线明明有不利消息，做外茶的大字号，为何还要做此打算？这是因为当时经俄罗斯外销的陆路华茶，大宗的，都是用独特的制茶工艺，紧压成型，出品为砖茶。砖茶最易于长途运输。而运往北方，储存又得天利，不怕久藏积库，反而愈陈茶味愈醇厚。所以，做外茶生意，存货多，并不是大忌，只是须有足够的资本做支垫。也就是说，只有财力雄厚的大号能为，小号不能为。榆次常家大德川茶庄，是当时西商外茶业中的第一大户，它当然能这样做。

康仝霖自然是明白这层意思的，但他还是说："常家是常家，吾康家是吾康家，各做各的生意吧。"

天盛川是仅次于常家大德川的外茶大号，徐文琪当然也不想放过今年有利行情。但一再争取，康仝霖只是不松口。

徐掌柜就觉得奇怪了：这不似少东家向来的做派呀？在以往，少东家比起当家的乃父来，处处都要随意。崇安庄口的生意决断，多随从他某的意愿。今年这是怎么了？难道少东家知道更多的边情，不能说出吗？跟随康仝霖南来的，还有总号七八名伙友，他们是为崇安庄口添加的人手，以应对茶季的繁忙。临行前，少东家力主扩盘的决断，他们已透漏给了徐掌柜。这就使徐文琪，更摸不着头脑了。

但东家既已做出缩盘决断，徐掌柜也只好听从了。

今年边情、茶情、行情、都有异常，康仝霖在崇安却也未多做停留。他对茶山茶园、茶厂作坊、车船码头，以及与包装砖茶关联的纸行、竹木行，例行巡察一过，盘桓月余，就离开崇安，赶回汉口了。

当时，西商茶家开辟出来的南路茶道，是自福建崇安起程，北出武夷山，到江西铅山河口，即走水路。沿信江进鄱阳湖，转入长江到汉口，改入汉水。溯行至湖北襄樊，再溯唐河上行，进入河南，直到南阳的赊旗镇。之后，上岸走旱路北行。经方城、叶县、郏县、临汝，到洛阳，由孟津渡过黄河，再经怀庆府北上太行，进入山西。经泽州，潞安，沁州，出祁县子洪口，到达晋中汾太盆地。当时西商做外茶生意的大茶庄，总号就大多聚集在这里的汾阳、祁县、太谷、榆次等相邻的州县以及太原府。

康仝霖南下时，沿这条南路茶道，已经过汉口了。他回到汉口后，并没有继续北行，却停留下来。康家天盛川茶庄，在汉口也有一间分号，不过庄口很小，只是料理茶货北上的码头转运。铅山河口船家，承运西商茶货，只到汉口。走汉水北行的，是汉口船家。

月前，康仝霖北来汉口时，暗中留下一笔额外的茶资。将做何用？连对汉口庄口的掌柜曹廉也没有交代。如今返回，这才将曹廉叫到密室，说出了这笔额外茶资的用场。

曹廉一听，就惊喜不已。曹廉为何惊喜？

原来，曹廉多年驻庄汉口，早就听当地人说，在湘鄂交界的临湘、蒲圻一带山区，也是很古老的产茶地。其茶味重，很适宜做外销茶的。在宋代的茶马交易中，这一带所产茶叶，就曾大批输往边疆易马的。可惜茶马交易大衰后，久藏深山无人知了。曹廉听得多了，就亲往湖北蒲圻的李赵桥、羊楼洞一带茶山察看。

一进茶山，曹廉就先觉得，此处茶区还真与武夷茶区有几分相类似。地近长江，势多深山，气候温湿，满目蓊郁。茶园都在山坡，茶树亦叶大，与武夷岩茶相类。只是茶园茶山多见荒废凋敝。曹廉此去察看时节，在端午之后，正是五月出二茶的时候。他寻访了几家老茶农，都要了上好的新二茶，来做品尝。越尝，越暗生惊喜！这里的二茶，不但较武夷的二茶还要茶味重些，而且也味重而不涩，茶味上挑，又不单寡，全由一片醇厚拥着。其茶味的甘洌，清香，还别有洞天。但他未动声色，只是嘱茶农按武夷红砖茶的独特制法，制出少许紧压团茶，付薄价后带了回来。

何谓二茶？江南茶树多在三月出新茶，称为头茶，亦叫芽茶、春茶，为绿茶的上品。其中所谓雨前茶，又为珍品。头茶味绵软，最易得青茶之纯香，但茶味也淡，尤其不耐久藏，更不便远销。所以，头茶多做内销，不为外茶所选。头茶采过，到五月新叶长成，即称二茶。六月再出新叶，称为三茶，七月新叶，称秋茶。二茶、三茶及秋茶，茶味就重了，耐藏耐烹，为域外茶民所喜饮。当时西商销俄的外茶，都选武夷岩茶中的二茶和三茶，而且要在新叶长到一寸长时采摘。因为此时新叶茶味最重而又不涩，最适宜重压久藏，致茶味醇厚。西商选中武夷岩茶做外茶，即因为岩茶较一般茶叶，更具茶味重而不涩的特性。所谓岩茶，即产于山地的茶叶。在武夷产于近水川地的茶叶，称为洲茶。洲茶价值低于岩茶。因为山地温凉，茶叶生长较缓，茶素积存多，涩素生成少，味重而醇柔。

西商当时外销的砖茶，又分青砖茶和红砖茶。青砖茶，是取二茶、三茶青叶，直接蒸压成型。这种青砖茶，本是古老的内销茶，主销于高寒地区的蒙藏牧民。西商初做外茶，即是将此茶销于俄境西伯利亚高寒居民，大受欢迎。红砖茶，则是由西商借鉴武夷崇安功夫茶及小叶红茶制法，将岩茶发酵后，锤压成型。此茶汤色呈高贵的宝石红，茶味亦更醇雅，深受俄境白人及欧人喜欢。价格自然也较青砖高许多。康家其时已主做红砖生意了，所以曹廉在蒲圻试茶，便以红砖为本。

蒲圻茶区尽在山地，温凉湿润气候还较武夷为优，即新叶生长要更缓，茶质很适合做外茶的。尤其这里所处地位，不但更近北方，而且临近当时湘鄂间的官道，来往汉口有通途，仅二百多里路。这是陆路。由蒲圻沿陆水向西北行数十里，即可入长江，此为水路。如能在此开辟新茶山，万里茶道即可减去一大半水路了！这正是使曹廉心生暗喜的原因。

可惜，他带回汉口的蒲圻团茶样品，推荐给康乃懋时，大掌柜却反应严厉。正色说："武夷岩茶，质佳味殊，在俄商中已扎根数十年，岂能变更！

创业先祖早立有铁规：武夷茶为俄所喜，大不易，往后茶种茶质，万不可稍易。曹掌柜，你忘了吗？今图茶道便捷，即犹图弃外茶祖业！不要再提此议了。"

康乃懋严拒，也不能以今之保守视之，这实在是由外贸性质使然。在那个时代，开辟域外市场何其不易！即便在今天，外贸变更品牌，也是大忌。更何况茶叶这种特殊商品，其茶味茶质，全因产地而独异。

但这个曹廉，又偏偏是一个有些倔强、固执的人。遭当家大掌柜严拒之后，心仍不甘。明着不敢再辩，暗里却来求少东家康仝霖。那时，康仝霖还未出道，只是跟父亲学习巡走茶道。曹廉暗求少东家的，只是请他带几饼蒲圻团茶样品回去，设法叫其母戴夫人品尝一下。那时做外茶生意，在茶山庄口和茶庄总号都专设有品茶掌柜，以保证茶货品质。茶货行万里，一旦品质不济，那损失就大了。而康家的天盛川茶庄，除了茶山和总号的品茶掌柜舌上有奇功外，还有一位品茶圣手，那就是戴夫人。茶品的极细微差异，都逃不过她这一关。那多为天赋，少有人能及的。所以，曹廉有此暗求。而且，蒲圻茶如能得到戴夫人嘉许，也才有希望说动当家的大掌柜。

那时的康仝霖，对于祖业本就有些心不在焉，也没有把曹廉所求太当一回事的。曹掌柜只是说，本地蒲圻有一种新茶，请带回奉予母亲一尝，这有何不可？他将几饼蒲圻团茶，虽带了北归，到家却几乎忘了。十多天后忽然想起，才奉予母亲，略说明了由来。

哪想到，母亲一听"蒲圻"二字，便连问："这茶真是来自鄂省蒲圻？"

康仝霖忙说："可不是呢，汉口曹掌柜亲自去蒲圻买来的。母亲原来也知道此茶？"

戴夫人说，"蒲圻茶，我倒是没有听说过，蒲圻这个地名，却是熟知已久了。"

康仝霖就问："蒲圻原来还很有名？"

戴夫人一笑，说："我先尝尝此茶，再给你说。"

戴夫人按品茶规矩，认真品尝了这蒲圻团茶，静默良久，才说："此茶倒有几分与武夷岩茶相类，本味尚佳，可惜制艺太不得法了。"

这当然是实情。曹廉本来也不精通康家制茶方法，更何况蒲圻茶农？而康仝霖对茶品如何，本也不太有兴趣，只是忙着追问母亲对蒲圻何以熟知。

戴夫人这才从容问他："苏东坡那首题为'赤壁怀古'的《念奴娇》，你不会忘吧？"

康仝霖立刻说："哪能忘呢！'大江东去，浪淘尽千古风流人物……'"

戴夫人打断说："快不用念了。那赤壁在何处，你就忘了？"

康仝霖忙说："东坡先生做成这首《念奴娇》，赋得《赤壁赋》，是在鄂省黄州。那是被贬到此的……"

戴夫人笑了，说："东坡在黄州所赋之赤壁，并非真赤壁，这你是忘了吧？"

康仝霖连说："没有忘！东坡先生在《与范子丰书》中，即言'黄州少西，山麓半入江中，石室如丹，传云曹公败所，所谓赤壁者。或曰非也。'苏公其实也知非真赤壁也，不过借黄州江山，即兴抒发英雄豪情罢了！"

戴夫人说，"你记性这么好，那三国时孙刘大败曹公的真赤壁处，实在何地，就忘了？"

康仝霖这才顿足说："啊呀，我怎么就忘了？就在这鄂省蒲圻呀！"

戴夫人嗔怪道："你呀，一跟茶字相连，就不用心了！"

康仝霖不好意思了，只说："走茶道太劳累了，文思都木钝了。"

戴夫人说，"你还是身在茶道，心有旁骛！霖儿，这蒲圻茶，还使我想起了另一位擅发英雄豪情的宋词大家来。"

康仝霖忙问："母亲想到了谁？莫不又是辛稼轩？"

戴夫人一笑，说："可不就是他！"

康仝霖又茫然了，问："稼轩也与蒲圻有关？儿学薄，所翻检史籍诗书，从未见稼轩与蒲圻相关，愿听母训！"

戴夫人嗔笑道:“旧籍是无稼轩与蒲圻相关记载,但今尝蒲圻茶后,我就依稀觉得,稼轩当年该与蒲圻相关的。”

康仝霖更不解了,说:“蒲圻加一个茶字,便与稼轩有关了!愿听母训,愿听母训!”

戴夫人即说:“稼轩其人,不只是一位艳句豪章皆擅的词学大家,也不只是一位心志高远的士人,更是一位能亲操金戈铁马,奔袭千里的英雄!霖儿,这你是早知道的。稼轩南归后,还立过一次亲操金戈铁马的战功,与茶字有关。我似也跟你说过,你忘了吧?”

康仝霖决然说:“不曾听母亲说过!”

戴夫人就说:“那就是与你父亲说过,只怕他也未入心的。稼轩这次战功,是因剿灭茶寇而立,所以说,与茶字相关。”

康仝霖问:“茶寇?何为茶寇?”

戴夫人说:“南宋时候,战事频仍,官家所需战马更伙,茶马交易仍大盛。因此茶货获利甚厚,得茶,等同得大财。于是有茶寇出。茶寇者,即于茶季有新货产出时,聚啸茶区,将茶民所出新茶,抢掠一空。淳熙年间,一支茶寇势壮成军,横行产茶数省,而官兵却屡剿屡败,眼看将成大患。至此,朝廷才记起屈居仓部郎官的辛公稼轩,钦点为江西提刑,统制诸军,进击茶寇。辛公出山,一举即将这支茶寇剿灭了。辛公稼轩,文武皆能亲操,出手便出众,最难得了!此也可见,其时满朝文武之众,尚空论者多,能亲操者少,流寇尚且难灭,何以去败金人敌国?更堪长叹者,似岳飞、辛公这样能亲操金戈铁马的英雄,常受贬斥,终难施才。大宋亡国恨,又能恨谁!”

康仝霖说:“母亲又在抒发外太祖之叹了吧?辛公平此茶寇,是与茶字相关,又如何与蒲圻相关?”

戴夫人说:“这支茶寇,起事即在湖北,后转掠湖南,又入乱江西,才遭辛公剿灭。既在鄂省起事抢掠,又能得以势壮成军,想必其时鄂省也有盛产茶货之区。方才品尝这蒲圻茶,茶味不俗,不似野茶,也不类新植茶,当是经过历代养育而成的。所以，我才疑心，当年辛公剿灭之茶寇，或许就起事于这蒲圻？至少，这蒲圻茶区，也受过彼茶寇的抢掠吧？”

康仝霖就说：“母亲真是神算！我听汉口曹掌柜说，蒲圻在北宋景德年间，即盛产茶货了，曾大批输往边疆易马的。”

戴夫人一听，高兴了，忙说：“曹掌柜真这样说的？霖儿，你也不早说！看来，我的猜测不差呀！”

康仝霖也笑了，说：“我早说出，哪还能显出母亲神算之功？”

戴夫人忙说：“我哪会神算？不过是凡与茶字相关，就多操一份心罢了！不像你，一与茶字相关，便不用心！”

康仝霖当时就有几分羞愧。好在母亲也未深责，只是建议他再过汉口时，可往蒲圻茶山亲身察看察看，还可借道往真赤壁处，一览那里千古江山。康仝霖这才又说出，父亲对蒲圻茶情，是不许细察的。母亲说，这她是能意料到的。祖业兴盛至今，大不易，或许你父亲是对的。但母亲还是嘱他，可将蒲圻茶暗送总号品茶掌柜，请予尝鉴。

总号品茶掌柜尝鉴后，也说，此茶品不一般，尤其茶味厚重，颇类武夷茶。

但总号品茶掌柜这一尝鉴，自然也就瞒不过康乃懋了。一问，知道是少爷带回来的，便大不悦。康仝霖急忙一面赔罪，一面辩解说，并非有意违父意，只是想请掌柜们尝一种新茶罢了。戴夫人也担了罪，说，是她先尝了，觉茶味似也不俗，才交柜上品茶掌柜的。康乃懋这才消了气，正色重申一番祖训祖规了事。

第二年春天，康仝霖随父重过汉口时，父亲虽然正色训诫了曹廉，康仝霖还是暗中对曹廉说了，带回的蒲圻茶，颇受母亲及总号品茶掌柜的赏识。只是，康仝霖想往蒲圻茶山亲察，特别是往赤壁览胜的热望，无法实现。父亲哪里会同意！

这个曹廉，虽受了当家大掌柜的训诫，但听了少爷的暗中通报，还是大受鼓舞。这东家父子的一训一赏，似乎更激发了他的倔强脾气，从此对蒲圻茶就咬定青山不放松了。每年闲时，就要往蒲圻茶山跑一趟，细加察访。又托来往船家，购来武夷岩茶中优品水仙茶种，交蒲圻羊楼洞茶民，在荒废的茶山试种。这一切，他都是自作主张，暗中进行的。他倔强地做着这一切，当然也还是期望有一天，当家大掌柜终能采纳他的"卓见"，将外茶产地，逐渐北移至蒲圻来。

曹廉敢这样倔强行事，也不全是由他的天性使然。当时康家的天盛川茶庄，虽已历五十多年，商训号规也算严明了，但对字号内的掌柜伙友，一直有"入门皆兄弟"的家法。该训诫，要训诫，却从不用"斩立决"式的惩处，除非有叛逆行径。严而不威，一向施惠多，行罚少，厚道治庄。茶道万里，茶业独殊，哪一处不需要专良之才？专良之才难得，不厚道，哪能得来？得来不易，哪又舍得"斩立决"？厚道治商，亦不独康家，凡西商做大者，皆然。但这却不必视西商独喜向善，不过是深谙商道，精明选择而已。正因为东家有此厚道，曹廉也才敢如此倔强的。

康仝霖二十岁出道，独立巡走茶道这一年，曹廉引种的武夷岩茶新品，已在羊楼洞茶山废园，历四年生长，到了树成出茶时候。康仝霖一到汉口，因无父亲拘束，就先提出要往蒲圻茶山及赤壁一走。但曹廉却说，少爷头一年独立料理茶道，还是照例尽快先往武夷茶山，定全年生意大盘要紧。等从武夷返回，再往蒲圻也不迟。不过，其时将近三月，正是出春茶的时候。曹廉已从羊楼洞茶山，取回所引种水仙新树出产的头茶，请康仝霖带往武夷，交茶山品茶掌柜品鉴。

康仝霖自然应诺不爽。他到崇安下梅镇后，施了个小计谋。请品茶掌柜尝鉴时，并未告知是蒲圻所育新茶，却说是常家大德川馈赠他的武夷春茶。"常家人说，这是他们茶山新育成的一种岩茶，质佳味殊，请我品鉴。这不是炫耀吗？我鉴茶功夫太浅，还得请掌柜仔细品鉴，看常家真出佳茗了？"

品茶掌柜一听，就不敢大意，细品凡三过，才说："武夷茶，我早品遍了，此茶还的确是初遇。"

康仝霖忙问："品质如何？"

品茶掌柜说："倒真也不俗。与现有武夷岩茶，确有别致处。"

康仝霖听后便笑了，说："掌柜不是耳贵舌贱吧？一听说是常家新育佳茗，口舌便一味搜寻它的别致？"

品茶掌柜正经说："少爷差了！正因为是常家新品，鄙人才格外挑剔的。其新品若真胜我号一筹，在日后生意上意味着什么，少爷该是明白的。鄙人岂敢大意？"

康仝霖更笑了，说："实话相告吧，此茶并非常家新品，本是我号新品！"

品茶掌柜一脸惊诧，说："我身在武夷，竟闻所未闻？这不可能！"

康仝霖不由说出了原委。

品茶掌柜听后，又复看、闻、品，良久，才说："少爷，这是我天盛川的喜讯。蒲圻能出此茶品，茶道北移，利好甚多的。"

康仝霖忙说："先不可声张的。"

品茶掌柜说："这我岂能不知！"

康仝霖料理完武夷茶山诸事，回到汉口，自然先将这个喜讯告诉了曹廉。曹廉听后，却未有大喜过望反应，只说了句："万事虽备，却难得东风耳！"

康仝霖说："这不是三国周郎心事吗！曹掌柜，还是先陪我去游赤壁吧。"

赤壁在蒲圻西北的长江南岸，陆水东注入江，南屏、金銮、赤壁三山连绵，苍翠如海，危岩斜亘于惊涛激流中，声似巨雷，雪浪滔天。只是，这斜入江中的山壁，怪石嶙峋，色如重墨，并未见半点赤丹颜色。

曹廉说："这赤壁之赤字，听当地人说，系因当年周郎火烧曹船，烈火映红岸壁而来。"说时，遥指大江对岸，"隔江相望那厢，即古乌林，黄盖火烧曹船的发兵地。"

这江山胜景，一时很长了康仝霖的英雄豪气。他面对大江危岸，放言道："此地气概如此不凡，当是我康家茶业出奇兵处！"

曹廉又出冷言，说："只怕少爷还无祭东风的纶巾羽扇吧？"

康仝霖虽觉扫兴，也不便说什么的，只好吟咏了杜牧那首绝句："折戟沉沙铁未销，自将磨洗认前朝。东风不与周郎便，铜雀春深锁二乔。"

曹廉这才慌忙说："少爷，你可不敢丧气！我还全指望你呢！"

及到羊楼洞茶山，望着那一派凋敝气象，康仝霖越发提不起兴致了。曹廉兴致却比游览赤壁高涨了许多。他低声对康仝霖："少爷，眼前这一派凋敝，正是我天盛川可出奇兵之所在，坐拥新利源所在！"

康仝霖不解。

曹廉说："正因其凋敝如此，我购置茶山，新辟茶厂，雇用茶工，全无需多费银资的。拓荒也难，拓荒也得大惠。拓荒先行，当步步领先，为后来者不易企及。"

这是康仝霖第一次听曹廉说，宜及早购置羊楼洞茶山。可当时对于此事，他还未大用心。热心为曹廉暗传消息，暗递茶品，兴趣也全在这个"暗"字。背着父亲，穿针引线，从总号掌柜到茶山掌柜，甚至包括母亲，都串通一气了：其中甚有游戏味道的！

不过，他的这番游戏，却也渐渐在天盛川各路大小掌柜中形成一种热议了：在蒲圻新辟茶源，或可一试？这种热议，也渐渐冰释了康乃懋的严厉态度。所以，后来他过汉口时，竟也曾叫了曹廉，往蒲圻羊楼洞，亲察那里茶山情形。还带了蒲圻茶样品到库仑，仿霖儿做法，不报产地，只请蒙民、俄人品尝，反应也不差的。但终未做出决断。

到乾隆五十年（1785年），康仝霖暗留茶资在汉口，距曹廉发现蒲圻古茶山，已经过去七八年了。

康仝霖说出所留茶资用场，曹廉立刻惊喜不已。不用说，康仝霖是做了决断，要采纳曹廉建议，乘蒲圻古茶山一派凋敝之势，出手低资购置废园。

曹廉惊喜之余，就问："令尊大掌柜，到底做出决断了？"

康仝霖正色说："这你不要多问！我已将现成银资，给你调来，曹掌柜，你倒犹豫了？"

曹廉忙说："我早盼这一天了，岂能不与东风便！"

康仝霖一听这话，豪气又上来了，便说："曹掌柜，你我这是重点烈火，再映赤壁如丹！快做安排吧，及早启程，一道往蒲圻暗布重兵！"

曹廉一笑，说："少爷，我不是扫你雅兴，这往蒲圻购置茶山，少爷是不宜出面的。"

康仝霖大不悦，问："这是为何？"

曹廉说："少爷你这样俊健风雅，茶山土民还不把你当财神爷？哪里肯将废园贱卖与你？"

康仝霖说："我可乔装入山的。"

曹廉说："再乔装，也难掩你风雅的。再说，少爷，你也不会说鄂地土话，讨价就不便利。此事我已铺垫多年，一切就交给我吧。少爷就似当年周郎，高坐赤壁山上江翼亭，观江中战事即可。"

康仝霖只好说："那就听曹掌柜的。我所调银资，够用吗？"

曹廉忙说："哪里用得了如此多的银子！我经多年物色，已先相中羊楼洞两座古茶山，废园加日后可辟新园，当有上千亩茶场。我带一千两现银入山，即可得手的。"

康仝霖一惊，说："竟如此便宜？如今崇安茶山，一亩出十几两，尚不易购得。"

曹廉说："何为奇兵？此即为奇兵！只是，我需带现银入山，要请几位戴家镖师押银。"

康仝霖兴致又起，说："这不难！"

不日，曹廉即将这一千两现银，装入茶箱，乔装成小户贩茶马帮，同两位也乔装了的戴家镖师，悄然往蒲圻去了。未出十日，便又悄然归来。

康仝霖急切问道："成了吗？"

曹廉一笑，说："酒席上，再向少爷报功吧！"

酒席桌上，曹廉倒并未表功。只是说，蒲圻茶山凋敝已久，山民多弃茶种谷，贫苦得很。出让茶山废园，非但无抬价者，能付现银，反争相压价的。为何？我号既慨然出现银购置两座茶山，山民对重振蒲圻茶市，便有些指望了。此两座茶山，园主有二十多户。我出价一律，未厚此薄彼的。按当地行情，出价也不算低的。我天盛川既已将这里做新茶区开辟，日后依赖本地山民处多着呢，还是先留厚道在此间要紧。

康仝霖忙说："曹掌柜如此有远见，重仁义，好手段，难怪能成此大事！"

曹廉立刻起身，朝康仝霖作了一揖，凝重说道："少爷，我天盛川在此新辟茶源，实在不是一件小事。此举由我肇始，鲁莽呼号多年，今一旦开局，在下反深感不安。购置茶山虽出银不巨，但日后拓进，所费当源源不能止。若所出新茶，外销无市，曹某即便愿一死，也难以谢罪的！"

康仝霖慌忙起身，正色说："曹掌柜，此事决断在我。日后事成，功在曹掌柜；事败，罪在我一人，与曹掌柜无关！这次调留汉口的银资，所余全交曹掌柜用于蒲圻茶山了。"

曹廉再作揖，说："少爷如此器量，这千斤重担，我曹某担不起，也得担起来了。"

康仝霖欲独立作为，一试才智，所谋的这一步棋，竟有如此圆满结果，他当然是春风得意了。所以，他离开汉口，返程一路所想的，只是如何向父母交代。母亲一定会赞许他的：你于祖业，不用心是不用心，一用心就来大手笔？父亲那里，怕要麻烦了。但将在外，君命有所不受。父亲也常有训言：茶道逶迤多变，年年走，年年不同。你要学会独自谋事，不能只靠我操心。此即遵父言，独立谋事也。

他万万没有想到，到家后，立刻就被一个天大的事变将他的春风得意全淹没了。

## 3

眼看端午将至，恰克图买卖城那边，仍然没有新的消息传回。戴夫人已真正焦急起来。其夫其子往北路茶道料理生意，从来还不曾迟过端午未归！

为何端午将至，戴夫人会如此焦急？

当时西商所开辟的北路茶道，即从晋中至库伦及恰克图买卖城其间的茶道绝大部分是穿行在蒙古的草原戈壁中。故运茶全凭驼队。骆驼在草原沙漠，行速快，驮量大，食草盐，耐饥渴，为当时最经济的运力。但骆驼习性，凭一身厚长绒毛，不畏严寒风沙，却畏炎热。端午过后，将入盛夏，骆驼便开始脱毛，驼队也就开始歇夏。要将退毛的驼群，赶至水草丰盛的驼场，坐场放青，休养复壮。所以，从库仑及恰克图最后南归的驼队，都在端午前后。再拖后，即南归无望了。

天盛川总号的掌柜们，不断各方打听，所得消息虽渐清晰，但也并未有最坏的消息，即恰克图边境并未遭朝廷闭关。康乃懋前家信中所提及的事变，原来是去年秋季，俄境的劫匪私入我境，劫掠了西商的茶货。俄方已将劫匪缉拿归案，但对劫匪如何治罪，中俄双方久久争执不下。西商各大号都以为，此案亦非外交大事，当不致再演变成闭关危局的。我朝廷对俄匪治罪，不肯苟且，显然也是为保我西商往后互市平安吧。不过，北茶道路途遥远，驼队由归化启程，即便走戈壁近路，也需月余才能到达库仑，往返就需近三个月。最新消息，实在也不容易得到，只好等驼队南归了。

戴夫人的不祥之感，日甚一日。她总是有一种莫名的负罪压迫，深责自己不该如此贪恋那首《贺新郎》，沉醉于那种离恨咏唱。本无离恨，却要闲唱离恨，岂不是要遭天谴吗？

这焦急与自责的心境，本已使她坐卧不宁了，却还有送水莲南归事，棘手难解。约定的归期已过，水莲却执意要等康大掌柜回来，见一面，才肯南归。大家都这样焦急等盼，望眼欲穿，都等盼不回来，你就能等回来？戴夫人虽然心里有这样几分怨气，又不能表现出来。经她开导劝慰，水莲已渐从忧郁中走出，饮食复常，答应如期回杭州。唯一要求，即临别前要见大掌柜一面。所以，戴夫人也不敢再刺激着她。也许，有水莲这番诚意，能感动上苍，令丈夫归来？

然而，端午已过，依然是望穿秋水无消息。不用说，这个端午节过得一片压抑。

节后第二天，水莲来见戴夫人，恭敬行礼后，忽然就泣不成声，说："夫人，小女太不懂事了，小女这就辞别夫人，回江南去了……"

戴夫人急忙扶起水莲，问："水莲，你这是怎么了？"

水莲只是泣言："我太不懂事了……"

戴夫人就问身边的大瑜："你们对水莲说什么了？"

大瑜忙说："什么也没有说呀？"

水莲说："是我太不懂事……主家有难，上下急成一团火了，小女还这样不懂事……"

戴夫人忙说："水莲，我们做外茶生意，遭遇这种变故，也是难免的。你不可多心！谁说你不懂事来？"

水莲依然泪流不止，说："小女本是苦命人，大掌柜有难，定是小女所妨累……小女得赶紧离开，主家方会转运……"

戴夫人更急了，说："水莲，你这是听谁说的？"

水莲说："是我想明白的，真是我想明白的……"

戴夫人一把就将水莲搂住，眼泪也出来了，说："水莲，你尽胡思乱想什么，尽胡思乱想什么……"

戴夫人为何会这样感动？因为她没有想到，水莲这小女子，竟然跟自己一样，会如此自责！数千里之外边境事变，跟这个小乐工何干？难得的是，她竟有这一份赤子之情！

在这番感动中，戴夫人忽然涌出一个念头：若如此，或许既可成全水莲,不再重归售艺生涯,又能令其及早南归?

戴夫人宽慰水莲一番,便问:"水莲,你真是不想再售艺了?"

水莲说:"我不想,又有何用?"

戴夫人便说:"你要真不想再过售艺生涯,我倒能给你谋个新营生,也不知你愿意不?"

水莲忙说:"只要不售艺,做什么,我都愿意!"

戴夫人说:"这一年中,我时常邀你一道品茶。我看你于此道,还有些天分的。"

水莲忙说:"夫人,我于此哪有天分呀?不过自幼泡在茶寮,饮茶太多罢了。"

戴夫人说:"水莲,你是不知,品茶天赋,不是人人都有的。饮茶再多再久,也不见得能深谙此中天地的。我康家茶庄,品茶掌柜是最难选的人位!我看你于此有天分,经拜师调理,你或许可为我家茶庄做一份品茶的营生?"

水莲这才明白,高兴地说:"真如夫人所说,小女当然愿意了!夫人,那我就不必回江南了吧?"

戴夫人说:"吾家在江南也有分庄的。水莲,我的意思是,你按前约,先回杭州。一则,解令尊思念之苦,再则,你也要与令尊慎重商量此事。如愿意,我当在江西铅山庄口,为你安排一份学习品茶的营生。铅山离杭州也不远的,你父女毕竟不能习惯我北地水土。"

水莲一听,更高兴了,说:"家父一生都泡在茶中的!"

戴夫人一笑,说:"水莲,我悄悄跟你说吧,我们女人若有品茶天分,男人那是难以企及的。男人入嘴太杂呀!水莲,我相中的是你。令尊倒可随你往铅山,不知他愿意不愿意?"

水莲忙说:"父亲也早不愿过售艺生涯了!"

戴夫人说:"还是先同令尊慎重计议后,再做决断吧。这毕竟不是小事。"

茶庄品茶掌柜难选，女人品茶优于男人，这都是戴夫人的切身体验。因此，她能久坐天盛川品茶头一把交椅。水莲受聘来家后，戴夫人邀她一道品茶，起初也不过想长些见识。水莲来自盛产名茗的杭州，又自小在茶馆营生，或许于品茶见多识广？水莲初品康家外销的武夷砖茶，只是喊叫味太重，不似茶。不过经戴夫人指点，渐渐也能品到细微处，并时有惊人之见。而水莲饮食，喜清淡，怕油腻辛辣，更不沾酒，这也与戴夫人相似。水莲说，如此饮食习俗为家传，意在养嗓护音。这与品茶掌柜饮食禁忌，岂不相通吗？更为戴夫人看重的，是水莲真还有些品茶天分。天分之有无，有天分者最易识鉴，正所谓心有灵犀一点通吧。

但戴夫人却从未想过要将水莲招来为康家品茶的。茶庄从未有雇用女性的先例。再则，水莲本已有乐艺在身，惯于激情，也不适宜静心品茶营生。今为水莲赤诚之情感动，戴夫人才忽生此念的。能否成全，如何成全，戴夫人尚不及深想。不过，言之既出，她也不是当戏言耳。

不日，戴夫人厚赏水莲，托付本家镖局，随南下商旅，护送水莲回杭州去了。

五月初九，天盛川库仓庄口的掌柜冯得雨终于解押着去年出口外茶所净得银锭回到了太谷。这些银锭，只是去年外茶收入的多半部分，其余为以茶易物所换回的俄罗斯皮货、毛呢，已发往内地各大商埠。这些银锭计有三万六千两之多，为近年又一大丰年。

但冯掌柜也带回了最坏的消息：朝廷在二月初，已断然与俄国停止贸易互市，恰克图边境又忽然遭遇封关闭市。大掌柜康乃懋被阻隔于俄境，无法入境归国。

戴夫人虽已有预感，但听到这个惊天霹雳，几不能支。

康仝霖于五月中旬回到太谷，一进家门，迎面也是这个惊天霹雳。

# 第二章　外茶外忧

## 1

康乃懋是去年九月下旬到达库仑的。

库仑，在图勒河上游。蒙古民族信奉喇嘛教，库仑当时因是活佛坐床之地，僧、民、商云集，成为外藩蒙古第一大都会。城中央系活佛宫殿区，西部是喇嘛集聚区，东部即是商业区，俗称东营子。东营子的商人，绝大部分为西商。早年，只是由东口，即今张家口，贩运米粮及日用杂货来此，供销僧民。康熙年间，已有俄罗斯商人来此，以皮裘易华货，西商即开始与俄商交易。恰克图互市大盛后，西商外茶大户都将库仑作为大本营，以使边境庄口进退有据。康家天盛川茶庄，在东营子自然也有一间大庄口。库仑庄口掌柜，习称茶市掌柜，与茶山掌柜权重相当。

康乃懋一到，库仑掌柜冯得雨就告诉边境发生了外交案事，中俄官方正僵持不下。

康乃懋听到“官方僵持”一语，便觉一块石头压上心头。

边境发生外交事件本也是难免的。但自从乾隆二十九年（1764年）和四十四年(1779年),两次因外交事件导致封关闭市后,西商对边境发生的外交事件就十分敏感了。二十年前第一次封关闭市,长达四年,外茶生意所遭剧创,真是不堪回首了。康乃懋的父亲,因历所未历,忧虑过度,竟一病不起,于乾隆三十二年(1767年)辞世,享寿仅六十岁。那一年,他三十六岁,独自挑起了天盛川的重担,那真是猝不及防,临危受命。十多年后,再遭闭市,虽不到两年,却也致茶道大乱。这四五年间,元气才算恢复,刚刚谋扩新局,又要出事吗?

康乃懋急忙细问案事详情。

冯得雨说:"这件案事,和我号还有些相关的。"

康乃懋更急了:"和我们相关?"

冯得雨说:"被俄匪持械越境抢掠去的主要就是华茶。内中即有我号的上等茶货。"

康乃懋更不解,说:"我号茶货尽存储于库仑及恰克图买卖城中,俄劫匪越境,竟敢深入此两地闹市?这可是天大的外交事件!"

冯得雨说:"倒不是在闹市行劫。大掌柜,你还记得靳明这个人吧?也是太谷人,在库仑开着一间小茶庄,多年做内茶生意的。常往库仑西北的乌梁海一带蒙民游牧地贩售茶货。秋初,靳明来我号求购上等外茶。说乌梁海有蒙古贵族欲往喇嘛佛庙熬茶,指明要我天盛川销俄的上好外茶,茶价不论。因彼是为做敬佛善事,也就售予他了。不想,靳明携茶货往乌梁海途中,即遭此不测。事后听靳明说,俄匪就是冲着我号这些上好外茶来的。"

康乃懋说:"这个靳明,也是太张扬了!他不张扬,劫匪知他贩售的是什么茶货?"

冯得雨说:"靳明虽是做内茶小生意,但也有我晋人商风,一向谦恭守拙的。只是贵族佛庙熬茶,在蒙民中是大事,岂能不风传开?我号外茶名声,蒙民亦是久知的。"

乌梁海,即唐努乌梁海,今为俄国图瓦共和国,清代属我境,与外藩蒙古西北相连,统属喀尔喀蒙古。熬茶,为蒙民向喇嘛佛庙布施的一种俗称。即施主向寺庙中的僧众赠发酥油茶或金钱,僧众为之诵经祈福。以茶敬佛,此也可见茶在蒙民中的物位。将茶叶贩售到内外藩蒙古地区的,当时也为西商独揽,称为内茶生意。内茶茶货,亦系砖茶,但茶源较杂,茶质远不及外茶,当然价格也较低廉。所以,贵族熬茶,为示显贵,才求购外茶。

靳明的商货被俄匪抢劫后,事涉蒙古贵族,又涉佛事,更涉俄人持械偷渡越境打劫,很快就惊动了库仑边务官方。当时的库仑办事大臣勒保,会同库仑副将军衙门,一面严词照会俄方主理边务的伊尔库茨克总督及边防军长官,通令缉匪法办;一面派人暗访此股俄匪详情。因为自恰克图贸易兴盛以来,两国边民交往十分密切,不久便查明,这股劫匪系俄方境内的布里雅特族人,匪首叫乌拉勒咱。勒保大臣即签发外交通牒,直陈伊尔库茨克总督,通报匪首姓名,令尽速缉拿归案,押来恰克图,由中俄双方会审。

在《中俄恰克图条约》中,对于此类案事的处理,已有明文规定的。一般偷渡越境行窃者,初犯,罚取十倍,即归还窃物外,罚以窃物十倍的价值。再犯,罚取二十倍。三犯者,处以死刑。而持械越境行劫者,即是死罪,一经拿获,须行正法。

俄方重视恰克图贸易,本来是甚于中方的。此前两次封关闭市,都是大清朝廷一方断然令下,俄方并不情愿。所以,伊尔库茨克总督雅科比,收到勒保大臣的通牒后,也不敢怠慢,即令边防军少校纳拉巴尔金,尽快将乌拉勒咱及其同伙缉拿归案。

这个纳拉巴尔金少校,是个很自负的军人。他倒是很快就将乌拉勒咱及其同伙追捕拿获了。而且,因案犯是布里雅特族人,也未有手下留情的意思。布里雅特族,本为蒙古一部族,原统属外喀尔喀蒙古,自古在贝加尔湖地区游牧生息。归属俄境后,蒙古族游牧生活依旧,只是被俄人视为未开化的土人。纳拉巴尔金少校是俄罗斯白人,对布里雅特土人,本就有一种难掩的傲慢。拿获乌拉勒咱一伙后，只顾任性发威，却将外交条约置于脑后了。他先将案犯严刑鞭挞一顿，令其赔出十倍的财物，然后钳其耳鼻，流放到贝加尔湖东北面的不毛之地了。

纳拉巴尔金少校这样处理劫匪后，只是将劫物及十倍罚物，呈交恰克图我边防司员，以转交失主，即算案事了结。连对案犯的处置详情，也未通告。我边防司员将此情禀报库仑上司，勒保大臣得报后便勃然大怒。一怒俄方重罪轻罚，持械越境行劫，本当死罪，何以就一罚了事！二怒俄匪越境犯案，事涉两国法权，例当双方官员会审定罪，如何就单方从轻发落？三怒我方以朝廷大臣规格，通牒俄方，稽查案犯，而俄方结案，竟只派区区小军头，草率通告！如此辱我国颜，是可忍，孰不可忍！当即向伊尔库茨克总督发出檄文，严词责询。同时，也将此事态，向京师主理外交的理藩院紧急奏报。

俄雅科比总督，接中方外交檄文，才知纳拉巴尔金少校处置有失当。但外交往来，事涉国家尊严，哪肯轻易认错的？即便有失当，那也是开弓没有回头箭了。雅科比虽然很快正式呈文，致意勒保大臣，但也只是说惩处乌拉勒咱一伙，俄方是从速从严的，鞭刑，钳耳鼻，流放至无人区，皆为俄重刑，云云。

勒保大臣对此回复，当然不能接受，坚持俄方必先认错，再将案犯押来会审，示众正法。

京师理藩院接报后，也随即向俄国枢密院，发出外交牒文，严词责询此事。

勒保出任库仑办事大臣，已有四年之久。康乃懋与之还是有所交往的。他知道这位满族大员，系兵部出身。驻边理外事，一如统兵御敌，视同武事。特别是加爵兵部侍郎后，施威有余，用谋不足。反观俄方理边务者，多是深藏不露，说东指西，笑里藏刀，软硬相济，擅布迷局之辈。所以两相交手，动辄便成僵局。而这一次，俄方竟也派了一位鲁莽的军头出来，两相硬碰硬，僵局就很可怕了。

康乃懋了解详情后，忧虑更甚，不敢休歇，便去拜见勒保大臣。

大清初设库仑办事大臣时，被官场视为驻边苦差。但随着恰克图贸易的异常繁荣，此官位已渐成肥差。肥从何来？西商巴结也。那时涉外贸易，官方管制弹压多多，不巴结，也是处处掣肘的。所以，康乃懋每年秋末冬初来到库仑，本是要例行拜谒办事大臣的。加之，勒保早年曾出任过归化城知事。归化，即今呼和浩特，康家起家即在归化，至今也仍是康家茶道重镇。所以，康家与勒保在归化即有旧交。

康乃懋拜见勒保大人，携带了从杭州采买的上等龙井香片，当然还有一份不薄的“冬敬”。所谓冬敬，是以慰问过冬为名，孝敬的一份礼银。

清代官员，是不能在官衙接见商人的，因为商人没有官场身份。勒保接见康乃懋，照例是在私室。不过私室倒有私室的方便。

勒保生的短小精干，一见康乃懋，便说：“我正等你的新茶呢！去年香片，早断了。你等销俄夷的砖茶，本官饮之如药，实在不能称之为茶！”

康乃懋知道，大人不过这么一说罢了。大臣衙门里哪会断了香片？处边陲，饮香片，那是大臣身份。忙说：“大人，在下也正惦记着这件事呢！这不，昨儿刚到库仑，今日就赶紧来给大人送茶来了！今年这香片，是在下亲往杭州，照大人口味，精心挑选的花龙井。”

勒保就说：“那我得先尝尝！”便吩咐差役，快将康掌柜带来得新茶，沏来一尝。

待差役端上新茶，勒保揭开青瓷碗盖，闭目摇鼻一闻，就叹了口气，说：“闻此沁心香气，就如回我大清江南！”

细呷一口茶汤，又叹道：“真是无缘享福江南！遥想当年，本官履任江西赣南道及皖省卢凤道时，满目青山绿水，四时美食佳茗，可惜视为平常，享福不知福。今久居边地，才知那是仙境！”

康乃懋也知道，大人是在故言其苦。便说：“坐镇库仑，任重差苦，但造福商民，威慑俄夷，非有大人如此才德者，不能胜任的。”

勒保就把茶碗放下，忽然就变色说："库仑差苦，本官倒不在乎！为圣上驻边守土，又何敢言苦？只是这俄夷，太难向化！我施恩惠甚多，彼总不领情，动辄惹是生非！彼土民冥顽不可教，倒也罢了。彼理边官员，竟也礼仪不通？"

康乃懋赶紧说："边境事端，向来难解。然以大人大勇大智，当会云开日出的。"

勒保哼一声说："蛮夷不可教也！恰克图贸易互市，于我大清本无利益。圣上至仁，普爱众生，不忍彼国小民困窘，才施恩惠，准予互市。彼屡屡不领我圣情，蒙昧难化，本官纵想作为，也无有余地可施智勇！"

康乃懋见此情形，也不敢再多嘴了。只说了些巴结的话，告辞出来。

之后，康乃懋又携带花龙井及相当的"冬敬"，去拜谒了库仑副将军衙门，见到协理边务的蕴敦多耳济郡王。言谈中，康乃懋能听出，这位蒙古郡王对俄境布里雅特案犯，倒并未持非处死不能结案的态度。或许念其同为蒙古族同胞吧。只是鉴于勒保大臣为朝廷钦差，也不便明言异见的。

康乃懋忍不住，就说出了自己在勒保面前不敢说出的话："当今圣上至仁，普爱众生，为施惠俄境小民，准其与我贸易互市。今互市贸易昌盛，我边地蒙汉商民，实也受惠多多。库仑成繁荣都会，小民安居乐业，依托贸易，生计日易。此亦乃至仁圣上，泽被边地，普爱边民也。前两次闭关停市，恰克图及库仑蒙汉边民，也大受困窘，生计艰难。此乃俄夷阻蔽圣上仁泽，用心甚阴险的！今又生事端，故伎重演，将军大人当有明察的。"

蕴敦多耳济郡王听后，略有所沉思，正色说："这我岂能不知！俄夷惯用阴招，吾方不宜硬弓硬箭，本将军是知道的。康掌柜暂可放心，此次事端，尚不至不可收拾的。"

见副将军似显严厉，康乃懋再不敢就多嘴了。

恰克图贸易互市，与我大清本无利益，这是朝廷上下向来定见。一旦闭市，亦只见俄方商民受困窘，却不计我方商民所受拖累。经历两次闭市，西商心中积怨甚重。但这积怨，也只能深藏，不敢诉说。今日康乃懋一时心忧如焚，忍不住对副将军委婉说出此怨，虽未遭严斥，辞别出来，还是心有余悸。商民来往恰克图边境贸易，务求恭顺，此为朝廷铁律，西商一向恪守不敢稍违。今一时失态，不知会不会有后祸？康乃懋不敢细想了。

康乃懋有此失态，实在也是因为久做外茶生意，无形中受了俄商影响吧。俄商在彼国中地位，我西商真是难与比肩的。俄国策重商尊商，谓商家不止富己，亦有富民、富国的大义在其中。因此，经营华茶之俄商，竟也有荣获俄皇封爵者。西商从不敢存此奢望，但也渐渐自觉到为商不耻。茶道万里川流运筹，茶货行走南江北海，诚取域外之利，国人赖以衣食者，数以十万计，并非独惠西商。所以西商做外商生意，虽未获圣命，亦当是一份正业。此正业骤停，国人一时失衣食者，数以十万计，却略而不计！朝廷惩罚俄方边务失当，屡屡施以封关闭市，是知俄国策重商，往最疼处打，却不知我相关商民也连累受痛楚甚剧！然最痛楚者，是连累受了剧痛，又不能诉说。

康乃懋拜谒过库仑官府后，又接连会见了榆次常家大德川、汾阳王家祥发永等几家外茶大号的主事者。大家对眼前边情，都不乐观。康乃懋也向同侪坦陈了自己在副将军衙门的失言，同侪倒也未加深责，都说我西商屡受闭市拖累，正该委婉上陈的。圣上至仁，或许会降恩体恤？

常家大德川茶庄的大掌柜常万达，素有智谋。由康乃懋的一番失言，倒叫他生出一招对策。边情既如此吃紧，也不独我西商焦急，俄商焦急必然甚于我！今冬茶盘，俄商为防不测，必会抬价扩盘，大进茶货。待恰克图议盘时，我西商可同步缩盘，谓边情生变，皆不敢多运茶货来边境。缩盘用意，即在给俄商施压。俄商在彼国位尊言重，彼官府或可从俄商所愿，缓和僵局，化解事端？

常万达这招对策，得到大家齐声认同。康乃懋当即提出，在恰克图开盘前，就可与相熟的俄商联络，促其及早游说官府。此议也得到大家响应。

## 2

乾隆年间,恰克图的华茶贸易虽已大盛,但贸易形式仍为以货易货。当时俄国法令,也不许金银出口。只是,俄商易茶货物,仅西伯利亚裘皮已不能平衡巨量贸易,后添加军马出口,亦难补缺口。其后俄商想出变通之策,将俄国银器作为工艺商品出口,以满足我西商对白银通货的需求。这已是向货币贸易过渡,形式却仍为以货易货。

中俄贸易以华茶为主后,恰克图市场已为大宗交易所主宰。做大宗华茶交易的,自然是两国的大商帮、大商号。每年中国阴历十月中旬,即立冬节气过后,新茶季在恰克图开盘之时,中俄双方的茶商大户,都要照例择吉日,举行隆重的议盘会商,议定新年度两国交易量,特别是商定华茶价格。此恰克图议盘会商,有些类似当今的石油“欧佩克”,其决定对整个欧亚华茶市场都影响甚大。

其时,俄方在恰克图市场称雄的,是六大商帮,即莫斯科帮、土拉帮、阿尔扎马斯克帮、伏罗格达帮、伊尔库茨克帮和喀山帮。而我方西商当时在库仑及恰克图买卖城中的外茶大户,即有六十多家,依附其的散户又有八十多家。为求对等,每议盘会商,西商亦推选六家大号出席。康家天盛川多年在此六家之列。康家之外,尚有太谷曹家,榆次常家、史家,汾阳王家、张家,都是西商中做外茶生意的巨擘。

康家因多年主做红砖外茶,销地在俄内地及欧洲,历来与俄方喀山帮米哈络夫家族交往最深。而米哈络夫家族,自康熙年间即在库仑开设有皮货店,经营至今。其皮货店,主营便是以皮易茶。

这天,康乃懋正欲带领通晓俄语的冯得雨掌柜,前往米氏皮货店游说,不想,米氏之女叶琳娜,即先行来访。

一听是叶琳娜来访,康乃懋就有些不想见。

叶琳娜是一位年轻的俄罗斯女子,生的异常艳丽。虽为白种血统,却发黑眸黑，不似一般俄女发眸现彩色，而目圆，睫长，准高，齿洁，肤白皙，身高挑，又一如俄女。三四年前，她只十五六岁少女，忽然常来库仑及恰克图。身为富商之女，也不论闺房之忌，活泼无拘束。加之俄俗无男女授受不亲之妨，任性来往走动。凡来访，康乃懋不见，为失礼；见，又难适其活泼无忌。此其一。其二，近年叶琳娜执意所求一事，更令康乃懋为难不已。所求者为何？求康家代为疏通我官府，准其身赴我江南茶山，做一年旅行，以圆她人生梦想。其父米氏亦说，其家族久做华茶生意，此女对茶园情景自小痴迷向往。贵国江南之温热天候，遍地茶园之蓊郁不凋，终年青山绿水，满目花香鸟语，她想象为仙境。想亲临其境，都痴想成疾了。康乃懋倒也不是不想帮她圆梦，但大清律令，岂是他这恭顺商家所能动摇的？

俄皇派使臣来华，都得经理藩院报朝廷准奏。早年俄商队来我京师贸易，亦须理藩院奏报朝廷的。俄商队获准来华，亦仅限于在京师贸易，不许出京它往的。准恰克图互市以来，俄商队来我京师，已被禁止多年了。此律令，其父米氏是很清楚的。今俄商持执票入境贸易，只准在恰克图即库仑边地。能否进入内地，康乃懋也曾婉转向勒保大人探问过。勒保回答是：边地夷商，尚防范不及，岂容祸至内地！

康乃懋虽不想见叶琳娜，却又不能不见，尤其在今年这种边情吃紧时候，正有求于米氏家族。他只好吩咐冯得雨，将叶琳娜邀入客厅。

已近立冬时节，而库仑立冬时节更犹如中原深冬，叶琳娜上身已着轻裘，可下身依然着裙装。俄人耐寒，尤其双腿不畏冻，康乃懋本已是熟知的。但面对叶琳娜这位年轻艳丽的俄女，还是感觉不适。

叶琳娜活泼依旧，要向康乃懋行中国叩见礼，康乃懋忙止住了，说：“不可这样客气！今我视你为贵店店主，正有事要平等计议。”

冯得雨正要将康乃懋的话通译为俄语，叶琳娜竟抢先用汉语说：“康大掌柜说话，我听懂了：不用客气，我是店主，有事要……意见，不对，是议论！我听得对不对？”

冯得雨就说:“叶琳娜,你说汉话,长进真快呀！大掌柜说的意思,你听得不差。”

叶琳娜忙说:“不差,就是不对？不很对？”

康乃懋说:“叶琳娜,我的话,你听对了。我有要事,跟贵店商量!”

叶琳娜说:“我也有一件事,能先问大掌柜吗?”

康乃懋以为叶琳娜也是提边情,便说:“你快说吧,什么事?”

叶琳娜说:“去年,康小掌柜,不对,康少掌柜,答应我一件事,办理了吗?”

康乃懋就问冯得雨:“仝霖答应过什么事?”

冯得雨说:“我也不清楚。”

叶琳娜便满脸失望,说:“那就是没有办理……”

冯得雨忙问:“我们少爷答应了一件什么事?”

叶琳娜更失望地说:“康大掌柜不知道,那一定是没有办理。”

康乃懋回想了回想,临行前,霖儿没有交代过有关叶琳娜的什么事。但他还是说:“叶琳娜,我料理的事务太多,到库仑后,又忽闻边境出了事端,更心意烦乱,或有顾此失彼处。仝霖答应你的,到底一件什么事？他或许向我交代过,我忘记了?”

冯得雨将康乃懋的话,通译为俄语,说了一遍。

叶琳娜失神用俄语说了一句。冯得雨通译过来:“是少掌柜忘了,不是大掌柜忘了。”

康乃懋只好说:“若是仝霖失言,我回太谷后定将严斥！他做事总是心不在焉！冯掌柜也是知道的。”

冯得雨又通译给叶琳娜听。叶琳娜说:“也不是大事,不要痛骂他。”

冯得雨用俄语,低声问:“少爷答应你的,是一件什么事？也许我们能代他弥补?”

叶琳娜说:“不用再问了。不是大事,不要痛骂他。”

但叶琳娜神伤意失,再无活泼气息。

康乃懋又不得不说到正题:“叶琳娜,令尊也知当前边境情势了吧?我西商甚为担忧的!”

听冯得雨通译后,她心不在焉地说:“这事你们去问父亲。他已从伊尔库茨克赶到恰克图了。”

康乃懋正想多问些俄方情形,叶琳娜只说边情大事,还是到恰克图与父亲谈论吧。说时,即魂不守舍似的,起身告辞了。

仝霖到底答应了叶琳娜什么事,竟叫她伤神至此?康乃懋追问冯得雨,冯得雨说,他真是不清楚。不过,近年少爷每来库仑及恰克图,叶琳娜总是频来走动,与少爷说笑甚洽。

康乃懋立刻正色责问:“竟有这样的事?冯掌柜,你怎么不早告我?”

冯掌柜忙说:“大掌柜,你也早见识了,叶琳娜生性活泼,少爷也不宜冷脸对待。再者,是叶琳娜频来,又只求见少爷,少爷也不宜躲避不见。”

康乃懋就问:“仝霖他虽也粗通俄语,但此情是万不能外露的!他与叶琳娜交往,你们总得跟随一个做通译的伙友吧?他们如何说笑,你们应该清楚的!”

冯得雨说:“前两年,叶琳娜来见少爷,总自带了通译。近年,她也粗通了我汉话,常就径自来了。”

康乃懋追问:“那他们见面说笑,不在柜内客厅?”

冯得雨说:“有时在,有时少爷也被邀走……”

康乃懋生怒色:“这还了得!正事,心不在焉;这等瓜田李下事,也心不在焉?”

冯得雨就说:“少爷素有大志,不会为此俄女所惑的。看刚才情形,倒怕是,此女崇敬少爷过甚。”

康乃懋说:“仝霖是不是向叶琳娜夸了海口,答应她能成行我江南?”

冯得雨说:“我听少爷说过的,叶琳娜痴想,无人能解。少爷不会助她痴想的。”

康乃懋长叹一声:“就怕祸不单行呀!”

冯得雨忙说:“大掌柜,此时万不可忧虑过甚!无论边情,无论叶琳娜,今都无祸兆!还是从容张罗恰克图议盘大事吧。”

康乃懋天资才具,本就属中常。又临危受命,对突来风云,更过于敏感,应对不免过激。好在他谨守旧规,诸事亲躬,不避辛劳,又愿礼贤下士,诚心依赖麾下贤能。所以,似冯得雨这样大庄口的老练掌柜,一向敢于直言点拨。他自来库仑,听说了边情生事变,便有些沉不住气,马不停蹄,四处奔走,乃至在副将军衙门,有所失言。冯得雨就觉得大掌柜慌乱失据,若为俄商窥得,岂不要在议盘时有所利用!所幸常万达提出了缩盘施压对策,冯得雨才未劝止大掌柜。今因叶琳娜一时任性,大掌柜又疑云骤聚,冯得雨终于忍不住,才由此直言劝导。面临危局,总要处惊不乱,分清主次,才是主事者应有风范。

对冯掌柜的直言,康乃懋倒也未加在意,只是说:“仝霖志大才疏,心有旁骛,冯掌柜还得多约束他。”

冯得雨说:“叫我看,少爷已渐成才,大掌柜尽可放心。近年恰克图议盘,少爷出招,也每有独到谋略。同业,俄商,都不敢轻看的。”

康乃懋说:“他出道才几天?你们不敢惯坏他!今同业议定缩盘,可运茶驼队正川流不息到达库仑,俄商岂能不知?”

冯得雨说:“此倒不难遮掩。以边境生事变,驼队减运外茶,增运内茶,即可搪塞过去。我们须十分留意的倒是,若施压不见效,当有扩盘准备。”

康乃懋便说:“那就全赖冯掌柜的才智了!”

冯得雨却说:“今年恰克图议盘,在下就不便与大掌柜同行了。”

康乃懋一听,便又急了:“今年议盘,非同往年,冯掌柜怎么能缺席?”

冯得雨一笑,说:“大掌柜不必担心。这是我近日谋得的布局。冯某及恰克图买卖城石掌柜,都早被俄商吃透。我二人出场,难布奇兵。而当此非常议盘时,我等不出任大掌柜通译,正可显出我号今年已轻看了议盘,缩盘之意坚决。俄商真意,也正可显现无遗的。”

康乃懋忙问:“那叫谁为我做通译?”

冯得雨就说:“我为大掌柜留有奇兵的。库仑庄口那个年轻的伙友吴家瑜,大掌柜还记得他吧?”

康乃懋说:“吴家瑜?平常言语不多,文静,脸白,是他吧?”

冯得雨:“就是他。别看他平常话不多,倒是有言语天分,学蒙话、俄话,奇快!我见此,这两年就将他派往恰克图庄口,多与俄人交往。但暗嘱他不可声张,只跟随恰克图石岳掌柜出入市圈,明处为石掌柜跟班,只伺候杂役,不参与生意交涉,但暗里要留意熟通俄话。经此磨炼,今通晓俄话本事,已不在我与石岳之下。大掌柜此去议盘,我就想派他做通译。”

康乃懋显然不大中意。通译本事,在与俄商议盘中自然要紧,但更要紧的,还是冯得雨、石岳这等老练掌柜,见机行事,急中生智,巧为攻守。这历来是康乃懋所倚重的。今临非常局面,又换了大将,康乃懋便有一种说不口的畏难。他只能说:“磨炼吴家瑜这样的新手,还是先易后难为妥。今年议盘,局面异常,不容稍有闪失的。”

冯得雨却说:“大掌柜就放心吧。我与石岳掌柜都会向吴家瑜详作交代的。唯派新手出场,才可收出其不意之效!”

冯得雨又详说了自己的谋想,更为大掌柜策划了几套应对方略。康乃懋才放心了一些。

做外贸生意,双方语言通译,当然是要紧关节。那时代并无外语学校可依托,西商全凭先向当地边民学习域外“夷语”,再于外贸实践中,经与夷商直接交涉,进而熟通夷语。恰克图贸易期间,俄语为主要交易用语。这或许缘于俄商的傲慢,也可能还因为西商所操的晋中方言,难以仿学。这就使西商熟通俄语程度,远远高于俄商通晓汉语程度。从礼仪层面看,西商显得过于谦恭,屈从了俄语“霸权”,但因通晓彼语,却也多了用智的余地。像康乃懋这等外茶大户的最高主事者,熟通俄语及蒙语,当年那是必有资质。因为出席一年一度的恰克图议盘会商,不能仅依赖手下通译。但这又是西商一大商业机密,不可为外人所知,更不能为俄商所知。议盘会商及其他重要交易场合，主事者例携精明通译，一切谈吐、决断，均以晋地方言表达，通译再向俄商翻译为彼语。这通译期间，便多了思量、回旋、收放、修正的空间了。尤其是在此中间，主事者可与充任通译的高参，用方言暗语计议对策，而不必担心被对方窃听。所以，康乃懋一听霖儿与叶琳娜交往过多，便担心泄漏了这个秘密。而每临议盘，康乃懋与充任通译的冯得雨或石岳两位，用方言暗语密商，自然不可少。今忽失两位高手，康乃懋如何能不畏难？

## 3

外藩蒙古第一大河色楞格河，由西南穿越北中部高原山地，出境北流，注入贝加尔湖。恰克图，就在其出境处的峡谷中。出此峡谷入俄境，即为坦途，河湖纵横，舟船甚便。贸易市圈选定于此，便因为此峡谷是出入中俄边境的通衢要道。俄方市圈，名之为恰克图；中方市圈，西商称之为甲他城，俗称买卖城。

俄方市圈，因系官方规划，所以建筑设置，整齐有序。其内，建有三十四所商店。商店为两层，下层为店铺，上层为仓库。每个商店都仿圣彼得堡商铺样式，建有屋顶走廊。此外，还辟有一处正方形的交易市场。市场四角各筑一楼堡，市场内，规整地分设了数十个货摊。货摊或五米见方，或六、三米长方；每个货摊都安置有火炉，以利冬季交易。市场边，建有一处商品陈列所，长三十二米，宽六米，甚廓大。

在贸易市圈以北四俄里处，俄方还建有一处小城堡。此城堡方圆二百四十俄丈。因堡内有圣三一教堂，名之为新三一节堡。除教堂外，尚有关税事务办理处、税卡、仓库、监狱、营房、马厩等设置。为防俄人酗酒生事，酒店亦设在此处，以远离市圈。

我方市圈，即买卖城，为西商自建木屋，毗连成城，却也似内地城郭。城内，南北走向有三条街，中间一条称为中巷子，亦称正街；东一条称东巷子，西一条称西巷子。东西走向有一条街，称为横街。各街除商铺毗连外，还建有庙宇：佛寺、道观、文昌庙、城隍庙、关帝庙；因濒临色楞格河，还有一间龙王庙。寺庙虽多简陋，各方神圣都敬到了。唯有位居正街的关帝庙，甚为宏丽，不逊内地：关老爷是山西古贤，康乾年间又正受炽热崇敬。所以，关帝庙也得蒙民敬奉，称之为格萨尔庙。中巷子正街，又直通俄方驿道，终日车水马龙，最为喧阒。

每年的议盘会商，双方是轮流做东。俄方做东，会商在其市圈内的商品陈列所。西商做东，即在买卖城中的关帝庙。因关帝庙平时也是西商集议及酬神聚筵场所。

今年议盘，正轮到俄方做东。这亦是康乃懋有所畏难的原因之一。带着吴家瑜这样一位新手，实在无异于单刀赴会。好在，康乃懋到达恰克图买卖城后，得知其他参与议盘的五家同业，都降低了出席规格。太谷曹家、汾阳张家，也换了通译新手。榆次大德川的大掌柜常万达，竟托病留在了库仑，而由库仑庄口掌柜代为出席。康乃懋得知此讯，就有些后悔：自己为何没有想到此招？由冯得雨代自己出席议盘，任他巧布迷局，岂不更好？但已经身临恰克图，也不便借故缺席了。

而且，他到买卖城后，还未及与石岳掌柜及吴家瑜细商议盘诸事，叶琳娜的父亲法西利·米哈络夫，就来求访了。他问清法西利未带叶琳娜来，便赶紧出来迎见。他正想探听俄方对待边情的口风呢。法西利，今多译作瓦西里，当时西商先译作法熙理。有一年议盘后聚筵，冯得雨酒后戏言，说米大掌柜大名就起的吉利，法熙理，听起来就似法西利，发我西商之财，得我西商之利。米氏亦正酒酣，一听兴起，当即请冯得雨写出“发西利”三个汉字，申明：今后一律以此汉名称他。再称法熙理，他可就不认账了。

发西利年近五十，发胖，髯发淡黑，眼眸深黑。他一见康乃懋，即作揖热呼道：“康大掌柜，老朋友，两年不见，如分别三个秋天了！”

跟随康乃懋出来的吴家瑜，忙做了通译。这时，康乃懋才发现石岳掌柜没有照例陪他出来，显然有些意外，忙尽量从容说：“米大掌柜，这一向贵体无恙，诸事如意吧？”

发西利答谢辞后，问：“贵店我十分想念的石掌柜，也好吧？”

吴家瑜就直接回答道：“石掌柜，近来因受冷风寒冻侵害，生病了，喉嗓肿哑，不便出来迎接米大掌柜，还请以海一样胸怀谅解。”

发西利就说：“那真是太不幸了！我今天来访贵店，正想与康大掌柜和石掌柜痛快饮酒呢。石掌柜酒量，也像海一样的。”

康乃懋忙说：“石掌柜有恙，何妨米大掌柜尽兴饮酒？你我老朋友，两年不见，今一定要欢宴痛饮的。”

发西利被礼延入店内客堂，刚一落座，便有伙友上茶。茶分两种，一种即是武夷新红砖茶，一种是待客的香片。只是，这香片，已不是花龙井，而是闽地所产上等花茶。花龙井毕竟太贵重了，只能打点官场。

按惯例，发西利会先品鉴新砖茶，再从容享用香片。因为茉莉芳香易侵染口感，影响对砖茶的品鉴，毕竟茶货是重头。但今日发西利只端起烹泡了砖茶的茶碗，略看了看红色茶汤，又凑近略嗅了嗅茶汽，便放下了。一边端起冲泡了香片的茶碗，一边说：“贵庄‘川’字茶货，我们想挑出差异来，实在太难了。所以，我也不想浪费好时光，再说这迷人香气，也令我无心验货哪！”说毕，半揭碗盖，闭目细嗅，良久方轻呷一口，叹道：“欧沁，欧沁！”

康乃懋听懂是叹很好，很好。不过，他还是等吴家瑜通译后，才说：“米大掌柜，今年蔽号所奉赠香片，还是不成敬意，万望笑纳。”

这时，伙友已将九包玫红纸伏面的礼品茶呈了上来。每包半市斤，九是极数，寓意礼情至高无上了。

发西利接住，隔纸闻了闻，就说：“康大掌柜，所赐礼物已十分贵重，但我真是不满足！我一直想做这贵重的香茶生意，只是此茶不耐久藏，存贮太难。”

康乃懋说：“叫我看，存贮倒也不是太难。贵国天候寒冷，只要防潮得法，茶味香气不会散失的。唯香片难以紧压，一箱所装量少，茶箱又须加锡皮密封，走万里茶道运来，茶价太高，怕贵方难以接受的！”

发西利说：“我不怕价高！价高，才显此香茶高贵。今来拜访，就是想请贵方帮我解开存贮香茶难题！此难题一旦解开，明年我即可与贵方展开此项香茶交易！”

康乃懋见发西利一来便谈生意，却不谈边境事变，便有些意外。米氏是故作镇静，还是得知了俄官方底细，事态并不如我方估计的那样严重？米氏说明年就想做香片生意，岂不是示明不大可能出现闭市危局？

他正想借此深作探问，就见吴家瑜先用俄语问：“米大掌柜所说的是明年吗？我初次为两位大人做通译，怕听错译错，请原谅。”

吴家瑜的此举，更令康乃懋意外！这个吴家瑜真还如此机敏？他不但注意到了“明年”一词的紧要，而且是以这种谦恭的订正方式探问，不动声色，藏而不露，更让发西利注意到他是生手，不加防备？

发西利爽快说：“你听得不错！贵方若能帮我解去存贮忧虑，今年议盘，我方即可定购香茶。”

康乃懋心生宽慰，便说：“存贮此茶货，只要另辟茶库，防潮得法即可。贵方所建茶库不少，料理有道，不必多虑的。”

发西利说：“今年夏天，我们在伊尔库茨克新建了一处茶库，就是为存贮香茶。库房已完工，但库内设置，不敢照存贮砖茶的旧规做。香茶价格昂贵，不能冒失的。今天，我诚挚地邀请康大掌柜，在议盘会商后，能亲往伊尔库茨克，指导此新茶库的内部建造。希望我挚爱的老朋友，不要拒绝！”

康乃懋没有想到发西利会提出这样的邀请。由此看来，米氏是认真要开辟香片交易了？若边情不稳，米氏岂会有此重大决策？而邀他过境，更是认定边境会畅通如常？康乃懋便说：“香片存贮规矩，敝庄当一如既往，无私传授贵方的。这不是什么大事！敝庄在贵国伊尔库茨克及乌兰乌德开设的庄口，就有贮茶里手。贵方需要时，当随叫随到的。”

吴家瑜通译完他的回话，加了一句：“幸蒙邀请，我大掌柜很高兴入贵境做客，只是近来因边境案事，我边防官府正收紧出境人事，我大掌柜能否成行，尚难预料。”

发西利立刻惊问：“边境又出了什么案件？”

康乃懋一听，心又收紧了发西利原来是不知道边境出了事？便急忙说：“秋初，贵境内有布里雅特劫匪，持械偷入我境，抢掠我商家茶货，米大掌柜还没有听说？”

发西利听后，松了一口气，说：“你们还是说这件事？此案件不是已经了结了吗？已经了结了，已经过去了。”

康乃懋忙说：“远未了结，远未了结！我边防官府，乃至朝廷理藩院，都对贵国官府处置此案，大为不满呢！”

发西利一笑说：“官府办外交，一向如此，表面辞令严厉，其实底线没有那么可怕的。”说时，放低了声音，“康大掌柜，我的老朋友，实话告诉你：我在伊尔库茨克，亲自拜访过雅科比总督大人，已将处理此事的底线探明了。老朋友，你尽可放心就是了！”

康乃懋还是追问：“贵国官府所持底线，到底为何？”

吴家瑜通译时，未这样直露：“阁下如此真诚相告，敝庄十分感激。只是鉴于四年前的闭市厄运，贵方还是不敢大意的！”

发西利说：“闭市厄运，我们岂能不怕？雅科比总督大人已向我担保，华茶生意尽可照常去做！边境外交，岂能平静无事？如色楞格河越境而来，有波有浪，总归要入神圣之湖！康大掌柜，我的老朋友，我官方底线，你明白了吧？”

康乃懋这才终于踏实了。贝加尔湖，俄人视为圣湖。以不使圣湖断流作比，不能不信。俄方办外交，向来不会唐突认错，严词反复往来，必不可少。以不闭市为底线，或会以别一堂皇名义，暗合我官府所求，缓解僵局。

于是，他专心与发西利商谈起开辟香片生意的事务来。自恰克图开埠以来，西商与俄商做华茶交易，一直限于青砖与红砖，做香片交易，这是破天荒之始。康乃懋最担心的，一是发西利能否接受高价，一是所付高价，能否以银器冲折。虽经争讨，发西利竟也做出令康乃懋较为满意的应诺。发西利唯一坚持的，是康乃懋亲访俄境的伊尔库茨克，指导香片存贮事宜为其一，更重要的，是邀请他出席香片输俄的隆重仪式。

既如此，康乃懋也只好答应：吴家瑜通译时，加了“欣然”一词。

发西利这一次来做客，可以说是皆大欢喜。会谈毕，自然少不了聚宴。发西利善酒，尤喜康家所选汾阳烧酒。主食也喜晋人精作的羊肉水饺。酒酣之际，发西利似无意间说出了叶琳娜对于康仝霖的所盼。原来，去年康仝霖北来时，曾答应要赠送叶琳娜一件礼物：一柄江南苏绣团扇，扇面双绣茉莉花头双飞蝶。叶琳娜高兴不已，希望今年托康乃懋带来。康仝霖爽快答应了。这一年，叶琳娜就在盼望这一件事。

康乃懋一听，就知道仝霖早遗忘脑后了，忙说：“这件礼物，小儿已托付给我了。只是，今年启程北来，诸事繁杂，我未及带来。老朋友，我失礼了！”

发西利亦只是爽朗一笑，照中国饮酒规矩罚了康乃懋一盅酒。之后说：“小女叶琳娜，更迷贵国香茶。所以才急切想见一见芳香的茉莉花容。但愿此迷人芳香，早日弥漫在我喀山、莫斯科、圣彼得堡的上流客厅！”

送走发西利，康乃懋忙召回从后门避走邻家的石岳。石掌柜听完会见情形，却顿足说：“大掌柜，你真不该如此轻信发西利呀！”

康乃懋不解，问：“发西利探得彼官府底线，不可信吗？”

石岳说：“鉴于眼下边情，不可轻信！一则，俄商为防我借边情吃紧提价，总要营造边境无异常的气象。再则，即便俄官府真以不闭市为底线，我官府会不会有异常举动，也尚难料的。所以，不该不向发西利表明我缩盘的意向，更不该轻易答应新辟香片生意！皆大欢喜中，原欲对其施压的图谋，岂不落了空！”

康乃懋这才意识到，在库仑时冯得雨为他谋划的几套对策，自己竟未及施用！发西利一透露俄官方底线，自己就松了心？他只好说："有此失手，一半在我，一半也在你呀，石掌柜！临此危难局面，你不出山，却……"

吴家瑜忙说："大掌柜，是我有辱使命！"

石岳说："此失多半在我，多半在我！发西利也是来得太突然了。幸亏此是私会，不是议盘会商，尚可补救，尚可补救。"

## 4

这年的恰克图议盘会商，是在中国阴历十月十六举行的。

在俄方市圈内的商品陈列馆外，俄商搭起了一个华丽的大毡房。这是会商后举办欢宴的场所。毡房与陈列馆之间，铺设的那一条红地毯，散发出隆重而又好客的气息。俄方的六位茶商大佬，在陈列馆门外，一一迎接西商的六位主事掌柜。不用说，彼此相见是礼尽情热。

也正如石岳掌柜所料，其他俄商也似发西利，在会商中都在极力营造一种一切如常，甚而是轻松有加的气氛。自然，俄商也正式通告：雅科比总督已向俄皇枢密院作保，正妥善处理秋初布里雅特劫匪案，绝不会再导致封关闭市的事变发生。还望华商能向贵国理边大臣，巧为转达俄方诚意。

不过，西商诸位主事者，却并未似康乃懋日前那样，轻信此通告。一致的口气是，贵国官府有此善意，实在是两国商家的大幸；但我国官府至今未实见贵国此善意，正欲出重手处置，恳请万万不能大意。各位在贵国位尊言重，还望力促贵国官府尽早出实招，显善意。

俄方诸位，竟也爽然应诺，齐说事关双方，我们岂敢大意？我国官府重互市贸易，甚于贵国，更不会大意的。

此时，发西利说："欲使我官府更加重视边境事件，眼前最可行的，唯有扩大本茶季交易量！尽快扩大与贵国茶叶交易，是我当今女皇陛下——至高无上的卡塔琳娜二世一再的御旨。对此，各位尊敬的老朋友是知道的。

本茶季茶叶交易若能有空前扩大，我至高无上的女皇，定会命枢密院及雅科比总督，格外维护恰克图互市畅通无阻的。正是基于此，我喀山茶帮，日前已与我的挚诚的老朋友——康乃懋大掌柜，谈成贵国香茶进口我国的新交易！明年此时，康家的天盛川茶庄，就将向我喀山茶帮供应第一批高贵的香茶。此一新交易，我将荣幸地上奏女皇陛下！”

发西利的这番话，引起俄商一片赞叹。而西商诸位，一齐将目光集中到康乃懋身上。

不过，此刻的康乃懋却没有进退失据。发西利的这种攻势，石岳掌柜已有预料，因此也预备了现成的对策。康乃懋从容一笑，说：“能与我尊敬的米大掌柜共同开辟香片交易，本人也甚感荣幸！扩大与贵国的茶货交易，更是我西商的共同愿望。商家孜孜以求者，唯有将生意做大。只是边境不靖，为我西商最所顾忌！眼前这件案事，若不能尽早圆满了结，不要说新辟香茶生意，就是红砖青砖老生意，今年也难做大的。本次敝庄往绥远将军衙门领取来恰克图交易执票，已得到警告：少做外茶，多做内茶！所以敝庄不得不大减茶道上的红砖运量。”

吴家瑜在通译时，加了一句：“日前与尊敬的米大掌柜久别重逢，欢宴甚洽，所以未将此不幸的消息相告，怕扫酒兴啊！”

发西利听后也只是一笑，说：“这个案件，圆满了结，那是一定的。我敢打赌，明年此时，我们若如期会商香茶交易，我的老朋友，你能有所让价吗？”

康乃懋心中一喜：石岳掌柜真有些料事如神！发西利打赌这一招，他竟也预料准了。所以，康乃懋也未犹豫，跟着就说：“托米大掌柜的福，若今年互市顺畅，明年能如期来此会商，敝号一定有所让价！”

吴家瑜又加了一句：“只是眼前的红砖交易，尚难以扩盘的。”

这时，伊尔库茨克帮的主事者，突然插进来，厉声问：“贵国达胜川茶庄，也是你们太谷商号吧？”

康乃懋见伊帮主事者，脸色不好看，就知道俄商又出新招了。不过，达胜川是太谷做外茶青砖生意的一家小散户，依附于太谷曹家。今年曹家锦泰亨茶庄出席议盘的，是库仑庄口的孟掌柜。此刻，他已急忙接住说："达胜川是太谷茶庄，出了什么事了？"

伊帮主事冷脸挥了挥手，身后的随员就将锯开的两半截青砖，放在了桌面上。"尊敬的各位先生都看看吧！一片是达胜川向我们提供的样茶，一片是交付我方的货茶！用贵国的话说，两者相差十万八千华里路程！"

康乃懋拿过来看了看，两片青砖的面茶，相差无几，但里茶却相差甚多。青砖茶制作，本来就有面茶里茶之分，面茶青叶较细嫩，制茶工艺也较细致，里茶青叶选料及制作就要粗放一些，茶质也有差异。这倒不是为了欺客，而是为降低成本，使一般边地牧民能买得起。但外销青砖，其里茶较之内销茶，要讲究得多了，与面茶茶质相差不能太大，当然茶价也高。而价格更高的红砖茶，面茶里茶已几无差别了。凭康乃懋验茶的老到眼力，不必细看，就知道样茶是正经外销青砖，货茶则是内销青砖中的低级茶。常家库仑掌柜及其他西商掌柜，也拿过来略看了看，面现惊异，没有多言。

孟掌柜只扫了两眼，并没有拿过两片青砖细看，就说："达胜川向贵方交货的青砖，都是这等劣货？"

伊帮主事愤然说："掺杂了这等劣货，已不能饶恕！全数交来劣货，那是何罪，贵方不会知吧？"

俄方其他大佬，也都纷纷责言：

"出现此等不能饶恕的事件，真是太遗憾了！"

"这等恶劣事件，对我方茶商信誉的伤害，实在难以估量！"

西商外茶第一巨头常家大德川的库仑掌柜，耐心听完俄方大佬的责言，从容说："出现这等事件，我们也深感遗憾！所幸的是，我西商与贵方互市之初，对此等劣行，已订下成规：一旦有以劣掺假者，立即逐出茶行，永不得入市。达胜川，即以此铁规论处不贷。"

曹家的孟掌柜也对伊帮主事说："对达胜川的失察，我曹家深感愧疚。

我帮亦有成规，有假劣茶货付客，以一罚五赔客。烦请贵帮将达胜川所掺劣茶，悉数退回，我曹家当按成规，五倍赔付，以为谢罪！”

伊帮主事仍面色难看，说：“我帮信誉损失，弃止五倍赔偿所能弥补！”

莫斯科帮主事者也说：“非常不幸的是，此事件就发生在我伊尔库茨克地区！我方代女皇陛下主理恰克图边务的雅科比总督大人，对此事件也甚为震惊的！”

常家的库仑掌柜，立即正色用俄语说：“此事既已惊动雅科比总督大人，那我西商更当严加处置！”说时即转身用晋中方言对西商其他五位出席者道：“我西商创业不易，今出此等不义之事，实在是愧对祖宗，坏我祖业。为记此教训，鄙人有一动议：我西商愿自罚停止外茶交易一年，一年交易事小，西商信誉事大！不知各位以为如何？军中无戏言，想好了再说。”

康乃懋听了，心里一惊。

汾阳的两位掌柜，立刻就附和道：“应该，应该！”

孟掌柜也赶紧说：“我曹家拖累同业了，我帮愿罚！”

榆次史家的大掌柜跟着说：“我帮岂能例外？愿罚。”

吴家瑜忙向康乃懋耳语了一句：“无戏言。”康乃懋这才意识到这句暗语，忙跟着附议了。

常家库仑掌柜即用俄语向对方通告了自罚的动议。俄方几位主事听了，大多一脸愕然。只有发西利反而哈哈一笑，说：“我们是多年的老朋友了，有什么不能谅解的！正像贵方常敬奉的：和气最珍贵！如此重罚贵方，绝不是我方所愿。”

伊帮主事也忙说：“我帮所愿，也只是希望重罚肇事的达胜川商户……”

常家掌柜仍正色说：“我西商自罚，本是祖宗规矩。只是历来无此欺客之过，也就未曾实施过。今既违祖规，理当自罚，与贵方无涉的。”

发西利说：“尊敬的朋友，与我方怎么能无涉？贵方自罚停市，断了茶源，岂不也惩罚我方？”

孟掌柜说：“此事出在我帮，我帮愿自罚，不拖累西商同业。看在俄方诸位挚交的面上，各位同业掌柜，你们还是生意照做吧！”

榆次史家大掌柜说：“承蒙贵方各帮倾力成全，外茶生意连年扩盘，交易速涨，此本为双方喜势，却也不能不做远虑。生意扩张过速，也易出鱼龙混杂，泥沙俱下之弊。今达胜川之事，即此弊兆也！及早作刮骨疗毒之术，痛则痛矣，幸也大矣！我帮愿作此重罚。”

康乃懋也忙说：“晚痛不如早痛，此于贵方长远交易，也是幸事。我帮也愿作此自罚！”

莫斯科帮主事此时也变了策略，郑重说：“贵方各位所言，对于我们双方茶叶交易的健全发展，意义非常重要。交易中的违约行为，必须及时严惩。只是，如何惩罚，还是要照交易惯例，先经我们双方议定相关条款，生效成法，再依法执行。达胜川事件提醒我们，以前因交易顺畅，很少违约，太疏于商定惩罚条款了。因此，本帮亦有一动议：明年会商时，你我双方可备妥各自的相关新条款，以正式会商议定。各位以为如何？”

发西利就说：“欧沁，欧沁！”

史家大掌柜说：“这倒是正经之议。”

常家掌柜说：“我方各帮早有此意了。今终由贵方提出，我方自然愿意成全。自罚也当在条款之中的。”

发西利忙说：“自罚不自罚，那也得明年议定。今年不能生效的！”

孟掌柜说：“我帮因达胜川受重罚，当不能免！”

会商气氛缓和下来了，不过西商仍不肯扩盘：逼俄商向其官方施压，尽早缓解两国边境僵局，这是大头，不能松口。

最后议定：今年茶季互市量，暂定为往年的七成；中国年节后，若恰克图口岸仍开放无阻，西商将增加茶货运量至往年规模。但西商并未抬高茶价：中级青砖，合十二卢布一普特；中级红砖，合二十一卢布一普特，大致与去年持平。西商用意很明显，其缩盘，并非想抬高茶价，只是想促俄官方善解外交纠纷。

西商出此善意诚意,俄商也甚领情。会商后的聚宴,自然也是尽兴而散。席间,发西利还是念念不忘新辟香茶交易的事,一再逼康乃懋践约:赴俄境出席香茶入俄盛典。酒酣之时,康乃懋也不好推辞。

香茶尚未入俄,发西利为何急于举办盛典?一为占先机,一为做宣传。

## 5

议盘会商后,茶价既定,恰克图市圈的繁忙交易就开始了,而今年的繁忙尤甚。因边境不靖,大盘紧缩,西商是想从容应变,可俄商哪里会从容?各帮都显抢购之势。

若在往年,康乃懋出席完议盘会商,安顿一番生意,慰劳一番边地庄口的掌柜伙友,包括过俄境巡察开设在乌兰乌德、伊尔库茨克的域外庄口,最晚至十一月底,即可启程返回太谷了。若茶道返程顺利,一般到年关前,就可到家。但今年却不同了。

议盘会商时,西商几位老手,为何将缩盘暂限在年关?因为他们估计,边境外交僵局,到年关前就该有分晓了。眼前两国交涉,已到我理藩院与彼枢密院之间,公文来往,须历数万里之遥,所以不会早见分晓。但我大清朝廷,也不会将此外交烦难事留到来年。为吉祥过年节,当会斩烦断愁的。

鉴于这种预期,年关前,大家都不敢松心。康乃懋就更不便按惯例张罗回程事宜了。一则,他贯于事必躬亲,边境有这样严重的事态,他不紧盯着,哪能放心?再则,他已答应了发西利,要过俄境出席典礼。为求稳妥,在他要求下,发西利已将香茶输俄的典礼,推到中国新年之后。如此,即便新年能平安度过,他也得赶赴俄境。所以,他在家书中,简告了边境有事变,怕不能如期回家过年数语。

为避开发西利要求加速供货的游说,康乃懋提早回到了库仑。这自然也是为了便于打探官府消息。然而，在整个十一月期间，都没有新消息，两国官府僵持如旧。

腊月初，终于从库仑办事大臣衙门传出新的消息：俄国枢密院有回复牒文传到京师，称俄国刑法有新的修正，未及时照会中方，深表歉意。秋初库里雅特越境案犯，即按新法处以流刑，并无过失，中方不可误会云云。我理藩院自是不能接受，上奏朝廷后，已严词驳回。称俄犯系在我大清境内行劫，当按两国边境既定约法，会商处置，正法不贷。如此借口卸责，实属荒诞，我圣皇已盛怒云云。

而且，此后不久，办事大臣勒保大人，即奉召回京了。

又不久，办事大臣衙门传出消息，说勒保回京，是因为被朝廷免职了。

这一连串动向，显见僵持不但依旧，且更趋危厄。西商大户据此集议，倾向于凶多吉少，须做变局打算。

但通过俄商探听彼方底细，所得消息却也依旧：此不过新一轮来往回合，俄官方底线未变。今既致歉，已退一步。确当时，必会以体面方式，成全中方所求，以换得恰克图互市平安。

对俄商所传消息，西商也只能将信将疑。

发西利给康乃懋传来的消息，更为乐观：阴云即将散去，我们隆重的典礼会在阳光照耀下，如期举行。尊贵的雅科比总督大人已答应亲莅我们的盛典。

康乃懋希望如此，却也不敢深信。

不过，腊月还是平安过去了。而且，中国新年，俄商及俄境边民热情参加了庆贺活动。因为新年过后，华茶贸易将要大增。

正月十五上元节过后，在米氏库仑店的一再催促下，康乃懋决定启程赴俄境。虽然行前库仑的冯德雨掌柜多有劝说：还是等边境案事有了分明的结局，再过俄境为好。但康乃懋已经相信了发西利新年后传送来的请帖：雅科比总督大人正期待着接见康大掌柜。雅科比大人是俄方主理边务的总督，如边境案事仍在恶化，他会准许这样的贸易典礼举办吗？更不用说还将出席。康乃懋认为,总督大人的出席,应该是一个吉兆。

康乃懋每次北来,都要在绥远将军衙门申领过俄境的执票,类似今之护照。所以,他过俄境很便利。他重回恰克图后,带了石岳掌柜,一道同行过境。石岳身为边境庄口的掌柜,也常年持有过境执票。而他精通俄话,要做康乃懋的正式通译兼高参。

他们于正月末到达伊尔库茨克。就在中国农历二月二龙抬头那一个吉日,举行了香片华茶输俄的庆典。期间,雅科比总督果然接见了康乃懋,礼遇有加。还声称他也极其喜饮中国香茶。一切都祥和如意。

谁能料到,没过几天,即中国农历二月初六那天,发西利大惊失色地赶来对他们说:"贵国已将恰克图口岸关闭,停止两国贸易!"

# 第三章 临危举内贤

## 1

康仝霖见到母亲的时候,比听到恰克图封关闭市,父亲被困俄境的消息时,还要震惊;母亲不但镇静如常,而且显现出一种他从未见过的坚毅。

他匆匆给母亲行过礼,便急切地问道:“恰克图真闭市了?”

戴夫人从容说:“霖儿,你也这样惊慌失措?”

康仝霖说:“母亲大人,这毕竟不是小事……”

戴夫人说:“再大的事,惊慌何用!霖儿,今年崇安茶情如何?”

康仝霖只好说:“今年茶情甚好,所幸我未扩盘……”

戴夫人一听,似受振奋,忙问:“霖儿,你对边情变故已有预料吗?我记得开春南下时,你是力主扩盘的!”

面对如此意外的大变局,康仝霖真不知该如何向母亲交代自己在蒲圻走的那一步棋:“母亲大人……”

戴夫人就说:“霖儿,还有比恰克图闭市更大的事吗?何必如此犯难?”

康仝霖只好说出了自作主张,在蒲圻置买茶山的事。“母亲大人,我实在是没有料到边境会发生这样的变局!悔不该不听从总号掌柜们的劝说,以致如此雪上加霜!”

戴夫人听后略作沉思,说:“边境变局,未能料到的,何止是你?尔父身临边境,也未能料到的。何况,开辟蒲圻茶山,我也是向着你的。崇安未扩盘,蒲圻买茶山,也未见得不是一件幸事。”

康仝霖说:“新茶山,须源源投银子养育,一旦断银撂荒,茶山就废了!”

戴夫人面现喜色,说:“霖儿,你对吾家茶事,能如此上心,我真高兴!临此变故,康家祖业的千斤重担,也只有吾儿你来扛起了!”

康仝霖慌忙说:“为儿不肖,于家业心常不专,母亲是知道的。顺风顺水时候,尚赖父亲大人撑帆掌舵,今突临此危局,为儿我……”

戴夫人转喜为怒,道:“霖儿,你也如此懦弱!康家祖业,除尔父之外,竟无一个男主能撑起门户?”

康仝霖急忙给母亲跪下,说:“母亲大人,为儿不肖,不孝……”

戴夫人冷脸说:“你茶道劳顿数月,先下去歇息吧。”说毕,进入内室。

大瑜忙过来扶起康仝霖,低声说:“少爷,夫人不是冲你生气,快先回去歇着吧。”

康仝霖忙问:“那是冲谁?”

大瑜更低声说:“再说吧,再说吧。”

康仝霖回到自己房中,便细问妻子。妻孟氏婉君说:“还不是冲着东院!”

东院,即指康乃懋之胞兄康乃骞一门。

原来,康家做茶叶生意始于康乃懋的祖父,生意并未做大。他在归化城,即今内蒙古呼和浩特,盘过一家行将倒闭的茶庄,更名天义川,接手做青砖生意,也不过贩运些低级砖茶,销往内蒙古牧区。但其子康海元,即康乃懋的父亲,却有商才,胆略过人。帮衬父业出道之时,正值恰克图市圈初置,他不顾父亲反对,举债独闯恰克图,开始做外茶生意。由此竟使天义川渐成西商大户，康家起山隆兴。因他名字中有“海”字，茶庄字号又“天”字打头，茶道上人称其康海天，一时名声甚显。但他也深知做外茶生意，风险莫测，因而对父亲身后留下的内茶生意，一直没有放弃。乾隆二十九年(1764年)起，遭遇长达四年之久的封关闭市，使晚年的康海天深受打击，以致一病不起。在交代后事时，断然将祖业一分为二：青砖内茶生意，新加重资，承袭祖号“天义川”，交给了老大康乃骞；红砖外茶生意，则赐新号名“天盛川”，交给了老二康乃懋。为的是内外相济，互为补救，旱涝保收，以图祖业不败。用当今一句熟语，这叫“东方不亮西方亮。”

只是，大凡创业一辈有大智奇才者，后继一辈往往显得逊色。因为前辈事业过于显赫，所留成规就不容置疑，守成已不易，哪里还有出新的余地？康乃骞、康乃懋兄弟，接手祖业后，子随父规，虔诚勤勉，不敢有一日他顾，但还是常常力有不逮。

相对而言，康乃懋的外茶生意，要比其兄的内茶生意要兴盛许多。这或与恰克图贸易正处上升扩张的大势有关。康乃骞是忠厚人，对此倒也无怨言，只怨自己才具不及胞弟。但他的家人及茶庄伙友，就常以内茶做不过外茶为借口，有些埋怨分业不公。乾隆四十四年(1779年)恰克图又遭第二次闭市，康乃懋在慌乱之后，谨遵先父遗训，转手尽力帮衬兄长的内茶生意。不料，天义川的生意竟也峰回路转，柳暗花明，渐显大号气象。

康乃懋本也才具中常，为何会显出如此回天功力？其实，内中原因多多，非康乃懋一己之力，所能成全。外在大势，外茶既已断市，实力雄厚的大户，转战内茶，小户、散户，当然难敌。天义川本来实力不菲，加上天盛川助阵，当然可争入前沿。内在功夫，做外茶的大户，常擅冒险出大手笔，此更为惯做内茶慢功的商家所不敌。而康乃懋本人虽无大才大智，但能礼贤下士，加之先父康海天在字号中留下不少外茶高手，一些鲜招，即由这些高手贡献。其中最见效一招，是以制作外茶的精细工艺，制作内茶，又不涨价。如此收利虽减，但天义川茶货销路广开，庄誉渐显，而茶山外茶工序工艺，又可延续不废，一旦复市，即可源源出货。这样的招数，接连施出，生意岂能不见起色？

康乃骞及其家人、天义川大小掌柜，由此对康乃懋不但怨气全消，甘拜下风，而且竟有些奉之若神明，外茶复市后也依赖不能离了。天义川的大主意、小麻烦，都赖天盛川示断。康乃懋当然也尽力帮衬，不惮其烦。

兄谦弟贤，渐成佳话，真应了康家老宅对门照壁上那六字题刻：“德不孤，必有邻。”康家起山致富后，康海天先将祖宅做了翻新扩建，继之又在祖宅之西，新起一座宅院。老大康乃骞继承了老院，习称东院；康乃懋住入新院，称西院。兄弟比邻，相扶相济，似应如康海天所愿，风雨无忧的。

可恰克图又遭闭市，尤其康乃懋被困俄境的消息传回，在康家东院引起的惊慌，简直胜过了西院。康乃骞对于封关闭市倒还不怕，把他吓慌了的，是其弟困在俄境：这不塌了天了？懋弟若有不测，康家不就完了？

那天，康乃骞张皇失措跑过西院的时候，戴夫人也正因这惊天霹雳乍现，几不能支。在座的冯得雨掌柜，尚在极力劝慰。康乃骞惊慌闯进来，眼泪竟也流得不断头，只嚷：“这可怎么好，这可怎么好……”

冯掌柜及大瑜忙过来扶他就座，他也不坐，只是泪拌惊慌，全失了男主气象。

戴夫人见此，反倒有所振作，说：“他大伯，就真是天塌了，你也不能这样慌张。康家上下，祖业茶道，如今就指望伯兄你呢！”

康乃骞一听，竟更慌了，失神哭道：“我但凡有懋弟三分能耐，也不怕了！他二娘，冯掌柜，你们还不知道？这些年，康家的天，就全靠懋弟一人顶着呢，懋弟要有个三长两短，康家可怎么是好……”

戴夫人就有些气恼，不再说话。

冯得雨忙说：“大爷如此心疼二爷，也是康家大幸！二爷虽说困在俄境，可也无须忧虑过甚的。在下驻边多年，熟知俄夷脾气、行事规矩。此前两次闭市，亦有我西商被困夷境者，复市后都安然无恙回来了。再说，俄境乌兰乌德与伊尔库茨克，尚有我天盛川庄口，两地伙友当与二爷共患难的。尤其跟随二爷赴俄境的石岳掌柜，更长于交结俄人。大爷放心就是了。”

康乃骞还是说：“叫我怎么放心？我怎么能放心？”

冯得雨说：“可不是呢，遇此风云突变，谁能不揪心？大爷，眼前可忧者，除二爷安危，还有东家祖业大局……”

康乃骞就顿足说：“我但凡有懋弟三分能耐，也……我愧对先父呀！”

戴夫人已几不可忍，还是强忍住了。

冯得雨见状，便说：“冯某跟随先尊大人多年，也经历不少茶道风云。每临突变，先尊常是安睡过夜，翌日才谋良策。此即为避惊慌有失。大爷，二娘，恰克图二月已生变，延迟至今才告知东家，是我失礼擅决。之所以如此，一则怕府上惊忧过甚，再则也为从容谋取对策。”

康乃骞一听，竟立刻给冯得雨跪下了，泣声问：“冯掌柜已有良策了？”

冯得雨慌忙将康乃骞拉起来，说：“大爷，大爷，可不敢如此！这不是置在下于不义吗？冯某受东家两代知遇之恩惠，尽忠图报，本是天理。大爷若如此见外，在下可就不敢多嘴了！”

康乃骞乞求道：“康家祖业安危，如今全靠冯掌柜了，全靠冯掌柜了！”

冯得雨说：“大爷，二娘，两位初闻事变，有所慌乱，也难免的。就依先尊作为，暂不忙计议对策，缓几日，等心气稍定，再计议也不迟。”

戴夫人才开口说：“大瑜，赶紧招呼人来，送你大伯回东院！”

康乃骞哪里就肯走？经众人再三劝说，才送回东院了。

戴夫人长叹一声，说：“我入康家这么多年了，真还不知伯兄竟如此懦弱！叫冯掌柜笑话了。”

冯得雨忙说：“恰克图初遭闭市，处惊不乱如先尊，也曾有所失据的。何况此次闭市，二爷困在域外，为前所未有。”

戴夫人仍然大不悦，说：“就真是天塌了，也不能伏地就㞞吧？”

冯得雨一听，就向戴夫人再行作揖礼。

戴夫人慌忙说：“冯掌柜，我失言了？”

冯得雨说：“听了二娘这句话，冯某也就踏实了！二娘这句话，才像先尊康爷后人所言。临此危难，天盛川及天义川各路掌柜伙友，所期盼者，也唯此一言！”

戴夫人倒有些不好意思了，忙说：“我一个妇道人家，能有何能？只不过是怨恨伯兄枉为七尺男主！”

冯得雨郑重说：“二爷既困夷境，当务之急，是东家要有人出来暂代龙首。今听二娘此一言，与近来冯某等所希冀，甚相合！因而才感踏实许多了。”

戴夫人就说：“冯掌柜，我这不过是一句气话，不敢太当真的！临此危难，康家还得仰赖尔等本事大的掌柜。”

冯得雨说：“那还用说！我们是有我们的谋划，但总还须东家做主的。”

戴夫人忙说：“冯掌柜有何良策，尽可说出来的！”

冯得雨说：“还是先安稳几日，再做从容计议吧。少掌柜也该从南茶道返回了吧？等少掌柜回来，一道计议也不迟。”

戴夫人就说：“你们莫不是指望霖儿出来主事吧？”

冯得雨说：“二娘，我看少掌柜才具胆识，都不差的。不过，还是等他回来，再从容计议吧。”

戴夫人说：“霖儿是有些天分，但他一向于茶道心不在焉，冯掌柜你是知道的。”

冯得雨说：“一切再从容计议吧。二娘，依惯例，库仑庄口茶季收结，押银归来，贵东家都要聚宴招待，答谢同行的掌柜伙友、驼队把式、镖局武师。今遭此变局，人心浮动，此聚宴似更不能少。只是，二爷被困域外，少掌柜未归，东院大爷又……”

戴夫人断然说：“本妇愿代夫出面酬谢诸位，只怕于礼有所不敬吧？”

冯得雨欣然说：“二娘，此正是在下之所愿！非常之时，可有非常之礼。再者，我等这一行人众，常在边境与俄人交往，而俄俗，不拘男女，一样可居于主位的。当今俄皇，即为女辈，似更受敬仰。今二娘能出面谢众，我等非但不会以为不敬，当更会感念不已的！”

戴夫人也就欣然说:“既如此,本妇义不容辞!”

择日聚宴时,戴夫人携儿媳孟婉君,仪态大方地出席谢众,果然深得人心。戴夫人及孟婉君,本来就都是大家出身,仪态不俗。而临此危难,两位女主全无悲伤泄漏。尤其戴夫人,将眼前危难只用“做外茶生意不能免”一句带过,重言全在诚谢众人一年辛劳。而仰赖众人,共渡难关,旱路不通走水路的励志申明,也情真意切,不容置疑。

戴夫人为养护品茶功力,一向不沾酒水的。这为天盛川上下熟知。但今也破例饮下一盅谢众烧酒。婉君也代康全霖继饮一盅谢酒。在座的,更为之动容了。

## 2

俗话说逼上梁山,这个逼字,远胜常力。戴夫人能从外茶断市、当家丈夫远困域外的危情中,很快脱出,可以说是势之所逼。东院伯兄的意外懦弱,使她不仅失去依赖,更使她羞于惊慌。而冯掌柜委婉请她以女主身份,出面谢众,则叫她初尝了挺身而出的几分快意。

这几分快意,是危势逼出来的,但也可以说是她心藏的一种向往。

她的母家祁县戴家,所以成为名门,即缘于其祖父戴廷栻身陷明亡的危势中。戴家在前明时代,本是官宦门第,虽未有仕位大显者,但总有官场可仰赖立身。至饱学志远的戴廷栻承续家脉,正可望仕途大显,光耀戴门,却临明亡大限。那才是塌天大难!戴廷栻取全志保节,誓不仕清一途,原也是自伯夷、叔齐以来,中国传统名士身陷易主乱世时,所崇尚之道。此一途,是以失去立身之地,作为全志保节的代价,所谓饿死事小,失节事大。但戴公及与之过从甚密的几位明季名士,却在全志保节、誓不仕清一途,自辟生路,得以衣食无忧,甚至优裕自足,继续治学宏志。何处辟出生路?仕途之外,广阔俗世也。如傅山,以自己高超医术,行医售药自立，尤其不惧俗见，以独擅的妇科施医行诊，养家养学，著述源源留世。又如顾炎武，为筹取游学北国的资费，在山东章丘经营田产，在山西雁北垦荒牧畜，艰苦卓绝是不必说了。但一生游学四方，典籍盈车相随，一路阅今考古，却从未有生计拮据的时候。而戴公则破士人轻商陈规，毅然近取晋中善商之便，亲涉商海，以德御商，竟使戴家成富室，卓然立于乡里。家资殷实后，戴公在乡中筑成一座藏书楼，名丹枫阁，广收乱世散失经典及天下奇书，收藏之丰一时冠于北方。戴家丹枫阁，因此成为清初许多志士名儒，聚会论学的场所。资助生计拮据的志士，也成戴家家风。戴家成名门，即由此玉成。

戴廷栻及傅山、顾炎武这几位明季清初的名士，在乱世危局中勇于脱出官场，又能卓然自立，实在是中国传统士人的一大进步，用当今话语说，是传统士人向近现代知识分子的蜕变。传统士人，不论如何炼志穷经，但施展抱负，却只有一条路："炼得文武艺，货于帝王家"。名为售艺，其实是连己身也售予帝王了。顾亭林石破天惊，将帝家王朝与天下人间相区分，提出"易姓改号，谓之亡国；仁义充塞，谓之亡天下。保国者，其君其臣，食肉者谋之；保天下者，匹夫之贱，与有责焉。"戴廷栻更直接立言："择君而仕"。入仕做官，只是士人的一种选择，而天下大矣，事农、工、商，做布衣，做匹夫，亦可不舍仁义。这与近现代民主思想，岂不是已经打通？这几位先贤能出此民主思想，实在与他们有能力卓然自立于俗世，很相关的。此是闲话，不赘。

戴夫人生于这样的家族，卓然自立，不舍仁义，早已无形中浸润了她心田。而她天生为女身，囿于礼俗，不能如祖、父、兄弟辈，亲操事业，取舍义利，常以为不幸。因此，对亲施智勇，卓然事事，更深藏了向往。戴家选择与康家联姻，看重的还不是康家的富有，而是康海天这位茶道奇人：自强若如康海天，立世何难！戴夫人嫁入康家后，渐知万里茶道之进退，不是一般文治武功所堪左右，其间天地实在太大了。她暗藏的向往，也就越发不能消弭。万里风云时时在身边，及也易，及也难，心系其间何能舍？闲来翻检稼轩辞章不厌，心仪处，也还在词人能亲操金戈铁马。

不过，她挺身而出谢众之后，实在也还不曾想过要代夫主事。冯掌柜对霖儿的一句评价，使她将希望放在了爱子身上。但也深知霖儿尚不堪担当此重任，她必须尽力来辅佐他。而仅仅这个辅佐的机会，也使戴夫人很兴奋了。这与平常辅佐丈夫毕竟是不同的。一向并不全心属意于祖业茶道的霖儿，忽担大任，必力不能胜。她随时添加援手，共施智勇，也就少不得了！虽为辅位，也已亲涉茶道风云了。

戴夫人正是怀着这样一份希望，等待康仝霖的归来。他终于归来了，却是也那样惊慌失措，她岂能不失望？其实，康仝霖乍闻惊变，那样惊慌，本也正常。只是戴夫人心中激起的热望，不同寻常而已。

康仝霖得知东院伯父失态情形后，忙过来向母亲赔罪劝慰，申明会不辞万难，分担母忧。渐渐的，戴夫人也就消了气，但也未明说自己心思。只是一味将重担压到霖儿肩上："康家祖业败与不败，全系于尔一身了，别人都指望不上！"其用意，当然是想激发爱子振作奋起。

康仝霖在此情境中，也不示弱了，誓言旦旦，决心不负祖业，不负母望。他本来也自视不低的，哪肯落入懦弱行列？加之在茶道上历练已久，从茶山至茶市，自认无不熟通。有此誓许，似也不是一时虚言。

戴夫人见此，喜则喜矣，也不敢大喜，更未喜形于色，依旧神情凝重，说："你祖父生前常说：天下无难事，亦无易事。今临危难，正当牢记此训！再者，你毕竟年轻功浅，更须似尔父，礼贤下士，坦诚仰赖字号的掌柜伙友。"

康仝霖唯唯应诺。

于是，戴夫人便先召来冯得雨掌柜，商量由霖儿暂代父位，出面主理家业。不料，冯得雨却还是主张缓议。因为他已得知，武夷茶山掌柜徐文琪及归化驼队掌柜刘福海，正日夜兼程往回赶。这二位亦是天盛川重臣，等他们回来，一道计议为妥："东家择贤暂代龙首，这毕竟是大事！"

戴夫人听了，也觉甚妥，并未听出话外之音。眼前康家择贤，除了霖儿,还能有谁呢!

那时的西商茶庄,还并未创立日后晋商通行的“伙东”体制。“伙东”体制,用现代术语来说,即是将商号的所有权与经营权相分离。“东”,就是出资开办商号的东家,即商号的所有者;“伙”,就是东家全权委托经营商号的大掌柜,及其雇用的伙友。东家,也称财东,只监管商号的总盈亏,大体合理,盈亏全揽,不干涉具体商务。大掌柜,也称领东,对东家负全责,依经营功绩,分得佣金、赏金以及手下伙友的辛金。那已是成熟的商业体制。而西商茶庄,出资东家尚是亲自经营,当家者自任大掌柜,手下雇用若干独当一面的掌柜,以及更多的办事伙友。所以,康乃懋及康仝霖,才那样终年巡走于万里茶道,亲躬商务。

天盛川由康乃懋任大掌柜,太谷总号,也即俗称的老号,便没有权重的掌柜了。其下账房掌柜、品茶掌柜及联络各庄口的协理掌柜,已等而下之。掌柜中权重者,都在老号之外:一为茶山掌柜,即武夷崇安庄口的掌柜;一为茶市掌柜,即外蒙库仑庄口的掌柜。而在康家,还有一位掌柜,不但权重,而且一肩双担,天义川、天盛川两号,内外茶生意,都得依托之,这就是驼队掌柜。康家因是在内蒙古归化城经营驼运起家,所以养有驼队。及至盘收茶庄,转做内外茶生意后,仍依托自家驼队。康海天能将生意做大,也很得益于自家有驼队。因为驼运是当时北方最得力的运输行业,独营的驼运户,常常被官府出资征用,承揽军政运务,商家货运也就时有受困。康家自有驼队,便无此忧。后来,西商大户纷纷效仿康家,自备驼队,以保货运通畅。康家生意做大,内外茶兼营,驼队自然也随之壮大,所养骆驼,已达三千峰之伙。驼队一身托两号,其权重显然不亚于茶山茶市,何况还是祖业!这位刘福海,也与冯得雨、徐文琪一样,都是康海天手下出道的老臣。

冯得雨等待徐、刘二位,共议渡过闭市难关的对策,是理所当然,也另有他的用意。因为他所谋对策,太不同寻常了。

刘福海早于徐文琪归来。冯得雨押银归来途中，经归化城，其时已与刘福海密商过的。他所谋对策，深得刘福海认同。及至徐文琪归来，冯得雨先问策于徐，徐意竟与冯、刘不谋而合！这三位老臣不谋而合之谋，为何？

六月初六，值盛夏晴日。按习俗，在这一天晾晒衣物、书籍，可终年不霉不蛀。在往年，戴夫人都赶回祁县母家，帮着翻检丹枫阁中受潮书籍。但今年却回不成了。冯、徐、刘三位权重的掌柜，正是选了这一日，要来祭拜先大掌柜康海天。此日既非康海天生日，也非忌日，不用说，他们是要在这一天，计议那件大事。

因是日常祭拜，就例行在康家香堂。所谓香堂，是康海天仿江湖忠义堂，专辟一室，供敬奉关帝，计议大事，奖优赏功，及收徒起誓的场所。他辞世后，家人将其灵主牌位，供在了堂上关帝圣像前。凡议事，都要先行祭拜，象征他老人家仍然亲临议事，不违其志。这间香堂，自然在老院，即东院。

东家主祭者，也当然是东院的康乃骞，西院依礼制，应是男主康仝霖。但三位掌柜力邀西院内当家也莅临，戴夫人就只好出席。

一行祭拜如仪。康乃骞主祭，敬香祭酒后，先行跪礼，已然泪拌惶愧，泣声祈祷，求保佑懋弟平安。继之为康仝霖，郑重出誓言。后为戴夫人，仅默然行礼。

最后是三位掌柜，一同行祭礼，礼毕，却未起。只听刘福海出粗宏声音，道："康爷，今茶道有难，外茶断市，二爷又困北海，危厄空前。所幸爷生前早有预防，留下内外茶互济良局。今即遵爷遗策，福海、得雨、文琪率爷所立天字两号各路掌柜伙友，共尊东院大爷为大掌柜，统领两号，以青济红，内外归一。爷在上，我等谨誓：任凭东院大掌柜调遣，当万难不辞，保茶道不败！"

刘福海誓毕，三位起来，又转身给康乃骞行跪礼。同时，冯得雨拜言："冯某、徐某代天盛川众掌柜伙友，拜见大掌柜，万望不弃，共渡难关！"

听刘福海粗宏誓言，康乃謇已惊恐万状，等三位掌柜给自己一跪，越发不能自持了。冯得雨拜言未了，他就给三位也跪下了。三位慌忙将他扶起来。他转身又跪在先父的牌位前，语稍从容，说："父亲大人，謇之不肖不才，吾父深知！今謇实在不是避难不就，惶恐者，唯怕祖业不保。自失父庇，謇所领老号，与吾父所愿去之甚远，幸有懋弟无私相济，才免不衰。单领老号尚力不能胜，今若强领老号新号于謇一身，致祖业青红俱衰，大势尽去，及懋弟归乡，复兴之本已失，謇万死不足惜，祖业堪惜！吾父中兴祖业何难，今岂忍一旦毁于謇手……"

康乃謇这一番坦诉，不仅大大出于三位掌柜的意料，连戴夫人、康仝霖也深深被感动了。

戴夫人原是怀着热望，欲听三位权重的掌柜献出良策。一听刘福海出言，还是强逼东院伯兄出来担纲：这岂不是要这位伯兄在先父灵位前献丑吗？伯兄果然又失体统给三位跪下，她更羞愧难当了。但伯兄转跪先父灵位前，语转从容，她已觉惊异。及至坦言声声，不避自己的不才不肖不强不济，而且是既当着先父灵位，又当着他们这些位在其下者：弟媳、侄子虽权重也毕竟是受雇的掌柜，她渐被感动了。伯兄本是当今康家位最尊者，何忍如此自取其羞辱？还不是视祖业至重！古之让贤，也不过如此吧！

转悟及此，戴夫人慌忙对霖儿说："还不快把你大伯扶起！"

康仝霖就忙去扶，可哪里能扶起？三位掌柜也过来，强扶了起来。将康乃謇扶上厅堂的首座，大家才依次落座。

三位掌柜所谋非常之策，当然不是顺理成章推康乃謇担纲两号。但这个礼数，还是不能少。毕竟是东家内政，他们身为商号掌柜，终系外人，哪能唐突立新主！只是，以他们的预料，东院大爷也不过慌张推辞也就是了，没想到竟出此感人的肺腑真言。这使三位掌柜对懦弱的謇大爷，倒顿生敬意，也使他们的非常之策，更易说出了。

因为刘福海身立两号，所以还是他先出面说话："大爷如此珍重祖业，真是我等大幸！东家茶道长盛不败，我等安身立命亦可无忧了。当此难关，大爷不想挡道贤能，此大义，先尊康爷亦得欣慰矣！福海敢问，大爷心中贤能为谁？"

康乃骞说："就是你们几位本事大的掌柜！"

刘福海忙说："大爷，我等受惠东家两代人，不辞万难，共破当前危局，是理所当然的。但何敢置于号令东家之位！东院大少爷，博学有志，听说今秋将赶考乡试，何不临危出山，辅佐大爷主理祖业？"

康乃骞慌忙说："他一个书呆子，一步未走茶道，与吾贤侄霖儿比，天上地下！"

康仝霖一听，也慌忙说："伯父大人，霖儿才是不肖子！年近而立，业无所专，一事无成，哪及堂兄专心于功名？"

戴夫人就说："霖儿虽早入茶道历练，只是常心有旁骛，尚不堪担当大任的。"

刘福海说："西院少爷倒是茶道熟通，也有异才。只是，二爷身困北海，仝霖未获父授，即代父职，主家政，于礼于情似也未妥吧？"

戴夫人说："即便霖儿父亲在，家政大事，也得听他大伯点头的。"

康乃骞就说："还是三位掌柜看吧，若贤侄霖儿能当此任，我成全！"

在此前，康仝霖已经决定了要挺身而出，勇赴家难，但刚才被伯父一番坦诉所感动，已不敢锋芒过露了。眼看重任将集于己身，还是慌忙说："在座都是前辈，晚生如我，何德何能以服众？"

此时，一直未说话的冯得雨才不动声色说："东家男主都如此让贤，大义可嘉自不待言，可危局当前，东家总得有人出来主事。在下忽然记起，康爷生前曾对我说过：吾家西院戴氏，是个明白人，见识常不逊于乃夫。今不妨也听听二娘见识？"

刘福海就紧接了说："看看，我怎么也忘了？康爷在时，也曾不止一次对我夸过二娘的！大事明白，小事不计，喜文习武，见识不亚须眉。大爷，福海先冒昧敬一言吧：二爷未归以前，西院天盛川生意，何不请二娘戴夫人暂代主理？东家家政，还是大爷担纲，尤其要多操心西院！"

康乃骞忙说:“天义川生意呢?各位不管了?”

刘福海就说:“哪能不管呢!还是依旧规,外茶断市期间,天盛川自然得托靠天义川,联手共进退,扩内茶,保外茶。”

康乃骞才说:“这样就好,这样就好。”

戴夫人忙说:“我倒不是推辞,只怕担待不起。再说,我一个妇道女辈,强为担待,也有诸多不便的!”

一直未多言的徐文琪这时才说:“茶道处江湖间,不似官场,没有许多场面虚礼。再说,茶道诸事,还有仝霖少爷呢!”

刘福海也说:“二娘出面主理生意,是为东家天字两号立主心骨,仝霖少爷当为首辅,担子也不似平常了!”

康仝霖忙说:“各位前辈,放心就是了!”

冯得雨就说:“二娘贤良,字号上下掌柜伙友素来有闻。今临危出山主事,必更得众心。非常之时,东家出此非常之举,我等上下岂能不受非常激励?二娘也不用推辞了,就听东家之长大爷你一句话了!”

康乃骞至此,才有些明白了几位掌柜的用意,是要推举西院弟媳代理懋弟职权,掌管两号生意,心里就有些难以接受了。他虽自知才能不济,不敢担当统领两号重任,但本意也只是恳求这几位权重的掌柜能依旧帮衬东院,西院由侄儿代行父职。忽然是要由西院弟媳出山主事,号令两号,自然也要号令他这康家之长,岂不要颜面尽失,如何能接受得了?但势已至此,他又无力担起重任,也只好说:“他二娘,尔之贤能,吾家上下都知道的。为祖业计,你就勉为其难吧!为兄不才,有累于你了……”

刘福海忙说:“有此议决,亦是东家之幸!我们还是先告慰先尊康爷吧!”

大家依礼序一齐跪在康海天的灵位前,刘福海祈告曰:“今谨遵康爷遗愿,并得今东家掌门大义举贤,共推西院戴氏夫人出山主理茶道商务,祈爷在天佐佑,渡此难关!”

这一年,戴夫人四十五岁。

## 3

这样的结果，是戴夫人万万没有想到的。她纵然心存了此类向往，却也没有想到竟会这样忽然成真。而推她出山，又被三位老到的掌柜铺垫得滴水不漏！

此事成真后，戴夫人才重新记起冯得雨先前说过的那句话：当今俄皇，即为女辈，似更受敬仰。那时，冯初归，已有此念了？他还说，自二月生变以来，一直在谋良策，此便是久谋之策？只是，俄夷之俗，总不宜做我邦援引先例，何况她一介商家妇，怎敢以女皇做比拟？我邦女后干政，毕竟是乱政之象。即便一般人家，妇人当家，也不是旺象。此不过无奈之选，切不能过分张扬于市的。

但自那日议决后，首先是霖儿，竟喜形于色，私下对她说：“母亲主理商事，我觉比父亲还好！”

戴夫人立刻正色道：“这是什么话！尔父危困异域，音信难通，你何忍说这样的话！”

康仝霖忙说：“我岂敢忘了父危？只是以我见识，母亲才能并不比父亲差的。是为母亲鼓气呀！”

戴夫人说：“霖儿，为母实在是替你出来担起了这个名分。冯掌柜他们是怕你年轻功浅，难服众。你切不可似仰赖尔父那样，再依赖我，诸事不专心。倘若能励志赴难，今危势当玉汝于成！”

康仝霖郑重说：“母亲放心就是了。今祖业遭此事变，因无父庇，才有身临其境之痛感！只恨醒悟太晚了。不幸之幸，是母亲出来掌事，我欲作为，当更易得善解的。”

戴夫人说：“你还是想靠我吧？你茶道已熟，我全得指靠你呢！”

康仝霖就说：“母亲大人，这就是为儿想听到的善解之言！以往我十言有一言可取，父亲亦难得听取的。”

戴夫人又正色说："又说尔父长短！我向来守家，未涉茶道一步，岂能跟尔父相比？"

康仝霖娇狡一笑。

使戴夫人更没有想到的是议决后次日，东院康乃骞竟携大娘王氏、长侄仝魁夫妇以及天义川茶市掌柜杨敦义过西院来慰问。惊吓得戴夫人真不知如何是好！

正要给兄嫂行跪礼，大娘早一把拦住，说："她二娘，可不敢这么见外！咱老康家遭这么大难，倒把千斤重担撂给了你，正过意不去呢！日前，我特意去了趟凤山龙泉寺，为他二爷许了大愿，求佛祖保佑他异国平安，早日回家团圆！"

康乃骞也说："日前议决，只是太加累你了。我已说知天义川上下往后生意，须听你指拨，不得有违！"

杨敦义就过来行礼，说："二娘贤能，我们也早知道的！想来二娘也如二爷，视天字两号为一家，多加指拨，同患难，共进退。"

戴夫人慌忙说："杨掌柜可不敢这样想！我受大家抬爱，枉担虚名，能有多大真本事？今外茶断市，正得依赖天义川内茶生意。杨掌柜多年驻庄归化，身临内茶重镇，往后我才得仰赖杨掌柜你们呢！"

杨掌柜就说："二娘放心，我们万难不辞！"

康仝魁也上前行过礼，说："二娘，吾家有难，愚侄与有责焉！为侄愿暂弃功业，乞二娘派一微职，以报效祖业。"

戴夫人忙说："仝魁，吾家虽临此变，尚不致危及吾侄书窗。你还是专心用功备考吧，尔父母及二爷二娘，还等着你光耀康门呢！"

原来，康乃骞回去将此议决说之王夫人后，先就受到她的数落：身为掌门，倒要由弟媳当家，真是枉为男主了。就是天塌了，也不至你这样惊慌失措！但康仝魁及杨敦义得知此事后，却以为甚妥，西院二娘贤能，他们也是深知的。杨敦义就劝王夫人说，东院先落一个让贤的美名当会更受两号上下敬重的。二娘毕竟未亲身执掌过生意，尤其内茶生意，依赖大爷必不可少。大爷进退有据，只操心大事，无须亲身操劳，才是尊长本色。康仝魁也极力附和杨掌柜，王夫人才不再埋怨。往西院来慰问，也是杨掌柜促成：事已至此，更当显出尊长风度。

其后，天盛川老号的账房、协理及品茶掌柜，也来拜见戴夫人，敬贺誓忠。尽管戴夫人以往与他们留守共事甚多，还是虔诚表达了仰赖之意。

戴夫人母家的掌门兄长，也闻讯从祁县赶来慰贺。

戴夫人就忙问："此事竟已传到祁县了？我身陷忙乱，还未顾及回母家就商于吾兄的。"

其兄说："你真是忙糊涂了！吾本家镖局与康家何等交往，这事岂能不知！"

戴夫人就说："我被逼就此男主位，岂止忙乱如此，简直惴惴难安一刻的。吾兄救我！"

其兄笑道："我妹心性，我还不知道！康家生意遭此事变，固然不幸。可你终有此亲操事业机遇，也算夙愿得遂了吧？你自小恨为女身，今得代夫位，你还怨恨什么？"

戴夫人说："俗世纪纲，岂是我一人能逆转！"

其兄正色说："吾祖父特立独行，连君臣纪纲，尚视之可择而守之，夫妇之纲自也无须僵守的！何况我妹又不是忤逆妹丈，不过是代他主事几天罢了！再说，商海居庙堂之远，只要不舍仁义，正可有女杰天地。戴家出女杰，卓然立世，正待我妹！"

戴夫人虽然深感还是家兄知我心，却说："你原来是火上浇油来了，就不怕我急火攻心，身心俱焚？"

家兄这一番火上浇油，倒也使戴夫人安然下来。她毕竟是那种能拿得起放得下的妇人，即其家翁康海天所赞赏的"大事明白，小事不计"。她持家及留守协理老号商务，素来通情明理，处事果断麻利，事后揽过让功。所以深得众心。

戴夫人出山后做的第一件事是召来冯得雨掌柜，并携康仝霖，一道去看望石岳掌柜的家眷。

这叫冯得雨甚感欣慰。他忙说："在我已去过石家了，并代东家慰问过石岳媳妇。这媳妇是心宽的女人，非但没被吓着，反倒要我多宽慰东家夫人你呢！"

戴夫人说："那我们更得去一趟了！"

果然，石岳媳妇是个开朗人，连连说："你们快不用替我家那口子担心，应付俄国人，他鬼呢，精呢，吃不了亏！有他跟着，大掌柜也吃不了亏！"

戴夫人就说："可不是呢，一听说有石掌柜相伴，我早就不担心了！咱们做外茶生意，即便不出意外，男人还不是常年在千里之外，爱担心，哪能活呀！"

石岳媳妇笑道："夫人心思跟我一样！"

与这位妇人快人快语说了一席话，戴夫人留言：石岳掌柜被困俄境期间，佣金照支，赏金加倍。临走，放下额外一份礼金。

石岳媳妇推辞说："我们虽是小户人家，也有积攒呢，熬几年，也能过得去。等难关过后，东家赏金再多，我也不嫌多！眼下还是先紧柜上吧。"

戴夫人就笑说："难关过后，可就没有额外了。"

冯得雨也劝说，石岳媳妇才不推辞了。

回来的路上，戴夫人嘱咐冯得雨，乌兰乌德和伊尔库茨克两个俄境庄口的掌柜伙友已不能正常回来歇假探家，亦当慰问其所有家眷，及时接济。冯得雨说，已有安排了，该发薪赏，正报老号列支。

回到康家，戴夫人就全盘生意问策于冯得雨。

冯得雨就说："愿先听夫人主见！"

戴夫人笑说："冯掌柜，你这是考我吧？"

冯得雨郑重说："理当如此的！再者，夫人于茶道实在也不隔膜。夫人主见若有不周，我们几位当然会坦诚建言，一如二爷主事时。"

戴夫人就说："那我就应考吧。前次遭外茶断市，以外茶细工制内茶，此法延续未断，今已无须再说。而前次外茶忽然复市后，茶价高企，却苦于外茶几无存货，坐失良机，未能追补断市所失。以我浅见，此前鉴可否及早记取？”

冯得雨一听，顿受振奋，说：“夫人能出此见，真是未负我等一番苦心举贤呀！我与徐、刘两位掌柜近来所计议，亦正如夫人此见。不愿先于夫人建言，唯一忧虑，是疑东家愿不愿冒此大风险？今逆外茶断市之势，反积存外茶，茶资支垫太大哪！恰克图何时能复市，实在难料。若如五年前，断市仅两年，还尚易支垫；若再如二十年前，断市四年，就难了。”

戴夫人说：“难易先不论。冯掌柜，以尔老练眼光看，此策真可选？又是否为首选？”

冯得雨忙说：“首选不敢说，但筹存外茶厚底，确是超近虑图远谋之策！只是东家已断外茶大宗收入，今若再添此大项支垫，恐怕不是仅内茶所能支撑。”

戴夫人说：“还是难易先不论！异邦所喜红砖，幸耐久藏，此为得天利！若存藏于库仑，既得高寒之益，也占了近市之便，此为地利。有此天地两利，再难也值得谋之。只是，库仑茶库能存储多少？”

冯得雨说：“库仑扩存不是大事。外茶断市后，茶库闲置者必多，我号库满，另租赁闲库不难的。只是……”

戴夫人断然说：“冯掌柜，若依我见，即先取此策。茶资筹措归本妇，茶货妥存归尔等，如何？”

冯得雨就说：“这当然再好不过了！只是，康爷亲立的茶道规矩，有一则最得属下掌柜伙友的真心，迄今未易。”

戴夫人忙问：“是哪一则规矩？”

冯得雨就念了四句诗：“高枝挂雪见丰兆，空圈无马辕难架。丝线穿针十一口，羊羔美酒是我家。”

戴夫人就说：“这我知道。冯掌柜，此系康家天字号命门，我哪敢稍易！”

冯得雨说："因有此一则规矩，东家向来所聘用掌柜伙友，除非叛逆决不弃用，尤其遇生意亏败时，不减人位，有福同享，有难同当，才深得众心。"

戴夫人说："筹措存茶资费，即便敝舍上下素食布衣，砸锅卖铁，断然不会危及各路掌柜伙友的生路的。我所担忧者，倒是怕在这艰难之际，有人另就高枝呢！"

冯得雨说："夫人恕我多虑了！我等投于东家茶道多年，唯因能同生死，共患难，立身成事，才不忍离弃。今危难空前，不能伤及的，唯此六字：同生死，共患难！"

戴夫人说："冯掌柜，有此六字，我也无可畏难了！"

冯得雨念的这四句诗，是何义？原来是四句江湖隐语，用拆字法，一句隐含一字，隐含了"桃园结义"四字。康海天初创外茶生意，茶道万里，布局广，涉事多，用人伙，风险大。那时代，外部无官家法规保障，也无社会分工可依托，内部则尚未创立成熟的商业体制。康海天所能顺手援用者，也便是江湖义气。尤其自康熙末年起，天地会在西商采买茶货的福建等地已暗中流行于江湖间。天地会所敬拜的义圣，最显者又是三晋乡贤关老爷。康海天视此为天启，便借鉴天地会，敬关公，设香堂，彰忠义，入门立誓，共担福祸，论功行赏，荣辱不弃，以凝聚万里茶道伙众。此道果然见显效，康家茶业以致大兴。跟随康海天闯荡茶道的一干掌柜伙友，守忠义而得经济厚报，入正业又成恒业，较江湖帮会饥饱不定，生死一线间，优越了不知多少。所以，康家掌柜伙友，无不敬康爷若神明。

而戴夫人出身名门，饱读诗书，贤能明理，为冯得雨等敬佩，但对江湖忠义是否轻看，冯得雨尚有担心的。所以才有此"考"。

戴夫人也视之为命门，他终于放心了。

## 4

外茶红砖，既定适当存货，内茶扩盘补济，也就更为紧要。

戴夫人幸得驼队掌柜刘福海指点：外茶运库仑存储，毕竟较以往运量大减。所空出驼队运力，正可加运内茶远征外藩蒙古，尤其是一般茶家视为畏途的外藩蒙古前后营。

原来，康家天义川内茶生意主销地一直在内蒙古牧区。自五年前得天盛川助阵，以外茶细工制内茶，声誉大著，牧民渐以其所出“川”字青砖做日常易货的计值物，形同货币。康家原来只在外销的红砖茶面于制作中嵌压一个“川”字，以为独有标牌，如同今所谓商标。五年前振兴内茶，因施以外茶精工，青砖亦开始嵌压“川”字了。所以在内蒙古牧区，“川”字青砖既成上佳的饮用品，又成财富存藏的保值品，销路好极了。也因此，再未开辟新销路。尤其外藩蒙古牧区，自家运力被兴旺的外茶所占满，亦难扩张内茶的。

而外藩蒙古内茶市场，又以库仑周边最为兴盛。这当然是因库仑繁荣，东口至库仑间又通官道，俗称台路，交通也较安全便利。刘福海所说的前后营，即乌里雅苏台和科布多，自康熙年间已成军事重镇，驻有钦命将军衙门，人口集聚渐多，也是外藩蒙古较大的内茶消费区。只是因地处外藩蒙古西北边陲，路程遥远，沿途水草不时断绝，一般商家不愿前往。但也因此，凡冒险前往者，获利也丰。刘福海掌驼运多年，自然对此深有所知的。

戴夫人对刘福海的指点，一样从善如流，果断采纳作决。

七月，天盛川接官府牒告：称俄夷不义失信，我大清圣朝已然断绝恰克图贸易，敕令禁止一切货物私输俄境，大黄、茶叶等俄夷素喜之物产尤其在严防之列。西商与俄夷交易日久，首当恭顺遵旨，违者正法不贷。

茶叶是恰克图贸易大宗，列入严禁，是当然的。而大黄，是我国特产的药材，具解热清毒良效。在当时成为蒙古地区军民日常必需，还因为大黄是畜牧业最重要的兽药。尤其是骆驼、马匹等畜力，一般都要在清明前后灌服大黄，清祛内热，保全年健壮。此俗为俄境库里雅特族牧民沿用，亦为俄西伯利亚军马保养所引用，从恰克图进口一直不能忽缺。故大清朝廷视大黄为战略品，列入首禁。

朝廷如此严厉敕令，且牒告到户，是此前两次闭市所未有。戴夫人及几位资深掌柜都不由吃惊：大势原来比预料的还要严峻。复市佳期，看来不会太近的。

不久，又打听到，被朝廷免职的库仑办事大臣勒保，已转任山西巡抚。难怪对西商如此严厉，他对恰克图贸易太知根知底了。朝廷免他库伦办事大臣职，似也不是惩处？他转任山右巡抚，严防西商，好像也是在延续朝廷强抗俄夷的大势。

不过，同时打听到，还有另一则消息：朝廷新任命了库仑办事大臣，且已赴任。其人名松筠，据说颇能任事，当今圣上多次遣其处理棘手事务。这次临赴任，圣上特意召见，多有密授。这似乎又是好消息。恰克图既已封关闭市，却又新补办事大臣赴任，还是颇能任事者，朝廷用意，似也企望及早破解两国僵局？

外茶生意，命系朝廷外交意志。西商巴结官府，也主要是为探听官方动态，朝廷意向。坊间所得消息，既然如此扑朔迷离，难以把握，冯得雨便自荐走一趟太原府，携丰厚礼敬，拜见勒保新抚台。他在库仑，巴结孝敬这位大人多多。

戴夫人当然赞成了。

冯得雨就邀来本县曹家一位相知的掌柜同行，此人就是曹家锦泰亨茶庄驻库仑的孟掌柜。两家都是西商大户，又属乡党，冯得雨与孟掌柜在库仑也就走得很近，相携相知，常联手理事，包括巴结勒保大臣。孟掌柜也正在太谷歇假，会知东家，一拍即合，欣然上路。

勒保抚台也真给面子，依库仑前例，在私室，着私服，会见了这两位掌柜。

礼节毕，勒保就先开口道："本抚堂刚脱苦境，你们倒又追撵过来了！就不想叫余清静几日？"

两位一听，就知道这是不见外的意思。

孟掌柜忙说："抚台大人移牧我乡，为我等大幸，道贺已迟，恳乞宽恕！"

勒保故作冷笑，说："尔等大幸，本抚堂何幸之有？库仑边务之繁难，远胜统兵御敌，尔等知道。余历四年苦境，简直无一日可稳坐，无一夕可安寝，无一餐可知味，倒平添许多华发！幸得圣上体抚，终于得脱，很想移任江南，在青山绿水间一缓劳顿，却又受尔等西商拖累！余转任山右，即受圣命，管束尔等西商耳。"

冯得雨忙说："圣上真英明无比！我西商得大人教谕甚多，得大人施惠亦甚多。今大人受圣命荣牧我乡，仅看大人面子，我西商也得一如既往，恭顺安分，谨遵朝廷新旨的。今来道贺，特奉上新出花龙井，虽菲薄，却是抚台所喜饮。又运到不久，鲜馨犹浓，到底略胜库仑的。"

于是，两位掌柜奉出新茶及连带的丰厚礼敬不过，勒保并未急着品尝新茶，只丢个眼色，贴身侍从便将新茶及礼敬悄然收走了。

勒保仅用"余这点嗜好，难为尔等还记着"一句带过，即正色说："朝廷重惩俄夷的新旨，你们东家知道了吧？"

孟掌柜忙说："知道了，知道了。朝廷重惩俄夷，亦是给我西商撑腰！当今圣上如此英明威武，日后俄夷断不敢轻易欺我西商了。"

勒保哼了一声，说："尔等心事，余岂能不知！近日来走动的西商大户，哪一个不是嘴上说得好听？本抚堂一律严告：今俄夷无理不悔，圣上已盛怒。尔等不可心存侥幸！"

冯得雨也忙说："国是至高无上，我等岂会不明此大义！敝县曹康两家，久得圣朝恩泽，才成茶外大户，今赴国难，甘愿节衣缩食，以济断市之困的。”

勒保便说：“你们东家之肥富，余能不知，何至节衣缩食！只要不心存侥幸，私通俄商，就算给本抚堂面子了。切望转告你们东家，此次断市，重惩俄夷，朝廷之严厉远胜于以往！圣上不仅亲委本抚堂来晋严加管束尔西商，还下严旨至盛京、直隶、山东、江南、浙、闽、粤东等各督抚衙门，饬令所属沿海口岸，实力稽查，毋许奸商偷运大黄、茶叶等物产出洋，致转售于俄罗斯，希图厚利！尔等久涉外茶生意，朝廷如此严厉，经见过吗？”

冯孟二位已听得暗暗倒吸凉气了，慌忙齐声说：“不曾经见，前所未有！”

勒保就说：“切记，切记！如有偷私，本抚堂可救不了你们！”

孟掌柜就说：“就请抚台大人放心，想我们东家断不会拿几代祖业当儿戏的。抚台大人这一番格外体抚，敝人与冯掌柜当一字不漏转告东家的！”

勒保说：“能知本抚堂苦心就好。朝廷如此重惩俄夷，尔等须做长久计！余理边务多年，深知俄夷之不易开化。唯有长久陷之困窘，或可俾其畏我威，怀我德，悔过自省，诚履前约，以求恢复和好。”

冯孟两位又听得暗暗叫苦，但也只能应声说：“抚台大人所见甚是，我们就做长久打算。”

勒保说：“朝廷为长久计，已敕命本抚堂劝谕尔等西商，毋因恰克图断市即从外藩蒙古纷纷撤庄，致使我沿边军务重镇、边防卡伦官兵及各旗牧民日常之必需顿陷匮缺。尔西商驻外藩蒙古庄口，不得以市敝利薄，地僻路遥为借口，关张停业，仍须踊跃采买烟茶布匹等物产，照例领票，前往发买。此亦事关国是，须郑重告知你们东家。不要只嘴上说得好听，一及商字，便非利厚而不为！此事利小义大焉！”

冯孟听说朝廷还有此敕令，已经稍稍松了一口气。外茶断市，西商本来也不至坐以待毙的，以内茶补济，早已实践了。这位抚台大人还在苦心劝谕，可见隔膜于商，轻看于商，终是其官员本色！不过，朝廷有此饬令，到底也是好事。空前严厉之中，到底为西商留下一条生路。朝廷边防军务，外藩蒙古牧民生计，到底已离不开西商。此中经世大义，这位抚台大人竟久而不察，到了此紧要关头，才高论义利！可叹可笑，却不敢稍有表露，只得以极恭顺状，唯唯称服。

辞别抚台出来，孟掌柜就说："朝廷既敕令我们，继续踊跃赴外藩蒙古发买茶货，吾东家欲运外茶往库仑存藏，就不发愁了。"

冯得雨心里一惊：曹家也取此策？他忙说："你们曹家外茶向来以青砖为大宗往衙门领票，这可不就容易了！内茶一律青砖，官府哪分得清是做内茶，还是做外茶？"

回到太谷，冯掌柜向戴夫人禀报见勒保情形时，戴夫人将伯兄康乃骞、爱子霖儿及两号的资深掌柜刘福海、徐文琪、杨敦义也召请来一道听知。

说到朝廷空前严厉，必长久封关闭市，威逼俄夷臣服时，康乃骞就已忍不住，惊呼道："这可如何是好，如何是好！懋弟危矣！长久困在俄夷，吃苦受罪不说，两国如此交恶，懋弟岂能免受欺虐？治罪加刑也未可知的！这可如何是好！"

众人顿时默然，只刘福海黑了脸说："大爷，先不要太惊慌，听完冯掌柜禀报再说！"

冯得雨忙说："大爷心疼二爷，原也是应该的。不过，据在下听勒保大人话外之音，朝廷还是德威并用的，不至交恶过甚。二月断市后，库仑亦有不少俄商滞留未归国，官府尚令善待。发西利之爱女叶琳娜，也仍留在库仑呢。"

康仝霖就忙问了一句："叶琳娜也困在库仑了？"

冯得雨说："她说，是她不愿走。俄夷顾忌其留华商民安危，亦不至欺虐我困彼境商民的。何况二爷系发西利礼邀之贵宾，岂能不善待？发西利与彼国官府交谊更笃的。"

康乃骞就说："但愿如此，但愿如此！"

戴夫人说："冯掌柜，从勒保处，还得什么消息？"

冯得雨就继续禀报了朝廷难离西商，敕令踊跃往外藩蒙古发卖烟茶布匹等日常必需物产。指此正合我以内补外对策，深叹康爷有先见之明！并由此断言：为不使外藩蒙古广袤边地忽然凋敝，朝廷也希冀尽早恢复恰克图贸易的。所谓长久困俄，不过示威之言耳！长久困俄，亦必将重伤外藩蒙古边防。

康乃骞又连说："但愿如此，但愿如此。"

戴夫人说："还是如勒保所谕，我们不可心存侥幸的。"

冯得雨说："夫人，我从孟掌柜口中得知，曹家也欲运外茶往库仑存藏。此与夫人所谋，英雄所见略同！"

戴夫人忙说："这本是一步明棋，何至英雄所见！"

徐文琪就说："曹家锦泰亨所经营的外茶，一向以青砖为大宗。今朝廷严禁外茶出境，青砖领票容易，我所出红砖，怕领票不易。"

刘福海忙说："我领票处在绥远将军衙门，福海进出不难！身在归化城这许多年，哪个衙门咱进出不得！"

冯得雨故意说："我刚刚禀报了朝廷严旨，刘兄倒忘了？红砖涉外，绥远将军衙门，岂肯轻易准票？"

刘福海说："夫人，这你就放心得了！绥远将军衙门在福海地面，办不了这点事，何颜上对康爷！"

戴夫人就说："那就先谢刘掌柜了。"

康仝霖就问："那今秋驼队起场后，我当照例随之北上，押茶货往库仑吧？"

冯得雨说："我随少掌柜同行。"

刘福海就说："今年赴外藩蒙古，既然内外茶都有，天义川也应选精干掌柜同行！福海亦同行，只是不到库仑，要随驼队往前后营。"

杨敦义忙说："我随刘掌柜往前后营开市。毕竟是头一年。"

徐文琪也说："茶山诸事，也请夫人放心。"

戴夫人正色说："大家如此仁义，令我感动。只是，吾家祖业至重，今虽临危局，但决不得有所苟且。偷运走私茶货之事，我天字两号决不能为。冯掌柜刚才所禀报朝廷一切严厉敕令，我两号当谨遵不违！"

# 第四章　战云密布

## 1

一般到农历七月中旬，康家的驼队就要陆续起场了。驼群经过夏季放牧，到此渐转秋凉时，驼毛新出，身膘复壮，便将离开牧场，回来预备承揽货运。夏季放牧，叫坐场放青，结束放牧，就叫起场。

今年因临大变局，内外茶驼运旧例大乱，尤其要远征前后营，驼队掌柜刘福海与天义川的杨敦义掌柜，在七月初便返回归化城了。

茶山掌柜徐文琪，本来应该在秋茶出品后，就返回太谷报账歇假，过年后再南下。今年闻变早归，眼看到了秋茶季节，忙时已过，但考虑到边境生变，怕茶山生乱象，也决意重返崇安了。

戴夫人说了些感激的话，送他启程。临行前，戴夫人向他请教了两件事。一件是，聘用杭州的水莲姑娘，到崇安从师学品茶，是否可行？一件是，霖儿在蒲圻新购了茶山，如何处置好？

徐文琪听说了水莲的来历，倒也很同情，又因大掌柜善举引起，觉得救助是义不容辞的。只是，茶山伙友中，向来没有女辈，就怕有诸多不便。

戴夫人就说："我也想过此中不便，所以谋了一个变通办法，但不知是否可行。"

徐文琪忙说："若能变通，当然最好。夫人想如何变通？"

戴夫人说："聘用水莲，可否暂不按旧例，动用入门起誓家法，只接彼父女来崇安居住，于庄号之外，教授其品茶功课。若果然可堪造就，再做长久计。"

徐文琪说："这样也好，只是他们父女日常衣食费用……"

戴夫人说："其间日常费用，以我私房接济，不用茶山入账。再者，水莲父亲还有乐艺在身，移居崇安，不是也可售艺，略补生计吗？"

徐文琪就说："还是夫人想得周全！我怎么忘了他们的乐艺！崇安、铅山，亦有在市肆茶室中售艺的，只是艺多不精。水莲父女系杭州出道，往崇安售艺，当不愁生计的，走红亦未可知！"

戴夫人说："水莲执意要脱离艺界，我们当尽力成全。若到崇安，杨掌柜要在江湖上多所呵护，传授品茶功夫，更要尽心。"

徐文琪说："这是大掌柜所托，我岂敢不尽心！"

戴夫人就说："那我就写一道书信，致水莲父亲。请杨掌柜托付可靠的伙友，顺路时持信去访水莲父女。若其父不愿往崇安，那就再做计议吧，不可仅依水莲意，做强求。"

徐文琪说："临此危局，夫人仍不忘前约，助此弱女。杨某当善成此事，夫人放心就是了。"

蒲圻新置茶山之举，徐文琪本来也是极其赞同的。今既已由少掌柜促成此大事，他的主张是比康仝霖还要激进：既已购得，就当尽早育成出茶！所购置是古茶山，开荒，恢复水土之利，种植新茶，均所费不巨；尤其彼处凋敝，土民工费甚廉。而蒲圻可缩减南茶道近半，为弥补外茶之失，预设了布局。现在主做内茶，也便于将蒲圻新茶品入市问路的。崇安茶山，正能腾出得力人手，援助蒲圻开拓新茶园。当然，东家支垫茶资，当会越发吃紧。

戴夫人听后，果断表示赞同："杨掌柜见识，叫我心中有了底。茶资再紧，我也会设法成全的。那就请杨掌柜再多操一份心吧！"

康仝霖知道后，当然也很高兴。

康仝霖与冯得雨，也没有在家过中秋节，即启程赶往归化城了。

自开恰克图贸易后，大清朝廷对前往交易的本国商民实行严厉的"领票"管理。即商民须申领理藩院院票，才可执票运货，前往库仑及恰克图。由直隶出口，在察哈尔都统衙门领票；由山西出口，在归化城绥远将军衙门领票。领票时，司官要将商人姓名、随行人数、货物多少、前往住地及呈报日期书写成清单，粘贴于院票背面，照会致所往住地衙门，以便照书单稽查。院票期限为一年。逾期行商及未领票行商者，枷两日，挞四十，货物一半充公。朝廷实行如此严厉的管理，用意全在靖边，严防商人与外夷串通作乱。但严厉是严厉，大清朝廷对出口货物，只征收一点院票规费，并不征收交易税。这与俄方形成鲜明对比：俄方稽查不严，征收交易税却甚重。此亦可见大清朝廷，对于外贸还是十分隔膜的。

由于刘福海已先期做了铺垫，康仝霖往绥远将军领票就未遇多大麻烦。他按母亲主张，如实申报了六百箱红砖，领取了两张院票。

衙门的承办司官，故作严问："红砖系外茶，不知恰克图已封关吗？大胆！"

康仝霖忙恭顺说："红砖已为边地军民日渐喜爱，往日因外销量大，难以惠内。今外茶既断市，正可供我边地军民享用。"

司官仍严训道："如敢暗通俄夷，走私红砖，小心尔等脑袋！本官已在书单特别加注此意，照知库仑办事大臣衙门了，切记。"

康仝霖说："小人知道。"

司官这才收去严色，说："本官亦喜饮'川'字红砖的。"

康仝霖仍恭顺说："小人来领票多年，记着大人的此好呢。今年所奉大人的上等红砖，为俄夷贵族亦难求之佳品。"说时送上几块红砖及中秋节敬。

司官未笑收纳，说了句："尔等切记小心。"

往年，天盛川在此申领外茶院票都在四张左右。院票规矩，一票限三百箱茶。康家"川"字茶，一直为"三九"砖，即一箱恰好装三十九块砖茶。一砖重约二斤又半，一箱也恰好百斤上下。四张院票，即一千二百箱，十二万斤茶。难怪成当时外茶大户！今年仅申领两张院票，红砖已减半。不过，天义川已先行申领一张青砖院票，往外藩蒙古试销，有所补济。

八月下旬，康仝霖与冯得雨先行押运第一批三百箱红砖择吉日出发。驼队派出二百峰骆驼，分载此批红砖，会同西商其他茶庄的驼队，集结同行。刘福海与杨敦义所押驼队，因驼路不同，另自启程。

由归化至库仑，本有一条现成的台路，即沿途设有驿站的官道。但因台路来往驼马行旅繁多，沿途水草较匮乏，驼队常需从驿站附近 购买草料。西商驼队为节省长途跋涉的成本，另辟了一条可近水草，能且走且牧，又行程较近的小路，俗称营路，即一路宿营而行。走台路，为四千多里程，需五十天才能到达；走营路，为三千多里程，三十天即可到达。但走营路，大多是穿越人烟稀少，条件险恶，常有匪伙马帮及狼群出没的草原戈壁。所以，必集结成庞大的驼队群阵，人多势众，尤其随行的巨獒也多，以求取安全。外茶贸易大盛后，结队驼群阵势常达万峰之众，宛若一座小城，移动于荒原翰漠。

今年外茶突然断市，往库仑驼队已大减。此行所集结的驼群仅两千多峰。因为只有少数外茶大户和以往做内茶的商户才继续走库仑。

驼阵大减，康仝霖顿有种萧瑟之感，情绪也显低落。只萎靡于马上，一副垂首欲睡状。冯得雨见了，便策马过来，与之并行，低声吩咐他："万不可如此！驼倌见我们这样失意，还不更心气浮动？"

康仝霖说："驼队大减，萧飒弥漫，岂是我一人欢颜所能改观？"

冯得雨就说："你知道先祖康爷每临此境，如何对我们说？"

康仝霖问："先祖如何说？"

冯得雨仿康海天口气，硬朗说："能历此境，是便宜了我们！"

康仝霖不解："便宜了我们？"

冯得雨说："当时，我们也不解其中意思，也问：如何便宜了我们？康爷只说：你们得了便宜，竟不知道？各人去细想吧，我不能抢你们的便宜。"

康仝霖便问："冯掌柜，你想出是什么便宜？"

冯得雨说："我也不能明告你的。一明告，也是抢了你的便宜！"

康仝霖不好再问，只好默然。但他一向自信不愚，而祖父所出此言，类似禅语，更欲开悟破底，便默思不能丢开。

冯得雨见康仝霖默思不语，就说："少掌柜得了便宜，可得分些给老汉！"

康仝霖说："你这不是想抢我的便宜？"

冯得雨一笑："那你已得了便宜？"

康仝霖毕竟有天赋，听冯得雨这样一问，似觉忽然开悟！但他未露声色，只是说："我还不知便宜在哪呢！说不定到了库仑，也寻不出便宜来。"

冯得雨就说："少掌柜不用这么小气，老汉我不抢你的便宜。"

康仝霖悟到了便宜何在？他实在也不知何在，但似乎明白了：所谓便宜者，其实也无处不在吧？当此逆势危境，祖父用此悟禅式神秘手段，无非是引导手下人往好处里想，往便宜处想。苦想冥思间，眼前危难倒居于其次了。此禅语之底便是：不指便宜在何处，因此，人人能寻到便宜，又不知此便宜是否为彼便宜，寻思不能断。

他不敢确定祖父用意是否如此，又不想问破：问破便无趣。冯掌柜似乎也不会道破吧。但他已觉心气不同了。

康仝霖就对冯得雨说："到忽雷板，我格外多杀一只羊，犒劳驼倌。"

冯得雨说："少掌柜开了此例，我可就得吃亏了。到哈必尔嘎井，我不格外多杀一只羊，驼倌能饶我？"

驼路有规矩，凡随驼队旅行的客人，除交纳一切旅费外，途中要另买一只羊，加餐慰劳驼倌，求保旅途平安。康家虽系自家驼队，但也守此规矩，随行的掌柜也要杀羊犒劳驼倌的，所费自理；随行的伙友，因辛金不厚，茶庄予以报账。今康仝霖和冯得雨要较往年多杀一只羊，显然是为提高驼倌士气。而忽雷板是驼路第六宿营站，哈必尔嘎井是第十二站，都尚在内蒙古境，意在提前慰劳。

康仝霖兴致已好，也戏言道："冯掌柜嫌吃亏，我给你报账得了。"

冯得雨就说："吃亏也是便宜。少掌柜，还有一桩呢，我早替你吃了亏了。"

康仝霖就问："还有一桩什么花销？"

冯得雨神秘一笑，说："想不起来，那就到库仑再告你吧！"

康仝霖说："不告就不告，我也不问了。"

## 2

驼队起场后第一批走库仑，因在秋季，沿途水草尚盛，大半时候可以且行且牧，无须负载过多驼马饲料和人畜用水。所以一路行进不慢，也幸未出大的意外。经三十天跋涉，准时到达了库仑。

一到库仑，冯得雨果然将康仝霖叫到私处，呈上一件精致的漆制礼盒，说："少掌柜，此即是我替你破费的那件东西。"

康仝霖仍未悟，忙问："这是为拜见新任办事大臣预备的礼品？"

冯得雨就说："你先开启一看吧。"

康仝霖打开礼盒看时，是一套极其精美的脱胎漆茶具：一壶，一盖碗，两盏，两托盘。每件皆质薄玲珑，茶具外表墨漆光润，亮可鉴人，略饰描金花卉；茶具里面一色赤金，回映现莹红，灿若宝石！

这为康仝霖见所未见，顿时就有些爱不释手，便问："这么宝贵的茶具，从何购得？巴结办事大臣，以往亦不至于如此精选吧？"

冯得雨只说："少掌柜，你先不用问来处，看清漆器上的描金花饰为何物了吗？"

康仝霖这才细看，漆器外面所饰描金为水仙，便说："这不是水仙吗？"

冯得雨故叹一声，说："可惜不是茉莉！"

康仝霖却仍不悟，说："水仙才更显清雅，与佳茗甚相配的！"

冯得雨终于真叹一声，说："少掌柜，你真如我所料，一时兴起，慨然许诺，过后便弃之脑后了！"

康仝霖忙说："冯掌柜，你这是从何说起呀？"

冯得雨说："前年此时，少掌柜来库仑，答应送叶琳娜一件礼物，可有此事？"

康仝霖这才顿足道："啊呀，冯掌柜不说，我还真给忘干净了！可冯掌柜如何知道此事？"

冯得雨就说："去年此时，令尊一到，叶琳娜便登门来索取了！"

康仝霖有些慌了，忙说："家父也知道了此事？我不过是一时应酬叶琳娜罢了，别无他意的。"

冯得雨说："少掌柜，这我知道。否则，你怎会忘得一干二净！不过，叶琳娜的父亲，也说起过这件事的。"

康仝霖又忙问："发西利也知道此事了？他如何说？"

冯得雨说："无非是叶琳娜如何翘首盼望吧。少掌柜，米氏家族为我天盛川最大客户，多年交往甚洽。此事虽小，亦不好食言的。今令尊正困俄境，全赖米氏家族照应。所以，得及时补救此事。这套精致茶具，我就是为此准备的。可惜不是少掌柜许诺的苏绣团扇，就请巧为圆场吧。"

康仝霖已显激动，说："当此危局，诸事纷扰，冯掌柜仍不忘亲理此事，补救仝霖过失，仝霖真不知如何谢罪！"

冯掌柜忙说："少掌柜，可不敢这样客气！快先想好如何圆场吧！"

康仝霖就说："有这么宝贵的东西，圆场何愁！只是不知冯掌柜从何处得到此物？莫不是府上珍爱的藏品吧？"

冯得雨说："少掌柜还不知道，我冯某向来信奉一句话：千金散尽还复来！何曾收藏珍玩？这是夏天在太谷时，为给少爷救场，我求助于茶山徐掌柜。他常年在南方，又喜珍玩，指望他府上或有你许诺的那种苏绣团扇。哪想，徐掌柜竟说：‘苏绣团扇与茶不大沾边，不如另送一件与茶难分的稀罕物。’于是拿出这套茶具，说是新从闽地购得，正好拿去给少掌柜另派用场。我便收下，暗纳入行李中，带到库仑来了。”

康仝霖忙说：“这岂不是夺徐掌柜所爱？”

冯得雨说：“徐掌柜也不是小气的人，再说，是他主动出让所爱，可不是我强求！他说，此物系脱胎漆器，为福州特产，此套茶具工艺，又系新创的‘宝砂闪光’。茶具里面这层赤金，即用其独制的‘赤金砂’，入漆后细磨推光而成。我不谙此道，当时只想着少爷许诺的苏绣团扇上那茉莉花，便说了句：‘可惜描金花饰不是茉莉。’徐掌柜笑我，竟如少掌柜刚才所言：‘描金为茉莉，可就俗了，哪能与此漆具相称？’少掌柜，你亦可以此夸耀于叶琳娜的！”

康仝霖说：“我也是见所未见，幸得冯掌柜这一番转述，才知宝贵何在，越发不忍送出了！”

冯得雨就说：“少掌柜喜欢，叫徐掌柜再买一套就是了。快预备圆场吧，说不定叶琳娜又将不速而至的！”

果然如冯得雨所料，他们到达库仑第二日，还未来得及往办事大臣衙门验票查货，叶琳娜真就突然来访了。

她一见康仝霖，惊喜之极，眼泪禁不住涌了出来。冯得雨赶紧招呼在场伙友一同退下了。

康仝霖慌忙说：“叶琳娜，遭此突变，谁也难过的，还是……”

叶琳娜泣声说：“康少掌柜，我以为你不会来了……”

康仝霖说：“小姐尚且不避危难，我们更当振作的。就如你常说，乌云遮不住太阳。”

叶琳娜泣声更甚，说：“我真以为你不会来了！”

康仝霖说：“哪会呢！我天盛川命根就在库仑、恰克图，舍此便没有生路了。此前已遭遇过两次闭市,不都云开日出,复市如旧吗?”

叶琳娜还是泣声说:“我真没有想到你会来,康小掌柜……”

康仝霖便说:“叶琳娜小姐,我可不是康小掌柜!”

叶琳娜这才破涕而笑,说:“少掌柜,少掌柜,我真以为你不会来了!”

康仝霖也笑道:“你怎么就会说这一句,你不会来,你不会来,你是不想叫我来吧?”

叶琳娜急忙说:“不是,不是!我是怕你不会来!”

康仝霖说:“今年即便不运红砖来,我也得来一趟。我答应送你一件礼物,总不能食言吧?”

叶琳娜又急忙问:“食言,是什么意思?”

康仝霖说:“食言,就是说出的话不能再咽回去,意思是答应你的事,一定要办到。”

叶琳娜又喜泪汪汪,说:“真的吗?真的吗?”

康仝霖说:“当然了。”

说时,便拿出那一件精致的漆盒,并揭开盒盖。

叶琳娜顿时惊叫一声,又慌忙用手捂住张大的嘴,瞪大两眼盯住这宝光闪烁的茶具,喜泪更如泉涌,却再说不出话来。

康仝霖已经看出,这套精美稀品早将叶琳娜征服了,还是说:“叶琳娜,我还是略有食言的。前年答应你的苏绣团扇,因未寻访到绣有茉莉花的,又恰巧遇见这套精美的茶具,觉得更有茶缘,便替代团扇了。不知是否喜欢?”

叶琳娜抬起泪眼,深情凝望着康仝霖,突然起身,欲扑来相拥,见康仝霖不安地环视客堂,才复强忍落座,说:“你未食言,你未食言!这件礼物,太珍贵了,太珍贵了!这不是在梦中吧?”

康仝霖略平静了些,说:“小姐,你哪能梦见这样的茶具?这是我国福建省府福州的特产。”

叶琳娜就问:“贵号的茶山,不就在福建省吗?”

康仝霖说："一点不差！"接着，他就照冯掌柜的转述，把这套漆具的宝贵，做了宣示。特别将描金水仙，解释为赞誉武夷岩茶中佳品水仙茶，康家外销红砖及将销的香片，都是选水仙茶种制成。

叶琳娜听后，还是说："我是在梦中！"

康仝霖笑说："我在未见这套茶具前，也梦不到'宝砂闪光'！"

叶琳娜深情说："这珍贵无比的茶具，比团扇，更可终年不离手的。"

康仝霖急忙把话岔开，说："叶琳娜，你有贵国那边的新消息吗？"

叶琳娜一听此问，便顿时神情黯然，不说话了。

康仝霖见此，也慌了，急忙问："怎么了？家父，就是我的父亲，有什么不测吗？"

叶琳娜就问："不测，是什么意思？"

康仝霖说："就是有意外，意外的不好消息。有吗？"

叶琳娜忙说："康大掌柜在我国，请不用太担心。家父，也就是我的父亲，一定会保护他的。"

康仝霖还是追问："叶琳娜，你的消息可靠吗？"

叶琳娜说："恰克图边境一带，我国布里雅特族，有不少人家与贵国这边蒙古人家，有通婚。"说时，含情看了康仝霖一眼，"有亲戚。两国官府，允许这样的人家，可以往来。家父，我的父亲，托这样的人家，传送消息，给我。"

康仝霖才松了一口气，说："家父无恙，那就好，那就好。"

叶琳娜又问："无恙，是什么意思？"

康仝霖说："无恙，就是没有生病，也没有灾祸。"

叶琳娜就说："不过，也有不好的消息。"

康仝霖又一惊，慌忙问："家父，我的父亲，还有不好的消息？"

叶琳娜说："不是你父亲，不是康大掌柜，是军队。"

康仝霖忙问："军队？谁家的军队？我国的军队，还是贵国的军队？"

叶琳娜黯然说："是我国的军队。贵国封关，停止恰克图贸易，我国伟大的女皇很愤怒，指示她的爱臣波将金将军，正在往两国边境调集军队。”

康仝霖更大惊：“这不是要跟我大清打仗吗？”

叶琳娜说：“家父说，或许，或许……”

康仝霖就说：“叶琳娜，是想不出恰当的汉话，就说俄语好了，我叫一个通译进来！毕竟事关重大……”

叶琳娜急忙说：“我想出来了，或许，我国伟大的女皇，只是表达，表示，她的愤怒，向贵国威胁，示威……你说，示威，威胁，哪个单词，更恰当？”

康仝霖说：“令父，你父亲，他的意思，我已经知道了！只是示威，不想真打仗？”

叶琳娜说：“至少，眼前是这样。真要打仗，父亲就要召我回国。贵国新的库仑办事大臣，很和气，允许我们回国。但我不想回国，真打仗了，我也不想回国。”

康仝霖忙问：“为什么？叶琳娜，回国还是安全。”

叶琳娜又凝视着康仝霖，说：“你知道为什么，你知道的。”

康仝霖就把话岔开，说：“叶琳娜，给你上的新茶，你还没尝一口。”

叶琳娜一笑，说：“少掌柜，你这是送客令吗？”

康仝霖慌忙说：“不是，不是！”

叶琳娜已站起来，将那件礼品盒紧抱在胸前，说：“少掌柜，我得赶紧走了，赶紧回去，细细享受这件无比美好的礼品！”

康仝霖送到门外，叶琳娜低声说：“少爷，已经出了贵店的门了，我还是叫你少爷，可以吗？”

康仝霖说：“可以，可以。”

叶琳娜更低声说：“你可以再送我走远些吗？”

康仝霖说：“可以，可以。”

两人走到较为僻静处，叶琳娜又低声说：“少爷，我可以表达一下我的感激吗？”

康仝霖说:“叶琳娜,不必这样客气的。”

但叶琳娜已经将礼品放在脚边,转身就拥住康仝霖,在他的脸颊上轻吻了一下。然后对康仝霖耳语道:“少爷,我相信不是在梦中了!”

说毕,就急忙松开康仝霖,又将礼品紧抱在胸前,飞快跑走了。

康仝霖早被叶琳娜这突然的举动吓蒙了。他虽然早就知道,俄俗男女交往,并没有我邦那许多严忌;他也多次见到叶琳娜以此亲昵方式,表达对她父亲的亲情,可这一次是对他这个异邦男子。男女肌肤亲昵,即便是夫妻,在内地也万不能现于光天化日之下!

康仝霖惊骇之余,更意识到自己已深陷为难之中。叶琳娜对他的一片痴情,已不是自今日始,他早有觉察了。可康仝霖毕竟无此经历,不知该如何婉拒。却之过厉,怕伤之过甚;委婉推拒,又怕示意难显。唯一希望,是叶琳娜能早日归俄不返。可叶琳娜似乎要在此严酷之地,荒蛮之乡生根了,非但返而又归,而且每隔年相见,总是又艳美得今非昔比,情深亦今非昔比!不用说,康仝霖也非无动于衷的,只是难以正视吧。彼为夷女,若未动情,岂能觉出美艳,又岂能感知情深!

康仝霖一向自视甚高,身在茶道,心怀别志,实在也无意于儿女情长。发妻孟氏,虽是父母之选,但也是太谷富室出身,貌也美,性也贤,知书识礼,堪为娇妻了。敢说与之相敬如宾,却也实在无多缠绵的。长年奔波于茶道,也就常有久别重逢,却也无多离恨。他自许此为好男志在四方,不以枕席为念。然而,自叶琳娜出现于库仑,每隔年重逢,便暗生了一种愉悦异常的莫名感觉。吾一生大志,脱凡期许,岂能为此夷女所羁绊?每享此莫名愉悦,即这样自责。但历万里茶道艰辛之后,茶道尽头,有这一份愉悦,又如何推拒!

前年重见叶琳娜,她又跟着他学说汉话,嬉笑又不绝。学说香茶,茉莉,康仝霖便笑她将“茉莉”,说成了“牡蛎”,太难听了,没有香花气韵。叶琳娜就说,她没有见过茉莉花,如能亲眼见一见,便会说得好听了。康仝霖正身陷愉悦中,便说在吾国江南,有一种双面苏绣,所绣出的花鸟,逼真极了。明年再往江南，就寻访一件绣有茉莉花的苏绣团扇，送给你。你见了那精工巧艺，五彩丝线绣出的茉莉，就等同见到真花了。除了没有花香，花形、花神、花韵，与真花有过之，无不及。叶琳娜就细问了“双面苏绣”“花鸟”“团扇”“精工巧艺”“五彩丝线”“花神”“花韵”这些汉话单词是什么意思，明白后当然高兴异常。再三问：“说话算数？”康仝霖也当然应诺甚笃，以至还说了一句：“丽人才配执此团扇，叶琳娜，你执此扇，配倒是很配，可惜这里无炎夏吧？”叶琳娜又问清了“丽人”“炎夏”意思，便不掩深情，说：“若能得到，我愿终年执此扇，无论冬天夏天。少爷来库仑，就是我的炎夏。”康仝霖这才知道自己又失言了，很后悔有此许诺。

所以，他实在也不是将此许诺弃置脑后，是想将它淡化。无奈竟引出一件更贵重的礼品，非但淡化不成，反倒浓得化不开了。天意耶？报应耶？

本来，祖业突临危难，父亲身困异域，母亲临危出山，康仝霖已有意将心收回，全力辅助母亲。或许也真如母亲所训，祖业亦是一份经世之业。今危难所系，不仅有家业，有从业伙众，还有边地军务民生。然而，要专心祖业，不离茶道，就得面临此为难。今年重见叶琳娜，虽然美艳依旧，却也分明显出憔悴。突临边关危局，她忧心如焚，是可想而知的。算来与她相识已有五年，仅三度相见。这五年正是叶琳娜青春佳期，美艳如花。可早就听说过，白人少女花貌早现亦早凋。何忍就如此不即不离，离多聚少，不明不白，叫人家贻误佳期，花自飘零水自流！由他抽刀断情，难是难，若能断，难就难，就怕伤情也难断。这真是对他一向理事心不在焉的报应了！

康仝霖哪里知道，男女生情，就像种子落地，一旦生根发芽，便成生命了。生命之顽强，远胜于外力的，正如弱草能避顽石而出。

俄商发西利，可是深谙此道的。

米氏家族，就像其他做大了华茶生意的俄国商帮，早有一个热切的愿望，那就是能深入我邦产茶地，参与选茶、制茶、运茶，将利源延伸至华茶的产、运环节。这是商人扩张逐利的本性使然。尤其自彼得大帝效法西欧、追赶西欧以来，俄商已自视先得工业良器，欲移此良器到制茶业，希冀分获厚利。可惜，大清帝国海禁边禁严密，准许俄国遵守约定通商，已属格外恩赐了，哪里还能再准其深入腹地！

康仝霖初来库仑，英姿勃发，即为发西利所赏识。恰其家中幼女叶琳娜，迷于茶境。于是，他就生出了一个念头：似可尝试与康家结姻。他的用意，拿当今一句熟语说，就是“曲线救国”，若真能两家结姻，出入我邦产茶地，合营制茶、运茶，或许能成一条破禁捷径。恰克图及库仑，即有不少两国蒙古人家结姻者，得享通关优待的。待叶琳娜长到十五岁后，每到繁忙茶季，就被他带来恰克图、库仑，即缘起于此。

发西利侧面问过康乃懋的，知道康仝霖十六岁便已婚，暗叹中国成婚何其早。但他出于对中国婚俗的误解，以为娶多妻为正规。所以，与康家结姻的暗中努力并未稍懈。

但发西利并未将此意明言于叶琳娜，只是暗中下些引而不发的功夫。如推荐叶琳娜多向康仝霖学说汉语，请教茶事，探问我邦江南景色，因为康仝霖有天赋，有学问，有教养，又常亲临江南茶山，等等。发西利深谙爱情之道，叶琳娜又毕竟是他的爱女，倘无缘，种子落地不生根发芽，也好有回旋余地。可再作别图，不可委屈爱女。

结果，令发西利既喜又忧。喜的是叶琳娜真如他所愿，喜欢上了康仝霖；忧的是爱女的生情、倾情、痴情，连他都没有想到会那样浓烈！若此姻缘终于难成，将置爱女于何地！

去年，发西利终于决策要做香茶生意，亦有与康家交结更紧密的意思在其中。而力邀康乃懋赴俄，更是想明议结姻之事。

可怜叶琳娜与康仝霖尚蒙在鼓里，各受喜忧熬煎。

## 3

康仝霖回到庄号前，虽尽力镇静下来，但一进门，冯得雨掌柜还是问："少掌柜，没有圆好场吗？"

康仝霖忙说："冯掌柜救场的礼物，叶琳娜很喜欢。是有不好的消息。"

冯得雨也慌忙问："是有关令尊的消息？"

康仝霖说："家父目前尚无不测，叶琳娜说了，其父发西利会尽力关照的。令人不安的消息，是俄国女皇已盛怒，正调集军队，压向我边境！"

冯得雨也大惊，说："这不是要动武打仗吗？叶琳娜身困库仑，如何得知此消息？"

康仝霖说了叶琳娜的消息来源，冯得雨就说："这倒是个办法！我买卖城庄口亦可照此打探一些消息的，也可往俄境我乌兰乌德庄口暗传一些消息。"

康仝霖说："冯掌柜，我们还是先往办事大臣衙门听一听我官府口风吧。听叶琳娜说，这位新到任的松筠大人，对滞留俄商，甚和气的，准许他们归国。"

冯得雨就说："战云已近，对俄商还很和气？这倒像是一位有些器局的办事大臣。我们本来也应该赶紧去验票查货的。"

库仑办事大臣衙门较往年大为冷清了。承办验票稽查的司官，一见康仝霖和冯得雨，第一句话居然也是："本官以为你们不会来了！"

康仝霖忙说："哪里会呢！敝号受朝廷圣恩甚多，今更当勇赴国难的！库仑系吾邦边地重镇，也系我西商福地，何忍令其凋敝？"

冯得雨也说："朝廷新近饬令，我号当谨遵不违的。今年新茶甚好，可惜俄人无福消受了。我号孝敬大人的新茶，更属精选！"说时，将例行的礼茶及礼敬递上，并无遮掩。因为冯得雨与衙门司官熟得很。

这位司官虽未推让，却慌忙收起藏入暗处，低声说："衙门新主子，大不同前任，你们进去，可得多加小心！"

冯得雨忙问："如何不同？"

司官说："你们进去就知道了。新主子吩咐了：你等西商大户来验票时，愿邀入见面相识。只这一项，以前有过吗？"

康仝霖就说："新任大臣大人，果然不同！那我们得赶紧进去叩见。"

冯得雨也说："那就有劳大人了，运来茶货尽在衙门外，恭候大人严加稽查，在下与少掌柜就不能亲自伺候了！"

司官说："两位已知朝廷饬令甚严，本官今年真得仔细核查一过。更望尔号给本官留一条生路，千万不能有一砖'川'字茶，私输俄境！千万，千万！"

康仝霖忙说："大人尽管放心！敝号幸受圣恩，祖业久兴，岂能自断生路？"

康仝霖与冯得雨进去后，是被邀入官室，即大臣处理政务的签押房。不用说，是以官服接见，这亦前所未有。

两人恭顺报名叩礼后，就听松筠大臣说："你等所携为何物？有孝敬本官的新茶，本官收了；茶外礼敬，就免了！这是本官规矩，你们要记着。还有一条规矩，本官只在此公堂见客，私室免进，不用多费心机，此亦记着。"

两人一听这见面话，就有些惊慌了，但松筠大人口气却分明一派和气，无严斥意思，也无暗藏的话外别意。

康仝霖忙恭顺说："初次拜见大人，就蒙此格外礼遇，我等感念尚不及，哪里敢妄为！大人所训示，我们谨记就是。"

冯得雨也说："小人驻库仑二十多年，蒙此礼遇还是头一遭！诚谢大人垂恩，看得起我们！库仑处边陲，苦焦远胜别处，敢奉菲薄礼敬，不过是略表慰劳的一点心意。敝号谋利，大人吃苦，我等哪能忍心呀！"

松筠笑了，说："这位掌柜，果然会说话，巧意实说，别有手段，不愧会做外茶大生意！不过，余已说过了，你们就不必再多费心机了。新茶留下，礼敬携归！你们孝敬余的新茶，为何种茶？”

康仝霖忙说：“是龙井香片，京师官场最喜欢的。”

松筠就说：“余倒是亦喜饮香片。不过，到库仑后，已听说尔号天盛川所出‘川’字红砖茶，甚得俄国上流白人喜欢。所以，余很想一尝红砖茶味，探究俄上层习性。”

冯得雨忙说：“这很容易，明日即选上等红砖奉上！”

康仝霖也忙说：“大人愿尝敝号红茶，是敝号荣幸！”

松筠笑说：“还是那位冯掌柜说话实在，余爱听！余也说实话：将送余这香片，一半留下，一半携回，换成相当红茶即可。”

冯得雨忙说：“区区几斤香片，不值得如此携来携去的，明日敬奉红砖就是了。”

松筠说：“刚说你出言实在，倒又虚辞啰唆起来了！”

冯得雨笑说：“那就只好谨遵大人吩咐了。”

松筠说：“尔号运数百箱红砖来库仑，是为存储以待复市吧？”

康仝霖心里一惊：这位大人果真厉害，一眼就看出了他们的布局？

冯得雨已先回话了：“回复大人，库仑及周边僧众牧民，尤其边防卡伦官兵，若亦喜敝号红砖，自当便宜出卖的；一时卖不动，也只好存储。所幸砖茶是耐久藏的。”

松筠说：“那就好！尔号这等大户，若能不断运外茶来存储库仑，本官尤其要叫好！一则，尔等大户源源存茶待复市，必会稳定库仑及周边民心；再则，此举于尔西商，亦大有后利。若于尔西商无利，本官再叫好，尔等也自会虚以应承，寻出种种借口，拖延不来。余说的在理否？”

康仝霖听了，又是一惊：明理如此，其“颇能任事”之誉果然不是虚传，便说：“得大人如此体抚，西商渡过眼前难关，当无多忧虑矣！不瞒大人，外茶断市后，敝号所谋，正合大人所愿！西商赖以存身的南北茶道，实不容荒废的，一旦荒废，再通就难了。”

冯得雨也说：“当今朝廷圣明，又有大人坐镇库仑，恰克图复市，本也是指日可待的。”

松筠正色说：“指日可待，言之过早！俄国再三违约妄为，不守邦交礼节，圣上已大不悦。此次断然停止互市，圣意决不再纵容，彼一日不畏我威，不怀我德，幡然悔悟，我邦即一日不准互市。互市于尔西商有大利，故目前当力保库仑日用，不至凋敝，以显吾皇圣威圣德，示吾邦大公大义，尽早服化俄夷。”

冯得雨忙说：“大人所示，亦西商义不容辞！在下风闻俄夷已陈兵边境……”

松筠坦然一笑，说：“本官亦听边民风传，俄朝廷有某军帅放言：只率一万兵马，即可横扫吾大清圣邦全境！骄蛮无知至此，实在也不足畏。仅我外藩蒙古广袤大漠，即可陷彼一万兵马于死境！当年圣祖皇帝亲征黑龙江，剿灭入侵俄夷，只率两千兵马耳。所用兵法，即先绝俄军粮草！黑龙江水草甚丰，军粮马料征集也易，尚可断之粮草，陷之绝境。外藩蒙古广袤荒凉，陷之绝境何难！”

冯得雨就说：“大人论断，一针见血！我们多年走库仑茶道，知道深入蒙古荒原戈壁，粮、草、水是最要紧的命门！我们只是商旅，一百峰骆驼上路，尚且留出近三十峰运载途中食宿所需。远征军旅，一万兵马，分一半负载粮草辎重，也怕难以深入的。”

松筠点头说：“这位冯掌柜，是个明白人。尔等明理就好！俄夷陈兵边境不足畏，今库仑边防重镇强弱，却有赖于尔西商矣。”

康仝霖连忙说：“我等决不负大人开明体抚，大义重托！”

松筠就问：“困在伊尔库茨克的，就是尔父吗？”

康仝霖忙说：“正是家父。”

松筠又问：“尔父近况，有消息吗？”

冯得雨忙说：“音讯全无！”

松筠深叹一声，说：“俄夷器量太小了！今两国只是停止贸易，何至迁怒于商民！余来库仑履新前，蒙当今圣上召见，亲谕本官，应向俄方尽示吾邦大公大义，善待俄民。故余对滞留我境俄国商民，一律准许归国。有愿留我圣邦者，亦令善待勿欺。”

康仝霖说：“大人临危受命，荣牧库仑，千头万绪，仍记着家父之危，小人谨代家母及全家上下，再次叩谢大人。”说时，又恭行叩礼。

松筠说：“难得尔一片孝心。本官与俄方边务总督交涉时，自会照会之，须善待尔父等困俄商民，若敢欺辱，当追究不饶！”

康仝霖与冯得雨从办事大臣衙门出来，真是喜忧交加。喜的当然是，库仑果然来了一位能任事，又清廉，尤其眼力、器局都不俗的办事大臣。忧的是，俄方陈兵边境已不再是传言。两国邦交，分明不再是先前僵局，已险恶至剑拔弩张，欲兵戎相见地步！再恶化一步，就是两国交战了。如今时势远非圣祖皇帝当年，两国国势鼎盛，我乾隆圣上与彼叶卡捷琳娜二世女皇，皆圣威无上，不可一世，谁肯让谁？一旦交战，恰克图互市，也许就此寿终正寝。

真是不敢深想了。

## 4

刘福海与杨敦义掌柜，首次远征外藩蒙古前营乌里雅苏台，仅晚了康仝霖他们几日，也上路了。

所押运三百箱“川”字青砖，同样出动了二百峰骆驼，集结到同往前营的驼群中。归化到乌里雅苏台，只有一条台路，系康熙年间官军开辟，俗称军站。驼队要走两个月左右，路途更遥远，沿途更险恶，所以往来商旅不多。今年这一商旅驼群，显然较往年壮大许多，也不过千峰左右，其阵势远不能与库仑驼道相比。

那时代专营运输的驼队，自身有承传已久的组织陈规。一支上路的驼队，主事者称领房子掌柜，俗称领房子的。所谓房子，即蒙古包式的毡帐房，供驼队随行人员一路宿营。汉民驼队，房子分大、中、小三种。大房子，丈五直径，可宿四十多人。中房子丈三，可宿三十多人。小房子丈一，至多可宿二十人。一顶大房子，可领八把子骆驼，每把子又分两链，每链骆驼十八峰，共二百八十八峰。中房子一般六把子十二链二百一十六峰。小房子至少一百四十峰。每链一驼倌，其中牵首链骆驼，跋涉在先的，称把儿头。驼队除领房子的和十数名驼倌，还有料理杂务者二人，习称先生。领房子的、先生、随行掌柜及旅客，一般骑马行进。此外，每顶房子还必带七八只凶猛而忠主的巨獒，做守夜禁卫，拒狼防贼。

刘福海亲自督阵的这支驼队，正好一顶中房子。领房子掌柜，两名先生，十二名驼倌，八只巨獒，都是他挑选的。因为是首征前营，他还邀请了戴氏镖局的两位老练的武师，暗中同行，即对外只称一般伙友，不露身份。加上杨敦义及天义川的三位伙友，一行总共二十二人。一顶中房子，尚未满员。照驼队旧例，这种数十天的远行，房子有空位，都要招揽旅客填满，以增加收入。因是首途前营，为保途中安全，刘福海做主，未叫招揽陌生旅客加入房子。

刘福海在归化驼运行，也算是出生入死多年了，为人又仗义，在行内颇负人望，人称福爷。他这次亲征前营，结伴同行的别家领房子掌柜及众多把儿头都很提气，说这一趟有福爷同行，只能有福无祸。刘福海对大家的恭维，爽朗笑领了。不过，他也坦言，这一路还得多多仰仗诸位：各位毕竟是走前营的老把式了。这也是驼队规矩，集结同行者，那便是生死弟兄了，患难与共，自不必说。

自归化启程后，经过十一站，顺利到达百灵庙。百灵庙，蒙人称达汉德令，官称茂明安旗镇国公府，是内蒙古北部一大城镇，也是几条驼路交会地。驼队到达后，一般都要在此休歇两日。秋季走驼道，为了且走且牧，都是黄昏时分上路，经一夜缓慢而艰辛的跋涉，至迟要在次日午前到达有水草的预定程头，以便利用白天放牧驼群。所以，经半月左右的夜行昼牧，人马驼狗，均已疲惫不堪，需择水草丰盛地，休整几日。百灵庙周围水草甚丰，人烟也多，是宜于休歇的地方。

康家驼队到达百灵庙后，在城外选了一片水草较好的牧场，停顿下来。驼倌卸下货物，将骆驼驱向草场，任自吃草休歇。司杂务的两位先生，架设房子，安灶担水，检点杂用，繁忙而麻利，不劳他人。不久，即食宿皆备，众人饭毕就寝。入夜前后，守卫货物，照看驼群，巡夜护房，也归两位先生及八只巨獒司责。此次有镖师随行，亦加入巡夜。

按驼队惯例，在时隔半月的休歇日，要吃一顿驼倌最盼望的羊肉片儿汤，即今所谓改善伙食。因一路苦旅，负载有限，宿营起灶，也只能因陋就简。食干粮多，汤水少，有滋有味的面食就更不用想。半月一次的羊肉片儿汤，就成为驼道盛宴。休歇的次日一早，一位先生正欲往百灵庙集市，替杨敦义掌柜买一头羊，以备盛宴，犒劳众人。走到半路，被一人拦了下来。

这人是别家驼队一位姓李的领房子掌柜。他说："今天你们有羊吃了，稍等等，我先见见福爷，一准有人送来！"

见了刘福海，李掌柜就说，有一支等待在百灵庙的小商旅要搭伙进来，同往前营去。可他家的房子已满，看福爷这里能否接纳。

刘福海本来不想留陌生客进房子，但按驼道义气，向来不能推拒途中求助者。他先细问了这支小商旅的来历，原来是从宁城贩运烧酒往前营。只雇了一把子骆驼，统共九个人，只好搭伙别人的房子，来到百灵庙。已滞留多日，专等他们这支大驼群，再搭伙转道。

刘福海又问李掌柜："你可认识他们？"

李掌柜说："认识倒是不认识。不过，康爷，我看倒像是本分的小生意人。"

刘福海追问："你怎看出是本分人？"

李掌柜说："福爷，我有一招，一试，便能分清了。"

刘福海来了兴致，忙说："你有什么招数，说说。"

李掌柜说："就是看他出搭伙价钱如何。出价太离谱，尤其出手太大方，你说高，他就高。这种人，可得小心。出价差不多，尤其分文不肯多出，那肯定是买卖人。”

刘福海初听也觉平常，仔细一想，倒还算老练经验。就问：“这伙人，你试过了？”

李掌柜说：“可不试过了！不像本分人，哪敢给福爷引见？他们出价倒是眼下行情，可见不是头一趟走前营。我说今年往前营客商愈外多，房子早满了。要挤进来，不加银子，怕难成交的。我扛了半天，他们也不肯加价。临了，还是说，咱小本生意，实在挤不过人家大户，只好不去前营了，就在百灵庙贱卖了这些老酒。”

刘福海听了“咱小本生意，挤不过人家大户”这句话，才动了心，就说：“那我就信了李掌柜的眼力，把人叫来吧。”

不久，李掌柜就先引来两位生客，身后果然牵来一头绵羊。驼队的一只巨獒已默声奔了过来。刘福海喝开，两人就跪下磕了一头，说：“福爷名声，我们早就听说过，今日遇见，真有福了！”

刘福海看这两人，倒也真如李掌柜所说，像是游走草原的本分生意人：脸黑，结实，恭顺。就说：“有福没福，全在你们自家，我的便宜，你们可抢不走。”

两人一听，就有些慌了，忙说：“福爷，若太为难，我们另寻房子吧！”

刘福海说：“我也没说不留你们！李掌柜的面子，我能不给？”

李掌柜忙说：“不是遇上福爷，你们今年能不能到前营，还真难说呢。”

其中一人就说：“那价钱已跟李掌柜说好了，我们小本生意，实在得精细打算。只能多杀一只羊，表示心意了。这不，羊已经买来了。午间吃羊肉，还请各位尝尝咱们贩的老酒。搭伙价钱，是实在加不了了。”

刘福海就说：“我也不指望发你们这点搭伙财，路上规矩就得了。羊既已牵来，就白吃你们了。酒不白喝，喝多少，折成钱，结账时扣除。”

另一人就说：“那可不成，我们还舍不得多卖呢。咱小本生意，真还指望到了前营，发点小财呢！”

李掌柜就不高兴地说:“真是,也算计得太清了!”

就这样,这一行九人一把子两链骆驼七匹坐骑搭伙进来了。午间盛宴,大家吃了炖全羊,喝了新客的烧酒,当然还有羊汤片儿汤。与新客就算是结成同舟共济的兄弟了。酒倒也真不错,劣酒哪值得远征数千里销往前营?但酒未多喝,一人只小半碗。酒商舍不得多赐,是其一;其二,刘福海也不许大家多饮。喝多了,黄昏后如何上路!他还特别告诫:一路再不许向酒商买酒喝,只许在夜寒时,喝几口自带的烧酒。秋日草原戈壁,深夜奇寒,驼倌自带烧酒驱寒,也属常例。

自百灵庙起程后,一路跋涉,这伙小酒商倒还规矩,也算合群。虽抠门,也还不抢占便宜。因此,连八只巨獒对他们也颇友善。交谈中,知道他们已跑了几趟前营,尝到了甜头。蒙人喜酒,但地域太广,人烟太稀,一般喝到烧酒不易,好酒更不易。他们贩宁城老酒到前营,仅蒙古贵族、将军衙门就高价收尽。此次,他们到前营后,还想再搭伙转道,往更边远的后营科布多,以求更多厚利。当然,他们也不忘口头禅:“毕竟小本生意,难与你们天义川大户相比!”

由百灵庙再北行十二站,到达了匝拉。匝拉前面一站,即到布敦沙巴克台,为进入外藩蒙古关口。进入外藩蒙古后,就将在干旱的戈壁中跋涉,而夜行昼牧又将近半月,人畜也到疲惫不堪关节,所以驼队照例要在此休整几日。匝拉一带水草尚丰,是蒙民游牧地,因近布敦沙巴克台,渐成小镇,但却人烟不多,难与百灵庙相比。

在匝拉要休歇三日,不过羊肉片儿汤盛宴,还是在次日享用:头一天备餐来不及,第三日众人等不及。只是,午间改在晚间:美餐一顿,再美睡一宿。这一次,终于轮到杨敦义掌柜杀羊犒劳大家。杨掌柜亲自陪同一位先生,往匝拉集镇挑选回一头肥羊来,还外加些了一路难得一见的山药蛋。

搭伙的酒商,说这一路对福爷及众人的仁义,感同身受,没齿难忘,所以甘愿再赔血本,献一篓好酒出来,任各位喝足尽兴。那时代长途贩运酒水,为轻装多载,系用由柳条所编织的紧口篓器,内由纸浆及油纸做胎,软木封口，严密体轻。驼运之酒篓，形偏器大，能盛数十斤。这顶房子所住三十余人，即便人人海量，一篓也足以尽兴了。

如此痛饮，刘福海倒也未加制止。餐间，大家真是大块吃肉，大腕喝酒，好言满房子飞。不过，其中只有康家领房子掌柜及十来个驼倌放开了豪饮。

刘福海饮了半斤，便说已将醉，不能再陪饮了："毕竟多年未亲走驼道，一路如此劳顿，已弱不胜酒，酒本扶强不扶弱呀！"

杨敦义则说："我这四两酒量，已是此生前所未有了。做茶叶生意，为保品茶功夫，一向很少沾酒的。"

两位镖师本也未露身份，只称是天义川伙友，茶庄不倡酒，也已喝得过量了。天义川那几位真伙友，本也不胜酒，便一一附和了镖师所说。两位驼队先生，忙先忙后，也无暇多饮。

酒商这一边，七位掌柜伙友，说成年泡在酒里，早不馋酒了，只想多吃几碗片儿汤，也止饮了几两。而他们所雇的那两个驼倌，也说不馋酒，只馋片儿汤。

领房子掌柜就多次讥笑他们："真是太抠门，自家的酒，舍不得喝，我们的片儿汤，往死里填！"

席终时，房外已是满天星斗。四周别家驼队早一片寂静，只有无数点点守夜灯光，错落散漫，渐渐依稀至辽远。间或，传来一阵巨獒互通声息的吠叫。

房子内，除两位先生还在收拾残局，归置餐具，将羊骨剩饭饲喂巨獒，所有人都倒头酣睡过去了。

先生即将收拾完毕时，就见杨敦义掌柜起来，摇摇晃晃出外小解。摇摇晃晃回来，见两位先生还在忙碌，便踢醒两位镖师，醉声大、语不畅地喝道："没酒量，还逞能，还不起来，替替先生，替替先生，巡夜去，快，巡夜去！"

两位镖师慌忙爬起来，也摇摇晃晃的，出了房子。杨敦义又朝他们喝叫了几声，便栽倒酣睡过去。不久，两位先生也倒下睡去了。

半个时辰过去，一位酒商掌柜也摇晃着起身出外小解。没走出几步，就见一位巡夜伙友即镖师，已倒卧在草地上，鼾声大作。此刻，他也忽然不摇晃了，忙拾起这伙友弃于身边的守夜灯笼，快步往远处走动，很快发现另一位巡夜伙友也倒卧在地。他俯身推了推，未见反应。再看几只巨獒，也都平静地伏卧在四周。他急忙返回房子，不高不低咳嗽了两声。

这两声咳嗽不要紧，瞬间就唤醒了他的那六位同伴两位驼倌！他们轻手轻脚从卧席爬起，鱼贯走出房子。驼倌去牵他们那一把子骆驼，其余七人有收拾行囊的，有挑拣康家茶货的。而此时，虽有几只巨獒围了过来，但也颇为温顺，走动了几圈，也就静卧下来：十多天相处，已将这伙人视为友人。

这伙人，经十多天精心设局，现在终于要得手了：他们原来是一伙草原窃贼，欲窃一批康家的“川”字青砖！“川”青砖因在内蒙古不少牧区，形同货币，很为窃道上强人所垂涎。可惜，在内蒙古“川”字青砖的行销熟地，因有刘福海执掌驼道的声名，不敢轻易下手。今年终于风传康家“川”青砖欲销往外藩蒙古前营，走的是生路，就精心设下此局，几近滴水不漏。一把子骆驼三十六峰，至少可窃走六十箱茶货，两千三百四十块青砖，四千六百八十斤“川”字茶！真是窃道上一笔很可观的生意。

他们自带的行李，丢弃大半，加载干粮与水篓，分装于六峰骆驼。所挑出的六十箱茶货，本来就一鞍两箱，绑缚在东家的三十架驼鞍上，很快便直接搬上了他们的驼峰。预谋是即刻启程，掉头朝来路星夜疾行。若有不测动静，就寻荒野处匿藏茶货，驱散骆驼，快马逃走；若顺利，就日夜兼程，逃匿而去。

可惜，一切就绪，刚刚悄然启程没走几步，就被骑马提刀的两位镖师迎面拦住。镖师并未喝叫，只稳住坐骑，呵呵冷笑。七个贼人大惊，慌忙摸出刀棍，策马围向镖师。他们哪里是戴家拳镖师的对手！眼看招架不住，正欲掉头逃亡，就听见福爷哈哈一笑，跟着就是一声尖利的口哨：八只巨獒闻声腾跃而起，低哮着，分头向贼人飞扑过去。转眼间，就嘶咬住贼人的一条腿，将七人一一拽下马来。

刘福海喝住巨獒。贼人惊慌不已，忙给刘福海跪下，乞福爷饶命。

这伙窃贼的精心设局，如何被刘福海他们识破？

这还得归功于戴家镖局的那两位武师。这伙贼人搭伙进来后，两位镖师原来也同大家一样，一直以为是本分生意人，并未格外留意的。驼队离开百灵庙，经过五站，到达沙拉哈定井宿营地。众人饭后入宿，两位镖师又被杨敦义指派，以替换先生名义，出来巡查。其时也未对这伙人产生任何疑心，只是出于镖师的习惯，细看一下他们的货物，即卸下来的酒篓。无意间俯身闻了闻绑缚在驼鞍上的两篓酒，居然毫无酒气散出。可连日来，他们每走近这些酒篓，分明都依稀能闻见一丝酒香。这两篓酒，或许封盖严密？就逐一来闻所有酒篓。

这一闻不要紧，这伙贼人的精心设局，可就被他们闻出破绽了。三十架载货驼鞍上的酒篓，仅有数篓能闻到酒香。而所有无酒香的酒篓，分量都要轻许多。两人搬起来晃荡，哗啦有声。他们暗自小心打开一篓，篓内所装不过是少半清水。

这一发现，倒使他们又惊又喜。惊的是搭伙进来的本分生意人，原来是歹人！喜的是，无意间被他们及早识破了。不过，两人毕竟是老练的戴家镖师，有此重大发现，亦并未即刻唤醒福爷及杨掌柜。他们不动声色，一如什么也未发现。直到黄昏后重新上了路，才相机密告了福爷。刘福海一听，就说：“难怪呢，他们那一把子骆驼，总不见疲相！”当然，刘福海就更加镇静了，说捉贼拿赃，咱们就静候人家下了手，再说。为了不打草惊蛇，刘福海只把此事暗告了杨敦义及领房子掌柜，其余人都一概不知。

所以，贼人设局设得巧妙，刘福海他们破局也破得巧妙。

这伙贼人被擒后，刘福海将其押送了一站，交给了布敦沙巴克台的官军衙门。此事当然就在同行的驼群大队伍中盛传开来，不仅福爷及戴家镖师声名大振，康家“川”字青砖的声名，亦随之大振。尤其同行的各家商旅、各路驼队,到达乌里雅苏台后,广为传说此事,康家“川”青砖,销路亦意外大开。

所以,那位引狼入室的领房子李掌柜来向福爷道歉时,刘福海就慨然说:“还幸亏李掌柜看得起咱,把这擒贼的便宜,让给了咱!”

# 第五章　茶山春愁

## 1

乾隆五十一年(1786年),岁次丙午。丙午年节,康家过得十分节俭。尤其西院,合家上下都没有添新衣,只着整洁旧礼服,礼拜天地,参拜祖先。年下家宴,也只是祭祖时猪羊禽鱼肉齐全。元旦日,全家吃素食,以示全年小心谨慎;初三春酒宴亲,也甚清简。唯有正月十一开市日,天义川、天盛川两号摆了像样的酒席,宴请回太谷歇假的各路掌柜伙友。上元灯节,又靡费尽除。

本来,戴夫人很担心今年年节过于凄凉:外茶断市,当家人被困域外,霖儿又带回边境战云密布的不利消息,而冯得雨、徐文琪、刘福海及杨敦义几位掌柜,或因不放心逆境中的茶市、茶山,或因尚在遥远的前营驼道返程中,都未回来过年。所以,她原是主张热闹过年的,以祈福冲喜。但新主持西院家务的儿媳孟氏,却力主节俭过年。说逆境当前,还是叫大家深记要紧。年节为全年第一大节庆,由丰变俭,最是令大家深记难忘的。戴夫人听后,很受感动,也甚感欣慰,就依了她。

康仝霖发妻孟婉君，也是太谷大家出身。母家太谷孟家，在前明时代，即经商致富，成一时巨室。极盛时，在太谷城东田后宫，建起一座孟家花园，亭榭幽径，山水花木，尽仿江南园林，至今仍为太谷胜景。只是到明季，生意已日渐衰微。入清后更一衰再衰，早难与新起的西商大户比肩了。孟家衰微，便衰在一个“奢”字上。一沾奢字，贤能无能，都无妨了，何得进取！婉君自小历尽家族支绌而无能，坐吃山空又排场难舍的窘境。嫁入康家，才知新起富室是如此景象，入多出少，殷实不奢不说，家族中人唯以本事为重。位虽尊，本事不大，亦难受敬重。东西两院之别，便是本事能耐之别。东院居长，却甘居西院之后，本事不济呀！所以，她很庆幸嫁入西院，而夫君长年奔波于万里茶道，虽离多聚少，却才干渐显，故从无怨悔。

康家生意忽遭变故，婆母临危出山，执掌两号，已使她敬慕不已。及至婆母将西院家务交给她料理时，婉君就觉很遂心愿：她才不愿置身事外，显得无用。有母家前鉴，她接手操持家务，便从一个“俭”字起头。外茶一断，西院所入大减，虽有厚底，也得先做节俭文章。此时之俭，毕竟有文章可做，有施才余地；倘至困窘之俭，那已是理屈词穷，做不成文章了。婉君有此见识，其俭政竟胜过了戴夫人前次应对断市时所为，一时西院风气大变。极尽节俭不说，心气就都不同了，分明有种卧薪尝胆的气氛弥漫开。

西院施俭政，风气大变，东院不能不受触动。康乃骞大赞弟妹戴夫人，果然贤良有能耐，连媳妇都调教得这样堪用，他也令东院节俭过日子。尤其要人人操心分忧，谁也不可置身度外。这一训示，就先叫他的夫人王氏心里有些不悦：这是嫌她不操心家业吧？由此埋下隙根，渐生出许多家长里短的麻烦来。这是后话，先不说。

婉君这种变化，就连康仝霖也大受触动。去年腊月，他从库仑赶回家来，见内子竟似母亲一般，变化甚大，不由暗暗吃惊。她简装素面不说，人倒更精神焕发，甚至容光有加似的。初时，他还以为是自己在外与叶琳娜生情，心里有愧，不免只看夫人好处。及至听到母亲的赞誉，才知内子大变是真，心里就更不平静了。危势当前，连内子都勇担家难，判若两人了，自己却暗有移情，实在是愧对良人。她一改往日温顺，倒更多了生气，平添了妩媚。这也是天意，戒示他收心专情吧？

那时的书香门第，年节有元旦试毫的习俗，即以红纸书写吉祥词句。戴夫人承传母家儒风，康仝霖心存功名夙愿，所以母子俩一直保持了这一雅例。今元旦日试毫，康仝霖特意书写了一联励志词句，赠予内子：

**恭贺比肩良人吉年新禧**

天下无难事亦无易事　世上有苦时方有乐时

夫　丙午元旦试笔谨书

他也书写了一联自勉词句：

岂有文章能济世　忍将功名误苍生

丙午元旦试毫书此旧联志求新生 愚霖

婉君元旦获此夫君贺词，欣喜异常，因为这是近年来少有的。她细咏后说："夫卿今年为何格外添贺于我？"

康仝霖忙一拜，说："夫人旧颜换新容，勇担家难，我岂能无动于衷！"

婉君忙说："逆境当前，母亲大人与夫君苦撑大局，我岂能置身局外？不过多操心些箕帚细事罢了。"

康仝霖说："夫人所施俭政，已深得母亲赞誉。结发多年，我竟不知夫人藏才不露！"

婉君笑说："你道我只会坐享富贵吗？吾母家沧海桑田，逆势可比你经见得多了。所以，夫君所赠这联词句，倒正合我近来心思的。"

康仝霖说："我不过借人家现成词句，略表吉意吧，只愿及早苦尽乐来。"

婉君妩媚一笑，娇声说：“夫卿，谁不是这个意思！”

今婉君忽然如此声娇情深唤他，康仝霖真有如锋芒刺来，不由心中一紧，愧感上涌，慌忙说：“贤妻，只怕日后还是离多聚少。你看我这一联志新试笔了吧？”

婉君说：“这一联更合我心意的！你早该专心于咱家茶道的，不离茶道艰辛，方能有齐家济世的本事。”

就在这时，大瑜倒先将戴夫人的试毫吉词送过来了，而且是夫妇分别获赐。康仝霖所获，竟然与他书写的自勉联一字不差：

**书赐吾霖儿新年新禧**

岂有文章能济世 忍将功名误苍生

母 丙午元旦试笔戏捡熟句

大瑜看了少爷已书就的自勉联，连连称奇。兴奋得正要跑回去告诉戴夫人，康仝霖忙叫住她，将写给母亲的拜贺新联，交她代奉。大瑜展开看时，书写的是：

**敬贺萱堂大人新岁添寿**

不为自己求安乐 但愿众生得离苦

丙午元旦试毫谨书佛华严经句 不孝儿霖再拜

大瑜看后，肃然捧走。

婉君这才忙看婆母赐给自己的新联：

**书赐吾贤媳新禧**

西风雁过瑱山台 东风夜放花千树

集稼轩词句 姑 丙午元旦试笔

婉君看过就问康仝霖："这瑱山台是出自何典？"

康仝霖略一想，说："我也记不确切了，仿佛这瑱山，是指玉真山……仿佛是当年一位进士，及第前隐入玉真山苦读，就在山壁题写了'瑱山台'，因此，后人便以瑱山称玉真山。仿佛是这样。"

婉君就笑说："快不用仿佛了，显然就是这样！夫卿，你倒忘了母亲赐你新联，即你自书志新词句了？"

康仝霖也笑说："可不是呢！这西风雁过句，原来是讽喻我，东风花千树，那是赞誉你。"

婉君忙说："才不是呢！母亲是知你已弃功名，专心茶道，才喻西风过，东风来，将有花千树。母亲真是博学！东风一句，倒是稼轩熟句，西风一句，我还是头一次读到。母亲竟随手捡出，又集成得如此贴切！"

康仝霖深叹一声说："母亲如此博学，尚作'岂有文章能济世'之叹，我弃功名，真不足惜的。"

婉君说："有了齐家济世的本事，品尝文章词学，才能得深味，就如母亲，就如你。"

康仝霖忙说："我不能与母亲相比的。"

婉君说："去年外茶断市头一年，竟有一笔意外的收入，还不是你的功劳！"

康仝霖问："哪来意外收入？"

婉君就说："你在库伦，不是以红砖易得俄商米家的一批皮裘吗？听说因恰克图断市，俄罗斯皮裘又值钱了。"

原来，叶琳娜知道了康家仍运外销红砖来库仑储藏，便拿自家库仑店的积存皮货，互易康家红砖自储。而且，由她做主，皮货不涨价，红砖也不杀价，均按年初议盘会商的定价。叶琳娜已明说了，她这是为了感激康仝霖。

所以，康仝霖一听婉君说到这件事，慌忙将话岔开了："这才多大一点收入，不值一提的。年后，母亲决意亲走一趟南茶道，是早有打算了，还是才有此念？"

婉君就说："去年入秋后，你和几位掌柜分头一上路，母亲就开始筹划此事了。"

康仝霖说："你们也没劝阻？"

婉君说："你还不知道，母亲决定的事，谁能劝阻得下？东院伯父倒是劝来，哪里能劝下！夫卿，我也早想走一趟南茶道了，可惜不敢指望。等家难安度过去，能遂此愿吗？咱家以茶立家，可我进门已经快十年了，还不知茶道、茶山、茶树为何样，更不知江南山水如何秀美！"

天爷，内子的夙愿怎么与叶琳娜如此一样呢！婉君对康仝霖念叨此愿，不知多少次了，今日与叶琳娜相系，才意识到妻亦有此夙愿，真是锋芒刺来腹背两面。

2

得确，自去年中秋前后，徐文琪、冯得雨、刘福海、杨敦义及霖儿分头离开太谷后，戴夫人就已拿定主意，不仅要亲身走一趟南茶道，还要走一趟更不易走的北茶道。亲身走一趟万里茶道，亦是戴夫人多年夙愿。但今决意亲走茶道，却不是为遂夙愿。首要用意，是不能中断康家祖业规矩。既然执掌了全家的生意，暂代大掌柜职，便得依前例巡走茶道。祖业规矩不变，方显得危难未伤元气。而作为女辈巡走茶道，虽前所未有，似也正可呈现非常气象，振作众心。再者，不亲临茶道，焉能熟悉生意，感知危难！

戴夫人的这一决定，虽受东院伯兄及老号几位掌柜劝阻，她还是付诸筹备了。所幸此举，得到她的母家支持。祁县戴家当家的兄长称赞家妹有戴家风骨。本家兴义隆镖局的领局拳师戴隆邦是戴夫人的远方堂叔，更说押镖护送大户女眷远行，本也常见，何况静仪还长年未丢吾戴家拳，并非弱不禁风。愿由镖局中武艺高强的戴文熊贤侄一路护送。

所以，戴夫人早早就将西院家务，交付给了儿媳婉君。随行只带大瑜一女仆，令她早起晚睡，加练拳术，以强壮身骨。老号诸事，新年茶盘，也细致做了议决。腊月，康仝霖回来后，得知此讯，多次劝说，哪能管用？

二月二龙抬头后，真如期启程了。康仝霖自然与母亲同行。东院康乃骞率王夫人及康仝魁等人，一直送出庄外数里远。

今年天盛川茶盘，戴夫人依议定对策，不做大缩，维持近年规模，只是外茶红砖减半，空余由内茶青砖补足。不过青砖价廉，红砖市价也必大落，所以携往茶山的银资已较去年少得多了。但押镖的戴文熊，因有护送本家堂姊戴夫人南下的重任，还是增添了拳师。加上假满返回茶山的七八位掌柜伙友及大瑜，这一行也有十五六人。

那时走南茶道，一般不派驼队。因山路水路，都不利驼行。平川又多穿行于农田间，骆驼踏毁啃吃庄稼，赔罚甚严。所以，多用雇用马帮。这一行十五六人，再加上银资及旅途行李，就将近出动三十匹骡马了。南下商旅，无须集结而行，这一队马帮，也算阵势不小。

康仝霖以为母亲及大瑜未惯骑马，主张雇用几辆马车，但戴夫人不许。她说骑马才可览尽一路风景。康仝霖又以为，母亲是要与大家共甘苦。

二月初春，旷野仍如冬日，风来似剪刀。初骑于马上，寒冷便是首要一关。但康仝霖发现母亲与大瑜，并无瑟缩状，骑术也不生疏，御马兴致更浓。遇道路人马稀少时，便策马奔跑一程。两人都着紧身短衣，披一件轻裘斗篷，佩一护身短剑，一副武装打扮。策马奔跑时，风扬斗篷，身手飘逸，倒很有些英姿勃发的意韵。

康仝霖就吃惊地问大瑜："你们常年在家，何来这样的骑术？"

大瑜笑说："少爷原来以为我们常年足不出户？夫人平时出门，从不坐轿的，近路步行，远路骑马，许多年了。我伺候夫人，不会骑马，哪成！"

戴夫人就说："霖儿，我骑马可比你早得多了！在母家做姑娘时，就常骑马了。不信，问你文熊叔！"

戴文熊笑说："可不是呢，二姊自小喜文爱武。也不只是二姊如此，是吾戴家家风也！"

戴夫人说："御，为古时君子六艺之一。今科考取士，只考八股，不考乐、射、御、数，所以及第士子，是越来越不中用了！"

大瑜忙说："少爷元旦试毫辞，夫人忘了？"

康仝霖也忙岔开说："母亲大人，你这一身打扮，倒比平日盛装还要妩媚呢！"

戴夫人正色说："我岂是闲来求别致！茶道艰辛，你多有经历。前头长路，还得指望你多扶持我呢。"

康仝霖忙说："那还用说！只是其中艰辛，我一人抢不走的！"

戴夫人说："霖儿，你这句话，倒说得妙！这个'抢'字，用得尤其妙。何来此妙语？"

康仝霖笑说："母亲大人，这又不是做诗品词，何来用字炼语？此系先祖当年闯茶道时语式。"

戴夫人一惊，说："吾儿茶道历练，似也未虚度？"

康仝霖娇声说："原来母亲是以为我混迹茶道？母亲既已踏上茶道，将知茶道如何难以混迹，也将知金戈铁马真滋味了！"

戴夫人也笑嗔道："我只夸了你一句，你倒给我颜色看了？金戈铁马，也不只是你们须眉来得！"

世间母子，当是最相知的。戴夫人偏爱霖儿，两人于文章诗词方面，又能登堂入室，互相论道，当是更相知了。但不同涉水火，共担实务，毕竟会有间隙而难以觉察。今一同初踏茶道，母子深情就已又深一层了。

不过，戴夫人与大瑜，毕竟是初涉茶道长旅，又毕竟是女辈。过白圭镇后，即踏上崎岖山路。翻越盘陀岭，经权店，交口，三日后抵达沁州，她们已疲惫不堪。康仝霖及戴文熊提出就在沁州歇一日，戴夫人哪里能准许。

夜宿客栈，临睡前，康仝霖去问安，戴夫人竟兴奋异常的对他说："霖儿，我忽然明白了一件事！"

康仝霖忙问:“母亲明白了何事?”

戴夫人就说:“一向只知沁州米佳,却未加细究。今亲到沁州,才忽然明白了!宋人王应麟在其《玉海》中,不是有记载吗?‘神农因上党嘉禾八穗,作《穗书》。’可见沁州米佳,远古已有之!”

康仝霖笑说:“母亲大人,你这是效仿先贤顾亭林吧,一路阅今考古?《玉海》外祖家丹枫阁有藏,只是篇帙浩繁,儿未细阅的。神农作《穗书》,倒是早耳闻过的,原来《玉海》有载?”

戴夫人说:“凡天下实用事物,《玉海》均囊括排纂。作八股,无须细阅;担实务,走天下,细阅后得便宜就多了!”

大瑜笑说:“二位大雅,你们不困乏,我可是动弹不得了!”

康仝霖才慌忙道安离开。

过潞安、泽州,戴夫人及大瑜已渐渐适应长旅行走。及至晋豫两省交界处,过天井关,登上壁立千仞的太行绝顶,戴夫人又兴致陡涨。因古时以太行为天下之脊,临此绝顶,才是登临天下之脊,戴夫人当然兴奋不已了。见峰峦云烟间有松林森然,就忍不住吟咏起稼轩那首《沁园春》来:

叠嶂西驰,万马回旋,众山欲东,正惊湍直下,跳珠倒溅,小桥横截,缺月如弓。老合偷闲,天教多事,检点长身十万松。吾庐小,在龙蛇影外,风雨声中。 争先见面重重,看爽气、朝来三四峰。似谢家子弟,衣冠磊落;相如庭户,车骑雍容。我觉其间,雄深雅建,如对文章太史公……

康仝霖笑说:“嫁轩本是以山写松,母亲却借来以松咏山,这岂不是以山咏山,意味尽失?”

戴夫人依然深叹:“叠嶂西驰,万马回旋,众山欲东,雄深雅健,如对文章太史公!能以此写山,也意味无穷了。”

戴文熊也笑道:“二姊这是出门览胜访古来了,哪像做生意!”

戴夫人说:“你们常经古迹胜境,却熟视无睹,才是罪过!山河本天成,古人屡加点化,天意尽得彰显,才使我们后来者,翻山渡河,步步入胜,不觉艰辛……对了!霖儿,山河艰辛,本已被古人抢去了:我这个‘抢’字,用得如何?”

戴文熊就先笑说:“我们走镖,可最忌这个‘抢’字!你们做你们的文章吧,我可得回避了。只是,二姊,小心伺候你的马!胜境正有万丈深渊。”

大瑜忙说:“熊爷,你忌讳‘抢’字,我们更忌讳‘万丈深渊’!”

戴夫人却说:“熊弟,你这一句‘胜境正有万丈深渊’,很可以入辞章了,甚有意味!”

戴文熊大笑,说:“二姊诗兴这么浓,更得小心伺候你的马!”说毕,往前头去了。

康仝霖才说:“母亲,你这‘古人抢走山河艰辛,只余天意成胜境’一句,倒也可入诗。但我们后人,岂不是只有览胜咏叹,坐享其成?”

戴夫人笑说:“我可不就是这个意思!只见艰辛,不见天意,那还不是罪过?”

康仝霖说:“同母亲这一路走来,真是诗意洋溢。可若同父亲这样一路走来,阅今考古,引诗咏叹,当被斥为心有不专的。”

戴夫人正色说:“尔父是要你专心天意!”

康仝霖又娇声说:“母亲这是不专心天意了?”

戴夫人又嗔怪道:“霖儿,你就跟我过不去了?”

大瑜忙说:“夫人,少爷,还是专心伺候你们的马吧!”

戴夫人这一路如此及今论古,自然也是因饱览山河,诗意难抑,但她也有另一层用意。如此流露出雅兴盎然,也是为使众人不多留意她悲壮艰难的一面。在此艰难之际,既然暂居执掌大局之位,最当显出举重若轻的气度来,才好服众。所幸有霖儿相辅佐,得以呈现此用意。经这一路相携同行,她更觉霖儿已历练成才,甚可欣慰。霖儿天纵,强于乃父,戴夫人自然是深有所察的，但她何能明示！

出太行，入豫境，春意顿然浓得出人意料。此地属河内县，在太行之阳，大河之北，天候与山右大别。暖意融融，竹园满目，杏花点点，一片沃野，还是唐李商隐故里。不过，戴夫人已不再发思古之幽情，而是向霖儿及其他随行的掌柜伙友，不断询问即将临近的清化镇商情。清化当时为自晋省来往江南的官道驿站，也是一商品集散地。康家内外茶两号，合设一小庄口，料理茶货进山事宜。

只是，南下行程于此，仅做腰顿。腰顿，即途中午间打尖，并不宿夜，当时称腰顿驿站为腰站。为及时渡过黄河，戴夫人一行亦未在清化留宿，只多所慰抚庄口掌柜伙友，便于午后继续上路了。

次日，即在孟县河阳渡登船过黄河。此时，正值上游冰化河开，春潮涨满，水流湍急，船迎雪浪。康仝霖正欲发"铁马冰河"之叹，见母亲难掩惊怵，只好收住了，改用轻松口气，吟咏稼轩一首《声声慢》：

> 今年太平万里，罢长淮、千骑临秋。凭栏望，有东南佳气，西北是神州……

但母亲却无回应，他才知辞章已无用。便又改手段，欲对母亲说句悄悄话，可涛声喧嚣，只好放声说："父亲走茶道多少年了，每渡此大河春潮，亦仍有惊色。母亲放心就是了，此船老大，与河神深交呢，不会抢他的便宜！"

戴夫人才说："尔父曾说：俄境江河，更水寒刺骨！"

康仝霖就说："俄人舟楫，精致坚固，更难抢他的便宜！"

戴夫人说："尔父在俄境，真还安好吗？"

康仝霖说："母亲放心就是！我不是说过了，父亲已托蒙古边民传来了准讯，他甚安好，家中不必多虑！"

戴夫人说："夜间我做了不好的梦，惊涛骇浪的，溅来的水花却炙热……”

康仝霖大笑，说：“儿刚才正想起‘铁马冰河入梦来’一句，未敢说出。原来母亲真梦到了？快放心吧，我已借来稼轩吉言：今年太平万里，东南有佳气，西北是神州……”

但戴夫人仍惊怵难掩。

船到大河南岸，即是古孟津渡。登岸后，戴夫人及大瑜仍惊魂未定，哪里还顾得上留心古迹？毕竟是女身，也毕竟是初次经历。

戴文熊过来安慰说：“头一遭渡此黄河春汛，我们男人也如此的！”

大瑜说：“真把我吓了个半死！就怕船翻了，淹不死，也得冻死……”

康仝霖就笑说：“大瑜，幸亏你是下了船，才说这种不吉利话。要在船上说这种话，早叫船老大一杆把你打下水了！”

戴夫人说：“我真也惊出了一身冷汗！”

过洛阳时，戴夫人才雅兴复起，阅今考古如初。一再提及顾亭林在《历代宅京记》中，对北魏迁都后的洛阳都城建置，用力最多，街巷毕现。可惜康仝霖未细读此著，回应总不得要领。出洛阳，经临汝，刚到郏县地面，戴夫人被突然杀出的一彪人马，又吓出了一身冷汗！

那天，春意更浓，已见田丘间桃林染红。戴夫人与霖儿及大瑜，又策马奔跑了一程。忽然就见一行七八人马，从丘陵后杀了出来，拦住了他们的去路。

为首一汉子，也不算粗壮，却朝戴夫人和大瑜嬉笑着，喝叫留下买路钱。

康仝霖虽也习过几套戴家拳，但常年商旅间，早已不再日日练习，三天打鱼，两天晒网的，知道不能实战，先就慌了。

大瑜虽也天天跟着戴夫人练拳，又哪里会实战？可她就有些初生牛犊不怕虎似的，倒先回话了：“你们倒大胆，也不问问夫人、少爷是谁！”

那七八个人就多哈哈大笑起来，为首的戏言道：“看这位夫人也是一身武装，莫不是穆桂英再世吧？”

戴夫人真是被这伙突然杀出的强人吓出了身冷汗：她也没有与强人实战的经历，但见大瑜倒抢先应战，就稍微镇静下来，又见霖儿也正往前来护她，便冷笑一声说：“买路钱现成，就看各位好汉如何取走！”

那伙人又嬉笑起来，有人说：“听口音也不像咱开封穆桂英！”

为首的倒不笑了，道：“听这位娘子开口话，倒有几分像金凤口气。爷爷先问你：路前五堆沙，你如何过来？”

戴夫人已跳下马来，从容说：“踢走中央一堆沙。”

那为首的就一惊，忙问：“你是左脚踢，还是右脚踢？”

戴夫人冷笑说：“这你不用管！要买路钱，就赶紧来取！”说时，摆好戴家拳站桩架势。

那伙人一听戴夫人答出的头一句，本已安静下来了，但第二句一出，他们就窃窃议论开。而康仝霖和大瑜，早被戴夫人这接连言行惊呆了，他们万万没想到她会如此出招应战。

更出人意料的是，那为首的并未搏杀过来，却问：“敢问娘子尊姓？”

大瑜才慌忙说：“这是我家戴夫人？”

那为首的急问：“是山西祁县戴家？跟兴义隆镖局的两位戴爷是一家？”

大瑜气壮了，说：“可不是呢！”

那为首的慌忙对戴夫人连说：“误会，误会。”回头就朝他手下喝叫：“这哪是刮来小风了？谁瞎了眼了？”

这时，戴文熊已经策马赶来。那伙人一见戴爷，更是叩头赔罪不迭。戴文熊冷脸问清了缘由，斥责了几句，也就将他们放走了。

原来，清廷入主中原后，大量流落江湖的游民都祭起“驱除鞑虏，替天行道”一类旗帜，成为社会暗流。到乾隆年间，许多此类大小帮会其实已沦落为地痞流寇。地痞是做欺霸市镇的文生意，流寇是做窃舍劫道的武生意。而正经镖局押镖开道，亦不可能一路与这许多流寇不断厮杀。即便如戴家兴义隆这样著名镖局，亦只是做几件漂亮的武活计，或是摆平意外偷袭，在江湖树立武名，多数时候还是得联络打点镖道上的所谓江湖好汉。其中要紧一项，便是每年“三节送礼”，即年节、端午、中秋三大节，奉送礼银。江湖称之为“拜山”，俗称交“买路钱”。有此联络打点后，镖车经过，他们不但不会拦截，遇有别帮流寇，或小伙毛贼劫道，还一定出来帮忙。官府既剿灭不尽流寇，为保镖道通畅，镖局也只能做此一种次优选择。

拦截戴夫人的这伙强梁，虽属毛贼，但也得到本地面好汉招呼的，本不敢找戴家麻烦。戴家兴义隆镖局，在距此不远的唐河赊旗镇，即茶道的水陆中转码头，就设有较大的分店。戴家镖师厉害，他们岂能不知？只是，因为戴夫人一行，最显眼的就是她与大瑜女身武装打扮。因此，这伙人得到的探报，就以为是女镖师护送小商客走茶道。江湖隐语，“小风”，就是来了小商客；“金凤”“银凤”，是称江湖中女辈；“堆沙”“踢沙”，则是相互试探是否为江湖中人。这伙人未多见过走江湖的女辈，又是生茬，于是很想出来会一会。哪想，探子真是眼花了，只看见武装女子，却看不见戴文熊爷爷。

戴文熊毕竟是久走江湖了。对这伙小毛贼，只严斥几句，便放归了。未施拳脚，更未报官，为何？因此类小伙强梁，命不值钱，出手过重，日后他成心报复，往往不计后果，说不定会酿成大祸。今手下留情，日后当不会再找你的麻烦。

这伙强梁仓皇逃走后，大瑜先就叫唤：“真把我吓了个半死！”

戴夫人说：“我也吓出了一身冷汗！”

康仝霖就：“你们可都比我强！大瑜抢先迎战，母亲竟通江湖暗语，真是出我意料！”

戴夫人说：“你久走茶道，我不信你就没听你文熊叔他们说过这些暗语！只是入耳不入心罢了。”

戴文熊就说：“二姊，你不听我的！若听我的，一路坐马车，做旅行贵妇，哪有这种麻烦？”

戴夫人笑说："咱戴家开了镖局，又是走你的熟道，我痛快骑一回马，走一回江湖，露一回武艺，还不是现成吗？"

大瑜就说："可惜文熊爷来早了一步，夫人没能擒拿了那个匪首！我看那匪首也稀松，不是夫人对手！"

康仝霖说："刚才你还说，吓了个半死，现在又气壮了？"

3

到唐河赊旗镇后，改走水路。虽是顺水行舟，戴夫人与大瑜还是好几日难以适应，晕船呕吐，水米不敢多进。康仝霖亲睹母亲如此受苦，自责愈深：如早日专心茶道，今或可不至如此累及母亲了。但眼前亦无法替代母亲受苦的。

直到过襄樊，转入汉水，戴夫人及大瑜才缓过来，适应了水路。及至过钟祥，两岸无际青翠绿野，戴夫人又来雅兴，低咏了稼轩一首《满江红》：

> 汉水东流，都洗尽、髭胡膏血。人尽说，君家飞将，旧时英烈：破敌金城雷过耳，谈兵玉帐冰生颊。想王郎、结发赋从戎，传遗业……

康仝霖就说："母亲，这风平水阔，春野如画，你们又好不容易起居自如了，却想起这么沉重的一首《满江红》！"

戴夫人说："稼轩当年，也曾任湖北安抚使，江汉青翠如此，却心系汉水膏血！"

康仝霖就想到了稼轩那首《木兰花慢》：汉中汉业，问此地，是耶非？想剑指三秦，君王得意，一战东归。但他未吟出，却说："到汉口后，母亲愿去一趟蒲圻吗？"

戴夫人就说："当然要去！只是返程过汉口，再去吧。还是要及早赶到崇安茶山。"

康仝霖说："见到汉口曹廉掌柜，还请母亲多加夸奖的。去年，他好不容易促成新辟蒲圻茶山事，即遇外茶断市不测。曹廉掌柜一定会有愧歉之意的。"

戴夫人说："新辟蒲圻茶山，建言在曹掌柜，决断在你我。他无过，只有功，我当然要夸奖的！"

戴夫人一行到达汉口后，曹廉掌柜果然是喜忧交加。喜的是，戴夫人初出山，便亲巡茶道。而且，较往年大掌柜及少掌柜到汉口，还早了几日。足见恰克图断市后，康家茶道通畅依旧。忧的当然是蒲圻茶山事，真是好事多磨！经多年不懈，刚刚促成此事，偏就又遭断市之困。外茶既断，东家银资吃紧，蒲圻茶山岂不骑虎难下？

他哪里能想到，戴夫人一见他，便说："曹掌柜，我以前见过你吧？可惜未多留意，真是失礼了！"

曹廉慌忙说："夫人此言过重了。曹某本事不大，久驻汉口，虽司小职，仍然难称圆满的。夫人何来失礼？"

戴夫人正色说："曹掌柜，你本事还不大？正是因你本事大，我们久而未察，才是失礼。蒲圻日后能成我天盛川新茶山，曹掌柜，你功劳就大了！本职之余，你能操心分外大事，此即出众本事！"

曹廉忙说："蒲圻地近汉口，谁长驻此地，也会操心的。何况此事，深得少掌柜嘉许，更得大掌柜与夫人撑腰。曹某本事，实不足道的。若事败财失，曹某罪过才大呢！"

康仝霖就说："曹掌柜，我已有言在先的。事成，功在你；事败，过在我。"

戴夫人说："以我品茶论，此事当成多失少！曹掌柜，我今日郑重言明：天盛川茶山果有北移蒲圻之日，吾康家当在新茶山立碑铭志其事，曹廉掌柜功绩，将长留于碑文间。"

曹廉哪里会想到能受东家如此抬举？立刻跪地说："夫人万不可如此

的！康爷仁义仗义，当年追随康爷闯茶道者，良才济济，曹某本事，实不值一提的。”

戴夫人忙过来扶起曹廉，说：“曹掌柜不必太自谦！我今所言，日后大掌柜归来，亦当会守诺不爽的。敢问曹掌柜今年贵庚？”

曹廉忙说：“今年虚度五十了。当年康爷在时，我年少生嫩，难当重任；大掌柜主事后，我也碌碌无为；今眼看少掌柜已成才，曹某则老之将至。万幸东家传承康爷仗义家风，曹某得保不弃。厕身茶道多半生，再无薄功相报，何颜对东家恩惠！”

戴夫人长叹一声，说：“听曹掌柜所言，倒使我想起南宋一本《巩溪诗话》，内中引有汉武帝一则逸事。‘武帝见颜驷庞眉浩首，问：何时为郎，何其老也？对曰：文帝好文，而臣好武；景帝好老，而臣尚少；陛下好少，而臣老矣！武帝感其言，擢为会稽都尉。’”

曹廉一听，更慌忙说：“夫人，我提追随康爷以来事，实在不是抱怨委屈。曹某不才，碌碌无为，却也得全家数十年衣食无忧。所忧者，只是无以报答东家。”

戴夫人笑了，说：“本妇亦不是帝君！正是如曹掌柜这样，有本事又从不抱怨委屈，才使我们深感不安。今吾家天字两号，各路掌柜伙友甚众，广布万里茶道诸处，即便兼听细察，求贤若渴，也不免埋没良才的。主事者再有偏好，更会使有本事者，终抱生不逢时之憾。霖儿，曹掌柜之鉴，我们当深思之！”

曹廉已是老泪纵横，连说：“夫人言重了，言重了……”

康仝霖说：“儿谨记就是。我虽也早知曹掌柜谋事矢志不移，却也未加深思的。母亲远见，儿知不及！”

曹廉忙说：“蒲圻事，少掌柜嘉许多多！”

戴夫人正色说：“吾家天字两号，历数十年风风雨雨，经万里茶道磨砺，众多掌柜伙友中，已是藏龙卧虎。日后遭遇危厄再剧，亦不能亏待其中一人。眼前困局，自然更当如此，虽新入门年少伙友，亦不例外。”

曹廉又要跪地拜谢，康仝霖急忙拉住。曹廉却坚持跪地，说："曹某还有一事，欲求告夫人、少掌柜的。"

戴夫人亲自过来扶起，说："曹掌柜有事，尽可坐下说。是说去年霖儿所留存的银资吧？购置茶山所余银资，我们不会动用的，老号资金再吃紧，亦不会腾挪他用。只是，再做添加，就叫我们为难了。"

曹廉忙说："所余那笔银资，两年内已足够！老号有急用，腾挪一些亦无妨。曹某是代一个人，来求夫人和少掌柜！"

康仝霖就说："曹掌柜，有事就说吧，无妨。"

曹廉说："当此困局未缓，曹某本难开口求告此事的。只是见夫人刚才如此仁义，才敢说出来，即便难如愿也罢。"

戴夫人也说："曹掌柜，快说无妨。"

曹廉所求何事？原来前年初冬，恰克图议盘会商时，那太谷达胜川茶庄被俄伊尔库茨克茶帮揭出，所交付外茶青砖中搀有低等茶货。西商做外茶生意，行规极其苛严。达胜川出此丑行，实在也不是有意为之。其本是小号散户，每年出口外茶数量，达不到理藩院一张院票定额，即三百箱茶货。所以，便得依附大户，借用零行票额，得以出口。这种借票，当时称"朋票"。借用"朋票"，当然得付"票水"，即一定费用。而西商大户，非常珍惜自家声誉，一般不出借"朋票"，除非是关系密切的可靠散户。达胜川东家亦姓曹，与太谷另一西商大户锦泰亨东家曹氏，属远房亲戚。但西商生意场，即便沾亲带故，大户也不一定能依附得上。除了自家茶货过硬，还得经数不清的说合求告，更得接受苛严契约。所以，虽同姓一个曹字，达胜川高攀上大号锦泰亨，已经很不容易了，哪忍自断财路？犯事本因装运茶货时，手下伙友不慎，误将几箱内销青砖，混入外茶中了。但行规无情，不管你是有意，还是失误，已然犯事，便得以规矩论处。达胜川首先是向俄伊帮做出五倍赔偿：因那几箱低等茶货，其余合格青砖，全都赔了进去。这还在其次。最可怕的，是达胜川从此被逐出西商茶行，永不能再入行。东家结清债务，打发了伙友，虽尚未破产，也走入绝境了。

这达胜川的当家掌柜，单名祥，也是曹廉的本家。宗亲关系，比大户曹家要近一些，在辈分上算堂叔侄，曹廉为叔，曹祥为侄。当年曹祥初出来谋生，曹廉曾愿作保引荐，投奔康爷。但他年少心气高，不甘居于外姓门下，欲自创家业。说白了，是不想以曹廉为榜样，而要以曹门大户为先例。可成就大户事业，岂是那么容易！非得大智大才与机缘巧合齐备，不能中选。结果，曹祥折腾了二十多年，不仅止于散户小康，还落得一个逐出业界。其心灰意冷可想而知。

去年冬天，曹廉回乡歇假。叔侄相见，各叙一年经历，真是一个天上，一个地上。曹廉多年所谋，终于开花了，收获硕果，已可指望；曹祥则突陷绝境。曹祥本来已有出家念头，听堂叔一番叙说蒲圻茶事，便又不忍离弃俗世了。其实，他还是难舍茶业！于是，湍湍然提出，与其出家事佛，不如隐身于堂叔所新辟蒲圻茶山，甘愿做一茶工，分文不取辛金，不知可成全否？曹廉自己刚得志，哪忍心见死不救？但茶山系东家所有，他实在不好擅决，只好答应代为求告东家。无奈又遇外茶断市危难，就怕此事难成的。哪想到，曹廉年后刚返汉口，曹祥随就自行赶来了。他说，即便康家不肯收留，他也决意隐身蒲圻茶山，投奔土民，植茶度日，了却后半生。他选中蒲圻茶山，全因其生僻，可躲避茶道熟人，不为丑闻所累，又得不离茶事。

戴夫人和康仝霖听罢曹廉叙说，沉默良久。西商视名誉为命门，谁愿沾惹被逐出本行的主事掌柜？

曹廉见此情形，忙说："叫夫人、少掌柜为难了！我知道不该说这件事。曹某准劝舍侄另寻隐身之地，远离蒲圻。"

但康仝霖知道母亲不会拒绝。因为母亲自会明察到：曹廉掌柜应知乃侄是何种人，总不会将奸佞小人引荐来的。这个曹祥，既有出家之念，也足见不是惯于欺市勾当的。逐出外茶行业，不是依然能为欺市营生。他就决定先唱白脸，于是说："曹掌柜真是叫我们为难了！令侄虽是隐身做茶工，远离茶市，不涉交易，但毕竟难免瓜田李下之嫌的。另觅隐身之地最好。但出家万不可取！先祖常说，人陷绝境，才是得了大便宜。发愤重生的欲望，无人能比！”

果然，戴夫人就问：“这个曹祥，现在汉口吗？”

曹廉说：“他已自去蒲圻了。”

戴夫人又问：“他将手下失误的伙友，如何处置了？”

曹廉说：“还能如何处置！一样结清辛金，打发回家罢了。子不教，父之过。伙友不教，掌柜之过。已然犯事，就是扒了他的皮，也于事无补了，还不如放他一条生路。”

戴夫人叹了一口气，说：“令侄还算仁义明理。曹掌柜，你就将他收留在蒲圻茶山吧，料理植茶事务。只是不算正式入门，但要管衣食，暂付薄酬。”

曹廉立刻跪谢。

戴夫人说：“令侄之鉴，当使两号大小掌柜熟知。霖儿，你我更当谨记。”

戴夫人与康仝霖从武夷茶山返回汉口，往蒲圻察看新茶山时，见到了曹祥。他虽小于曹廉十几岁，正值壮年，但已华发杂生，显出老相，言语也显迟钝。真令他们唏嘘不已。

## 4

戴夫人一行到达江西铅山，已是江南阳春三月。在信江河口码头离船登岸后，扑面而来的暖人春意中，却凝聚了许多沉重。

登岸前，康仝霖虽然已经告知母亲，每年西商携资来购茶，崇安当地茶业行首及茶园庄东，要远道赶到河口码头，盛迎接风。此俗自恰克图开放互市，崇安茶业趋盛以来，即延续不辍。但及至登岸，戴夫人还是被如此盛大的欢迎场面惊得不知所措。连康仝霖也吃惊了，他常携资南下，也未见过这种场面。

只见徐文琪掌柜身后，黑压压近百人之众！

一年长行首，趋前向戴夫人行作揖礼后，郑重说："愚谨代崇安茶界各业及乡间茶农茶工，恭迎贵府内掌柜，不辞千里劳顿，代尊夫亲莅敝地！夫人系恰克图断市后，光临敝地之西商第一人。如此不惧危难，不弃我崇安茶业，携资莅临如旧，实为崇安茶业大幸，仁义日月可鉴。愚等再致谢忱，叩首再拜！"

言毕竟恭行跪礼，身后近百人，也竟一齐跪下，恭行谢礼。

这真使戴夫人与康仝霖及徐文琪惶恐万分。戴夫人早慌忙跪地，扶起年长行首，康仝霖与徐文琪忙跪地还礼。

戴夫人拜谢行首，道："愚妇等何敢受此盛礼！崇安为我西商福地，兴衰全系于此，纵然万谢诸位，也难达敬意。今临外茶断市危难，更需仰赖贵地茶业同仁。外茶暂断，尚有内茶可为！武夷佳茗，今已名满国中，不输杭州龙井，崇安佳茗盛业，应无忧患之理。敝家天字两号，虽力单势薄，已然议定将一如既往，如期来贵地购茶。西商诸同业，亦多如此决策的。还望贵地诸同仁，亦一如既往，手足互济，共续茶业之盛。愚妇再拜！"

行首竟老泪盈眶，说："夫人如此明理，老身尚历所未历！吾乡宝茶，今能名扬天下，全仰赖贵西商开南北茶道，纵惯国中，为世人尽知。西商云集吾乡，亦才引得各路商客竞相涌来。夫人为今年西商莅临吾乡第一人，且尊夫罹困俄境，亦犹亲征茶道，我等岂能无动于衷！"

说时，身后众人已纷纷递来慰迎拜帖，康仝霖及徐文琪代收不迭，竟有数十份之多。

当日，戴夫人及康仝霖，住入天字两号在铅山共设的庄口。

戴夫人就问徐文琪掌柜："徐掌柜，今日为何弄这么达场面？"

康仝霖也说："往年，与我号购茶相关的行首、牙人及乡间茶园大户，出动一二十人，也算多了。今年竟黑压压百人之众！"

徐文琪忙说："我也没有想到会来这么多人！行东执意要盛迎，我是知道的。今年非同往年，当地茶行、牙行、茶园庄东，都怕我西商缩盘过剧。

亦盛传我等大号，主事大掌柜恐不会亲临茶山了，只派办事掌柜携薄资过来。知内当家首巡茶道，亲来茶山定盘，惊动了各方。也是本地一片赤诚，就谨受不辞吧。”

戴夫人就说：“你们逼我出头，本也是勉为其难，无可奈何了，还张扬了出去？”

徐文琪笑说：“二娘出山执掌生意，我能不告知咱茶山掌柜伙友？他们人多嘴杂，我也封不住呀！再说，大掌柜困在俄境，当地茶界不议论探问？探问之下，能不言及首位谁继？二娘暂继位，我们也不能说二娘系弱不禁风的女流吧？”

戴夫人还是说：“我受此当众盛迎，总是越礼了！”

徐文琪说：“商界不是官场，更近江湖。江湖中亦有女杰行走的。”

康仝霖就笑了，说：“我们南下时，在郏县地面，母亲就做了一回江湖女杰了！”

戴夫人也笑了，说：“霖儿，你还提此事！”

徐文琪听了康仝霖的叙说，就说：“夫人本来也文武双全的。”

戴夫人说：“徐掌柜，可不敢如此张扬我！”

康仝霖就长叹一声说：“去年冬天，我到库仑，蒙新任办事大臣公堂召见。受此破格礼遇，是因朝廷有旨，饬令我西商不得撤离边地，以保库仑重镇不致凋敝，边防日常所需不致匮乏。今春初至江南茶区，又受此地民众如此格外盛迎。所诉求者，亦是希冀我西商不废茶道，以保茶区不衰敝，茶民得生计。平日，我西商位卑不尊，纵然恭顺，亦动辄受弹压，今忽临危难，国计民生倒全系于我西商一身了！”

戴夫人就说：“霖儿，尔有此叹，实是可喜可贺！经商也是经世之业，今已知道不是虚言。文章功名，岂可济此国计民生？”

康仝霖说：“母亲，我是安心江湖，才有此叹！”

徐文琪说：“庙堂江湖，自古各别。江湖自在实在，远非庙堂能及。康爷当年就曾叫我改名，说文无第一，武无第二，文琪又能如何？中了状元，也不过放你一个翰林闲差。即便熬成封疆大吏，哪有我茶道海阔天空！可惜名字系父母所赐，不便轻改。名虽未改，所幸心志已早归属康爷事业，得以自在了大半生。”

戴夫人说：“虽说江湖自在，茶道自主，但既系国计民生，已不便擅自离弃了。”

次日，行首等茶界众人，假铅山一茶行大户私邸，为戴夫人一行接风。

宴席按当地上等规格摆设。首席，为戴夫人单设一桌，仅大瑜近侍；次席，为康仝霖、徐文琪、戴文熊，行首及宅东陪奉；其余各桌均坐宾客陪客七人。菜品，点心，茶，酒及“回千”，自然亦为上等。先上茶汤，为最新春茶汤、桂圆汤、偏豆汤。汤后，即上第一轮大菜，为熊掌、鹿尾、燕窝汤、鱼翅汤、海参汤、羊羹、猪蹄、野鸡、鲥鱼、鹿筋汤十大碗。大菜上齐，即主人敬酒，用什锦酒杯。饮酒间，上四样小点心，为雪粉糕、饺子、红粉糕、蓑衣饼。继之，上醒酒汤。再继之，上第二轮大菜，为炒鸡、全鸭、鹅、蟹羹、蛏干、鱼肚六大碗。再后，又上四样点心，为藕粉糕、肉馒头、糖糕、偏豆糕。临终席，菜肴及点心撤下桌后，又上茶，并摆放“回千”。回千，即在小碟中各装种种干鲜果品及糕点。其时在春日，水果尚少，但也摆了满满一桌，为松子、榛子、莲子、橘饼、柿饼、胡桃、枣子、杏仁、瓜子、栀子、明薑、连环、冰糖、火腿、雪片糕、太史饼、芝麻片、眉公饼、冬瓜糖、玫瑰糖、夹沙糕、桂花糕、山楂糕、风雨梅等等，难怪称回千，不能尽记。

戴夫人久居北地，虽然也长摆上等宴席，但无论母家，还是婆家，都未有如此丰盛！席间，真是目不暇接，艳色似锦，美味四溢。她不胜酒力，由霖儿代为饮敬酒，敬谢酒，只细品佳肴。只是，味愈鲜美，心情也愈沉重。这席盛宴，真有不能承受之重！南地固然物产丰盛，但此丰盛宴席，却满是茶民殷切希冀，西商即便仁义施尽，又岂能尽济断市大局？她忽然悟到正身在铅山，这是稼轩南渡后居留最久的地方，也是她久已向往的地方。稼轩亦喜酒，词中处处酒兴，却也是“都将今古无穷事，放在愁边。放在愁边，却自移家向酒泉。”“愁殢酒，又独醒”。

今铅山稼轩村已近在咫尺，但于众目热望下，她也不便前往凭吊的。只好留待回程。

戴夫人一行到达崇安后，亦是宴请不断。若在平时，当可婉言推辞的，但在这非常时候，真不好推拒。尤其是戴夫人，宴请多是邀入内厅，由家眷细心招待。

那日在一家内厅席间，主人"做戏"款待，请来的艺人竟是水莲父女！到崇安后，戴夫人就问过水莲下落，知徐文琪已将父女接到崇安了，还来不及见面。忽然在此久别重逢，大瑜与水莲早相拥而泣。水莲父亲拜见戴夫人，自然说了许多感激的话。主家听说了水莲父女与康家结识的来由，都赞叹不已。水莲父女要弹唱稼轩那首使他们与恩人结缘的《贺新郎》，戴夫人心头一紧：就是因这首《贺新郎》，叫她离恨成真！忙说："大家正高兴，还是不用弹唱这首苦曲了！"

水莲父女只好另唱了吉祥词曲。

席终，戴夫人细问了水莲父女近况。水莲连说："我托夫人的福，如今已经如愿了，正跟贵号的师傅，学习品茶。只是，来崇安后，邀父亲赴堂会献艺的不少，我有时也不得不出来帮衬父亲。但我品茶功课，未敢松懈的。"

戴夫人就问水莲父亲："崇安倒也繁盛，毕竟难比杭州。你来此真情愿吗？"

水莲父亲说："我们做艺之人，自古本也浪迹天涯的。杭城虽好，却是老身伤心地。崇安有贵号徐掌柜替我们做主，已衣食无忧，事事自如，还有何不情愿？徐掌柜在崇安，人脉甚旺，人更仗义，很可仰赖的。这也全是托夫人的福。唯有不安，是尊大掌柜竟遭危难！"

水莲就说："我们苦命，连累了大恩人！"

戴夫人笑说："水莲，你哪有这么大本事，连朝廷也连累了？断市封关，是朝廷圣旨，与你何干！不过，眼前崇安也将受断市连累，只怕还得辛苦度日的。”

水莲说:“我们本来就是辛苦度日,这里已比杭州如意多了。”

戴夫人看水莲父亲,已无病相。而水莲,竟也大变,不但活泼许多,容貌似也出脱得渐现几分秀色。

# 第六章　离心与夺心

## 1

戴夫人母子巡走南茶道，离开太谷后，东院康乃骞在家也坐不住了，决定要往东口巡走一趟。他甚至要带康仝魁一道巡走。弟媳戴氏出山执掌生意，他心里本已不是滋味。而东院子一辈，竟也是不如西院，更加重了他的心病。所以，才想也让其子弃儒就商，改入茶道。

康仝魁是康家仝字辈长男，大西院康仝霖五岁。他是长门长孙，自然深得祖父康海天宠爱。只是，自幼体弱多病。少时私塾读书，竟也常不能支，课业时断时续。所以出学应童试，参加选拔生员的州县考试，竟与堂弟康仝霖同时。两兄弟虽都考中，即俗称的被拔为秀才，但康仝霖名次要远优于堂兄。以康海天意愿，本是令这两个孙男中了秀才，略通文墨，便同去习走茶道，以继承祖业。可惜长孙体弱，文墨也弱，只好等而求其次，令其继续读书，日后能考取一个功名也罢。令体弱而文才也逊色的长孙，继续读书求仕，足见这位茶道奇才的价值观了。对体健而又聪慧的康仝霖，则令其断学，习走茶道：显然是寄予了厚望。这在长门东院，便有一些难言的酸楚，也就更暗暗希望魁儿能争气，果然考取功名，做一个体面的官老爷。而在年少的康仝霖心里，也有委屈：科考于他不是难事，却不许他考了，所以才暗藏了仕志。及至堂兄两次赴乡试，两次落第，康仝霖就更跃跃欲试了。

今年岁次丙午，又逢三年一比的乡试年。康仝魁因两试不第，本也有些畏难了。去年家业突临大变，几乎人人受牵动。他正想借此变故，以赴家难名义，暂停功业。见父亲也有此意，他当然愿从父命，只是母亲坚决不允许，又说他命里就是坐公堂的，不是跑腿的。西院婶母也说：家业危难再重，也不至危及他的书窗。他也不好再争：自己于茶道，比功名还要隔膜。他即便身心尽付，又于祖业何补？

所以，他听说父亲欲带他巡走生意，当然很愿意。但母亲哪里肯！

王夫人担心魁儿体弱，又从未历练，值此非常时候，突然要走茶道，要不了他的命，也要出他的丑。半道上病了伤了，或是成事不足，拖累有余，岂不是要叫西院笑话。而且，年下到龙泉寺敬香时，为魁儿今年再赴乡试，摇到了上上签，金榜题名也许正当其时。因此，她已虔诚许了愿：若魁儿今年真能乡试得意，当给龙泉寺捐一笔不菲的灯油钱。对佛许愿，可不是儿戏。愿已虔诚许过，却不考了，这不是对佛大不敬吗？这倒在其次，她的心病，也是怕东院父子两代，都不如西院。入茶道，魁儿比西院霖儿已经晚了多年了，谅也比不过人家。能高霖儿一头的，也唯有考取功名。所以，她是决不赞同魁儿随父出巡的。

康乃骞不是那种威严的男人，说不过夫人，也只好罢了。依旧由柜上的几位掌柜伙友陪同，往张家口去了。

张家口在当时，也是商业重镇，尤其是西商云集的大码头。西商初创恰克图贸易时，多以张家口为关内的大本营。因为张家口南近京师，北临蒙古，是京师与库仑间官道上的第一大关口。西商走库仑往恰克图贸易，初时都由此出关，借官道来往贩运商品。张家口也因此商贾云集，繁荣异常。康海天当年初闯恰克图，也是在东口设了大本营，即在此开设了天义川的新分庄，专营外茶。一时间，东口分庄反倒重于归化的老号了。

因张家口繁荣异常，朝廷为此关口所定岁收，即每年上交户部的税额也高。以今天眼光看，清乾隆年间官府在张家口所征收的货物关税，并不算重。民间出关贸易，仅是在申领院票时，交付一定的规费。出关后，无论在内属、外藩蒙古地区做边贸，还是在库仑及恰克图做外贸，均不再征收任何交易税了。所以，当时西商才踊跃出关贸易。西商的外茶贸易，由直隶的张家口出关，一张院票限三百箱茶叶，交纳规费五十两银。一箱茶叶百斤上下，一斤外茶当时值半两银，一票茶货即值一万五千两银，税率仅千分之三四。但由山西经归化出口，一张院票同样限额，仅出规费二十五两银，税率又低了一半。此即因为归化外贸不及张家口繁荣，朝廷所定关口税收也少。

康家天义川老号，本是在归化起家，地利人脉优势都在归化。因此，康海天在恰克图做外茶成了气候，便渐将出口地移回归化，以就票费低廉之利。于是，老号又变得举足轻重了。但东口毕竟是外茶第一重镇，政报商情皆汇集于此，那里的庄口也就一直未撤。康海天临终时，将内外茶分营，新开了天盛川，专营外茶，却指定将总号设在了太谷城中。专营内茶的天义川，老号依然在归化。对东口分庄归属，康海天未做交代。既未做交代，依旧例还归天义川掌管。可此庄口，对外茶生意是重镇，似又该归属天盛川。康海天是临终疏忽，还是有意如此，已不得而知，总之是在此留下了一个理不顺的“疙瘩”。

天义川的茶市掌柜杨敦义，也是追随康海天多年的重臣。他是一直主张将东口庄口交归西院的。因为这处庄口，曾是康爷在关内的大本营，铺面甚大，设置也讲究，平日开销也就较大。不做外茶生意，留这么大铺面，也就不值得了。康家内茶生意重头在内蒙古的中西部牧区，东部生意并不多。

但康乃謇大掌柜却对这东口情有独钟。他初出道时，父亲曾派他长驻此地，触目生情处多多。而父亲的名声，在东口又历久不衰。他每来此，总享父荫遗泽，受到行内行外人高看热待。这对生性懦弱，本事也不大的康大爷来说，实在是难得的精神享受了。所以，他哪会愿意将这处庄口交归西院？留在手中，名正言顺：先父并未有改号的遗嘱，而懋弟也从未提出过疑义。

不过，康乃骞此次巡走，首选张家口，倒也不是为来享受热待，只是为探听当前政情大势。当前危局，重创在外贸，东口更首当其冲，政情商情，好坏消息，当在这里集聚的。

康乃骞一行，先行十日，到达归化老号。其时，杨敦义掌柜尚未从外藩蒙古前营归来。康乃骞慎作检点，停留数日，便转道东行十五日，来到张家口。

此处虽市肆喧阗依旧，但人心浮动也显而易见。尤其西商大号小号，外茶堆积严重，而俄罗斯皮货、毡呢市价暴涨。其时已进春三月，往年正是驼队由库仑开始返回时候，数以千百计的骆驼，充塞大街小巷，驼铃日夜不息，成为市肆主调。今年街市间的骆驼已稀少许多，驼铃再也压不住焦躁的市声了。

康乃骞到达后次日，即去拜访了万胜永记茶庄的张大掌柜。开万胜永记的张家，系山西汾阳人氏，也是西商大户。参与恰克图议盘会商的西商六大家，张家也是其中之一。张家的万胜永记老号虽在张家口，但依然内外茶兼营，其内茶生意重头在关内京津一带。所以，在京师开有一间很大的分庄，称京号。这位张大掌柜，又是个极善于巴结官场的商人，在京师官场也长袖善舞，故人称京万张。康家与张家，同列西商六大户，交往自然不能少。康乃骞常来东口，与京万张交往就更多了。这次，康乃骞一到东口，即来拜访京万张，显然是为探听京师动向。

京万张镇静如常，这使康乃骞也稍微沉着了一些。

寒暄过后，京万张就问："令弟有消息吗？"

康乃骞叹了一口气，说："倒是有了消息，只是简单报平安，详情难知。

想来舍弟受了大熬煎!”

京万张说:“能得平安消息,就大幸了! 前年冬天,在恰克图议盘会商时,余曾劝令弟,边情未明,不可贸然过俄境。哪想,他还真过境去了!”

康乃骞说:“俄喀山帮首盛邀,难以推辞的。谁也没料到,我朝廷竟忽然封关闭市!”

京万张说:“其时,敝人已所预料。可惜没人肯信呀! 不仅是令弟,榆次常家,太谷曹家,也都不信。”

康乃骞忙说:“贤兄眼光,向来毒辣! 可惜,谁也不想往坏处想。今专来请教贤兄,看舍弟有难否?”

京万张得意一笑,说:“令弟困俄,已成一难了,还预测什么? 俄官府脾气,老兄还不知道吗? 令弟在俄,倒无性命之忧。但两国一日不和解开禁,令弟亦一日难归国的。若是一般人等,俄官府或许会驱逐放归,但如令弟这般大商,岂肯轻易撤票?”

康乃骞一听,就慌了,忙说:“舍弟是受俄商盛邀过境,何能以绑票论?”

京万张哈哈笑了,说:“老兄竟忠厚如此! 两国交恶,总要斗法。俄俗,商家位尊,准会以为如令弟这般大商,我官府亦不会等闲视之。今既已陷其掌中,岂能不视为人质,逼我官府赎票?”

康乃骞立刻说:“吾康家愿出此赎银!”

京万张更哈哈大笑了,说:“俄官府所要赎资,岂是你我之家所能付出! 彼所索要者,乃我朝廷的和解。可我朝廷,”他放低了声音。“又把我等商贾算几斤几两?”

康乃骞又慌了,说:“那舍弟危矣! 听说俄朝廷已调兵边境,战事将起?”

京万张神色凝重起来,说:“此正是堪忧处。敝人年初往京师打探,知朝廷上下对俄方陈兵边境,甚不以为紧要,只视之为斗法而已。但以敝人之见,”他又放低声音,“朝廷恐怕要失算。前此,俄方正不紧不慢与我方斗法，朝廷忽然出狠手，断然停止互市。俄方吃了大亏，哪还有心再与你斗法？也必出狠手相报！俄朝廷又向来尚武，陈兵边境，绝非做戏。”

康乃骞急忙说：“舍弟真是危在旦夕了？”

京万张说：“两国兵戎相见，也不是旦夕间能布局成阵。但总是宜作凶多吉少打算。令弟安危，倒尚不必深忧。即便两国交战，也不至危及一介商贾性命的。只是一旦交战，外茶生意恐怕就后继无望了。听说贵府天盛川，仍继续押运红砖往库仑存仓？”

康乃骞说：“那也是不得已而为之吧。”

京万张说：“贵府到底财力雄厚哪！敝号是已停制外茶了，正打算从买卖城撤庄。所幸尚有内茶生意，可做退路。令尊海天大掌柜，才是眼光毒辣，及早将内外茶分营，真是洞悉天机！老兄大号专做内茶，已成大气候。今后还望宽让吾张家几步！”

康乃骞忙说：“贤兄还不知道，敝号生意，全赖舍弟帮衬。今舍弟困俄境，膀臂已失，尚望贵号缓逼几步的。”

京万张又哈哈一笑，说：“我西商有良规，避各家内争内乱，敝号岂会乘贵府之危！骞兄，今清风楼新来一歌姬，名红儿，色佳不说，难得清雅脱俗，又富才情。余初识，便有恨晚之叹。”说时，就拿出一纸词笺来。“这是敝人会红儿归来，即兴写出一首《东风齐著力》。见笑了。”

康乃骞喜来东口，也还因为与京万张一样，有往青楼度曲侑觞之好。此时康乃骞虽难掩愧意，还是接过京万张递来的词笺，展开看了：

> 仿佛宝儿，依稀仙女，占断春光。清姿雅骨，无处著轻狂。试问天桃艳李，何如菊淡兰芳。华筵上，迹疏意密，漏短情长。　初识已难忘，也应念无他亭畔离觞。竹筛月梢，依榻理残妆。旋逐繁弦脆管，红罗外，偷试新腔。料来日，绵山胜水，路隔萧郎。

康乃骞虽不擅辞章，但也知京万张喜诗词而难脱俗，这首词亦无改观。但俗词中赋咏的这位歌姬，却叫康大爷动心了。他说："贤兄真是处惊不乱！眼看口外战云密布，还有心思访美姬，作艳词，我甘拜下风。"

京万张说："你就直说吧：拙词依然忒俗？"

康乃骞只好说："贤兄辞章长进甚大，足见这位美姬已令尔倾心了！咏清雅，却用艳笔，堪称险招！幽会美姬归来，该是'扶头酒醒，险韵诗成'吧？"

京万张哈哈一笑，说："老兄这几句谀辞，我就当吉言了。今晚同往清风楼，就请红儿将敝人这首拙作，度曲唱来，一助酒兴，如何？"

康乃骞忙说："舍弟蒙难，我岂能再偷欢？"

京万张说："'但得醉中趣，勿为醒者传'，也就是了。"

康乃骞经不住京万张的蛊惑，到底还是答应了。也是康乃骞久有此好，到底经不住蛊惑。他这种懦弱的人，外临重压，也往往借醉沉花酒，做一时逃避吧。

这日华灯初上时，他果然与京万张来到清风楼。毕竟心绪与往常不同，他看京万张盛赞的新来歌姬，姿色也还说得过去，但清雅却难觅。度曲演唱京万张那首新作，才艺亦不见独到，倒将俗艳更加彰显。所以，听曲饮酒及半，便笑捐缠头三百钱，离席去另见自己的老相识了。在老相识处，饮酒至酣，愁怨不堪负，一醉到天明。

次日，康乃骞就大感不适。延医服药，也不见轻。

## 2

康乃骞在东口染疾之时，康仝魁竟也在十方院患了时疾。

十方院为太谷南山一处静僻的寺院。康仝魁备考为求安静，借住此寺。可他内里心气不足，外在压力却甚大。夜寝不安，食欲也差，加上春日乍暖还寒，寺院禅房阴冷。如此内虚外强，时疾很容易攻入的。

在往常，落第本也是常事。那时代的科举，实在是人生一条狭路。挤过去的，自然得意，但挤不过去的失意者，却是一个大多数。所以落第失意，也并不为大耻，三年后再考就是了。何况康家也不是眼巴巴专盼他金榜题名，上上下下好跟了沾光，本来就是等而求其次。可今年却大不同了。家难突临，东西两院几乎人人受到牵动，唯独他置身局外，依然悠闲备考。如再落第，怎么向大家交代？所以时疾是由此焦虑引来，却也缓解了这过重的焦虑：人都病了，备考苦读，也只好缓行了。

康仝魁实在是希望自己就这样久病不愈的！伤风感冒的不适，远轻于落第的重压。他对举业，早已生厌了，很想涉入家业，却被母亲挡住了入口。可怜康仝魁，也只好托病寻来一种逃避。

王夫人听说魁儿病了，自然慌忙将他接回了家。延医问诊不说，烧香拜佛也少不了。

康仝魁抱病初归时，西院在家主事的婉君就慌忙亲自过来慰问，并推荐了母家的医方。还顺口说了句："我听大医说过，凡病既来，须安神定气，诸事放在一边，勿急勿躁，就先好了几分了。伯兄不过是时疫小恙，静养几日就无妨了。"

哪想，王夫人就听着不入耳，说："三年大比近在眼前，给了谁能不着急！魁儿能把课业放在一边，朝廷考期岂能宽限？咱们劝他不着急，他能不着急？"

婉君并不知王夫人是有意这样说，便好意附和道："可不是呢，科考大比是天下圣业，咱们无缘亲临，只听说威严无比。伯兄有幸亲历，当会从容应对的。偶感风寒，也不致有大碍的。大娘，听说你年下抽了好签，更该放宽心了。"

王夫人越发听的不入耳了，尤其是"有幸亲历"一语，更觉刺耳。就说："魁儿他还是本事不大。要本事大，亲历两回就够了，一回中举人，一回中进士。他还是本事不大！"

婉君慌忙说："伯兄只是体格软差些。从容将身子调养好，也不比谁差的。再说，历来有才学的人物，科场屡屡失意的，也多呢。"

婉君无意间说出的“科场屡屡失意”，又叫王夫人大觉刺耳。她已分明带出几分不悦，说：“魁儿他可不就是科场屡屡失意！”

婉君就赶紧说：“看看我吧，大比当前，竟胡说这种不吉利的话！还望大娘、伯兄千万不要介意！我看今年还是我们西院有难，东院吉利，茶业不兴举业兴。”

王夫人还是冷淡说：“咱们家，宁可举业不兴，茶业也不能受拖累。”

婉君这才意识到，今天王夫人有些异常，再一想，知道自己又失言了，忙说：“看看我，又胡说呢。今年还是外茶不兴，内茶大兴！伯兄乘今年东院大吉大利，定能考场如意的。”

见母亲神色依旧不好，康仝魁忙说：“那就有谢弟妹吉言了！婶母出行已近一月了，有书信传回吗？”

婉君说：“还没有呢。无书信，便是无意外。大娘，伯兄，你们放心就是了。想来大爷也一路无恙的。”

康仝魁说：“愿如弟妹所言。”

婉君回到西院，越回味，越觉得王夫人刚才太异常，真是左说右说，一句也没讨到好。她何时何事得罪了东院大娘了？更是百思不解。于是也只好宽想了：大娘不过是为仝魁科考忧心而已，并不是有什么跟她过不去。东院西院久有差异，婉君本来就以婆母为榜样，说话十分小心，就怕无意间伤着东院的人。

半月之后，婉君的贴身女仆玥儿，突然来悄悄告她：“东院大娘正生你的气呢！”

婉君慌忙问：“生我的气？近来我也没到她跟前说三道四呀？”

玥儿就说：“就因此生气呢！东院大少爷病还没好呢，你也不过去问问，嫌你不把大少爷放在眼里！”

婉君就问：“那头大少爷真还病着？我以为不过是头痛脑热，早好了呢。要是真还没好，那就是我的不是了，怨不得大娘生气！玥儿，你也不勤打听着点?”

玥儿说:“我也不敢多往那头跑!大娘见了我,更没好话。”

婉君一听,心里一紧,正想问说了什么不好听的话,一转念,就正色说:“玥儿,大娘说你什么,不是应该的!你到东院,一定又放肆了。”她这也是学婆母,细事闲话,不能纠缠。

婉君赶紧携了些补品,就跑过东院来。

果然,康仝魁依然卧于病榻,脸色黄得不好看,还有些气喘。她就慌忙说:“大娘,我真以为伯兄早大愈了!迟来问候,真说不过去……”

王夫人冷冷地说:“西院的事,件件不能耽搁,你快忙你的。魁儿有灾有病,别人也替不了他的。”

婉君这回听出了话中话,但声色依旧,说:“我也是赖惯了,初理家务,成天手忙脚乱的,还是顾此失彼,叫大娘笑话了。医家怎么说的?用的药不对?”

康仝魁忙抢先说:“医家是城里请来的,把脉后,也如弟妹日前所说,先安神定气,静了心,服药养着。”

王夫人就说:“我也才知道,你弟妹还通医呢!快看看医家开的药方对不对?”

婉君忙说:“又叫大娘笑话呢,我哪里通医!三分病,七分养,都是俗话了,我不过顺嘴说说罢。日前,我拿过来的偏方,倒是我娘家传下来的,听说还是得之于傅山先生,没有试试吗?”

王夫人就说:“你也不早说!不过是些苏叶、葱白,哪知道是傅山先生的秘方?”

康仝魁却说:“就是傅山再世,只怕也医不好我的病。心里放不下今年乡试,哪能安神静气?”

婉君说:“那也是身子要紧!先把诸事撂在一边,养好了病再说。”

王夫人又显不悦:说“你也再不能给他泄气!叫我看,但凡专心功业,这点头痛脑热,早顾不上了!”

康仝魁就有些不耐烦，说："母亲放心就是！为儿就是抱病，也准赴考场！"

婉君慌忙说："八月秋试，还早呢！眼看天气暖和了，春日时疫，也就不治而愈了。"

婉君告辞时，王夫人冷冷地说："都是一家人，能过来问候一声，我们已欢喜不尽了，还拿什么东西！拿来的老山参，快不用留下了。这头库房也多呢，常年也没人吃，尽生虫眼的。"

婉君一听，慌忙细看自己携来的老山参，果然有虫蛀细眼，更红了脸，说："看看我吧！一听说伯兄尚未大愈，慌忙跑过来了，也未细看，真是失敬了，还望……"

王夫人说："这也怨我们，知道你身担重任，太忙，也没过去说说这头的事。魁儿该有灾病，旁人再怎么殷勤，也逃脱不过去的。"

康仝魁更不耐烦了，朝母亲说："弟妹是一片诚心，快不用说三道四了！"

婉君回到西院，知道王夫人对自己确生成见了。但为何会如此，依然不得其解。不过，她也想开了，有也难免，自家不去细究就是了。玥儿慌忙揽过，说老山参是她从库房取来，匆匆忙忙，没顾上细看。婉君叫她以后细心，也未多说什么。戴夫人一向不倡用补品。山参、灵芝、枸杞一类，多为各路掌柜从外地送上的节敬，久存库房。放陈了，虫蛀了，也难免的。此后，她就勤往东院探视，不再介意王夫人的冷言冷语。

又二十多天过去，康仝魁病情已渐渐见轻，忽然就听说东院当家大爷，竟也扶病归来！

婉君慌忙过来探视，就见卧病的大爷与侍坐一旁的王夫人，正一怒一怨，无言相对。她慌忙谦恭问候，大爷倒收敛了怒色，说自己只是途中偶感风寒，不碍事的。并略问了西院近况。但王夫人却怨色依旧，始终不语。

她忙说了几句吉利话，退了出来。刚出屋门，就听见大爷朝王夫人怒喝了几声。她匆匆回到西院，就暗嘱玥儿留心打听打听，看东院那头出了什么事。

玥儿跟王夫人屋里的女仆铃儿侧面打听，也好像没出什么事。只是说，见大爷扶病回来，心绪不好。一听大娘唠叨，就生气。大娘唠叨的，无非是爷儿俩真会赶趁，要病还一齐病，又要叫西院看笑话了。大爷一听叫西院笑话，就朝大娘怒喝。大爷一向也不这样呀？

婉君听了，就觉出这分明跟自己有关：西院当家的都不在，笑话东院爷儿俩一齐病的，只有她了。她何曾笑话过伯兄生病！看来，王夫人是跟她过不去了？但也无可如何。

3

康乃骞在东口病不见愈，也是因心中负重过甚了。他本来为祖业及乃弟忧心忡忡，又位输弟媳，再加上偷欢的负疚，心病更重上加重，哪能安神静气，扶内御外？只是稍有见轻，便严嘱身边伙友，不可泄漏他的病由，执意踏上了归途，赶回归化老号。一路劳顿，到归化病情自然又重了。

其时，刘福海和杨敦义已从外藩蒙古返回归化。见他抱病巡走生意，都大为感动。刘福海问候几次后，也就去忙驼队返场过夏的诸多事务去了。杨敦义见他卧病不起，也只是略说了走前营的情形，喜报了前营生意甚可做，详情未细说。康乃骞就有些不高兴：在天义川，他还是大掌柜吧？头一次远征外藩蒙古，即便做了好生意，也得跟他多交代两句吧？懋弟不在，连自家字号的掌柜，也不把他放在眼里了？

大凡软弱的人，更在乎别人对自己的态度。人在理亏时，又往往容易变态。康乃骞执掌的天义川，大事依赖西院，号内细碎之事，他却甚为挑剔。在他，是为显示自己的存在，但他手下的掌柜伙友，就深感无所适存。这也是天义川上下心气不足的原因。今康乃骞因偷欢染疾，正在理亏时，所以对杨敦义的言行，就更敏感了。

那日，他就将杨敦义叫来，细问远赴前营事。

杨敦义见大掌柜已下了地，端坐内账房，以为病情转好，正要道贺，才发现大掌柜病容依旧，忙说："大掌柜，你面色还不好看，千万不敢大意！如今，东家两院的重担，都在你一人肩上呢！等病好利索了，再理事无妨的，反正也快到夏天的生意闲季了。"

康乃骞却说："我身子不打紧。你们都是忙人，就我一个闲人，还叫病欺，太不中用了！"

杨敦义多年伺候康乃骞，立刻就听出了话外音，慌忙说："大掌柜抱病走东口，劳顿如此，我们实在是不忍再加累的。正有几件大事，要大掌柜定夺呢！"

康乃骞就问："几件什么大事？"

杨敦义说："此次与驼队刘掌柜，初走前营，甚是成功。我号青砖在前营销得意外好，价钱也比内蒙古高得多。一片上等青砖，值一两银，利厚不亚于外茶。这是因为前营后营一带，亦是多拿青砖当银子使，军民多喜欢购藏上等青砖。我号川字青砖，在外藩蒙古也小有名气的。"

康乃骞问："前后营毕竟是荒僻之地，青砖虽好销，能换回银子吗？只换得些牛羊，千里迢迢，如何出手？"

杨敦义说："前后营之繁盛，远出于我们预料！前营街市俨然都会，五条大街，店铺林立，各业齐备。也有活佛坐床寺庙，喇嘛僧人甚众。尤其有乌里雅苏台将军衙门，驻扎重兵。朝廷每年调去的军饷，便是一个大数目。所以，市面流转的官银就不少。我与刘掌柜，还专程往后营科布多走了一趟。后营也甚繁荣，街市整洁有序，各业兴旺，已有不少我晋人商户。可惜这次未押运茶货往后营，只做探路。前营往后营，半月可到。"

康乃骞便问："那这趟走前营，换回来的，都是现银？已平安解押回来了？"

杨敦义就说："此即奉请大掌柜定夺的头一件大事。我与刘掌柜都深以为,前后营实是我天义川大可用武之地。在此两地新辟庄口,每年即可定时押运我川字青砖前往长销,成我号一大新利源。故已在前营老街,暂租赁一店铺,将未销出茶货存入店中,留下三位伙友。已销茶货所得银资,也留数千两于店内,以备正式设庄费用。所以,我押回银子,只不到万两。但也与这三百箱茶货,在内蒙古销出全部所得,相差不多。”

康乃骞竟说:“新设庄口,这等大事,你们已经擅决了?”

杨敦义忙说:“大掌柜,我们哪敢这么行事?老街店铺,我们只是暂租,存放未销茶货。”

康乃骞说:“你不是说我号青砖销路极好吗,为何还有存余?”

杨敦义说:“正是因为好销,才从容缓销,以图价挺。一时投货过多,价必被杀。再者,也怕他人购去囤积,转手渔利的。”

康乃骞说:“但已销茶货所得银资,总该悉数押回的。你们不知西院生意,正待我们接济?”

杨敦义就说:“我与刘掌柜也正是为此,才主张尽早在前后营设庄,快辟利源,接济外茶之困。”

康乃骞说:“在如此天高地远的地方,新设庄口,非同小可!这是大事,需同西院郑重计议,方可作决。你们倒先布好了局,店铺也租下了,人员也留下了,本钱也打足了,我们怎么计议!”

杨敦义说:“大掌柜,在下跟随你多年,何曾敢越主行事?驼队刘掌柜虽闯荡驼道多年,但也毕竟是初走前营,解押过多银资回来,也担心途中不测。留部分银资在前营,亦有此种考虑的。若设庄得到大掌柜首肯,也算一举两得了。”

康乃骞冷冷地说:“此事还得与西院仔细计议。你说有几件大事,还有什么大事?”

杨敦义说:“再一件事,与此相关。如前后营果然设庄,为节省开支,我意还是将东口老庄口,转交西院,或暂加关闭。东口老庄口,日常铺垫过大,内茶生意也做不了多少。”

康乃骞立刻怒色满脸，说："杨掌柜，你就是惦记着东口这间老庄口！我说过多少回了，那是先父创业福地，岂可轻易处置！先父将他留在天义川，分明是托付我善加守护的。再说，今临外茶危难，突然关闭此老庄口，岂不是欲向西商同业昭示我康家败象吗？"

杨敦义慌忙说："大掌柜，在下实是为东家生意计，才冒昧出此建言。若不妥，万望海涵。杨某追随康爷也多年，向来视康爷为再生之父，从不敢有不敬之心。此心上天可鉴！"

康乃骞怒色更重，大声失控道："杨掌柜，你劳苦功高，劳苦功高！我是愧对先父，处处不中用，不中用了！"

杨敦义也有些忍不住了，虽然给康乃骞跪下了，仍然硬声说："大掌柜，杨某对东家忠心，上天可鉴！"

柜上的其他掌柜伙友，闻声进来，将杨敦义拉了出来。

经此冲突，康乃骞的病情岂能见轻？但在归化老号，他已不便再久留，不听众人劝阻，便又扶病赶回太谷。

一路上，他已有些后悔了。杨敦义本是天义川最权重的掌柜，也是本事最大的掌柜，更是先父为他选中的爱将。临终留有遗言，只许善待，不许开缺。所以，他既打发不了这位杨掌柜，更离不开这位杨掌柜。这趟远走前营，人家千辛万苦不说，本也是做了好生意。可果然在外藩蒙古的前后营开设新庄口，他作为大掌柜，巡走不巡走？不巡走，有违父训；巡走，一时又如何能受得了这千辛万苦？而撤出东口，断了他的嗜好不说，这次偷欢染疾的缘由，即要泄漏出来了。但总该从容应对杨掌柜，何必撕下脸来？

康乃骞如此思前想后，真是一忧未去，又添一愧，忧愧交加时，竟再添一悔。忧懋弟安危，愧东口偷欢，悔归化失态，这出来一路巡走，一点薄功未建，倒不断捡来重负，加之于身心，不病倒才怪了。病体怀了这样的心绪，回到家中，又知魁儿也染疾，再听王夫人唠叨西院媳妇孟氏种种不是，他不怒吼几声，只怕要晕厥过去了。

## 4

戴夫人与康仝霖一行，将近六月才回到太谷。

巡走茶道，康仝霖早已是轻车熟路，人也就一切如常。只是，心志已大不同，锐气中多了几分练达。尤其是有幸与母亲同走茶道，志趣又融融无间，难得的愉悦，早湮没了一路劳顿。戴夫人毕竟是初次做如此长旅，虽一路无恙，人还是分明消瘦了。只亲历南茶道，已使她知道商界也深如海，原先的雍容坚毅中，显出凝重。这一路，她对霖儿有了深一层的了解：多年历练，原来也未虚度。能同爱子纵横数千里，顺道览胜考古，更是愉悦如饴。

他们到家时，东院康仝魁早已病愈，返回十方院继续备考。他也是实在不愿在家多住了。康乃骞却尚未大愈。婉君并未将东院发生的一切向婆母及夫君告诉，只简报了东院大爷巡走生意，劳累致病。戴夫人与康仝霖得知后，慌忙过去问候。康乃骞和王夫人也不便再为难，直说正要过西院慰问，倒晚了一步，俨然和睦如常。康乃骞说，他从张家口探得一些京师动向，想及早通报。戴夫人说，她南巡茶山，亦须细加禀报，只是养病要紧，择日再议也不迟的。两边似也相敬依旧。

只是，玥儿不免将东院一些情形，尤其婉君所受的委屈，暗中告诉了康仝霖，也告诉了大瑜。康仝霖也未大介意，安慰婉君几句，又道谢几句。婉君已很满足了，还骂玥儿多嘴。大瑜不免也将这些情形向戴夫人告诉了几句。戴夫人更是不愿听，只叫大瑜少翻舌头。

休歇几日后，戴夫人叫了康仝霖夫妇，专往南山十方院，看望了康仝魁。康仝魁感动不已，直对戴夫人说，他实在是想弃举业，习家业，不愿再考功名了。今家业有难，合家皆赴难，独他闲居与此，实在愧对祖宗！

婉君就抢先说："考取功名，正是先祖父寄厚望于你的！"

戴夫人也说："魁儿，吾家茶业，实也系于官府大政。吾家如有一二为官者，遇此变故，也不至合家上下都这样手忙脚乱了。你叔父也不致有困俄之失。你为科考用功，谁说于祖业无关？”

康仝霖也说：“科考难，也不难。不难，岂不人人都去做官了？说难，是难入门道。唯有多考，才能通门道。看古今官场，一举及第者，能有几人？”

康仝魁终于表示，将专心备考。

其后，戴夫人又往东院，与康乃骞平心静气细议一年来生意。特别倾听了康乃骞从东口得到的京师消息，及汾阳张家动向，诚表值得谨思慎行。

事情也就这样过去了。

不久，天字两号的几位权重的掌柜也陆续返回太谷。戴夫人正欲召来诸位，论功嘉奖，并计议两号大事，驼队掌柜刘福海就先跑来了。

这位福爷一进来，就是一脸怒气。戴夫人慌忙问：“刘掌柜，这是谁惹你了？”

刘福海哼了一声，说：“我敢惹谁！还没有怎么着呢，就有人说，我们胆大妄为，不敬康爷了！”

戴夫人一听话音，就忙将康仝霖及大瑜支开，说：“刘掌柜，先不用生这么大气。你是吾家老功臣了，我们有什么慢待之处，不周全的地方，还不能直说吗？”

刘福海更来了气，说：“二娘，我们可没有功劳！就是有几分功劳，也不敢居功欺主，胆大妄为，背叛康爷！我们当年入门有誓：若有叛逆，扫地出门！二娘，快把东院康大爷请来，当面明鉴，若刘某与杨掌柜此次走前营，真有胆大妄为之举，真对康爷心存不敬，甘愿依入门誓言处置！”

戴夫人已听出，这位福爷是冲着东院伯兄的，也料到是伯兄有不是，但还是正色说：“刘掌柜，我知道当年就是当着吾家先祖的面，你也敢这么发脾气。可如今吾家已不似当年，东院伯兄向来软弱，西院眼下又是我一个妇人当家，我们弱主女辈，哪经得起你如此吓唬？纵有万般不是，也不能这么吓唬我们吧？”

刘福海真没想到，戴夫人会如此拆招！他原本不过想以黑脸角色，或倚老卖老之计，向戴夫人“莽谏”，促她说服东院大爷。哪想戴夫人竟抓住了他欺主的嫌疑：还说不欺主呢，一上来就这么吓唬我们弱主妇道！口气软中带硬，以守为攻，果然是明白人，好手段。他忙收敛了怒气，说：“二娘，我可不是冲着你……”

戴夫人立马说：“冲着谁，也不能这么吓唬！”

刘福海就说：“那我先赔不是了。我们实在是替贵府生意着急！”

他才将初走前营，察看后营，生意可为，建议设庄，以及暂租店铺，留人留银，被东院斥为先斩后奏、居功欺主的情形，说知戴夫人。他特别禀明：“在前营暂租店铺，留人留银，杨掌柜本不敢决断，是我做主的。若有不当，我刘某担待就是了。”

戴夫人细听了详情，哪能看不出这是两位建了大功？眼下亟待内茶扩盘，打通前后营茶道，实系大动作，大手笔，正是求之不得！但她实在也不能指摘东院伯兄的。便说：“两位初走前营，功劳显见。只是在这么遥远的地方新设庄口，毕竟是大事，还是要经大家先郑重计议。吾家伯兄也许是虑及天义川扩庄外藩蒙古，布局过广，尾大不掉。”

刘福海说：“茶道万里，哪有怕地广路远的道理！打通前后营茶道，不仅眼前困局可大缓，日后天义川亦当今非昔比，这是多好的一步棋！天不弃我，岂能自弃？”

戴夫人说：“吾家亦未断然拒绝吧？唯其事关重大，才更须郑重计议。刘掌柜，你放心就是！今吾家虽是弱主当家，你们谋出的良策，我们还不至于辨认不出。即便天义川真有难处，天盛川亦会成全的。天盛川外茶断市，正可腾出人手，暂理前后营生意的。”

刘福海一听，心里就有底了。忙说：“二娘，我就想听东家这句话。我如此着急上火，实在还有一个原因。因恰克图断市，近来归化正有一家驼运店陷入绝境，欲转让驼队。数百峰健驼，只标往常半价。如开通前后营茶道，正可盘点过来，以支持内茶大扩盘。”

戴夫人听了，当然又生暗喜，却笑说：“刘掌柜，原来是设好了局，就等我们往里跳！眼下本收入大减，不给我们多往回挣钱，只是出花钱的主意！”

刘福海已听出戴夫人是正话反说，便说：“二娘，我这可是跟康爷学的！市疲时谋扩，势危时图进，逆众行事，最是上策。”

戴夫人就说：“我说呢，茶山徐掌柜也是给我新出了花钱的主意！”

刘福海忙问：“刘掌柜出了什么新主意？”

戴夫人说：“在崇安时，徐掌柜请我品过安溪几种香片。我本不喜欢香片，嫌花香扰乱了茶味。茶味本纯清，花香却张扬，两相难谐。但安溪那几种香片，无论茉莉、桂花、珠兰，多与茶味甚和谐，无欺茶霸味之恶。见我夸赞，徐掌柜便说，此系他为日后与俄喀山帮交易所选。今香片内销，利甚厚。尤其在京津一带，由官场带动，饮香片风气，已流行民间。我们何不先在京师设庄，开拓香片生意？一则利厚而茶道便利，可暂补外茶之失。次则，藉此正可磨炼香片的产运功夫，以备日后外销。再则，亦正好可设立京号，便于打探京师动向。历此三次断市，已深知外茶生意与朝政大局相系太紧密。大掌柜困俄，便是吃了此亏。”

刘福海就说：“徐掌柜所谋，也是一步好棋！”

戴夫人又笑道：“我就怕你又说是好棋！又一步好棋，就又多开了一个花钱的口子了。”

刘福海说：“我们这都是新开利源，可不是乱开花钱的口子。”

戴夫人说：“从长远看，是开了新利源。毕竟远水不解近渴，走哪一步好棋，不得花钱？”

刘福海说：“要不是临此危局，哪能逼出这么多好棋来？二娘，还是照康爷手段，看准好棋，就是砸锅卖铁，就是举债，也得走！”

戴夫人笑道：“吾家砸锅卖铁，吃糠咽菜，倒也不怕，就怕银子太吃紧，亏待各路掌柜伙友。尤其像刘掌柜、冯掌柜、徐掌柜，你们几位，哪敢亏待呀！”

刘福海忙说：“二娘，患难与共，可也是我们的入门誓言！”

戴夫人也毕竟是好手段，未伤康乃骞尊严，即化解了刘福海的怒气及杨敦义的怨气，而且对下一步以攻为守，艰难度日，也赢得了善解。

数日后，戴夫人请来康乃骞，召来刘、冯、徐、杨几位掌柜及霖儿，计议来年生意。康乃骞就先向杨敦义赔了不是，杨掌柜更慌忙谢罪，疙瘩算是解开了。因为戴夫人事先已与康乃骞疏通过，并已承诺由天盛川代理前后营的新茶道，也不提东口庄口归属。康乃骞自然放下心来。

所计议几件大事，亦都无大的歧见，顺利做出决断。红砖继续适量运往库仑存藏，不因汾阳张家等几家大户放弃外茶而动摇。开通前后营茶道，暂由天盛川代为料理。驼队盘收倒闭小户驼群，力争分期清盘。开拓京津香片生意，在京师设庄，亦由天盛川暂为料理。天义川专心于内蒙古老市，扩销内茶。

然而，在议定京号掌柜人选时，又生疙瘩。

冯得雨提议，京号由东口掌柜李宗烜出任，最为适合。李掌柜久驻东口，与京师客商稔熟，又历练得甚擅交际。当年康爷留他在东口，即看中其交际本事。大家也觉是首选。但康乃骞却极力反对，理由是李掌柜一走，东口庄口便要塌灶了，先祖福地，如有败落，不是好兆。

刘福海正欲激辩，戴夫人止住，说：“既然吾家当家人以为不妥，就另选别人吧。我看，暂派天盛川老号的协理掌柜，先往京师设庄，如何？”

康乃骞先就赞同。大家也就只好附和了。

临末，戴夫人宣示，对在座各位掌柜及困俄石岳掌柜、汉口曹廉掌柜，东家予以嘉奖，赏金列一等。但今年只能暂记入账本，容后兑付。其下各路掌柜伙友，凡立功受奖者，亦暂照此例。有所亏待，还望体谅。

冯得雨就先提出，这一茶季，他并无建大功，不敢受赏。其他几位也说，非常时期，奖赏求免。

戴夫人却说："此系吾家事，只听吾家当家人一言！"

康乃骞忙说："很该如此奖赏。"

## 5

戴夫人本想于秋天，再走北茶道，经康仝霖一再劝阻，才算作罢了。全年走遍南北茶道，即便在他血气方刚时，父亲尚不允许的。缓一年，养精蓄锐，再走也不迟的。她说，断市已将近两年，明年若开禁，便走不成了。康仝霖就说，那才好呢。她说，我此生总得亲往库仑及恰克图去一趟，看看你们父子常年来往的地界。否则，枉为康家妇人。康仝霖就说：待来年，我赔母亲往恰克图，亲迎父亲归来！戴夫人一听此言，眼泪忍不住流了出来，说："但愿有那一天！"

康仝霖这次往库仑，冯得雨未同行。他留在老号，与刘福海、徐文琪等筹划前后营新茶道及京号开张诸事，要稍后前往。康家动向，既已为库仑办事大臣衙门所关注，康仝霖也不能不及时前往。这次所押运红砖，亦止于一张院票所限，即三百箱。在归化所集结的驼队，规模更锐减。不过，康仝霖一行，还算顺利到达库仑。

到达库仑后，康仝霖最感不安的，便是与叶琳娜的相见，真是见也难，不见也难。只是，这次他到达后，却未见叶琳娜急迫来见。他便问库仑伙友，叶琳娜是否已回国？伙友说，她日前还来打探呢，问少掌柜何时才能到。康仝霖心中一块石头落地，却又惊异叶琳娜为何不来见他？康家驼队到达库仑，动静不小，她不会不知道的。她是芳体有恙？

但他又不便主动急迫去求见。

康仝霖只好先行往办事大臣衙门验票，并携新红砖，拜会松筠大人。康家能按时运茶货来库仑，自然得到松筠大人夸奖。但松筠对汾阳张家等大户撤庄举动，亦未严责，只是讥笑其眼光太短浅，不似大户作为。尤其令康仝霖大感意外的是，松筠大人告知，经与俄方交涉，已准许石岳掌柜归国。可惜父亲未获放归！松筠说："尔父系富商，俄夷不肯轻易放行，是欲以尔父换我开市，岂不是笑谈！"

康仝霖听这"笑谈"二字，真惊出一身冷汗！

他忙问俄方陈兵边境情形。松筠大人似更不以为意，说俄方今次陈兵，多集中于尼布楚一带，还是窥视我黑龙江这块肥肉。此更不足畏！黑龙江为康熙圣祖皇帝用兵败俄之地，军备完善，边防严密，兵强马壮，正可以逸待劳矣。

但康仝霖听来依然是战云密布！

所幸尚有石岳掌柜放归的喜讯，他也决定亲往恰克图去迎接石掌柜，尽早知道父亲消息。

两国依然战云密布，他更应该先见一见叶琳娜，以探得更多消息。其实他还是急切想见到叶琳娜！

但是，数日过去，依然不见叶琳娜来访，这可是极其罕见的。自与叶琳娜相识以来，总是叶琳娜活泼又妩媚，无有拘束来寻他、叫他、约他、见他，今为何避而不见？

到第四天，康仝霖终于忍不住，只好自己去访叶琳娜。还未到米氏皮货店，他已望见叶琳娜熟悉的身姿，正伫立店铺外。叶琳娜发现他后，立时向他飞奔过来，及近，扑来紧紧相拥，泪流满面，吻住他，久久不松开。

康仝霖何曾经历这等浓烈亲密，早已不知所措，欲仓皇四顾，又转动不便，而叶琳娜传来的激情，却已流入血脉中。他闭住了眼睛，不由也紧紧搂住叶琳娜。

叶琳娜松开他后，泪眼中闪动着幸福，说："我知道你会来的！"

进入米氏店铺后厅，几案上正摆着康仝霖去年所送的那一套精美的漆胎茶具。

叶琳娜说："我摆好它们，已有四天。我知道你会来的。"

康仝霖送出携来的新香片。

叶琳娜说:“这一年来,我就在等待这一天。”

说时,她开启新茶,放入茶壶中,沏入热水。一片茉莉香气,即随水汽弥漫开了。

叶琳娜深吸一口,说:“这是第一次使用宝贵的茶具。我一直在等待这一天。你不该今天才来!”

康仝霖说:“急事太多了。”

叶琳娜凝视着他,说:“你不该今天才来。”

康仝霖说:“今天也不算迟吧?”

叶琳娜说:“迟了三天!”

康仝霖岔开说:“茶香已浓了。”

叶琳娜就说:“你教我贵国如何敬茶吧。”

康仝霖说:“不敢言敬,今日你我同品香茶。”

叶琳娜又过来拥抱他。

这一次,叶琳娜同样拿出店中库存的一批西伯利亚裘皮,交易了康家的红砖,数额也依然不大,交易价也依然未涨。断市前,俄方皮货常有滞销积压,三四年不能清库。断市后,市价大涨,积压已难见。康仝霖奇怪米氏店竟还有库存。

叶琳娜笑了,说:“你应该知道的!多少客商,不断来求购,我只是不出手。就等你年年来,我们年年有交易。”

康仝霖也笑了说:“你还想年年断市?”

叶琳娜说:“开市后,我们交易更多。只是,你就不会年年来库仑了。”

康仝霖忙又岔开说:“贵国那边,有何新消息?”

叶琳娜说:“局势依然不好。父亲传来消息,女皇还在调集军队物资,开战可能难免。不过,请不必为你父亲担心,他很安全。”

康仝霖就说:“我刚从办事大臣衙门得知,与我父亲一道困在贵国的石岳掌柜,即将获准归国。"

叶琳娜说:"这个消息,父亲没有传来。石掌柜,我也认识!"

康仝霖说:"过几天,我要去恰克图,迎接石掌柜。"

叶琳娜就说:"我也去!我一定要陪你去。"

不日,康仝霖与叶琳娜各带几名随从,赶往恰克图去了。

库仑距恰克图有八百里路程。载货驼队,需走七八日。快马轻骑,亦不过四五日。叶琳娜与康仝霖,能有此一次结伴旅行,真是弥足珍贵!所以一路只觉日短路近,而两相情意更一程比一程浓密。

第三日宿营哈腊,两人又不觉热谈至深夜。康仝霖见时候不早了,像往日一样,欲起身告辞,回自己的毡房。

叶琳娜却留住他,一脸郑重,说:"贵国与我国,眼看交战难免。战争开始,我必被遣送回国。父亲已让我做此准备了。真要如此,我们将从此分离……"

康仝霖忙说:"叶琳娜,眼前局势还不到这一步。我听说我国朝廷尚无迎战打算。"

叶琳娜说:"两国突然断市,谁又意料到了?少爷,我的霖,无论从此永远不能相见,还是一切依旧,我的心已被你夺去了……今夜你不要再离开我,好吗?"

康仝霖虽然不大明白"夺心"措辞,但已明白叶琳娜的意思,只是他太难措辞回答了。

叶琳娜已泪流满面,声音已似天籁:"有今一夜,以后永远分离,我也没有遗憾了。因为我的心已有了最好的归属……"

康仝霖再也忍不住,紧紧拥抱住叶琳娜。

高原初冬的寒冷,立刻消失了。整个世界都消失了。

翌日,叶琳娜已蜕变成一个新人,活泼中已多了庄重,幸福感也不再游移飘忽。

到达恰克图买卖城多日后，才迎接到石岳掌柜。

买卖城更是一片凋敝景象。天盛川的庄口，此时只有吴家瑜等几个伙友留守。吴家瑜神色犹豫，言语恍惚。可惜，在等待石岳掌柜归来的那些天，康仝霖却未多留意到这些。他正体味着“夺心”的沉重与甜蜜。

买卖城正街北尽头，便是中俄边界。原先与俄境驿道相接处，仅设一道木栅拦，今已不见，代之以木墙木门，重兵把守。

石岳掌柜从那道木门走出来时，康仝霖倒是一眼就认出了他！石掌柜似乎没有多大变化，神色也甚从容。他好像还同我守关官兵，说笑了几句。

见到康仝霖一行，十分惊异，说：“少掌柜竟在买卖城？”

康仝霖忙说：“我与叶琳娜是专门来迎接你的！”

石岳动容说：“见到你们，真恍然隔世！少掌柜，可惜未能与令尊大掌柜一道归国。所幸大掌柜尚安好！”

石岳就转身用俄语同叶琳娜说话。

康仝霖能听懂，是说发西利十分想念她。叶琳娜回答亦是俄语：她更想念父母亲。

他与叶琳娜虽已有“夺心”之交，但他亦未敢泄漏自己暗通俄语。康仝霖毕竟不同往昔了。

# 第七章　火兆利市

## 1

石岳回到太谷时，尚未进入腊月。按说，既然已无恰克图议盘会商这件大事，康仝霖也无须在库仑多逗留的，可同石岳一道回晋。但今年他哪里能舍得下叶琳娜！所以，只好让石岳先行，他以等待冯得雨掌柜为托词留了下来。

石岳由俄境归来，自然轰动了康家东西两院。

他刚进西院见着戴夫人，东院康乃骞及王夫人、康仝魁等人就急急忙忙赶过来了。

康乃骞抢先急问："你们大掌柜，为何没有一道回来？难道……"

石岳赶紧说："我们大掌柜一切尚好。临别时，一再嘱咐在下，一定转告大爷、大娘、二娘，还有各位少爷，他尚安好，请你们千万不要担心！大掌柜未能归国，是因为所执院票及俄方路票，均系短期，业已失效。今两国闭关，俄方又停止申领续票，故不许过关。在下因常驻恰克图，路票为长期，尚未失效，经艰难交涉，终于准许过关。"

康乃骞顿足说："你只管自己回来，将你们大掌柜一人撂在夷境，如何得了！"

戴夫人忙说："是霖儿他爹叫石掌柜先归来报平安的。俄境那边，不是还有咱家两间庄口吗？他爹有人伺候。石掌柜既然带回真确的平安消息，我们就先放心吧。"

王夫人就说："石掌柜，你们二爷能服夷境水土吗？听说那头奇冷，茶饭也尽是腥膻东西，吃不上米面！他二爷瘦了没有？病了没有？"

石岳忙说："大掌柜常年巡走南北茶道，到哪水土不能服？留俄快两年了，并无灾病，贵体甚好。只是，成天挂念家中各位，操心生意。"

康乃骞就先听得流下泪来，说："他还不知道我们如何日夜挂念他呢！手足兄弟，天各一方，何时能团圆……"

康仝魁就说："父亲你也是，刚得二叔平安准讯，你倒先……还是快听石掌柜说说那边大事吧！"

婉君也赶紧问："石掌柜，听说俄国正调兵边境，要打仗，是真的吗？"

石岳说："这也是大掌柜日夜担心的事。他叫我先回来，正是要家中早做防备。"

康乃骞又慌忙说："看看，果真要打仗，果真要打仗！还是汾阳京万张看得透，果真要打仗！两国兵刃相见，你们大掌柜困在敌国，那可如何是好？"

戴夫人才说："防备打仗是大事，眼下三言两语也说不清。石掌柜有幸先归国，离家已久，还是先容人家回家团圆吧。"

康乃骞说："我们总得先为石掌柜压一压惊吧？"

戴夫人说："那是当然，还得选个吉日，郑重安排。今日，还是请石掌柜先回家团圆。"

显然，戴夫人是想将东院这位大爷劝走。他在场，连句正经话也说不成的。可康乃骞及王夫人还是问长问短，一时流泪，一时抱怨，麻缠多时。幸亏石岳忽然记起了一件事，对他们说，二爷不时惦记东院大少爷今年乡试，临别还说，八月开考，十月放榜，赶你到家，说不定吾家已出了官老爷。嘱咐有喜讯，一定设法传过来。这番话，才叫东院大爷大娘失去了说话的兴致，倒是康全魁坦然说：愧对二叔厚望了，依旧名落孙山。石岳慌忙安慰，东院一家终于离去。

石岳这才仔细向戴夫人告诉了康乃懋近况。

他说二爷在俄国伊城，发西利倒是照顾得颇为周全，但俄官府对二爷限制甚严。发西利说，路票过期只是官府借口，严禁二爷归国，实系缘于对我断市太不满。断市前，俄朝廷本有和解打算的。就似交易中讨价还价，从高到低，从硬到软，正分一步一步走。刚走了前两步，我朝廷突然断市，俄朝廷能不窝气吗？这真是城门失火，殃及池鱼了。他窝了气，没处出，倒拿二爷出气！发西利在本国，也算神通广大，但经多方奔走，俄官府终于还是不肯松口。

戴夫人问你们日常衣食还不至短缺吧？石岳说，俄境有咱两间庄口，所存茶货已成宝物，销得出奇的好。为防久困，销售又做细水长流打算。所以日常费用，尚不必发愁。初时二爷真还不惯彼地奇寒，但也不曾生病。二爷最不放心的，就是家里两院的生意。知道东院大爷扛不动，这边少掌柜又不甚专心，日夜发愁呀，真后悔冒失过境来！幸亏后来冯掌柜暗托边境蒙古人家，传过消息来，知道二娘出山担纲，才放心了。只是又日夜自责，后悔自家冒失，累及夫人。

戴夫人听得心酸，但还是说："天有不测风云，世事谁又能料得准！再说车到山前必有路，无须忧愁过甚的。"

石岳竟说："东院大爷要能说这么几句话，谁还用发愁！"

戴夫人忙正色说："毕竟是亲生兄弟，给了谁，能不伤心！还说大事吧，俄国真要开战？"

石岳心里说，亲人天各一方，伤心者谁能甚于恩爱夫妇！但他也不再多嘴，只说起战事。他说当今俄国女皇，很是一个厉害角色。俄民视为彼得大皇帝以来最威风、最敢为的君王。她受了我朝窝心气，岂肯罢休？统领俄军的,又是女皇的宠臣波将金,他为女皇出气,最顺手的便是动武。尤其俄国早想夺走我黑龙江,今调集重兵前来,亦是意在黑龙江。战事虽未危及恰克图、库仑,但两国一旦交战,即互成敌国,互市便也成往事矣!二爷深虑者,即在东家祖业,将何以后继?然而危势逼近,也不能不早做防备。

戴夫人就问:"你们大掌柜交代如何防备?"

石岳说:"及早从买卖城撤庄,库仑亦应有撤庄打算。往后,东西两院都专心做内茶生意,再不染指外茶。"

戴夫人追问一声:"你们大掌柜真是这么交代?"

石岳叹了口气,说:"可不是呢!这次经库仑,听少掌柜说,这两年依然运红砖往库仑存仓,以待开市?"

戴夫人反问一句:"石掌柜,以你在俄境冷眼观看,俄民离得了我邦茶品,断得了饮茶吗?"

石岳说:"西伯利亚俄民断茶,等同断炊!我不是说了吗,今茶货在俄境已成宝物,市价连番上涨。一向以贩运我邦茶货为业的俄方大小商户,顿陷绝境,叫苦不迭。这尚且不说。一般俄民,尤其库里雅特牧民,更是惊慌失措,家家惜茶如金,连待客已舍不得上奶茶了。"

戴夫人说:"这不是了!恰克图复市,是俄方急于我方。今以交战相威胁,更足见俄方求通商复市之迫切。叫我看,即便开战,俄方亦还是意在通商。俄皇尚武,却也重商。我邦茶品,既如此畅销而利厚,俄皇岂肯割舍?两国交战,无论谁胜谁败,战后合约,亦少不了通商条款。当年康熙皇帝击退俄军进犯黑龙江,不是才有尼布楚通商互市之始吗?"

石岳听后,顿时赞叹道:"二娘所见,果然高出我们一筹!"

戴夫人忙说:"我这不过是空论罢了。战事既已迫近,如何防备,买卖城及库仑撤不撤庄,还当仔细计议。尤其得多多请教你等这些驻外掌柜,毕竟长年身在茶市中。我勉为其难,初涉生意,不免妇人之见,书生空议的。"

石岳说："困俄之时，我与二爷也常议俄人难离我邦茶货，但却以为正是由此而祸出无穷。俄方离不开我邦茶品，而我朝廷则视互市易茶，为可有可无。一头热，一头冷，不生争端才怪。今次危机即使侥幸缓解，日后断市乃至交战之祸，也将难免。二爷欲弃外茶，即因此而来。听二娘所言，倒使在下想起康爷胆识：做外茶生意，无惊无险，哪有便宜可得！二娘既看透外茶生意不会断，那惊险再大，也是便宜了。我石某驻庄买卖城多年了，真舍不得就此撤庄！"

戴夫人慌忙说："我一个妇道人家，可不敢与吾家先祖比！买卖城撤不撤庄，库仑还存不存红砖，要与大家仔细计议。"

石岳看了一眼在旁的婉君及大瑜，就说："二娘，还有一件事，二爷要向你交代。"

大瑜早已会意，寻了借口，走出去了。婉君也跟着说，忘了件事，才想起来，也出去了。

戴夫人忙问："你们大掌柜，还有什么交代？"

石岳说："此事也可见俄人万不想割断与我邦交易茶品！"

石岳秘密交代的是一件什么事？

原来，康乃懋困俄之后，发西利终于向他说出了期望两家结姻的事。康乃懋倒是立刻就想到了叶琳娜，但发西利是想将她嫁给谁呢？他身后只有霖儿一子，早已成婚。尤其要紧的是，与俄夷通婚，这可破天荒的事，祖宗岂能允许？

所以，他先也未加深思，就说："与贵府能接通家之好，已是高攀了。可惜，你我两家分属两国，结姻向无先例的。只怕我大清朝廷也不允许。"

即便长困俄境，康乃懋也严密隐藏通晓俄语的秘密。所以当时仍由石岳做通译。石岳当时也未细加斟酌，头一句客套话翻译出来，发西利已以为康家也有此愿望，第二句无先例的婉拒意思反倒被以为是客套了。

发西利说："康大掌柜也有此愿，我真是太高兴了，太高兴了！我们两国结姻先例很多很多，恰克图边境，还有库仑，有很多通婚人家。我已查阅我国与贵国的许多边境条约，其中有不少针对边境通婚者的条款，说明贵国朝廷也是允许国际结姻的。”

康乃懋已有些不知如何措辞，只好说：“即便官府允许，我们两家也难成此好事。敝人膝下只有一子，已成婚多年了。”

这一次，石岳费心通译，尽力不使发西利误解。

发西利竟说：“贵国婚姻制度，是允许娶两位以上妻子的。这我早已知道。我家视叶琳娜如高贵的公主，她也甚为钟情贵府的少掌柜。我们联姻，正像贵国谚语所说：宝贵的水，已经流进修成的水渠中了。”

康乃懋听了，有些哭笑不得，却更不知该如何措辞来做解释。只能含糊说：“娶小纳妾，当然也是有的。但不能算门当户对的高贵结姻。”

石岳怕发西利产生门不当、户不对的不良误解，干脆通译为：“我国娶第二位妻子的，当然也有。但第二位妻子，地位就低了。”

发西利竟说：“婚姻中，感情可比地位重要！康大掌柜，我们两家联姻，不必争地位高低。你我在两国茶行地位，实在也难分高下的。今后两家成一家，亲密携起手来，超越国界限制，极大扩展茶叶贸易，必然成就无可匹敌的伟大事业！尤其我国已有欧洲机器，用于贵国制茶，远远胜过人力手工。”

石岳立刻听出了联姻意图，此意图却非同小可！

康乃懋尚不大明白，还以为欲以有益于茶业发达，说服结姻呢。石岳通译时，虽已尽量点破，康乃懋还是回答说：“叶琳娜是贵府高贵的公主，我们岂能委屈她？此事断然不可为，断然不可为。”

石岳未敢照直通译，却说：“贵家族如此盛意，本人深为感动。只是，此前从未有这种想望，觉得太突然。我国有传统，历来视婚姻为天地间第一等大事，有严格礼仪的，非一时一言能定。”

发西利就说：“一切愿尊贵国礼仪。贵国礼仪如何开始？”

石岳就说：“礼仪系既定，我代大掌柜直接说吧。第一步，须先将叶琳娜出生的年、月、日、时辰，四种时间告知我们。我们要将她的这个生时，与我们少掌柜的生时，一一对照，看有无妨害婚姻的征兆。若是好兆，再走第二步，即须双方父母都同意，我国婚姻，须遵父母之命。此后还有若干步。大户人家，高贵婚姻，更得如此。”

发西利说：“在我俄罗斯，婚姻也是大事，同样有复杂礼仪。叶琳娜的生日，我记得年月日，什么时间，还得回忆。来日相告吧。今日太高兴了！”

康乃懋还不大明白，但也只能说：“我也很高兴。”

发西利告辞后，石岳才将他的发现给康乃懋说破：其联姻是表，联手扩张茶业才是里。康乃懋似还懵懂着，竟问：“这是好事，还是坏事？”

石岳掌柜说：“当然不是好事！米氏家族果然与东家联姻，必越境插手茶山、茶道，大开利源不说，最可担忧处，是我们就再难掌控茶市了！茶山、茶道、茶市，他皆占了，即便不会危及东家一家，却将我西商不放在眼里了。西商大网一破，东家又岂能独善？今我西商能与俄商对局，全凭稳踞茶山、茶道。米氏不惜将爱女降格做妾，便是为绕过朝廷禁令，染指茶山、茶道，不再受控于西商。”

石岳还有一句更厉害的话，不便说出：那就是康乃懋远不是发西利的对手。但康乃懋已听得惊出了一身冷汗。慌忙说：“既如此，刚才我已明拒了这门亲事，石掌柜为何还要引出成亲礼仪？”

石岳说：“大掌柜，你忘了你我身在何处了？发西利结姻意图，如此非同小可，我们如断然拒绝，后果实难想象的。你我正陷在人家手掌中，为逼我们就范，可使的手段很多。引出我国成婚礼仪，也为留出一些回旋余地。”

康乃懋说：“难怪呢，两国断市后，发西利依然将叶琳娜留在库仑，看来是早有图谋了。”

石岳也说：“这我也就明白了，叶琳娜对少掌柜，何以那么热情。原来是欲施美人计！”

康乃懋立刻惊问:“美人计？霖儿已上当了吗?”

石岳忙说:“大掌柜请放心！少掌柜素有大志,并不留意儿女情长的。只是叶琳娜格外崇拜少掌柜而已。”

康乃懋才说:“发西利将叶琳娜的生辰送来,我们该如何应对?”

石岳说:“大户人家,看生辰八字,本也得请勘舆大师的。此处哪里去寻此大师？再说,须尊父母之命,二娘也在国中。此都是暂可回旋处。”

康乃懋感叹道:“幸亏有石掌柜明察!”

发西利送来叶琳娜生辰,康乃懋果然遵石岳计策,说须精心对照,仔细推断。改日,发西利来问,康乃懋又依计说,经他们初步推断,似为吉兆。但按高贵婚姻礼仪,验证双方生辰,须正式延请专门的大师,否则会被耻笑,也防验证有失。所以,还得设法将此一步交给我国内来做。第二步,获父母之命,你我都有此美意。尊夫人同意吗？发西利忙说同意。康乃懋就说,现今唯有未获仝霖母亲同意。此一步,亦至关重要。我国成婚大礼,是先礼拜天地,次拜父母。母亲若不同意,大礼便难举行。仝霖母亲又是极守旧的妇人,说服她同意缔结异国姻缘,也需要时间,更需要得力的劝说者。此事,也只有康某本人才可胜任。而现今贵国又不准许我们回国,两国僵局又紧张得几近交战,恐怕也只能从长计议了。按我国礼俗,结婚为大喜事,须择吉祥日子成礼。在眼前这种危难之际,也不宜计议此大喜事的。

发西利也说,那是当然。你我两家结姻是大事,当然要等待两国和解后再隆重举办。这种等待,也当然是十分值得的!

石岳乘机又问:“两国交战,已不能避免吗?”

发西利长叹一声说:“我女皇陛下,盛怒难消啊！贵国朝廷既已悍然停止互市,不留商谈余地,我女皇陛下也别无选择了。我们依赖互市的六大商帮,无不在设法游说,都不见成效。战事一开,无论胜负,战后与贵国互市格局,必然大变。这就如同牌局,旧局了结,洗牌后重开新局,好牌归于谁手,就很难说了。我们最惧怕的,是官方重建商队,深入贵国内地产茶地，再次垄断茶业贸易，而将我们排挤出局。茶业利润，实在是太诱人了！”

康乃懋与石岳更听得心惊肉跳。

不过，他们以为结姻之事，已经缓议了。哪想，没过几天，发西利又过来说，他想出一个良策，可以设法说动伊尔库茨克总督，准许石岳掌柜回国，因为石掌柜持有长期过境路票。石掌柜回国后，即可设法说服康家尊夫人的。

他们没有想到发西利对结姻之事会如此急迫。但能有人归国，通报这边消息，也毕竟是难得的。康乃懋当然不舍得放走石岳，身困异域，他得依赖石岳的机敏智谋。可家中近两年得不到他们的真确消息，忧虑可想而知。尤其这边战情紧急，那边有无防备，更叫人担忧。所以，康乃懋犹豫再三，还是同意石岳先行回国。石岳也对伊城庄口及乌兰乌德庄口的掌柜伙友做了周密安顿。这才回来了。

戴夫人听了石岳的叙说，心中当然很难平静。真是一波未平，又生一波，世间千万事，齐聚愁边！但也毕竟是戴夫人，她沉思良久，从容问石岳：“由恰克图归来时，你见到霖儿和叶琳娜，未将此事对他们说吧？”

石岳忙说：“哪能对他们说？”

戴夫人就说：“那就好。此事，除冯掌柜外，向谁也不可提及！”

石岳说：“这我知道。”

## 2

将近年关，康仝霖与冯得雨才从库仑归来。

冯得雨尚未见到石岳。先来拜见戴夫人时，就问起石岳，说极想见到石岳掌柜。戴夫人便乘机说：“年关将近，我们备了些年货，正想去慰问石掌柜。那就一道去吧。”

康仝霖照例要陪母亲前往,戴夫人却说:“霖儿,你已见过石掌柜了,就不必去了。婉君这几天正念叨你呢!”

戴夫人只带了大瑜与冯得雨一道来到石岳家。寒暄过后,石岳就叫媳妇带大瑜去张罗待客酒席,将她们支出去了。

石岳向冯得雨略说了二爷近况及俄方备战正紧,二爷嘱咐尽早撤庄,放弃外茶生意等等。戴夫人就问冯得雨:“看来两国交战,真是风雨欲来,黑云压城,不是虚张声势,设局斗法。冯掌柜,眼前我天盛川,也唯有从买卖城乃至库仑撤庄一条路可走吗?”

冯得雨断然说:“我看不能撤! 回来这一路,我与少掌柜也一直在计议此事。少掌柜有一见识,我以为颇显眼力。”

石岳忙问:“少掌柜有何见识?”

冯得雨说:“少掌柜此次拜见库仑办事大臣,见松筠大人平静如止水。少掌柜就以为,如若战事已不可避免,朝廷应将兵部出身的勒保大人调回库仑的。松筠大人以擅解繁难事务出名,却未见得有统兵御敌的能力。再糊涂的朝廷,亦不会在兵临城下之时,将一个不擅统兵御敌的大臣置于边境的。”

戴夫人说:“朝廷失算于外交的先例,也不是没有!”

冯得雨竟说:“大掌柜失算的先例,也有。”

石岳忙说:“我与大掌柜可是身临俄境的。”

戴夫人笑说:“你们大掌柜是常有失算。要不,如何能显出你们几位的本事来?”

冯得雨说:“松筠赴任库仑两年,以我冷眼看,这位大臣可不糊涂! 他从不高谈空论,可唯对俄夷开战威胁,不以为然。凡言及,总似胸有成竹,胜券在握,高调谈笑。平日专注者,却依然多在边境贸易民生。有此公坐镇库仑,我们何必着急撤庄!”

戴夫人就问:“此为霖儿意思,还是冯掌柜意思?”

冯得雨说:“既是少掌柜见识,也是我冯某意思!”

石岳就说："从内心说，我何忍废弃买卖城庄口！"

戴夫人说："你们长驻库仑、买卖城，当然不想撤庄。于是，满眼看的尽是不撤庄的好处，对战云密布倒视而不见了。"

冯得雨说："二娘，弃外茶，等同弃康爷祖业，万不可为！少掌柜可是东家的人，即便我与石掌柜偏心，少掌柜能偏心？"

戴夫人就叹了口气，说："弃不弃外茶，尚可仔细计议。唯霖儿之事，却更叫人操心！弃外茶，倒也能丢弃了这份繁难！"

冯得雨不解地问："二娘这是从何说起？少掌柜这两年已大变，渐露大器，有何繁难？"

戴夫人说："你听石掌柜给你说。只是此事，暂且止于我们三人知道，不可传之别人。尤其先不能令霖儿知道。"

听了石岳所叙说发西利欲结姻始末，冯得雨才恍然有悟。难怪呢，叶琳娜对少掌柜那般一往情深。不过，冷眼看叶琳娜情形，倒也不像是先负了父命而为之，那一往情深分明也按捺不下。或许是先有叶琳娜生情，后有发西利联姻之想？为了不使戴夫人更添忧虑，冯得雨未将这些情形说出来。他只是说：

"二娘，此事不难打理！"

戴夫人忙问："冯掌柜，你说如何打理？"

石岳也问："如何不难打理？现在可是拒也难，不拒也难！"

冯得雨说："叫我看，有此一档事，二爷在那边算是多了一个护身符了？"

戴夫人更急忙问："护身符，此事如何成了护身符？难道冯掌柜是主张结这门异国姻亲？"

冯得雨说："结不结这门亲，那还得二爷二娘做主。愿意，就不说了。不愿意，发西利他也抢不走少掌柜的。只是在二爷困俄期间，我们不置可否，格外善待叶琳娜就是了。我们忽然格外善待叶琳娜，叶琳娜必会将此变化暗传给其父。其父以为有了希望，也必善待二爷的。"

石岳说:“我在那边时,亦是用此法。但发西利费力张罗,放我归国,必然急迫等待新结果。我们如何不置可否?”

冯得雨一笑,说:“叶琳娜传去的,不就是新结果吗?边关禁闭,战云密布,天各一方,任其等待就是了。”

戴夫人就说:“经冯掌柜这一点拨,我心里也有底了。如此说来,明年秋后,我更得走一趟北茶道,到库仑也见见这位叶琳娜。”

石岳就说:“那我陪二娘走北茶道。明年秋后,我也该返回买卖城了。”

戴夫人说:“石掌柜在那边受了两年苦,乘外茶事少,正可多休歇些时候。”

石岳说:“歇到明年秋天,已经足够了。”

冯得雨就说:“买卖城庄口,几近歇业,有吴家瑜等留守,足矣。石掌柜可另委重任的。”

戴夫人说:“我也有此意。石掌柜还是先安心歇假吧。”

石岳说:“听说前营已开新庄口,我愿前往。”

戴夫人说:“石掌柜驻买卖城多年,离家最远。今乘外茶断市,正该调一距家较近的庄口,方便回来团聚的。我已为石掌柜选中一处庄口,即东口老店。只是,东院无论如何舍不得调走李掌柜。”

石岳忙说:“这岂不是将我调出天盛川吗?”

戴夫人说:“我哪里能舍得!天字两号,今共理内茶,此不过权宜之计。石掌柜就近领庄,当然也是暂时。日后复市,恰克图哪能离得开你!”

冯得雨就说:“二娘,我已有办法调李掌柜去京号了。”

戴夫人就说:“那再好不过了!京号虽已开张,老号协理掌柜毕竟张罗吃力。李掌柜去京号,石掌柜去东口,正是各得其所。冯掌柜有了什么办法?”

冯得雨说:“到年下,李掌柜给二娘拜年后,二娘可往东院,在大爷面前多夸嘉李掌柜,说他如何尊崇大爷,如何舍不得离开东口,就得了。大爷当时就准放李掌柜走。”

戴夫人就问："冯掌柜，你这是什么办法？"

冯得雨说："大爷是要这个面子。"

戴夫人还是将信将疑。

正月初三，李宗烜果然来给戴夫人拜年了。但李掌柜说了年下的吉祥话后，却说起这些年在东口甚不得志，几近任了闲职，有力使不出。东口为外茶重镇，无奈天义川专营内茶。他于外茶，轻车熟路了，还是想转入天盛川，张罗外茶生意。恳请二娘能在东院大掌柜面前代为说合。

戴夫人心里就纳闷，冯掌柜说李来拜年，将诉如何舍不得离开东口，今来却反诉急于想来东口。她就说："今外茶断市，你来天盛川也做不了外茶。何况，李掌柜，你离开天义川，那得东院舍得叫你走。东院他大爷一向器重你，我去说情，如何开口？"

李宗烜说："我们大掌柜那里，唯有二娘说话管用，所以，我才来求二娘的。"

戴夫人就说："那我就替你试着说一说。只是，你到天盛川这边，也是做内茶。急需人手的庄口，可不如东口舒坦。李掌柜，你也知道，我们新辟了外藩蒙古前营茶道，后营也将设庄。如前后营这样的新庄口，李掌柜也肯去吗？"

戴夫人这样说，是担心李宗烜听说了曾欲派他开京号，急于想往繁荣的京师去。

但李宗烜却痛快说："能往前后营新庄口，那是最好了。我实在是清闲怕了！欲寻清闲，谁入茶行？早年随康爷时，常走库仑、恰克图，今已有许多年未往边地了。"

戴夫人这才放心了，就问："李掌柜，那我如何向你们大掌柜开口？"

李宗烜说："就说我见大掌柜去年抱病巡走生意，感动不已，再也坐不住了。今天字两号人人赴难，独我一人清闲，实在愧对康爷。二娘，这也是实话。"

隔了两天，戴夫人来东院，果然照冯李两位掌柜的说辞，对康乃骞说了一遍。这位大爷也果然叹了口气，同意李宗烜离开东口，调往京师。戴夫人就说，拟暂派石岳往东口。康乃骞一听，心里又有些后悔了，但已不好改口。

冯李这几句说词，为何就能说动了康乃骞？

原来，去年夏天回乡歇假时，李宗烜听说了将开京号，又拟派他去领庄，但遭大掌柜阻拦。他很是沮丧。他的确是早想离开东口了，因为他是立惯了功劳的掌柜。东家的内外茶重镇都移出东口后，他久守老店，清闲是清闲，但已无功可建，算是虎落平阳了。多次求移位，大掌柜只是不肯。往新开京号领庄，对他来说，已是等而求其次了。他最属意的地方，当然还是库仑、买卖城。然而，新京号却也依然难获受！他于心不甘，便去见了冯得雨，求帮忙成全。

冯得雨与李宗烜素来有深交，所以他才举荐李宗烜去开京号。康乃骞不肯叫李宗烜离开东口的缘由，冯得雨也是知道的：这位东院大爷常往东口寻欢，全凭李宗烜给他遮掩。于是，冯得雨给他做了如此谋划。先是令李宗烜往康乃骞处游说：他移位京号，亦可继续伺候大掌柜的。汾阳京万张亦有京号，常往京师的。咱家京号一开，大掌柜往京师不也方便了？与京万张在京师再续度曲侑觞之雅兴，趣味必胜于东口的。至于东口往事，他也会严密打点，不必有后顾之忧。其次，须往西院戴夫人处走动走动，并叫康乃骞得知，他在戴夫人面前，都是说大掌柜的好。为免东院疑心，还不宜急往西院走动，最好从容一些，等到年下借拜年名义，再去走动。

李宗烜即是照此行事的。只是，他到戴夫人处，还是忍不住先诉起苦来了。康乃骞由懦弱而至敏感，手下掌柜伙友深感难以将息，所以多有离心。冯得雨这等忠心老臣，也只好费此心机，加以弥补。许多实情又不便叫戴夫人知道，也是为东家少生萧墙之乱。如康乃骞这样的富商，即便有度曲侑觞之好，遮掩不遮掩，又何妨？敏感多疑，倒平添许多麻烦。但世事即如此，哪得多少平坦！

## 3

已到乾隆五十二年(1787年)秋天,边境虽未起战事,断市却依然望不到头。所以,戴夫人决定,今年她初走库仑,不再让康仝霖陪同,而派他往京师,会同李宗烜掌柜,打探朝中消息。康仝霖虽不情愿,说了许多理由,戴夫人依然没有改变主意。显然,她去见叶琳娜,也不想叫霖儿在场。

因戴夫人是初走北茶道,又是女辈,除冯得雨外,驼队刘福海,还有戴家镖局的戴文熊也陪同前往。

东院自然更受震动,毕竟北茶道艰险远过南茶道。康乃骞又是极力劝阻,说外茶复市无望,做此艰难跋涉,似也不值得。王夫人也说,口外可不比南方,听说没有几步好走的路,眼下东西两院全指望你呢,万一有个闪失,不是更塌了天了?康仝魁没有多言,只说盼二娘顺利归来。戴夫人说了一句话,他们才不再言声了:"我早该去趟库仑了。到库仑喇嘛庙,替你二爷敬炷香,我也安心了。"

到归化城绥远将军衙门领票时,今年多申领一张院票,即又为两票,一票为红砖,一票为青砖。因为经冯得雨张罗,川字青砖内茶,在库仑一带销路也渐打开。这使衙门司官甚为满意:各家领票多在锐减,持平已少见,加票实在罕见了。朝廷有新旨,对来往库仑驼队锐减,已做严斥。所以康家加票,当然喜出望外了。而申报商家姓名,又是女掌柜:戴氏静仪。司官问明是康家天盛川的内当家,代夫走库仑,更惊叹了,连说要上禀将军大人,必获褒奖。代来领票的刘福海对司官笑道:"领票者锐减,朝廷就是不着急,大人也得着急!大人所收孝敬,也锐减了吧?"司官笑骂道:"就赖你这福爷,将福气都独占了!"

两张院票,六百箱茶货,这次一批走完。所以驼队派出四百峰骆驼,一顶大房子,一顶小房子,共四十多人之伙。小房子是为戴夫人及大瑜和另一女佣所预备。刘福海还为戴夫人备了一乘驼轿。这种驼轿,深五尺,宽三尺许，两驼驾之。是备戴夫人骑马困乏时换乘。

然而，戴夫人初出口外，哪舍得弃马坐轿？离归化，过大青山，是日间行路。戴夫人骑于马上，前瞻后望，难见驼队首尾，阵势浩荡，却是沉稳前行，只有不绝的驼铃声，回荡得更显悠远。她早被这见所未见的壮观情景迷住了。

刘福海见此，笑说："二娘，这驼队阵势，已冷落许多了。恰克图闭市前，动辄集结七八千至上万峰骆驼同行，那是什么景象？今年集结同行的各家驼队，只三千来峰，冷落许多了。"

戴夫人说："我似山汉进城，见这冷落阵势，已是眼花缭乱了。"

戴文熊就说："二姊，此行可不似走南茶道，越走越山清水秀，前头那是一程比一程壮观。就怕到了最壮观处，二姊已顾不得览胜了，只盼有口热水喝！"

大瑜就说："快不用吓唬我们了！夫人出来，也不是只图看青山绿水！北茶道，你们能走，我们也能走。"

戴夫人笑了，说："大瑜，你这后一句话，可改为：走北茶道，你们能得便宜，我们也能得。"

刘福海就说："二娘这一改，我们也不用操心了。"

戴夫人说："看一路风光，不拘是秀色，还是险境，都是得便宜。"

冯得雨就说："世间便宜，都得到险处难处捡。这是康爷常说的。"

大瑜忙说："所以，我们也来险处难处捡便宜！"

戴文熊就说："大瑜嘴快，跟她拌嘴，谁也捡不到便宜。"

一路说笑，到底比往日驼路不同。

第一站程头，在坝子口草地宿营。卸驼鞍货物，搭建房子，放牧驼马，汲水安灶，戴夫人及大瑜她们，对这一切都甚感新鲜。放眼看去，在辽阔的草原上，一顶顶房子错落搭起，炊烟袅袅，直上青天。四处是堆积的货物，忙碌的驼倌，巡走的巨獒，还有更远处散漫的驼马。俨然一座小城镇，平地而出。极目处，落日更格外硕大，格外火红，渐将平地而出的新城点染成金色。戴夫人不由暗暗赞叹，却想不出一句现成的诗句。“落日孤烟直”，实在不足道出眼前意境：分明塞外旷野落日，却炊烟不孤，荒凉不彰。

入夜，繁星之密叫人难信其为真，连苍穹似也降低了。满地又是散落的灯火，直连苍穹繁星。戴夫人似觉置身星海，失去了平日依托，油然生出一种敬畏。此刻，才有一句现成的话跳了出来：“子曰：获罪于天，无所祷也。”

第一次住入毡房子，贴身是地，仰望房顶，又圆似苍穹。人处天地间，于此才分明感知。戴夫人正陷于此冥想，就听大瑜说：“夫人，我们虽说在房子里，却怎么仍像睡在旷野？外面巨獒声息，细微风过，都近在耳畔。”

戴夫人就说：“我也正在痴想呢，我们这不就是身无羁绊，置于天地间了？”

大瑜说：“可不是呢！平日的深宅大院，仿佛已成俗世了。”

戴夫人深叹一声，说：“今日才知奔走茶道，原来有近天贴地的便宜！”

一程一程走来，戴夫人的注意力已与大家趋同，都集中于草原的旱情。今年秋季，口外雨水不多，驼队已有所防备。但越往北走，旱情越重。连老到的刘福海都连呼预料不及。宿营程头，牧草越来越低矮稀疏，河流、沼泽、水井的水源也渐渐减少。驼马因水草不足，体力不济，跋涉不快，两程头间费时也延长了。真是人困马乏已久，饥渴熬煎已极，程头依然遥远。不只是戴夫人大瑜她们，就连久历驼路的驼倌，也多嘴唇暴皮了。途中不得不多次选水草较好的宿营程头，连歇两日。一则恢复人畜体力，一则收割牧草，加装水囊，负载备用。

戴夫人关注旱象，是因为她也只有关注旱象的精力了。长途跋涉的艰辛，夜行昼息的难适，草原戈壁的风沙与寒冷，缓慢行程间的饥渴与火燥，尤其是启程以来便一直和衣而眠，更不用说奢望洗浴了，难耐之极也得忍耐，这一切加之于身，真是此生历所未历！平时只其中一宗，身受一时，已是不得了，而今竟是一齐压来，持续压来，真是到了承受的极限了。再加上日益严重的干旱，便是在极限之上，又增重量。

茶道艰辛，非如此亲历，哪能尽知！

行至霜降刚过，外藩蒙古牧草都已干枯了。所幸，已过大半路程，尤其是走出了外藩蒙古的那片大戈壁。及至到达第二十站宿营程头扎格苏吉井，已是草地。虽盐碱甚重，但干枯的牧草，尚有半尺来高。井水虽咸，也尚充足。

清晨安宿时，戴夫人又出资，请驼队吃羊肉片儿汤。刘福海派人出行甚远，才从牧民处买回两只肥羊来。驼队长旅中的盛宴，就在这一餐片儿汤。所以，驼队除携带一定面粉外，油盐、葱蒜、花椒、大料、辣椒，乃至晋中所产酱醋等作料，也都有常备。

这一餐盛宴，也不只领房子的先生忙碌，众人都踊跃帮忙。连刘福海也亲自掌炊，料理羊肉熬炖。片儿汤之滋味，全在这一大锅熬炖羊肉的原汤。面片，只是在原汤熬就后，撕入锅内即可。西商行旅及驻外，食材虽只能就地选取，但调料却不将就，此亦为长期行商气象。

这一餐盛宴，足足忙碌了一个时辰才出锅。就餐食用时，却是风卷残云般快速。食间，无人佐酒，甚至无人说笑，却专注于进食了。连戴夫人及大瑜等女流，亦进食甚速。其中美味，多置于食后缓作回味了。戴夫人已越来越觉得，此种驼路中的片儿汤，真是天下最佳美食了，远远胜于在铅山、崇安所享用过的南国上等宴席。其实也不是此种片儿汤太佳美，不过是食欲太好罢了。可见美食并不等同美味，重金难买的，也不是美食佳肴，而是一个好胃口。

十多只巨獒，自然也享受一顿羊骨美餐，头头兴奋异常。

不过，在备宴及进食的整个过程中，唯有冯得雨掌柜显得冷静。他未帮炊，只是不断提醒灶头，小心明火。进食时也再三观察，灶火是否熄息。因旷野牧草干枯，一旦失火，茶货将难保。

饱食后的睡眠，当然也格外香甜解乏。

黄昏从扎格苏吉井起程后，行速也甚快。一个多时辰后，天早彻黑了。这天是汉历九月十九，半片残月渐渐升高了，所以行速也未大减。驼队的灯火，逶迤游动，似不见首尾的长龙，游移于朦胧的月色中。戴夫人兴致才起，便觉迎面有北风渐来，只好专心骑马。

不久，风势趋强。又不久，驼队前头忽然传来嘈杂声。很快，嘈杂声已响成一片，其间更有凄厉的口哨声和急迫的吆喝声。巨獒更在不安地狂吠。

戴夫人正想问出了什么事，身边却已不见了刘福海及冯得雨、领房子掌柜等主事者，连镖师戴文熊也看不见了。焦急的大瑜，要策马往前头打听，戴夫人止她，厉声说："不可轻举妄动，他们丢不下咱们的！"

果然，戴文熊已经很快赶过来，慌忙对戴夫人说："快随大队往东边山包上急行，前头怕是燎原野火袭来了！"

戴夫人惊呼了一声："燎原野火？"就忙举目朝北瞭望，但在朦胧的月光中，还什么也看不到。

戴文熊急忙说："若能望到，就来不及了！是最前头的巨獒，从风中闻到烟火的气味。"

戴夫人慌忙招呼大瑜她们，跟随已经朝东奔去的驼队，策马疾行。草原的燎原野火，她早听说过的，风大时，火随风行，疾如闪电，极难躲避。常有人畜伤亡，茶货毁灭的可怕后果。今北风已很大，若真是燎原野火袭来，将不堪设想。

东面山包，只是一片低缓的山丘，牧草虽稀疏，但也仍是遍布了枯草。待数千峰骆驼、数百匹马奔上山丘后，数百驼倌、先生、领房子掌柜及其他随行的人众，急速将驼鞍连带货物卸下。一面将驼马集中于山丘中心地带；一面挥锋利腰刀，将捆绑货物绳索砍断，再将四五千件茶箱，围驼马码放一圈。北向迎火一面，又用搭建房子的毡片覆盖，并倾水囊，浇湿毡片。这一切都在迅速、麻利、有条不紊中展开。戴夫人亲睹了刘福海及另几位老练的别家掌柜，厉声吆喝，机敏指挥，俨然威武战将。

戴文熊叮嘱戴夫人及女仆，紧挨驼马站定后，也投入防火中。

大瑜见欲用茶货挡火，便急问戴夫人："他们不心疼茶货，只心疼驼马？"

戴夫人因听说抵御燎原野火法，便说："傻丫头，在这荒原中，最宝贵的就是驼马了。驼马伤亡，不用说货物，连我们大活人，也得陷于绝境了！"

就在覆盖毡片，倾水加湿之际，远处已能望见烟雾升腾，有人惊叫一声："见烟了！"所有人都不由举目望去，一时惊声大作。巨獒也齐吠起来。就听刘福海大喝一声："日他祖宗，都想等死呀！"众人才似惊醒，疯狂忙碌起来。

转眼间，浓烟已似一堵高墙，倾倒而下，火线也金亮可见，真如闪电般奔来，烟火气息更扑鼻而至。几乎来不及喘气，浓烟已将人吞没了。

好在浓烟很快随风而去，戴夫人她们才得以大口喘气。此时，也才听见防火圈西头，正人声鼎沸，急忙望去。原来那头有茶箱着火，众人正在奋力扑灭。月色中，火光显得刺目，可怕。所幸火势不大，不久，即被扑灭了。

但风势并未减弱。戴夫人朝南望去，金亮而可怕得火线，仍在飞速向前奔袭。近处，在残月的无情映照下，草地已是一片焦黑。

戴文熊先跑回来，见戴夫人等都安好无恙，才松了口气说："真是万幸，万幸，逃过一难！"

大瑜先发现戴文熊已被熏成一副黑脸，但也不敢笑。

不久，冯得雨、刘福海及领房子的也陆续过来了。冯得雨被燎了眉毛，刘福海与领房子掌柜也被烧了衣袖衣襟。

冯得雨张口也是说："万幸，真是万幸！若是秋天草旺，春天遭遇了这种野火，那可就不堪设想了！天旱，我就怕失火，哪想真遭遇了野火。"

戴夫人忙问："咱们的驼倌、伙友，也都安好吧？"

大瑜跟着问："着火的，是咱家茶货吗？"

冯得雨说："各家人伙都无烧伤的。着火的茶箱，没有几箱，也不是咱家的。所以说，还算万幸。"

刘福海却说："就怕灾难还在后头！不知道这场野火，是从何处烧起。若过火畛域太广，驼马就要断草了。"

领房子掌柜说："我看过火地面小不了！这夜深人静的，不会是从近处起火。只怕是前一个程头，有人起灶时失火，烧了过来。"

刘福海说："我担心的，也就怕如此！"

冯得雨忙说："前一个宿营程头，是塞尔乌素井，烧了一百多里过来？"

戴夫人说："此去前站，驼马尚能支应下来吧？"

刘福海说："就怕塞尔乌素井周围，也烧尽了牧草！"

领房子掌柜说："所携带水囊，也全救火用尽。这往前一程，骆驼还好说，人马可就得滴水不得了。"

大瑜插嘴说："不会派人返回扎格苏吉井取些水来？"

戴文熊就笑道："已走出三十多里路了，来回六七十里，往前走六七十里，也快到下一程头了！再说，扎格苏吉井一带也早过火了。"

戴夫人就说："刘掌柜，也只能往前走了。"

刘福海说："那是当然。"

人马忍着干渴，终于在次日清晨到达了塞尔乌素井。看到的，果然还是一片过火后的焦土。

安营之后，派出寻找草场的先生，发现周围二十多里，都也过火了！

戴夫人忙问刘福海："这可如何是好？"

刘福海说："也只好少歇半天，午后即起程，赶寻草场。骆驼尚能不吃草，再行多半天。马匹只好干食豆料，巨獒喂足狗米。灌足水囊，寻到草场，再多休歇。但愿天黑前，能走出过火地面！"

各家驼队，也都赞同福爷主意。于是，众人就都先进房子，倒头睡去。午前起来，因寻不到柴火，也未起灶。大家只好就了井水，吃了些干炒面，便麻利收拾行装，匆匆起程了。

炒面，是驼队常备食品，系将豆黍玉米等，整粒炒熟，再碾磨成干面粉，可直接食用。西商所食炒面，还在碾磨时，加入干枣，使其有甜味。平时，多做途中干粮。

所幸，人困马乏，北行四十多里，终于踏入未过火的草地。

4

在库仑，叶琳娜在一年漫长的等待中，生意无几，唯一能打发时光的，便是学习汉话。最愿意去学习的地方，当然是康家的店铺。不过，因当时信息难通，库仑庄口的留守伙友，也难知少掌柜来不来，几时来。只有她相信，今年康仝霖也一定会来，一定会按时来。

所以挨到秋初，她还是照常赶往恰克图边境了。这是断市以来，年年如此的。为的就是，通过边民获取父亲的最新消息，以迎接康仝霖的到来。

在恰克图中方买卖城，叶琳娜得到父亲传来的消息，令她十分高兴：至高无上的女皇，已下令与土耳其开战，调往中国边境军队，正陆续撤回。中俄交战，近期已不太可能了。得知这个喜讯，她首先想到的就是康仝霖：这是今年送给他的最好礼物了，他会多么高兴！他也应该感谢万能的主！

父亲传来的消息，当然少不了康大掌柜的近况。他也十分安全，健康，心情愉快。对尽快回国，充满了强烈的希望。对我们两家的伟大友谊，更充满新的期待。

叶琳娜每次来买卖城，少不了往康家店铺拜访。今年得到这样的喜讯，自然更兴奋不已地来到康家店铺。

自恰克图断市以来，此处的康家庄口完全停业了。加之掌柜石岳身困俄境，冯得雨便派吴家瑜与另两位老伙友在此留守，以示并未撤庄。因吴家瑜俄语甚好，叶琳娜每次来，便与他交谈最多。

这次叶琳娜来造访，吴家瑜倒是正在店里。但出来迎接她时，却显神色慌张。进入店中，叶琳娜就见有一位喇嘛和一位蒙古男子也在店中。这是叶琳娜从未见过的两位陌生的客人。两人见叶琳娜进来，便慌忙起身告辞。

叶琳娜忙说："我是来闲坐，也没有要紧事。"

那位蒙古人就用汉话说："我们也是来闲坐，本该走了，本该走了。"

那位喇嘛也用汉话说："这位女施主，汉话说得很好！"

说毕，两人告辞走了。

叶琳娜就说："我真的没有打扰你们吗？"

吴家瑜慌忙说："没有，没有！我们真的是在闲坐。终日没有生意做，无聊度日。"

叶琳娜就说："我带来好消息了！"

她便将两国战云已散，复市有望的消息说了出来。但吴家瑜竟然对这样的消息，分明也听得有些心不在焉。那望着你的眼睛，就像是看见了别人。

叶琳娜就问："你们已经知道了这个消息？"

吴家瑜慌忙说："不知道，刚听说，是好消息。"

但他分明心神不定。他也许有什么不顺心的事吧？叶琳娜见此，已觉无法畅谈，只应付几句，就托故告辞出来。

吴家瑜有了什么不顺心的事了？原来，他已陷入别人的圈套，难以回头了。

恰克图闭市后，边境走私暗流不免异常涌动。刚才那两位生客便是暗中来往于库仑至恰克图间的走私客。有喇嘛参与，是为易于隐蔽。而他们拉吴家瑜下水，首先是看重他对茶货在行。走私本是黑暗生意，黑吃黑是常事。茶货做手脚，你不十分在行，只能吃哑巴亏。其次是看中他熟通俄语。不熟通俄语，被俄夷暗算，更有苦难言。

恰克图互市大盛后，在茶道上本就有“野房子”暗中往来。所谓野房子，也就是不向官府申领院票的走私客所雇用的驼队。这些驼队，为避官府稽查弹压，往往既不走官方台路，也不走商家营路，而是自辟更险恶的私路。驼队愿如此冒险，当然是为得厚利。断市后，这些野房子更成为边境走私的主力，活跃异常。

吴家瑜，生性内向。他虽也出身商家，不幸少年丧母，父亲又是一个放荡的男人，尤其嗜酒如命。因此，家中生意到父亲手里，已经败落。其内向寡言，与此家境相关。他十六岁时，经舅父担保，进康家天盛川做学徒，以图新生。大凡内向少年，多早熟聪慧者。进天盛川后，肯吃苦，守号规，尤其学什么，通什么，甚而未教已通：肯于本分外，暗自留心。这就在同一批学徒中，显得出众，而且是那种自己不争不冒的出众。东家与掌柜，岂能不喜欢这样的伙友？所以，他出徒后，便被冯得雨要到库仑茶市。出入库仑茶市的一大本事，即是熟通蒙语、俄语。吴家瑜于此，先就脱颖而出，以至冯得雨能将他留做手中一张暗牌，布迷阵时，派去给大掌柜康乃懋做贴身通译。

但吴家瑜的致命穴位，是二十出头了，仍未娶媳妇成家。那时代，男子到十六七岁，已到成婚年龄。正常人家，都要为男丁完婚的。吴家瑜能在茶行大号驻庄，乡中已视为上等饭碗了。可惜，为家境所累，舅父屡屡为他提亲，女方多嫌其家道败落不吉，张罗不成。哪想到，这就给吴家瑜埋下了祸根。

恰克图断市后，冯得雨将吴家瑜派往买卖城长住，其间有一个原因，就是吴家瑜在库仑说成一门亲事。为避嫌疑，将他派往异地了。那时，西商尚无禁止号内掌柜伙友在驻地成家的戒规。但有家在驻地，成日来往于字号与家室间，总是会生夹带财物的嫌疑。这是商家的惯常防范，并不是唯独信不过吴家瑜。

吴家瑜这门亲事，连老练的冯得雨都不曾生疑。否则，他也不会赞同的。女方亦是晋省人，乡籍汾阳，张姓，与京万张也算本家，但已是出了五服的远亲，八竿子打不着了。女父常年在库仑开一间“六陈行”，也就是卖“油盐酱醋烟酒”的杂货铺。几年前，这位名彩彩的女子，忽然随父来到库仑，说是父亲渐上年纪，长年在口外太辛苦，跟来服侍父亲的。汾阳多美女，这个彩彩也生得有姿色。说是年纪有十八九了，为做孝女，不愿出嫁。但其风姿，却俨然妖艳少妇。其实，她是早已嫁人，但因偷情败露，被夫家休了。那时代，有此越轨丑行，在本乡就难以做人了。这才被其父带到遥远的库仑，天高地远，易于隐去前情，再图嫁人。

张家这间六陈行，平时多向天盛川兜揽生意。对吴家瑜底细也是熟知的。但只是在恰克图断市，才来提亲。其中原因，就是这位张掌柜，原来早已入了库仑一个走私帮伙。但不是他相中了吴家瑜，而是其帮伙中的老大先相中了，谋出了这个美人计。彩彩呢，见吴家瑜文静白净，也愿意了，想就地有个归宿。

吴家瑜及冯得雨哪里能知道这一切？吴家瑜先就十分愿意，毕竟独身难挨，何况那张彩彩又妖艳迷人，别的岂会多想！冯得雨本视吴家瑜为爱徒，其婚事也成了自己的一件心事。大略想了想，觉得这位久已相识的张掌柜不过是做小本生意的，未见恶习；这位彩彩，又难得是孝女，应该成全。只是提出，毕竟婚姻大事，先要吴家瑜父亲中意。吴家瑜却说，他视冯掌柜如父，就只请冯掌柜做主。冯得雨当然很受感动，但还是借回老号议事机会，向吴家说合成此事。

断市第二年，吴家瑜便与张彩彩在库仑成亲，在张家杂货铺附近赁房立家。彩彩本擅风情，又对吴家瑜中意，婚后，吴家瑜自然是坠入巫山云雨深谷了。调往买卖城后，彩彩居然远行八百里，常来相会。吴家瑜以为，自己苦尽甜来了，哪能想到，却是坠入了苦海。

新婚甜蜜未尝多久，吴家瑜便觉出了异味。

先是彩彩每来买卖城，便携几块青砖，叫他品验。说是父亲友人初做茶叶生意，怕不识货，请他帮忙。再后，竟约来陌生俄人，与之议论青砖价值。说辞也是父亲的俄夷旧交，留守我境，欲囤积茶货，以待复市。吴家瑜本也聪慧,又熟通茶行情形,如此再三,能不生疑吗?

他开始不断追问彩彩。婚后的彩彩,已经与他一条心了,经不住追问,终于说出了实情。吴家瑜一听,就觉是晴天霹雳,惊呼:“尔家害我过甚!”彩彩连说,父亲已做担保,他们的生意严密非常,从不曾失手的。吴家瑜仍是惊呼:“尔家害我过甚!”

这时,彩彩说了一句话,吴家瑜无言了:“欢郎,你既然如此不情愿,妾愿随欢郎洗手,离开父亲,远走避难,即便逃吃要饭,亦永不离欢郎一步!”

“欢郎”“浑妹”,是那时代年轻夫妻间的昵称,彩彩擅风情,故常以“欢郎”称夫。不过,彩彩此言,确是真情。有前失足之疼,她是已将终身尽托予吴家瑜了。库仑恰克图已是天高地远,再远走天涯,只要有中意人相伴,又何惧!

可惜吴家瑜,却还未有此种气概。而且,张掌柜知道他尽悉底细后,竟以先处置彩彩相威胁。他才明白,自己已误入一条不能回头的黑道了。

但他进康家天盛川时,有入门起誓,其中叛逆,是最大罪过。即使求救于东家及冯掌柜,怕也难得宽恕。而他最难舍的,又是彩彩!一旦与张家决裂,首先便要祸及彩彩……

他虽视冯掌柜如父,却也只能选择了彩彩。唯一不致使东家及冯掌柜受累的,便是辞出天盛川。而辞出大号天盛川,此生便也难知所终了。

你说,吴家瑜他能心神安定吗?

# 第八章　近望北海

## 1

戴夫人一行到达库仑后，首先就得到边境战云散去的好消息。

这当然是叶琳娜传给康家庄口的。庄口的伙友对戴夫人的到来，自然也意外得不敢相信。惊喜之中，连说："难怪边境有好消息，原来是当家夫人带来吉利了！"

戴夫人笑说："果真如此，那我就年年来一趟库仑！"

冯得雨也是说："来往北茶道，多年未遇野火了，今年夫人初走，偏就遇上了。火兆市旺，果然灵验了。"

戴夫人就说："我年年引来燎原野火，还不把茶道烧焦了！"

不用说，戴夫人心里是格外高兴的。这是近三年来，边境传出的第一则好消息。战云散去，两国不至交恶，复市便有指望。存藏红砖于库仑，风险亦减。夫君在俄境，也让人放心一些了。只是，这消息仅由叶琳娜传来，是否确切，还需得到官府印证。而叶琳娜之事，还叫人为难。

所以，戴夫人未多做休歇，便由冯得雨及大瑜陪同，往办事大臣衙门交票验货。

衙门司官，一见是冯得雨陪了一位妇人来验票，先就十分惊异。忙看院票所附书单，知是天盛川大掌柜的夫人，代夫领票来库仑，立刻问：“敢问这位内掌柜，此前来过库仑吗？”

戴夫人说：“此系初来库仑。”

冯得雨就说：“断市以来，敝号财力拮据，号内生活清苦。夫人为安定号中人心，亲来库仑，这三千多里营路，日夜兼程，历尽风霜。途中又遭遇草原野火，虽九死一生，不敢言退。此盖为共担国难也。”

司官看了看冯得雨，就笑了：“我说呢，冯掌柜的眉毛不见了，原来是遭遇了野火。尔号如此深明大义，我当如实禀报上头大人！今年，来验票商户，又有锐减。库仑撤庄商户，也在日增。”

冯得雨就问了一句：“复市还无望吗？”

司官苦笑了，说：“朝廷尚无复市圣旨，只有不许萧条的严厉敕令。”

戴夫人就说：“敝号天盛川，度日再艰，亦无撤庄之理。大人放心就是了。”

因戴夫人是女流，不便公堂求见办事大臣，验货之后，也就回来了。

翌日，戴夫人正欲往城中央喇嘛佛殿敬香，为夫君祈福，忽然就有伙友来报，说办事大臣松筠大人，即来下访。戴夫人要回避，请冯得雨代为盛迎。冯得雨就说，松筠大人分明是来褒奖二娘的。库仑系边城，又蒙汉杂处，不似内地礼教苛严。出面迎见大人，无妨的。

于是，戴夫人略作整妆，与冯得雨、刘福海等往门外恭迎。出来时，松筠大人已落轿。从轿内走出，松筠一身微服。戴夫人等，还是行了大礼，恭敬延入客堂。

这一向，戴夫人多听霖儿及冯得雨说到这位松筠大人，如何清正廉明，礼贤下士，善待商民，以仁政治理边务，还以为是怎样仪表堂堂的一位高官。今得见，才发现原来只是一个三十多岁的蒙人，或许因一身微服，竟难寻高官气象，倒有些像是一位干练的掌柜。不过，这反倒使戴夫人更增好感:果然有种善于理事的气质。

她慌忙说:“不知大人莅临敝号,未出远迎,太失礼了!”

松筠上下打量戴夫人后,说:“今日本官是来串门,你们不必拘束!这位妇人就是康家的内掌柜?”

戴夫人忙说:“民妇就是。”

松筠说:“是初走库仑?”

戴夫人说:“正是。良人困俄,犬子连年走库仑,劳累过甚,民妇只得勉为其难。”

松筠就说:“今与俄夷断市,撤庄者纷纷,尔号如此深明大义,已属可奖。尔又代夫远走库仑,更是忠勇可奖!尔一身风霜犹在,听说还路遇燎原野火?”

戴夫人忙说:“托大人的福,幸尚无恙。”

松筠说:“近年已接报数起草原野火,多系不法之徒私走野房子所遗祸害。故尔等守法大户,很该嘉奖的。”

冯得雨就说:“大人有言:‘浩罕通商,边境可靖’。敝号正是诚服大人此至理之言,才不为眼前艰难所动的。靖边商贸,毕竟是长远事业。唯守法,才得长久。”

此时,大瑜端出烹就的热茶,奉上来。

戴夫人忙说:“知大人已喜饮红茶,所以特选了久藏上等红转,味甚醇厚的,敬请品鉴。”

松筠就说:“余到库仑以来,也才明白,原来饮茶也讲究一方水土的。在库仑,饮红砖,茶味远胜香片!”

冯得雨就说:“大人是不喜靡费。”

松筠说:“余真是深得红茶三味了!自饮红茶以来,才知俄夷为何害怕断市了。吾邦如此宝物,彼邦如何能断得!”

刘福海就乘机问:“敢问大人,复市仍无望吗?”

松筠正色说:“俄夷及今仍无真悔意,不肯严办劫匪,吾邦岂能复市!”

冯得雨也忙问："近闻俄夷已撤边境陈兵，不知确否？"

松筠说："余早看穿，俄夷陈兵边境，不过是与吾邦斗法！朝廷圣明，未予理睬，其也只好收兵。陈兵示威，哪里能见悔意！"

戴夫人听得心里又生冷意，也只好说："俄夷终是不明出处进退辞受之义。倘进退必义而不违其仁，又何有断市之忧？"

松筠一惊，说："尔所言，正是余理边所用力处！今圣上断市，用意正在使俄夷明晓此中仁义。尔能明察如此，实为难得！"

戴夫人忙说："此为圣贤大义，朱子编《近思录》，特列一目阐发。民妇故略有所知。"

松筠更露喜色，说："余平生最膺服宋儒！朱子《近思录》，余常携行匣中。"

冯得雨说："我们内掌柜，一向喜读诗书的。对宋人诗书，尤其不陌生。"

戴夫人忙说："民妇不过闲来读些宋人辞章。朱子系大儒，尚难解其堂奥，只浅尝俗用而已。断市以来，敝号未敢撤庄，即是守此出处进退辞受之义。处家重仁，出门则必兼重义。做茶道生意，出门多于处家，更不能忘义。今退出茶市，既不义，便不能为。敝号大义俗用，惹大人见笑了。"

哪想到侍立在旁的大瑜，此时竟插进来说："我们夫人，平日最佩服朱子这几句话：'今日谈经者，往往有四者之病。本卑也而抗之使高，本浅也而凿之使深，本近也而推之使远，本明也必使至于晦。此今谈经之大患。'"

戴夫人一听，脸色都变了：此意岂可当着朝廷大臣明说！慌忙呵斥大瑜说："放肆！此处哪是你说话的地方！"

松筠却不仅未见怪，竟又现惊喜，另眼打量大瑜，说："朱子这几句话，亦是余一向嘲讽当今腐儒的利器！不想，今又被这位小女道出。尔号大义俗用，甚好，甚好。大义远绝俗事，岂不沦为空议！空议空谈，为余最为不耻。今库仑边境艰难，尔号能谨守出处进退辞受之大义，实属难得。本大臣，特予夸奖。"

戴夫人及冯得雨等忙说："谢大人厚爱！"

松筠又打量大瑜，问戴夫人："此小女跟随尔几年了？"

戴夫人忙说："自十一二岁即跟随民妇了，算来已有六七年了。她倒也聪慧好学，只是爱多嘴。此为民妇不教之过也，还望大人海涵。"

松筠笑道："多嘴能多到要紧处，也难得了。尔教之得法！这也所谓近朱者赤了。"

送走松筠大人后，众人自然一片欣喜，连说夫人大义，竟惊动了钦命大臣，夫人博学，更赢得大臣盛赞。办事大臣亲临我号，真还是破天荒头一遭。大瑜更是喜形于色。

戴夫人却未敢欣喜，只是说："今边境艰难，官府只好笼络商户罢了。边境互市繁盛时，官府若能如此体抚商户，那才是大幸。"

冯得雨说："这位松筠大人，毕竟与前任大别。明察大局，理事刚柔兼济。断市前，若是此人主理边务，断然不会有今日艰难局面的。"

刘福海也说："我看这位大臣，倒真没有官场陋习，像是个能办事的人。不寻话茬，压你一头，已经难得。你说得在理，还肯赞你，更难得了。朝廷也是，边境出了乱子，才派良才过来。繁盛时候，倒叫庸才来吃香喝辣惹乱子！"

戴夫人忙说："我们还是少议国事吧。大瑜，往后在此场合，还是少多嘴！"

及与大瑜独处时，才悄悄对她说："我当时所谓大义俗用，就是暗指你说出的那四种病。你点破它做甚！"

大瑜偷笑说："我怕他听不明白！"

戴夫人也笑说："你几乎惹祸！"

大瑜说："我看这位大人不像是万恶的官儿，才敢多嘴呀。"

戴夫人说："你就有那么好的眼力？"

大瑜说："可不是呢！要不辨好歹，岂不是白跟了夫人这么多年？"

## 2

戴夫人往喇嘛佛殿敬香归来，尚未坐定，叶琳娜即来求访。戴夫人忙请入后堂，冯得雨等都回避了，只有大瑜陪见。

此次，叶琳娜竟然是汉服打扮。汉服，黑发，黑眸，若不是艳丽得惊人，戴夫人真不以为她是俄女。叶琳娜的艳丽，戴夫人听夫君说过，但还是超出了她的想象。而如此艳丽的女子，却无些许妖艳气，也不以艳美凌人，似不知自己艳美如许。这种气韵，便先赢得戴夫人的好感：戴夫人亦是美妇，深知美人赢人之道；更对美人有种天然的敏感。

叶琳娜先向戴夫人施了汉礼，便说："请原谅，我还不知用汉话应该如何称呼你？"

大瑜说："称夫人即可。"

叶琳娜不解地问："夫人的称呼，我明白，'即可'是夫人名字吗？"

大瑜就笑了，说："你称呼夫人，就可以了！"

戴夫人也笑了，说："叶琳娜，你的汉话，说得很好了。"

叶琳娜说："还差得多，连称呼还不精通。夫人，你走了很远的路，来库仑，一定很辛苦了！"

戴夫人说："我们做茶道生意，辛苦还不是寻常事？你长久留守库仑，也不觉苦焦吗？"

叶琳娜说："夫人，苦焦与辛苦，有何不同？"

大瑜又笑了，说："苦焦比辛苦更辛苦，更难熬，更……我也说不清了。"

叶琳娜就说："我明白了。那我觉苦焦，也是寻常事。在库仑，能学汉话、蒙语，还能，还能常与贵号交往，还能，还能不离茶叶。所以才不觉苦焦。"

戴夫人说："你如此有志于茶事，也难得了。我们初次见面，送你一件礼物，不知你喜欢不喜欢？"

说时,大瑜已呈上一柄苏绣团扇。扇面双绣为彩蝶戏牡丹。送此礼物为冯得雨主意,说明少爷曾答应过送此礼,竟遗忘了。戴夫人一听是霖儿许诺过的,便想另择礼品。但冯得雨以为还是送此团扇最相宜,可讨叶琳娜喜欢,于困俄的大掌柜有利。戴夫人一想,也觉在理,便从库房寻出此一柄从未动用过的团扇。

叶琳娜一见,惊喜万分,接住就问:“绣的就是茉莉花吗?太美丽了,太美丽了!”

大瑜又大笑,说:“扇面上绣的,是牡丹花,不是茉莉花。牡丹花是富贵花,可比茉莉好看多了!”

叶琳娜忙问:“牡丹花也十分芳香吗?”

大瑜说:“当然芳香,有国色天香的美誉呢!”

叶琳娜又问:“国色天香是什么意思?”

大瑜说:“就是举国数它好看,天下数它芳香。”

戴夫人见叶琳娜这样天真无邪,性情率直,更有了几分好感。她笑道:“大瑜,你竟这么好为人师!叶琳娜,这件礼品,你还喜欢吗?”

叶琳娜忙说:“喜欢,太喜欢了!谢谢夫人!我送夫人的礼物,是两张红狐皮,比貂皮还贵重一些。夫人一定已有这种红狐皮了,希望不会拒绝。我只是表达诚挚的敬意!”

叶琳娜呈上红狐皮,大瑜接住就先细看起来。戴夫人忙说:“叶琳娜,难为你还送这么贵重的礼物。我也很喜欢!贵府与我们康家,是多年的老交情了。生意上,更是交往最密切。我们虽是初见,却也一见如故。希望不要太客气了。”

叶琳娜就说:“夫人喜欢,我太高兴了!只是,还请原谅,我还不大明白,一见如故是何意?”

大瑜立刻说:“头一回见面,就像是老朋友了。”

叶琳娜就说:“是这样,是这样!”

戴夫人说:“请代问候,令尊,就是你的父亲。”

叶琳娜说:“令尊称呼,我明白的。我父亲很好。他也会保护、爱护、尊敬你们令尊的,不对,是少爷的令尊的。”

大瑜正要笑,见戴夫人眼有泪花,才赶紧收住了。

叶琳娜忙说:“对不起,夫人。”

戴夫人说:“有令尊关照霖儿父亲,我应该放心的。叶琳娜,想必令尊也很挂念你吧?”

叶琳娜说:“可不是呢!不过,贵国官府是允许我归国的,是我不愿回国。”

戴夫人就问:“是不放心这里的店铺?”

叶琳娜亦情有所动,却说:“店铺倒能离开,只是汉话还没有学通……离开了,就,就,就等于道路走了一半,放弃了后一半。”

大瑜说:“你是想说半途而废吧?”

叶琳娜忙说:“就是,就是半途而废!”

戴夫人说:“你如此矢志熟通汉话,就是下了大决心,学通汉话,是为继承贵府家业吗?”

叶琳娜说:“也是,就是,当然是。”

戴夫人又问了俄方撤兵的事,叶琳娜说是千真万确的。这种大事,父亲一定会确认后才告诉她的。

午间,戴夫人备便宴,招待了叶琳娜。席间,叶琳娜亦是不断问学汉话新词,惹得戴夫人和大瑜笑声不断。

送走叶琳娜,戴夫人真是对之产生了好感。艳美,率真,又志向不俗。大家闺秀,却只身久留这异国边陲,问学练艺。集此一切于一身的女子,在吾邦哪里去寻觅!早听说俄人经世处事,男女无大别,女流皇上也做得。此俗,正暗合了戴夫人的抱负。叶琳娜是戴夫人所得识的第一位俄女,其行状果然如传说。这也正是戴夫人难却好感的原因。若不是有结姻之忧,戴夫人还真想引为同类。

如若不是异国女子，戴夫人又何尝不愿聘此女为霖儿做如夫人？婉君亦为她所喜爱，只是入康家已近十年，仍未得子，只生一女。吾邦毕竟祖业只能传男，无后之忧，正一年甚于一年。为霖儿聘一如夫人，几度议起。婉君倒也大度，但霖儿不愿委屈婉君，总不答应。

更难逾越者，还是异国结姻。首先，祖制便不许。石岳掌柜又疑心，米氏求结姻，是有生意上的图谋，意在分我茶山、茶道利源。果若如此，那便不得等闲视之了。

今视叶琳娜，似又不像暗藏了此图谋。一片率真背后，暗藏了如此父命？俄女竟会如此深不可测？怎么看，也不像。凭女人对女人的直觉，戴夫人不能相信。

不管怎样吧，于今待叶琳娜，也只有如冯掌柜所出对策，尽量热待有加，以利夫君在俄处境。而结姻与否，毕竟全在自家手掌中。

3

数日后，戴夫人由冯得雨及戴文熊陪同，终于来到买卖城。

凋敝的买卖城，宁静异常。不过，这几近天涯的市镇，还是叫戴夫人惊异不已。鳞次栉比的木房子，为戴夫人见所未见，一派异国气象。纵横街巷，则与内地无异。可惜毗连的店铺，大多已关门锁户。不过，街巷却显整洁异常，多少掩去一些败象。戴夫人早知道的，此买卖城为西商珍重，历来有整洁市面的规矩。今虽凋敝，却未弃旧规:复市希望尚未熄灭焉。

戴夫人先往市镇正街的帝庙敬香，见是处香火依然旺盛。关帝神像，威武也一如内地。后往佛寺拜本尊，香火亦盛。

在买卖城第一夜，戴夫人万念齐集，辗转难寐。入康家数十年来，无日不听说及恰克图买卖城，今终于有幸亲临，却是缘起于不幸！亲睹的，不是繁盛，却是一片凋敝。这几近天涯的市镇，本是康家发达的圣地，今却成伤心地。不见夫君，已近三载！今苦行数千里，距夫君不远，却天堑难越。今夜夫君当有知，妾身已近在国境矣！妾悔不该痴迷那首《贺新郎》，竟使离恨成真。君困北海，妾赴铅山，年年听杜鹃啼血。今方知，稼轩辞章，亦难道尽妾心中万般离恨。这万般离恨，更无处能诉说。妾非弱妇，家业尚可勉力打理，只一种相思，无计可消除。今夜无明月可共，只一片星空，连通天堑。期许与君梦中一会，又难成眠！

戴夫人不觉已泪流满面。

翌日，戴夫人等由冯得雨引领，走到正街尽头，近望俄境。边关口岸已被木墙封堵，但两厢山谷，远处色楞格河，依然山水相连。

戴夫人伫立北望良久。她本已暗定主意，在此绝不再泄情流泪：她不能当了冯掌柜及大瑜露出自己的幽怨。

哪想到，大瑜竟北向跪地，祈告说："二爷，二娘来探望你了！"

冯掌柜竟也跪下了，面对俄境山水告曰："大掌柜，在下奉陪二娘，来给你送吉利了！万望珍重！"

戴文熊亦向北行礼，祈告平安。

这一来，戴夫人哪里还能忍得住，顿时又泪流满面了。

回到买卖城自家庄口，戴夫人心绪未稳，即听见冯掌柜与留守的吴家瑜在大声争执什么。她慌忙出来，就见冯掌柜一脸怒气，而吴家瑜则神色异常，低头不语。

戴夫人忙问："你们这是怎么了？"

冯得雨怒道："二娘你问他！"

戴夫人就问吴家瑜："出什么事了？买卖城冷清如此，叫你在此留守，很委屈你了。出了事，也不打紧的。"

吴家瑜不敢正视戴夫人，只低头说："夫人……"又咽下不语。

冯得雨就又怒喝："没出息的东西，你说呀！"

戴夫人忙说："冯掌柜，快不敢生这么大气。能有多大的事呢，不能好好说！你这么怒目金刚似的，叫人家后生怎么说话？家瑜，眼下是非常时候，出点事，我们也会宽待的。”

吴家瑜不安地看了看戴夫人，又慌忙低下了头，仍不言语。

冯得雨怒气不减，厉声呵斥吴家瑜：“你说，什么时候不是宽待你，抬举你？你就这么忘恩负义！”

吴家瑜才低头说：“我知道愧对了东家的大恩大德，愧对冯掌柜厚爱……也是万般无奈了……”

冯得雨怒斥：“你说，怎么就万般无奈了？放着阳关道你不走，怎么就万般无奈了？没出息的东西！”

戴夫人也忍不住了，正色对冯得雨说：“冯掌柜，到底出了什么事了，你这么剑拔弩张的？”

冯得雨说：“二娘，你是不知道，这没出息的东西，他要辞出咱天盛川！昨日咱们刚到，还没等喘口气呢，他就跟我说：要辞出字号。我一口就骂回去了，以为能回心转意。不想，今日出言更狠了：非走不可！”

戴夫人听了，也一惊。自断市以来，天盛川还未见有掌柜伙友请辞。就以为上上下下能患难与共，叫人欣慰。到底还是有了患难不到头的伙友？就急忙问吴家瑜：“家瑜，你是嫌留守这买卖城太清苦了？”

冯得雨说：“他是因为一步也离不开媳妇！真没想到，你是这么个没出息的东西！”

戴夫人忙问：“家瑜，你有几年没有回家了？”

冯得雨说：“他在库仑安了家！这才几步远，就离不开了？”

戴夫人仍不解，问：“在库仑安了家？”

冯得雨就把吴家瑜娶彩彩，在库仑安家的情形，略说了说。

戴夫人听后，说：“娶媳妇这么不易，也情有可原。可也不至非得走这一步呀？家瑜，冯掌柜一向器重你，所以才生这么大气。我还是头一回见冯掌柜生这么大气！”

吴家瑜才说：“我知道，东家和冯掌柜待我恩重如山。只是，岳丈久在库仑谋生，也没发财，身心俱衰，今想告老回乡。一间六陈行，又不忍丢弃,我也只好接手……弃明投暗,也无奈了。”

冯得雨又欲严斥,戴夫人止住,说:“情有可原,情有可原。我和冯掌柜一样,舍不得你出号,指望你出息成大才。但家事亦是大事,我们万不能使你们新夫妻,由此积怨。家瑜,你入号也多年了,知道号规的。入号难,出号不难。入号要起誓,出号却自便。这样吧,你再作三思,等我们离开买卖城前,再做议决。”

吴家瑜说:“我知道是弃明投暗,只是无奈……”

冯得雨说:“你没听见夫人的话?东家仁至义尽,你也再作三思!”

吴家瑜退出后,冯得雨顿足说:“真是没有想到,真是没有想到!”

戴夫人说:“我常听冯掌柜说,这个吴家瑜甚有天分,尤其有通译天分。断市以来,所有掌柜的辛金,依旧按时结账,只是赏金暂付阙如。他突然请辞,是否因派驻此遥远冷清地,觉得太委屈?”

冯得雨说:“我看就是离不开媳妇。那个新妇,我看像个狐狸精!听这里其他伙友说,她常来这里探望家瑜。”

戴夫人说:“人家夫妻恩爱,也无可厚非的。”

及至戴夫人将返回库仑时,吴家瑜仍未改口,还是称不得不请辞。戴夫人也只好同意。为不使吴家瑜背负扫地出号的恶名,戴夫人还与之各立字据,言明其为自愿出号,无怨无过,日后友善来往,不损各自名誉。此亦算仁至义尽了。

冯得雨是爱才之人,一向爱之胜爱子,突生此变,也只能长叹不已。

吴家瑜走这一步,也尚是天良未泯。他知自己已陷黑道,回头不得,只好赶紧与恩主切割两断,以防受自己连累。他哪里能想到,日后事发,依然断而难断,连累了恩主。此是后话了。

## 4

戴夫人一行回到库仑,庄口的伙友就急告:办事大臣衙门早传来话了,松筠大人欲召见冯掌柜,一旦归来,尽快应召。

戴夫人就忙问冯得雨:"冯掌柜,大臣这么急着召见,会有什么事?"

冯得雨说:"尚难预料。不过,往常松筠大人召见,也有只做闲谈,了解下情的。二娘先不必多虑。"

冯得雨赶往办事大臣衙门,却被松筠邀入私室。这便有些不同寻常了。

冯得雨行礼后,就说:"在下未能及时应召,还望大人海涵。"

松筠却笑说:"也无急事。新近得当今圣上垂恩,获授户部侍郎新衔。余心中高兴,就想与尔同饮几杯酒,聊作畅叙。"

冯得雨慌忙说:"大人荣获擢升,可喜可贺!本当下民备贺宴道喜的,如何能喝大人的酒?"

松筠就说:"余素不喜排场靡费,何况今边境艰难如此!副将军衙门,欲摆贺宴,已被余婉拒。"

说时,衙役已摆上几碟菜肴,一壶烧酒。

冯得雨仍不敢就席。

松筠笑道:"冯掌柜是嫌席面太寒酸吧?"

冯得雨慌忙说:"哪里,哪里!此系在下平生头一回,蒙大人这等公卿赏酒,实惶恐不安之致!"

松筠说:"今系私会,无须讲官场客套。冯掌柜,先来同饮一盅。"

冯得雨这才不安就席,说:"大人,那得先由在下敬大人一盅,恭贺擢升!"

松筠笑道:"余就受贺了。"说毕,饮下一盅。

冯得雨猜测,松筠获朝廷擢升,大约与俄方罢兵相关,就说:"大人理边,以柔克刚,别开生面,理当获擢升的。俄夷罢兵,朝廷一定喜欢了。"

松筠说:"俄夷陈兵示威,本也不足畏。今罢兵而去,也非余一人功劳。还是吾邦圣威赫赫,俄夷不敢轻举妄动耳!"

冯得雨就说:"再敬大人一盅,以表我等商民对大人敬仰。"

松筠说:“冯掌柜还是爱客套！随意同饮最好。”

冯得雨才同饮一盅,又问边境前景。

松筠却说:“今日私会,不谈边事了。日前见尔号主妇,令余难忘。商家妇人竟也博学,大出余所意料。”

冯得雨正想说夫人母家系晋中名门,忽然担心犯忌,就说:“我们东家夫人,本出身书香门第,所以好学。”

松筠就说:“能看得出来,能看得出来。冯掌柜,今日邀尔来,也不是令尔白喝余的酒。余系有一事相托。”

冯得雨一听,才知道松筠请他饮酒,是有原因的。他本来也不相信,松筠是邀他来饮酒闲话。慌忙说:“大人尽管吩咐,尽管吩咐!”

松筠笑道:“余这一件事,可是要夺人之美!”

夺人之美？冯得雨心里就没底了。但还是说:“只要小人能效劳,大人尽管吩咐。”

松筠说:“余来库仑履职,并未带眷属来,带来的,仅喜读的书籍耳。只是偷闲读书,缺一通晓诗书的侍女。多方物色,总未有中意者。日前走访尔号,与尔号主妇谈及朱子学问间,那位出语惊四座的侍女,倒是令余刮目相看！彼女,为尔号主妇所十分疼爱吧?”

冯得雨这才明白了,松筠大人是看中了大瑜。名为陪侍读书,其实还不是收房做小？这可不是夺人之美！二娘一向视大瑜为左右手,宠爱有加的。就说:“可不是,此女服侍我们东家夫人,多年如影随形,机敏勤快,又随夫人识字读书,甚得我们内掌柜宠爱。今得大人高看,也是她的殊荣了。”

松筠郑重说:“冯掌柜,余有心召此女来书案侧,是否会得罪尔号主妇？又是否会落得一个强夺民女的骂名?”

冯得雨真不知该如何回答是好。不过,他转念一向,这于大瑜也未尝不是一件好事。便说:“大人过虑了！强夺民女,岂有大人这么个夺法?此女为大人高看,说不定也是她命中要遇贵人。再说,她也不能一辈子服侍我们内掌柜，总要有个归宿。”

松筠一听，便现喜色，说：“那就有劳冯掌柜了！尔可将余意，先说知尔号主妇，如有不舍，也就罢了。如愿成全，再说知此女。此女不从，也罢了，决不可强求的。”

冯得雨忙说：“在下一定照办。”

冯得雨回来，支走大瑜，对戴夫人说出了这件意想不到的事。

出乎冯得雨预料，戴夫人听后并未生气，沉思良久，说：“大瑜眼看也将十八岁了，我早想为她寻个人家。大瑜生得不难看，却也不是小美人。这位大人重才不重色，也难得了。更何况人家身居高位，欲攀附者，想必也多呢。只是，我对这位大人知之不多。冯掌柜，你们总说这位大人如何清正廉明，擅理边务。他生性如何？”

冯得雨就说：“这位大人，日常私性，我们难得详知。来库仑几年，冷眼看，倒也像是个心善的人，常有施惠贫民之举。去年，有我省阳曲后生，千辛万苦，来库仑寻父。其父来库仑经商谋生，十几年无音讯。后生寻访多时，才终得父亲下落。原来落足于库仑以北巴图桑布尔，曾开过草料店，但已病故多年了。后生四处乞讨，欲募资扶父柩归乡。此事为松筠得知，赞为孝子，赏盘资成全其孝行。仅此一事，亦可知其心善。”

戴夫人叹说：“官场大员，有此善行，也难得了。冯掌柜意思，此事应当成全？”

冯得雨说：“这还得二娘做主。再说，也得看大瑜意思。松筠大人一再言明，不想强求。”

戴夫人说：“我也全做不得主，毕竟给人家做小，总得大瑜母家愿意。自然更得大瑜情愿。”

冯得雨说：“二娘可先探探大瑜口气。”

戴夫人私下向大瑜说出此事后，大瑜只羞红了脸，却未有反感。这使戴夫人多少有些怅然若失之感。她就问：“你是愿意了？”

大瑜低头说："我哪愿意离开夫人？不愿意，不愿意。"

戴夫人能看出，大瑜是故意这样来遮羞罢了。就说："不愿意，那我就一口回绝了吧！"

大瑜当然也知道戴夫人是故意这样说，就说："全凭夫人做主！服侍夫人一辈子，我最情愿。"

戴夫人就说："你看不上这位大人，回家再给你寻个别人。"

大瑜说："我就跟夫人一辈子。夫人看不起当官儿的，我也看不起。"

戴夫人忙说："大瑜，你胡说什么！日后跟了这位大人，可不敢胡说这些！"

大瑜又羞红了脸，说："我可没答应跟他，没答应！"

戴夫人就说："我做主答应了。日后，可得给我们勤通消息，不要一入官门，就认不得我们了。"

大瑜说："我还没答应呢，倒叫我给你们打探消息！"

戴夫人说："你答应也不管用，还得你娘家答应才成。"

哪想，大瑜竟说："我只要夫人做主，不用问他们！他们早不把我当家人看了！不用问他们。"

原来，大瑜是孤儿，叔父母对她向来疏远，只是常来康家打秋风，贪点财物便宜，不愿让她外嫁。

戴夫人也只好说："我做主把你留在这荒蛮地界，怎么向你娘家交代？"

大瑜竟说："夫人不是常说铁打的衙门流水的官儿，谁能常在这儿做官？"

戴夫人知道大瑜心意已决，就说："那我就做主了。"

松筠得到回话，自然是十分高兴。这位蒙古族大员，喜理实务，不喜耽于儿女情长，家长里短，故不愿带家眷到任所。但又正值中年，枕席冷清，毕竟不能长耐。再则，他膺服儒学，对汉族古贤名士，红袖添香之雅，心有向往。所以久想寻觅一疏通诗书的汉女，相伴在侧。但当时大清皇室严禁满汉通婚，满族公卿大臣，也不敢公开破例。松筠虽系蒙古族，但亦是正蓝旗出身，又位列公卿，也只好走暗招侍妾一路，大瑜就正合了他的心意。通诗文，性率直，尤其远行茶道无忧愁，又身卑不显。也是有戴夫人刚毅而优雅的风度映照，夺美之念，便不能压抑。此事，竟心想事成。新获擢升，又得新欢，也算好事成双了。

不过，松筠更不愿张扬此事。只在戴夫人等离开库仑前，送一份聘礼过来，托戴夫人转奉大瑜母家。戴夫人这边，选了吉日，将大瑜送入大臣衙门。次日，松筠设便宴，回谢戴夫人冯得雨等。一件喜事，也就这样办了。

在喜宴席间，戴夫人还意外办成一件好事。那就是为叶琳娜申领到一纸赴内地茶山游历的路票。

叶琳娜痴心向往吾邦茶山，戴夫人早听夫君及霖儿说过。今为讨叶琳娜喜欢，以利夫君在俄处境，戴夫人便想利用这喜宴，试为申说。也是戴夫人对叶琳娜有了好感，愿成全她的夙愿。而戴夫人说辞，又甚切合时势：恰克图断市以来，南方茶山茶民，人心浮动，年甚一年，多欲弃茶种谷。今有俄女亲往茶山视察，似可稍稳人心，少废茶园。此说辞，竟也打动了松筠，当即应诺下来。

这意外的斩获，连老练的冯得雨都赞叹不已。他也是早已有心成全此事的，却未想到利用此喜宴良机，也更想不出这相宜说辞。尤其石岳已报知，今拖延米氏结姻之求，全推在戴夫人身上。戴夫人这样善待叶琳娜，于大掌柜在俄境，大有益处的。

叶琳娜得知了这个消息，其欣喜就可想而知了。

5

康仝霖往京师也未探得更新的消息。因为李宗烜初来京号，人脉尚浅，也只能从万京张处得知一些朝中动向。朝廷因俄夷撤兵，正有所得意，哪肯后退一步，解除互市禁令？

不过，康仝霖看李宗炟掌柜，倒是意气风发，四处奔波，勤勉有加。京号伙友也说，自李掌柜调来后，京号日新月异，局面大开。

康仝霖就问李宗炟："李掌柜，看来，你十分中意京号营生？"

李宗炟就说："少爷，我说句不该说的话，只要能来天盛川，京师也好，前后营也好，李某都愿意全力效劳。东口这几年，真把人憋屈死了！"

康仝霖当然能听出李掌柜的话中话，但也不便引申，就说："人在一地长驻，总不免要生厌烦的。"

哪想，李宗炟竟说："少爷，东家天字两号，本是康爷亲手分立，我们底下人不该厚此薄彼的。可实在是……少爷，有些话再不明说，可就对不起康爷在天之灵了！天义川若再由东院如此料理下去，真要毁了！"

李掌柜已把话说到这一步，康仝霖也只好说："李掌柜，心里有话，说出无妨的。即便有不妥，我也会替李掌柜担待的。"

李宗炟就说："少爷尚不知，天义川杨掌柜，已生去意！"

康仝霖不禁大吃一惊！杨敦义掌柜，如今是天义川的顶梁柱了。他生去意，那天义川真要毁了！忙问："李掌柜，真有这样的事？"

李宗炟说："可不是呢！杨掌柜萌生去意，也不是三天两天了，久已心存此意。李某若不是有幸调离东口，亦有去意。"

康仝霖问："这是为何？"

李宗炟说："少爷真还看不出其中缘由？东院大掌柜，临事无主见不说，事后又疑心太大，贤愚不辨，处处疑心我们与他作对。我们底下人真是左右为难，动辄得咎。先前令尊在时，我们尚有求助处。今令堂掌事，东院就有些忌讳我们求助西院了。"

康仝霖忙说："伯父生性优柔寡断，心里并无恶意。处事失当时，常也后悔的。家父困俄，伯父忧虑过甚，理事失当，更难免了。还望李掌柜不要多心。"

李宗炟说："少爷，我们也绝未视令伯如恶人，但如此做派，实在叫我们底下人做事难，做人也难。商事如战事，总要临机应变。稍变，即落不是，我们真是动也不是，不动也不是。前年秋冬，杨掌柜与驼队刘掌柜，亲押茶货，首征外藩蒙古前后营，吃了多大的苦，又做了多好的生意，结果落得一个居功欺主，胆大妄为，乃至不敬康爷的罪名！少爷，你说我们底下人，还怎么能做事，做人？”

康仝霖忙说：“此事家伯早已向杨掌柜赔过不是了，快不用再提了。”

李宗烜说：“少爷，你还不知道？今年杨掌柜又落下同样罪名了！”

康仝霖说：“我们真还不知道。”

李宗烜就说：“今年五月，天义川结账后，大掌柜又嫌内茶获利不厚。这还不是嫌杨掌柜张罗生意无功吗？少爷知道，自外茶断市后，内茶生意僧多粥少，也不好做了。往前后营开辟新茶市，又不愿意，只守着内蒙古老茶市，能有多大扩盘余地？杨掌柜能守住天义川的老茶市，也甚为不易了。杨掌柜说了，在老茶市扩盘增利不易，令伯就说，何不减价扩销？当年西院就是谋出这一招，救了咱天义川。杨掌柜听了，心里发笑，也不敢笑呀！只是说，咱天义川的川字青砖，好不容易有今日信誉，牧民当银子使唤，你一减价，岂不是自毁金字招牌？尤其牧民手里收藏川字青砖不少，你一减价，岂不是平白无故叫人家少了银子？这些牧民会记恨你天义川一辈子！如此一来，老茶市也丢了！杨掌柜说的在行在理，可令伯听了就又大不高兴，严斥杨掌柜凡事自作主张，一句也不肯听他的，他这大掌柜早成了摆设了！少爷，你听听，杨掌柜张罗了一年生意，又落得一个欺主妄为的罪名。给了谁，能不生去意！”

康仝霖说：“我记得，去年天义川赢利也不算少。”

李宗烜就说：“要不说呢！令伯或许期望赢利可轻易翻天覆地？”

康仝霖说：“天义川如何能离得开杨掌柜？今为非常时候，眼看恰克图复市仍遥遥无期。还望李掌柜多多劝说杨掌柜，天大委屈，总得忍过这非常时候。”

李宗烜说：“少爷，不是杨掌柜不能忍，是天义川忍不起呀！杨掌柜若不是念着康爷恩情,早拂袖而去了!"

听到这样的消息,康仝霖也无心在京师多做逗留,数日后,即直奔归化城去了。

康仝霖赶到归化天义川老号,得知杨敦义掌柜已北出归化,巡察生意去了。他心里才稍微安稳了一些:杨掌柜依然在张罗生意。

他问明出巡路线,便循路去追寻。在四子王旗,终于追到杨掌柜。

杨敦义见西院少爷追来,还以为出了什么事了。康仝霖说,今年秋冬未走库仑,在家也闲不住,故来归化走走,并无什么要事。家母嘱咐,也要学做内茶,就寻杨掌柜来了。

杨敦义何等机敏,哪里会相信?就问:"晋中得雨雪没有?"

康仝霖说:"我是从京师赶来,一路依然旱象,想必晋中也未得雨雪吧。"

杨敦义立刻明白了少爷的来意,便说:"京号李掌柜,正春风得意吧?"

康仝霖说:"京号初开,李掌柜亦是手忙脚乱的。"

杨敦义叹了口气说:"做生意不怕忙乱,只怕乱忙呀!少爷,我赶来这里,便是因乱而忙。"

康仝霖忙问:"杨掌柜,这话从何说起?"

杨敦义就说:"此地庄口的掌柜,执意要另就高枝。我来劝留来了,软话硬话都说了,依然未说动。"

康仝霖听了,又是一惊,庄口的小掌柜,也要辞出?真要树倒猢狲散?忙问:"这位掌柜,为何执意要走?"

杨敦义又叹了口气,说:"去年天义川所赢利额,令伯不满意,所以将号中掌柜伙友的赏金,一概尽免。四子王旗庄口,去年张罗生意甚出色,赏金落空,号内上下怨声不绝。掌柜不胜其烦,便决意走人。"

康仝霖忙说:"今非常时期,经议决,两号掌柜伙友辛金照发不欠;赏金亦照常列支,有特别功劳,赏金还可破例。只是记账缓发,并无免除赏金之议。”

杨敦义说：“我知如此，可哪敢申辩！自康爷以来，生意即便亏欠，亦未有赏金尽免先例。”

原来，当时西商的酬劳制度，已分辛金与赏金两部分。辛金，即今所谓薪水，为辛苦钱，入号雇员人人有份，只因职务不同而高下有别。但辛金都不算高。赏金，则是论功行赏，较辛金高得多。康海天又是重义气，有胆魄的商才，每年赢利后，总拿出三四成奖赏手下各路掌柜伙友。遇亏年，对有功者，不但照赏，甚而高过丰年。显而易见，亏年更需激励雇员人人争功，以尽快转亏为丰。所以，康家茶庄的掌柜伙友，一年所得，赏金是大头。此举延续下来，也是康家两号得以兴盛不衰的一大原因。今家伯一时生气，竟改此祖例，康仝霖也不免暗暗吃惊。

他就说：“杨掌柜，今赏金既都缓发，尚可补救的。这里的掌柜，一定要设法挽留的。”

杨敦义却说：“少爷，能为杨某在天盛川谋一新职否？”

康仝霖忙说：“杨掌柜在天义川的人位，为先祖所定，并有遗言，不得擅动的。”

杨敦义长叹一声，说：“那我也只有愧对康爷了。杨某已年近半百，几十年出多归少，也该归乡补享天伦了。”

康仝霖说：“今正历非常时候，杨掌柜就忍心辞出吗？”

杨敦义说：“正因非常局面，余才动辄得咎。为天义川计，东家还是另选高明为上策。”

康仝霖说：“张罗内茶，谁能比得了杨掌柜？”

杨敦义说：“少爷，快不敢这样说！余委曲求全，尚落得一个居功欺主的罪名。”

康仝霖再三劝说，杨敦义也未改口。只是答应将四子王旗的掌柜劝留下来，张罗完这一茶季生意。

康仝霖赶回太谷，却听婉君说，东院伯父已往东口察看生意。康仝霖心里暗想，伯父也真是，见事何其迟钝？眼看老号要失火了，却还往无足轻重的东口跑。或许是想拉拢石岳掌柜，以备取代杨掌柜？可做内茶，石岳哪能比得了杨掌柜！

他心中正为东院忧虑，婉君竟也提起与东院的龃龉。

原来，眼看十月将尽。进入十一月，旧例便要张罗添置年下的新衣帽。主理西院家务的婉君，为激励大家共度时艰，已连续两年破了老礼，未给西院主仆添置年下新衣帽了。西院上下倒也无怨言，东院王夫人心里就有些不爽快。因为头一年，东院循旧例穿新衣戴新帽过年，西院却是主仆未见新，一派励志景象。王夫人就觉得有些被晾了：西院生意断市，东院竟无动于衷？去年，刚进十一月，王夫人便过西院来问：年下还是不添置新衣帽吗？婉君就说，边境不但复市无望，打仗风声还正紧，更需大家不忘时艰的。眼下尚衣食无忧，可真也得预备过节衣缩食的日子。王夫人便听得很不是滋味，就说，我们东院也不是对祖业有难，不闻不问，新年见新，也是想讨个吉利，盼望时来运转。你们西院既依旧不见新，那我们东院也不敢见新了。要不，显得一笔写出俩“康”字，不能同甘共苦，惹世人笑话。婉君慌忙说，东院生意正兴旺呢，不必破老礼，你们新年见新，咱康门也有个喜兆！王夫人竟说，原来是成心想叫世人笑话我们东院！婉君百般解释，王夫人也只是埋怨。年下，东院果然也似西院，主仆衣帽未见新。

今年，还未进十一月呢，日前王夫人就又过西院来，说是年下东西院主仆都得见见新。添置新衣帽，统由东院支垫。大年下的，总这么灰头土脸，哪能讨来吉利！婉君一听，就有知道疙瘩越结越大了。这不是你一抢，我一刀的，年年来过招吗？心想忍让，却也太难了。西院本也未到这一步，需要东院接济衣食。本是励志之举，反倒落得一个依人施舍！罢罢罢，年下西院也依老礼添新吧。三年一添新，也算励志了。就说，今年石岳掌柜回来了，带回公爹安好消息，应是喜兆。西院年下本也要复循老礼，添新祈福的，银子早预备妥了，绸布也订下了，裁缝也请下了，伯母就不用多操心了。王夫人一听，又落了下风，哪里肯罢休？便说，这就对了，年下总要图个添新见喜。你大伯已经叫柜上支出银子，为两院年下添新。改日，我就打发人把银子送过来。年下就图个吉利，添新可不敢太寒酸了。婉君正要推辞，王夫人已抬脚走了。

婉君真是哭笑不得。

康仝霖听了，也只好对婉君说："送银子过来，就收下，不用再多说了。总得让人家占一些上风。"

婉君说："就怕婆母回来怪罪我。年下礼服，能穿几天？年年添新，还不是压到箱底！不添新，稍显节俭渡难关的风气，真就不吉利了？"

康仝霖说："不用多说了。唉！照此下去，说不定真有败家的一天！"

婉君忙问："又有什么不好的消息？"

康仝霖略说了杨敦义掌柜去意已决的事由。婉君也吃了一惊，忙说："这可不是小事！我看，也只有婆母能挽留住杨掌柜了。"

康仝霖说："即使能挽留住杨掌柜，也……不说了。"

婉君就说："吾母家败家，亦是起因于东家与掌柜不和。这可不是小事！"

康仝霖说："这我岂能不知！"

婉君母家太谷孟氏家族，前明即为一时富商。极盛时，曾聘请能干的掌柜，携资往江南独立经营盐业。东家全权委托，不干涉日常商务，只包全年盈亏。年终亏了，东家包赔；盈余呢，无论多寡，亦尽归东家。掌柜及雇用伙友，只挣辛金和赏金。以今日现代商业眼光看，自然尚属较落后的无限责任制，但已出现商业的所有权与经营权的分离。此系商业的成熟与进步，已有现代商业的萌芽。将一笔数额不菲的资本，交于外人往异地营商，资本所有者与经营者之间，唯有吾邦传统的忠义信用可依托。这其中便需东家具有识人的眼力与用人的胆魄。孟家后继者，坐享其成，已渐失这种眼力与胆魄。年终结账，有盈余自然高兴，遇亏损便不愿包赔，进而对掌柜的忠信生疑。久而久之，东家与掌柜就难得一条心了。及至明季乱世，生意本已难做，东家又不信任掌柜，孟家已再难聘到出色掌柜。终于发生盐号掌柜卷资潜逃的事变。孟家只好退了一步，自掌盐号事。但已一蹶不振了。

孟家之鉴，亦是康家一直自任茶庄大掌柜，不敢将号事全权委托能干掌柜的一大原因。

但戴夫人一直于此有异议。因其母家，自祖父戴廷栻以来，一直就是将生意全权交由掌柜经营。戴廷栻本是饱学之士，营商不过是以商养学。因此，他不愿将过多精力用于商，选擅商专才包揽生意，也就成了首选。他与傅山论及此商道，将掌柜喻之为宰相。历代治国，凡宰相权重，国势也强，如汉唐。宰相权弱，国势也弱，如宋代。前明自太祖废宰相，国务集于皇帝一身，朝政渐而失序致乱。此因皇权为天授世袭，相权则为择贤而授。皇帝很难代代为明君，而宰相却可随时择贤良取代庸才乃至奸佞之辈。治商亦如治国，东家难保子孙代代贤能，但擅商专才却是世间常有。故应及早立制，商务尽付掌柜，主东只掌择贤之权，才是家业长盛之策。戴夫人自是十分钦佩祖父的创见。及入康家后，见夫君及霖儿亲掌号事，成年奔波于万里茶道，身心疲惫，仍不免顾此失彼。所以，曾多次劝说夫君，何不仿其母家，将茶庄交于本事大的掌柜，尊为大掌柜，全权料理号事？今天字两号中，藏龙卧虎，商才济济，择贤正得其时。尤其东院，主东分明已显弱象，号事本就全靠本事大的掌柜在支撑。何不明证言顺，将内茶生意交能干掌柜包揽？但康乃懋毕竟不是有胆魄的人，对于祖制，哪敢擅改？于是，总以孟家前鉴为挡箭牌，推辞不议。

康仝霖倒是站在母亲这一头。外太祖那种超然洒脱的名士做派，最为他所向往，远甚于对祖父豪爽、重义的钦佩。今东院的困局，纾解之策，最现成的，便是立杨敦义为大掌柜，包揽天义川号事。伯父尽可卸下重负，以财东之尊，监理大事。可这现成之路，踏入又何其难！伯父本知自己懦弱，时常疑心被别人轻看，哪能情愿让出大权？让出大掌柜之位，岂不是以为公示了自己的无能？

康仝霖忽然想到，此事，何不先从西院起头？

# 第九章　南国非仙境

## 1

戴夫人一行腊月回到太谷，自然又惊动了两院：大瑜高攀了办事大臣，又带回一位俄罗斯女子。这都是破天荒的事。

东院康乃骞夫妇，对戴氏如此能干，又总是如此吉星高照，心生妒意不用说了，更疑其中另有隐情。能将贴身使女送与这样的官场大员，巴结官府已是到顶了。而能将俄方老主顾的女公子，带进内地款待，拉拢客商也算到顶了。日后复市，好处必不可限量。而大瑜是被办事大臣所看中，戴氏还为甚舍不得，好运竟如此独独青睐她？他们不大相信，更不愿相信。一个使女，也不是美人儿，何以就会被如此高官相中？其中或另有文章吧？

不过，纵然心里不服，他们大面上也还不便表露。王夫人说，她早看出大瑜要遇贵人，命中该享富贵。原想，进了我们康家，便是得富贵了，哪承想，富贵还在后头呢。康乃骞知道懋弟在俄，全凭米氏关照，所以对叶琳娜格外关心，问长问短，惊叹其汉话说得好，穿了汉服，与我们汉女也无异。来到我们康家，千万不敢见外。

最感意外的，当然是康仝霖了。他做梦也没有想到，叶琳娜会来到自己家中。惊喜难以自抑。今秋未能走库仑，无时不在挂念叶琳娜。哪能想到叶琳娜就自己跑来了？乍一见面，他还担心叶琳娜会过于亲热，好在她只是很有分寸地说了一声："康少爷，我们又见面了！"

不过，康仝霖很快就发现，叶琳娜对他已经变得客气有加，热情不再。叶琳娜对婉君，倒是很亲近。婉君对叶琳娜更是一见如故似的，问长问短，问寒问暖，有问不完的话。而叶琳娜也像同他在一起时那样，对每一句新汉话追问不舍，常惹得婉君忍俊不禁。

尤其叶琳娜住进了母亲住的上房院。一日三餐，也是在内厅同女眷一道用。他每过去，叶琳娜也总是同母亲形影不离。叶琳娜外出观览太谷城，也由婉君陪同。他已完全不可能与叶琳娜单独见面了。

他断定发生了什么事。难道母亲发现了他与叶琳娜的隐情？显然又不像。既知隐情，岂又能带叶琳娜来太谷？或者，母亲了却叶琳娜游历茶山的夙愿，也是为促她尽早回国？但母亲竟能成就这样一件久难成就的事，似乎也不是那么简单吧？

对于大瑜被松筠看中，又趁势为叶琳娜申领到路票，康仝霖也觉得幸运得难以置信。他向母亲细问这两件事，母亲说法与对东院所说并无不同。母亲说，连她自己也不敢相信能成就此事，这是大瑜有福气，叶琳娜也有福气吧。这也或许是有叶琳娜在场，母亲不便说出真相？

处于被恋情掌控的人，总不免太敏感。若无与叶琳娜这份恋情，母亲成就这两件事，康仝霖除了钦佩，决不会再生疑虑的。

那日，太谷另一家外茶大户曹家，送拜帖来，要在内厅宴请叶琳娜。戴夫人便又叫婉君陪同前往。

两人出门后，康仝霖便来到母亲房中，又细问这两件事。母亲所说也依旧，只是细说了大瑜如何冒失，背书似的说了朱夫子那几句话。朱夫子怕也不会想到，他这针砭读经时弊的几句话，竟能成就两件小女子的好事。母亲还说，日前已打发人将松筠的聘礼送予大瑜叔父，其一家自然也是惊喜万分。

叫他仍不能踏实的是母亲严嘱他，要将叶琳娜当女客对待，严守男女授受不亲之礼。俄俗不忌此礼，但今在我们大户人家，此礼不可大意。这叫康仝霖亦喜亦疑，喜的是叶琳娜对他热情不再，或许也是受了母亲此嘱，约束了自己；疑的是母亲有严嘱，是否因为已知他们的隐情？

但他已不便再细加打探，只好说起了杨敦义掌柜已生去意的大事。

戴夫人一听，也极为惊讶。问明详情后，便叹了一声说："真是祸不单行！我们西院突临断市，费尽力气，左防右挡，稍有安稳，东院又出了这样的内乱。不用说杨掌柜辞出，就是心存委屈，不能专心张罗生意，天义川也将危矣！今外茶大户都转做内茶，内茶生意本已难做得很了。如何还能经得起这么折腾？"

康仝霖就说："母亲回来之前，我已往东院见过伯父，委婉问及此事。伯父依然一口咬定，杨掌柜太居功自傲，一句话也不肯听东家的。伯父说他嫌去年天义川结利不多，亦是为接济西院计。我是西院晚辈，也不敢争辩的。"

戴夫人说："你伯父倒也是不甘人后。可张罗内茶生意，哪能离得了杨掌柜这样的良才？前年，杨掌柜与驼队刘掌柜，满心满意的，远征前后营，开了新茶道，做了好生意，结果落得东院无端怪罪。刘掌柜火气满满的，跑来跟我发脾气。我软话硬话说尽，才好歹把他们劝下了。心想，叫杨掌柜专心打理天义川的老茶市，你伯父或许不会再多有挑剔了，能安稳两年。哪想还是不成，竟又闹得要抽换顶梁柱！"

康仝霖说："杨掌柜并不舍得离开咱康家，他最情愿的，是调来天盛川。告老归乡，只不过是气话罢了。"

戴夫人说："天盛川今也以内茶生意为大头了。有杨掌柜这样的内茶大才过来，自然是求之不得。可杨掌柜一走，天义川叫谁来支撑？"

康仝霖就说："入冬后，伯父曾往东口巡察，对石岳掌柜赞不绝口。"

戴夫人忙问:"伯父真有叫石岳掌柜取代杨掌柜的意思?"

康仝霖说:"伯父倒也未这样明说。"

戴夫人就说:"石岳掌柜多年驻恰克图买卖城,所擅长者,乃是与俄人交往,精于张罗外茶。做内茶,哪能比得上杨掌柜?"

康仝霖说:"我也以为杨掌柜万万不能离开天义川!挽留杨掌柜,今也只能靠母亲了。"

戴夫人又叹了口气,说:"我出面,或许能留住杨掌柜,可东院你伯父,我又岂能使之稍有忍让?"

康仝霖就说:"我思来想去,谋得一临时之策,不知母亲以为如何?"

戴夫人忙说:"今艰难之时,为母最可依赖者,当然是吾儿。吾儿出谋划策,担起重任,亦是正当其时。霖儿,你谋得何策?"

康仝霖说:"祖父生前,不是留有遗言吗?杨掌柜在天义川的人位不可擅动。今因伯父之失,致使杨掌柜决意辞出。能责备伯父者,儿以为唯有一人。"

戴夫人忙问:"谁?"

康仝霖说:"断市之初,是谁出面举荐母亲出山的?"

戴夫人忽然有悟,说:"驼队刘掌柜?"

康仝霖说:"除了他,谁能责备伯父?刘掌柜有忠义豪气,又身跨两号,最适宜了。去年,刘掌柜不是也跑来责怪过母亲吗?"

戴夫人沉思良久,说:"这倒是个办法。只是,长者为尊,我们联手刘掌柜来责备你伯父,毕竟有失礼之嫌。"

康仝霖就说:"我们就眼看天义川老号将出内乱而袖手不管?母亲,此举为儿已想好,母亲不必出面,只由为儿去求助刘掌柜。儿系晚辈,即便有所冒失,母亲亦有严斥余地,挽回伯父面子。"

戴夫人说:"那也只好如此了。但这毕竟只是一时应急,日后再生此类风波,又如何是好?"

康仝霖说:"长久之策,母亲本有现成办法的。"

戴夫人立刻问:“霖儿,我有现成对策?此话从何说起?”

康仝霖就说:“仿外祖家理商之制,不是母亲常向父亲提议的吗?”

戴夫人叹了口气,说:“天字两号,若早依此变制,哪还会有今天这样的慌乱局面。尔父困俄,尔伯父懦弱,两号商务仍有大掌柜张罗,我们也不致这样千辛万苦,还是顾此失彼。可改祖制,是太大的事。尔父掌事,尚不敢擅动。今为母临时代掌号事,又何能成就此事?”

康仝霖却说:“母亲,为儿倒以为,今艰难局面,或许也正是成就此事的良机呢!父亲缺位大掌柜,母亲代为执掌,虽不逊色于父亲,毕竟有为难之处。此时将大掌柜之职,暂付得力掌柜,不正顺理成章吗?大掌柜人位,交付专才,料理生意不逊于父亲,日后势必要将暂付变作长付,变制之事,岂不成就了?”

戴夫人听后,眼前不禁一亮。心里暗喜:吾儿成才矣!不过嘴上还是说:“如此借势成就此时,倒是甚好。只是,东院你伯父,岂肯答应?尤其正与杨掌柜不和,天义川除杨掌柜又能交付于谁!”

康仝霖就说:“母亲,我们何不先从天盛川起头?我们先将天盛川大掌柜人位,交付得力掌柜,一则为外茶危势所迫,再则能由我们西院做主,易于实行。大掌柜易人后,天盛川一旦能从容应对危势,东院总不至无动于衷吧?”

戴夫人不由赞叹了一声:“吾儿果然不负为母期望!近虑远谋,均高出为母所料。为母愿助吾儿成就此近虑远谋,只是还需细作谋划。尔父担心的孟家前鉴,也不能轻看。”

康仝霖忙说:“天盛川的冯掌柜、徐掌柜,都是祖父生前爱将,本事大,又忠义,皆一时之选。”

戴夫人说:“还是做从容计议为好。再者,吾儿将失继位大掌柜之后路,为母也有些不忍。”

康仝霖笑道:“母亲还是怕为儿借此脱身,不专心于祖业吧?”

戴夫人也笑说:“可不是呢!”

康仝霖说："断市以来，为儿才算深识祖业无限天地！纵有管仲诸葛之才，怕也不够施用的。"

戴夫人欣慰难言。

叶琳娜与婉君做客归来，一路依然教学汉话未止。康仝霖问叶琳娜做客曹家，是否适意？叶琳娜只回答：欧沁，欧沁！便回到母亲身边，径直问：三也是吉利数字吗？曹家发家祖先名曹三喜，口外发家地又名"三座塔"。故其后人以"三"为曹家吉数。康仝霖知道叶琳娜是因此而发问，但已不再向他发问，不免又觉怅然有失。

回到自己庭院，婉君才略说了做客情形。曹家一再向叶琳娜打探的只是俄境消息。但婉君却带回了不好的消息：曹家已从库仑撤庄了，甚至想放弃茶业，专做曲绸生意。

曹家居然也要撤庄！是因复市无望，还是财力不济？无论如何，大户曹家从库仑撤庄，必将再次动摇人心。

## 2

乾隆五十三年（1788年）大年下，两院主仆焕然一新。加之叶琳娜对中国年俗兴趣浓厚，不论巨细，一问到底。所以各项礼俗仪式，无一简略。但康仝霖心里却有挥之不去的萧飒感。

恰克图断市，已进入第四个年头了，仍无任何复市迹象。此前两次断市，短者不及两年，长者也不过四年！那一次四年断市，已使祖父一病不起。这一次眼看要长过四年，将如何扛得过去？连曹家也对复市心灰意冷，终于从库仑撤庄了。当年参加恰克图议盘会商的六家西商大户，今已有一半从库仑撤庄。汾阳张家、榆次史家先后撤庄，今加曹家，六去其三。听说汾阳王家，亦有去意。意坚不为所动者，今只余榆次常家与康家而已。再扛一两年，局面将会如何，实在不敢想象的。

近三年结账，东院尚有盈余，却也赢利不厚。西院虽有前后营及库仑内茶新市补救，但也只勉强填平储运红砖的支垫。一份红砖，占用三份本钱，只储不售，俨然成了无底洞。而京号开张，驼队扩张，及天盛川掌柜伙友百多人的辛金支出，除向东院借支，便是动用西院老底积存了。加上所欠掌柜伙友赏金，实在也是入少出多，亏欠日重。年前，母亲说，春后待旧茶季了结，无论如何也要再动用老底，发付一年赏金，以谢掌柜伙友同甘共苦之忱。此是开明重义之举，却也在加重亏空。今节支之策，也唯有暂停储运红砖。但停运红砖，亦与从库仑撤庄无异了。母亲说，暂停储运红砖，一是不好向松筠大臣交代，再则也要断茶山茶民生计，更要挫伤号中掌柜伙友人心。非万不得已，不能为。缓此困局，除天盛川内茶扩盘，京市香片能有起色，便是东院天义川不能出事。

康仝霖年下心情郁闷，除生意难题重重，自然还因叶琳娜的疏远。叶琳娜近在眼前，却比在库仑时还要遥远。元旦日，叶琳娜由母亲的使女陪同，过来拜年，也只是对他说了句“新年吉祥”。更多的话，却是对婉君说的。初三春酒宴亲，叶琳娜为上宾，坐于母亲侧，他也只能远远相望。他往母亲房中，叶琳娜便回避而出。康仝霖也只好安慰自己，叶琳娜是有意如此，以免别人生嫌疑。但他总觉得，叶琳娜的眼中，已少了他熟悉的火热。

出了破五，康仝霖即依与母亲的计议，前去给刘福海掌柜拜年。

康仝霖一到刘家，刘福海便说：“今年，少爷不只是来拜年吧？”

康仝霖一惊，忙问：“刘掌柜何以能看出？”

刘福海说：“天义川杨掌柜去意已决，我就不信你们东西两院还能安稳过年，吃香喝辣，没事一般！”

康仝霖忙说：“我正是为挽留杨掌柜，搬救兵来了。”

刘福海冷笑一声说：“我这里哪有救兵！”

康仝霖笑说：“刘掌柜，大年下的，总得等我先拜了年，再生气吧？”说时，就恭敬行礼。

刘福海这才收起冷脸，说："你们年下祭祖，也能向康爷交代得下？"

康仝霖说："祖父托梦给我，叫赶紧来见刘掌柜。"

刘福海说："对杨掌柜，康爷临终有交代，你们没有忘吧？"

康仝霖说："哪能忘呢？可东院为长，有些话，我们西院也不好说。"

刘福海说："我们是外人，更不该多嘴！"

康仝霖忙说："刘掌柜德高望重，最为祖父生前器重。东院的事，如今也只有刘掌柜能出面挽救了！"

刘福海叹了口气，说："东院你大爷，我还不知道？我刘某就是舍出老脸，跑去数落他一顿，又能如何？他软话说一堆，过后还不是依旧？"

康仝霖说："这次，我倒是有个主意。先来请教刘掌柜，看可行不可行？"

刘福海忙说："少爷，我也正愁没有新招数呢！你快说说。"

康仝霖说："杨掌柜去意已决，我们也先不强作挽留。但祖父生前既有交代，今杨掌柜辞出天义川，理当祭告祖父。司祭者，也唯有刘掌柜最相宜。其时，威仪不同寻常，想必伯父也未必敢在祖父灵位前答应此事。到这一步，刘掌柜即可提出，若留杨掌柜不离天义川，今在祖父灵位前言明，东院需如何如何，杨掌柜又当如何如何。其中需言明者，天义川生意大盘，由东院做主，茶季大账，也凭东院细查；而日常商务，临机应变，及号内掌柜伙友调派，论功奖赏，尽由杨掌柜做主，东院不多做挑剔。如此一来，即可留住杨掌柜，亦可断绝日后再生风波。不知刘掌柜以为如何？"

刘福海一听，忙赞道："少爷，刘某真要刮目相看了！你这主意，才是高招，文招。相比之下，我原来所想，不过是鲁莽的武招了。"

康仝霖忙问："原来刘掌柜也有对策？"

刘福海说："少爷，我也是太替杨掌柜抱屈！原来只想给东院放一句重话：既然杨掌柜伺候不了你们，我们驼队也怕伺候不下了。恭请分一半驼群给东院，另请高人料理，我刘福海只伺候西院了！"

康仝霖听得心里更加吃惊：以刘福海豪放直爽，此举能够使出。然而此举一出，局面将如何收拾？东西两院，又将如何相处？幸亏及早来了。就说："刘掌柜忠义，我们哪能不知！可出手太重，还不把伯父吓着了！我们还是请先祖父来劝说伯父吧。"

刘福海说："康爷有你这样的贤孙，也可在天国过个好年了。"

两人又细加计议，商定在正月十一开市日，祭告先祖。

原来，康仝霖与母亲商定请刘福海掌柜出面，说合伯父留用杨掌柜后，在年前又去见过回乡过年的石岳掌柜。从石岳处探知，伯父并无聘请他取代杨掌柜的意思，只是对他未破东口老庄口旧例，有所赞扬罢了。于是，他才想出借祭告祖父，促使伯父将天义川日常商务权责，明确授予杨掌柜，以为日后变制，立杨敦义为大掌柜，做出铺垫。此亦是将危机变良机，促成变制。

康仝霖毕竟是有天分的聪慧人，为近年困局所迫，才思已十有八九分用于家业。因此，常能见已往所未见，也能见别人所未见。又得叶琳娜深情激发，似入一种灵思泉涌的状态。愈繁难，愈易引出妙着良策。这一年，康仝霖已二十九岁，也该到成熟有为的时候。

可惜，他这借祭告祖父，警示伯父的谋划，却未能如愿。

正月十一开市日，康家东西两院，照例分别设盛宴，款待天字两号归乡的掌柜伙友。刘福海依计出席了东院的谢宴。

席间，杨敦义掌柜起身，谢过东家多年器重，谢过天义川在座掌柜伙友多年帮衬，便说："杨某已年近半百，身心皆大不如前，常年在口外奔波，已力不能胜。今茶市多难，余不忍耽搁天义川生意，乞东家大掌柜放余归乡，聊补天伦之失。万望恩准。"

康乃骞一听，就慌了，立刻也起身说："杨掌柜，你这是不叫我们过年了？有话好说，有话好说，千万不敢这么吓唬我们！"

这时，四子王旗庄口的掌柜，竟也起身说："大掌柜，在下也惹不起媳妇埋怨，常年在外，弄得家中冷锅冷灶，也求东家放归。”

刘福海就起身故意喝道：“你们快都坐下！入号多年，规矩也不懂了？这是东家年下谢宴，哪是说这种事的地方？”

四子王旗庄口掌柜闻声坐下了，杨敦义却未落座，说：“杨某受东家恩惠多年，实在不想难为大掌柜的。只是，近年委实力有不逮，不敢再耽搁东家生意。”

此时，陪客的东院少爷康仝魁，忽然就过来给杨敦义跪下了，说：“杨掌柜，家父有所失敬，晚生先在此代为赔不是了！祖父生前，已将天义川托付于杨掌柜，还望不负祖父重托！”

东院少爷此举，已大出刘福海意料，哪想康乃骞一听儿子提起先祖，竟过来给杨掌柜跪下了。杨敦义更未料到会有这种场面，也赶紧给康乃骞跪下，说：“杨某岂敢有负康爷重托，今实在是无奈……”

刘福海见跪倒一片，一时不知所措，只好慌忙过来先扶起康乃骞。杨敦义跟着起来扶起康仝魁少爷。

刘福海也只好先数说杨敦义：“杨掌柜也是，年下东家谢宴，哪是议事的地方！你有天大为难，不能另寻时机，正经商议？”

还未待杨敦义说话，康仝魁就说：“杨掌柜，家父对柜上生意，难免有体察不周处，还望多加包涵！今西院外茶断市，东院正负补济重任。祖父当年将天义川托付杨掌柜，正是为防备此困局。今吾家东西两院生意，系于杨掌柜一身矣！就是看在祖父分上，也该收回去意。晚生再次拜求杨掌柜了！”说时，又要跪下。

杨敦义急忙拦住，说：“少爷说到这一步，杨某真也无言以对。只是……”

康仝魁今日言行，也大出其父意外。康乃骞想不到杨掌柜真会请辞，更想不到魁儿会如此出来救场。此时，他也赶紧说：“杨掌柜，柜上生意，我确有体察不周，多有体察不周。去年赏金，还未做正经计议……”

刘福海这才插进来说：“大掌柜，我们底下掌柜伙友，也不敢在乎一时得失。今值非常时候，理当与东家共患难的。杨掌柜心有委屈，亦非因一时赏金。非常时候，生意难做，非临机应变不能成事。故大掌柜也应较往常宽容我们底下人，我们才好放手张罗生意。杨掌柜是天义川老手了，该他张罗的，就尽由他张罗。”

康仝魁就说：“刘掌柜说得极是！家父近年也是心力交瘁，巡察茶道不及，故有体察不周处。晚生已决意暂弃举业，习走茶道，助家父料理生意。晚生愿就教于杨掌柜，学习商课，还望不弃！”

杨敦义正不知该说什么，刘福海就说：“少爷能如此，真是忠孝两全了。习走茶道，辅佐令尊，此是孝行。弃儒就商，于祖业是忠。甚好，甚好。”

杨敦义才说：“少爷能如此最好。只是，就教云云，杨某不敢当。”

刘福海说：“有何不敢当！康爷当年，也曾就教于驼队领房子高手呢！来，先为少爷的忠孝之举，喝一盅酒！”

东院谢宴，就这样半路激出康仝魁少爷救了其父的场，留住了杨敦义掌柜，却也使康仝霖祭告先祖，铺垫变制的谋划，没有了下文。

康仝魁屡试不第，早已厌倦了举业。但欲弃儒就商，又难获母亲同意。所以，才借今日谢宴僵局，以替父救场名义，来了个先斩后奏，示明自己弃儒志向。他有违母命，如此行事，也是实在难忍其父之懦弱了。他若再耽于举业，日后处境亦势必如父亲一样，懦弱无能，惶恐不断，难改东院弱势。

今有句熟语：“失败是成功之母。”懦弱，有时亦会成为图强之母吧。此是闲话。

散席后，刘福海过西院来，见西院谢宴仍欢畅未终。他与大家饮过一巡酒，便叫了康仝霖出来，略说了东院情形。康仝霖听后，也喜也忧。喜的是，东院堂兄终也心归祖业了。他虽文弱，但也不是糊涂人。有他居于伯父与杨掌柜中间，毕竟多了回旋余地。忧的是，刘福海未能促成杨掌柜获授明确责权，只怕日后还要再生风波。

### 3

中国的腊月正月，真是过得目不暇接。叶琳娜原以为，要在康家度过漫长的冬天，等待开春南赴茶山，那将会何等难熬。没想到，在康家的日子竟然过得这样匆忙，酬答不断，仪式不断，宴席不断，新鲜也不断。康氏家族远比她想象的要庞大，康家宅院也有些像一座官府，尤其其间等级、礼仪森然。她已尽力探究，仍难得其详。内地的城市乡村，也与库仑大别，显得更拥挤，更繁盛。

不过，叶琳娜的内心，也更加不平静。她多年的夙愿，忽然得以实现，使她久久不敢信以为真。但中方官府衙门所发给她的路票，却是千真万确的。路票期限为一年。以她原先的幻想，一旦能获准远赴温暖如仙境的茶山，一定是与康仝霖少爷同行。现在忽然幻想成真，同行的却是他的母亲。他的母亲优雅而坚强，是令人尊敬的贵夫人。夫人对她似乎也十分喜爱，尤其竟然成全了她多年的夙愿。这是夫人送给她最珍贵的礼物了。夫人如此疼爱她，她初还以为夫人已知道她与少爷的私情。但她很快发现，并非如此。

在库仑，准备南下时，先是冯掌柜，对她细说了中国内地的礼俗。尤其提到男女不能公开接触时，冯掌柜说这是内地最要紧的礼俗。在库伦，你可依贵国礼俗，与少爷随便见面，随便说笑。可在我们内地，却不可以再如此，否则，会被视为没有教养。临行前，夫人也对她说起此种礼俗的重要，并向她解释了“男女授受不亲”的含义：男女不能直接交接物品，尤其是青年男女。即便是已订婚的男女，也要严守“授受不亲”的，外客更是如此。

叶琳娜既与康仝霖有“夺心”之恋，于此自然极为敏感：她就觉得夫人与冯掌柜是在有意防范她与少爷的接近。起初，她十分伤心。不过，在所有“夺心”之恋中,这种外来的伤心,都会成为强化剂的。这并不能使她有断情之念。为了久已向往的茶山之旅,她可以暂时忍受这许多清规戒律。

但在叶琳娜的心中,却有一个阴影无法驱散。这阴影,几乎是在她将自己的身心全部交给了康仝霖的那一夜就同时出现了。这位夺去了她的心的中国少爷,她却不能全部占据他的心。她是早已知道康仝霖在十六岁就已经结婚了。父亲对她说,中国有地位、有财富的男子,都是十六七岁就要结婚,但那是父母的命令,不是爱情。他们还不懂爱情,婚前也从未见过面。叶琳娜不能理解这种婚姻。而她对康仝霖生情之后,更有一种不顾一切的勇气。这种勇气难以遏制,使她感到可怕,也感到自豪,觉得痛苦,也觉得幸福。只是,凭这份伟大的勇气,越过了一切障碍,接近了那一个牵动心魄的目标后,痛苦却在渐渐侵蚀着幸福。父亲说,中国男子可以娶两个以上的妻子,但真爱的也只是其中一位。叶琳娜献身于康仝霖后,才发现她是很难接受他有两位妻子的:爱怎么可能不是唯一的?

在从库仑到太谷的漫长旅途中,叶琳娜多次暗自问过夫人的女佣,知道在康家,还没有娶两位妻子的先例。不过,女佣说,大瑜,夫人最喜欢的女佣,就是给库仑办事大臣做了第二位,或者是第三位新夫人。像大臣那样的官府老爷,总是有多位妻子,但只有第一位妻子身份高贵,其他只能称为妾,就是低一等的妻子。不过,大瑜也是很幸运了。这使叶琳娜心中的阴影又扩大了:她只能做少爷低一等的妻子?她就更加难以接受:爱又怎么可能不是至高的?

叶琳娜才知她迈出了多么可怕的一步。她应该止步吗?她必须断情吗?这样的心中波澜,在漫长的草原之旅中,终于不能平息。到达康家前,她也终于决意疏远康仝霖了。当然,在她的内心深处,还潜藏了一个对康仝霖的考验:她的疏远,他能忍受吗?他若能忍受,若能接受,她即便再痛苦,也义无反顾了。

到达康家后,最使她心灰意冷的,是康仝霖的夫人,居然是一位那样美丽、优雅、仪态大方的少妇!那一刻,她几乎不能自制。但她的自尊,她的教养，终于使她未能失态。她故意与这位少妇格外亲近，是要更分明显示对他的疏远！她不离康仝霖母亲近侧，也是在预防他的接近。她把所有精力都倾注于对中国内地新鲜事物的探究上，也是为了分散心中的痛苦。

康仝霖发现叶琳娜眼中的火热已被阴影遮盖。叶琳娜自然也发现了他眼中的迷茫，甚至是痛苦。但她已是选择了义无反顾。他的痛苦，现在倒使她感到有几分快意。

二月二龙抬头后，终于又到了南下赴茶山的日子。戴夫人因初走北茶道归来，已疲累过甚，自然无法接连南下。带叶琳娜巡走南茶道的也只有康仝霖了。

不过，戴夫人为有所防范，做出了一个令康仝霖大为吃惊的决定：由婉君陪叶琳娜南下。康仝霖自然极力婉拒，说婉君如何能吃得了那一份苦！戴夫人却说，婉君也早想亲走一趟茶道了。做康家妇人，吃这一份苦，算得了什么？再说，叶琳娜是吾家上宾，婉君不陪，为母也只好陪她南下了。婉君知道后，极为兴奋，说此为她久已向往。婆母北茶道都走了，她不信自己走不了南茶道。叶琳娜知道婉君要陪她南赴茶山，似乎也极为兴奋。

康仝霖心中叫苦，也无可奈何了。

还有康仝霖不知道的，是戴夫人暗中还嘱咐了同行的徐文琪掌柜。她将米氏家族欲与康家结姻，既不能成全此事，眼下又不便明拒的内情，都对徐掌柜说了。一再叮嘱，少爷与叶琳娜因身涉其间，所以也要暂瞒着他们，以防节外生枝，不好收拾。此内情，也尚未让婉君知道的。徐文琪当然明白其中利害，答应会妥为照料。

二月初六起程以后，叶琳娜与婉君及玥儿形影不离，而徐文琪则常在康仝霖左右。这真是近在眼前，又似远在天边。按说，母亲做这样的安排，康仝霖应该能够理解，这也正是他们这样的人家待女客之道。有婉君相伴，叶琳娜必然也得拘束自己。他也极力这样想。但叶琳娜眼中失去的火热，他如何能觉察不到。叶琳娜是不能容忍他已有妻室吧？但她是早已知道如此的。一定发生了什么事。她近在眼前已将近两个月了，他终于探究不出到底发生了什么事。

一路走来，叶琳娜还是不断追问所经见的新鲜事物。婉君也一路解说，遇有不能尽知时，初还转问他。但他未及细说，徐掌柜已热心代答了。随后，叶琳娜就常直接询问于徐掌柜。康仝霖所受冷落，已无可置疑。

行到四五日，婉君及玥儿已疲惫不堪。叶琳娜居然只专心照料她们，不再追问所见。康仝霖忽然想到叶琳娜如此善待婉君，或是愿做如夫人？但他看叶琳娜眼中冷意，确信这不过是自己的妄想罢了。

及渡过黄河，到达洛阳，春意已渐浓。婉君与玥儿也适应长旅奔波。叶琳娜更被春光所陶醉似的，难掩往日活泼。康仝霖便提议，可在洛阳多歇一日，以容叶琳娜及婉君往龙门佛寺一游。徐文琪当然也同意。

春日的龙门，两山对峙，伊水中流，寺中石窟巨佛静穆。拜谒间，叶琳娜问徐掌柜，面前大佛，与库仑佛殿中喇嘛佛像，为何不同？徐掌柜便说，他未到过库仑，这可得问少爷了。

康仝霖再也忍不住，竟急中生智，用蒙语说："佛本同祖，只是教宗不同。叶琳娜，为何冷淡如此？"

叶琳娜一惊，但很快镇静下来，亦用蒙语说："我必须遵守贵国礼俗，请不要多问了！"跟着，即用汉话说："我明白了。"

婉君就问："你们这是用俄语说话吗？"

康仝霖忙说："是蒙古话。喇嘛教也是敬佛祖，只是教宗不同而已。"

叶琳娜却已拉了婉君，往别一佛窟去了。

康仝霖得到叶琳娜这样一句回话，心中略有安慰，但她口气冷淡，眼中更是空空无情，令他还是无法踏实。

到唐河赊旗镇后，进入水路。叶琳娜、婉君及玥儿等女客，别坐一船，康仝霖终日也只能望水暗叹了。

徐文琪是何等精明人物，康仝霖如此心不守舍情形，他岂能没有觉察？走水路后，与少爷一船，不免侧面探问。康仝霖这才觉得有所失态，忙以忧心复市无望及家父安危为借口，极力掩饰。

徐文琪心中忧虑，也正在断市旷日持久，茶山艰难年甚一年，见少爷如此说，也大半相信了。只是问："恰克图断市已久，叶琳娜如此一位女公子，为何竟滞留库仑未归国？听说朝廷并不扣留俄商，勿令回国。"

康仝霖忙说："米氏在库仑所开皮货店，亦是大庄口，不便轻弃。米氏亦似吾号，深信尚有复市之日。彼库仑庄口，亦在乘断市价疲，收储红砖茶货。只是收储货量，难与往常相比。"

徐文琪就说："米氏能有此女支撑危局，也难得了。"

康仝霖说："俄俗女男无大别，今俄皇即为女辈。叶琳娜执掌库仑店铺已有多年了。"

徐文琪也不好再细问，便说："此女往茶山，亦为茶山破天荒头一回迎来俄人。茶民或可受些鼓舞，但复市遥无消息，崇安茶山凋敝难挽。此次断市，竟如此旷日持久，真是始料未及！"

康仝霖说："今边境战云散去，复市当多了指望吧。"

徐文琪说："去冬过汉口，听曹掌柜说，蒲圻所购置新茶山，已到产茶时候。我即同曹掌柜往蒲圻走了一趟，彼处茶山，果然长势喜人。崇安茶种，于此生长得甚好，几与崇安无异。曹掌柜叔侄，料理也甚得法。今年宜趁崇安凋敝，茶工清闲，选调熟通制茶功夫的伙友，往蒲圻开制青砖，发前后营试销。蒲圻茶工佣金甚廉，水路又短，正可略补断市所失。"

康仝霖这才有了兴致，忙说："徐掌柜，正当如此！"

徐文琪说："此为少爷功绩也。当年在蒲圻留下伏兵，今终成为奇兵矣！"

康仝霖说："首功当归汉口曹掌柜！不日到达汉口，当往蒲圻一走。"

徐文琪忙说："有叶琳娜同行，还是暂不宜张扬此事为好。俄商一向只认崇安茶货，万一有所误解，怕与生意不利。"

康仝霖就说："还是徐掌柜想得周全！"

所以到达汉口，康仝霖也只是暗中向曹廉细问蒲圻茶山情形。曹廉得知将开制青砖，当然喜不自胜。他说，已为徐掌柜预备妥了蒲圻新茶样品，请带往崇安，交品茶掌柜细验。

康仝霖这才想起，徐文琪多次提及，水莲确有品茶天分。今已成茶山品茶里手，连别家茶货，也常请她品鉴。看来，母亲还是有眼力。婉君一路也几次提到水莲，盼与她见面。

康仝霖一行到达铅山河口码头，崇安茶业行首又率众前来远迎。及见有俄罗斯女子同来，果然引起轰动。先都以为恰克图终于复市，后虽知断市依旧，还是当作复市预兆，热待叶琳娜似福星。

叶琳娜身处茶民尊宠中，康仝霖更觉她已将自己遗忘，怅然若失之感，沉重压在心头。

及达崇安，叶琳娜及婉君、玥儿，不断被茶商邀入内厅款待，康仝霖就更觉冷落难耐了。但也无可如何。

那日，水莲来见少奶奶及俄罗斯女客，亦是只与少爷寒暄几句，便慌忙转入内厅去了。康仝霖也不便随入，只听见里头惊叹欢语。

婉君与水莲久别重逢，特别是见水莲出脱得意外俊秀，自然是惊叹不已。水莲初见着汉服、说汉话的叶琳娜，更是惊讶不已。婉君向叶琳娜略说了水莲身世，叶琳娜便表示很想听一听中国歌曲。水莲说，她近年已很少弹唱了，只专心于品茶功夫。品茶须心静，更须口净，不能杂食。外出售艺，既不能心静，也难避杂食。不过，她还是为叶琳娜演唱一曲《苏武牧羊》。叶琳娜被凄厉的旋律感动得潸然泪下。

水莲见此才慌忙说："看看，我怎么又唱苦曲！我这苦命人，就是不知享福。我再唱曲喜庆的吧！"

婉君忙说："感人泪下，是你唱得好。"

水莲说："我也想起恩人大掌柜，久困北海，心里止不住难受，才唱了这首曲子。"

叶琳娜就说:“我也听少爷说过苏武的故事。”不觉又泪流满面。

婉君与水莲又慌忙劝慰。

应酬几日,也卸去旅途疲劳,徐掌柜便欲陪叶琳娜、婉君往自家茶山观览。本不想劳动少爷也一同前往。康仝霖哪里肯?说他正好也去察看茶情,执意一同去了。

康家茶山,在崇溪沿岸山丘上。登上茶山,只见崇溪碧绿似玉,蜿蜒奇峰间。两岸茶园更是一片葱茏苍翠。在蓝天映衬下,有如画境。春晖正好,暖风轻拂。

婉君惊叹几声,忽见凝视茶山的叶琳娜竟又泪流满面了。

她慌忙问:“叶琳娜,你怎么了?”

叶琳娜似未听见,依然凝视不语,任泪流如注。

徐文琪也慌忙探问,叶琳娜依旧不语。

康仝霖便用蒙语问:“终于亲见茶山,为何伤心如此?”

叶琳娜似才惊醒,用蒙语说:“我并未伤心。请不用多问了。”

康仝霖就说:“那是因为高兴吗?”

叶琳娜语气已转冷,说:“请不要多问了。”

婉君与徐掌柜忙问他,叶琳娜说了什么,他也只好说:“叶琳娜向往茶山已久,今终于如愿,喜极而泣吧。”

但叶琳娜已转向茶树,问徐文琪:“徐掌柜,这满树绿叶多能制茶吗?”

徐文琪过去说:“只有新叶能制茶,老叶不能用。”

婉君却拉夫君到一边,悄悄说:“叶琳娜夜间,有时也暗中流泪。”

康仝霖心里吃惊,但也只是说:“她或许也有思乡之愁吧。”

他更加确信,叶琳娜必有难言之苦。但其中原委,他依然猜测不出。

## 4

康仝霖一行上路以后不久,杨敦义也将往归化天义川老号。康仝魁决意要随杨掌柜同往，但王夫人哪里肯答应？

年下东院谢宴虽由康仝魁救了场，散席之后，王夫人还是觉得东院太失体面了。她以为，天义川的大小掌柜，如此不把东家放在眼里，还不是有西院在底下撑腰？因此，客人走尽后，她便痛哭起来。

康乃骞经受了宴席间尴尬，心中也正不快，便发火道："想哭号，就往大门外哭去，叫世人都知道咱东院没本事！"

康仝魁慌忙劝说："大年下的，快不感怄气了！如今生意不好做，也不止咱们一家，大势使然。"

王夫人也正对魁儿有气，便朝他哭道："该你逞能的地方不逞能，不该你逞能的地方你逞能！大年下的，杨掌柜那么不把咱们放在眼里，你倒先给他跪下了！他是谁？离开他，咱东院真就要倒灶了，真就要讨吃要饭了？"

康乃骞也斥责道："自从你二爷困俄之后，就没人能说得动他了！我一句话也不能说他，一件事也不能做主！宴席上，我本来想跟他说几句和气话，既往不咎了，他倒先来吓唬我们。他能舍得走？天义川这么供着他，他能舍得走？我正想说句硬话，你这孽子，倒先给他跪下了！"

王夫人就说："魁儿他腿软，你腿也不硬！大年下的，你们父子一齐给一个掌柜跪下，真把祖宗的脸也丢尽了！你要早会说硬话，也不致有今天……"说着，又痛哭起来。

康仝魁忙说："这都是为儿不孝，未能早走茶道，帮衬家业。"

王夫人说："你要是争气，早获功名，也不致有今天！"

康仝魁说："为儿再不想为举业所误，乞父母准予归习家业。"

王夫人断然说："魁儿，你考取功名，可是你祖父遗愿，万不能有违！你早获功名，也才可为尔父撑腰！"

康乃骞也说："茶道岂是你可逞能处？未与我们商定，即宣示尔要弃儒就商，也是太胆大了！"

王夫人又哭道："你们父子，只是想叫世人知道，咱东院事事不成！"

康全魁却说:“为儿不愿为举业所误,此意已决。”说毕,径自离去。

王夫人哭道:“这都是因有西院的榜样!”

康乃骞说:“他要真有西院霖儿本事,我岂会拦他?”

王夫人说:“还不是因你太软弱,没主见!外茶断市之初,本该西院来求助咱东院,你倒先惊慌得腿软了。听信了几位掌柜的撺掇,竟也答应叫他二娘主理两号生意。掌柜们可不就不把你放在眼里了!多说他二娘有多大本事呢,如今西院也还不是亏空越来越大?咱东院内茶,本来正该做好生意,却由着掌柜们胆大妄为,弄到这一步天地!”

康乃骞火气又起,吼道:“你有本事,也出来打理生意!”

王夫人又痛哭起来。

大凡懦弱的人,总难涉入世事深处,也难入事理根本,往往隔岸观火,于己做正面放大,于人做负面想象。那时代,又是妇以夫贵。王夫人见自己夫君事事依赖其弟,处处占不了先机,怨恨也就不免向外倾泻。外茶断市后,东院内茶正有了出头良机,却依然尴尬不止,她就以为是良机被人夺去了。西院戴氏出了风头,两号生意依然艰难,她心里哪能平衡?康乃骞受了尴尬,失了体面,夫人如此怨恨,虽也回以怒喝,心里还是被触着了疼处。尤其认同了天义川大小掌柜不驯服,是有西院撑腰。

康乃骞懦弱,不擅理商务,也只甘愿在手足胞弟面前认输。对弟媳戴氏也服弱,毕竟是太有碍自尊。故对杨敦义多所挑剔,亦想略有成就,以显示自己的存在。可当此非常时候,无真实功夫,岂不是搅了自家的场子吗?

康全魁赌气出来,本想往西院求助,再一想,也作罢了。求来西院二娘支持,只怕父母更不会依他。康全魁毕竟读书明理,不糊涂。东西院强弱消长,本也不是因结怨所致,更不可由此结怨。他决心归理家业,也是不想任两院强弱致怨。想及此,心中也平静下来,回自家房中,寻思说动父母之策。

东院谢宴情形,戴夫人已听刘福海说过。她除了埋怨刘福海未劝说杨掌柜回心转意,也未多说什么。只是严嘱霖儿及婉君,对西院谢宴事,千万不能多嘴,就当不知有此一事。底下仆佣,更不许多嘴。戴夫人更是明白人,知道这种事最怕闲话生风,火上浇油。

正月十五过后,康仝魁暗自去走访了杨掌柜。少爷的来访,很使杨敦义有些喜出望外。东院主事者,罕见有下访之例。先就开市谢宴失礼事,忙赔不是。

康仝魁就说:“是我们失敬在先。杨掌柜,千万不可再因此事多心了!”

杨敦义忙说:“少爷可不敢说失敬!今非常时候,我们在底下张罗生意,难免有失当的,东家严责,也是应该的。只是,蒙康爷知遇之恩,最怕东家说杨某有二心。”

康仝魁说:“杨掌柜,家父与我,岂能不信祖父眼力?非常时候,有所误会,也在所难免的。日前我已表明,久为举业所误,后悔莫及。今随杨掌柜学习生意,为时不晚吧?”

杨掌柜就说:“少爷求取功名,本是光宗耀祖的正业;今涉身祖业,替父分忧,也是孝行。皆忠孝大义,何分轻重,又何言早晚!少爷能亲理号事,那是最好不过了。”

康仝魁说:“我一介书生,哪里能亲理号事。是诚心欲随杨掌柜学习生意,入茶道历练。只求不烦指点。”

杨敦义说:“少爷太见外了!”

康仝魁说:“杨掌柜,我入老号习商后,生意上大小诸事,杨掌柜尽可大胆做主。功成,归杨掌柜;有闪失,我来担待。家父有严责,由我领过。我本新手,过失正难免。”

杨敦义一听,这才明白少爷入号习商的用意:少爷是要以此挡住其父疑心。而“功成,归尔等;有闪失,归吾,与尔等不相干”为康爷当年常出之言,已久未与闻了!今听少爷这样说,杨掌柜当然感动不已。便说:“能听少爷这一句话,杨某已心满意足了!杨某亦非诿过卸责之人,张罗生意有失,当甘心受罚的。”

康仝魁说："我虽生也晚，祖训还是记得一些。茶道遥远，用人不疑，本是理当如此的。我已决意入号习商，只是尚未获父母赞许。今能说动家严慈母者，也唯有杨掌柜了。"

杨敦义初还不解，他与大掌柜几度生隙，哪宜出面说合此事？但他毕竟老到，再略一转念，便明白了少爷用意：需他先去负荆请罪，再说合此事。于是就说："少爷既如此信得过杨某，杨某当会尽力成全此事的。少爷放心就是了。"

二月二龙抬头后，杨敦义乘即将赴归化老号，来向东家辞行之机，便施出了几招，替少爷说合。先当然是向康乃骞恳切请罪赔不是，给足了大掌柜面子。接着是说少爷忠孝贤良，深得天义川掌柜伙友赞叹，东家东西两院少爷都如此不俗，也是康爷留下的后福。再就是委婉点明：有少爷常住老号，生意上的大小事情，东家也可随时了如指掌了。

这几招，果然把康乃骞说动了。大掌柜的面子，东院少爷不如西院，号事难为东家掌控，这都是康乃骞最大的心病。现在尽得满足，他当然也就松了口。

然而，康乃骞送走杨敦义，回房中说知夫人，王夫人却怨他又服了软：杨掌柜年下还剑拔弩张的，这才几天，就忽然换了个人似的，又赔不是，又夸奖魁儿？准是又听了西院主意！魁儿入茶道，能比得上人家霖儿？这不明明是拣好听的说？当初他爷爷就看出来了，魁儿不输霖儿，只有考取功名一条路！反正我是不答应魁儿入茶道。魁儿比你心还软，入茶道，还不是跟你一般，受掌柜们欺负！

康仝魁知母亲如此态度，就说他入号理事，已为天义川上下都知道了，今反悔退回，必定更受讥笑，以为他是知难而退呢。

王夫人就问他："你弃举业，入茶道，西院你二娘也同意？"

康仝魁说："此系为儿自决，无须二娘同意。"

王夫人说："我就不信！"

康仝魁就说了一句错话："实是为儿自决，不可冤枉二娘。"

若不说“冤枉二娘”一句，王夫人或许也不过哭求魁儿，一听这句话，她终于忍不住了，转身就往西院去。康乃骞康仝魁父子，拦也拦不住。

王夫人气狠狠地来到西院，戴夫人就知不是好事。她慌忙让进屋里，说：“他大娘，出什么事了？”

王夫人劈头就问：“他二娘，魁儿要荒废举业，入号习商，你们知道不知道？”

戴夫人忙说：“有这样的事？魁儿也真糊涂，这不是弃熟就生吗？他为何有此糊涂打算？”

王夫人冷笑说：“我也正想问你们！”

戴夫人立刻就明白了，这位大嫂是疑心西院撺掇魁儿如此，就说：“我还是初听说此事。要早听说了，我一定得数落他！他大娘，此非小事，可不敢迁就他！寒窗苦读，寒窗苦读，天下读书求仕者，谁不是如此！才应试几科，就怕寒苦了？这还能对得起他祖父生前重托呀？这么没志气，入号习商也成不了大事！他大娘，千万不敢迁就他。”

戴夫人是何等明智。她岂会陷入与王夫人的争吵？先就跟你站在了一头，使你无法攻讦。果然，王夫人没想到戴夫人会这样说，一时竟也寻不着话头了，只好说：“要不我生气呢！真是不争气，没志气。”

戴夫人说：“她大娘，你舍不得数落他，我数落他！东西两院都指望他光耀门第呢，他倒先打了退堂鼓！霖儿也早想一试科举，都被我挡下了。他荒废学业多年了，哪能上得了考场。科举也好，生意也好，哪一样是容易的事？他们都是这山望着那山高，不想吃苦，只想攀高！这一向尽忙着招呼叶琳娜了，真不知道魁儿竟生了这么糊涂的念头。他大娘，真不能迁就他。考取功名，这么有始无终，学生意吧，还不是一样？”

戴夫人这一句话，其实是用了激将法，刺激王夫人呢：听了这难听的话，她或许不再死拦着魁儿了。果然，王夫人听着这刺耳的话，心里有了逆反：家业就你们霖儿沾的，魁儿就沾不得？只是嘴上还是埋怨魁儿不争气，出气的话头终于寻不着。埋怨，叹息一阵，又问了叶琳娜南下情形，无功返回东院。心里就是疑心戴夫人棋高一着，故意跟她站在一头，也无可如何了。

康仝魁问母亲西院如何说，王夫人也只是没好气地说：“西院你二娘说了，你举业有始无终，习商也一样成不了大事！”

康仝魁就听出，母亲已不再死拦着他了，便说了些要争气的话。

不久，终于得以跟随杨掌柜，往归化老号去了。

王夫人走后，戴夫人可是没有心思得意，反倒忧虑更甚。两院强弱消长既在，此类家长里短，又何时是了？一劳永逸之策，还是霖儿所提及的大掌柜易位。东家不亲理号事，家事与号事才可分清。东家强也好，弱也好，只要大掌柜得力，终不至累及生意。

近来另又有一件事，也使戴夫人更感号事变制势在必行。

正月十一开市后，天盛川老号的品茶掌柜送来蒲圻与崇安各出的秋茶青砖样品，请她复品。她吃惊地发现，自己的舌上功夫已大不如前。品茶掌柜所定两等茶品，她竟分辨不出多大差别！以前，即使是同等茶品，她也总能辨出细微不同。难道她的品茶功夫已受损伤？待净口几日后复品，依然未有改观。

她真是既吃惊，又伤感！品茶不仅为她一项重任，也是她一大乐趣。品不同茶品，如咏读不同辞章，韵味万千，无有尽时。若失此功夫，岂不是耳失聪，目失明了吗？

回忆这两年，南北茶道遍走了一趟，千辛万苦倒不在乎，总有从南江至北海一路山河得以饱览，更亲历茶道，知传家生意为何事。但远旅食宿无常，尤其走北茶道，腥膻已为美食，常求之不得，又何能避食？她多年品茶功夫，多半即为腥膻所伤。

她即便失此功夫，终究也事小。可万里茶道，涉事万千，东家一一亲躬，毕竟不是明智之举。遇东家子孙软弱，力不能胜，或如今生断市事变，东家身困异域，生意受累致乱，也就难免。母家先祖似早有先见之明，以宰相理国务之道治商，实在是现成前例。

今东西两院因强弱生隙，已令人不胜其烦。西院，巡走茶道，也唯赖霖儿一人了，更是不胜其重。万全之策，也唯有及早为两号新立大掌柜。可此事关重大，如何起头呢？东院魁儿刚刚心归家业，起这个头，东院如何能同意？即便如霖儿所言，先由西院起头，东院也难免心生嫌疑。

# 第十章　惊天霹雳

1

乾隆五十四年(1789年),恰克图断市已进入第五个年头。其时,中国乃俄罗斯第一贸易国。断市前,恰克图年进出口总额高达八百万卢布左右。断市五年,俄罗斯国库收入损失甚重。既无力以武力压服中国复市,便欲寻妥协之策。

这一年,俄女皇将惹祸的伊尔库茨克总督雅科比免职,新任命舍勒裴特取而代之。并令他设法将中方追索不赦的匪首乌拉勒咱,由流放地重新缉拿归案,邀中方会审后正法。显然,俄方已想完全满足中方复市条件了。

可惜,舍勒裴特总督派人往流放地多方查寻,乌拉勒咱早已了无影踪。总督也只好将此情形通报予松筠大臣,表示前处置此案有失,今已做尽力补救。盼望及早会商,议定复市事宜。

断市既久,隔阂已深,且俄方又曾欲以武力威迫,松筠当然不能轻信。回复仍以缉拿匪首到案,正法结案为复市条件。其后,舍勒裴特总督又屡呈牒文来，陈述匪首确是失踪难觅，而俄方商民因断市太久，已陷窘迫困苦之境，俄皇已表歉意，还望早日会商，议定新约，以杜绝此类不幸事件再发生。

自履任库仑办事大臣，主理恰克图边务以来，松筠已深知两国互市对靖边的紧要。所以，他自题“浩罕通商，边境可靖”一幅字，悬于公堂。断市五年，库仑日渐萧条，军民皆受拖累，边民困窘尤甚。其中铤而走险者，暗入走私黑道，虽堵截不迭，仍前仆后继。走私不绝，串通夷人作乱隐患也就难除。而俄境西伯利亚商民的窘境，松筠也时有所闻。茶源断绝，原以贩运茶货为生的平民小户，竟有沦为乞丐者。尤其西伯利亚牧民，嗜茶重于饭食。恰克图断市后，只好高价购买由欧洲辗转贩来的海路茶。恰克图陆路茶，一普特原来不过十几卢布，今海路茶竟高达五十多卢布，连翻数倍。走私茶，更高过此价。所以舍勒裴特牒文中所言俄境商民窘迫，松筠也并不怀疑。

为靖边计，松筠倒也想应邀与舍勒裴特会商，交涉复市之策。可几次上奏朝廷，都由理藩院驳回。

到这年秋天，边境又发生一件大案。松筠得知案情后，虽觉旧案未了，又出新案，令人不满，但也看到了一个契机，即将新案旧案一并了结，促成复市。

边境又发生了什么案件？

案件发生在我方卫勒干边防卡伦。边防卡伦，即今所谓边防哨卡。其时，卡伦派出齐巴克等数名兵士，沿边境做例行巡逻。不久，发现有俄境的布里雅特人私自越境过来打猎。齐巴克等兵士即趋前盘查，对方怕被缉捕，竟用猎枪向我兵士射击。齐巴克在前，猝不及防，当即中弹。这些人开枪后，仓皇逃回俄境。其他兵士将受重伤的齐巴克抬回卡伦，不久即因伤到要害，不治身亡。

此又是俄籍布里雅特人越境行凶，不但出了人命，且被害者还是我官方卡伦兵。此新案远比旧案事关重大！松筠即命我边防司官，出檄文照会俄方边防长官，令其尽速严加查办，缉拿凶犯，押来恰克图会审；我方将密切关注查办动向。用意即在观察其是否已真有悔改，不再似旧案那样草率处置。

我边防司官檄文尚未发出，舍勒裴特总督已先具牒文呈来，对边防发生此不幸事件深表遗憾。并告知已着手查办，唯尚未查明行凶首犯姓名，中方若有所知，诚望及时通报。

舍勒裴特此举，松筠暗感欣慰，觉这位新总督恭顺知礼，不同于前任。此也可见俄方确有悔意。于是，便产生了将两案并结的大胆念头。查办此案，俄方若真能一改旧习，尽速依既成条约，缉拿案犯会审，即有了上奏朝廷说辞：俄方悔意，此案可证。

松筠即命我边防司官重具檄文，除督促俄方从速查办外，还将前案我方访查匪首乌拉勒咱的办法告知舍勒裴特。依此办法，或可事半功倍。前案，我方即先于俄方，访明劫匪首犯姓名，通报俄方后，很快将案犯抓获的。原来，恰克图俄境一侧，多系库里雅特族人。其与我境一侧喀尔喀蒙人，虽分属不同部族，但毕竟同系蒙古人，相互往来乃至通婚甚多，两边民情社情也相互熟知。前案，为查明劫匪身份，即由办事大臣衙门委派蒙古族司员，往边境蒙民中微服暗访，很快便访得结果。

舍勒裴特总督接到我方檄文后，已不似前任傲慢，果然参照我方办法，在边民中广派库里雅特族线人，竭力多方查访。终于在冬季将主犯两人，从犯一人，缉拿归案。舍勒裴特当即通报中方，对边境发生的不幸事件，深表歉意。俄方已尽全力，将案件破获，正恭候恰克图会审。谨以此表明，俄方已改正处理前案的过失。

松筠看舍勒裴特牒文，心中不免暗笑：彼总督已不敢提及复市要求了，只求此案平稳了结，不致再遭惩罚。其悔意，的确不假。于是，他一面回复俄方，对案件破获，表示满意，并答应择期另议会审事宜。一面就悉心拟写上呈的奏折，陈述俄方已确有悔意，尤其力陈俄方边民，断绝互市既久，已陷水深火热中，困窘不堪云云。乞准新旧两案并结，及早恢复互市。

奏折交驿使呈递后，松筠终于长叹一声：处置恰克图断市的艰难重务，终于要有一个结果了。主理边务四五年，能成就这一件事，亦可欣慰了。“浩罕通商，边境可靖”，这毕竟是一件大事。

松筠欲将新旧两案并结，力促尽早复市的意图，大瑜当然是最先知道。见复市终于有望，她也喜不自胜。

大瑜自做了松筠大人的侍妾后，也算称心如意。松筠在库仑任所，天高地远，加之闭关日久，边务也不繁重，不免也常有寂寞。所以得大瑜后，倒也是十分疼爱。他不喜虚文繁礼，为人坦荡廉直。大瑜也性情率直，尤其受戴夫人熏陶，大事明理，小事不计。常率性直言，纵情说笑，并无迎奉取媚，巧言邀宠的妾态。所以，很得松筠心思。对于复市这件大事，大瑜倒也不避嫌疑，直言也在日夜盼望。松筠讥其干政，不守妇道。她反唇相讥，凡妇人干政能得逞者，罪在当政者，不在妇人。松筠也只能赞叹她的机敏。

不过，在平时，她倒也不常往库仑的康家庄口走动。用意，当然是为避嫌疑。给叔婶家书及致戴夫人书信，亦由衙役送达康家庄口，托驼队转送。

秋天，边境发生凶案后，西商都视之为雪上加霜，断定复市更加遥遥无期了。惊慌之下，都设法往官府打探消息。因大瑜缘故，各家也来康家庄口探问，连榆次常家也来打听。其时，康仝霖及冯得雨押运茶货尚未到达库仑。天盛川留守伙友，往大臣衙门打探，其实也是所获寥寥，更求见大瑜不得。

那时，大瑜虽也知松筠大人有了将两案并结的谋算，但有松筠严嘱，不许声张过早，所以也不轻易会见外人。康家庄口的人，更是有意回避。

冬十一月，俄方终将凶犯缉拿归案，等待与中方会审后正法，松筠已表明两案并结在即，复市指日可待，大瑜才终于按捺不住了。她明白向松筠说了，想将此消息告诉康家。松筠也正踌躇满志，便欣然准许。早日安定人心，为复市多做准备，也好。

那日，大瑜打发衙役，往康家庄口，将康仝霖与冯得雨召来私室。

康仝霖及冯得雨，冬初一到库仑，就被这雪上加霜的消息惊住了。他们往办事大臣衙门交验院票时，倒是见到了松筠大人。但松筠只是正气凛然，严斥俄夷治边无方，竟危及到我大清卡伦兵士，实在忍无可忍。他们委婉提及，只怕复市更无时日了。松筠当时说了一句意味深长的话："复市迟早，当问俄夷。"聪慧如康仝霖，老练如冯得雨，其时亦难听出松筠大人弦外之音的，只以为俄夷如此治边无方，何能谈及复市！也只好黯然告辞。

所以这些日子，康仝霖与冯得雨所议论最多的乃是停止储运红砖这件事。储运红砖五年，康家财力已不堪重负。复市遥遥无期，也只好做从库仑撤庄打算了。但储藏如此巨量红砖于库仑，撤庄又谈何容易！

大瑜忽然召他们进大臣衙门，也以为是告知更不好的消息。及至进入，见大瑜似也未现愁云，倒是有种久别重逢的喜悦。

她先就率性说："少爷，冯掌柜，你们把我撂到这天高地远的地界，一个熟人见不着，我可是恨死你们了！"

康仝霖忙说："你现在身份可不一样了，再不敢叫我少爷了！"

冯得雨就说："我们倒想把你领回去，只怕大臣大人舍不得。"

大瑜一笑，说："我只会实心眼伺候人，有什么舍不得！少爷，令堂还好吧？"

康仝霖说："母亲尚好。就是操心生意，日夜不得安心。今复市无望，又与父亲天各一方，真不知何时能到头！"

大瑜说："咱们好不容易见一回面，先不要说这些愁人的事了！"她问夫人想不想她，没有把她忘了吧，又将东西两院的人头一一问了个遍。

冯得雨已忍耐不住，就说："今复市更遥遥无期了，少掌柜与我正在计议从库仑撤庄事宜。以后你要想我们，就得千里跋涉回太谷见面了。"

大瑜这才问："谁说复市更遥遥无期了？"

康仝霖就说："断市五年了，本还未见复市兆头，今边境又出凶案，可不是更遥遥无期了？"

还是冯得雨老到，一听大瑜反问"谁说"，就觉出了其中另有意味，忙问："难道大臣大人另有所见？"

大瑜故意说："我们老爷可不许我探问公堂上的事！"

康仝霖也听出了大瑜口气不同，就故意说："不是遥遥无期，那是再无复市之日了？"

大瑜这才说："要都是丧气的消息，我还会叫你们进来？断市五年，俄国比咱们还着急呢。今终有悔意了。前已罢免惹事的总督，并设法追寻五年前被轻放的匪首。秋天新发凶案后，他们更一改旧习，缉拿凶犯甚是殷勤。前不久，已将凶犯拿获，正听候我方安排，将择期会审呢。所以，我们老爷正谋划将五年前旧案，与今新案并结，进而会商开关复市事宜。"

康仝霖与冯得雨听了，真是大喜过望：这是五年来最好的消息了。

康仝霖说："这真是及时雨呀！库仑庄口，终于得救了！"

冯得雨还是擅言，说："这还是因为大瑜福气太大，连我们都沾光了！"

大瑜忙说："你们也不先谢我们家老爷！他无胆识，何敢出此两案并结之策？"

康仝霖就说："那就请你代向大臣大人致以谢忱吧！"

冯得雨却说："我看大臣大人也是沾了我们大瑜的光！断市数年，总未有峰回路转之机，娶了我们大瑜，忽然就柳暗花明了！"

大瑜笑说："我可是要把这话全说给我们家老爷听的！"

冯得雨说："说就说吧！我也算是你们的月老了，不怕得罪大人的。"

问明复市会商，只等朝廷圣命，康仝霖与冯得雨高兴辞出。

## 2

得到了这个五年来最好的消息，康仝霖最想告诉的人，除了母亲，就是叶琳娜了。因为叶琳娜与他已经和好如初。

去年从武夷茶山返回的一路，叶琳娜与他疏远更甚。数千里同行，没有面对面说过几句话。初夏回到太谷，只休歇半月，叶琳娜便又跟随母亲，往东口及京师游历。回来，已到秋初。休整未久，便预备随驼队返回库仑了。

此次返库仑，母亲也未让他同行。押运库仑茶货，交由冯掌柜领票。对叶琳娜，则挑选了得力的女佣一路陪伴伺候。母亲对他说，由冯掌柜领票，这也是为日后将生意托付掌柜们先做铺垫。他虽不情愿，也无话可说。

送别叶琳娜时，见她分明消瘦的面容上，仅有庄重而无离伤，失去火热的眼中，也再未流出泪水。

康仝霖心如刀割，几不能自持。

此后在家度过的这个秋冬，是此生最漫长的一段时日了。虽也不时与母亲计议变制之事，也曾往归化巡走，但都难以释化心中郁结。母亲似乎已看出他的反常，几次询问，他也只能以忧心断市无期做掩饰。他也觉察到，母亲分明在防备他与叶琳娜的接近。

男女恋情，本来就柔如流水，坚如磐石。一旦生根，你真还是斩不断，挪不动。康仝霖见叶琳娜如此决意疏远他，母亲也有意防备他，多少次也想斩断与叶琳娜的恋情。叶琳娜一定是亲见他的妻室后，难以容忍了。母亲可能也向叶琳娜暗示了，不能与俄夷联姻的。他也知道，与叶琳娜终究也难成正果。但他与婉君结发，只是奉母亲之命所履行的一项例行义务，并未曾唤醒男女恋情。就像丰衣足食的家境，使他对衣食从未有过太甚的渴求。叶琳娜终于唤醒了他！又是遥远的相隔，一年，甚至两年一度的相见，荒僻之地更显珍贵的暖意浓情，这一切终于唤醒了他。相见一回是那样千辛万苦，又是那样短暂，思念与渴望却总是积累得太多太重。深情既已这样炼就，又如何能一扫而去！

今年春天，也未让他再赴茶山。理由也是新立大掌柜，先做铺垫。新立大掌柜，将生意变制，本也是他得意谋划。今后却将阻断他与叶琳娜一年一度的相见，他也真是有苦难言。

开春后，他还是走了一趟汉口，往蒲圻茶山巡察。见昔日荒凉的茶园，今已郁郁葱葱，源源出茶，心中自感欣慰。蒲圻所出青砖，已销往前后营及库仑，销路还算差强人意。

不过，从汉口回来，康全霖心境依然郁闷。到秋初，鉴于西院财力已捉襟见肘，多年积存老底几近掏空，母亲与他计议后，只好决定停止储运红砖了。为将这一窘境说知松筠，也为同冯掌柜计议库仑庄口的存废去留，母亲终于同意他再走库仑了。

往绥远将军衙门申领院票，茶货箱数骤减，司官已大不悦。及到库仑，又闻边境新出凶案，他与冯掌柜已心凉如冰。再加上他预料的与叶琳娜相见，还不知如何叫人寒心，康全霖似乎才头一回感到了库仑冬日的奇寒。

那日，康全霖终于忍不住前去拜见叶琳娜了。叫他感到万分意外的是身着俄服的叶琳娜，竟同以往一样，站在店铺门外，向他来处眺望。裙装与披肩正被寒风吹动，似在向他召唤。及望见他，竟飞奔而来，虽也泪流满面，却已紧紧与他相拥住。

一切的寒意与沉重，在那一刻，顿时烟消云散了。

进入米氏店铺，康全霖终于可以问她那个萦绕心头的疑问了：出了什么事？在内地一年，对他何以那样冷淡？

叶琳娜只是凝望着他，说不用多问了，什么事也没有发生，她想离开他，但还是离不开，离不开。又是泪流满面，但眼中的火热，已胜往昔。

康全霖也终于懂得了，此事本也是不能细问的，火热依旧，也足够了。

谈及秋天发生的凶案，叶琳娜又黯然流泪。她说，春天接到父亲传来信件，还说复市将可能会有转机，至高无上的女皇，已决定满足中国的全部条件，请求早日恢复恰克图互市贸易。漫长而艰难的断市岁月，或许要结束了。那时，她已下了决心，一旦复市，便将返回祖国，再也不来库仑了。谁能想到，到秋天就发生了这样不幸的事件。留守库仑的俄商，已在担心被中方官府遣送回国。她家店铺,也一样做了这种准备。她与少爷,或许就将永别。

康仝霖这才明白了,叶琳娜忽然对他回心转意,原来是即将永别!

他慌忙说:“我往办事大臣衙门验票,刚刚拜见过松筠大人,他并未提及遣返俄商!”

叶琳娜就问:“出了这样不幸的事件,难道一切还能依旧?”

康仝霖说:“松筠大人对发生此凶案,当然也很震怒,但也未言及遣返俄商。”

叶琳娜说:“我们俄商,多次计议,总感到贵国官府对此案件不会轻易罢休的。少爷,我们将要永别了,但我如何能离开你……”

说时,又紧紧拥住康仝霖,泪如雨下。

这一次,康仝霖才真正感到了一种彻骨的奇寒。这寒奇已是他与叶琳娜都难以驱散的。自家庄口面临撤庄困境,米氏店铺也同临撤离危境,这岂是他与叶琳娜所能左右。天意不成全他们,那就只有生离死别了。

所以,从大瑜处得到了那样的喜讯,康仝霖最先想告知的,当然就是叶琳娜了。真是祸福难料!这一件凶案,不但复市有了转机,更使叶琳娜真情毕现。原以为是生离死别,忽然变成了喜从天降。

康仝霖兴冲冲见到叶琳娜,告知了这一新的喜讯,叶琳娜久久不敢相信。

康仝霖就感叹了一句:“这真是‘塞翁失马,焉知非福’!”

叶琳娜便又追问其中意思,康仝霖也欣然细做解释。一切又如先前一样了,只是经历波折后,已觉更珍贵了一层。

对少爷与叶琳娜之间这一种私情,冯得雨岂能没有觉察?

原先,他还只以为是叶琳娜天性活泼,俄俗又不忌男女之妨。但自石岳归来,得知发西利有结姻意图,有受戴夫人暗托,便不能不另眼留意了。回想以前种种迹象,就觉事态已至可忧地步。不过,他以为是叶琳娜身负了父命，有意取媚于少爷。所以，叶琳娜临往内地前，他曾委婉叮嘱。在内地一年，听戴夫人说，叶琳娜与少爷，似也没有越礼言行，严守了我方礼俗。冯得雨才有些疑心自己多虑了。只是这次来库仑一路，少爷总不时打问叶琳娜情形。少爷不见叶琳娜只一年光景，居然似别离了多少年，事无巨细都问到了。这就使冯得雨不能不再生疑虑。

到库仑之后，忽听边境又发凶案，这是多大的意外，事关生意前程。但少爷竟有些心不在焉！验票方毕，便急着去拜见叶琳娜了。冯得雨甚至想暗派贴心伙友，尾随少爷，察看动静。想了想，还是作罢了。如此暗察东家少爷，毕竟太为过分。一旦被少爷觉察，局面将难以收拾的。

少爷归来，却似失了魂似的。一问，才知是米氏皮货店也在做撤离打算。冯得雨听了，也不知该喜该忧。米氏店撤庄，其结姻意图也不会有下文了。但大局危急至此，复市亦无指望了。但少爷失魂之态，分明是因叶琳娜而致：少爷真也被叶琳娜所媚获？

冯得雨也只好在心中暗叹：毕竟人非草木耳！少爷本是康家日后栋梁，胆识才具远胜其父。不幸竟也陷此情潭！所幸，另有天意，外茶眼见将路绝，少爷情断库仑，日后或也可成就大事吧。

冯得雨有此感叹，也就设法安抚少爷，说毕竟天意难违，长久断市既已无法逆转，也该早做撤庄打算了。

康仝霖失神说："库仑储藏如此巨量红砖，如何能撤庄？"

冯得雨说："也只有缓慢在内属和外藩蒙古销出了。"

康仝霖说："这也还是不能撤庄。"

冯得雨说："至少，少爷也无须这样千辛万苦，年年远走库仑了。"

康仝霖说："那父亲呢？将永困俄境？"

冯得雨说："我官府遣返俄商，俄官府势必也会放归困俄华商吧。"

康仝霖说："若俄方不放归华商，却又欲陈兵开战呢？"

冯得雨无言以对。库仑茶市真是成了一步死棋。少爷情断库仑，或可庆幸；东家败落库仑，就太不敢深想了。跟随康爷以来，涉身茶道大半生，还从未遇此险局。

也真是天不灭曹！大瑜传出峰回路转的意外喜讯，冯得雨除了高兴，也断定少爷必会尽速将此喜讯告知叶琳娜。果不其然，少爷当天即去见了叶琳娜。库仑茶市得救，少爷私情也难断了，此亦为天意？

冯得雨初还以为，米氏结姻意图，能否得逞，全在东家掌控之中。所以，主张尽可善待叶琳娜，以利于困俄的二爷。他真是不曾想到，发西利竟然棋高一着，早已在不知不觉中暗度陈仓了。可他作为天盛川一个老臣，又如何能坐视不管？俄商久欲深入内地，染指茶山茶道，他是深知的。幸有朝廷禁令，终难得逞。今米氏果然与东家结姻，此禁令也就被巧为破解。聪慧如少爷，竟落此圈套中！

冯得雨便欲对少爷早做点拨，可思想多日，终未有良策。少爷毕竟是东家人，不是一般晚辈。而且又是男女之情，规劝不当，无异于火上浇油。

那日，与少爷闲坐，冯得雨忽有所思，就说起吴家瑜来："少爷，这次来库仑，还未见吴家瑜吧？"

康仝霖说："有几年未见他了。他如今仍在那间六陈行吗？"

冯得雨说："可不是呢！日前在街面遇见他，一副萎靡不振样，我看着还心疼。真没想到他是这样没出息的材料！"

康仝霖说："真也是，吴家瑜才具不差，竟然愿意去守这么一间六陈行。是不是觉得我们冷落了他？"

冯得雨故意怒道："冷落他？是我太宠着他了！谁不知我待他情同父子？"

康仝霖就问："那他何以忍心离开？"

冯得雨说："还不是中了那位张掌柜的美人计！"

康仝霖说："怎么是美人计？吴家瑜早到了成家的时候，总说不下媳妇。娶张掌柜之女，也是男大当婚吧。"

冯得雨说："少爷，你是没见过张家那位女子，一看就是狐狸精似的！那位张掌柜，看上了吴家瑜的才具，但不使出这一手美人计，哪能将人挖走？咱们是什么字号，他那间油盐店是什么字号？咱们做的是什么生意，他做的又是什么生意？吴家瑜他也不傻，不是中了人家美人计，他能做出这种弃明投暗，自毁前程的傻事来？”

康仝霖说：“我好像也听伙友们说过，自吴家瑜过去之后，张家的六陈行，生意兴隆了许多。”

冯得雨说：“就是顶破天，一间油盐店能做成多大生意！男人一旦被女人迷住，轻重大小就分不清了。那个女子原也常出入街面，吴家瑜早就见过。张家一来提亲，我还犹豫呢，他的魂倒先给勾去了，一百个愿意！少爷，这美人计也是太可怕了！”

康仝霖说：“毕竟男大当婚。”

冯得雨就说：“为娶媳妇，总不能毁了前程吧？吴家瑜之长，在通译上的天分，蒙语、俄语已极为熟通，为天盛川其他伙友远远不及。今守着一间油盐店，通译才分岂不废了！那位张掌柜说是要告老还乡，这几年我见他依然在库仑。使了一个美人计，赚到吴家瑜这样一个顶门伙计，他倒可以悠闲自得，坐享其成了。男婚女嫁，男女生情，本也天经地义。我杨谋只是看不惯，为人父母者，拿此设圈套，别有所图，毁子女前程。”

冯得雨也只能将话外之音说到这一步了。其间，他见少爷似有所动，又似浑然未察。但也只能宁信其有所触动了。

3

得到复市指日可待的喜讯后，冯得雨曾建议少爷可早日随返程驼队，回家报喜，也好及早安顿复市后诸事。由他留下来，等待进一步的消息，安顿库仑这边生意。但少爷执意也要留下，说复市既已在望，他要等待迎接父亲。此为孝行，冯得雨也不好再劝。就将复市在望的消息，由少爷写入家书，托驼队先行带回。

进入腊月，仍未有朝廷复命的消息。不过，大臣衙门倒传来话，告知俄方已准许驻俄境华商归国省亲。康仝霖初听了,还以为父亲终于即将归国,高兴万分。不久,大瑜才传出话,俄方准许归国的,仅限驻俄庄口的掌柜伙友,大掌柜因无长期路票,暂还不准归国。康仝霖顿时又大失所望。

冯得雨安慰说,此正可见两国僵局业已松动了,大掌柜归国确已指日可待。先有驻俄掌柜伙友回来,也能带回大掌柜新近消息。

冯得雨将赴恰克图迎接归国掌柜伙友,康仝霖也欲同往,冯得雨说无须劳动少爷,劝其留下了。因为冯得雨知道,归来的掌柜,必带回二爷的交代,少不了言及米氏结姻意图,暂不宜为少爷所知。

十多天后,在恰克图关口,冯得雨接到了乌兰乌德庄口乔掌柜及手下一位伙友、伊尔库茨克庄口两位伙友。其时,西商大户在俄境所开分号,因路途过于遥远,驻号掌柜伙友一般都是三年轮流回国一趟,在家休假一年。国内分号,则无论茶山茶市,都有忙季闲季,故掌柜伙友可于当年轮班回来休假。驻境外假期虽有优待,但也难补偿其艰辛。这次归来的这四位掌柜伙友去国都已不止五年。所以与冯得雨等见面后,恍然隔世,感慨万千!

交谈后得知,康家这两处俄境庄口,所存茶货,早已售罄。当时西商派驻俄境庄口,本也不以售茶获利为主,所负职责,重在了解俄境商情以及催讨债务。断市后,茶货售罄,商情也无须了解,债务结清也难通关。故近年只好往城外租营农田,所种土豆与燕麦,所获竟多于当地人。除自食外,尚有富余可市售。盖因彼处地亩辽阔,俄人事农一向粗犷,只管春种秋收,期间不多做打理。我营农事,依故乡老例,施以精细耕作,故所获亦丰。所以,生计倒也不愁,只是难耐断市熬煎,更难解思乡之苦。

冯得雨多加抚慰,告知断市以来,所有困俄境掌柜伙友的家眷,东家都尽心接济,应得辛金,已逐年付予了。且困俄以立功计,赏金也清楚入账。四人自感宽慰。

乌兰乌德庄口乔掌柜,果然私下言及结姻事,但新消息却大出冯得雨意料:大掌柜已答应了这门亲事。

原来,叶琳娜获准赴内地茶山旅行,临行前已设法将此喜讯传给了父亲。并简略提及,此事能成,全凭康家戴夫人亲自拜见办事大臣,机智请求。夫人待她,十分热情。

发西利得此消息,当然兴奋异常。他以为,两家结姻愿望,既已由石岳掌柜带回,戴夫人一定知晓了。如此格外热待叶琳娜,她还不是因为赞同了这件婚事?叶琳娜多年向往茶山,终因俄人身份,得不到中国官府准许,久久不能如愿。今忽然获准,一定是以叶琳娜将成康家成员,向官府做了申请。叶琳娜提及的机智请求,非此莫属。康大掌柜一直犹豫此事,只在担心他的夫人不会赞同。今有此消息,大掌柜应该再无犹豫的理由了吧?

发西利随即设宴招待康乃懋,告知了这一消息。

康乃懋听了,简直不敢相信自己的耳朵!叶琳娜竟获准前往南方茶山,而且还是夫人亲自出面,向办事大臣请准的,这几乎像是痴人说梦话一样荒唐!不许俄人深入内地,这是朝廷禁令。夫人不过是一介民妇,出面竟能请准?夫人亲自向办事大臣请求此事,一定要在库仑。他虽已听说夫人暂代他主事了,却不敢相信她竟也能远走北茶道!

他就说:“这样的消息,我实在不敢相信!会不会有误传?”

发西利就拿出了叶琳娜辗转传送来的家信,说:“这是叶琳娜的来信,就请白掌柜代为阅读吧。”

白掌柜是伊尔库茨克庄口的掌柜,陪着康乃懋做通译。白掌柜接住,仔细看了一遍,就对康乃懋低声说:“确是如此。”

康乃懋立即说:“不会吧,不会吧!”神色已有些慌乱。

白掌柜毕竟长期驻俄,知道宴席上不能太失礼失态,通译时,脸上故带笑意,说:“我们大掌柜倒是很为叶琳娜高兴,只是担心叶琳娜会不会误解?”

发西利忙问:“误解什么?”

康乃懋听了白掌柜的通译,也努力镇静下来,说:“叶琳娜欲赴茶山心切,内子只是答应代为请求,她便错以为已经获准?”

听了通译,发西利就让白掌柜重读叶琳娜的信件,说:“叶琳娜信上说得很清楚,已经获准了,是尊贵的大掌柜夫人亲自请求到的。白掌柜你看,信中写的是已经请求了,不是将要请求!”

白掌柜直接说:“我们大掌柜的意思,是怕叶琳娜听错了,才这样写。”

康乃懋说:“吾邦朝廷禁令,不是轻易可以破例的。所以担心叶琳娜有误解。”

发西利就说:“尊贵的大掌柜夫人,一定是以她的智慧,成就了这件事!叶琳娜已经提到这一点了。”

康乃懋说:“这实在匪夷所想!”

白掌柜忙通译为:“但愿如此吧!”

发西利说:“尊贵的夫人如此喜爱叶琳娜,我们两家结成特殊的友谊,已经没有障碍了!”

席间,发西利兴致甚高,大谈对日后的展望,尤其是两家通力合作,可成就多少事业。内中,果然提到茶山茶道的经营,如何变法改善。康乃懋听得如芒在背,几欲变脸。幸有白掌柜及时暗示,将话题转至边境僵局上来:两国复市无望,一切都言之过早。一说到眼前僵局,发西利也叹息起来。他问,准许叶琳娜往茶山旅行,是否可看作贵国官府对复市已有善意?白掌柜未等大掌柜作答,就说,我国官府行事,不会如此隐晦的。朝廷有复市圣意,当会诏令办事大臣,开启边境会谈。新总督处,是否有会谈消息?发西利说,尚未有听闻。这样,才算周旋下来。

回到自家庄口,康乃懋忧愁尽显,坐立不安,直埋怨夫人竟如此糊涂!也指责石岳一定传错了话,非但未对叶琳娜有所疏远,竟然助她深入茶山!

白掌柜对叶琳娜信中所言,也很有疑问。官府禁令,戴夫人是如何“机智”冲破?他也不相信戴夫人能亲到库仑巡走。于是,他只好怀疑:发西利所拿出的那封信，是否真为叶琳娜所写？

白掌柜将此怀疑说出，康乃懋才怒气稍减，就连忙说："这就是了，这就是了！我想夫人也不至如此糊涂，石掌柜也不至如此马虎！"

白掌柜就说："不过，米氏出此手段，到底不能长久吧？"

康乃懋说："他就是想先逼我答应这门亲事！"

白掌柜说："结姻毕竟是天长日久的大事，日后水落石出，米氏将如何交代？以我看，这也不似米氏行事做派。"

康乃懋又手足无措，道："难道叶琳娜信中所言，真有其事？"

白掌柜忙说："今我们困俄已久，家中情形已不甚了然。还是再设法打探一下此事的虚实吧。"

康乃懋就说："发西利这里，如何交代？"

白掌柜说："还是虚以周旋吧，既不可得罪，也无须明白答应。今边境封关，米氏也不至逼大掌柜下聘帖的。"

康乃懋焦急说："那就赶紧托人，往恰克图打探消息吧！"

困俄旷日持久，康乃懋已变得越来越焦躁，易怒，凡事都要靠白掌柜替他拿主意。白掌柜及乌兰乌德庄口的乔掌柜常委婉劝慰，宜既来之，则安之，着急上火，也于事无补的。可哪里能管用？

康乃懋本也无大才大器，陷此空前磨难，也够难为他了。历经大磨难，玉成大器大才，毕竟不是人人能做到。

到年关前，终于从恰克图探回消息：东家夫人的确曾来库仑巡察，还来过恰克图买卖城，遥拜大掌柜。叶琳娜也确经夫人张罗，申得赴茶山路票，业已随夫人往内地去了。

这意想不到又难以理解的消息，终于使康乃懋忧愁过度。这过度的忧愁，再加西伯利亚的奇寒，内外夹攻，竟一病不起。病重时，高烧数日不退，人也陷入半昏迷状。白掌管慌忙求救于发西利。发西利也慌了，上下奔波，请来当地有名的医师，施以西洋药物，才渐渐退烧。康乃懋神志清醒后，大叹几丧命异域，泪流不止。

白掌柜历此惊险,也对结姻事另有看法了:东家与米氏结姻,也不尽是那么可怕吧?两家联姻后,对米氏有利,对东家又何尝无利!他常年驻俄,深知俄方茶商获利之厚。米氏既欲深入我茶山,我又为何不可深入俄境茶市?一切都事在人为。再者,大掌柜困俄这许多年,也尽得米氏关照保护,今更受救命之恩。再婉拒这门亲事,实在也太不仁义。所以,白掌柜便委婉以此劝导康乃懋。在异域走了一趟鬼门关,康乃懋也不似先前那样有底气了,经白掌柜这样劝导,也就心思松动了。尤其言及发西利的救命之恩,他也只有流泪。

乌兰乌德的乔掌柜也甚为赞同白掌柜的新主张。他也常驻俄境,知道有米氏家族做依靠,一切都会方便得多。所以,他也劝导大掌柜,宜将这门亲事做利多打算,变守为攻。本来也不是灾难,却先把自己愁病了。多年交往,也知米氏是可交之辈的。尤其这次大掌柜重病之时,米氏施救不遗余力,患难之交,也不过如此吧。

康乃懋终于被说动,长叹一声说:“此事夫人既不反对,二位也觉无大害,我也不独自扛着了。总要留一条活命归国。我就答应了这门亲事,以报答米氏救命之恩吧。”

康乃懋病愈之后,即设宴席,酬谢发西利救命之恩。席间,正式答应了这门亲事。不过,还是留下一份余地,说:“霖儿已有正房,聘叶琳娜做如夫人,也不知她是否情愿?”发西利却说:“既愿与贵府结姻,当然得遵守贵国习俗了。断市这些年,叶琳娜一直不肯归国,便是因为恋着贵府少爷。她知道在此断市期间,一旦归国,就再难前往库仑了。她已不能忍受与少爷的长久分离。”

康乃懋才明白,叶琳娜与霖儿果然已不是一般交往,心里虽有不悦,也不便再说什么了。

发西利对康乃懋终于答应了他久已期盼的联姻之事,当然是高兴异常。席中,他畅饮不断,醉酒而归。

一件心事放下,康乃懋也就一心盼着归国之日了。到来年夏天,发西利来告知，俄女皇已发诏令，不惜一切代价，尽早恢复两国恰克图互市。新任总督大人也已被召至俄京枢密院，商讨妥协对策。苦等数年，复市终有希望了，康乃懋心情更好了起来。

然而盼到冬天，仍无更好的消息。那日发西利又焦急来告知，说新接叶琳娜来信，她已由茶山旅行回到库仑了。夙愿已实现，想回国了，回到喀山，回到家中，永远不再离开，永远不再来库仑。发西利就问：叶琳娜旅行中，是不是受到了冷遇？

康乃懋竟说了一句："万里茶道，处处艰辛，总会有不如意的。何况叶琳娜这样的女子？"

白掌柜慌忙通译为："好不容易为叶琳娜请准，赴茶山旅行，如何会怠慢她？"

发西利就说："断市以来，我曾想叫叶琳娜回国。贵国也允许我国商人自由归国。但她怕回来后，再难获得贵国准许，返回库仑，一直不愿回来。现在终于实现了她向往已久的旅行，反倒执意要回来了？不可思议！"

康乃懋说："叶琳娜已有数年未回来，能不想家吗？余也难解思乡之苦！"

白掌柜通译后，加了一句："我国南方之炎热，也为贵国人难以承受。叶琳娜或许也被茶山炎热折磨苦了。"

发西利说："叶琳娜性格，我岂能不知？没有什么能使她惧怕！这西伯利亚的寒冷，贵国库仑的干旱，还有长久的离别，她不但都惊人地适应了，还觉乐趣无穷。今忽生此念，不可思议，不可思议！"

白掌柜一再说，叶琳娜此次赴茶山旅行，康家一定做了周到的安排，绝不会怠慢的。我邦待客礼俗，向来是尽其所能，使宾客如归自己家中。何况还是叶琳娜这样的贵客！康乃懋也说万里茶道，处处有吾家熟人，行旅之中，不会有难处的。

发西利走后，康乃懋心里生出几分侥幸：叶琳娜既已执意归国不返，结姻之事也许会生变吧。但他并未与白掌柜细论此事。

但直到来年，叶琳娜也不见归来。秋天，边境又出了抢杀我边防卡伦兵的大案。这次，连发西利也惊慌失措了。他跑来说，边境又出了这不幸事件，新任总督深感沮丧。本来正在设法追拿前被流放的匪首，欲交中方重新会审，促进复市。忽然又出了此案，已不是一般民事案件，只怕复市诚意，要被中方怀疑了。这一次，发西利连叶琳娜的事也未提及。

得此消息，康乃懋自然又焦躁起来。复市又遥遥无期，这可如何是好？他难道真要如苏武当年，长困北海十多载？

不久，总督衙门下达了善待驻俄华商令，准许归国省亲。可惜持逾期路票者，不在此例。白掌柜本也留俄近八年了，但康乃懋离不开他，只好由乌兰乌德乔掌柜先行归国。

冯得雨听了乔掌柜叙说，心里不免暗叹：大掌柜竟也糊涂至此！这边善待叶琳娜，还不是为了他在那边不被发西利冷落？处置这件事，岂能直来直去，立竿见影，转眼就疏远叶琳娜？二娘哪里是赞同了这门亲事！即便二娘真赞同这件亲事，二爷是一家支主，也能一锤定音的。他竟忘了自己身在曹营吗？临危应变，他真是不如二娘！

然此等大事，大掌柜既已正式允诺，也就万不能反悔了。米氏毕竟是康家最大客户，交往多年，相互守信。今若在此事上一旦失信，往后生意就难做了。但联姻利弊，是否如白、乔两位掌柜所见，冯得雨也一时看不透。所以，当时也只与乔掌柜略议了其间利害。然后严嘱乔掌柜，此事暂不可声张，待回到太谷，再与二娘细议。这边，少爷也暂不必告知此事。乔掌柜还是忍不住问：叶琳娜何以竟能获准深入茶山？既欲拒此亲事，为何又要如此巴结叶琳娜？冯得雨叹道，还不是为了你们在俄不受冷落！就略说了戴夫人为叶琳娜请求的经过。乔掌柜也才恍然有悟。不过，他也说，这更有助于成全联姻的。

## 4

乾隆五十五年(1790年)年节,康仝霖、冯得雨及新归国的乔掌柜等是在库仑度过的。腊月正月,朝廷典礼甚多,不会有新诏令下达。一切都要等到二月才能重理政务。松筠大人也在库仑任上过年,他对朝廷恩准复市,甚有把握。所以,康仝霖与冯得雨商定,一定要等到二月,复市有了准讯,再做返程打算。如复市真能指日可待,康仝霖就留下来,等待迎接父亲。冯得雨与乔掌柜等即随年后返程驼队,先行回晋,报告喜讯,张罗复市后事。

虽是在库仑过年,这个年节却是近年来过得最宽心的。从腊月祭灶,除夕守岁,迎神纳福,到元旦礼拜天地,参拜喇嘛佛寺,贺拜同仁,都比往年郑重。初三,号中聚宴,也有了往年欢愉气氛。

十一日开市后,西商在中断数年后,又重新依老例,集股在关帝庙唱戏酬神。一时惊动全城,戏场竟为之爆棚,一直唱到上元灯会。灯会老例,十三日为上灯,十五日为元宵,十八日为落灯,六天观灯放夜,是年节高潮。今年这六天,库仑东营子西商聚集街市,家家门前悬挂彩灯,又显争奇斗艳气象,社火及舞龙斗狮,更夜夜不绝,招致游人如织。期间,大瑜、叶琳娜也出来观灯览胜。蒙汉商民,僧俗各界,都因复市有望,释放出了兴高采烈的情绪。

松筠对库仑出现如此复苏气象,当然也很高兴。

在太谷康家,戴夫人是在将近年关才接到霖儿家书。家书是由东院康仝魁从归化带回,他已从驼队得知了恰克图复市有望的喜讯。所以,二娘未展阅家书前,他就急迫告知了。

对这样意外的喜讯,戴夫人已经不敢相信了,久望无边,她对喜讯也太陌生了。初听魁儿说,她竟一时未反应过来,还以为是说归化茶市事,半晌，才忽然有悟，忙问魁儿："你是说恰克图复市有望了？"

康仝魁说："可不是呢！"

她急忙拆开读了霖儿家书，已不觉泪流满面。

康仝魁就说："二爷归国，终也指日可待了！二爷困俄，将满五年了，真仿佛过了多少年。"

戴夫人叹了口气，说："到底天无绝人之路！复市再无望，外茶祖业，眼看就要山穷水尽了。"

康仝魁说："断市这些年，还多亏二娘挺身支撑，我看祖业也未伤筋骨的。"

戴夫人说："魁儿，快不敢这样说。二娘毕竟不谙商道，决定储藏红砖于库仓，实在是一步叫人后怕的险棋！若再断市无尽头，西院家业将毁于我手了。"说毕，又泪如雨下。

康仝魁忙说："二娘这一步棋，险是险，可如今忽然柳暗花明，却成了一步奇招。一旦复市，将受人人赞叹的。祖父当年，就最擅走险棋。"

戴夫人忙说："魁儿，你快不敢这样说！今年天义川生意，听说张罗得甚好？"

康仝魁说："也好不到哪里的。归化老茶市，终究天地有限。春天，我随杨掌柜往阿拉善巡察生意。得知走西路，往哈密销茶，甚有利可图。近年往哈密及巴里坤去的茶商，正方兴未艾。杨掌柜就有意往哈密试销川字青砖，我甚赞同，但杨掌柜不敢擅决，一定要求父亲首肯。"

戴夫人说："我也听驼队刘掌柜说过，这一条商路为官府提倡，多受优待。"

康仝魁说："可不是呢。原来由归化往哈密，须先往前营乌里雅苏台将军衙门领票，路程迂回，费时八十多天。官府准许走此阿拉善商路，程站可省四十多天。"

戴夫人就问："杨掌柜此议，未获尔父首肯吗？"

康仝魁说："就是。父亲对新辟茶道，总是有所顾忌。"

戴夫人也只好说:“新辟一条茶道,不是那么容易。何况近年受外茶断市拖累,天义川财力也不甚宽裕的。”

康仝魁却说:“前后营新茶道,不是已成天盛川一大利源了吗?驼队刘掌柜,也是赞同前往哈密试销茶货的。”

戴夫人说:“此不是一件小事,再做从容计议吧。魁儿,你新随杨掌柜巡走茶道,还能支撑下来,也甚可嘉了!”

康仝魁说:“此筋骨之劳,二娘尚且不惧,我何敢退缩?这一年辛劳奔波,方知祖业不易。今也才有悟,不亲走茶道,实在也枉为康家子孙!”

戴夫人说:“魁儿,你能有此感悟,也是康家之幸了。日后再操举业,文章气象也当会不同的。”

康仝魁说:“我已决意心归祖业,不会再于文章间空抛年华了。二娘,往哈密新辟生意,还是要早做决断。”

戴夫人见魁儿已如此执迷于生意,心里当然高兴。但此事东院伯兄既已不允,她也不好再插手。本想说等你二爷回来再议,忽有所思,就改说道:“魁儿,天义川生意上的事,还是要尔父做主。你要想当好少掌柜,先需学会体察尔父心意。他是大掌柜,主意要由他拿。你有好主意,也要善于陈说,不可强求的。其间机智,你要多费心谋取。”

康仝魁真也不算愚笨,经戴夫人这一点拨,竟也有悟,就说:“往哈密新辟生意,如说是我的主意,父亲或许不会反对?”

戴夫人知道魁儿已明白她的意思,不过也只笑道:“魁儿,你这不是要贪杨掌柜之功?”

康仝魁说:“可惜,为时已晚!”

戴夫人说:“可不是呢!年下,再别提及此事了。”

其后,康乃骞及王夫人来西院,为二弟归国在望道贺,戴夫人也未提及此事。他们只是议定,年下祭祖,要分外隆重些,以感谢先祖保佑,使祖业得以历此磨难而不绝。

因得复市在望的空前喜讯,这一年的年节,康家两院当然也是洋溢了异常的喜庆气氛。不过,西院过年也还是极尽节俭。此时节俭,已不是有意为之,却是不得不为之了。老底掏空,连戴夫人和婉君的私房积蓄也拿出垫支了。

西院还有一喜,就是婉君已有身孕。此关系西院香火,戴夫人自然也是欣喜不已。前年秋冬未让霖儿往库仑,今年春夏又未让他远赴崇安,戴夫人也有此用意。婉君能生一子,也就更断了霖儿纳妾后路。

常言祸不单行,好事成双。婉君有喜,跟着复市也在望,戴夫人终也信了这句话。她只等待着,新年之中,霖儿真能迎回其父,苦尽甜来。

年后,戴夫人与徐文琪掌柜商议,崇安茶山是否要再出红砖?徐文琪到底老练,说外茶新开,茶价必大涨,不宜赶此风头。库仑囤积红砖已巨,足够支持复市。崇安香片也不宜扩盘,够京市所需即可。与米氏香片交易,还是待复市后议定,再做定盘。倒是蒲圻茶山,可试制红砖,以待外销。戴夫人深为折服,尽听徐掌柜主张。

她又将石岳掌柜召回,安顿他赶赴库仑,再往恰克图买卖城张罗复市事务。

## 5

二月初,松筠鉴于俄方一再催促,未等朝廷诏令下来,便与库仑副将军蕴敦多耳济郡王一道亲赴恰克图,以参加两国会审凶案。

得知此讯后,康仝霖与冯得雨就觉复市又近了一步,张罗开市准备事项,迎接大掌柜归来,已迫在眼前。所以,只好安顿乔掌柜先行返晋。但返程的驼队,也推迟了启程日期,要等待即将等到的复市喜讯。乔掌柜也只好滞留下来,不过也无怨言:复市之喜,值得等待!

两国边境官员,相隔数年后首次会见,翘首盼望复市的库仑商界,视之为盛事,往恰克图亲逢其盛的商户甚多。因叶琳娜也欲往恰克图,康仝霖自然也决定前往。冯得雨本也不放心他们的接近,于是也决定前往。理由也现成:买卖城庄口,冷落已久,当需整顿。康仝霖也不便反对。

往恰克图一路,叶琳娜虽与康仝霖同行,但因有冯得雨在侧,也不便太活泼。途径哈腊宿营地,这两人的定情地,今日已不似当日那样寂静,宿营过客甚多。欲寻一僻静处,不再可得。不过在黄昏时分,叶琳娜还是请康仝霖与她一道去牧马,一边看着草原的落日,一边唱着一支忧郁的歌曲。康仝霖真也听不大懂俄语歌词,曲罢问叶琳娜。她没做通译,又唱了起来。康仝霖也依然只听出忧郁,未能听明白词意。寒冷的初春,落日染红的枯草,都浸在这忧郁中了。可惜,初春的落日,隐没得太早太快。

二月十四日,在恰克图边境中方一侧,临时搭起的两座大毡房里,两国会审如期举行。

这天上午,买卖城一侧与俄方恰克图市圈一侧,都聚集了众多的两国商民。康仝霖、冯得雨、叶琳娜,自然也在其中。他们目睹了松筠大臣与蕴敦多耳济郡王,率员往边界迎接俄方舍勒裴特总督一行官员。双方互敬礼让,气氛甚好。不久,就见从俄境一边,押来三名案犯,送入会审的毡房中。

会审经一个多时辰,就见案犯被押出,双方官员也走出毡房。两方司官先后用中、俄、蒙语言,当众宣读了判词:主犯两人获极刑,当即正法;从犯一人,判流放。随即,就将两死犯绑缚附近林间刑场了,从犯也即解押回俄境。

事毕,松筠即邀俄方官员进入另一毡房,设宴款待。两侧商民才渐渐散去。

午后,冯得雨从相熟的松筠随员处打听到,会审及聚宴,气氛甚洽。俄方一再陈说,前案匪首乌拉勒咱,经全力追缉,确是难觅影踪,如一旦寻获,当押送来重新会审。松筠大人及蕴敦多耳济郡王,已表示了理解,答应将此案处置情形上呈理藩院,力促早日开启复市会商。俄方舍勒裴特总督也将上报彼枢密院,促请女皇及早发御书,请求我圣上准许恢复恰克图互市。

一切都如原所期望！

康仝霖及叶琳娜得知后，当然很高兴。

买卖城西商各家庄口，都似过节一般，燃放了鞭炮。

冯得雨对自家庄口细做安顿后，便同康仝霖及叶琳娜返回库仑。临行前，叶琳娜已将这边情形写入书信，托边民转呈父亲。但她已不再提归国的事了，只盼能在恰克图早日迎见父亲。

大家盼到三月初，才终于盼来朝廷圣旨。但这一道圣旨，却叫所有人都惊呆了！

原来松筠回到库仑，即将与俄方会审结案的情形上奏朝廷，再次提出两案并结主张。圣上御批竟是：大胆专擅，褫去办事大臣职，仍留库仑效力。

这真是惊天霹雳。

康仝霖、冯得雨被这惊天霹雳击得一时不知所措。朝廷不准两案并结，复市当另议，这样的诏令虽令人失望，还尚能理解。冯得雨心里也曾有此失望准备。但褫夺松筠办事大臣官职，却是万万不曾料到的。松筠主理边务以来，处断市逆境，但深得边境商民拥戴，对滞留俄商也甚友善。尤其他那“浩罕通商，边境可靖”的卓见，非深谙边情不可得。松筠已成复市指望，今忽被褫职，复市真将遥遥无期了！

但圣旨已下，谁又能逆转？

恰在其时，石岳已赶到了库仑。

# 第十一章　天理人欲

## 1

松筠被罢职后，初也很惊愕。他有两案并结之谏，本也缘于俄夷确有悔改。而断市近六年，不说俄境商民困窘已甚，就是库仑边防重镇，亦凋敝不振，军民日常生计日渐难以为继。复市实在正当其时。哪想到就落得一个“大胆专擅”，真也冤枉。不过，静心细想几日，终于也有些明白了：朝廷下此圣旨，多半是因有同僚参奏了他。这个同僚，他已猜到是谁了。

那就是同为库仑办事大臣的车登多耳济亲王。

乾隆二十七年（1762年），鉴于恰克图贸易大盛，涉俄事务繁多，朝廷设置库仑办事大臣，专司涉俄外交。其权力很大，不仅可代表朝廷直接行文致俄方，交涉处置边务，而且当地，即喀尔喀蒙古地区的军政大事，也尽归其掌控。尤其是因喀尔喀地处边境，其四大蒙古部族的扎萨克，即部族的蒙古执政官员，不被授予军权，军权归于办事大臣。另在库仑设置副将军衙门，协理军政及边务。所以，此办事大臣，都由朝廷任命京中满族大员一人，行钦差使命。朝廷为了尊重当地蒙古王公的权势，又在部族的扎萨克中选任一位王公，协助处理边务，官衔亦称办事大臣。这样，形成中央、军方、地方三方共理边务。但满族大臣系钦差，自然为首。松筠虽也系蒙古族出身，但是由朝中内阁大学士兼副都统身份，直放库仑任办事大臣，也系钦差。他在任职期间，与之共理边务的，除副将军蕴敦多耳济郡王外，另有库仑属地土谢图汗部的车登多耳济亲王，充任蒙古族办事大臣。

松筠与这位蒙古族同僚，本也无过节积怨。松筠为何疑心到他？

原来，就在恰克图与俄方会审凶案时，舍勒裴特总督为表达善意，暗中交给了松筠一份密件。会审后，松筠拆开密件看时，不禁大吃一惊！密件所通报的，原是俄方查获的走私茶货案犯所供述案情，中方涉案人头，一一列出了。其中竟涉及车登多耳济亲王受贿暗许的重大案情。松筠不敢怠慢，随即将密件给同行的副将军蕴敦多耳济郡王看过。副将军也吃惊不小。

两人如此吃惊，是因为此事关系到各自的脑袋！乾隆四十四年(1779年)，恰克图第二次闭关断市时，任满族办事大臣的丑达，即因收贿后暗中允许向俄境走私茶货，事情暴露被查获，朝廷严令正法，丢了脑袋。这次闭关停市，朝廷对禁绝走私茶叶、大黄等，更有空前严令。此事实在非同小可。因此，两人在恰克图已做过密议。

副将军曾怀疑俄方用意，是否因对我方断市不满，欲以此借刀杀人，图谋报复。松筠则以为不太可能。一则，俄方对恢复恰克图互市，迫切于我方，行此离间计，岂不要加重两国僵局？再则，俄方既已提供我方涉案人头，虚实一查便知。若欲虚拟，断不会提供如此详细案情。副将军倒也觉得松筠所说在理，便主张紧急密报理藩院。松筠则主张先下手暗查亲王以下疑犯，案情查实，证据确凿，亲王果真涉案，再密报朝廷，较为妥当。如真出了如此大案，你我毫无作为，失职之罪，也难逃脱。副将军一听，连称松筠所想周到，愿协同先下手破案。

所以回到库仑，松筠上奏会审情形，暂未提及俄方密件一事。所呈奏章，也曾予车登多耳济亲王过目。亲王对两案并结主张，一直就不大赞同。认为俄方不肯将前案首犯交出会审，足见其悔意可疑。对此次再提两案并结之谏，也劝松筠三思。松筠性直，又位列在前，决意上呈，听朝廷裁定，亲王也无可奈何。

松筠得俄方密报后，才明白这位亲王反对两案并结用心。年下，库仑呈现近年少有的喜庆气象，亲王也曾来询问松筠，朝廷并无复市圣旨，今库仑全城竟在庆贺复市，就不怕朝廷问罪？松筠其时尚不疑亲王有私，竟笑问：难道尔不欲尽早复市耶？今回想，这位亲王可能在前年听说松筠有意两案并结后，即已暗中上奏了，企图阻拦。而近年边境走私案，屡查不绝，原来只以为是大胆之徒，为逐厚利，铤而走险，不想竟有这位亲王染指收贿，可不是难以禁绝！

松筠悟透被罢职原委，倒也宁静下来。有此案在握，立功翻身便有指望了。今虽被罢职，但仍留库仑理事，查办此案，也责无旁贷。断市以来，走私茶货，获利数倍于寻常，这位亲王收贿，想必也相当可观。否则，岂会冒此风险。然为一己私利，竟欲维持断市困局，置边境困窘于不顾，实在也令人难忍。即便再受上斥，亦要查办此案！

松筠为官，直言无避，刚果不克，也因此在日后仕途中，屡有忤旨，几起几蹶，尤其为朝中和珅之流排斥，晚年挫折更多。但依然不随时俯仰，实心理事未尝改。此次尚为初受劾降，坦直锐气更未稍敛。不过，他也素来理事有方。

今既已被罢职，查办此案，便得仰赖副将军蕴敦多耳济郡王。罢职前，他已与副将军密议过破案事。副将军理事才干，远不及他，一切办法、步骤、谋略，尽听从他策划。今他忽遭去职，副将军一定会焦急不安的：如此重担压到一人身上，又不擅此种案事，岂能不焦急！所以，松筠就来了个稳坐不动。

没有几日，副将军果然就匆匆来访，满脸愁云。他落座就说："朝廷诏令，太让人意外了！"

松筠支开左右，故作轻松，说："余获罢职，倒也卸去一身重担了！恰克图断市六年，余未能善加了结，又有如此一桩走私大案，久未察觉，获朝廷劾降，亦是罪有应得了。"

副将军一听，就坐不稳了，急忙说："公被去职，仅因处置边境新案失当，并未涉及此桩走私大案。"

松筠就说："余正欲将此失职不察之过，上报理藩院，以表示受惩无怨也。"

副将军更急了，说："公若如此，余也自当连坐了！公与余前已有约，先破案，后上报，以破案作为赎前失察之过。今何以有变？"

松筠说："彼一时也，此一时也。今余既已罢职，欲有所作为，也无从谈起了。再说，失察之过，也无非受劾降，今已获罪，作为云云，亦无关紧要了。"

副将军忙说："与公同僚六年，何忍不施援手？"

松筠说："将军也不能太怨恨于我。这位亲王，与你我亦是同僚多年了，竟敢如此违法自肥，而置你我于此不忠不义之危境。亲王与将军有无融通，余不知；与余，却是密不透风。余来库仑，本负钦差圣命，亲王如此妄为，本已是欺君之罪了，何忍连累于余！"

副将军更急忙坚称："他与余，亦是密不透风！余受朝廷圣恩，又岂能容忍此等大逆不道？"

松筠才说："此亦正是余犹豫处。将此大案上报理藩院，本也是余以戴罪之身所该有的赎罪作为，但实在也不忍连累于将军的。"

副将军说："凭余一人之力，实难破此大案的。公足智多谋，还望依前谋划，携手成此大事。一旦功成，当尽归于公！"

松筠笑道："余岂是贪功之人！将军既如此不弃，余也只好振作了，为将军效力就是。"

副将军忙说："千万不能如此。破案事宜，一切还得借助于公之智谋。此案事涉亲王，非同小可。"

松筠说:“正因事涉亲王,你我才极易被连累。余也甚觉棘手的。”

副将军就起身作了一揖,说:“你我已无退路,还望能携手自救!”

松筠见所用激将法已收成效,便也起身还礼,说:“将军,你我既无退路,也只好携手破案了。此亦是为国效力,即便再受连累,余也无怨也!”

副将军这才略展愁眉,说:“一切愿听公所指派!日前所议,破案宜从速,使彼措手不及。何日下手,先缉拿底下从犯?”

松筠说:“前拟从速下手,是怕亲王等觉察到俄境私通客商出事,欲暂做收敛,隐灭罪证。也怕彼见复市在即,及早洗手。今余遭罢职,亲王必有得意,复市又无望,也必再图走私。此反倒为你我拿获私通茶货,新现良机。故今也不必从速下手了。”

副将军就问:“那如何行事?”

松筠说:“暗设伏兵,静待而已。”

副将军又问:“何处暗设伏兵?”

松筠说:“将军可在恰克图边境一线所有卡伦暗派亲信驻守。如此,边境所有异常,岂不尽在将军掌控中?彼等新图走私,必新辟关口。探知其所走新关口,你我就好下手了。”

副将军说:“此招倒是不难。只是,所有卡伦都派驻新兵,会不会引起彼等警觉?”

松筠就笑道:“余愿为将军献一苦肉计!”

副将军忙问:“苦肉计?愿听其详!”

松筠说:“将军可由将军衙门内挑选可靠亲兵,扬言久在衙门,娇懒成性,故发派卡伦吃苦。一处卡伦,派一亲兵,足矣,不可多派。”

副将军说:“这倒是一妙招。只是,卡伦地处远僻,发现异常,如何及时报回?”

松筠说:“此正为要紧处!亲王的亲信耳目甚多。破案动静,极易为之觉察。故将军暗派的亲兵,万不能擅离卡伦。将军宜另选亲信,借往卡伦传达军令时机,密通消息。”

副将军说："这容易办到的。"

松筠说："还有一要紧处。卡伦所驻亲兵，一旦发现有走私行径，万不可妄动。先任其得逞就是了。待彼等以为已成可靠暗道，我们才好下手。"

副将军说："公到底是足智多谋！余一切即照此行事了。"

送出副将军，松筠心里也踏实下来。这位副将军，到底也不糊涂。他最担心的，就是这位副将军不肯再全力破案。他既遭罢职，副将军若有反水，与亲王沆瀣一气，反诬俄方密件别有用意，那他就陷于绝境了。故他先使了激将法，重在拖住副将军。所幸这位副将军明晓中间利害。

## 2

喀尔喀土谢图汗部，当时亦称喀尔喀后路，毗邻俄境，统辖二十个旗。车登多耳济亲王，当时是这二十个旗的盟长。而库仑副将军蕴敦多耳济，只是蒙古郡王爵位，参赞职衔。所以，松筠被罢职后，他对副将军就无多畏惧了。他私准与俄商贸易，当然是为了从中自肥。但也毕竟惧怕朝廷禁令，尤其钦差大臣松筠，为官廉置，又极为勤政，既难以拉拢，又难避其察，所以只能将走私勾当做得十分隐蔽。也是手下亲信谋得一暗招，使他敢于铤而走险。

此暗招为何？

原来，俄境布里雅特族既系蒙古部族，牧民也多信奉喇嘛教。往喇嘛庙熬茶，便也成为日常不能少的宗教仪式。恰克图互市停止后，茶货断绝，自然就危及到熬茶仪式。但平日饮食奶茶，已难中断，此事关信仰的仪式，又岂能中止？日常生活遭此困厄，更需仰赖佛祖赐福保佑，熬茶也更迫切。于是，在中方有亲戚的边民，利用过境之便，多有暗携茶砖的事件发生。因不属贸易行为，边卡多半也只是教训几句，予以放行。

车登多耳济手下的亲信，就看到了这一可乘之机，为亲王谋出了走私暗招：可准许以这边喇嘛庙名义，赐茶予俄境牧民，供熬茶之用；一旦被察，亦好交代。而其实所谓赐茶，还是暗中售予俄境商人。亲王被手下说动，便点了头。然此暗道一开，便一发不可止。断市后，边境两厢本来已暗聚了不知多少走私客！

在库仑开六陈行的张掌柜，便涉入其中了。他加入的这一走私帮伙，本来就神通广大，见松筠这边攻克不下，便在车登多耳济亲王这边下功夫，终于将其手下的亲信买通。谋得此暗道后，又拉拢了恰克图买卖城中的一处喇嘛庙，再买通边防卡伦军头。张掌柜，又因与外茶大户汾阳张家有本家关系，渐将张家万胜永记茶庄，也拉下了水。张家万胜永记在断市后不久，即报官从买卖城及库仑撤庄，其实就是暗度陈仓了，撤庄不过是一种掩盖。撤庄，即是不再公开向官府领票，要示明已不再押运茶货来库仑，其实是将茶货交“暗房子”偷运过来。张家的万胜永记茶庄，也就成为这个走私帮伙的最大供货方。因张家不便出面与俄方走私客直接交易，这才导致康家的吴家瑜被拉下了水。

松筠从俄方提供的密件中，已知道了涉案人员中有张掌柜这个人，但并未提及吴家瑜；也知道了有外茶大户暗中供货，但并不知是张家的万胜永记。那日，松筠微服来张掌柜的油盐店暗访。其时，张掌柜不在店内，只有吴家瑜在守店。

吴家瑜当然未见过松筠这样的大员，只以一般顾客对待。松筠购买了几包曲沃皮烟，便与吴家瑜闲谈起来。曲沃皮烟，烟丝细，口劲小，绵软适口，但价格也较贵，多为有钱人吸食。加上松筠谈吐也不俗，吴家瑜未敢怠慢。松筠自称大臣衙门某司官仆役，是替司官老爷买皮烟，欲见掌柜。吴家瑜说掌柜外出办事去了，有何吩咐，一定转告。松筠便说，他家老爷觉近来所购皮烟，已不似先前味柔，是否有假？务必请掌柜出来说话。吴家瑜忙说，敝店向来未敢做假的，所售皮烟实是曲沃正宗晒烟。松筠故作怒色道，难道是我家老爷真假不辨？吴家瑜慌忙赔罪，说或有变味者，甘愿赔罚的。松筠仍执意要见掌柜。吴家瑜说，掌柜已不在库仑，往牧区售货去了。

就在这时,有一俄人匆匆进店,径直用俄语同吴家瑜说话,吴家瑜也用俄语回话。松筠虽不通俄语,但在库仑任职六年,已能辨出俄语熟通程度。他见吴家瑜这位杂货店伙计,竟也能将俄语说得如此流利,不禁暗暗吃惊:这间油盐店的掌柜,看来涉案不假。

俄人与吴家瑜也未多说,便又匆匆离去。

松筠也不再坚持要见掌柜,教训几句,缓和了气氛,便说:“你们这油盐店,也常做俄人的生意?”

吴家瑜似已心不在焉,说:“俄人也离不开油盐的。”

松筠就问:“你这位小掌柜也通俄语?”

吴家瑜说:“生意所需,略通而已。”

松筠说:“我在库仑多年,也欲学几句俄语。尝试多次,实在太难学了。所以十分敬佩会说俄语的汉人。敢问小掌柜姓名?”

吴家瑜脱口说出了自己的姓名。

松筠一听“吴家瑜”三字,就觉有几分耳熟,但想不起何时听过这个姓名。他又敷衍几句,离开了这家油盐店。

回到衙门,才依稀记起,仿佛是听大瑜说过。于是,就问起大瑜。大瑜果然说,她知道吴家瑜这个人,原来就是康家驻库仑庄口的伙友,很有通译的本事,康家本想重用的,却为了媳妇,辞出康家,去了一家油盐店,没有出息。这事跟老爷说过的。

松筠这也才记起来了,但心里更吃惊不小!这个熟通俄语的吴家瑜,原来竟是康家的伙友?他辞出投奔张掌柜,其中是否另有文章?涉入走私的那家外茶大户,难道会是康家?

松筠未动声色,但心里却已不安起来。如果真是康家暗中涉入此大案,他的处境就更凶险了。他收大瑜为侍妾,已与康家有了说不清的关系,今康家涉案,他又如何能洗白自己?难道将大瑜送他做侍妾,是康家圈套,欲借此拉拢于他?

可松筠再三思之，依然觉得是他自己看上了大瑜，并不是康家引诱于他。若真是康家设了圈套，那投他所好使用的手段，也太高明了！那位优雅博学的夫人，难道也会深藏此祸心？再说，自他收大瑜做侍妾以来，康家也未提过任何非分请求。大瑜也谨守规矩，与康家庄口无过多往来。

然而，康家自断市以来，一直源源不断押运茶货来库仑，这也不能不使人生疑。储藏如此多的茶货，真也未寻出路，只静待复市？这次断市如此旷日持久，其不堪重负，或也可铤而走险的？

松筠毕竟是廉正之士，虽疑自己可能被牵连，也毅然决定不能住手。如他真中了康家圈套，康家所企望于他的，无非是他手下留情。他稽查不住手，其再高明的拉拢手段，也就尽付东流了。

当日，他也与大瑜未多说什么。只是暗派亲信，去打探了康家天盛川庄口的情形，得知其少掌柜康仝霖及冯掌柜都还在库仑。其时已到三月中旬，库仑最后的返程驼队眼看也将起程了。为防康家万一涉案，松筠决定将康家少掌柜留在库仑，以便稽查。于是，静待两日后，他不动声色对大瑜说，今既被罢职，倒也有了难得的清闲。康家少掌柜甚有才学，很希望与他清谈论学，一解寂寞。只怕康家少爷不愿留在库仑度夏。大瑜便愿为之说项，但也怕少掌柜身担生意重任，有所为难。松筠故意说，复市仍无望，夏日又本是茶行闲季，所以才生此意。就怕见余遭罢职，不肯再巴结就是了。大瑜忙说，少掌柜可不是这种势利小人！

来日，大瑜便来到康家庄口，传达了松筠的这番意思。

当时，除康仝霖外，冯得雨及石岳两位掌柜都在场。他们正被突然逆转的局势弄得不知所措。已议定，石岳掌柜留在库仑，康仝霖、冯得雨及乔掌柜赶回太谷，重定对策。家中得知复市在即消息，一定已做复市安排了。这真是转眼间，就大起大落，叫人如何是好。大瑜忽然传来这番意思，三人倒是都无意推拒。松筠大人实心为复市运筹奔波，今反遭褫职，他们也正为之抱屈。今提出此等意愿，实在也该应命的。康仝霖本想当即答应:能留在库仑度夏,他当然愿意了,与叶琳娜相识这许多年,还未一起在库仑度过一次夏天。但突临此逆转,家业重任尽压于母亲一身,他也实在于心不忍。他便问冯掌柜,这如何是好?

冯得雨毅然说:"我们当然不能冷落松筠大人!"

石岳也说:"我们真不能忘恩负义的。少掌柜就留下来,我石某与冯掌柜回太谷。车到山前必有路!老号诸事,少掌柜尽可放心就是。"

冯得雨说:"我意,石岳掌柜也留下,不必来回跑路了。大瑜,松筠大人遭罢职,也太出人意料了。其中蹊跷,你能告知一二吗?"

大瑜忙说:"连我们老爷也不明其中原委的!虽惊愕不已,也只好遵旨了。"

康仝霖就说:"大瑜既不便多说,我们也不必多问了。"

大瑜更急了,说:"我们老爷真也不知原委的!对我,也只是说:宦海风浪,向来莫测。你跟了我,有享福的时候,就必有落难的时候。"大瑜所说,也是实话。俄方密件,疑心车登多耳济参奏了他,等等,松筠都未说知大瑜。

冯得雨就说:"松筠大人落难,倒也不见得吧?朝廷仍令大人留库仑效力,其中也或有用意?"

大瑜说:"我们老爷,实未多说及此。有了难得的清闲,倒是真的。"

石岳就说:"松筠大人仍留库仑效力,复市总还是有指望的。"

大瑜说:"但愿如此吧。少掌柜能留了下来,我也不枉跑这一趟了。"

送走大瑜,三人又计议良久,也不知松筠有此清闲心境,是福是祸。康仝霖知道留库仑度夏成真,又不免担心起母亲来。三人再计议对策,也还是停运红砖,扩张内茶。

不日,冯得雨与乔掌柜等带着两则意外逆转的消息,跟随最后一批驼队,踏上归程。康乃懋已应允米氏联姻的消息,尚未传回,今又骤添了松筠遭劾降,复市又成泡影的消息,真是劫数未尽。

## 3

康家少掌柜如此痛快就留了下来，倒有些出乎松筠的意料。他原以为康仝霖总要有所推托的，即便未有涉案，也当有生意缠身。逆境未缓，彼号已不堪重负，哪会有闲心来陪他？如真涉案，也该有所犹疑吧，俄方走私商既已被查获，彼等岂能无所警觉？或欲以此巴结于他？

总之，松筠对康家生了疑心，凡事也就多了心，康家少爷的仗义，也不敢轻信了。不过，他也并未急着召见康仝霖，稳坐不动，只是静待。康仝霖若欲巴结他，当会跑来拜见的。半月过去，康家少爷仍未来见，他也只好邀彼进来，先做试探。

康仝霖神色自然也不是怎样的悠闲，但此是忧心生意，还是担忧案事，也难洞悉。

松筠就说："少掌柜留在库仑度夏，一定有所为难吧？"

康仝霖忙说："复市既无望，也无须多跑茶山了。一直未在库仑过过夏天，今年终于忙里偷闲，得以留下。何况还蒙大人一番盛意！"

松筠说："余也难得有此一时清闲！早知少掌柜甚有才学，故有此挽留。复市在迟早间，不可言无望。你我正可忙里偷闲，聊做清谈。"

康仝霖说："大人既说复市有望，我们也踏实了。只是，断市旷日持久，敝号实在也到山穷水尽地步了。大人为复市运筹奔波，我等西商，无不感念铭记。今忽生此变，我等都惊诧难平的！"

松筠笑道："余有过失，才受劾降。尔号还运储茶货来库仑吗？"

康仝霖忙说："去冬已停运红砖了，只贩运少量青砖来库仑内销。库仑储藏红砖已过多，真也不堪重负。再断市下去，敝号亦不得不走撤庄末路。"

松筠就试探道："少掌柜如此诉苦哭穷，是想有求于余耶？"

康仝霖说："唯望大人还能不停运筹，力促复市！"

松筠又笑道:"余今无职无权,已是心有余而力不足了。"

康仝霖说:"朝廷留大人在库仑效力,是仍有作为余地的。"

松筠说:"复市当由朝廷圣决,余所作为,也不过上呈下情罢了。"

康仝霖说:"我等西商困窘之实情,还望大人能尽奏朝廷的!"

松筠又试探说:"边境有私与俄商暗中贸易者,朝廷尤其严令奏报!"

康仝霖忙说:"敝号万不敢有此妄为的!此为敝号祖训。"

松筠见康仝霖如此滴水不漏,就先转了话题,说:"理应如此,余亦未疑心尔号。难得有此忙里偷闲,先不说这些了。近来翻检朱子著述,甚得读书之道!'问易如何读?曰:只要虚心以求其意,不要执己见。读他书亦然。'说得何其直白,又何其要紧!今人读书,往往在一言半句上,硬见道理,实在可笑。"

康仝霖忙说:"在下终年奔波于茶道,早久疏于读书了。闲来,亦只是读些诗书文章,于朱子典籍,实也用功不多的。"

松筠就说:"苏东坡、黄山谷,系诗词大家,文章之士,其读书之道,亦甚为朱子赞赏的。"

康仝霖虽也略记得朱子赞东坡山谷读书语句,还是说:"在下真还未留意于此,愿听大人一解其详。"

松筠说:"朱子曰:'东坡教人读书,每一书当作数次读之。当如入海,百货皆有,不能兼收尽取,但得其所欲求者。'读书不能太贪,这等要紧处,吾辈常不在意。"

康仝霖说:"入海取货之喻,说得精到。"

松筠说:"朱子又曰:'黄山谷与人帖有云:学者喜博而常不精。泛滥百书,不如精于一。有余力,然后及诸书,则涉猎亦得其精。盖以我观书,则处处得益。以书博我,则释卷而茫然。'朱子深喜山谷此言。余对'以我观书''以书博我'八字,也圈点再三的。"

康仝霖毕竟有才学,一时也被松筠引述的精彩章句激起论学兴致,便忍不住说:"大人引述朱子读书之道,都甚精妙。在下读书即不得法,今欲请教大人一二,可否?"

松筠笑道:"尽可挑剔!"

康仝霖就说:"大人引述,前刚说读书'不要执己见',后又说宜'以我观书';前刚说不宜'在一言半句上,硬见道理',后又说读书不要太贪,'不能兼收尽取'。似也前后不合耶?"

松筠大笑,说:"少掌柜果然机敏。与余抬杠,倒是甚得法!"

康仝霖忙说:"在下可是真心请教。"

松筠说:"余最膺服朱子治学处,即在此一体两分,两体合一法。朱子论理,阳不与阴对,善不与恶对,视阴阳善恶为一体两用。读书之博与精,也是一体两分也。"

康仝霖说:"到底还是大人善辩!"

松筠说:"此是朱子理学要紧处,岂是余善辩!朱子曰:'善恶皆是理,恶是指其过处。如恻隐之心本是善,才过便至于姑息。羞恶之心本是善,才过便至于残忍。'"

康仝霖说:"在下也记得朱子有云:'饮食者,天理也。要求美味,人欲也。'是说人欲隐于天理?"

松筠即滔滔说:"正是,正是。朱子论天理亦不与人欲对。'以理言,则正之胜邪,天理之胜人欲,甚易。以事言,则正之胜邪,天理之胜人欲,甚难。正如人身正气稍不足,邪便得以干之。'你我谁能轻易拒美味?尔等为商,岂又能轻易拒暴利?"

康仝霖忙说:"不义暴利,敝号是绝不敢贪取的!"

如此谈论良久,松筠也未发觉康仝霖可疑之处,尤其康仝霖终于也未提出庇护之意。这倒使松筠稍感踏实,但也仍不敢大意。彼等或以为车登多尔济大权在握,更可放心依赖,而他已罢职,无须巴结求情了。

康仝霖辞别出来,倒也没有生疑。只觉松筠大人虽遭劾降,依然正气充盈,不见失意,更令人钦佩。大谈朱子理学,是为申其廉正之志未改吧。只是，未能从松筠处获悉更多官方消息，有些遗憾。松筠说复市在迟早间，固然稍感安慰，但是迟是早，未肯多言。能早日复市，当然谢天谢地了。看眼前局势，复市只会迟，不会早。今已苦撑六年，迟一日，便也度日如年了，再迟延下去，真要山穷水尽了。

回到庄口，石岳问起召见情形，康仝霖如实相告。石岳听后，倒以为不必过于忧虑。松筠大人既如此沉着，想必复市有望，也不会是虚言。今不止我商户困窘，库仑亦凋敝不振，此岂能长久？石岳是个乐观豁达的人，相信车到山前必有路。他劝少掌柜安心静待就是了，徒做忧虑也于事无补的。康仝霖也只好多往好处想。

不久，从叶琳娜处传来俄方新的消息。她新收到父亲信件，告知俄国女皇已发御书致中国皇帝，真诚表示友好，承认恰克图贸易通商，于俄罗斯大有裨益，请求将以前旧案，早做剖断，准许开市。所以，复市已大有希望。

康仝霖及石岳，自然也受到些鼓舞。

## 4

进入四月，石岳赶往久别的恰克图买卖城整顿号事。此时，喀尔喀草原已是春意盎然。康仝霖留在库仑，叶琳娜当然十分高兴。她虽有所克制，但还是常来与康仝霖见面。康仝霖也是寻出各种理由，前去拜见她。想到将在一起度过整个春夏，两人都兴奋不已。相聚时，艰难的世事，似也远去，只有愉悦难拒。眼看春深日暖，叶琳娜便提议往草原远游。康仝霖还从未游历过春天的喀尔喀草原，自然也十分愿意。何况即便不是春天，他也不会拒绝的。

那日，两人骑马出库仑城，沿着图勒河顺流西行。河水春潮已过，正从容流淌，清澈明亮。两岸无垠的草原，已是一片碧绿。许多小草早早便开出了黄的紫的碎花，星星点点，撒满绿野。牧人的羊群，悠然移动在草原上,似片片浮云落下。天空却是一色淡蓝,不见一抹云翳,只有春阳明媚。但迎面微风,还略有寒意。

出城缓行不久,叶琳娜竟策马飞奔起来。此时,康仝霖才发现,叶琳娜的背后,还负有一支猎枪。负抢策马飞奔,更有一种别样英姿。他也策马追赶,哪里又能追得上?越追赶,相距越远,渐渐的,已目所难及。跑过一个小山丘,远处的黑点,竟全然消失了。他正犹豫间,却从身后传来叶琳娜的笑声。回头看时,叶琳娜已策马超越而去。他再追去,又越追越远。

这样,足足跑了一个时辰,叶琳娜才缓慢下来。及至康仝霖赶来,叶琳娜已跳下马来,大笑不止。

康仝霖也跳下马来,说:"你的骑术竟如此好!"

叶琳娜说:"我在库仑多少年了?"

康仝霖说:"在库仑,你也不是天天骑马!我倒是一年之中有半年在马背上,只是难得这样策马驰骋。"

叶琳娜说:"我也难得这样策马飞奔的。"

说时就解下马背上的行囊,任马去吃草,她席地坐了下来。康仝霖也放马去吃草,自己坐下来。

叶琳娜就说:"父亲喜欢打猎,每年都会带着全家,外出打几次猎。所以,我从小最爱骑马了。在库仑,每年恰克图议盘会商之后,父亲也会带我出来打一次猎。打猎最有趣的,就是策马追逐射中的猎物。已经有六年没同父亲一起打猎了。"

康仝霖说:"我也六年未见父亲的面了。"

叶琳娜忙说:"我们不说这些了,不说这些了。"

康仝霖就说:"你携猎枪出来,是要打猎?"

叶琳娜说:"现在不是打猎的季节了。"

康仝霖说:"那还携猎枪出来?"

叶琳娜笑说:"为保护你。"

康仝霖不解:"保护我?"

叶琳娜就说:“草原有狼。”

康仝霖笑道:“我才不怕狼呢。出入北茶道,哪次能不遇着狼群!”

叶琳娜凝视着他,说:“那你来保护我吧。你会使用猎枪吗?”

康仝霖拾起叶琳娜的猎枪,看了看,说:“贵国的猎枪,我真还不会用。我真该带一只巨獒出来。”

叶琳娜过来跟他依偎在一起,说:“有你就足够了。有你就足够了。”

康仝霖不知该说什么。

叶琳娜轻声说:“每年这种时候,我都会来草原迎接春天。放马飞奔的时候,总是想到你。盼望有一天,能与你一起,来享受这草原的春天。今天,终于实现了。我应该感谢谁呢?”

康仝霖说:“我也一样的。在往茶山的一路,每遇胜景,也会想到你。也盼望有一天,能给你讲解胜景后面的故事。可是,那一次,你终于能去茶山了,却……”

叶琳娜打断他,说:“不要再提那一次,不要再提了!”

康仝霖只好说:“喀尔喀草原的夏天,也很炎热吗?”

叶琳娜说:“等夏天,我们再来这里,你不就知道了?”

叶琳娜又轻声唱起了俄语歌曲。康仝霖听着,不似在哈腊唱过的那一首,歌意也还是听不大明白,只能觉出浓浓的忧伤。曲罢,他又问歌意,叶琳娜也还是不给他通译,只是又轻唱起来。那浓浓的忧伤,使他不由想起了秦观那首《鹊桥仙》来:

> 纤云弄巧,飞星传恨,银汉迢迢暗度。金风玉露一相逢,便胜却人间无数。柔情似水,佳期如梦,忍顾鹊桥归路。两情若是长久时,又岂在朝朝暮暮。

他很很想将这首词吟咏出来,再通译给叶琳娜听。想想又觉过于忧伤了。难得的这一次春游,真也不忍叫忧伤拴住。他也不由想起与松筠谈论的天理与人欲,更作罢了。于是,等叶琳娜曲罢,他就提议再策马奔驰一程。

不过,两人重新上马后,叶琳娜并未飞奔而去,只是与他并肩缓行。

康仝霖说:“为何不再策马飞奔?”

叶琳娜说:“怕你追赶不上。”

康仝霖说:“我的马已是热身,不会再落后了。”

叶琳娜却问:“你喜欢炎热,还是寒冷?”

康仝霖说:“这春日最好!”

叶琳娜又问:“我应该感谢谁呢?”

康仝霖问:“感谢什么?”

叶琳娜说:“与你一起享受这个春天。”

康仝霖说:“那得感谢松筠大人吧。他挽留了我。”

叶琳娜说:“因为他不幸被罢职?”

康仝霖说:“那真是太意外了。”

叶琳娜说:“所以,我们也才能这样意外地享受春天?”

康仝霖说:“也不能这样说,或许也是因缘前定吧。”

叶琳娜问:“什么叫因缘前定?”

康仝霖说:“就是天意吧。”

叶琳娜说:“什么叫天意?”

康仝霖说:“就是上天的意愿吧。”

叶琳娜说:“天意就是叫我们感谢别人的不幸?”

康仝霖忙说:“可不敢这样说!”

叶琳娜说:“可是,因为不幸断市,我们才能年年见面。”

康仝霖说:“快不用说这些了。”

叶琳娜跳下自己的马,又跃上康仝霖的马,从背后紧紧搂住他,说:“我们总是与不幸相伴,总是有太多的不幸。”

康仝霖不知该说什么,只好策马飞奔起来。

## 5

蕴敦多耳济副将军按松筠的谋划,在边防卡伦都暗布了自己的亲兵。到五月,果然有了预料的动静。在恰克图以西的边防卡伦,有喇嘛庙住持,执车登多尔济亲王手谕,往俄境运交了少量茶货。

副将军得此密报后,即来见松筠,大赞松筠料事如神。

松筠忙说:“将军,远不到你我得意之时! 千万要沉住气。”

副将军说:“这我岂能不知? 已遵公嘱,严令该卡伦亲兵静待,不可妄动。只是该卡伦地处偏远,日后设缉拿伏兵,甚有不便。”

松筠说:“尚未到那一步。欲证亲王私准贸易,必须有足够赃物。少量走私,不足以治其罪。所以,还得探知走私茶货所藏之处。”

副将军说:“如何探寻其赃窝?”

松筠说:“此事由我来暗查。将军只需严守边防卡伦即可。除该处外,别处也不可大意。”

副将军说:“那就遵公所嘱了。”

松筠就问:“将军近来见亲王否?”

副将军说:“仍照常见面,计议公务,不敢稍有惊动。”

松筠说:“很该如此。亲王未有异常吗?”

副将军说:“异常倒也未见,只是有些意得志满状。深叹公不听他劝说,执意擅决,遭此不幸。断市以来边务,本处处无懈可击,当受朝廷褒奖的,却因公受连累了。”

松筠就说:“边务无懈可击,是言过其实。尔等受余连累,倒也是实情吧。”

副将军忙说:“公受劾降,我与他受何连累? 彼暗为此大逆不道事,才是置你我于危境。得卡伦密报,余更惊出一身冷汗! 一切真如公所意料,也相信俄方密件无诈。若无公如此运筹谋划,力挽前失察过失,后祸真不敢设想!"

松筠忙说:"也是将军施救于我了!"

副将军说:"公出此言,余可不敢当!"

送走副将军,松筠也长长出了一口气。这位亲王,果然没有罢手。彼不肯罢手,稽查此案也才容易些。松筠罢职后,这位亲王也曾来慰问过。他一再表示,对复市也盼之殷切,库仑受累已太甚,蒙民受困也太甚,他身为盟长,寝食难安。还埋怨松筠操之不当,使复市受阻了。他将上呈理藩院,再做委婉陈请,乞圣上早日开恩,准许复市。松筠知他是故意这样表白,但也疑心他或有所警觉,欲收敛洗手。俄方走私下家被查获,他不能不知。复市趋势,他也不能有所体察。他一旦做了罢手打算,那查案就难了。今终于得知其未罢手,松筠才松了一口气。

不过,松筠估计,车登多尔济阻拦复市,也毕竟是退兵之策。断市已长达六年,边境军民困窘状,不断上呈,朝廷终不能不察。复市趋势已难当,只在迟早间。亲王暂阻复市,多半是尚有私存茶货,因俄方下家出事,未及脱手。复市既已受阻,设法将此私货脱手,正是其当务之急。所以,边境也必会有所动静。今果然不出所料。而以阻拦复市动作,来争得脱手机会,这压在手中的私货,也一定不是小数额,至少也足以将彼等治罪的。

当然,这也只是松筠的推断。所以,他就想探知此批私货匿藏何处,又究竟有多少。

自从疑心康家涉案以来,松筠也就把康家在库仑及恰克图买卖城的庄口当作了走私茶货的匿藏处之一。尤其那日听康仝霖所言,去冬已停运红砖来库仑,这岂不是因俄境下家出事,所作收敛吗?但松筠也想,断市后康家历年所运来的茶货,都申领了院票,来路有据可查。一旦去路不明,又如何做掩盖?松筠所疑心的另一匿藏处,即俄方密件中所提到的恰克图买卖城中那间喇嘛庙。

松筠很想亲往买卖城那间喇嘛庙,做一次微服私访,但又怕动静太大,不易隐蔽。他离开库仑,毕竟不宜长久。他思之再三,也只好选了身边一个蒙古族亲信。为之设了计策，往那间喇嘛庙暗访。

半个月之后，这名亲信从买卖城暗访归来，却一无所获。他以熬茶名义，向那间喇嘛庙布施了不菲的酥油和茶砖，得以在庙中盘桓几日。庙中佛殿及禅房都暗加察看，并发现屯集茶货，也未发现禁止香客靠近的密封房舍。因茶货不耐潮湿，藏于隐秘地窖，似也不太可能。

这就使松筠有些失望，也加重了他对康家的疑虑。

在此期间，那处出事的边防卡伦，也再无动静。松筠更疑心自己是否有所失算？不过，他还是请副将军静待勿动。

进入炎热的六月，那处边防卡伦终于有了大动静：差不多三四天就有一批茶货偷运过俄境。每次也都持有车登多耳济亲王的手谕，但均在夜间过境。

副将军得此密报后，即来见松筠。松筠当即建议，副将军宜尽速亲往买卖城，坐镇布伏兵，缉拿走私案犯。并为之献计，出城前，可先拜见车登多耳济，说知将赴恰克图边境，会见俄边防军头，追要旧案匪首，催结旧案。到边境后，可将亲兵乔装为贩马客，暗布于该卡伦附近。下手缉拿案犯时，要紧处，是要将车登多尔济的手谕拿获。

蕴敦多耳济副将军，又大赞松筠想得周到，辞别出来，行动去了。副将军有军权，自可号令边防卡伦军士。车登多耳济手谕，只能准许过境，不能对抗军令。

送走副将军后，松筠就往张掌柜那间六陈行再做私访。发现那个熟通俄语的吴家瑜已不在店中。守店的，只是一位年轻的妇人。闲问之下，说是掌柜及吴家瑜多往牧区售货去了。松筠心中对康家疑虑就又深了一层。

来日，又召康仝霖来衙门闲谈。康仝霖不但应召而来，言谈间的神色举止，也与已往未有不同。这位少掌柜，竟这样有城府吗？松筠还是寻不出分明的可疑处，又不能尽去疑虑。

得知副将军已离开库仑后，松筠又去拜见了车登多耳济亲王。

亲王见松筠来访，倒是甚为热络，说："眼看又半年过去，断市僵局仍未见稍缓，贤兄还得一如既往，多多出谋划策，促俄夷了结旧案，早向朝廷交代，拯救边民于水火！"

松筠忙说："余既遭劾降，边务大事自该由亲王与副将军扛着了。若有杂务，余不会推辞的。但复市这件大事，只能仰赖亲王了。"

亲王说："贤兄岂可如此多虑！朝廷有旨，仍令贤兄在此效力，即是要贤兄照旧张罗边务的。贤兄有大才，总不能坐观余等焦头烂额吧？"

松筠说："余已吃了擅专的亏，岂敢再妄为！边务大事，还是要听亲王运筹。今断市僵局已长达六年，确是不宜再拖延了。不知亲王有何谋算？"

亲王说："僵局长久难缓，过在俄夷。它总在推诿，不交匪首，我们也实在难有良策的。日前，副将军已亲往恰克图边境，将会见俄夷军头，催其早结旧案。我们所能作为的，也不过如此了。"

松筠故意问："副将军已亲赴边境了？"

亲王忙说："此是不久的事，还未来得及告知贤兄。"

松筠说："副将军也太给俄夷面子了！派一手下司官前往，也就是了，何须亲自出面？"

亲王说："副将军出面，也是为示明我方难以忍耐。"

松筠故意说："今是俄夷急迫想复市，我们沉住气才好。朝廷斥余擅专，用意也在此。"

亲王忙说："那就急令召回副将军吗？"

松筠说："那倒也不必了。想来副将军也会妥当行事，显示我仁至义尽吧。"

亲王就说："俄女皇既已致御书与我圣上，表明悔意，为何不肯将旧案匪首交出？"

松筠说："一国体面，总还是要留几分的，岂能尽按我方严求，悉数照办？"

亲王说："若俄方真是缉拿不到旧案匪首，僵局便永难解开吗？"

松筠笑道："余出两案并结之策，遭朝廷严斥，才知旧案依约单结，也关系我大清体面，不可通融的。"

亲王说："断市僵局再如此拖延，边民又如何受得了？"

松筠知亲王是故意做此表白，就说："这就全要仰赖亲王作为了。旧例朝中直放办事大臣，库仑任期也不过三年。今余驻库仑已长达六年，逾两任之期。余何时能还京，也全仰赖于亲王了。"

亲王说："那贤兄更当一如既往，出谋划策，不可坐观余等焦头烂额的。"

松筠做此拜访，是为探知亲王动向。其对副将军亲王库仑并未多心，松筠也就放心了。交谈之中，松筠能觉出，亲王对复市趋势确已有所感知，故设法探听他对局势看法。他做僵局难缓判断，也是为稳住这位亲王。

未出十日，副将军已派人来报，边防卡伦走私案犯已被当场拿获，并呈上副将军密函。函中略陈缉拿经过及案犯人头，走私帮伙老大、喇嘛庙住持、那位张掌柜及手下吴姓伙计、卡伦军头，都在其中。车登多尔济的手谕，亦查获。问下一步如何行事。

松筠看过密函，心中一块石头落地。当即对副将军亲信说，可即刻往亲王处报案，但千万要隐去亲王手谕一节，只说是卡伦军头私准茶货过境。再者，无论亲王指示将案犯押回库仑，还是就地处置，回去一定先将这一封信函呈交副将军。松筠就将事先写就的一信函交给了来人。松筠在信中交代副将军，一定要坚持将所有案犯解押回库仑，以待细审；亲王手谕一节严密隐下，卡伦军头更要严加监护，回库仑后，要密押在副将军衙门，对外似可宣称：将军盛怒之下，已将其依军法处置。

来人藏了松筠信函，依嘱往亲王处报案。

不出松筠所料，当日，车登多尔济就匆匆来见他。显然，亲王已受惊动。他来这里，也显然是想探松筠动向：是否有所插手？松筠虽已罢职，毕竟是京中派来的钦差。

亲王故作镇静，先未谈案件，只一味做讨教状，请松筠为缓解边境僵局出谋划策。谈论良久，才似无意间提及："恰克图如此长久断市，仅走私逆行，就防不胜防。新接副将军通报，近日又在边境卡伦查获一件走私案，贤兄也知道了吧？"

松筠忙说："并不知道。是大案小案？"

亲王就说："倒也不是什么大案。不过是有胆大的喇嘛，私运些茶货过境，供那边布里雅特人熬茶所用。"

松筠问："一再下令边关严守，喇嘛何以能私通过境？是否有边防司官涉案？"

亲王忙说："据报，只是卡伦的军头，私准过境。可能是念其为做佛事，有所姑息吧。"

松筠说："虽是小案，也不能姑息的。不知亲王将做何处置？"

亲王就说："当然不能轻饶。我已回复副将军，就地在恰克图尽速处置，军头判杖刑，喇嘛私货以一罚十，以震慑边境。"

松筠说："以往也有多起走私案件查获，至今仍不能禁绝。其中原因，恐怕也是由于处置匆忙，致使暗藏案后的走私帮首逃脱了，不久又兴风作浪。此次似当郑重处置，以求斩草除根。"

亲王就问："如何郑重处置？"

松筠说："宜将案犯押回库仑，从容细审。"

亲王忙说："我看还是就地处置，能收震慑之效。再者，库仑喇嘛佛僧势大，也恐有诸多不便的。"

松筠就说："余只是建言，一切理当由亲王决断。"

亲王说："就地处置，也要细审。我会告知副将军的。"

不久，蕴敦多耳济副将军果然将所有案犯都解押回库仑来了。松筠问，如何驳了亲王就地处置的成命？副将军说，以卡伦军头涉案，系违军法，将由本将军衙门审理此案。所有案犯，也押在本将军衙门了。松筠就赞了声："还是将军有魄力！"

案犯解押回库仑后不久，车登多尔济亲王曾来松筠处走动，神色似已安稳许多，说副将军郑重办理此案，也甚好。松筠就知道，这位亲王一定已听说了副将军衙门传出的消息：走私卡伦军头已被盛怒的副将军依军法处置，以为案件一大关节处，已死无对证，故有所放心了。松筠暗喜其已中计。

但松筠在与副将军密审案犯时，所有案犯都一口咬定，走私茶货，仅最近几次，每次数量也仅三四箱茶砖。茶货也非贸易，系喇嘛庙馈赠俄境牧民，供其做佛事，故能获亲王准许。松筠就知，这是一个老练的走私帮伙，早有应付官府稽查的招数，不会轻易如实招供的。

在边防卡伦当场稽查到的赃物，也就是四箱茶砖。以三次计，也就是十多箱茶货。如此数量赃物，给这些案犯治罪，足够了，但不足以给亲王定罪。但只为走私这一些茶货，亲王必也不至冒险亲出手谕的。应该仍有大批未出手茶货匿藏在库仑或恰克图买卖城。

松筠就着力追问茶货来源。

喇嘛庙住持咬定，所赠出茶货，有庙内积存，也有茶商布施。茶商户头，却不肯交代，只说布施者甚众，难以尽数。施主也为善不求人知。

走私帮首，更咬定自己仅为喇嘛庙所雇脚力，一切都不知其详。

松筠在密审张掌柜时，张掌柜先只称自己系为喇嘛庙雇来记账，也不大知茶货来路。松筠冷笑一声，说："本官早知你是谁！你不是在库仑开油盐店的吗？你有多大记账本事，跑到八百里外的买卖城来记账？"

张掌柜立刻神色慌张起来，说："小人素来信佛，与此住持有旧交，故愿往帮忙。"

松筠又冷笑道："既有旧交，岂能不知其详！买卖城一间小小喇嘛庙，竟布施得如此多的茶货，谁信？十数箱茶货，千百斤重，不为私通输俄，囤积何为！尔欲本官动刑耶？"

在逼问之下，张掌柜才终于交代自己曾为喇嘛庙买过茶货，而卖主中竟有康家天盛川。他做此诬陷，也是其帮伙早有预谋。他们因知康家都是领票运茶货来库仑，货源有据可查，不会查出多少私货，可减轻罪责的。而真正的私货卖主，即张家的万胜永记茶庄，他们当然是要极力隐瞒的。连车登多尔济都早有此交代。

松筠一听，心里不由大惊：康家果然涉案？

松筠这才赶紧又提审吴家瑜。他初审吴家瑜时，吴家瑜竟没有认出他来。他点明那次私访后，吴家瑜已慌作一团。松筠未敢威逼，只怕他一口就供出康家：松筠也不希望康家涉案的。那次，吴家瑜也只称为喇嘛庙雇去做通译，其他也所知不多。这一次，松筠已是威严异常，但吴家瑜虽惊慌依旧，却始终未供出康家。他也承认张掌柜为喇嘛庙收买茶货，但咬定都是从暗房子来货，不明货主系何家。他既不敢供出张家，也不忍诬陷康家。松筠以动刑威胁，他也终未改口。

松筠以为他决意护主，更加重对康家的疑心。这个吴家瑜，毕竟出自康家。加之在查获的私货中，亦有几箱红砖。松筠终于做出决断，将康家少掌柜康仝霖缉拿到副将军衙门了。

其时，康仝霖正与叶琳娜约定，要去享受喀尔喀草原的夏天。他当然想不到，在库仑初度夏天，竟会有牢狱之灾！

# 第十二章　近忧与远谋

## 1

冯得雨及乔掌柜一行赶回太谷前，戴夫人正为应对复市在心中盘算着一件大事。

回想断市之初，她已觉得是泰山压顶了。虽不得不代夫出山，挑起这千斤重担，实在也料不到这一挑就是六年。其时以为强撑一两年，即可到头了。两年过去，复市依然无望，又指望至多再撑两年。以往断市，最长也不过四年。哪想四年过去，依然是如坠汪洋望不到头。当初出山时，她心怀的那一种对卓然自立的向往，那几分挺身而出的快意，在这漫长的四年中，早已支付尽了。层出无穷的难关，不见尽头的熬煎，就似万里茶道的跋涉，一程接一程，走到最后的程头，已是筋疲力尽了，可跟着还有回程，回程之后，又是一个万里征程等待着。挺身而出，已成进亦难、退更难的无尽跋涉，卓然自立又岂是历千难万难所能成就！她只是真切知道山穷水尽是何种境地了。只是决断运储红砖于库仓一项，已使西院历年积存老底几近告罄。当初做此决断，预期多是后利，谁能料到是跌入了一个无底洞。她已欲作败家罪人了，哪还有卓然自立的豪情？

真也是世事难料，祸也难料，福也难料。不到山穷水尽，难见柳暗花明。苦撑六年，也终于撑到复市有望了。

对这迟来的转折，戴夫人只有释去重负之感，并无几许豪情生出。这漫长的六年，犹如重新过了一世。然而，除了一颗悬着的心，无处安放，自己的作为，实在也太有限了。东西两院的生意，能熬过这历所未历的六年，所凭借的，实在也还是几位能干的掌柜。出谋划策，随机应变，见难解难，终年奔波于茶道，自不必说了。仅是在这前所未有的患难中，那一份忠义，就堪称千金难买。亲理生意的这六年，戴夫人也终于悟到，康家先祖所留下的这一份家业，其间最值钱的，也唯有这几位忠义而又能干的掌柜了。生意有盈亏，厚实的老底，也有告罄之忧，唯有几位掌柜，可靠依旧，才干不减，甚尔愈益老练，日久弥坚。

所以，戴夫人心里盘算的，即是她与霖儿计议多次的改立大掌柜这件大事。今复市终于有望了，夫君归国也终于指日可待。夫君归来后的第一件大事，即是要说服他促成此事。困俄六年，身心俱伤，在家养息，已不能免。而一旦复市，千头万绪，哪一样不是刻不容缓！夫君既已归位，她与霖儿也不便再代行责权。即便再代为张罗，也还是事事举轻若重，哪如将生意交付新立的大掌柜，任其自主作为，举重若轻？复市之时，正是改立大掌柜的难得良机。

再者，婉君身孕，眼看已有八个月了。临盆之期，或许也正是复市之时。据请来的稳婆说，多半是怀了男丁。西院有后，这更是康家一件大事。临盆前后，她与霖儿又岂能外出张罗生意！

戴夫人欲改立大掌柜，还有一层用意。将生意尽付新立的大掌柜，俄商米氏的结姻图谋，或许也会被冲淡些。生意改新制，茶山、茶道尽由掌柜掌管，东家不再干涉，米氏欲插足染指，只拉拢东家，也难以指望了吧。

那日，戴夫人与婉君闲坐，不由又说到新立大掌柜这件事。婉君对这件事一直心存疑虑。其母家盐业生意，已早有委托掌柜全权料理的先例。

盐业也并未由此长盛不衰，反倒致使东家坐享其成，丢了本事，终被不良掌柜所欺，家道败落。今康家掌柜中，人才济济，又多忠义之辈，委以重任，倒也无多近虑。只是，东家坐享其成之弊，毕竟还是难除的远忧。

戴夫人笑道："欲除此弊，尽在汝也！"

婉君不解道："我有何能，可除此弊？"

戴夫人说："你公爹奔波茶道多半生，本事已在身。霖儿也业已历练成才，掌柜们就是想欺他也难了。远虑者，唯有你身内孙儿。调教此孙儿，责任岂不尽在你！"

婉君就说："婆母原来是说此意！日后教子，我自然责无旁贷。但欲成才成器，堪承祖业，只怕也不能远离茶道的。"

戴夫人又笑道："你还是怕他当不成大掌柜？"

婉君忙笑说："我哪里就这么想不开呢？婆母都心疼仝霖，不想叫他再做大掌柜，我就不心疼吾儿？"

戴夫人说："我岂止是心疼霖儿，实在是为康家祖业计。这五六年来，遭此空前变故，我不得不出山勉力主事。千辛万苦不说，生意上的诸事，哪一件不是依赖几位有本事的掌柜？做外茶生意，日后此类变故总不会少。东家再将生意独揽一身，一旦出变故，依然还是全局受拖累。如能另立大掌柜，受权掌管生意，东家在旁监理大事，便成进退有据，游刃有余的格局。东家蒙难，掌柜照常料理生意。掌柜出事，东家更可择贤顶替的。吾母家生意，早已成此格局，承传几代了，至今也未见败象。"

婉君说："贵母家系名士名门，所聘掌柜，岂敢妄为？"

戴夫人说："吾母家名门未见败落，全系先祖早布此进退有据的局面。吾家几代得以诗书传家，还不是依赖生意不败吗？自祖父以来，几代不入仕途，家中田产也不广，生计多赖祖业生意。生计无着，何以还能留得住那座丹枫阁！而诗书传家，也才能得以养德，不至为富不仁。"

婉君说："康家日后真能有几分似戴家，吾儿倒也可以享福了。"

戴夫人又笑了，说："你刚才还怕他坐享其成，丢了本事，这倒又盼他享清福!”

婉君说:“怀他这七八个月来,才知做人母心思。真是无时不在替他着想!他投胎康家,也不知是福是祸。既怕他日后不成器,又怕他身在茶道,吃苦太甚。”

戴夫人说:“天下人母,都是如此的!我看这个孙儿,还是有些福兆。原以为脱生在这非常年月,要受委屈,哪想到这临盆时候,断市困局竟有了转机!”

婉君说:“边境一传来喜讯,我就想说这话了,可哪里敢说?今是婆母说出,我也敢自认此福兆了。”

戴夫人说:“我力主重布生意格局,还不是为他们这些后辈着想?”

婉君说:“婆母心志,我岂能不知?只是不知公爹归来,是否愿意做此变局?”

戴夫人说:“历此磨难,他也该有所思变的。再说,年纪也不饶人,又困俄这许多年,身心俱伤,一时也难以巡走茶道,只有交霖儿独撑。霖儿更是主张早做此变局的。”

婉君说:“我们西院做此变局,就怕东院也不会成全。”

戴夫人叹了一口气,说:“这也是我最忧心之处。东院为长,你公爹又向来不愿委屈那边。可东院如此依赖你公爹,如何能长久?为长久计,东院更该做此变局!天义川的杨掌柜等,总受东院掣肘,几次萌生去意,这才是祖业大患!”

婉君说:“堂兄弃举业,事祖业,正有心劲呢,他们更不愿有此变局的。”

戴夫人说:“魁儿倒是明理的人。东院变局,也唯有指望他了。”

正说时,稳婆又来探视婉君。稳婆,即接生婆。那时,大户人家有孕妇,都要早早聘请有经验的稳婆,隔三五日,来为孕妇抚摩一次腹部,以为稳胎。稳婆细心为婉君做过稳胎后,戴夫人不免又问:是男胎无疑吗?稳婆笑说:“老身接生无数,没有这点本事,哪敢来挣贵府的银子!”戴夫人就又问："出产也会顺利吧？"稳婆也让两位放心。

戴夫人照例款待了稳婆。

其时，眼看已进五月，霖儿及冯掌柜等仍未见归来。这一次，戴夫人已不再焦急，猜想他们是在等待复市圣旨，等待迎接其夫君归来。甚至设想，天热后驼道不通，他们将会改雇马帮，走台路经东口归来。困俄六年的夫君，也不知能否经受得了这热天的长旅劳顿？恰克图茶市初开，他们或许也会留在边境，张罗复市贸易，参加议盘会商？但最后的喜讯，总该设法传回来吧！

## 2

端午后数日，冯得雨及乔掌柜一行才赶回太谷。复市又生变故的消息，把戴夫人心中的一团喜气顿时吹散了。松筠竟因力主复市，遭了劾降？这是谁能想到的事！期盼了六年，复市又将遥遥无期了？

不过，戴夫人惊诧是惊诧，却也并未慌乱。她先略问了问松筠遭贬情形，便赶紧抚慰从俄境归来的乔掌柜等人，说："各位困俄五六年，受苦了！能先归国，毕竟是幸事！各位困俄之难，柜上业已记了功，赏金也入了账，聊当补偿吧。"

乔掌柜忙说："驻俄本是我等本分，久困难归也系时局变故，实在不敢言功的。何况大掌柜也被此难，困苦甚于我们。"

戴夫人才问："你们大掌柜还安好吧？"

乔掌柜说："临别时，二爷一再交代我等，要二娘放心，他一切尚好。发西利对二爷也照应得十分周全。"

冯得雨忙说："乔掌柜、伊尔库茨克的白掌柜他们对二爷也伺候得格外周到。何况二爷本来也长年巡走茶道，千辛万苦都尝尽了，困俄这几年，也权当偷闲养息吧。我听乔掌柜说，二爷在俄这几年，除了忧心家中生意，也并无灾病的。"

乔掌柜听出，冯得雨是暗示他暂不要说及与米氏联姻事，就说："可不是呢！二爷在那边并未不适的，二娘放心就是。"

戴夫人说："那我也就放心了。"

戴夫人备酒席，慰劳乔掌柜及几位同归的伙友，把东院康乃骞也请过来了。康乃骞得知复市又生逆转，二弟归国依旧无望，情绪也大坏。只是一味细问康乃懋在俄情形，乔掌柜极力往好处说，他也还是不停地长吁短叹。

冯得雨就又把先前说过的话，又说了一遍："二爷长年巡走茶道，千辛万苦都尝遍了。困俄这几年，就权当养息吧。"

康乃骞一听，就变了脸，说："你们倒说得轻巧！你们大掌柜是身困夷境，天日都是两样，要受多大熬煎！"

戴夫人就说："乔掌柜他们长年在俄境张罗生意，更不容易。你们大掌柜在俄这几年，也多亏各位伺候，我这里诚谢各位了！"

康乃骞这才说："乔掌柜你们也受罪了。"

乔掌柜忙说："俄罗斯那边，也不比库仑苦焦。除了冬天奇寒，也是山清水秀的。东家也实在不必多虑。"

戴夫人说："你们大掌柜困俄这几年，熬煎是熬煎，倒也乘此熟知了俄方风土人情。于日后外茶生意，当有意外助益的。"

康乃骞就说："可这份熬煎，何时是个头呢？"

戴夫人忍不住，就说了一句："这只能问朝廷！他大伯，你与汾阳京万张来往多，他在京师探得新消息没有？"

康乃骞说："春天在东口，倒是见过京万张。他对恰克图复市在即的消息本来就心存疑虑，果然叫他猜中。"

戴夫人就说："这就是了。朝廷不急于复市，我们也奈何不得。六年已熬过来了，吾家两号生意也未断，他二爷在俄尚安好无恙，此亦是不幸中万幸了。有此局面，全赖两号各路掌柜伙友舍身支撑。只要各路掌柜伙友一如既往，不离不弃，就是再熬六年，我看也不难支撑的。"

康乃骞说："再熬六年，还不熬白了头！"

乔掌柜忙说："大掌柜与我们困俄这几年，日夜操心的就是家中生意。回到库仑，才得知两号生意未受大损，大掌柜如能尽知，一定也会欣喜异常的。这全赖大爷与二娘全力支撑，其中艰辛远甚于我等在俄诸人的。我等甘愿缩短歇假，再赴俄境，赴俄不成，也乞派往他处效力。"

戴夫人说："你们安心歇假就是了。"

冯得雨就说："天无绝人之路。乔掌柜他们能获俄国官府善待，准许归国，可见俄方也难耐断市之困了。彼既知悔，必设法补过，两国僵局缓解，还是甚有指望的。"

康乃骞忙说："但愿如此，但愿如此。"

席后，戴夫人先打发那几位伙友回乡歇假，才留下乔掌柜及冯得雨，细问俄境详情。得知夫君忧心致病，几致不治，幸得发西利施救，病愈后已答应与米氏联姻，真是忧怨交加，良久无语。心中虽怨恨夫君竟误解了她善待叶琳娜的用意，却也不能明出怨言。她善待叶琳娜，本想为他挣得与米氏回旋余地，哪想竟惹出这样一场风波，反倒促成了米氏的图谋。这也是天意耶？

她正色问冯得雨："与米氏结姻后，彼欲染指茶山、茶道，如何是好？"

冯得雨说："在库伦得知二爷应允结姻后，我就一直在寻思此中利弊。乔掌柜所言，倒也在理，彼欲染指我茶山，我亦正可拓展俄境茶市。只是，我号放俄商入茶山，西商同业是否会容忍？若因此结怨西商同业，则如何是好？"

乔掌柜就说："我号在俄境设庄，虽受米氏帮衬，但生意还是各做各的，并未搅成一锅。日后米氏进来，也还不是凭他自家打理？西商同业肯不肯容忍，也在他的本事，我们岂能替他包打天下？"

戴夫人说："米氏用意，正是欲借重我号，染指茶山。他入茶山另立俄夷字号，我官府也断不会准许的。"

乔掌柜说："此凭东家做主就是了。许他入股，还是不许，全由东家的。”

冯得雨说：“米氏结姻，还不是欲与东家合股取利吗？”

乔掌柜说：“东家两院，还不是‘亲兄弟，明算账’吗？米氏欲合股茶山，我亦须在俄境茶市换取相当利源，方可应允。俄人交易，擅立合约，所涉利益，无论巨细，都要一一议定，写成条文，画押遵守的。我号经营茶山茶道数十年，谙熟其中深浅，断不会被米氏暗算的。”

戴夫人就说：“经乔掌柜这样一说，我心里也有些底了。不知冯掌柜以为如何？”

冯得雨说：“乔掌柜到底熟知俄商底细。在俄境拓展茶市，确也能新开利源。我所忧虑者，还是西商同业能否容忍。”

戴夫人说：“此事还能从容计议的。眼下复市无望，一切都还无从谈起的。乔掌柜就安心歇假吧。”

送走乔掌柜，戴夫人才又向冯得雨细问了松筠被贬情形，以及少爷被留在库仑缘由。听冯得雨详说之后，戴夫人仍疑惑不解，说：“松筠大人也无忤逆之举，竟突遭此劾降。从大瑜处，也未探得内情？”

冯得雨说：“出了此事之后，大瑜似也避见我们了。那一次来请少爷留下，也未多言及此事。不过，松筠大人既有兴致留少爷谈论学问，我看大局还是向好的。”

戴夫人就问：“如何见得？”

冯得雨说：“我在库仑时，被这突然的逆转也一时弄得不知所措。但归来这一路，反复思之，倒也渐有新悟的。朝廷既将松筠大人劾降，却依然留其在库仑效力，并未新派朝中大员来接任办事大臣，此中甚有意味。我看朝廷对松筠大人，还是有所倚重的。所倚重者，还不是要解开六年僵局吗？再者，俄方确已再难忍受如此旷日持久的断市之困，正设法悔改补过。旧案惹事总督，业已遭贬，新任总督，恭顺行事，近来发生的新案，已圆满了结。如能将旧案首犯重新捕获，我朝廷也不至再延缓复市吧？库仑边境重镇,已凋敝太久,朝廷岂能轻视不理?”

戴夫人说:“冯掌柜所说都在情理。可宦海风浪莫测!年关前后,眼看已是复市在即,今骤然又生大变。松筠这样的钦差大臣,竟也意外遭贬。我们这头刚刚张罗了复市诸事,你们就带回这样的消息,应变都措手不及!”

冯得雨说:“我看,复市之日已不会太远。该张罗的,还是及早张罗!万一复市亦在骤然间,那时再措手不及,所失就大了。”

戴夫人说:“我当初主张储藏红砖于库仓,亦是逆势行事。哪能想到,断市竟如此遥遥无期!这一决断,已使西院捉襟见肘,大受拖累。今再逆势张罗,实在心虚了。”

冯得雨说:“储藏红砖于库仓,今还难论成败的。一二年内,一旦复市,将成大手笔的。”

戴夫人说:“什么大手笔,只怕成一大败笔!”

冯得雨说:“我看,一二年内,必有复市之喜!”

戴夫人就说:“但愿冯掌柜能言中。尔等毕竟涉身茶市茶道多年,把握生意远胜于我。冯掌柜,有一件大事,我与霖儿已计议许久。今想就教于冯掌柜。”

冯得雨忙说:“二娘可不敢这样客气。有事吩咐就是了,何言就教!”

戴夫人说:“六年前突遭断市之难,你们大掌柜又身困俄境。临此吾家空前危难,本妇被你等强行推举,出山支撑此危局。六年来,虽勉力张罗,常也顾此失彼。所做决断,即使不妥,你等也不便挑剔。尤其万里茶道巡走,吾一妇道人家,纵然不惧辛苦,也到底有许多不便的。六年来,吾虽代行大掌柜职,却未能照旧例巡走南北茶道,走一趟,还得兴师动众。既劳累你等陪护,又与生意无多增益。茶山、茶道、茶市中千头万绪,还不是全赖你等各路掌柜伙友,尽心料理。我这代理主事者,实在也不过担了一个虚名。”

冯得雨不知戴夫人用意,慌忙说:“二娘,冯某等临此危局,不免也有仓促失当处。但对二娘,实在也未敢失敬的,此可天鉴!”

戴夫人忙说:“冯掌柜,这六年危局能支撑下来,我与霖儿对你等已是感激不尽了,哪里会有此猜忌!”

冯得雨说:“那二娘就过谦了!这六年来,二娘代二爷出山主事,天盛川所有掌柜伙友,是有口皆碑的。我号能安度此六年危局,还不是因有二娘做主心骨!”

戴夫人笑说:“冯掌柜,今日我也不是要与你等争功!实在是要与你商量一件大事。”

冯得雨就说:“眼下唯复市为头一件大事。除此,莫非是要说东院生意?”

戴夫人叹了口气,说:“此事起因,虽也与东院相关,但还是先不说它了。今复市前途,仍难意料。吾再勉强支撑,实在也力所不逮了。即便如冯掌柜所言,一二年内果然有复市之喜,你们二爷历此磨难,一时也难担旧任的。尤其放眼长远,若再生此类变故,难道还要如此仓皇应对?我与你二爷今幸尚能仓皇应对,然终究年纪不饶人!”

冯得雨说:“少爷天资不俗,又经茶道历练,眼看已经成才,二娘不该有后顾之忧的。”

戴夫人说:“若霖儿再蒙其父之难,难道要请婉君出山?总要吃一堑,长一智,早图长远之策的。”

冯得雨就问:“二娘所谋长久之策为何?”

戴夫人说:“吾母家生意,如何运作,冯掌柜也是知道的吧?”

冯得雨这才忽然明白,戴夫人所谋大事,原来是要仿戴家改制。他慌忙说:“戴家是掌柜主理生意,这我是知道的。但戴家毕竟不是做茶庄生意。东家茶业生意规矩,系康爷当年亲定。敬主忠主为我等第一操守。僭代东家主理生意,我等是无人敢为的!”

戴夫人就说:“冯掌柜,吾家西院日后也似东院,弱主当家,掌柜伙友无所适从,你等也忍心吾家生意败落?”

冯得雨说："西院并无此忧的。"

戴夫人说："日后谁敢担保不会出弱主？再说，东院败落，你等就忍心吗？"

冯得雨就说："东院生意，若能凭杨掌柜料理，自然可挽颓势。可此涉东家祖训，我等实在不便妄言的。"

戴夫人说："吾家先祖又岂能忍心家业败落！"

冯得雨说："我等一辈掌柜，受康爷知遇之恩，舍身救主，在所不辞。然我辈也一样将会老迈，往后的掌柜，东家岂能担保都是可托孤之辈？"

戴夫人说："掌柜伙友众多，总有择贤余地。子孙则是天生，强也罢，弱也罢，贤也罢，不肖也罢，无法更替另择的。吾母家先祖有言，治商如治国，家主似君，掌柜如相，能择一贤相，江山无忧矣。宋明国势远逊与汉唐，即因废相所致。"

冯得雨就说："冯某还是初闻此喻！治商如治国？二娘到底是名士之后，言商也不同凡俗。明君良相，自然天下大治。昏君奸相，必江山难保。"

戴夫人说："历朝历代，多有弱君良相者，却少明君奸相者。即因君主不能另择，丞相却能由普天下择贤。易主，必天下大乱；易相则是朝政常事。吾家先祖借鉴此理，为吾家商号立伙东制，生意尽托贤能掌柜主理，东家不干涉日常商务，只监察领东大掌柜贤能与否。此伙东制，已历数代，至今生意无忧。"

冯得雨说："此倒也是长久良策。只是这事关重大，不知二爷，尤其东院大爷，还有两院少爷，是否赞同？"

戴夫人说："我只问冯掌柜，做此变制，于吾家茶业是否可行？"

冯得雨说："二娘是为东家生意做长远计。茶业布局万里，茶山、茶道、茶市，各路掌柜本也权重，临机应变，一向也难等东家亲决的。名正言顺授权掌柜主理，倒也是良策。只是，眼前西院应对这六年危局，尚未见乱象，倒也无须急于做此变制。东院如能先有此变，生意当大有改观的。但堪当重任的杨掌柜,正与东院有隙,一时也难施变。”

戴夫人就说:“先不说东院,吾西院天盛川生意,尽托冯掌柜主理,当不会推辞吧?”

冯得雨慌忙说:“二娘,天盛川各路掌柜中,强于冯某者大有人在!我多年只在库仑茶市张罗生意,于茶山、茶道并为深涉,统领全局,实在不敢当的。”

正在此时,玥儿进来说,东院大娘过来看望婉君了。戴夫人与冯得雨就慌忙出来迎见。

王夫人一见两人出来,就说:“原来冯掌柜还没走呀?”

戴夫人忙说:“库仑又生变故,我正细问详情。霖儿未归,我也放心不下的。”

冯得雨也说:“复市又生逆转,实在是谁也没有想到。”

王夫人就说:“冯掌柜也是太辛苦了!从库仑远路风尘回来,家也没回呢,就操心吾家生意,也真难为你了。”

冯得雨忙说:“当此危难时候,东家操心更甚。我们辛苦倒不怕,就怕张罗生意不周。”

王夫人就说:“再危难,也不在乎这一时半会儿。快叫冯掌柜先回家喘口气吧。我也是听说边境又生变,霖儿也没按时回来,怕婉君着急,过来劝几句。眼看就到临月时候了,可不敢着急!”

戴夫人说:“难为你这么疼她!我细问了冯掌柜,才知霖儿是叫松筠大人留下了,并无什么意外。大势如此,我们也只好设法支撑吧。”

王夫人说:“他二娘,听说咱们还得再熬煎六年?”

冯得雨忙说:“二娘这么说,不过是给我们打气呢,就怕我们泄气。我看复市之日,也不会太远的。”

王夫人就说:“我说呢!真要再熬煎六年,康家可就家不成家,业不成业了!”

戴夫人听着,甚不入耳。她在席间,不过是说了句励志的话,她的那位东院伯兄，竟回去另做渲染，实在叫人匪夷所思！不过，她也未多做理会。

冯得雨就告辞先归了。

3

茶山的徐文琪掌柜，开春带着复市在望的消息，回到武夷崇安，幸亏未做红砖扩盘布置。只是尽量鼓舞士气，对茶山茶场多所整顿，以迎接茶市复兴转旺。四月间，他即挑选一班老练的制茶伙友，带往湖北蒲圻新茶山，安顿在此试制红砖。

曹廉及曹祥精心料理的此处新茶山，深得徐文琪赞赏。他与曹廉计议，复市既已指日可待，崇安茶山地价必涨。乘此良机，宜将彼处老茶园出让几处，再于此地廉价扩充新茶园。如此一出一进，不破费新资，即可平增数倍茶园。蒲圻有地利之优，日后茶山总要以此地为主的。及早动手，才可尽得先机。此一良策，也最易为二娘及少爷所采纳。乘二爷未归，及时进言，当可成就此事。戴夫人善纳进言，在掌柜们中间深得人心。所以，也就肯用心谋事建功。

因有此议，徐文琪在五月末赶回了太谷。回来得知边境又生变，也只能叹息而已。

此时，驼队的刘福海掌柜也闻讯赶回了回来。

这几位权重的掌柜都回到老号，戴夫人未多议眼前变故，却又郑重提起变制这件大事。

出乎冯得雨意外，刘福海与徐文琪听戴夫人说出那一番意图后，竟异口同声大赞二娘贤明。

刘福海连说："康爷到底看得不差，二娘果然是明白人！二娘所谋，确是东家长盛不衰之道。不做此变，东院就眼看要乱阵了。"

徐文琪则说："当此危难之际，我等本想多代东家分忧。但碍于旧规，总不愿落一个越主行事的罪名。康爷所创两号，本也是我等立身酬志，建功立业的根基，视同性命。东家托付给谁，岂能不尽心运筹，殚精竭虑，舍身护号？”

冯得雨说：“只是现行规矩，系康爷亲定，我等僭越后主，岂不有悖于入门誓言？”

刘福海说：“此系护主，不是叛主！东院成如此局面，我刘某无时不忧心如焚，痛感愧对康爷。二娘所说，弱主难废，贤相易择，真叫我茅塞顿开了。此一现成良方，非二娘这样的明白人，不能开出！”

戴夫人说：“我哪里有那么高明！不过是被这六年危局逼出此法罢了。”

徐文琪就说：“俗话说，识时势者为俊杰。二娘能因势求变，到底是东家之幸。”

冯得雨说：“眼前最需做此变制的，是东院。可最难做此变动的，也是东院。”

刘福海就说：“这有何难！大不了我再出头，拉东院大爷，问责于康爷灵位前！自家无能，却又处处难为掌柜们，难道搅黄了天义川老号才甘心？我看，康爷生前对此已有明察，所以才留下遗言，令天义川老号倚重杨掌柜，不许开缺。此意与二娘所谋，岂不正相契合？”

戴夫人忙说：“刘掌柜，万不可如此冒失！天义川老号，变与不变，还是要他大伯做主的。就是西院做此变，也要等你们二爷归国后，再做定夺。你们二爷困俄多年，身心俱伤，回来也难再担当重任。我与霖儿，勉强支撑了这些年，也力有不逮了。一旦复市，号事必繁忙异常。此重任，也唯有交付你们，尽心张罗。此亦为时势所迫，只是要更加劳累各位了。你们主理号事后，辛金赏金，自也会不同于前的。”

徐文琪就说：“二娘，天盛川为我等安身立命之地，岂会计较辛金赏金！所求者，唯字号长盛不衰。今复市依然难以预期，二娘及少爷如此支撑号事，我等感佩不已，却也于心不忍。既有此现成良策，何不早做此变？眼前东院难变，二娘何尝不可先从西院变起？西院一变，东院失去依赖,岂能不变?”

刘福海也说:“徐掌柜所说,我也十分赞同。断市之初,我等出头,推举二娘出山主事,本也是众望所归,可东院长兄必也自觉汗颜,有失尊长体面。这六年,动辄难为掌柜们,盖由此引起。今二娘若能让贤于掌柜,东院长兄自然也会有所安心。说不定也还顺水推舟,仿西院而变,体面脱出窘境的。”

冯得雨说:“我看也不会那么容易。东院毕竟为长,西院变更祖制,也毕竟是大事。不与东院计议,岂能贸然着手?”

戴夫人说:“冯掌柜所言,也是我所思虑的。而说通东院,也唯有你们二爷出面才好。今做此议,不过是为复市之日,做未雨绸缪吧。”

徐文琪预料,二爷也未必有此求变胆魄,就再做进言:“二娘不便出面,何不托少爷出面?”

刘福海即说:“就是!少爷出面,名正言顺,也尽了晚辈本分。少爷出此良策,东院该不会多做挑剔吧。二娘,我等已不年轻,能及早成就这一件大事,保东家两号生意长盛不衰,也能对得起康爷了!”

戴夫人叹了口气,说:“我又何尝不是这样想!可眼前难局,毕竟也不是可一蹴而就的。那就等霖儿归来时,试与东院计议吧。”

徐文琪这才说起在蒲圻与曹廉所议,可惜复市又生逆转,暂难运筹了。冯得雨立刻说,复市不会太远,这一步好棋,还是宜早做谋划,不能放弃。戴夫人也说,这样的好事,你们就该当决则决的。

刘福海也说到驼队运力,自盘过别家驼群后,今已扩充甚多。除支撑两号生意外,已揽过几次官差,盈余尚差强人意。戴夫人听后,几欲说出她久已谋划的新盘,即将驼队从茶业中分拆出来,另立字号,独立经营,不再仅做茶庄附庸,尽其运力,广开利源。此新号,自然是立刘福海为大掌柜。但驼队更是康家生意始祖,拆离老号,也不知东院会有何说法。所以,她也终未说出,只是对刘掌柜多所夸奖。

不久,京号的李宗烜掌柜也赶回太谷。他也到底长袖善舞,驻京几年,已结交了理藩院领办处一位蒙古籍员外郎主事。松筠遭劾降，李宗烜就是从这位主事处最先得知。不过，这位主事也透露，当今圣上对松筠大人向来多所褒奖的，夸其甚得理边之道。只是，彼太率直，不肯投于朝中重臣门下，此次犯圣颜，无人为之说情。倒有权臣力主另派办事大臣取代松筠。所幸圣上仍留其在库仑效力，此出乎理藩院意外。所以，这位主事以为，圣上用意，还是希冀松筠善始善终，不负使命，了结边境纠葛。

戴夫人听后，才觉冯得雨所做预测与京中探得的消息大致相合，也就宽心了些。以松筠心性，留在库仑仍会尽力推动复市吧。她问及京号香片生意，李宗烜也说局面已打开，生意已强于往年，只是尚难敌汾阳张家。京万张已决意放弃外茶，专做京津内茶了。戴夫人也只是说，人各有志，各做各的生意吧。京号新开，也不必与张家争一时长短，能多通京中消息就好。

七月中旬，婉君临盆，果然顺利产下一男嗣。虽然未显复市福兆，康家东西两院，还是喜气充盈。东院康仝魁已早得子，今西院也终得男嗣，康家两院都后继有人，在那时代实在是一件大幸事。戴夫人自然更喜不自胜。冯得雨、刘福海、徐文琪几位掌柜，都闻讯前来道喜。

其时，有过半月习俗。即在婴儿出生第十五日，亲友送红蛋道喜，东家办酒席请客庆祝，并于此日为婴儿起名。康家自然也郑重张罗过半月。只是这名字，一向由在世长辈赐予，按理当由康乃懋来起。但他身困俄境，尚不知得此孙嗣，如何赐名？连其父康仝霖也远在库仑，还未知此喜讯。戴夫人只好请东院之长康乃骞来起名。但康乃骞却主张新人大名，还是留待懋弟赐予，先由戴夫人起一乳名暂代。戴夫人也未多做强求，便拣了一个极直白的“通”字，欲起乳名为“通儿”，祈愿边市早日开通，长久通畅。商之于婉君，婉君也满意。

全家上下正喜气洋洋筹办半月小庆，就在第十天头上，被石岳派回来急报少爷遭牢狱之祸的两位伙友，各带一条巨獒护身，借道台路，日夜兼程，赶回了康家。

这真是祸从天降。戴夫人闻此消息，一时惊愕万分，但还是极力镇静下来：自家茶庄绝未涉此走私黑道，也没在江湖结怨，不该遭此暗算的。细问报讯的伙友，才知是受吴家瑜牵连。吴家瑜原来是入了此黑道？这也太出戴夫人意料了！吴家瑜虽脱离康家有几年了，但有这层瓜葛，此事也就不那么简单了。真是劫数未尽呀！复市才生逆转，霖儿又遭冤狱，厄运连连，雪上加霜。然而就是天之将倾，也唯有她来独自支撑了！夫君爱子双双蒙难，婉君新临盆，孙嗣方降生，她若再不支，西院真将要倾覆了。

思及此，戴夫人更冷静下来。先就严嘱两位报讯伙友：此事万不能声张出去，你们返晋，可声称受石岳掌柜之托，赶回为少爷得子送礼道贺。两位应诺，还是催促速派冯掌柜等赶往库仑，搭救少爷。戴夫人说，她自会安排的。

当天，戴夫人若无其事，依旧张罗筹办半月。

翌日，才将冯得雨召来，密告了霖儿身陷牢狱的消息。随即便正色问冯得雨："冯掌柜，我号在库仑，是否有暗涉走私黑道之举？"

冯得雨忙说："二娘，绝无此事的！"

戴夫人说："若有此事，首罪我顶。你等或并不为图私利，只是不忍看我号困窘，有所苟且，暗交黑道，出售库存茶货？"

冯得雨坦然说："二娘，绝无此等事的！断市以来，历年所运往库仑的红砖，除有极少量与米氏店交易皮货外，都一斤未少，妥存于茶库。运往库仑的青砖，转售的下家，也都有据可查。天盛川亦是我等安身立命的根基，岂会如此妄为，毁日后前程！"

戴夫人就说："冯掌柜，恕我言出不敬。霖儿遭此牢狱之灾，事太突兀，我也总得心中有底。"

冯得雨说："少掌柜忽遭此冤狱，也是太出人意料。此不幸由吴家瑜引起，冯某也该问责的。"

戴夫人说："吴家瑜投身的，不过是一家小小的油盐店，竟涉黑道？"

冯得雨长叹一声，说：“这谁能想到！当初他欲离号，我是如何严斥来？他却死了心，不念一丝旧情，执意要走。现在终于明白，他是中了黑道美人计，已身不由己。”

戴夫人说：“我们待他也算不薄了，即便误入黑道，也不该反诬我们吧？”

冯得雨说：“既入黑道，就难以常理推断了。二娘，事不宜迟，我得尽速赶往库仑，搭救少爷。我也曾做松筠月老，向其辩白，邀其核查我号茶货，总不至推拒吧？”

戴夫人说：“霖儿陷此冤狱，我也恨不能飞往库仑，舍命施救的。但思之再三，还是暂不宜声张此事。一则，婉君正临月，闻此讯，必受惊，危及母子二人，如何了得！次则，我号本也清白，其间蹊跷尚不知晓，一时张扬出去，如何洗白？再则，眼下驼道未开，再奔台路赴库仑，也是徒废时日。所以，不如先照常办了半月、满月，待驼道开启，再赶赴库仑。”

冯得雨说：“断市以来，朝廷多颁禁私严令。此案既违此严令，必会严办速办。今发案时节，也令人焦急！重犯秋后正法，系刑规老例。二娘，眼看秋分不远，已是十万火急，刻不容缓！”

戴夫人说：“这我岂能不知？但我号清白，霖儿总不致被诬获死罪！松筠大人，也毕竟不是昏官，岂能不坐实罪证，鲁莽做断？大瑜及石掌柜他们，也应设法向松筠大人辩白，请求查库查账吧。”

冯得雨说：“松筠新遭劾降，少爷又押在副将军衙门，我们总觉不能大意的。”

戴夫人终于忍不住泪流满面了，说：“冯掌柜，这六年来，我已深知世事莫测！万一霖儿蒙冤难挡，我也不是没有想过。可事到如今，我总得为康家顾住一头呀！婉君新生孙嗣，如何能不先保这一头？婉君受惊，危及婴儿，霖儿那头再施救不及，岂不是两头都丢了……”

冯得雨忙说：“东家几代积德，总会迈过这道难关的！”

又恰在此时，玥儿进来说，东院大娘过来了，询问过半月事。戴夫人忙拭去眼泪，与冯得雨出来迎见。

这王夫人见戴夫人又与冯掌柜在单独议事，更见戴夫人一双泪眼，自然心生疑窦。她就说："他二娘，眼看就要办喜事了，有什么犯难处吗？"

戴夫人忙说："我是与冯掌柜说生意上的难处，不由想到这新孙儿，出生在这种时候，见不着爷，也见不着爹，也真叫人心酸。"

冯得雨也说："我倒觉这是喜兆！东家后继有人，不比什么都强？生意上的难处，总是一时之难，人丁兴旺，才是长盛之本。"

王夫人的疑窦，又岂能被这几句话消去？她异样地看看两位，就往婉君处了。

戴夫人只好对冯得雨说："所议之事，还望照办。"

冯得雨说了声："知道。"也就告辞了。

戴夫人就跟了王夫人过去。

4

西院半月小庆，在喜气洋溢中过毕，果然无人知晓少爷蒙冤的事。

其后，戴夫人又密召冯得雨、刘福海、徐文琪三位掌柜，商议搭救霖儿事。刘福海和徐文琪，也与冯得雨一样，力主速往库仑，不能再等待了。戴夫人这才说出，她要亲往库仑，出面为霖儿辩白，辩白不成，甘愿代子顶罪。断市以来，本也是由她代掌大掌柜职，茶庄有罪，她理当顶罪。

冯得雨一听，忙说："此事出自茶市，要说顶罪，我冯某才是责无旁贷！二娘一再严嘱，不可稍犯禁私官令。我号本无罪，何至顶罪？二娘，库仑地面官商各界，我都熟通。速往库仑救少爷，还是交给我冯某吧！"

刘福海也说："我走驼道大半生，更熟通口外江湖各路。我刘某也当速往库仑！二娘在家坐镇即可。二娘一动，此事岂还能秘而不宣？"

戴夫人说："我意已决，你们就不要拦我了。都往库仑，生意撂给谁来张罗！但等婉君满月，身体复壮，我安顿家事号事后，准要赶往库仑，一心搭救霖儿。”

徐文琪才说:“我号运往库仑的茶货,红砖出自武夷崇安,独有制法,茶品茶味自然也殊于别家。近年运往库仑的青砖,又系出自蒲圻,更是别家所未有!走私既被查获,赃物当在官府手中。验出私茶出自何地,何愁证我清白!”

戴夫人一听,就说:“徐掌柜所说,甚得要领!请求松筠验证私茶产地,可不是辩白良策!”

刘福海也说:“徐掌柜到底精通制茶,张口就说到要紧处了。”

冯得雨说:“品茶高手,都在我西商业内心。就怕官府不会信赖!”

戴夫人说:“松筠为官廉直,也擅理事。我不信他会办糊涂案。我们据理辩白,总有指望的。”

刘福海就说:“眼看驼群就要起场了,我还是及早赶回归化,为二娘赶赴库仑预备得力驼队。”

戴夫人说:“刘掌柜,派你手下伙友去做安排,也可。三位一定要暂留下来,待婉君满月后,我将有重任相托!”

刘福海忙说:“二娘有何吩咐,早说就是!”

冯、徐两位也一样愿早领命。

戴夫人却说:“此非同寻常,到时方可相托。还望你们静待数日。”

原来,戴夫人自得知霖儿身陷冤狱后,虽极力镇静,照常张罗半月、满月喜庆,尤其在婉君榻前,故作欢喜,体贴入微,可心中无时不是翻江倒海。静夜之时,更是辗转难寐。焦虑中,她终于做出一个决断:乘此危势,暂将西院生意,托付与冯、刘、徐三位掌柜。这是势所逼迫,东院当不会横加阻拦的。霖儿处境,实在甚于其父。其父困俄,尚无性命之忧,霖儿身陷冤狱,结果谁也难料!她实在无法在家坐等,也实在无心思主理号事。趁此将号事尽付掌柜们主持,或也可成全那件久谋的大事。霖儿出此意外,也更显生意变制,势在必行。所以,她才未派冯掌柜急赴库仑奔走。

决定熬到婉君满月，也是因为这件事揭开太早，怕惊着婉君。

既无时不为霖儿担忧，又谋算着这一件大事，还要欢喜体贴婉君及新生的孙儿，戴夫人如何熬过这十数天，可想而知。

满月之庆，甚于半月。前来道贺的亲戚、同业、宾客也甚众。戴夫人喜忧交加，尽力欢颜应酬。此日为通儿剃胎发，抱其拜寿星，一切礼俗，也无不周全。

所幸，出满月时，婉君恢复如常，也请到可意的乳娘。通儿更是口壮体胖，终日笑得可爱。

所以，庆罢满月，戴夫人就将霖儿蒙冤的消息，先说知婉君。婉君乍闻，一时就惊呆了。后来听婆母说了一句话，才缓过来。戴夫人说："你我做外茶商妇，此事迟早难免。你公爹困俄已六年，我们不也支撑下来了？"

婉君这才流出泪来，说："婆母，此等不幸，何以竟都落到吾家？"

戴夫人说："吾家也未作孽，此天意，或欲磨砺吾家成大事焉！"

婉君就说："吾家既未涉黑道，何以竟蒙此冤？"

戴夫人说："断市这六年来，我们也该深知世事莫测了。不过，我号既清白，霖儿就有救的。你唯有放宽心，护好通儿，我也才好赶赴库仑，设法解救霖儿。因你在月中，怕你受惊，我已推迟行程多日了。"

婉君吃惊道："这一向，婆母欢喜依旧，原来是为我强忍着……"说时更泪流如注。

戴夫人说："是为你，也是为通儿，更是为康家。通儿初生，就临祖、父两代有难，不极力先护你母子，日后如何交代！"

婉君哭诉道："婆母，我也不是娇妇！你就快去救仝霖吧，家中一切，我都能担当得起。这六年来，我亲见婆母如何顶起家业，意外连连，危势重重，却也未显乱象败象。婆母即是媳妇楷模！"

戴夫人叹道："汝能出此言，正是我所盼望！婉君，我已做决，行前要暂将西院生意托付予冯掌柜他们。家中一切，也就交付给你了。此行虽有胜算，但万一再生不测，汝当顶起西院大任，千难万难，祖宗家业不能败！"

婉君忙说："婆母远行，万不该说此不吉利的话。断市以来，婆母所显智勇，不逊男辈。此去库仑，也一定会逢凶化吉，令我与通儿早迎良人归来的！"

戴夫人说："但愿如此吧。万一天有不测风云，汝也当自强应变的。"

婉君又泪流难止，说："婆母放心！真有万一，媳妇会似婆母一般，撑起危局的。"

安顿了婉君，戴夫人就又来见东院伯兄。

康乃謇一听，竟不似以往那样惊慌失态，倒厉声问："西院字号，竟有不法妄为吗？"

戴夫人忙说："哪里会有这种事！吾家祖业，来之不易，岂敢如此妄为？霖儿是陷冤狱，遭人所诬了。"

康乃謇仍说："库仑遥远，你们也未能长年坐镇，谁知那班掌柜伙友，会不会胡作非为！懋弟困俄多年，他们说不定也胆大了，涉黑自肥，惹下这种大祸！"

康乃謇的态度，大出戴夫人意外。她欲力陈这六年来，天盛川掌柜伙友与东家共患难，尽忠建功，苦撑危局，想了想，也就暂不提了。伯兄似对西院有所猜疑，但因何引起，实在也想不出的。她便说："他大伯，我一妇道人家，临危主事，总有料理不周全的。西院既出了这种事，我也必定要查一个水落石出！号中如有人妄为，不拘是谁，一定不会姑息。即便连累我与霖儿，也甘愿顶罪！"

康乃謇这才说："我也不是怪罪你与霖儿，只是对掌柜伙友，不能太大意！难局五六年不见缓解，谁知会出什么事！"

戴夫人说："霖儿身陷牢狱，冤与不冤，我得赶紧往库仑，弄一个明白。涉讼辩白，说不定也会旷日持久。婉君新出满月，又难负重任。他大伯，西院生意，能否暂代掌管？"

康乃謇忙说："西院生意弄成这样，我如何收拾？再说，冯掌柜等，我又哪能使唤得动！"

戴夫人一听此言，几不能自控。临此危难，伯兄竟出此言，似欲问罪于她？他竟真信西院有胡作非为？何致猜疑至此？她不敢深想，强忍委屈，说："他大伯，久陷难局，生意本也艰难，我当初既应允出来支撑，是好是歹吧，也只好有始有终了。西院生意，本也不该推卸的。只是东院生意，恳望他大伯多加担待吧。西院婉君她们，也望多所关照。不日，我即赶赴库仑了！"

康乃骞这才有些慌了，说："这头杨掌柜他们也难使唤得很！他二娘，搭救霖儿，不要心疼银子。能早了结，多花银子，就多花。你走时，就从东院多带些银子！"

戴夫人不悦道："理边的松筠，是个清官。再说，吾家字号名声要紧。真有不法妄为，获罪也活该！若本清白，又何必花冤枉钱？"

康乃骞说："官场深浅难测，可不敢认死理！"

戴夫人就说："他大伯，你熟通世事，如能出面去救霖儿，最好不过了。我一妇道人家，出入官场，甚有不便的。"

康乃骞更慌忙说："我多少年未去库仑了，人生地不熟，身骨更不支了。"

戴夫人心里冷笑，只说："那就这样说定了，我不日即启程。"

本来，戴夫人想将那一重大决断，征求于东院伯兄。实在没有想到，他竟会如此几近发难！以往这位伯兄只是懦弱无主见，今却忽然俨然问罪，似变了一个人，其中用意，真叫她难以揣测。但她也顾不及细加理会了。当此紧急时候，他既不肯掌管两院生意，也不肯往库仑奔走救急，戴夫人也只好毅然做主。日后，东院有挑剔埋怨，也在所不惜了。

见过康乃骞的次日，戴夫人就将冯得雨、刘福海、徐文琪，召至天盛川在城中的老号。在老号所供祖宗牌位前，焚香敬拜毕，戴夫人正色宣示：在其夫归国前，暂授冯得雨代行天盛川大掌柜职，授徐文琪为天盛川二掌柜，辅佐大掌柜。康家驼队，从两号中分出，另立新号，除包揽康家两号驼运外，可任揽生意，新号暂名为天福社，授刘福海为大掌柜。自即日后，东家不再细涉两号生意，号中人位人事，亦由大掌柜掌管，东家不再干涉。三位辛金、赏金，容后议定，总要优厚于以前。号内掌柜伙友辛金、赏金，则尽由三位定夺。

三位对此，本也有预知，所以也不意外。只是冯得雨有所推让，觉徐文琪才干不输于他，愿主副易位。徐文琪忙说，他已难离茶山，为副深合心意。戴夫人就说，她也知有些委屈了徐掌柜，只是人位有限，良才济济，也只好如此了。

刘福海对驼队另立新号，倒是有些意外，不过还是豪爽领命了。

三位郑重起誓后，跪谢了戴夫人。

其后议定，冯得雨跟随戴夫人，往库仑搭救少爷。徐文琪暂留老号，安顿变制后诸事。刘福海则往归化，张罗新立天福社。戴夫人与霖儿谋划已久的变制，终于暂有着落了。可惜康仝霖此时，却身陷牢狱，难以得知。

# 第十三章　良策破局

## 1

松筠正与蕴敦多耳济郡王，在副将军衙门细审走私案犯时，忽然接到一份朝廷密旨，命他速办一件钦差。

此密差为何？原来朝廷接到奏报，称土尔扈特部，有一名叫萨迈林的喇嘛，出行迷路，误入俄境。前不久归国，带回一封俄人信件，内中有俄方欲引诱土尔扈特人谋乱，俄方出兵接应这样惊人的敌情。朝廷震动，又不敢轻信，即密谕松筠，尽速察明俄夷动向，坐实奏报。

松筠接此密旨，初也大惊。恰克图复市久拖不决，俄方竟出此图谋？但一细想，又觉此消息也太突兀了。驻库仑以来，俄方动向，他不敢说了如指掌，也决不至迟钝如此。俄夷欲在边境策反谋乱，他竟毫无觉察？去年以来，俄方不断表悔意，显善意，新发案件也尽守约法，圆满了结。难道此仅为迷障，暗中却在图谋里应外合，挑起战事？

松筠不敢相信，但也不敢大意。只好放下走私案，速办这件密差。而朝廷能将这件事关重大的密差交他办理，他也甚觉欣慰。办涉俄外事，圣上还是信赖他胜于别人的。虽遭褫职，倚重依旧，也就无多遗憾了。

松筠将此事密告蕴敦多耳济郡王，郡王就明白朝廷信任松筠依旧。对暗查车登多耳机亲王涉私案，也就更想仰赖松筠。便慌忙问，仁兄暂无暇顾及案事，将如何续办？松筠即为之献策，几个要犯不肯如实招供，是以为还有亲王做靠山；今亲王违禁手谕及俄方密件，均握在我们手中，其罪责已难推脱。副将军不如密奏理藩院，呈请朝廷派钦差大员来稽查。密奏送出，副将军静候即可。蕴敦多耳济这才放下心来。

土尔扈特部，原属额鲁特蒙古部族。明崇祯年间，因与准格尔部不和，率五万余帐，二十余万人，向西南迁徙。一路穿越哈萨克，渡过乌拉尔河，最终在伏尔加河下游驻牧下来。百余年来，虽一直保持了政治与宗教的独立，但也日益面临被俄罗斯帝国控制、吞并的威胁。尤其自彼得大帝以来，土尔扈特人不断被征兵役，派往对外征战，死伤惨重。外迁后的第四代部族首领渥巴锡，终于决定率部族返回厄鲁特故地。乾隆三十五年(1770年)冬，土尔扈特部族三万三千户，十七万人，扶老携幼，驱赶畜群，满载辎重，离别驻牧一百五十年的伏尔加河领地，开始了东返祖国的万里征程。沿途突破沙俄重兵追赌，穿越无滴水寸草的千里戈壁，人皆取马牛血而饮，又遭瘟疫，人户伤亡过半，牲畜十存三四，艰苦卓绝，难以尽述。至乾隆三十六年(1771年)六月，历时八个月，终抵我伊犁边境。其时，仅存一万五千余户，七万余人。乾隆皇帝闻奏，大加赞抚，敕令调集马牛羊、米麦、茶、布裘、毡房等，急予救济。渥巴锡等部族首领，也获封爵位，并将部族分设十个旗，安置于伊犁精河驻牧，称旧土尔扈特部。另将与土尔扈特人一同东归的和硕特部，设四个旗，安置于乌隆古河驻牧，称新土尔扈特部。

朝廷令松筠察查的萨迈林案，属新土尔扈特部。乌隆古河虽属新疆，但地近外蒙后营科布多，当时隶属科布多参赞大臣管辖。土尔扈特返国未久，竟生此谋乱传言，松筠当然不敢大意。但他也质疑甚重：土尔扈特人历尽绝境，九死一生，方得返归故土，元气未复，岂有谋乱可能？俄方亦不至于如此糊涂，徒劳做此引诱，于缓解互市僵局何益？因此决定要亲往科布多，一则暗访土尔扈特民情，再则要亲审萨迈林及其所带回的信函原件。

大瑜得知松筠要远赴后营，一时焦急万分。

自康仝霖被收押进副将军衙门后，大瑜早已坐卧不安了。她一直极力替康仝霖做担保，发誓说康家茶庄决不会涉入黑道。她自小跟随戴夫人，最知夫人是何种为人。断市以来，康家生意全由夫人掌管，岂会允许如此胡作非为？夫人若是这等贪利背义的小人，哪还会手不释卷，钟情于诗书？更不会教妾识字习文，熏染风雅的。妾若未染此风雅，老爷又岂肯收在近侧！

松筠初还抚慰大瑜，说他也希望康家与私通贸易无关。康家戴氏，他也觉甚有脱俗风雅，不可多得。油盐店张掌柜供出康家，他虽吃惊，但也不能偏袒。尤其有汝这一层干系，更不能含糊的。是真是假，必要查一个清楚。戴氏临危代夫主事，或也疏于细察，手下掌柜暗中妄为，也说不定的。此系违犯朝廷禁令，非同小可。如真是清白被诬，本官也断不至冤枉康家的。一切尚待案情大白时。

大瑜还是极力辩白，称康家派驻库仑的冯掌柜，是忠义之辈，决不至暗中背主，涉黑自肥的。老爷也不是不识冯掌柜，冯掌柜也不是不知老爷廉正威严，他岂敢图一时侥幸，置东家于不义不法之地？

松筠对冯得雨，显然就不那么敬重了，只视之为一般商贾。走私案发后，疑其奸猾，也就不能免。大瑜为冯得雨辩白，松筠就有些不悦，说他既清白，更不必惧怕本官严审！

大瑜仍辩白不止，松筠终于变色呵斥道："此系公事，汝不必再多嘴！再多嘴，将疑汝厕身余侧，原有预谋！"

哪想大瑜也是率性女子，竟说："老爷既这样疑心，就将妾也收入牢中吧！"

松筠未想到大瑜竟会如此说，倒也为其率性所感，收起厉色，说："汝既如此忠心于旧主，余当然更不会袒护汝了。跟余已有数年，竟还不忘旧主？余陷逆境，汝也会如此舍身耶？"

大瑜流泪道："妾随老爷数年，何忍如此不相知！妾有预谋，欲陷害老爷，老爷竟也不察，岂不是枉负了一向的清官盛名！"

松筠笑道："余非圣贤，被你这样厉害的小女子所欺，也说不定。"

不过自此以后，大瑜探问案事，松筠仍也未予详答，只叫她耐心等待。

今听说老爷即将远赴后营科布多，大瑜自然不能不焦急。

她问："老爷走后，审案是否会暂时搁置？"

松筠说："副将军衙门自然会继续审案，本案本来也由副将军主理的，余不过是辅佐而已。"

大瑜不安道："副将军大人也可深信吗？"

松筠正色说："副将军当秉公理案，不容置疑！"

大瑜又问："妾仍不能探见一次康家少爷吗？"

松筠断然说："余已一再示明，此举决不可行！"

大瑜就说："老爷此去，何时才能返回？"

松筠说："实难说定。路途遥远，只往返一趟，也要到秋后了，何况还身负使命。"

大瑜说："秋后定案，若有冤情，大人又不在库仑，可如何是好？"

松筠说："副将军岂会草率断案？康家茶庄真涉私通贸易，余在库仑，也一样治罪。汝耐心等待就是了。"

松筠如此态度，大瑜再焦急，也是无可奈何。

少掌柜被押入副将军衙门后，石岳更是多方奔走，但也是求告无门。仅见着过两次大瑜，都是她出来传送消息，但也只告诉了案情大概。欲托其求见松筠大人，做清白申诉，终于不可得遂。请求探视少掌柜，更遭副将军衙门坚拒。办事大臣衙门及副将军衙门中，以往相熟的司官、笔帖式，也都避而不见。

石岳就知事态严峻。

他与库仑及买卖城两处庄口的账房，仔细核查账簿，细验库存茶货，所得结果并无出入。断市以来，存储于库仑的红砖，数额巨大，都安好堆积在茶库中。其中易货与米氏皮货店的少量红砖，他已与叶琳娜核验过：这些红砖同样一箱不少，存储在彼店库中。运来内销边地的青砖，也来时有官府院票，销出有据可查，下家都白纸黑字一一列于账簿中。难道是有下家涉入黑道，本号也受牵连？

石岳从大瑜口中得知，少爷大约是受了吴家瑜的牵连。但吴家瑜投靠的油盐店，并未从天盛川进过任何茶货。这个吴家瑜！万万想不到他离号后，竟然落入黑道。石岳初得知吴家瑜离号，还甚感惋惜。买卖城茶市，太需要他这样熟通俄语的人手了，竟甘心转投张家那间小油盐店。为了女人，真也不可理喻。为了女人也罢，如何就落入黑道！落入黑道也罢，又如何要连累旧主！康家对他也不刻薄。断市前，还派他做大掌柜的通译，出席了与俄商的议盘会商。一般伙友终生也难逢其盛的。他非但将此抛弃不顾，反对东家恩将仇报，不可理喻竟至此！

出事后，石岳几次想去张家油盐店探察，为避嫌，终于未去。从侧面打听，得知油盐店已遭查封。吴家瑜所娶的那个妇人，依然住在店后院中，只是闭门不出。夜间常闻哭泣声。

石岳除派得力伙友，赶回太谷报讯外，实在也无计可施。他在库仑，毕竟人脉有限。

叶琳娜得知康仝霖少爷因涉黑入狱，当时就惊呆了。

这怎么可能！

她连问石岳掌柜，才知是千真万确。

本来与康仝霖已经约好，要再往喀尔喀草原远行，共渡这个难得的夏天。但到约定之日，却久久等不来他。跑来寻他，竟得到了这样的消息！

石岳掌柜连说，少爷是遭了暗算，陷入冤狱。她从石掌柜焦急万状的神态中，相信其不是撒谎。康家茶庄如此大商户，竟会有此不法行径？她实在也不敢相信。但被谁暗算，又为何要暗算康家，石掌柜一时也说不清楚，只说事发突然，尚须细探。

这就使叶琳娜陷于空前焦虑中。她也决不愿相信自己心仪的人，会图谋不轨，触犯本国法律，但也不由要往可怕处猜疑。康家少爷如真有不法行径，岂不是毁了她的一生？有教养的康仝霖少爷，暗中竟心怀叵测，她如何承受得了！但与他交往十余年来，为何竟毫无泄漏？不可能，那绝不可能！他的家族，也是高贵的家族。他的父亲是辛勤异常的商人。他的母亲，更是一位高贵优雅的夫人。尤其中国的商人，即便似康家这样的大户，也一样极其敬畏官府。平日言行，尚且忌讳得罪官府，如何敢违犯官府法律？只是，她逾这样努力往好处想，反而逾感不安：入狱既是千真万确，即便蒙冤，也后果难料。中国官府，深不可测，许多事变，常常难以预料。

其后，她又得知，康仝霖是因受一桩走私案件连累，才蒙冤入狱。这使她的焦虑更甚了，不由也疑心康家茶庄是否真未涉私？毕竟断市已经太长久了。她从留在库仑的同胞中，也早有耳闻，往国内走私茶货的暗流，一直禁绝不住。父亲也一再严嘱，决不可涉此不法贸易。不能为眼前利益，毁坏米氏家族声誉。尤其中国官府，最重俄商守法恭顺，一旦违法，处置苛严，将永失来华贸易资格。所以，叶琳娜留在库仑，对此警戒甚严。但断市如此长久，库仑一些中方茶庄，已有不少决定放弃外茶生意了。康家是否也会暗中做这种打算，于是将库仑所集存茶货，走私出去？近年，康家也不再运红茶来库仑了，就是因此吗？可康仝霖对她却深情依旧！康家欲放弃库仑外茶生意，那康仝霖岂不是也要放弃她？不可能，绝不可能！夺心之交，即将中断，她决不会毫无觉察！

石岳掌柜来请求核验她所易得的红茶，叶琳娜深感欣慰：康家努力在证明自己的清白，也正是她所最期盼的！但石岳向她打听俄境走私情形，就使她十分恼怒，责问石掌柜是否怀疑她的商号不轨？石岳忙解释说，哪里会呢！不过是想多打探些相关情形，如有怀疑，哪还会依旧频繁与她来往，早避嫌不见了。叶琳娜才将所知传闻悉数道出，但深一层的黑幕，她又哪里能知道？

石岳告诉她，已派人回山西报讯了，总号必会派得力人手，赶来搭救少爷的。叶琳娜的疑虑也才稍减：康仝霖少爷或许真是蒙冤了。她只能将全部希望，全寄托于此，日夜盼望康家来人。她设想，如果康家如真清白，高贵优雅的康家夫人，应该赶来库仑的。母子情深，又关家族声誉，夫人岂能安坐家中！夫人智慧出众，也擅交际，那年她终于获准远赴茶山，就是夫人促成。在这种时候，夫人若在库仑，一切就可能不一样了。

可惜她自己无力施救于他！她的俄商身份，也实在不便出面奔走。在这个难得的夏天，她享受的竟是这样的煎熬。

2

由归化至库仑的驼路，一般行程需三十天。但在秋天驼路初开时，有急运货物，驼队也承揽包程快运，保十八天到达，当然运费要增加大半。因驼队快行，负载要减少，驼料要加大，沿途边牧边走，几不停歇。戴夫人及冯得雨一行此次赶赴库仑，刘福海即派出了快行的驼队。尽管如此，赶到库仑时，已进九月了。

其时，松筠尚未返回。朝廷也尚未派出大员，前来查办这桩走私大案。戴夫人一行到达后，也一样施救无门。

戴夫人倒是很快见着了大瑜。

大瑜得到戴夫人求见的传报后，当下并未应允，稍后才暗中约戴夫人，在一喇嘛佛寺见面。因为松筠临行前严嘱大瑜，暂不得与康家字号往来。两人扮作香客，进香拜佛后，借一禅房，才闭门相谈。

见此情境，戴夫人更觉事态严重。不过，她还是极力显得镇静自若，掩藏了心中焦急。倒是大瑜先就哭了，说自己无能，救不了少爷，愧对夫人。

戴夫人忙安慰道："大瑜，这么大的事，又岂是你能做主的？你也不可太着急。你相信我们清白无辜，就行了。"

大瑜就说："我在老爷跟前，替少爷喊冤叫屈，百般辩白，嘴都磨破了，老爷只是不听！他还不许我多嘴，可我如何能不说话？"

戴夫人说："松筠大人如此，也是清正做派。他既不愿偏听于你，想必不会偏听别人的。我们清白无辜，也只盼他能秉公审案！"

大瑜说："他也忒清正了！什么都不许我问，少爷蒙冤，我能不闻不问？一时多问几句，竟对我也起了疑心。你疑心我，就把我也收入牢中得了！"

戴夫人忙说："大瑜，可不敢这么任性！你与我们，毕竟有这一层关系，松筠大人是为了避嫌。"

大瑜说："不过是私房中多问他几句，谁又能知道？"

戴夫人就说："松筠大人如此廉正，我也稍放心了。我们清白，也不会托你做打通关节一类勾当。倒是怕案情未明，先连累了你。"

大瑜忙说："夫人，少爷如此蒙冤，我岂能安坐得了？连累就连累，我才不怕呢！我跟了他已有数年，他连我也不识，哪里还配做清官！"

戴夫人说："大瑜，你还是这样任性！官府毕竟不同，你如此一味向着我们辩白，就怕松筠大人想秉公说话，也有顾忌了。这岂不适得其反？"

大瑜一怔，说："不至于如此吧？"

戴夫人说："遇事总要先沉得住气，尤其身在官府。你就依松筠大人所嘱，不要再多过问此事。我们也不会再多见你了。"

大瑜就说："夫人见识，到底不一样！临见夫人前，原以为夫人也会焦急万状，哪想夫人竟镇静如此。还怕连累了我！瑜儿就听夫人的，沉住气等待。可少爷在狱中受罪，夫人又如何能不焦虑？"

戴夫人叹了口气，说："事到如今，一味焦急，又有何用！我们既清白，也只好静待官府秉公断案了。"

大瑜才言及，松筠另负钦命往西路后，她还担心副将军衙门会独断此案，但已过去月余了，仍未见那边有结案动向。或许也在等待我们老爷返回，共理此案？但愿能如此。戴夫人也细问了一些相关情形，就与大瑜先后离开佛寺。

戴夫人极力做镇静状，又劝大瑜不要着急探问案事，虽也出于自信清白，却也另有用意，即由大瑜向松筠传去康家动向，至少她这主事者，并未惊慌失措，相信官府会秉公断案。

不仅对大瑜是如此，对石岳等掌柜伙友，戴夫人也一样要求镇静应对。初到时，石岳更是痛责自己无能，施救无方，她只安慰，并不责怪，更说无须慌张。得知石岳等已核对过账目库存，并无漏洞后，便说不必过分四出奔走，只安心张罗生意，静待官府过堂即可。见戴夫人如此镇静，大家才觉有了主心骨，不再慌乱。

在见过大瑜后，戴夫人又向大家宣示，东家在太谷已郑重决议，由冯掌柜暂代天盛川大掌柜，徐文琪出任二掌柜，以后号中一切事务，须听从他们二位主理。冯得雨即表示，当此危难之际，东家将天盛川生意，暂付我等张罗，足见东家对我等信赖无疑。冯某虽也无大才，但受东家两代恩惠，亦只能临危受命，竭诚尽职，还望众掌柜伙友多予帮衬，不负东家厚望。并当即宣布，库仑茶市掌柜，即交石岳掌柜代理。

众人对此尚无心理准备，一时都凝重无言。只石岳疑惑道："二娘，东家出此非常之策，莫非是因眼下事态过于严峻吗？是否得知少爷有……"

戴夫人就说："你们切不必多虑，此举实系为应对复市！断市已久，复市当不会太远。一旦复市，百废待兴，总要未雨绸缪，早做布局。你们大掌柜多年困俄，归国后一时也难以接手生意。霖儿又遭此冤狱，昭雪后一时也怕难负旧任。吾一妇人，又何能出入于恰克图议盘会商这样的场合？此举虽是万不得已，但冯掌柜、石掌柜及众伙友，都堪当此任！天盛川能有今天，也还不是全赖你们各位成就？今后更得仰赖各位了。"

戴夫人这样一说，既安定了众心，又使变制显得势在必行，众人这才释去疑虑，振奋起来。东家已在迎接复市，断市六年了，哪还有比此更振奋人心的！尤其戴夫人镇静自若，相信少爷会昭雪出狱，更使众人踏实下来。

石岳也就欣然领命了，表示自己虽无冯掌柜才干，但也将竭尽所能，为东家效力。

冯得雨听了戴夫人这一番话，更觉二娘堪有将帅风范！对复市的预测，二娘本不及他乐观的。他预计，一二年内，复市当可见分晓。二娘并不很认同的。但今却以此安定军心，尤其在少爷身陷冤狱这样的时候。从家中赶来库仑这一路，二娘也担忧少爷洗冤昭雪不会那么容易，但一到库仑，便镇静如常，将心中忧虑深藏起来。库仑庄口上下，本已慌乱多日了，二娘赶来，若再似东院大爷那样，比底下人还慌乱，那将成何局面！宣示变制，又选择在见过大瑜之后，更使众人对复市多了一层信赖。以复市布局名义，宣示如此大的变动，也是好手段。因为冯得雨早已知道，二娘做此变动，并非权宜之计。只要二爷归来，认同此变，即要长久实行，并促成东院也做此变。目睹二娘如此将帅风范，冯得雨除了敬佩，也深感身负大掌柜新职，不是轻易可称职。有此东家在上统治，不用说胡作非为，即便是苟且偷闲，谁又敢！

戴夫人到库仑数日后，未见叶琳娜来访，还以为她是为避嫌疑，不便以俄商身份，殷勤走动。问及石岳，石岳也觉奇怪，说叶琳娜一直盼着老号来人呢，少爷出事后，叶琳娜也焦急异常。

戴夫人就忙带了石岳做通译，赶往米氏店铺探望。这才知道，叶琳娜已病倒多日了。戴夫人见叶琳娜消瘦憔悴，满嘴都是火泡，知是急火攻心，不由吃了一惊：这莫非是因为霖儿？

叶琳娜一见戴夫人，说了句："我知道夫人会来的……"眼泪已夺眶而出。

戴夫人忙说："叶琳娜，你这是怎么了？"

石岳就低声对戴夫人说："还不是因为少爷，焦虑过甚！"这一向，叶琳娜丢了魂似的，石岳岂能看不出来！

戴夫人心里先是一怔：叶琳娜已经知道了结姻之事？难道她久留库仑，就是为了霖儿？发西利为此结姻，已早有布局了？戴夫人虽觉如梦初醒，但目睹叶琳娜如此忧伤憔悴状，也只好暗叹：彼俄女对霖儿痴情如此，也难得了。再者，夫君既已应允这桩亲事，多想也无用了。便安慰叶琳娜道："霖儿是受了冤枉！我家茶庄，决不会糊涂至此，为贪图一时黑利，毁了五六十年的祖业。叶琳娜，你不必太担心了，霖儿冤情，一定能得到昭雪的。"

石岳忙将戴夫人的话，通译成了俄语。

叶琳娜更哭出了声，说："我知道夫人会来的……"

戴夫人听得也有些心酸了，说："你病成这样，延医服药了吗？不用太担心，不用太担心。"

叶琳娜说："夫人来了，我也不着急了。夫人去见松筠大人了吗？"

石岳忙说："松筠大人还未回到库仑。"

戴夫人说："松筠大人为官廉正，自会秉公断案的。所以，你不用太担心。我家茶庄，茶货进出，一切都有据可查，正等待官府核验。真金不怕火炼，我号经得起官府核查！"

叶琳娜惊问："真金不怕火炼，是说少爷不怕严刑拷打？"

石岳忙解释了此谚语的含义。

叶琳娜才说："我记住了这句中国谚语，永不会忘记了。"

戴夫人此时已笑不出来。叶琳娜的误解，触痛了她的心：自得知霖儿入狱后，她无时不想到"严刑"二字。霖儿自辩，会不会受刑，不敢想，又止不住要想。儿身受刑，对母心更是酷刑！但此时，她极力掩藏了心中的痛，强作乐观，说："叶琳娜，等你病愈，我也跟你学说俄语！"

叶琳娜又泪流满面。

康仝霖被囚于副将军衙门的牢房后，自然也受过几次密审。不过，正如戴夫人所估计，松筠为避嫌，并未亲审康家少掌柜，而是由副将军的亲信出面审讯。

初时，康仝霖焦躁异常，除了喊冤，也不知如何自辩。突然遭此飞来横祸，他不免也乱了方寸。一时慌乱中，还以为是因他与叶琳娜过从太密，官府怀疑有通俄之罪。所以他所作辩解，只是极力澄清与叶琳娜的关系，纯属生意交往，决未涉及边情要事。康家茶庄一向恭顺守法，未敢稍有越轨。可他愈是做此辩解，审官也愈是追问他与俄商的交往，何以如此密切。恰克图既已断市多年，与俄商还有何生意可密切交涉？

对此追问，康仝霖更难做清晰辩解。他与叶琳娜的夺心之交，又如何能如实说出！难道他与叶琳娜的过分亲近，也为官府所忌吗？两国交恶，他却与叶琳娜旧情不断，此亦算不恭顺，不忠义？他又极力申说，叶琳娜的皮货店，也是守法俄商。彼与康家茶庄交易多年，近年生意难续，但旧谊却难断。断市以来，善待俄商，亦是松筠大人所施的仁政。虽如此申辩，总不免有些语焉不详。所以愈辩，也还是愈受追问。康仝霖也只好做了获罪的打算。

为了叶琳娜，他也甘愿领罪受罚了，但如论如何，不能累及叶琳娜。至此，他倒冷静下来，开始思谋对策，如何开脱叶琳娜，独自揽罪。他万不能说出与叶琳娜的那份私情，至多只能承认，频繁接近叶琳娜，也不过是他的一厢情愿。叶琳娜冰清玉洁，凛然不为所动。

也幸亏他冷静下来了。审官追问他与米氏店来往，久无斩获，便转而盘问起他家的生意来。恰克图断市已久，为何仍源源不断贩运红砖来库仑？如此巨量红砖，现储存于何处，欲作何图？审官追问有此转向，康仝霖才松了一口气！一则，储运红砖情形，他尽可如实交代，再则，不再逼问他与叶琳娜的交往，有如渡过险关。而审问涉及生意，也使康仝霖猜测到，官府对他似另有怀疑：储存巨量红砖何罪之有？无非疑心与俄方私通贸易吧？

至此，康仝霖也才知道如何辩解申冤。对自己一时慌乱，几乎泄漏与叶琳娜私情，很有几分后怕。

他力陈储运红砖来库仑，是为日后复市计，并无他图。历年运来库仑的茶货，一有官府院票可核查，二有茶库所存货物可复验。但审官不肯相信，断言是以院票做遮掩，暗中另有布局，院票之外，必还有私货运来。康仝霖极力辩白，绝不敢如此贪小利，自毁祖业。审官还出示一红砖，逼问是否为康家私货。康仝霖看后即说，敝号所产红砖，皆有"川"字记印，此砖决非敝号茶品。审官冷笑道，你等奸商，岂会如此愚笨！隐去记印，正可证为私货。

康仝霖当然更竭力辩白。

如此过堂数次，见康仝霖一直不改口，审官终于动了刑。

可严刑之下，他也依旧未改口。皮肉之苦故也难耐，但为何会蒙此深冤，他更百思不得其解。难道就因为与米氏店交往过密，就遭此冤屈吗？倘如是，他再受重刑，也甘愿了。但决不能屈打成招，累及祖业，累及米氏，累及叶琳娜。

### 3

冯得雨毕竟在库仑人脉深厚，他终于从副将军衙门一位相熟的笔帖式口中探得惊人消息。笔帖式，系当时官府的低级官员，类似于现在的文书、秘书，主要从事满、汉奏章的翻译，多由满人、蒙人出任。冯得雨探得的是什么消息？原来这件走私案，竟涉及车登多耳机亲王！朝廷已派出钦差，不久将来库仑查办此案。

少爷牵连其间的，原来是这样一件惊天大案！

冯得雨探知这样的案情，不由也惊慌起来。无论松筠大人，还是蕴敦多耳济副将军，毕竟久驻库仑，就是巴结拉拢不成，他们也对天盛川知晓根底，对外茶贸易更不生疏。由他们审理此案，总不至走偏出格。何况，松筠为官廉正，副将军也不是那种刚愎自用的武人，对他们秉公断案，总还敢抱七分期望。这朝廷派来的钦差，可就一切都不一样了。其对茶市边情，既不熟悉，其为人做派如何，更不摸底。尤其令人担心的是，车登多耳济亲王亦系理边大臣，此案既涉及他，作为其同僚的松筠和副将军，也当受审查的。两位自辩未染指，已不容易，哪里还能指望为商家秉公直言？身为钦差，一旦做出决断，就是办成糊涂案，冤案，也难以申辩了！

冯得雨忙将此消息密告了戴夫人。

戴夫人听后，沉思良久，才问："知道这位办案钦差，是何人吗？"

冯得雨说："他们也只听说一位满族大员，叫阿里衮索琳，所知也不多。"

戴夫人又问："我号与车登多耳济亲王，以往交往多吗？"

冯得雨说："做外茶生意，巴结库仑理边大员，总是不能免。我号素来与办事大臣衙门及副将军衙门走动较多，对理边的本地亲王，虽也不能不有所孝敬，但已属常例。这倒也不是厚此薄彼。西商大户，因各种机缘，在理边大员中，向来各有靠山。汾阳张家的万胜永记，与这位亲王一向走动甚勤，我号也就只好避让。"

戴夫人就说："既然如此，也就无须过虑了。我看此案由新来的钦差查办，比松筠及副将军还要好些。尤其松筠大人，因与我号有旧交，又有大瑜这一层关系，为避嫌疑，必会苛查，不敢轻易放过。如今其也受审查，为自辩，也会力陈实情。我号清白，也就容易得以彰显。"

冯得雨说："虽说如此，但这位查案钦差，我们毕竟不知根底。是个清明廉正的大员，当然万幸了。就怕不谙边情，仓促办案！"

戴夫人说："朝廷既欲查办车登多耳济这样的大员，总要选派与亲王及松筠、副将军都无干系的官员。其负此钦命，最不敢袒护的，就是这位亲王。只要亲王不被袒护，案情大白，就有指望。我们还是安心静待就是了。"

冯得雨虽觉戴夫人能见所他未见，但此惊天大案毕竟历所未历，哪里能安心静待？答应了静待，还在尽力暗中奔走打探。

冯得雨这次赔戴夫人来库仑，虽然急就了快行的驼队，但也申领了一张院票，押运了三百箱茶货。这三百箱茶货，都系蒲圻新茶山所出产。其中两百箱为内销的青砖，另一百箱为新试制的红砖。在蒲圻试制红砖，本是徐文琪为迎接复市所作布局，可惜开制中途，复市又无消息了。临行前，戴夫人鉴于库仑储存红砖甚巨，主张将这批新红砖，暂存于太谷老号。但冯得雨却主张运往库仑，他坚持自己的预料，复市不会太远。他新掌大掌柜职，戴夫人也就未再多言，依他自主做决断。

到达库仑后，往办事大臣衙门交票验货，冯得雨特意将几片新红砖，馈赠予验票的司官。这本也是常例。只是，冯得雨为验证蒲圻红砖品质，特意向这位司官多交代了几句：此红砖系本号用新法精制，不同以往，敬请品味。不过，事后只一味操心少爷案子，早将此事淡忘了。

十多天后，冯得雨又去拜见这位司官，是为打听松筠归期。松筠归期没有打听到，闲谈间，这位司官倒提起了新红砖的色味。

他问冯得雨："你们这新红砖，茶味甚殊，是用什么新法制出？"

冯得雨便先问："大人觉茶味特殊，是何意？是不合口味，还是品出了新味？"

司官说："我尝红砖甚多，尚见过此色，尝过此味。以往尔号红砖，外色乌润，汤色亦红浓。其茶味醇厚，有桂圆味，而香气高长，带松烟香。此新红砖，外色却乌亮，汤色更红透清澈，发宝光，其茶味也醇润，无桂圆味，尤其香气纯和，无松烟香。故问所用新制法为何？焙干已不用松柴邪？"

冯得雨忙问："大人觉此红砖，较以往逊色了？"

司官笑道："对尔号此新旧红砖，余有一比，旧红砖似妖艳少妇，新红砖即如清纯二八佳丽！"

冯得雨这才踏实了，忙说："大人有此妙喻，是言新品尚还不差？"

司官说："岂止是不差！不事巧扮，尽现了佳人本色。余嗜茶，阅茶无数，新识此茶，又多一红颜知己也！只是红颜出身如何，冯掌柜尚未告之。”

冯得雨一笑说：“大人品茶，有如此道行，我也不敢相瞒了。此红砖，与敝号以往红砖有如此不同，实系另有产地。”

司官忙说：“这就是了！武夷红砖，再用新法，也不至有此大别。茶种本色，再做巧扮，也难逃本官法眼的！”说毕，得意大笑。

冯得雨说：“要不我说大人道行太深！”

司官就问：“此产地在何处？”

冯得雨说：“与敝号这几年所运销库仑的青砖，同出于鄂南蒲圻。”

司官又得意道：“这就更是了！余品此茶，就有似曾相见之感，却一时想不起来了。原来就近在咫尺！”

冯得雨说：“大人对敝号蒲圻青砖，并未夸奖过的。”

司官说：“余也未贬斥过吧？彼青砖，茶味倒也不俗，就是制法不精。”

冯得雨忙说：“大人所品尝的，当时初时所出茶品吧？蒲圻古茶山，宋时曾兴盛，后久废不彰。敝号新辟，对其茶质茶性，渐渐才摸熟。又调武夷老练茶工，前往精制。近年所出青砖，已不逊于武夷青砖了。”

司官说：“既如此，余当再从容品尝。”

冯得雨忙说：“敝人不日即奉上新到青砖，恭请大人品鉴。”

司官说：“那倒也不必了。尔号历年所送，余都有收藏。余之寒舍，几成茶库了，存百家青红，余视同藏书，甚解驻边寂寞。驻库仑以来，余嗜茶已甚于嗜酒了。销俄青红砖，茶味浓烈，久藏愈醇，其性似酒，颇能增豪气。原品茶之清雅，余已隔膜。尤其京师所风行的香片，余已觉俗不可耐。”

冯得雨听这位司官大谈青红茶经，附和之中，忽然有悟：这位司官有如此品茶道行，竟然就没有及早记起！临来库仑前，徐掌柜为救少爷出谋献策，言及可请品茶高手，品验走私茶货，即可查出其产地，查知产地，即可澄清我号涉私与否。此策虽可直达要害，却愁这相宜的品茶高手难觅。西商大户中，品茶掌柜有的是，但官府未必会信任。松筠大人手下的这位验票司官，不正是恰当人选吗！其嗜茶，其品茶道行，冯得雨是早就知晓的，可惜没有早想起来。忽然得此灵悟，冯得雨自然十分兴奋：少爷的救星，原来就在眼前！

其时，司官谈兴正酣，冯得雨也尽力助兴，许久才尽兴而散。

回到字号，冯得雨即将此说知戴夫人。戴夫人当然高兴异常。冯得雨就主张，戴夫人再见大瑜时，可将徐掌柜之策说出，并巧为点明这位救星。嘱大瑜以自己所谋，献策与松筠大人。大瑜本擅出急智，松筠自会相信的。

戴夫人略作思索，说这样不妥。松筠廉直，大瑜又毕竟与我们有私谊，一旦生疑避嫌，此良策岂不要被搁置？不如还是由冯掌柜设法暗示与副将军衙门中熟人，避过松筠大人。不过，此策尚不必急于张罗，暂留锦囊中即可，待朝廷所派钦差到达库仑，接手查办时再出手，较为稳妥。因副将军即便查明我号清白，大约也不敢擅自释放霖儿的。

冯得雨就觉还是戴夫人想得周全，忙说他心中有数了。

## 4

进入十月，朝廷派出的钦差阿里衮索琳到达了库仑。阿里衮索琳临行前，曾受朝廷密旨，授意到库仑，可依赖松筠。

朝廷为何有此密旨？

松筠本是乾隆皇帝信赖的大臣，受命赴库仑理边以来，边境安稳有序，俄国虽遭断绝互市惩罚，亦未敢有所进犯。皇帝对松筠深为满意，故予以擢升褒奖。其后，对新发凶案的处置，皇帝本也是满意的，正拟准其所奏，恢复与俄国贸易，恰得车登多耳济亲王密奏，称松筠已擅决复市。皇帝疑其居功自傲，即褫夺其官职，以示警诫。不过，也知其治理库仑边务，深为得法，故仍留任所效力。不久，又接蕴敦多耳济副将军密报，称查获走私要案,涉及车登多耳济亲王暗中庇护。这就使皇帝对亲王先前密奏,有所警觉,疑其从中阻拦复市。其后,又接科布多参赞大臣奏报,有迷路喇嘛从俄境携回谋乱信件。皇帝震惊之余,将这接连几次奏报,一道交军机处析议。库仑三位理边大员,各呈奏章,互相指控,军机处也不敢有所偏向,议来议去,还是留存了两种可能。一是车登多尔济涉私不轨,欲阻拦复市,以便即继续私通贸易自肥;一是松筠谎报边情,断市以来,俄方并无真诚悔意。尤其土尔扈特成功东返之初,俄方深为不满,曾扬言兵戎相见。所以,主张应派出得力钦差,授库仑办事大臣职,位列库仑副将军及蒙古亲王之前,结束乱政,一面查清车登多尔济是否真有通私不轨,一面考察真实边情,澄清松筠是否有谎报。但乾隆皇帝并未采纳这一主张。皇帝还是信赖松筠的,他知松筠不是糊涂人,如此重大边情岂敢谎报?而谎报又岂能长久不露?库仑三位理边大员,两位未报俄方意欲谋乱,唯有这个车登多尔济反对复市,却又被指通私。查清其是否通私,边情真相自然也就大白了。再则,朝中一时也再选不出能胜过松筠的理边大员。松筠理边以来,似也轻车驾熟,边境僵局正接近缓解,再派新手,僵局不免还要相持更久。科布多参赞大臣所报俄夷意欲谋乱,已使皇帝暗生戒心:边境僵局再如此旷日持久,发生此种后患,也不是不可能!俄夷与蒙古叛逆部族勾结作乱,历来是大清心腹大患。乾隆皇帝,岂能掉以轻心!所以,他觉对俄夷惩处,已不易再过度,也就更希望倚重松筠,及时解开边境僵局。

于是,乾隆皇帝未依廷议,派员取代松筠,而是只派出查办走私案钦差,并密旨其到库仑后,仍要信赖松筠。此时的乾隆皇帝虽已到晚年,毕竟还不糊涂。他信赖松筠,除了知其人,更出于边境战略考虑,即对俄示威之度。

阿里衮索琳到达库仑后,松筠仍未归来。

他先拜会了车登多尔济亲王,但也言明是奉旨来查办私通贸易案。亲王虽内心惊恐,但还是极力故作镇静,表示愿协助查办。说断市既久,发生此等违禁民事,虽也难免,他毕竟有负圣命。不过,理边松筠为首,查禁甚严，此案当也不至犯禁过甚。可惜松筠与俄方交涉复市，操之过急了，以致惹圣怒。不然，边境僵局早得缓解，违禁走私，也就不致再发生。阿里衮索琳见亲王欲淡化通私案，心里就生警戒，不过还是表示，能得亲王协助，深感欣慰，此案无论大小，只盼早日查清，回京复命。

其后，他才会见副将军。副将军即将亲王私准贸易的手谕及俄方密件，呈交阿里衮索琳。

阿里衮索琳一见此证据，便说："这已是铁证。余此趟钦差，看来不必太辛苦了。"

副将军忙说："无此证据，我等何敢奏劾亲王？但言铁证，尚为时过早。所缉拿到案的罪犯，均只招供系偶犯，又以僧民熬茶为由，不承认是私通贸易。再者，查获不到大宗私通贸易，俄方密件恐会被指有诈。仅凭目前所查获小宗私输茶货，尚不足以为亲王定罪。"

阿里衮索琳一听，就正色说："将军与亲王，是否有隙，欲治其罪？"

副将军忙说："余岂能如此不智，为泄私愤，惊动朝廷！断市以来，边情危厄困顿，能得安稳有序，全凭松筠与余及亲王协同无间，共撑苦局。松筠与余，本来对亲王信赖无疑的。但去秋查办边境新发凶案时，俄方为显善意，将此密件交付松筠。这才使松筠与余大吃一惊！"

阿里衮索琳就问："是松筠先接此密件？那松筠也参与了密查此案？"

副将军说："可不是呢，密查此案，全靠松筠出谋划策。亲王竟敢如此违逆朝廷禁令，并置松筠与余于失职窘境，我们初也不敢轻信俄方密件，但也更不敢大意。即按密件所披露线索，暗中布防，果然将走私帮伙查获，并截得亲王这几张手谕。亲王为贪一时之利，竟如此妄为，松筠与余不敢相信，也不能不信了！"

阿里衮索琳一听有松筠参与查案，也就相信了副将军所言。就说："这个车登多尔济，真也糊涂！亲王爵位，竟不值一时小利？"

副将军说："那可不是小利！恰克图断市，私输俄境茶货，市价直翻数倍。无巨额之利可图，亲王岂肯涉险！所以，案犯咬定系偶犯，也分明是抵赖。为这少量私货，亲王即违禁，值得吗？”

阿里衮索琳就问：“既已人赃俱获，罪犯何以还抵赖？”

副将军说：“还不是仍以为有靠山！”

阿里衮索琳即说：“还有何靠山！朝廷已授权余来彻查，还有谁敢做靠山！”

副将军忙说：“这靠山，即是亲王。未动亲王，这帮罪犯总不会据实招供。”

阿里衮索琳便说：“那就先拿下亲王！”

副将军说：“可目前罪证，尚不足以给亲王治罪。他有亲王身份，我等亦无权擅动的。眼下案事僵持于此，正有待大人破局！”

阿里衮索琳这才知道查办此案，也不轻松。车登多尔济，虽系蒙古亲王，难与皇室亲王相比，但褫夺其爵位，将其治罪，毕竟事关重大，真有闪失，自己也担待不起的。他便问副将军：“将军有何良策吗？”

副将军忙说：“余若有良策，早替大人破局了。”

阿里衮索琳说：“将军方才说，先前密查此案，松筠多有出谋划策。松筠亦未留下良策吗？”

副将军说：“松筠确也多谋善断，但他另有受命，离开库仑已两月有余了。”

阿里衮索琳问：“何时能归来？”

副将军说：“归期尚不得知。也许快返回来了。”

阿里衮索琳便决定等待松筠归来，不过还是吩咐副将军，他稍作休歇，即要亲审案犯。

数日后，阿里衮索琳果然提审了几名重要罪犯，明言自己为朝廷钦差，即便库仑办事大臣违法，亦有权查办。但审讯亦未有突破。被其提审的走私帮头、喇嘛住持、卡伦军头及张掌柜，一见案事惊动了朝廷，就更觉已成重罪，招供也是难免一死，唯有守口依旧，保住亲王，或还有活命希望。所以仍咬定是偶犯，只为成全俄境边民熬茶敬佛。阿里衮索琳怒而动刑，亦未有改口者。

他也只好等待松筠归来。

冯得雨得知朝廷钦差已到库仑,即设法拜见了副将军衙门那位笔帖式。这位笔帖式果然证实钦差大人已到了。

冯得雨并未像上次那样,一再为少爷辩白,而是说:“大人,愿在钦差大臣面前立功否?”

笔帖式一时不解其意,就问:“冯掌柜,你这是何意?”

冯得雨一笑,说:“敝人有一破案良策,愿献于大人,助大人在钦差大臣面前立功。”

这位笔帖式知道副将军及钦差大臣正为破局发愁,便急忙问:“冯掌柜有何良策?”

冯得雨才说出了验茶之策:验出私茶产于何地,茶品如何,即可知出自何家。知私茶出自何家,私茶货源匿藏地,又何愁追寻不出?

笔帖式就说:“冯掌柜还是欲为尔号辩白吧?”

冯得雨说:“这是当然。不过,官府既有私茶在手,却查不出赃主,实是不谙茶货本性!库仑茶市中,茶货虽都系青红砖,但各家产地不同;产地相同者,制茶工艺又各异;制法相近者,茶工手艺承传又相别。一片茶砖在手,只要细加品验,便知是谁家货物。”

笔帖式忙问:“既如此,何处请品验高手?”

冯得雨说:“我们做茶行生意,谁家没有品茶掌柜!但茶行品茶里手,恐官府不会信任,我们也不愿担自私嫌疑。敝人知有一官府之人,嗜茶胜酒,品茶极有功夫,已品尝遍库仑茶市所有茶货,正可当此重任的。”

笔帖式就问:“此人是谁?”

冯得雨便说出了办事大臣衙门那位验票司官。

笔帖式听后,终于觉得冯得雨所说的破案办法,值得向上峰献策。于是说:“就照冯掌柜意思,转呈副将军大人。”

冯得雨忙说:“万不可说出是敝人意思!敝号受疑,避嫌要紧。大人驻库仑已久,因熟知茶市茶性,谋得此策,也属自然,并不突兀的。”

笔帖式说:“余岂不是借功邀功了?”

冯得雨说:“就算敝人报答大人一向厚意吧。”

这位笔帖式果然将此破案良策呈献给了副将军。副将军一听,就觉茅塞顿开,忙问笔帖式,为何不早说出?笔帖式只好说,是近来才忽有所悟。副将军大加夸奖,连说尔甚机灵,尔甚机灵!可惜未早说一步。笔帖式忙问:“验茶,已来不及了?”副将军只说,也不算晚,尔甚机灵。

副将军因为刚对阿里衮索琳说过,自己实无良策,将破局难题交给了对方,所以才觉可惜。若早一步,破局之功,已尽归自己衙门了。今再出此策,钦差大人难免会多心的。此一良策,只好留给松筠了。彼出谋已多,今献一良策与他,也应该的。何况那位验茶高手,又是他的属下,也正顺理成章。副将军看到破局希望,已觉轻松不少:事已惊动朝廷,亲王不能定罪,自己将如何立足!

## 5

十月中旬,松筠才回到库仑。此去如此费时,除了往返后营路途遥远,稽查萨迈林事件也多有周折,还因松筠另有用意。他估计朝廷也会派出钦差大员,前来库仑查办亲王私准贸易案。康家既有涉案嫌疑,而大瑜与康家关系又非同寻常,自己必须主动避嫌。钦差接手查办案事,他远避最好。所以,他一路从容,在科布多停留也久。

察查萨迈林事件,也使松筠对车登多尔济亲王涉私,更坚信不疑了。

原来,松筠到后营做了明察暗访,并未发现土尔扈特人有谋乱迹象。后亲审萨迈林携带回来的俄方信件,很快发现了疑点。信件系用俄文书写。松筠虽不通俄语,但驻库仑多年,披阅俄方外交公文的译件多多,对俄语风格、习惯,也早熟知了。此信件的蒙文译件,却甚不相类。科布多参赞衙门的译件，或许有误译？松筠当即令随从中的俄语通译，细阅俄文信件，核对蒙文译件。通译细阅后，就断定信件不像俄人书写，颇多有违俄文格式处，倒类似汉人行文习惯。蒙文译件，也只是大意相近，并未严格转译。

松筠便又询问，既为土尔扈特喇嘛，应熟知俄境，何以会迷路误入？当地官府说，尚未及细察，只听其供述是因迷路，误入俄境后，到达哈萨克，后被放归。

松筠随后即召来萨迈林，亲自询问。这位喇嘛，先还坚称虽系本地喇嘛，因雪天迷路误入哈萨克。松筠追问在俄境经历，从何处获得信件，萨迈林语无伦次，已显慌乱。又追问先前东返情形，萨迈林更显惊慌，不能详述。松筠便喝道：尔到底系何方喇嘛？萨迈林已是满头虚汗，不敢答话。松筠就冷笑道：尔系何方喇嘛，本官早已知晓，还不从实招供！萨迈林一听，慌忙跪下了，承认本是恰克图买卖城喇嘛，实未曾误入俄境。松筠再严厉追问，终于得知其所携信件，系寺中住持交付于他，令来后营报官。唆使他的住持，正是因涉私被缉拿的那一位。松筠也就明白了，萨迈林事件与车登多耳机涉私，原来是同一案件。

松筠主张边境新旧案并结，促成复市，惊动了涉私自肥的车登多尔济。彼一面密奏朝廷，诬他擅决复市，一面又谋出此招，谎报俄方图谋不轨，其用心都在阻拦复市。彼如此不惜欺骗朝廷，里外下手，阻拦复市，足见其涉私受贿非同一般！彼身为蒙古亲王，又负理边重任，竟为自肥而敢谎报俄国敌情，更使松筠震惊不已！

松筠何以能认出萨迈林不是土尔扈特喇嘛？原来，松筠到后营明察暗访中，也曾接触过不少喇嘛僧人。外地僧人，远不及库仑及买卖城周围的僧人富裕。其所着僧衣即与库仑一带大异，尤其一般僧人，多衣旧至百纳。而库仑繁盛，又是活佛做床地，买卖城更是贸易重镇，大小寺庙都香火旺盛，僧人衣着也不寒酸。松筠对库仑及买卖城的僧人衣着，久已习惯，一到外地，仅从僧衣，就觉彼处僧人十分苦焦。而土尔扈特喇嘛，理应比后营喇嘛还要苦焦。但这个萨迈林，也非高僧，僧衣竟与库仑僧人无异。仅此一点，已使松筠怀疑加重。厉声喝问，终于问出真相。

而这个萨迈林，一听说松筠大人亲来后营追查，已经乱了手脚。他在买卖城，早已久闻松筠大名。复市风声四起时，寺内更对松筠议论纷纷：财路将断哪。他本是住持心腹，知道寺中涉私内情。他负此密命，也知道是对付松筠。今松筠如此大员，亲自追来稽查，他岂能不惊慌失措！到松筠亲自召见他时，已疑事情败露，几声直戳要害的喝问，他更觉抵赖已无用了，只好如实招供。

松筠将萨迈林交当地衙门收押，携了那封俄文信件及蒙文译件，才从容返回库仑。

松筠一到库仑，副将军蕴敦多耳济就急忙来见。

副将军将阿里衮索琳负钦差到来，已把破案事宜移交，钦差已提审过要犯，仍难破局等情形，详细告知。并说，钦差也正盼仁兄归来，欲请教破局良策。

松筠忙道："余能有何良策？莫非阿里衮索琳对余也有猜疑？"

副将军就说："我看钦差大人对仁兄，多有称赞。请教仁兄，似也是有诚意的。"

松筠才笑道："余有无破局良策，将军还不知道吗？若有良策，我们早破局了，还能将此功留给外人？再说，康家涉案，余也早盼查清案情，以证清白的。"

副将军也笑道："余倒是得一破局良策，愿献于仁兄。"

松筠就说："将军既有良策，为何不先破局，或献于钦差？"

副将军说："专留待仁兄自证清白耳！"

松筠问："将军有何良策？"

副将军才说出了验茶之策及验茶高手。

松筠听了，也有茅塞顿开之感，忙赞道："将军，才别几日，就当刮目相看了！”

副将军忙说：“此策实非余所谋得，是一属下所呈献，今转献于仁兄。”

松筠说：“将军府中有此善谋者，也甚可喜。余转献此策予钦差，确能证余无私。将军，请先受余拜谢！”

副将军慌忙说：“仁兄为稽查此案，出谋划策已多，余尚未言谢，今何必如此客气！此案能早日了结，你我也得解脱了。”

果然，阿里衮索琳很快就来拜访松筠，密告朝廷对其信赖依旧，望能协助办案。松筠当然更感欣慰，就献出破局之策。

阿里衮索琳即招来松筠属下的那位验票司官，令其品验私茶产地。这位司官对私茶略作察验，并沏烹茶汤品尝后，便断定此私茶产自湖南安化，系西商外茶大户张家万胜永记所出茶货。

此结果，就先使松筠和副将军大吃一惊：张家茶庄，不是已撤庄多年了吗？松筠当即建议阿里衮索琳，速派官军搜查张家在库仑及买卖城两处已关张的庄口。果然，在买卖城张家茶庄库房，查获大量匿藏的无票私茶。在此大宗赃物面前，走私帮头及张掌柜、喇嘛住持等，不得不供出张家万胜永记，也不得不供出受贿甚巨的车登多耳济亲王。

案情大白，康家蒙冤自然得到昭雪。康仝霖获释，见到了焦急等待的母亲及叶琳娜。

# 第十四章　祸起萧墙

## 1

戴夫人及冯得雨离开太谷，赶赴库仑不久，西院改立大掌柜的消息，就被东院得知。

康乃骞初闻还不大相信，亲自来到城中天盛川老号询问。其时，徐文琪尚在。他倒也坦然，如实告诉了戴夫人所做出的应急举措：的确已将天盛川大掌柜职务暂交冯掌柜代理，他本人也受二掌柜职，辅佐冯掌柜。东家驼队，另立新号，暂名天福社，由刘掌柜代为掌管号事。

康乃骞一听，顿时就惊呆了。

徐文琪忙说：“大爷，二娘也是不得已了，才有此临急应变。二爷困俄六年了，二娘代撑危局，本已艰难不已，今西院少爷又蒙冤入狱，搭救刻不容缓。可顾了救少爷，又顾不了生意，才不得不做此临时安顿。这一切，大爷也是尽知的。”

康乃骞已是满脸怒色，连说：“这是擅改祖制，擅改祖制！将祖宗家业，擅交外人，这么重大的事，她就敢擅自做主？”

徐文琪慌忙说:“大爷误会了！天盛川虽暂交我们张罗,还不照旧是康家的生意？我们虽是外人,但自少小追随康爷,东家字号早成我们安身立命处,岂敢有外心？今临危受托,也只有舍命力保东家生意不衰。二爷一旦回国,我们自会将天盛川完好交付东家的。”

康乃骞还是怒道:“请外人做大掌柜,康家还没到这一步！大掌柜不姓康,这简直是败家之始,我如何向祖宗交代!”

徐文琪就说:“大爷若能接管天盛川号事,那最好不过了！我们也曾向二娘建言,应将西院生意交东院掌管,各路掌管伙友,亦会照旧竭诚效力的。二娘说,大爷统领两院家政,已负重太甚,你们就不知道心疼他？我们敢受二娘之托,实在也是想替东家分担艰难。”

康乃骞怒气更盛了,说:“你们把西院生意弄成这样,才想起我来！谁知道你们在库仑如何胡作非为来,连累了霖儿!”

徐文琪见康乃骞竟如此出言不逊,心中已大不快,但也只能极力忍耐,说:“大爷,我常年驻南方茶山,库仑情形也所知不详。不过,少爷是否蒙冤,终会水落石出的。库仑庄口,真有胡作非为,照康爷规矩,将涉事掌柜伙友,扫地出门就是了!”

康乃骞喝道:“为时已晚,为时已晚！家业叫你们弄成这样,我怎么向祖宗交代?”

徐文琪再也忍不住,说:“大爷,我们当年追随康爷,都曾入门起誓,有福同享,有难同当,若有叛逆,扫地出门。大爷既疑我们不忠,愿依号规领罪！大爷为康家之长,徐某去留,今日就听大爷一句话!”

康乃骞未想到徐文琪会如此反诘,一时竟语塞。

徐文琪仍不留情,说:“大爷既疑我们不忠,放一句话,即可将徐某、冯掌柜、刘掌柜开缺,亲自执掌两号生意。我们冤与不冤,倒在其次,还是保全东家祖业要紧。我们也都年近半百,常年奔波于茶道,能从此归乡守家,也正合心愿。”

康乃骞这才缓过神来,怒道:“西院的事,我不管！西院的事,我能管?

当初你们谁把我放在眼里！你们推举二娘出山，还不是为了能为所欲为！如今把家业弄成这样，又想推给我？为时已晚，为时已晚！”

徐文琪见康乃謇仍如此不可理喻，就觉自己再说狠话也是枉然，就放缓了口气，说：“徐某实在也不是想为难大爷！二娘将天盛川生意托付给我们时，已有话在先。我等虽也暂称大掌柜、二掌柜，但与东家亲任大掌柜有天壤之别。东家仍似君王，我们不过似将相。将相不忠，或是无能，君主及时可夺职撤换。今大爷既不中意，夺职开缺，不是一句话而已。”

康乃謇仍怒气不减，道：“这么擅动祖制，还不是你们撺掇的！”说毕，愤然离去。

东院大爷断市以来的作为，徐文琪是熟知的，如此不可理喻，也并不意外。倒是更觉戴夫人变制之举，甚富远见！东家生意若由东院这样的大爷当家，即便风调雨顺，又岂能长盛不衰？今西院既已变制，正应竭尽所能，将天盛川生意做出新气象来。

当时，徐文琪即安抚老号的掌柜伙友，不必为东院大爷发难分心，我们受托于西院二娘，号事仍照冯大掌柜交代的，尽力张罗。

冯得雨预料一二年内，复市将有分晓。所以临行前所做交代，也是重在应对复市。徐文琪虽不敢如此乐观，但新居辅位，当然得无私帮衬冯大掌柜。一二年内真有复市之喜，那将是难得的生意良机。库仑虽存储了巨量红砖，外茶货源已足够充裕，但徐文琪还看到了另一步棋，那就是乘复市良机，将蒲圻红砖推入俄方茶市。蒲圻茶山业已育成出货，这几年蒲圻青砖在外蒙前后营及库仑，内销甚好，不逊于武夷茶品。取其地近茶市之利，移主茶山至此，已是势在必行。只是俄商向来看重茶货老品牌，对新品挑剔甚多。若在平时，新推蒲圻茶货入市，不是一件容易的事。今逢断市多年后忽然复市，俄方茶货进量必然巨大，新品也便易于被接纳。此是蒲圻新红砖打入俄市的难逢良机。所以，徐文琪便将这一步棋，说知了冯大掌柜。冯得雨也甚赞赏，连说仁兄已抢了变制后头功。但蒲圻红砖大量出货，资金支垫何来？这些年天盛川以内茶所入支垫库仑红砖存储，也只是勉强能持平，资金拮据一年甚过一年。戴夫人当家，尚能动用西院老底，紧急时也能从东院拆借。今再依老套，求东家增资，岂能显出字号自主经营的新气象？徐文琪便主张向账庄拆借，支垫蒲圻茶山扩产红砖。冯得雨竟也应允。徐文琪就觉变制后，一切都更顺手了。

账庄，是西商在当时开办的金融行业，依附于正处兴盛期的恰克图贸易，尤其是内外茶生意。西商往恰克图贸易，特别是茶行生意，都属长途运销，生意周期长，资金支垫亦大，即所谓一份生意，三份本钱。茶庄除少数大户外，大多商户常需拆借资金，支撑生意周转。于是在乾隆年间，有放贷取利的账庄应运而生。账庄放贷，因是支持恰克图长途贩运，账期较长，但利息也高。其庄号多开设在外茶重镇张家口。这次外茶断市过久，账庄生意也受重创，倒闭不少，幸存者亦只是惨淡经营，放贷利息也较平时低了许多。徐文琪也是看到了这一点，才主张向账庄借贷。

康乃骞来发难之时，徐文琪安顿了老号诸事，正欲亲自前往东口，向长裕号账庄商洽借贷事宜。康乃骞发难，对徐文琪是警诫，亦成激励：如复市不似冯得雨预料的那样乐观，借贷之举将使天盛川更陷窘境；但新立大掌柜既已做了决断，他也不宜犹豫止步，冯得雨常年出入库仑，应相信其对边情判断。今唯有将借贷一事，尽量张罗得出色。

长裕号账庄系介休侯家所开设，财力厚实，规矩严明，为当时出名的大账庄。徐文琪选择长裕号借贷，一因拆借量大，利息可讨到便宜，二更为自加压力，断去逾期拖欠后路。长裕号这等大账庄，逾期缓还借贷是不可能的。背负此借贷后，即便复市依然无望，也得设法清贷，这也促使内茶需百般发力。徐文琪毕竟是茶道老手，张罗生意，不冒风险，似也不够过瘾。生意欲出色，便要敢于走出常人不敢走的险棋。

所以，徐文琪在康乃骞发难后数日，心气不同往常，动身赶往东口去了。

## 2

康乃謇为何对西院变制如此盛怒？

这固然是擅改祖制，非同寻常，而且又未与他这康家长门计议，觉得太胆大妄为，不把他放在眼里。但自断市以来，他自失尊严的言行，也已不止一次。若能将此变制，视为非常时候的非常之举，也不至再次如此失态。然冰冻三尺，非一日之寒。

自断市之初，戴夫人被几位权重的掌柜，推举为女当家，已在他心中埋下隐痛了。戴夫人出身名门，博学贤能，深孚众望，这在以往是被视作康家之幸的。康乃謇也为有这样的弟媳，感到脸上有光。可一旦其位显于己，他的感觉就不一样了：男女长幼之尊卑，全颠倒过来了，他如何能坦然受之？而这一易位，又是缘于自己的无能，更有苦难言，淤积难泄。无形中就将这淤积的隐痛，迁怒于几位功高权重的掌柜。他无端挑剔、为难杨敦义掌柜，正是由此种心理驱使。而看西院生意及戴夫人作为，就更为刻薄：几年下来，戴氏也并未显出回天之力，反倒任由几位掌柜频出乱招，致使乱象丛生。又是远征前后营，又是设京号，又是扩充驼队，又是开辟新茶山，尤其逆势存储巨量茶货于库仓，西院生意眼看已不堪重负。康乃謇就觉得，即便自己无能，执掌生意也不至如此。现在，霖儿又陷牢狱，还不知如何受了他们连累呢，竟又将西院生意交付出去，改立了大掌柜！尤其将康门起家的口外驼队，单拆出去，交外人独掌，简直是叛祖！面对此乱象，康乃謇似乎已觉得可以轻看西院，轻看弟媳戴氏，更可问责于那几位居功自傲的掌柜了。

再有一层，康乃謇对伙东体制，早就有一种本能的戒备：自己懦弱无能，亲任大掌柜，独揽大权，尚且为人轻看，交出大掌柜职权，更没人把自己放在眼里了。所以，此前康乃懋援引戴家及孟家先例，欲试解万里茶道尾大不掉之困，与他计议此事，他就以祖制不可擅动，屡次坚拒。今戴夫人自作主张,虽是在西院暂行伙东制,他已觉戳到自己疼处了:西院生变,岂能不殃及东院!

康乃骞有此番发难,还与王夫人的可怕猜疑,更有关系。

王夫人身为长门主妇,见东院处处不如西院,心中已久有酸楚。及至外茶突遭断市,小叔又困俄境,正以为西院背运,该东院出头呢,却推戴氏出山主事,这在她,是比其男人还要觉得难堪!同为康门媳妇,戴氏高过自己不说,竟高过自己丈夫,东院真是枉为长门了。那时代,妇女外出做事,本就十分罕见,尤其是大户人家。所以,王夫人的这一份隐痛,无形中更集中到戴夫人的妇人身份上了。一个妇道人家,再有本事吧,执掌生意,总要抛头露面;终日与男辈交往,这成何体统!天长日久,谁知会生出什么乱子来?妇人怀了这一份心思,那就十分可怕了。

偏偏戴夫人又是心怀壮志,向往亲操事业的女人。出山主事后,一心力撑危局,并不十分回避男女之嫌。事实上,茶道万里,生意广布,也是难以垂帘理事的。她勤与掌柜议事,不时体抚伙友,更亲自出巡茶道,南下武夷,北上库仑,还拜见官员,联络同业,与男主无异。这在她,千辛万苦不说了,唯恨自己无回天之力,见生意艰难依旧,更不敢在家闲坐一日的。但在王夫人眼里,就觉戴氏是出格过甚,妇道全然不顾了。尤其两号生意,亦未见奇迹,倒是意外不断,乱象丛生,于是更生出些妇人式猜疑。尤其那年戴夫人初走库仑,即将大瑜嫁与了办事大臣,又请准俄女叶琳娜南下茶山。一个妇道人家,初拜官府,便能成全如此两件大事,还不知使了什么手段呢!王夫人就疑戴氏是以才色取悦了官府。戴氏姿色出众,又沉迷辞章艳句,一向就为王夫人暗中嫉妒。故生此刻毒猜疑。

后来,王夫人又将这种刻毒猜疑,移至戴夫人与冯得雨之间。戴夫人与冯得雨计议生意最多,走库仑也由冯得雨陪同,这在众人看来,本也理所当然。茶山掌柜,位最显要,任事也最多,不勤与主事大掌柜沟通,岂不是失职?戴夫人礼贤下士,凡事商之于冯掌柜,也是在所难免。然在王夫人眼里,就渐觉刺目了。尤其近来,因搭救霖儿,筹措变制,戴夫人与冯得雨密商更勤，就被王夫人撞见两次。后一次，戴夫人正说到霖儿与新孙儿，她总得先顾一头，不禁情动泪下。恰此时王夫人过来，见两人密聚一室，戴氏泪眼未干出来。王夫人本来怀了猜疑，见此情形，岂能不更疑上加疑？

她回到东院，即将此猜疑密告了康乃骞。康乃骞初也不太相信。王夫人连说是她亲眼所见，还不止一次。两人计议生意，何止动情泪下？当年初闻他二爷困俄，也未见她流过泪！她心气那么高，何至为生意上的难处，就哭天抹泪？又说戴氏沉迷辞章，倾慕风流，成天与冯掌柜独处，谁敢担保不会出事？再说，男人困俄既久，也保不定她寡居难耐的。康乃骞本是无主见的人，又对戴氏压了自己一头，久怀隐痛，经王夫人这样一说，也就信了几分。所以，戴夫人临赴库仑前，与他商量搭救霖儿及生意上的应急之变，他一句好话也没有，以致戴夫人无法多言，只好毅然自主做出了变制的决断。

康乃骞从徐文琪口中，得知戴夫人确已做出变制举措，那可怕的猜疑，已由将信将疑，变成了深信不疑。于是爆发盛怒：难怪将祖业拱手交付冯掌柜，原来是与之有染！这种可怕的判断，康乃骞如未怀私念，本来不会轻易做出。戴家成为名门，即因最重名节。戴夫人又最重家传，心志高远，行止坦荡，岂肯乘家难当前，为此苟且之事？然康乃骞因无能而积私怨，便极易滑向昏庸，以致被妇人式猜忌所迷惑。

他从天盛川老号返回家中，进门就对王夫人说："这可如何向祖宗交代，这可如何向祖宗交代！"

王夫人忙问："果然有此事吗？西院果然新立了大掌柜？"

康乃骞只是顿足怒叹："康家祖业，毁于这个妇人了！这可如何向祖宗交代！"

王夫人就急了，说："一遇事，就只会张皇！你倒是先说清楚呀，到底打听到什么了？"

康乃骞才说："可不是新立了大掌柜！可不是将天盛川交付给了外

人！擅改祖制，也太胆大妄为了！”

王夫人说：“你也就会在屋里这样发威！到底新立了谁当大掌柜？真是冯掌柜？”

康乃骞说：“可不就是他！还立一个二掌柜，叫徐文琪当。还有更胆大的呢，竟敢将祖宗起家的口外驼队，从两号中单摘出来，新立为驼运社，叫刘福海也做了大掌柜！”

王夫人就说：“看看，看看，我说她，你还不信！这不是分明要堵徐掌柜、刘掌柜的嘴？她也真是有手段！本来还指望刘掌柜、徐掌柜降服她呢，这倒好，两位厉害的掌柜，已叫她先降服了！”

康乃骞又似有所悟，说：“我说呢！她因搭救霖儿，顾不上西院生意，暂交冯掌柜张罗，也算有三分理。可驼队一身担两号，无端动它做甚？原来是为了拉拢刘福海！”

王夫人说：“你就是这么不中用，连这也看不出来？当初你但凡能沉住点气，有几分主见，顺理成章当起家来，能成如此局面？”

康乃骞说：“断市突然，懋弟又困域外，谁经历过？先父初遇断市，也还忧虑成疾呢，何况我辈！”

王夫人愤愤道：“还说呢，你但凡有他爷爷的三分能耐，也不至被西院妇人压了一头！如今家难未解，又出家丑，也轮到你出头处置了。你再不出头，还能再推卸给谁？”

康乃骞就又慌了：“家事家业弄成这种局面，可叫我如何收拾？刚才徐掌柜倒是说了，西院新立大掌柜，如有不妥，我放一句话，就能不算数。他们几位掌柜，如有不忠，也听凭我处置。”

王夫人就说：“他们这是威胁你呢，真以为听你的？”

康乃骞说：“我放这种话，也不难！把两号生意都担起来，再把这几位掌柜都处置了，可生意危局依旧，家丑再张扬出去，康家败象暴露于世间，这局面叫我如何收拾？”

王夫人冷笑道：“要不说你不中用呢！你要能独担两号生意，那还能轮到西院出头！事到如今，败象已显，你倒忽然有了回天的本事了？西院能强过咱们，还不是全凭笼络住了有本事的掌柜伙友！看看你手下吧，有几个有本事的掌柜伙友，跟你一心？本事最大的杨掌柜，就不听你使唤。你真担起两号生意，就是不处置西院有本事的掌柜，人家也不跟你一心。你手下无良将，还不是唱空城计！”

康乃骞就说：“要不我说，局面已不好收拾。”

王夫人说：“事到如今了，你还是往后缩！我给你拿个主意吧！”

康乃骞忙说：“你有何主意，快说！”

王夫人说：“你要想当起家来，也得笼络住两号的掌柜伙友，尤其是徐文琪和刘福海两位掌柜，还有咱们的杨掌柜。”

康乃骞就说：“他们岂会把我放在眼里！”

王夫人说：“你先听我说！笼络杨掌柜，办法现成。咱们也照西院，封杨掌柜为天义川的二掌柜，人位在你之下，众人之上，茶市、茶道、茶山，都可过问。他见自己也似西院那几位掌柜一样，有了新的名分，自然会与你一心。”

康乃骞说：“这倒不难，他本来也在众人之上。可徐文琪与刘福海，已被人家笼络过去了，我就再烧香磕头，也怕不中用了。刚才，徐文琪还拉下脸，跟我放重话，说早想告老还乡！”

王夫人说：“人家早看透了，你唱不了空城计！拉拢刘掌柜和徐掌柜，我看也有现成时机，只不过得耐些心等待。”

康乃骞忙问：“哪来现成时机？”

王夫人说：“刘掌柜和徐掌柜，要听说了他二娘跟冯掌柜有染，还不醒悟过来，赶紧疏远他们？疏远了他们，还不得往咱们这头靠？”

康乃骞说：“可不是呢，谁愿沾这种丑事！我也是被这丑事气蒙了，竟没想到这一层。刚才只顾跟徐掌柜发火，就没想到把这丑事端出来，叫他醒悟！”

王夫人慌忙说：“你真是不中用！也幸亏你没冒失说出来！他们有染，

我们也只是侧面看破。光凭我们空口说出，谁信？尤其这两位掌柜，向来跟戴氏一心，不光不会相信，还以为我们无端挑事呢！”

康乃骞就说：“又想叫他们知道，又不能说，如何是好？”

王夫人说：“纸里包不住火！他们既有这事，总有败露的时候。咱们设法多加留意就是了。一旦败露，这两位掌柜不信也得信了。眼前，咱们得装着跟没事一般，只暗中留意。对徐掌柜、刘掌柜，你也暂不必发火指责了。大掌柜、二掌柜，就由他们当着。不要再说擅改祖制的重话了，倒是要多夸奖，多拉拢。”

康乃骞说：“这么等着，任他们这丑事败露，还不先败坏了康家名声！”

王夫人说：“你还是听不明白？现在你无凭无据，如何处置？他二娘是好惹的？还不先跟你闹翻了天！他们自家败露，到时是明处置，暗处置，还不是由你！”

康乃骞说：“这种事，拿到凭据，也难！”

王夫人不悦道：“要不你成不了事！你就听我的，先沉住气，善待这几位掌柜就得了。别的，你不用管！”

这本是捕风捉影的事，王夫人如何能拿到凭据？但她已怀了偏执的私念，深信纸里包不住火，所以要暗下功夫，寻拿凭据。她先想在西院收买一二仆佣，做她的耳目。可惜寻思良久，也未选到可靠的人头。西院戴夫人当家，一向开明，仆佣都受善待，王夫人视为会笼络下人，所以也不敢贸然将这种使命暗托。她只好在自己身边的仆佣中，挑中了玲儿。铃儿是她贴身的使女，一向以为跟她贴心。就暗嘱往后勤往西院走动，尤其你二娘在时。并说，近闻风言风语，说你二娘的种种不是，尤其言行不检点，有违妇道，我才不相信呢！如今两院全靠你二娘主事呢，难免得罪了人。你替我多留意些，看有没有异常。

铃儿暗受此命，自然有些受宠若惊：主妇将此密差，托付自己，宠信是到头了。于是，未等戴夫人回来，即勤往西院走动。但与相熟的女佣们，借闲话间做打探，并未听到类似的风言风语，倒是依然听到些对戴夫人的感佩与心疼：二娘走南闯北，千辛万苦，操了多大的心，苦撑这个家，也感动不了上苍，竟又叫少爷蒙冤，这不是雪上加霜吗？偏偏少奶奶又临月，一头为少爷心急如焚，一头又怕惊着少奶奶，就是男主当家，也要愁倒了！可再没人能替二娘分身，只得熬到满月，再赶紧走库仑。西院这么雪上加霜的，你们东院却没人能帮一把。要把二娘累垮了，看你们东院再依靠谁！

铃儿虽也听惯了这种刺耳的话，如今听了就不免有些疑惑了：也是呀，西院二娘担了千斤重担，一日都不得消停，居然还有人说她的不是！于是对戴夫人的好感依旧，倒是将心思用在了追觅散布风言风语的人。这就将王夫人的用意，全颠倒了。

铃儿对戴夫人有好感，也不自今日始。除了向来知戴夫人贤能开明，善待下人，还更有一层原因。铃儿与大瑜，是东西两院主妇的贴身使女，两人也就较别人亲近许多。铃儿见戴夫人教大瑜识字背诗，十分羡慕。她将这种心意，几次说知王夫人，都遭王夫人斥责，说女子无才便是德，既不考功名，也不做生意，识字又何用！只成天读些风流诗词，心也要读野了！铃儿不敢强辩，心里到底还是羡慕大瑜。因为平日闲聚，说事论理，已是处处不如人家。及至大瑜被带往库仑，嫁入官宦人家，铃儿的羡慕就更不必说了。两相对照，想想自己日后还不知落一个什么结果，能不对戴夫人更生好感？

铃儿勤往西院走动，王夫人不免要问长问短。铃儿也只是说，还没打听出是何等人散出风言风语，西院也无人提及此等风言风语。话语中间，倒是很替戴夫人叫屈。王夫人就有些不高兴，说无风不起浪，还是多留心眼打听。那些风言风语也是说得有鼻子有眼的，所以才叫人不放心。铃儿就问，这些风言风语到底是听谁说的？王夫人只是说，这就不用多问，你还是多留心眼给我打听就是了。

铃儿心里的疑惑就更大了：莫非是王夫人对戴夫人真生了疑心？听话

音，王夫人好像已听信了风言风语。但两院中，谁会散此风言风语？铃儿实在也猜不出来。莫非是字号的掌柜伙友？铃儿怀了这种疑惑，反倒更想知道散此风言风语的人到底是谁了，也更想知道，戴夫人究竟有没有嫌疑。于是她真留了心眼，除了继续勤往西院走动，竟也留心起王夫人来。她倒也不是叛主，只是急于想知道谜底，也就是王夫人到底听到了怎样有鼻子有眼的风言风语。

贴身使女，怀了这样的心眼，自不难有所捕获的。那天，铃儿又见大爷与王夫人在屋中争吵。就暗立门外偷听，这一听，真还把她吓了一跳！原来那天康乃骞又沉不住气，问如何能拿到凭据，拿不到如何是好，甚至追问此事到底是真是假。王夫人就发了火，说她亲眼所见，能有假？要没事，她二娘能在冯掌柜面前哭天抹泪？两人成天躲在屋里议事，谁知道议什么事？铃儿听到这些话，终于知道了王夫人所谓的风言风语，是什么了：原来是疑心二娘与西院冯掌柜有事！

这个惊人的谜底，先就将铃儿吓慌了，她急忙躲开，但已惊得一时不能自持。真会有这样的事？二娘竟会是那样的妇人？她不敢相信，但又是亲耳听大娘所说，大娘又说她亲眼所见！戴夫人在她心目中的贤良形象，顿时坍塌，她一时如何能承受得了？但此刻再想戴夫人一向言语行止，大异于一般妇人，尤其被王夫人诟病的成天喜读风流诗词，就是不愿相信，也不敢不信。这件事毕竟也太大了，铃儿心里哪又能一时装得下！东家真要出了这种事，那还不要天翻地覆？她多么想能有个知心的人，与她来分担这件事，辨析真伪。可又哪里能寻到？在东院，王夫人交代她密差时，已严嘱过她，不许叫别人知道。与王夫人说破这件事，细问究竟，她也实在不敢，更怕是真实无疑：她毕竟还希望这不是真事。西院呢，她倒有几个相知的女友。可此关乎西院塌天大事，哪又敢轻易说出！

可怜的铃儿将此事在心里憋了几天，不但未稍有消缓，反而更淤涨难忍。她终于还是来到西院，找玥儿暗做打探。

她与玥儿，本来就能说得来。大瑜走后，就与玥儿走得更近。但任她如何旁敲侧击，玥儿言语间还是连边儿也沾不上。她问二娘这几年，最相信哪位掌柜？玥儿说二娘对掌柜伙友，谁都相信，连吴家瑜这个连累了少爷的伙友，二娘也从没疑心过。她问二娘选了冯掌柜做大掌柜，是不是因为冯掌柜最会巴结二娘？玥儿说，才不是呢！听少奶奶说，选冯掌柜做大掌柜，就是因为他为人谨慎，办事稳当。二娘跟他商量事情，他可不如徐掌柜和刘掌柜痛快，总是瞻前顾后的，忒小心！不过，这些年老出意外，二娘也怕了，才选了小心谨慎的冯掌柜，代管号事。铃儿再问，也是如此，仿佛有意在给二娘打掩护似的，但又看不出丝毫异常来。

这么大的事，又是这种丑事，连大娘都撞见了，玥儿竟毫无觉察？铃儿终于开始怀疑起自己的主子来了：或许王夫人是怀了成见，捕风捉影？在她的心底里，原也希望是这样的。有了这样的倾向，铃儿在心里也就更憋不住这件事了。

铃儿又极力忍耐了多日，到底忍耐不住，悄悄将此事对玥儿说了。说了，又后怕起来，恳求玥儿千万得替她遮掩，可不敢叫人知道是她说出的。

玥儿早听得愣住了：真没想到东院大娘会有这种疑心，也是太歹毒了！正要发作，见铃儿慌忙恳求，才忍住，先答应了铃儿，后更严嘱她，不许再跟别人说。铃儿当然是指天发誓，说除了你，我还敢跟谁说？又忍不住问：这是没影儿的事吧？玥儿就流下泪来，说：二娘苦撑两院生意，眼看都撑不住了，东院没人帮一把不说，还起这么歹毒的疑心！天地良心，二娘是那种人？铃儿见此，心中的郁结才觉缓解，忙说：我也不信，才忍不下，跟你说了，千万得替我守口。要叫大娘知道了，我可真不能活了！玥儿叫她放心就是。

铃儿一走，玥儿就将此可怕的消息，密告了婉君。婉君一听，也惊呆了。

## 3

康仝霖昭雪获释后，虽然身伤体弱，但精神依然未受大挫。过堂受刑，自己到底扛住了，未累及家业，更未累及叶琳娜。所以，见母亲动情垂泪，反倒极力宽慰，说虽蒙此冤，但终能彰显我家生意清白，也值得了。受刑伤了身骨，却炼了心志，也算得了便宜，未吃亏的。

戴夫人这才告诉他，幸亏茶山的徐掌柜，谋出了验茶的良策，又经冯掌柜巧为运筹，献给官府，才使案情真相大白。康仝霖就感叹道："我号到底是人才济济！"

戴夫人就又把趁他蒙冤陷狱，危局更甚之时，已依先前谋划，将变制举措付诸实施的经过，告诉了他。康仝霖一听，更兴奋了，忙说："那我陷这一趟冤狱，就更不吃亏了。"并问："东院伯父，竟也赞同吗？"

戴夫人只是说："其时情况紧急，得尽早赶来库仑，未来得及与东院仔细计议。"就转了话头，告他："霖儿，你已得子了！我们临行前，婉君顺利产下一男丁，已取乳名叫通儿。果然你这一难，通通顺顺迈过来了。"

康仝霖听了，虽也忙说："那就好，那就好！"但心里还是五味杂陈。而立已过，终于得子，当是第一欣慰事，西院家业后继有人矣！他就觉有些愧对婉君。然与叶琳娜夺心之情又难割舍。此情也不知将有何结果。

他陷冤狱后，叶琳娜的一片痴情，已使戴夫人知晓了他们的密交。所以，此时也看出了他的心思，加之丈夫已应允了这门亲事，戴夫人本想说，他陷狱后叶琳娜如何焦急伤心，但还是收住了未说：她对这门亲事实在还是心存疑虑的。就只是说："通儿大名，还留待你起呢。"

康仝霖就说："还是留待父亲赐名吧！"

戴夫人一听，就忍不住感伤起来，说："尔父困俄，眼看已逾六年，尚不知何日能归来！"

康仝霖忙说："借通儿之喜，或许恰克图通关，不会太远了。"

戴夫人拭泪说："但愿如此吧。"

车登多耳济亲王私准走私大案破获，萨迈林事件也得澄清，松筠就已决定再上奏朝廷，力促恰克图通关复市。但这一次，他已记取前鉴，未做任何声张。即便是大瑜，也一字未向她提及，只说这两件要案虽已厘清，但如何处置，都要由朝廷亲决。

所以，康仝霖得到昭雪后，大瑜已不必避嫌，可以出来慰问，但被问及复市消息，也仍是说尚难预料。不过，大瑜倒是带来了松筠大人的问候，说康家少掌柜受冤，也是因有油盐店的张掌柜诬陷，公事公办，不得不如此。戴夫人及康仝霖就忙说，幸得有松筠大人这样廉正的官员，我们才没有冤枉到底。大瑜就又说，少爷蒙冤受刑，她无力救助，心里不是滋味。戴夫人就笑道："谁叫你跟了这么一个铁面无私的官老爷呢！"大瑜也才笑答："二娘还说呢，这不是得怨二娘，叫我跟了这么一个沾不上便宜的官儿！"说毕，就细问少爷，受了什么刑，伤着哪儿了，要紧不要紧。康仝霖也只是说，他在茶道早历练出来了，强人饿狼，冰雪野火，都遭遇过多少回了，这么些皮肉之苦，伤不着他的。

其间，大瑜就说起，松筠老爷对吴家瑜倒是还有几分恻隐之心。他虽也过堂受刑，终究也未诬陷康家，到底也还念着旧主以往恩情。戴夫人听了，更叹息道："真可惜了这么一个后生！也不知将如何处置？"

大瑜就说："听我们老爷说，此案涉及亲王，要由朝廷亲办的。"

康仝霖才问："我们与张家油盐店也无积怨，为何要诬陷我们？"

大瑜说："我也就此问过我们老爷，老爷说，这伙人也知道从康家查不出私货，才咬住康家，以为能开脱罪责。咱们康家呢，又年年不断运茶货来库仑，官府也就生了疑心。我们老爷说了，他也有失算的时候！"

戴夫人说："也是，谁能想到，万胜永记竟也会如此贪图黑利，不惜自毁！"

康仝霖说："京万张一向长袖善舞，竟也会如此糊涂！"

戴夫人就说："要不你爷爷生前一再严嘱，茶道生意，万不能以讨巧得便宜。轻巧得便宜，就要丢了本事，拣了祸害。"

大瑜说："所以二娘当家，打死我也不信康家会涉黑道！"

戴夫人说："我也有失算的时候！往库仑储存这么多红砖，家底耗尽不说了，还引来这么一场冤狱。”

康仝霖忙说：“失算不失算，还难说呢。说不定还是个大便宜呢！”

大瑜也说：“可不是呢！我们老爷也说了，康家到底比张家有远见。”

戴夫人就又问复市的消息，大瑜也只能说：“我们老爷说了，全听朝廷裁决，尚不敢妄加猜测的。”

叶琳娜自然不断来看望康仝霖，只是当着戴夫人的面，也不便说许多知心的话。康仝霖见叶琳娜分明憔悴许多，心里不是滋味，但也更知深情依旧。他从叶琳娜憔悴的面容中，更感到了岁月无情，她已不复是当年的少女。

与她相识相知，不觉已有十年。尤其这断市六年来，她孤身留在库仑，全是为了他！他几次劝她，我官府既允许俄商归国，何不归国省亲，探望父母？她都说，就怕一旦归国，不知何日才能返回。他说，留在库仑，也不能朝暮相守的，相见也是一年一度。她说，这也总可期盼。此情既不能断，他早就期盼能结终身连理。此愿他不止一次相告，她总不愿细议，说当前这样就最好。他问是否其父母不允，她说此事全由自己做主。他就觉得，叶琳娜是嫌他已有婉君，但初识之时，他已早将此情相告。她还问及，中国男子都要娶一个以上的妻子吗？他虽说并非人人如此，但也未否认的。她还问过，贵国也允许异国通婚吗？他说布衣百姓婚事，官府并不过问。

但这异国成婚，康仝霖最担心的，还是父母不会同意。所以，他一直不敢将此事泄漏给父母。反复思想，他觉父亲为了与米氏家族修好，或许不会极力反对。母亲这一关，就难过了。母亲出身名门，对中夷之分，正统传承，圣贤礼教，甚为看重。只怕对此事，非但不会应允，还要给予严责的。那年，母亲为叶琳娜请准南下，他本以为母亲对叶琳娜也生好感，哪想叶琳娜南下一路，竟对他冷淡似路人。他就猜想，母亲一定已有严防，还不知道如何训诫过叶琳娜呢。他迟迟未得子，父母也曾想为他纳妾，只是因他极力反对，才暂罢了。而今婉君已生子，他即便借口为得子嗣，请求与叶琳娜结亲，也已晚矣！

然目睹叶琳娜的憔悴，康仝霖心里隐痛难耐。十年夺心之交，六年苦熬深情，终得有一个结果。即便遭母亲严责，他也得做一试探。所以，那天叶琳娜来探视走后，康仝霖终于大胆对母亲说："因儿陷冤狱，叶琳娜竟憔悴如此，儿心里实在也不是滋味。"

戴夫人心里本已明镜一般，早听出儿子话中意味。但她对这门亲事，实在还是有所戒备。丈夫误解她的用心，答应了这门亲事，虽已不宜反悔，但总要等丈夫归国，将此事说清。而且，自从亲见叶琳娜对霖儿那般痴情后，戴夫人也开始替婉君担忧：霖儿日后冷落了婉君，可如何是好？尤其婉君已为康家生了男嗣，戴夫人就更向着婉君了。再者，戴夫人对这异国结姻，确也是心有障碍：这毕竟是康家破天荒的事。所以，她依然决定，暂不将丈夫已应允这门亲事的消息，让霖儿知道。她故作感叹道："米氏与吾家，到底是多年的厚交了！叶琳娜如此仁义，也难得了。尔父在俄境，也得米氏悉心关照。"

康仝霖就说："母亲看叶琳娜如何？"

戴夫人又故作不解，道："我不是说了，叶琳娜如此仁义，甚难得的。米氏与吾家，已成患难之交。"

康仝霖说："那年，母亲为叶琳娜请准南下茶山，她一直念念不忘。儿对她说，这是因为母亲格外疼爱她。"

戴夫人忙说："那也是机缘巧合，有幸见到松筠大人，顺便提出，想不到竟得以获准。也是叶琳娜运气好吧，我也并未刻意力争的。"

康仝霖说："叶琳娜初访吾家，母亲似也与她相处甚洽的。"

戴夫人说："彼系客人，总要以礼相待。"

康仝霖说："儿能看出，母亲待叶琳娜，并不似一般女客的。"

戴夫人说："彼系俄女，不谙我邦礼俗，因此问长问短的，我总不能生厌不答不睬。"

康仝霖终于忍不住，说：“母亲大人，儿也不敢再相瞒了。儿与叶琳娜，已生爱慕之情……故儿陷冤狱，叶琳娜才憔悴如此。”

戴夫人立时正色道：“竟有此事？”

康仝霖说：“库仑不同中原，俄俗也不似我邦，儿与她相识多年，交往难避，不觉日久生……”

戴夫人更正色道：“霖儿，你心中就没有装着婉君？”

康仝霖忙说：“不是的，不是的……”

戴夫人才深叹道：“霖儿，你长年奔波于茶道，吃尽千辛万苦，为母也实在不忍责你过甚！但吾家是体面大户，你如此不避男女之嫌，成何体统！”

康仝霖说：“所以，儿想给叶琳娜一个名分。”

戴夫人又正色道：“什么名分？莫非你要停妻再娶？”

康仝霖忙说：“叶琳娜的名分，自然在婉君之下。”

戴夫人说：“这哪里成！叶琳娜亦系大户娇女，岂肯居于妾位？再说，与异邦结姻，吾家更无先例！”

康仝霖说：“叶琳娜是早知儿有婉君的，仍不能割舍。儿陷冤狱数月，叶琳娜即忧伤憔悴如此，若母亲不允，她如何能受得了……”

戴夫人说：“霖儿，先说你，你能割舍否？”

康仝霖依然说：“儿也一样，已难割舍！”

戴夫人长叹一声，说：“霖儿，叫我如何说你！既然如此，那也只好等尔父归国后再做计议。再说，此事也须询之于叶琳娜父母。”

母亲虽然留下商议余地，但似已应允，并未如他预料那样一味严责，康仝霖已得意外安慰了。

眼看已将近腊月，戴夫人便准备返回太谷。因为她不放心婉君与通儿，尤其霖儿已得昭雪的消息，总得年前告知婉君。否则，这个年，她们怎么过？但康仝霖身伤体弱，不便严冬驼路长旅，只好留在库仑养息。冯得雨经各方打探，更坚信复市不会太远，也决定留在库仑过年。一面为复市做准备，一面继续关注官府动向。天盛川老号事务，写信做了详细交代，托戴夫人转交徐文琪。

所幸戴夫人一行是跟随自家驼队，也就及早启程了。

3

婉君听玥儿密告了王夫人可怕的猜疑，当下惊呆。良久，才问玥儿：不是铃儿她们胡嚼舌头吧？玥儿又将铃儿所言细说了一遍。

婉君不由怒道："真是太没良心了！你们那头没本事，这头替你们苦撑着，不体谅倒也罢了，竟生出这种歹毒心思来！还嫌康家危难不够，一心想捅破天，倒塌到底，你们才称心？"

玥儿也愤愤道："二娘也没得罪东院，竟遭她们如此辱没，这不成心要败家吗？嚷吵出去，她们能脸上有光？"

婉君这才警觉起来，忙问玥儿："这事你没跟旁人说过吧？"

玥儿说："我刚听铃儿说了，就赶紧来告少奶奶。这事哪能跟人说得出口！我也不能替她们张扬这种辱没二娘的流言蜚语！"

婉君又问："铃儿呢，她还跟谁说过？"

玥儿说："铃儿也不信，才跟我说了。说了，她还后悔呢，怕叫大娘知道后，饶不了她！一再叮咛我，不叫我再告别人。"

婉君说："谁知道呢，铃儿是不是有意散给你的？"

玥儿忙说："铃儿说了，大娘只是叫她多来西院走动，留心二娘跟……不许她露出痕迹。"

婉君又忍不住道："她还真以为有此不堪事？真是小人之心，忒歹毒了！"

玥儿说："少奶奶刚坐过月子，小心气着！"

婉君这才嘱咐玥儿，此事再不能跟别人提起，更要留心，看两院还有人传说此事没有。对铃儿，也得多留心眼。玥儿一一答应。

然婉君心里又岂能平静下来！断市旷日持久，夫君又陷冤狱，两院唯靠婆母一妇人苦苦支撑，今萧墙之内，又生此恶浪，康家危难，真是过不去了？可怜通儿，甫一出生，就临此外困内乱。夫君还不知能否渡过这一劫难，家中又如此恶浪暗涌，真是祸不单行。婉君思前想后，终觉婆母遭此辱没，实在也不是与东院有何积怨，唯一缘由，即是因婆母太贤能出众了。临此家业空前危难，东院枉为长门，一无作为，婆母临危负起重任，更显得东院暗淡无光。妇人妒心一生，必多疑，必目障，必盼贤能者失足。婉君经历母家败落，对此种因无能而生的妒心，实在也不陌生。她这也才更明白了，为何自己本无心，却总惹东院大娘不快，就是一心想取悦于大娘，也屡屡动辄得咎，适得其反。此皆因妒忌婆母，以至看西院谁也不顺眼。东院既不甘心居于西院之下，何不振作自强，先把天义川老号张罗得出色？自家的掌柜伙友都笼络不住，能怨谁呢！长门欲主两院事，本就名正言顺，堂堂正正出面就是了，何至出此下作手段？非无能者，难为此下作勾当！

想及此，婉君也更觉事态棘手。此种恶言，一旦散出，先就伤着婆母，两院顿失支撑！婆母最重名节，如何能受得了这等辱没？还要伤着天盛川新立的冯大掌柜，西院生意也将大乱。康家这不是要塌天吗？但平息此事，只怕比登天还难！妇人妒心，本也不可理喻，硬也不成，软也不成。婉君极想出面为婆母辩白担保，那也只能事与愿违，惹东院更多疑心。能压东院几分的驼队刘掌柜，远在归化，一时也难指望。似可密商此事的徐掌柜，也赶赴东口了。

婉君思之再三，终也无计可施，也只好暗自留心事态。

她借往东院问候，试探王夫人动静。王夫人竟一改以往冷言冷语，热络异常。直说通儿还未过百日，西院就撂给你一个人，也不怕你操劳过度，落下毛病？婉君忙说，婆母还不是急着去搭救仝霖吗？王夫人竟说，冯掌柜常驻库仑，本事又大，托付给他还不放心，非得亲自跟了去？妇道人家，也不便出入官府吧？婉君听得几不能忍，好不容易才忍住，说，若是魁哥出了这种事,大娘能在家坐得住吗?再说库仑还有大瑜呢,二娘去了,见大瑜更方便些。大娘就说,这还不知是库仑庄口惹了什么乱子,连累了霖儿!好不容易得了贵子,至今也未见一眼,我都心酸呢!婉君故意说道,这几年我们西院也是太不顺。王夫人竟说,没男人主事,到底不成!婉君实在不忍再多说了,应酬几句,告辞回来。

从王夫人的话语中,婉君更相信了玥儿所说之事不假。她只是不解王夫人忽然热络起来,是何用意:幸灾乐祸?

戴夫人此次回来,路途遭遇一场大雪。虽然驼队穿越雪原素来有方,行程未受大阻,但到达归化,也将近过小年了。新做了天福社大掌柜的刘福海,正在归化焦急等待戴夫人。见驼队终于平安归来,自然十分高兴。

问及风雪中赶路情形,戴夫人不言寒冷艰辛,只说初次亲历此无垠雪境,倒是甚开了眼界。刘福海见戴夫人有兴致观赏雪境,也就知道少爷已得救,一问,果不其然。他就说,归化也有好消息。

戴夫人忙问:"天福社有什么好消息?"

刘福海说:"不是天福社,是天义川的。"

戴夫人更急忙说:"天义川有好消息?那就快说!"

刘福海说:"东院也将杨掌柜,封为天义川的二掌柜了。东院还交代,虽为辅位,尽可放手张罗生意的,不必事事讨示。全魁少掌柜,也要听杨掌柜的。"

这真是大出戴夫人所料:东院对她所做变制,竟不但赞同了,还仿西院,新立了二掌柜!她急于从库仑返回,也因为放心不下这件事。看来是多余了。于是说:"这可真是好消息,好消息!"

刘福海也说:"二娘这一步棋,真还救了天义川,救了杨掌柜了!"

戴夫人说:"我也还是为了先救西院。也幸亏走了这一步!霖儿虽得昭雪,可过堂受了刑,一时连驼路也上不了,如何能张罗生意?刘掌柜,两号生意,就全托靠你们了!"

刘福海说："二娘放心就是了！西院再难，有二娘支撑，我们倒也不怕，忧心的就是东院。如今东院能随西院走，我们也就踏实了。杨掌柜已跟我有过计议，明年要往西路的哈密开辟生意，我也正愁驼队运力有富余呢。"

戴夫人就笑道："这就由你们张罗吧，我不管了，我就管交账时候，能不能挣回银子来！"

杨敦义听说戴夫人归来，早急忙过来道谢。戴夫人就说要谢得谢东院，更说了体抚信赖的话。见杨掌柜心气已大不同了，当然很高兴。

因是天福社新立后头一次过年，刘福海决意留在归化，与领房子掌柜及伙友驼户共度年节。杨敦义也要留在归化的天义川老号，与掌柜伙友过年。戴夫人也只好自己回太谷。

刘福海自然选派了得力驼队，保送戴夫人年前回到太谷。

戴夫人真在年根底回到家中。自然是先把霖儿获救的消息，先告诉了婉君。说虽也过堂受了刑，倒也不大要紧，不过是皮肉之伤。他执意要回来，我劝住了，毕竟驼路太远了，又是大冬天的，先在库仑养息好了，再回来也不迟。跟着就抱起日夜想念的通儿，看了个没够。连说，几个月没见，通儿都叫她认不出来了，这么胖，这么壮，这么俊，跟他爹小时一个样！可惜没赶上给我们通儿过百日。

就问婉君，百日是如何过的？婉君说你们都不在，也没十分张罗。戴夫人这才发觉婉君似有心事，就问家中出什么事了？婉君忙说没事，只是替仝霖担忧过甚，一时还缓不过来。戴夫人也就信以为真，安慰道，这就好了，虽受了些苦，能得昭雪，也算万幸了。他听说得了通儿，就着急着要回来。也幸亏没让他上路，这一路真还遇上了大雪！

随后，就问婉君，东院对咱们应急变制，真没说三道四？婉君就有些惊异，婆母这是从何说起？王夫人不止一次过来细问此事，大呼小叫的说，这是擅改祖制！但眼看就过年了，婆母又是远路初归，婉君不想引起婆母不快，便含糊说，这一向她也未多往东院走动，心思全在通儿身上，所以也没顾上打听这些事。戴夫人就说在归化见闻,欣喜东院也有变化。婉君更觉奇怪,但也仍含糊作答。

翌日,戴夫人照例携了从库仑带回的礼品,欲往东院拜见兄嫂,婉君就拦住说:“母亲一路劳顿,又遭风雪,还是我代为过去送礼吧!”

戴夫人忙说:“哪能这样?眼看过年了,能不过去问候一声!几千里地都走过了,这几步就能累着?”

婉君一再阻拦,终也阻拦不下。戴夫人还是过东院去了。

婉君这里已是坐立不安。她只盼王夫人,还不至将那歹毒的猜疑,当面点破。但责问擅改祖制,一定不可免。自从王夫人过来细问变制事,指责为擅改祖制后,婉君就更看透了王夫人狠毒用意:婆母厉行变制,更使王夫人疑心婆母与冯掌柜有私。眼看要过年了,婆母受此等辱没,婉君实在也是于心不忍。婆母归来前,婉君日夜思虑,也不知该将此事,告诉不告诉婆母。告诉了,婆母如何能受得了!但不及早告诉,一旦有流言蜚语散出,婆母更承受不了。思来想去,也只好极力先瞒着,等过了年再说。

终于等到婆母从西院回来了,婉君见婆母果然脸色不好。

婉君就问:“那头责问变制的事了?”

戴夫人反问:“你怎么知道?”

婉君又问:“还指责这是擅改祖制?”

戴夫人更反问:“你怎么知道的这么清楚?”

婉君说:“这一向,大娘不止一次过来这么责问!”

戴夫人就说:“那昨儿我问你,你怎么不说?”

婉君叹了口气,说:“母亲远路回来,一进门就知道这种不顺心的事,我不忍心呀!”

戴夫人说:“这件事,我也有不周全处,事先未郑重与你伯父商量。就是商量了,他们也不会痛快赞同。这我是预料到的。可我路过归化时,听驼队刘掌柜说,东院也新立了二掌柜。新当了二掌柜的杨掌柜,我也见了,说东院也叫他放手张罗生意。我就以为东院也认可了。可刚才过那头，劈头就是一通责问，嫌我全不把长门放在眼里，眼里只有掌柜们！这到底是怎么回事呢？”

婉君心里已经明白，为了陷害婆母，东院是在笼络人心呢。王夫人忽然对她热络起来，又封杨掌柜为二掌柜，都是安的这种心！但她还是不想叫婆母早知底细，就说：“重用杨掌柜，那也是被咱们逼的。咱们这头相当的掌柜都受了重用，杨掌柜越发要萌生去意了。所以，东院才更有气。”

戴夫人说：“我这本是应急之变，不变，眼前就过不去了。”

婉君说：“大爷也跑到天盛川老号，变了脸，责问过徐掌柜。徐掌柜回了他一句话，大爷才没话说了。”

戴夫人问：“徐掌柜回了一句什么话？”

婉君说：“徐掌柜说，照祖制也成，二爷不在，大爷你就该担起两号的生意来，我们全听你调遣！大爷半天说不出话来。”

戴夫人说：“徐掌柜也是，能说这种话？”

婉君说：“徐掌柜临走，还叫我转告母亲，不用怕东院说三道四。大爷是当着祖宗牌位，请母亲出来掌管两号生意的。此应急变制，母亲有权做决的。大爷要后悔，就先问祖宗去，看祖宗答应不答应。徐掌柜也是受了大爷的气了。”

戴夫人就问：“徐掌柜回太谷没有？”

婉君说：“徐掌柜南下前交代了，先去武夷茶山，后到蒲圻过年，年下就不回来了。”

戴夫人感叹道：“变制头一年，掌柜们都一心只顾生意，过年连家也不回了。这本是吉象，可……”

婉君忙说：“母亲，咱们先安心过个年再说吧。仝霖昭雪，又得了通儿，掌柜们也有了如此新气象，咱们本也该欢欢喜喜过个年的。”

戴夫人也只好尽量振作起来，张罗过年。

往年大年初一，两院都是一道礼拜祖宗。然今年戴夫人照例率西院主仆，往家祠参加祭拜时，却未见东院主仆。一问，才知东院已先行祭拜过了！戴夫人当下就惊住了：这是不认同宗了？她应急变制，竟犯了如此大罪？

婉君也气得脸都白了，毅然劝婆母说："大年下的，也犯不着跟他们怄气！长门既开了单另礼拜祖宗的先例，咱们也随人家吧。他们不怕得罪咱们，咱们可不能得罪祖宗！"

说时就张罗贡品香火。戴夫人也只好含泪率众行了祭礼。

回来，戴夫人执意要往东院赔罪，婉君死活拦住了。她已看出，东院这架势，分明要捅破那件事了。一再劝婆母，既如此了，过去还不是嚷吵，大年下的，冲了喜气，不值当的。好歹忍过了年，再说吧。

幸好，康仝魁过来给戴夫人磕头拜年了。

婉君就问："今年这是怎么了，两院要分家？就是分了家，也还是姓一个康字！过年祭祖，也得一道祭拜吧？"

康仝魁慌忙说："二娘不要多心，母亲是急着要往龙泉寺上香，早走了一步……"

婉君怒道："祭祖是年下大礼，哪能如此怠慢？"

康仝魁就又给戴夫人跪下了，说："我这不是给二娘赔不是来了！"

戴夫人扶起魁儿，说："擅动祖制，我也有不是。"

康仝魁急忙说："我不信二娘有不是，我不信二娘有不是！"

婉君已听出仝魁话中有话：莫非他也知道了那可怕的猜疑？就忙把话岔开，说："听说杨掌柜也没回来过年？"

康仝魁说："可不是呢。自立了他做二掌柜，心气已大不一样了。"

戴夫人就说："这一年，魁儿你也够辛苦了。"

气氛终于稍缓。

送仝魁出来，婉君悄声问："今年这是怎么了？"

康仝魁心事重重，叹息道："一言难尽！我不信二娘有什么不是，可也拦不住……"

婉君又试探说："不就是西院临时重用了几位掌柜吗？违了祖制，改回来,不就得了?”

康仝魁说:“我倒觉得,这么重用有本事的掌柜,本也应该。可父母总有疑心……”

婉君问:“还有什么疑心?”

康仝魁慌忙说:“我是不信,我是不信!”

婉君终于相信,仝魁也知道了那可怕的猜疑了。送走仝魁,婉君心里更不安了:仝魁知道了,他媳妇也得知道,媳妇知道了,又不知要说给谁。这种猜疑,谁能憋在心里?一旦散开,婆母将如何做人!

但婉君还是想强忍住,忍过正月再说。而且,告诉了婆母,后果又将如何,她也实在不敢想象。

乾隆五十六年(1791年)的开年节庆,康家两院就这样笼罩了异常气氛。正月十一开市聚宴,也因主事的掌柜们都未回乡,进行得有些冷清。不过,西院变制后,一般掌柜伙友还是抱了新的指望,而东院又欲笼络人心,聚宴倒也未生尴尬枝节。

但聚宴后不久,玥儿就密告婉君,铃儿暗中来见她,追问是不是泄漏了那件事。因为王夫人已怀疑她泄漏了风声,所以西院今年不叫掌柜们回来,还说是做贼心虚。铃儿说她哪敢承认,可王夫人只是不信。玥儿一再说绝未泄漏,铃儿还是慌得什么似的。

婉君听了,越想越不安:王夫人已鬼迷心窍了,真说不定哪天要将此事吵闹出来!而这件事压在婉君心头,实在也已不堪重负。但她也实在没勇气向婆母透漏此事。

婉君如此心事重重,心神不定,戴夫人岂能看不出来?她已断定婉君有要事瞒着自己。捱过上元灯节,戴夫人终于把婉君召来,正色问:有何事瞒着她?

婉君至此,也只好将王夫人那歹毒的猜疑,如实说了出来。

戴夫人听后,竟未惊未怒,只是静坐不语。良久,才说:“婉君,你信吗?”

婉君慌忙跪下，泣不成声说：“断市以来，婆母苦撑危局，本该感天动地，却遭如此辱没，我几次恨不得跑往东院，舍命为婆母论理辩白，又怕嚷吵出来，更伤及婆母……”

戴夫人平静道：“你不信，那就好。未跟她们争吵，也甚妥当。”

婉君说：“真想不到她们如此歹毒，这可如何是好？”

戴夫人说：“婉君，你就当不知此事好了。一切有我。”

婉君再问，婆母已不愿多说。

然而，就在当晚，玥儿跑来慌忙告诉婉君：二娘已请来尼僧，为她剃去了头发。

# 第十五章　东风终唤回

1

阿里衮索琳钦差，回京将查办走私案结果，上奏朝廷后，乾隆五十六年（1791年）二月，朝廷下旨：褫夺车登多耳济的亲王爵位、喀尔喀后路盟长及库仑办事大臣职；以下案犯，着松筠与蕴敦多耳济副将军，依法严惩。因稽查此案有功，副将军蕴敦多耳济郡王，晋封蒙古亲王爵位。

松筠与副将军，即遵旨严办了所有案犯：亲王手下涉案的亲信、走私帮头及卡伦军头，正法处死；走私帮伙其他从犯，皆判戍边充军；涉案喇嘛住持，获杖刑，并逐出喀尔喀；油盐店张掌柜及吴家瑜，被流放至新疆充边，不得再行商，念吴家瑜未诬旧主，准携妻室赴边。京万张的万胜永记茶庄，被查封，课以十倍重罚，并永不得来口外贸易。京万张本也拟判流刑，念其年过半百，亦判杖刑四十，并准以一杖代十杖行刑，并罚重金。清代刑律，对老年案犯行杖刑，准许以一杖代十杖，是怕几十大板打下来，犯人已毙命了。可怜京万张，当堂受刑四杖，亦将一生风光打没了。

康仝霖经一冬养息，身体已大体恢复元气。到二月，走私大案遵旨判决，案情大白，他不禁倒吸一口凉气。除庆幸自己未被冤枉外，最感震惊的，是京万张的万胜永记大号，竟如此轰然坍塌！汾阳张家成今日西商中大户，亦是自雍正年间起，经几代惨淡经营，历尽艰辛，不期竟如此毁于一旦。此次断市之长久，虽也空前未有，但一步走错，终于落入绝后死境。因此思及这六七年来，母亲苦撑危局，不许有一步苟且，尤其乘此危局，母亲毅然变制，为康家祖业日后长盛，布下良局，更是感佩不已。伯父素来与京万张过从密切，倘若这六七年系由伯父执掌两院生意，实在也难保不会受京万张怂恿，误入此邪道。想想也觉后怕。

对吴家瑜落此下场，康仝霖和冯得雨都惋惜不已。念其严刑之下，终未诬康家，在发落前夕，康仝霖从柜上支出些银子，交付给了他的妻子彩彩，略表周济。

到三月，康仝霖因思念尚未见过的通儿，便随返程驼队，离开库仑，踏上回晋旅程。

这一年，冯得雨一直留在库仑。从春夏以来，他由各处探得的消息，越来越验证了自己的预测：恰克图复市已不会太远。所以，他也不忍离开库仑。

空前持久的断市，已使西商受到重创。即便是其中为首的六家外茶大户，到这一年，也仅余两家未从库仑撤庄：太谷康家外，仅有榆次常家。常家大德川茶庄的大掌柜常万达，这年春天也留在库仑，探听复市消息。自然，常与冯得雨计议边境局势。

常万达尚不似冯得雨乐观，以为出如此重大走私案，朝廷必已震怒，岂肯准许复市？朝廷断市之举，即为困俄惩俄，走私暗通不绝，朝廷哪里肯甘心？

冯得雨则以为，困俄总不能导致自困。今库仑如此困顿，松筠已有深察。再者，走私暗流，竟致理边大员失足，边政生乱象，朝廷岂能不察？边民困顿，边政生乱，这又岂能长久？边境不靖，向来是朝廷大患。

常万达便问冯得雨："康家与松筠大人已交情不浅，是否得到什么消息？"

冯得雨说："松筠大人为人，你还不知？若有私情，我们少东家能身陷冤狱？自上次因力主复市，遭朝廷劾降后，松筠大人已不愿再轻言复市了。"

常万达就说："连松筠大人都不在轻言复市，复市就更无指望了。"

冯得雨说："不轻言，也并非不再力主复市。松筠大人也不糊涂，边境困顿生乱，他能熟视无睹？仁兄在我西商中，久负众望，还是当早做复市打算，挽西商颓势的。"

常万达说："我西商困顿已久，受挫甚剧，远非你我所能补救。"

冯得雨就说："正因久困不振，才应早做打算。我仍坚信，一二年内，必有复市之喜！我西商如此不振，一旦复市，岂不措手不及？"

常万达说："即便我信你吉言，众人不信，又如何振作？"

冯得雨说："一旦复市，头一件大事，即要与俄商做议盘会商。昔日出席会商的六家大户，今仅余你我两家。到时，如何上阵？眼下当务之急，须再联络几家大户，应对复市议盘。这六七年断市，我西商所失惨重，如何把握复市良机，议定一合适茶价，略补所失，已不能再迟疑。再者，甫一开市，茶货必紧缺，如何预防鱼龙混杂，坏我西商声誉，也当郑重公议，订出新规。汾阳张家涉入黑道，我西商声誉已受损害。议定新规，更当及早。此联络重任，非仁兄莫属！"

常万达叹息道："回想昔日会商盛况，真是恍如隔世！汾阳张家，竟落得如此下场！太谷曹家听说已转营曲绸生意？"

冯得雨说："曹家对外茶，岂肯死心？我每回太谷，其锦泰亨的孟掌柜，都要打听库仑动向。曹家以曲绸补外茶所失，财力并未减弱的。重振外茶，轻车熟路耳！"

常万达说："榆次史家，倒也未弃茶业。"

冯得雨说："汾阳王家的祥发永茶庄，一向兼营账庄生意，也有财力恢复外茶。”

两人经几次计议，决定除张家外，还是尽力联络以往出席议盘会商的几家大户，然后再公议新增者。并议定，由常万达回晋联络各家，由冯得雨会同东家，拟定公议事宜；秋后聚集库仑公议。

## 2

康仝霖回到太谷，没来得及享受得子欣喜，就被母亲的削发之举震惊了。

何以会如此？发生了什么事？

母亲却平静异常，说："此举只为明志耳。断市已进第七个年头，家业几近绝境。为母以一妇人之身，竭力撑此危局，已渐觉不堪重负。然既在香堂列祖前应允支撑家业，纵然泰山压顶，亦身无退路矣。今唯有以此自励，暂忘妇人之身，振作支撑，一息尚存，不敢言退。只待复市之日，尔父归来，将未败家业，交付与他。”

康仝霖听母亲如此平静，有如此字字千钧的一番话，更震惊不已。母亲心志，他岂能不知？不以此非常之举明志，其心志又何尝不是如此！母亲不堪重负，也不自近来始。去年他突陷冤狱，母亲赶往库仑搭救，那是何等的情形，然亦依旧处惊不乱。此难关已过，生意又托付给几位得力的掌柜，何至突然有此非常之举？康仝霖就想到，是否因西院变制，引起东院发难？

于是，康仝霖跪拜说："母亲苦撑危局，负重过甚，为儿未能多多分担，更羞愧难当了！”

戴夫人依然平静说："为母此举，与你无关。霖儿，这些年你已专心于家业，力尽所能了。刑伤既已痊愈，还当一如既往，与为母同心合力，度此艰难。”

康仝霖才说："母亲一向处惊不乱，举重若轻，此举亦太突兀了！莫非因变制事，东院有所发难？”

戴夫人正色道：“不许妄加猜测！为母此举，亦与东院无关。”

康仝霖说：“为儿不信。”

戴夫人更正色道：“大胆！对东院，不许如此不敬！”

康仝霖见母亲忽然如此严厉，更觉异常，但也不敢再多言。

回到自己房中，终于见到襁褓中的通儿，方一抱起，婴儿便啼哭起来。婉君忙说：“他还认不得你呢！”

康仝霖说了几句安慰的话，就忍不住问婉君：“母亲忽然削发，真叫我惊诧万分！何以竟如此？发生了什么事？”

婉君居然也平静地说：“想必婆母已向你说明了，明志而已。”

康仝霖哪里会相信？便说：“以此非常之举明志，必有非常缘由！到底是因何致此？”

婉君也依然平静地说：“断市七年，公爹困俄，不测连连，难关重重，难道还不是非常缘由？母亲出此非常之举，亦是诫示我等，不能畏难懈怠。今已到最艰难时候，稍有懈怠，将前功尽弃，一败涂地。”

康仝霖再问，婉君也是这些话。他这才将信将疑。

婉君为何有此表现，实情竟不对自己夫君道出？

原来，戴夫人听婉君道出王夫人那歹毒的猜疑后，忍耐极限终于被打破！她是最重名节的妇人。出面主事以来，一切误解委屈，她都能承受忍耐。决断不当，纵容掌柜伙友，家底掏空，家业岌岌可危，不够尊重东院长门，擅改祖制，这一切她都能承担忍耐，甚至不想多做辩解。但她万万想不到，竟遭如此猜疑，如此辱没！当下她就觉一种彻骨之寒，袭遍全身。其时生出的第一意念，也便是那时代一般大家妇人，为自证清白，常走的那条路：抛却俗世，削发出家。但戴夫人毕竟不是弱妇，如此与东院弱主相抗争，也太有负自己一生抱负！再转念一想，自己抽身倒也容易，但当此之际，自己一旦抽身，康家势将大厦倾覆矣：霖儿岂会容忍如此辱没？

还不知会如何与东院交恶！资深而豪爽的刘掌柜及徐掌柜，也不知会如何责难东院。冯掌柜更会愤然离去。还有东院忍耐已久的杨掌柜及京号的李掌柜，哪会再忍耐？如此西院受辱失控，东院又众叛亲离，康家将成何种乱局？想及此，戴夫人反倒忽然卸去一切顾忌了：及今也无须自谦，六七年来，自己分明已是康家两院栋梁。此足可欣慰也！既不能抽身自洁，也不能忍此辱没，于是毅然做出此削发明志之举。削发而不出家，反将以强主面目当家，继续撑起两院家业。而在她内心深处，凛然留下一条去路：只等夫君归来，他若不信东院猜疑，即再蓄发重归妇人身；若信东院，那便义无反顾，抛却俗世了。

所以，她削发后，婉君闻讯急至，她便将自己削发不出家的心志，从容说出。并嘱婉君，不可将此缘由说给别人，尤其是霖儿及掌柜们。婆母此举，虽惊世骇俗，婉君细想之后，也觉是凛然之选，更是上上之选。非如此，不足以回敬东院，非如此，亦不足以保全家业。因此也就流泪允诺。

削发第二日，戴夫人即头蒙一条青巾，镇静异常来到东院。康乃骞及王夫人，对戴夫人如此装束，已是惊讶不已。

但戴夫人并未理会，只是正色说："西院将生意暂托付掌柜们主持，伯兄如觉有违祖制，我即改正复旧。"

康乃骞见戴夫人神色不似往常，已有些慌张，忙说："这毕竟是大事，总要慎重计议才是。"

戴夫人说："其时因急于赶往库仑，营救霖儿，故仓促做决。如有不当，今改正即可。"

康乃骞含糊道："西院事，还是由你做主。"

戴夫人便直言道："伯兄既有此言，西院生意就依我意，不再朝令夕改，仍由掌柜们主持。驼队身担两号，涉及东院，改正与否，也听伯兄一句话。"

王夫人就说："驼队是咱康家起家祖业，总不宜擅动的。"

戴夫人说："那天福社就此撤去，驼队仍如旧制。我即传你们新令，告知刘掌柜。”

康乃骞忙说：“还是计议后再说吧……”

戴夫人正色说：“我还是主张单立天福社为宜。你们如觉不妥，即可发令。今生意艰难，已不容拖延不决。”

康乃骞见戴夫人今日话锋凌厉，生性懦弱的他，早有些不知所措，暗藏的怨恨已不敢露出。只好含糊说：“还是再议吧，还是再议吧。”

戴夫人就说：“那就请刘掌柜回来，一道计议？”

康乃骞一听要请刘福海，更慌忙说：“也不必如此着急……”

戴夫人却说：“我看，还是尽早请刘掌柜回来。除计议驼队事，还另有要事，需同他计议。断市之初，即是由他肇始，强推我出来主事。哪能想到，断市困局，竟如此长久，我实在已不堪重负！生意暂做变制，盖因此耳。你们既觉有违祖制，也正该重上香堂，敬告祖宗，另择贤能，主持家业。”

康乃骞一听此话，更慌乱了，正不知该说什么，王夫人竟说：“也不必急着请掌柜们，我们自家事，自家人先议定也好。”

戴夫人立刻说：“这样更好！兄嫂为长，就由你们先拿主意。我苦撑六七年，实在也不堪重负。往后两院生意，是伯兄亲自执掌，还是另择贤能，只听你们一句话。”

王夫人就说：“他二娘既如此说，我们也不能不体谅……”

康乃骞急忙打断道：“他二娘，还是先照旧，还是先照旧！当此艰难关口，不宜再做大变的。”

戴夫人紧接了就说：“伯兄，还是请体谅我的难处！”

王夫人冲丈夫说：“我们不能再难为他二娘！”

康乃骞还是说：“先照旧，先照旧！”

戴夫人毅然说：“伯兄既有此言，我也只好勉为其难了。”

说毕，解去头上青巾，现出削发真容。康乃骞及王夫人顿时惊骇万状。

戴夫人也不理会，只凛然说：“妇人当家，本也不合康家祖制。今家业既临非常困局，强推我出面理事，我也只好暂忘妇人之身。断市已近七年，外茶生意几临绝境，东院内茶，也只差强人意。此中得失，责任都由我一人担待。今既不能卸任，也只得向兄嫂允诺：我仍当竭力支撑，一息尚存，便要保家业不败。商务诸事，由我做主，也由我担责。西院生意，仍交掌柜们主理。东院生意，亦望伯兄勤加巡察。这些年，伯兄巡走茶道甚少，有违祖嘱。今年魁儿巡走茶市甚勤，略有补救。伯兄如体力不支，难以勤巡茶道，亦可似西院，将生意责权，厘清主次，大权在握，具体商务尽可托付于掌柜们。非常时候，当行非常变通之策。保祖业不败，才是头一等大事。还望兄嫂体谅。”

言毕，戴夫人重蒙青巾，从容作别，款步离去。

戴夫人如此惊世骇俗之举，太出康乃骞夫妇意料了，一时被震住，竟不知该如何应对。但两人心里都明白，戴夫人选了削发方式明志，分明是在回击他们的那种猜疑。而这无言的重击，他们即便猜测到了，又哪里有还手的余地？那件事，他们纵然确信无疑，也毕竟还只是猜疑，手中无凭证。戴夫人显然已得知了他们猜疑，可反应既不是辩白吵闹，也不是退缩，更不是觅死觅活，却是如此镇静刚毅。而此种反应，更使两人明白：欲得凭证，已比登天还难了。

戴夫人走后，两人许久才缓过神来。康乃骞就先恼羞成怒，责问王夫人：“都是你惹的祸！你还说能拿到凭证，凭证在哪？凭证没拿到，道先泄漏了风声！还说纸里包不住火，这下好了，人家道先来放了一把火，连我也烧着了！头发一剃，铁面黑脸，问责于我！”

王夫人更反讥道：“就知道拿我出气！刚才她扬言要退身，还不是想要挟你？你倒真给吓倒了！我几次拦住，想替你说一句硬气话，你倒抢先服了软。真是不中用！”

康乃骞就说：“现在接手，叫我唱空城计？这也是你说的话吧？断市七年，乱象丛生，几近绝境，这种时候，叫我接手，我能接吗？”

王夫人说：“那就连一句硬话也不敢说？”

康乃骞说:“你没见她今日架势?我只要稍一松口,这千斤重担就推给我了!她弄下的乱局,叫我收拾,我就能上这种当?”

王夫人愤然说:“那我们还气什么,争什么?任凭人家胡作非为就是了!”

康乃骞也怒道:“你不先泄露风声,我能如此措手不及!”

两人埋怨指责,终也不知如何还手。本来是无端生事,又懦弱无能,再遇了戴夫人这样的对手,哪里能争到上风?然受挫愈重,也愈难化解,必成更重积怨。

与丈夫争吵后,王夫人自然立马叫来铃儿责问:什么还没有打听到,倒先走漏了风声!

铃儿心里虽然清楚,风声是如何走漏的,但哪里又敢承认?不过,她已有防备,一面坚称,未跟东西两院任何人提起过自己所负密差,一面又说,既负了夫人此命,也总得勤往西院打听,或许因此引起了西院猜疑?王夫人就追问跟谁打听过?铃儿说了许多人,当然也有玥儿。王夫人就骂她太笨。铃儿也甘认太苯,说打听二娘的不是,既不能明说,可太遮掩了,又打听不出什么,实在太难。大娘有巧妙办法,可教予她。王夫人又责骂一顿,嘱她暂不用打听了。铃儿才如释重负。

铃儿有此防备,也是玥儿给她出的主意。自将消息泄漏给玥儿后,铃儿日夜提心吊胆,总不断找玥儿叮嘱,千万不敢再跟人说。玥儿便给她出了这个主意。

康仝霖虽半信了母亲及婉君所言,终究还是疑心东院因不满生意变制,对母亲有所发难。于是,回来第二天,便要往东院探一探究竟,母亲竟未反对,说:“这是惯例,远出归来,应该过去问候。”

康乃骞及王夫人见康仝霖过来,竟也慌忙迎出。王夫人更说:“霖儿,听说你回来了,我们正要过去呢!这一向,你可受罪了。身子养好了?”

康乃骞也忙说:“真是想不到的事!幸亏及时申了冤。”

康仝霖就说："我倒也没受大罪，就是叫你们担惊受怕了。"

康乃骞忙问："案子判下来了吗？听说都惊动了朝廷？"

康仝霖说："二月就判下来了，涉案亲王被朝廷夺去了爵位，还有三名主犯被判正法，其余从犯判了流刑，杖刑。"

康乃骞更急忙问："汾阳京万张算不算主犯？"

康仝霖说："京万张倒是未算主犯，只算未领院票，私运茶货到边境。但因是屡犯，货量也太大，也应判流刑，所幸官府念其年老，改判杖刑。又准予以一代十，仅受四杖，交了罚金，令其回乡了。张家万胜永记，也被查封，以十倍重罚，罚塌了。张家生意，真可惜了。"

见康乃骞一时说不出话来，王夫人忙说："可惜他做甚！咱们康家与他张家也无冤无仇，倒反咬了咱们一口。真是人心隔肚皮！"

康仝霖忙说："诬告咱们康家的，不是京万张，是张家的远方亲戚，在库仑开油盐店的张掌柜。"

康乃骞才说："真是世事难测！京万张一向甚为自负，哪想竟会如此糊涂一时？"

王夫人竟说了一句："这还不是被自负所误！祖宗家业，不安分守着，倒以为自家比祖宗还能耐！"

康乃骞慌忙把话岔开，说："霖儿，你也多劝劝你母亲。她也太心强了！遇此艰难岁月，也不是她一人能扭转，何至于出此惊人之举？"

康仝霖从容说："母亲实已是不堪重负，才以此自励的。以京万张这样的男主，执掌张家生意，尚且有此失足，竟致一败涂地。母亲苦撑，实在也不易，唯怕有所畏难懈怠，伤及祖业。"

王夫人就说："你母亲自削发以来，已变得铁面无私，竟责怪你大伯巡走茶道不勤！你大伯上了年纪，那年巡走东口，大病一场，你们也不是不知道。"

康仝霖心里不由一怔，母亲竟真变了一个人，丢弃妇人身份，威严理家了？也只好说："母亲如此，实在也不是想难为伯父。张家前车之鉴，对母亲震动甚大，所以有此整肃。去冬在库仑时，已警示过我们。"

康乃謇说："勤察生意，也是应该的。可茶庄祖制，说变就变了！掌柜们权大了，勤察又有何用？日久天长，还能把东家放在眼里？"

果然是对变制不满。康仝霖就说："母亲巡走南北茶道，艰辛不说，更有诸多不便。但大掌柜亲巡茶道，是吾家老例，不能苟且懈怠。故才不得已，有此变制。伯父上了年纪，也知守此老例不易。可茶道万里，生意千头万绪，一步检点不到，还不知会酿成什么后祸。张家即是前鉴。倒不如将生意明白托付给掌柜们，我们只严察掌柜，检点盈亏。谁不把我们东家放在眼里，开缺了就是。母亲近来如此威严，实在也是为震慑掌柜伙友！"

王夫人就说："你母亲如此铁面无私，原来是逼你大伯，也把生意交给掌柜们？"

康仝霖忙说："东院生意，还是由伯父做主的。"

王夫人愤然说："我们还做什么主！这一春天，你母亲一道令接一道令，不停发过东院来，真把你大伯也当掌柜使唤了！先是嫌你大伯巡察不勤，跟着准许杨掌柜往西路哈密新辟生意，近来又听信京号李掌柜的话，要我们盘接万胜永记的铺子。不是说生意艰难吗，还这么折腾我们东院！"

康乃謇也说："往西路新辟生意，盘接张家铺子，都得东院支垫银钱！眼看淘空了西院，又折腾东院？我们说得从容计议，你母亲说她一人担待。我们还做什么主？"

这更出康仝霖意外：母亲真是换了一个人了！不过，他心里是赞同母亲的，既担了主理两号生意的名分，也早该如此了。但他也只能说："我已一年多没回家了，生意近况不大知道。你们有为难，我转告母亲就是了。生意艰难，总得设法开辟新的利源。往西路新辟生意，杨掌柜谋划已久。张家在京城的铺子，地处闹市，此时盘接，倒也正是良机。"

康乃謇说："我与京万张多少也算有些交情，这不是乘人之危吗？"

康仝霖忙说："这也是济张家之困吧。铺子反正已遭查封，总得转手。

伯父为难，我转告母亲吧。”

康仝霖自然不能说服伯父伯母，也只好任其埋怨诉苦。但他已相信了母亲所言：母亲此非常之举，是为示明非常之志，再不想容忍东院以往那种庸碌无为。

## 3

康仝霖回来，说了东院埋怨，戴夫人也未十分在意，只是说，局势到了这一步，不进则退，实在不能再迁就东院了。

康仝霖就细问起京号盘接张家铺子的事。

母亲说：“前不久，京号李掌柜捎回话来，说张家万胜永记已告歇业。张家在京城的两间铺子，地位甚好，应该盘接过来。我号在京城茶市，局面已渐开，正想再开几间铺子。我觉甚好。也想乘此将京号划归东院，京号毕竟是做内茶生意。同时，也想将东口老号，划归西院，一旦复市，即专做外茶。商之于你大伯，仍是犹豫不决。可盘接时机，哪容久待？我也只好做决：先由京号设法借贷，盘接过来。”

康仝霖就说：“这样甚好。”

戴夫人说：“将京号及新辟前后营生意，划归东院，将东口老号划归西院，迟早得走这一步。否则，两院内外茶交错，毕竟有诸多麻烦。东院不愿接手京号，倒不足虑，我所担心的，是怕京号李掌柜也不再愿归附东院。”

康仝霖说：“可不是呢！那年我去京号，李掌柜就明言，终于有幸脱离东院了。”

戴夫人就说：“所以，霖儿，你歇息些时候，可再往京号走走。一面察看盘接事宜，一面及早说服李掌柜。就说往后局面，必有改观，他在京号理事，不会再有许多羁绊。并通告西院天盛川已做变制，授权冯掌柜等，专营外茶。”

康仝霖说："母亲已在为复市布局了。我过些时候，即往京号，就请母亲放心。"

戴夫人说："不久，我也将往汉口，察看蒲圻茶山。"

康仝霖惊道："母亲如此……哪里便于外出？"

戴夫人坦然说："为母削发，即为便于出面料理生意。躲在家中，削发做甚！"

戴夫人往汉口时，戴家镖局的戴文熊照例同行护卫。家姊一头青丝尽去，代之以一袭青巾，使他大为惊骇！而见到母家的堂弟，戴夫人心中隐痛，几不能忍。但还是忍住了。

她笑对戴文熊说："我自小恨为女身，今终于遂愿矣！"

戴文熊依然惊问："二姊这是因何而起？"

戴夫人依然笑道："为弃女身耳！"

戴文熊说："削发只似女尼，何曾改变女身？"

戴夫人低声说："我汉人男子，向来不留发辫的。我今从汉俗，又不怕官府追究，比你等还似男子。"

戴文熊苦笑说："二姊还有心说笑！这到底是因何而起？"

戴夫人才说："不过是为自励。外茶断市近七年，我挑康家男主重担，已渐觉难支，实在常想推卸。近来更思念吾家丹枫阁，甚想卸去俗务，埋身阁中，流连于书海。此念炽烈，常不能按捺。可畏难退身，眼下又能将担子推卸给谁？故只好以此自励，强撑下去。"

戴文熊就说："二姊不是已仿吾家，将西院生意托付几位资深的掌柜了吗？"

戴夫人说："西院暂做变制，略可从容，可还有东院呢？总得勉力强撑下去。"

戴文熊才叹道："二姊文采过人，不想也竟刚烈如此。"

不过，此去一路，戴夫人也真似抛去心头羁绊，恬然观赏暮春风景，也不忘问今考古。

到汉口时，徐文琪及曹廉自然也惊骇于戴夫人的骤变。戴夫人只正色申明励志用意，并严示断市已到最艰难时候，谁不可稍有懈怠。

但徐文琪心里已明白，戴夫人有此非常之举，一定与东院发难有关。所以，单独向戴夫人交代生意时，便问："东院因天盛川变制，一定难为二娘了吧？"

戴夫人听了这话，心中苦楚不禁又翻涌上来，但还是极力按捺住，说："东院情形，徐掌柜也是知道的。可事到如今，实在也不好再迁就他们了。只好出此下策，拉下脸来，强挽困局。西院变制，不能动摇，东院乱象，也得改观。否则，我如何向你们二爷交代？"

徐文琪就说："二娘早该如此的。但又何必……"

戴夫人长叹道："这还不是因为你们！当初，你们强推我出面当家，既未顾及东院长门之尊，也未顾及我这妇人身份。这六七年来，我虽竭力把东院放在前头，事事留情，步步忍让，东院终是委屈难消。不肯帮衬不说了，还疑神疑鬼的。我倒想将这副担子交与他们，又不肯接手。我真是进不得，退不得！"

徐文琪说："东院但凡能担当起来，我们能这样叫二娘为难？把担子撂给东院大爷，那不是要他的命吗？我们推举二娘出山，也是不得已了。我们就是不念康爷所创下的这份家业，也得替我们自己着想。东家两号败落，我们如何安身立命？"

戴夫人说："要不我也只好如此一不做，二不休，暂弃女身，拉下脸来，该决则决，该断则断了。"

徐文琪说："二娘，此次断市之困，即便康爷在世，支撑也不容易。东家两号能支撑到今天，难是难，苦是苦，但根基未伤，又为日后布下新局，一旦复市，必现空前盛局。此也足以告慰康爷了！这些年来，两号各路掌柜伙友，谁不感念二娘贤能？徐某敢言，二娘堪称康家中兴之主！此也足可欣慰了。"

要在平时，戴夫人哪会容此赞誉，定会严驳的。但今日听来，却将心中苦楚搅起，再也强忍不下，苦泪终于涌流出来。

徐文琪也不觉意外。他虽不知戴夫人削发的真正缘由，但毕竟阅历已深，一向贤能大度的戴夫人，忽出此非常之举，心中必有非常之痛。所以说出了这一番赞慰的话，也是由衷的话。见戴夫人不禁落下泪来，更知体察不差，忙说："我看困局也快熬到头了，二娘还是不必忧虑过甚。"

戴夫人这才慌忙拭泪说："徐掌柜，我一人有何本事？还不是靠你们，靠两号众人，齐心协力，共渡难关！复市之日，能将两号生意，安然交代给你们二爷，我也就心满意足了。"

徐文琪说："我说一句不该说的话，二娘既已被逼到这一步，不如趁此斩钉截铁，将东院生意也做变制。否则，日后二爷回来，亦是不堪重负！"

戴夫人说："我已将此意说知东院了。可这又谈何容易！他们不情愿，杨掌柜他们即便接掌了生意，还不是照样受挑剔？先不说这些了。"

戴夫人这次决定来南下，实在也是因为心中苦楚淤积，欲出来埋身商务，求得淡化。不想，见到徐文琪竟终于不能忍耐，诉说了平日决不会说出口的许多委屈，许多对东院不敬的话，以至情恸落泪。此虽有失态，但戴夫人已觉心中轻快了许多。也是，遇此不堪，在东西两院，除婉君外，又能与谁诉说！所幸婉君在向戴夫人透漏东院流言时，未细说她在冯掌柜面前动情流泪一节，否则，戴夫人连这一舒解淤结方式，也要忌讳了。那岂不要淤结成疾！

徐文琪见戴夫人已复平静，才将茶山向账庄借贷一事，做了交代。

戴夫人爽快说："天盛川生意既已交给你与冯掌柜，由你们张罗就是了。"

徐文琪说："我们做此运筹，是为复市做铺垫。就怕复市仍拖延无期，运筹失算。恰又是变制第一年，新气象未见，倒先塌下了新窟窿。此于二娘，岂不是授人以柄，更添为难？"

戴夫人说："徐掌柜，无须多此顾虑。如今我已坚不可摧！再说，你们塌下窟窿,你们填,我可不会给你们多添一两银子。”

徐文琪说:“二娘这样说,我也就放心了。”

在汉口停留几天后,徐文琪陪戴夫人赶到蒲圻羊楼洞茶山。

初夏时节,满山茶园一片碧翠。温润气息,极似武夷茶山,只是远不及那里繁盛。不过,一路走去,戴夫人就觉较上次来时,又兴旺许多。不独自家茶园显繁忙景象,周围茶园也经精细打理,叶情甚好。

徐文琪说,近年除自家茶园外,收购当地茶农的散叶已渐多。为备复市,今年购量更多。又喜逢今年茶情甚好,这也当是吉兆。只是因蒲圻茶市初开,茶农尚不富裕,购茶必以现银交割,所以才借贷支垫。戴夫人就说,理当如此。

康家新建的两间茶厂,其间更是一派繁忙景象。茶厂较武夷老厂宽大许多。徐文琪说,此地建厂,工料都较武夷便宜很多,彼处建一间,此处即可建两间。这里成本低廉,地位又近,实在是一上佳之选。日后因此得益,真也不可限量。

戴夫人就说:“这当归功于曹廉掌柜,不懈建言。”

徐文琪说:“我有意将曹廉升任蒲圻茶山掌柜,冯掌柜也赞同。”

戴夫人即说:“这也由你们定夺,我不管了。你与冯掌柜以下人位,以后全由你们调派。我只管你们二位了。”

在蒲圻茶山期间,戴夫人几次郑重细品了此地新出青红茶货。久未静心品茶,已觉功夫大不如前,故反复品鉴。品后,戴夫人还是觉得,蒲圻茶质更宜制作红砖。因此主张,蒲圻红砖制法,应再精细,使之优于武夷红砖,以利于顺利销入境外。徐文琪说,他也早有此意,蒲圻拟做专产红砖的茶山。香片及内销青砖,仍留武夷出产。而红砖及早打入境外,也才可显现蒲圻地利。

戴夫人忽然想起水莲来,就问徐文琪:“水莲品茶功夫,如今也该出道了吧?”

徐文琪说:“这一向忙碌异常,倒忘了给二娘说了。前年,水莲已嫁入崇安一商户。”

戴夫人忙说：“水莲也早过了出阁年龄，嫁人是喜事！怎么竟不早说？嫁了一户什么人家？”

徐文琪说：“也算是崇安茶商中一富户。水莲在崇安，学习品茶之余，也常帮衬其父，在市肆售艺。因此被这家富户相中，但水莲父亲却不甚赞同。”

戴夫人问：“为何不赞同？”

徐文琪说：“一因是续弦，男方年近四十了，又因是富商，嫌水莲是步了其母后尘。”

戴夫人就问：“水莲愿意吗？”

徐文琪说：“水莲倒是愿意，毕竟年纪不小了。我们也就从中说合，其父才勉强同意了。其父心愿，是欲在我号茶山伙友中，为水莲物色一可靠夫婿。可茶山伙友，都已成家，难从其愿。”

戴夫人又问：“婚后，水莲是否如意？”

徐文琪说：“还算如意吧。这富户看中的，原来也不在水莲的乐艺，还是她的品茶功夫。水莲品茶确有天分，我号虽有所失，也总得先成全她的终身事。至今说起来，水莲对二娘一直感念不已！”

戴夫人说：“水莲能有此结果，我也算放心了。”

那日，徐文琪又与戴夫人计议蒲圻茶事，其间说了一句：“今年在蒲圻走了这步险棋，厉兵秣马，运筹布阵，只待东风了！”

戴夫人忙问：“东风何指？”

徐文琪说：“复市耳！东风再不起，我与冯掌柜就要遗恨赤壁了。”

戴夫人就说：“这倒叫我想起来了，赤壁近在咫尺，我还未及亲游。回程时，愿往一睹胜迹。”

徐文琪：“那还不容易！但愿二娘此行，能借来东风。”

戴夫人笑道：“我可没那本事！”

离开羊楼洞时，戴夫人果然在徐文琪陪同下，绕道前往赤壁遗址。亲睹大江东去，雪浪拍岸，戴夫人心中淤积的不快，似也真被风吹雨打去了。只是那日丽日高照，三山苍翠，并无风起。

## 4

萨迈林事件，松筠虽已查明与车登多耳济密切相关，但并未通告阿里衮索琳钦差，将两案并奏。他对车登多耳济，不想以怨报怨，使之罪上加罪。而且，此案系朝廷单独交办，他也须自主交代。而更深一层用意，他还是想借此再促恰克图尽早复市。朝廷交办此案，重在实察俄方动向。与走私案纠缠一起，似会加重朝廷对俄方不满。所以，松筠等到朝廷下旨处置了走私案后，才仔细斟酌如何奏报此案。

松筠从科布多返回后，为进一步坐实案情，曾令手下通译官，携萨迈林信件，暗访叶琳娜，请其验证信件是否系俄人书写。因松筠曾准许叶琳娜进入内地茶山，故相信其会做诚实验证。叶琳娜不仅看出此信件非俄人书写，而且认出是出自吴家瑜之手：她久与康家交易，互换合约，而吴家瑜代康家书写合约不少，故熟悉其手迹。

松筠得此结果，更信案情无误。但他还是亲赴恰克图买卖城一趟，约见俄方总督舍勒裴特，将萨迈林事件通告对方。舍勒裴特自然是极力否认，指其信件系伪造。松筠便请舍勒裴特将此事呈报枢密院，正式具外交牒文，照会我理藩院，说明实情。

这一切办妥，松筠才悉心起草奏章，呈报事件真相，并毫不含糊直言，俄方已确有悔意，恭服我大清国威，边境一切安稳，并无可疑迹象；恢复恰克图贸易，正当其时。

为等俄方照会，松筠到这年夏天，才将奏章上呈。

朝廷接松筠奏报不久，理藩院也接到俄国照会，称："所有从前未结各案，恳求早为剖断。至于土尔扈特，久已投诚大国，生聚有年，安居得所，岂敢冀其复还故土，想蒙大皇帝俯念忱悃，信其无他。从前恰克图贸易通商，于俄罗斯大有裨益，敢乞转奏大皇帝，施恩复准开市。”

乾隆皇帝至此，觉开市时机已到：闭关既久，致走私乱政，又易引发谋乱隐患，今俄国知悔，惩彼目的已然达到，开关复市不宜再缓。于是先准松筠所奏，已信俄方无异常，敕令将谎报谋乱的萨迈林正法。其后正式颁旨：“著理藩院檄行俄罗斯，准其所请开关市易。”同时，准松筠复库仑办事大臣职，授权与俄方交涉：“详查情形，妥为定拟章程，明白晓喻，俾俄罗斯永远遵奉，方为尽善。”

此几道圣旨下达库仑，已是乾隆五十六年(1791年)冬初。

这次是圣旨凿凿，复市的消息很快就传遍了库仑。

冯得雨得到这个苦盼了七年的消息，不禁仰天长叹：西商终于得救，康家终于得救，冯某也终于得救！他这一次的预言，终于没有再落空。

他做的第一件事，当然是选派得力伙友，火急回晋报喜。一面请少爷赶来库仑，预备迎接乃父归国，并多押红砖过来。一面往榆次常家，急催常万达，联络同业大户，速来库仑，共议复市大事。

春天，冯得雨本来已与常万达议定，及早联络西商大户，以防复市骤临，措手不及。然而秋初驼路开通时，常万达却捎来话说，所联络过的几家大户，多数不信复市有望，因此不愿贸然行事。因此聚议也只好延后再说了。不过，常家已做复市准备。冯得雨得知后，当然很觉失望。断市七年，西商锐气真被消磨去了。同时，他也不免怀疑起自己的判断：自己或许太乐观了？还是因新任大掌柜，心气太高，急于求成？所以，得复市喜讯，兴奋心情，可想而知。自己所做判断，到底不差！

恰克图即将复市的消息，还是先在京师传开。常万达先于库仑传报，就得知了此喜讯，这时才后悔未坚信冯得雨预言。好在常家已做了复市准备，库仑也未撤庄，常万达一面安顿自家生意，一面就派人联络西商大户。各家大户也都先得到了复市喜讯，几乎在同时，已派人来联络常家。常万达即与各家协商，先推举六家大户，以备出席恰克图会商。鉴于复市后的第一次与俄商会商，事关重大，多数主张还是选断市前旧户为好，以借重多年的会商经验。只由汾阳董家的璧光发茶庄，取代张家的万胜永记。又迅速议定，除康家外，其余五家，应尽快赶往库仑，共商复市诸事。

所以，在冯得雨派出报讯伙友不到一个月，常万达等五家大户，已先后赶到库仑。除常万达外，榆次史家及汾阳董家，也是当家大掌柜亲自赶来。太谷曹家及汾阳王家，却是派来库仑茶市掌柜。

大家相见，真是感慨万千。

撤庄的几家，自然对常家与康家钦佩不已，挺了七年不撤庄，囤积外茶不断，终于扛到今日，几近奇迹了。

常万达说："你们只看今日收成，就不看这七年我们是如何熬过？复市再延迟几年，我们还不知是何结局呢！"

冯得雨也说："我们天盛川，就是再熬一两年，也不成了！"

常万达说："你们东家，还是女辈当家，有此远见，更不容易。京万张一向长袖善舞，临此危困，竟不及康家女辈，实在令人可叹！"

汾阳董家大掌柜说："张家也有京津内茶生意，可做相济，本可挺过来的。只是涉身官场太深，以为车登多尔济亲王可以倚仗。京万张与车登多尔济，交情非同寻常。车登多尔济往来京师，一向由京万张伺候起居，代其往各衙门打点。以前我们还有几分眼热呢。哪想竟因此失足？"

常万达就说："张家甚可做我西商前鉴。巴结官场不能免，但不法邪道万不能稍涉！还是须恭顺行商。官场风浪莫测，一旦生变，吃亏的还是我们。"

曹家的孟掌柜就笑道："康家与松筠大人，交情也非同寻常！"

冯得雨忙说："可不是呢！不是与松筠大人有交情，我们东家少爷能遭冤狱？松筠大人之廉直，你们都难以想象！"

常万达说："松筠能深知'浩罕通商，边境可靖'，也难得了。听说这次复市，全凭松筠大人竭力促成。"

冯得雨说："松筠大人因力主复市，遭褫夺官职，仍不改其主见，继续直陈边境实情,力促复市。终于使我西商得救!”

常万达说:“我们理当重谢松筠大人的。”

冯得雨说:“只怕重谢也难。松筠大人软硬不吃!”

曹家孟掌柜就说:“这我知道。冯掌柜,你已荣任康家天盛川大掌柜,也当早摆宴席,我们也好道喜!”

冯得雨说:“只是暂代而已。眼看我们二爷就将归国,暂代也没有几天了,道什么喜!”

孟掌柜就说:“我们东家已有意要仿你们康家,欲将锦泰亨外茶生意,试交付敝人全权打理。这几年,东家渐将曲绸生意做大了,已顾不及外茶生意了。故东家未能亲来库仑,与各位共商复市大事。”

冯得雨忙说:“那你是沾了我们的光,该你请客才是!”

汾阳王家的茶市掌柜也说:“我们东家也有此意。我们祥发永,一向茶庄账庄兼营,常有顾此失彼。东家听说你们康家有此变制后,也觉是一良策,正谋划将茶庄账庄拆分,各立大掌柜。故也将会商重任,暂交敝人。还望各位帮衬提携。”

康家变制,常万达已早听说,对其也有不小触动。常家茶业规模冠于同业,不仅在东口有内茶字号,在库仑即有大德川、大升玉两间外茶字号。顾此失彼,尾大不掉之困,更是久已有之。不过,他多子,欲将几间字号,分传子一辈各门。但子一辈愚贤有异,也成了他的心病。因此,康家变制,对他颇有触动:这也或是一条新路?今听几家掌柜热议此事,也忍不住说了一句:“但愿你们献出身手,不负东家,再创立可行规矩,我们常家也好步你们后尘。”

冯得雨忙说:“常爷为我西商龙头,你可不能退身后台!”

常万达笑道:“我就只能累死茶道?”

大家经一番计议,商定:复市后三年内,茶价应高于往常一倍以上;囤积茶货巨大的常、康两家,应放缓出货量,以便为其他大户及众散户,留出交易份额;但各家售与俄商的茶货,仍须依断市前品质严选,不得降质降价，坏我西商茶品声誉；体谅俄商亦受困顿，可酌情赊账，但所赊账款，须按期付还白银；互易俄方皮货、呢毡，也不宜数量过大，仍应以银器优先。

议毕，冯得雨设宴，款待了大家。

复市喜讯，也是先由京号的李宗烜掌柜，派人回来报知康家的。其时，戴夫人及康仝霖已早返回太谷。秋后驼路初开时，戴夫人执意要再往库仑，巡察生意。康仝霖以变制头一年，应放心让冯掌柜张罗生意，死活劝阻下来。因此，康仝霖欲代母亲再赴库仑，也未得母亲允许。等到入冬后，戴夫人正欲往归化走一趟，察看天福社及天义川老号。正在这时，京号送回复市喜讯。

得此喜讯，戴夫人心头甜酸苦辣，百感交集，一时难忍，不禁泪流满面。终于熬到了这一天。终于可以卸下这副重担了。终于可将未败家业，交代给夫君了。当初所做储藏红砖于库仑的决断，终于也要化险为夷了，掏空的家底，已有指望赚回，甚或还可胜出。蒲圻新茶山，也渐有模样。新立京号，新辟前后营生意，似也不算多余。天盛川变制，天福社单立，是否恰当，也终可任夫君裁决了。若无东院流言，戴夫人回首这七年，本可有所欣慰，甚至能享夙志得酬的几分快意。然而这一切，都被那流言所灼伤了。这一份剧痛，也唯有夫君能平复：信与不信，只在他一言间！

康仝霖见母亲如此情动，当此之时，自然也不觉异常：七年长困，终于盼到头了，母亲喜极而悲，也不意外。自己何尝又不是百感交集！这七年也是太漫长了，真是恍然隔世。削发后的母亲，已难觅当初英姿勃发气象，多少艰辛与磨难，已使母亲隐现苍老。叶琳娜也不似当年了，七年青春，就这样消磨去了。婉君已为人母，自己已为人父。与东院更生许多不谐，两院和睦气象已不复存在。所幸家业不仅未败，新局业已布就，来日复兴可待。其间母亲功绩，也将日益彰显出来。今想及当年心常不专，欲搏功名，已觉有几分可笑了。虽被逼移志于家业，经这七年磨砺，终也体味到，治商天地又岂是一份功名所能比拟！

所以，康仝霖安慰母亲说："复市之喜，虽来得太晚，也是终得天佑！母亲如此苦撑七年，也该感天动地了。"

戴夫人听了，更泪流不止。

康仝霖又说："这七年，我们有所失，更有所得。我看，母亲当家，也不逊于父亲的。"

戴夫人立刻正色说："不可如此妄言！尔父所受煎熬，远甚于我们。"

康仝霖就说："终于等到这一天，我也该赶赴库仑，迎接父亲归国了。"

戴夫人才说："终于等到这一天了。"

不久，冯得雨派回的报喜伙友赶到，戴夫人及康仝霖又细问边境情形，知道复市已是确凿无疑，但等松筠大人与俄方会商复市章程。于是，康仝霖打点行装，赶紧奔赴归化，再搭随驼队，前往库仑。

归化驼市，早已是一片繁忙景象。康仝霖见到刘福海大掌柜，感慨之间，刘福海自然也是深赞戴夫人：这七年若不是二娘当家，真也不敢设想！刘福海得知戴夫人因西院变制，受东院为难，愤然削发一事，更有些怒不可遏，欲回太谷责问东院。康仝霖极力劝阻，才算作罢。

不日，康仝霖即随天福社第二批驼队，赶赴库仑。

到达库仑时，已是隆冬。库仑东营子，更是一改往日凋敝，现出久违的繁忙景象。驼队云集，驼铃不绝。店铺都在张罗开张。饭庄、客栈、米面店、草料铺，已是生意火热了。

冯得雨更是意气风发。康仝霖就赞其预事如神，冯得雨才慌忙说："少爷可不敢这样说！我也多有失算的时候。这也是天佑东家吧，将到山穷水尽时，忽然云开日出。令堂如此苦撑，也该有好报的。"

康仝霖说："你与徐掌柜、刘掌柜几位，也功不可没！没有你们舍身尽力，也熬不到今天。"

冯得雨说："少爷这样说，可就见外了。哪一样，不是我们应该做的？幸有令堂当家，我们才未白艰难一场！"

冯得雨就向康仝霖细说了与同业大户聚议的情形，尤其是为给同业留利，康家与常家已同意放缓出货量。康仝霖就说："一切由冯掌柜做主！"

问及复市动向，冯得雨说："松筠大人还未与俄方正式开议。不过，复市确已指日可待了。"

到库仑次日，康仝霖即去见叶琳娜。

叶琳娜却并未因复市在即，现出异常兴奋，只是忧郁凝视着康仝霖，不愿多言。

康仝霖忙问道："贵国传来了新消息？"

叶琳娜只是摇头。

康仝霖又问："那是出了什么事？"

叶琳娜还是摇头。

康仝霖就说："那为何如此闷闷不乐？"

叶琳娜才说："我没有不快乐。"

康仝霖说："我不信。"

叶琳娜又不言语了，似更忧郁地凝视着他。

康仝霖说："边境僵局终于要结束了。你也可以归国与父母相见了。"

叶琳娜说："永远如此，多好。"

康仝霖不解道："你是说永远断市？"

叶琳娜说："不，你知道我说什么。"

# 第十六章　复旧已难

1

松筠终于接到复市圣旨，自然也是感慨万千。理边七年，终于化解两国失和僵局，未负朝廷圣命，又未违自己政见，此也足可欣慰了。临危受命，初来库仑时，只三十三岁，七年过去，已年至不惑！历任库仑办事大臣，任期未有逾之者，边情危厄困顿，更未有逾之者。然能不辱使命，亲解此困，也是此生一份难忘功业了。

松筠将我理藩院准予恰克图开关互市的正式牒文，转交俄方后，即就签订复市的新条约，频与俄伊尔库茨克总督舍勒裴特，互通信函协商条款，交涉会谈事项。经一冬交涉协商，诸事终于议妥，尤其新条约，大多以松筠所拟方案为主，俄方急于复市，未多提异议。

于是，在乾隆五十七年(1792年)正月，松筠率我方其他理边大员，亲赴恰克图边境，与俄方舍勒裴特总督，隆重举行了复市会谈。松筠奉旨宣称，此次断市失和，责任全在俄方。舍勒裴特未做推诿，诚恳表示愿以此为鉴，日后严格遵守既定条约，处理边境事端，维护两国和睦。松筠对舍勒裴特的明智知礼，也多加恭维。会谈气氛友善，交涉顺利，于是双方正式签订了新的五条复市规约：

一、恰克图互市于中国初无利益，大皇帝普爱众生，不忍尔国边民困窘，又因尔国枢密院吁请，是以允行。若复失和，罔再希冀开市。

二、中国与尔国货物原系两边商人自相定价，尔国商人应由尔国严加管束，彼此货物交易后，各令不爽约期即时归结，勿令负欠，致起争端。

三、今尔国守边官员皆恭顺知礼，我方官员群相称好，尔从前守边官皆能视此，又何致屡次妄行失和，以至绝市乎？嗣后尔守边官当慎选贤能，与我守边官逊顺相接。

四、恰克图以西十数卡伦之布里雅特常有不法，故致有乌拉勒咱之事。今尔国宜应严加禁束，杜其盗窃。

五、此次通市，一切仍照旧章。两边民人交涉，如盗贼人命，各就近查验缉获罪犯，会同两国边界官员审讯明确后，各国属下人犯，由各国治罪，处罚皆照旧章办理，并各行文知照示众。

这五条新约，也显见松筠办理涉俄外交，既堂正凛然，又进退有度。两大帝国对峙七年，大清终于不失国威，和平解决了彼此争端，获得期望结局。这除了选任松筠得当，更与大清帝国当时强盛的国势有关。尤其是中方的经济优势，使俄方难以割舍利益巨大的对华贸易，只得妥协求和。从此之后，两国恰克图贸易，再未发生此类断市事件。

新条约签订毕，两国官员在会谈大帐内，欢宴庆贺，两相喜悦，气氛融洽。

宴毕，正式宣告恰克图开关复市。

半月之后，康仝霖及冯得雨、石岳等人，在买卖城口岸一侧，迎接到康乃懋及伊尔库茨克庄口的白掌柜等。

阔别七年多，康乃懋已是满头华发，苍老得几乎不敢相认。

康仝霖慌忙跪倒在父亲面前，泣声说："父亲大人受苦了！"

掌柜们也忙跪下行礼。

康乃懋不禁老泪纵横,说:“梦中几次盼到这一天,今仍在梦中耶?”

康仝霖忙说:“父亲大人,今已真实归国了!”

康乃懋就觉两腿一软,正要瘫坐在地,身边白掌柜急忙扶住。康仝霖也慌忙过来搀住。

原来,这两年,康乃懋在俄境已被变化莫测的复市消息折磨得愈加心神不宁,易怒多疑。白天难以静待,夜里更辗转难眠。又因思乡心切,对俄地饮食,也生厌恶。失眠加厌食,身体自然越发衰弱,生病已是常事。白掌柜等百般劝导,也无济于事。

在这种状态下,忽然得知恰克图真将开关复市的消息,他哪里能受得了!初闻,当然不信,要见发西利细问究竟。而此时发西利正在喀山,哪里能见到?他欲信又不敢信,于是更食无味,夜难寐。及至俄官府正式告知,可办理归国路票,康乃懋竟忽然变痴了似的,只瞪着双眼,自言自语,不理别人问话。白掌柜一时吓慌了,使尽了办法,也未叫二爷缓过来。

幸亏后来白掌柜急中生智,大声对康乃懋说:“二爷,你听错了,俄国官府是准许我归国省亲,复市仍无消息!”

康乃懋这才惊醒过来,怒道:“又是一场空欢喜?”

白掌柜松了一口气,赶紧说:“二爷,你得先放宽心!七年多熬过来了,再熬几天,算什么?”

康乃懋依然怒道:“白掌柜,你不能走!你们都走了,我靠谁!”

白掌柜忙说:“我不走!撂下二爷,我哪能放心?”

康乃懋就更清醒了些,疑问道:“我哪能听错?不是说我朝廷发旨了,准许开关复市,如何又变了?”

白掌柜见二爷刚缓过来了,先不直言,只说:“二爷刚才真没有把我们吓死!”

康乃懋才问:“我刚才怎么了?”

白掌柜说:“只顾瞪了眼自言自语,却不理我们!”

康乃懋说:“我怎么不知?”

白掌柜叹了口气说:“二爷,咱们苦盼了七年,终于盼到这一天了,总得要撑住。二爷要有个三长两短,我们可如何交代?”

康乃懋忙问:“那我没有听错,真要开关复市了?”

白掌柜说:“二爷得先放宽心!咱们苦熬七年,也该熬到头了。眼下当紧得放宽心,撑得住,预备归国。”

康乃懋仍问:“复市是确切无疑了?”

白掌柜说:“可不是呢!”

康乃懋叹了一口气,就觉身子发软,瘫坐下来。

白掌柜等慌忙将他扶入内室,躺下来,所幸这回尚心神清醒。白掌柜就劝慰一番,嘱二爷放下悬了多年的心,好生静养几天。为首得放心睡几天觉了,多少天睡不了囫囵觉,怎么成?

然康乃懋到底器局有限,苦盼七年的复市之喜,骤然降临,他又如何能放得下?七年遭遇齐聚心头,不停地思前想后,瘫卧睡榻,却一刻也难入睡。尤其思及国内情形,家业现状,生意复兴,只恨不能即刻飞过边境。静卧难得静养,衰弱的身体也就依旧衰弱。

及至归国路票办妥,白掌柜极力主张再从容养息一阵,反正现在已是来去自由了,何必要赶趁着启程?康乃懋哪里肯听!硬是凭着一股心劲,挣扎起来。

白掌柜无奈,也只好安顿了号事,陪了二爷启程归国。康乃懋也是思归心情太强烈了,在俄境一路,竟也强撑下来。

终于过了恰克图边界关口,踏上故国土地,又骤然见到亲人故旧,那股强撑的心劲,终于松懈下来,虚弱毕现,再也支撑不住了。

康仝霖及冯得雨等,慌忙将康乃懋扶上马车,护送回买卖城自家茶庄,安顿到炕上。康乃懋这才缓回过来,又着急询问柜上家中诸事。康仝霖先就劝慰说,父亲能平安回来,已经万事大吉了,先不用操心家中柜上,等缓口气,再详细禀报吧。康乃懋不肯听,仍是急切打问不止。

冯得雨毕竟深知二爷秉性，就拣要紧事向康乃懋做了禀报：家中两院都安好无恙，西院又喜添孙嗣，库仑庄口已储藏了巨量红砖，同业大户也已为复市做过聚议，一切都请二爷放心。临了，竟说了几句不甚客气的硬话："二爷，现在复市在即，柜上家中也已万事俱备，就等二爷升帐调遣了！好容易把二爷盼回来了，好歹也得振作一些，不要叫我们底下人泄气。"

这几句硬话，叫康仝霖及在场的几位掌柜，吃惊不小。但康乃懋听后，竟有些安静下来，忙说："我也是困俄太久了，音讯不通，思乡心切。冯掌柜既如此说，我也该放心了。"

冯得雨就说："二爷虚弱如此，我们心里也不好受！但好容易盼来复市，总得先喜庆一番。二爷归国，是七年来头一件大喜事，柜上已安顿了接风喜宴。二爷七年未尝咱山西茶饭，今日总得临席，好歹解一解馋吧？"

康乃懋说："七年来我日夜都在盼这一天，岂能扫你们的兴？真该喜庆一番！"

说毕，果然坐了起来。

冯得雨到底阅世老到，几句话就将康乃懋从极度悲喜中引出，以旧日直谏方式，将其唤回现实中。

在宴席的欢喜气氛中，康乃懋的情绪又有舒缓，精神也有振作。家乡饭菜，更觉出可心的滋味，进食不少。醉心的故土烧酒，也想多饮，却被众人劝止了，毕竟酒是扶强不扶弱。

在买卖城住了几天，不断听霖儿及冯掌柜告诉了这七年来家中柜上情形，康乃懋虽也感慨不止，多年悬着的心，总算渐渐放了下来。尤其听说这几年两院生意，全凭夫人出面当家，竭力运筹调遣，含辛茹苦支撑，心中甚是感念不已。夫人才智，他当然是知道的。

康仝霖与冯得雨商量后，就出面劝说父亲：还是先回库仑养息为好。养息一段，等春暖花开时候，就启程回太谷。离国七年，母亲及伯父伯母无时不在盼望父亲归来。这边复市诸事，母亲早有安排，一切已托付给冯掌柜了。出席恰克图议盘会商,开市后的繁忙交易,就先由冯掌柜放手张罗吧。父亲身体如此虚弱,为儿理当亲自奉侍回晋。康乃懋想想,也只能如此了,心中更感激夫人料理周全。

恰这时,叶琳娜也赶到了买卖城,预备归国省亲。她自然也前来看望康乃懋。两人都吃惊对方变化太大,感叹不已。但因各怀心事,说话就格外谨慎客气。叶琳娜祈愿康乃懋早日康复,十分感念七年来与康家的友谊,更加深厚诚挚。康乃懋也嘱她归国后,转达对其父的谢忱。回国仓促,未能与令尊道别,深为遗憾。在场的冯得雨就说:来日方长,以后见面的机会多呢。不久,我们就将见到令尊了,想必不久你也会重返恰克图的。

康仝霖虽也在场,却未多言。

叶琳娜告辞后,康乃懋留下冯得雨,细问起夫人如何就同意了这门亲事。这才知道是自己误会了夫人用意,于是就急问冯得雨:这可如何挽回?

冯得雨就说:“事已至此,已不宜反悔了。一则,二爷这些年困在俄境,幸得发西利悉心照顾,是有恩于我们的。再则,往后交易,仍是我号大客户,也不宜失和。”

康乃懋不安道:“一旦结姻,米氏欲染指我号茶山、茶道,可如何是好?”

冯得雨便说:“二爷,这就得你有主见,敢决断。他染指不染指,总得二爷说了算!”

康乃懋说:“冯掌柜,外人染指祖业,这是我最担忧的,岂肯忍让?但一坚拒,还不是仍要失和?”

冯得雨说:“推拒也须有良策。祖业有祖训,还有官府是否允许,都可做推拒理由的。先有主见,良策倒可从容谋划。眼下,先不必过虑。”

康乃懋就说:“还望冯掌柜多替我操心此事。此事已成我一大心病了!”

冯得雨说:“二爷先放心就是了,到时总会有应对良策。”

在买卖城这几天,康仝霖自然也私会了叶琳娜。两人离别,本也是常事,然这次却似不同。康仝霖愿叶琳娜能早日重返,叶琳娜也相约秋天再见。一切未显异常,但叶琳娜感伤分明,而康仝霖又难出誓言。久盼的复市之喜,反倒使他们的分别变得沉重。

2

康乃懋在库仑养息到三月初,身体已渐渐康复。这时,恰克图贸易已开市月余。冯得雨及石岳等一直买卖城忙碌,不断有喜讯传来:天盛川所储藏巨量红砖,虽按同业约定,今年只能交易三分之一,但已与断市前交易量持平,而市价几达以往三倍,复市头一年收成,即可抵以往三年了!我号红砖,除销与米氏喀山帮外,其他俄方商帮,亦争相交易。发西利也与冯掌柜交涉过,求尽快运来香片交易。蒲圻红砖,经俄商细加品鉴,甚得好评,已获认购,茶价也不低于崇安红砖。

见这边茶市初开,形势竟如此可喜,康乃懋身心自然得到最好的疗治和抚慰。回想前两次断市,远不及这次旷日持久,却也远不及这次应对得出色。夫人当家,竟也远胜于自己!同业中大户,多有支撑不住,半途撤庄者。这次若是自己当家,也怕是难以支撑到今天这一步的。于是,康乃懋思归心情更迫切了。

康仝霖见父亲已近康复,春三月气候也正相宜,便同意服侍父亲,启程返回太谷。

开始踏上久违的驼路,康乃懋还觉得一切都如此亲切。不见首尾的驼队,老练的领房掌柜,忠诚的巨獒,还有沉稳的驼铃声,都别有一种情致,令他感动生情。就连脚下的草地,也觉无比踏实。俄境远行,多乘舟船及雪橇,终有身处异域的不踏实感。到程头宿营时,茶饭虽简劣,他也食之有味。环视宿营地,春日草原初绿,蓝天辽阔无垠,毡房子错落有致,炊烟袅袅，远处驼群悠然觅食，巨獒不时吠叫几声。这熟悉的景象，宛若还是梦境。

然几天走下来，他已渐觉不适，身内似被干火炙烤，嘴唇就先干裂起泡了，食欲也大减。这才知道，自己几十年练就的茶道功夫，已遭荒废。

康仝霖见父亲如此，就慌了，提议返回：走出库仑尚不算远，返回还来得及。再往前走，将进戈壁，行程更要艰难，到那时就进退两难了。领房掌柜也劝返回。

但康乃懋哪里肯听？他说走了多少年驼路了，还未有半途而废的时候，能不能走到头，他心里清楚。离乡七年，好歹也得走回家！

康仝霖劝阻不下，也只好继续前行。

此后几天，康乃懋更显不适。领房的先生，尽出所备的败火药丸，奉其服用，饮水也不受限制。每到程头，又独为他专做汤食。加上康乃懋自己以还乡的强烈意念，竭力支撑。如此将息，康乃懋才终也未见病倒。

到第十天头上，他才渐觉略能适应。

此时，康仝霖松了一口气，才决定将母亲变制之事，告诉父亲。在恰克图买卖城及库仑时，康仝霖与冯得雨商议后，决定暂先不将变制事告知父亲。这是见父亲虚弱不堪，而又复市在即，父亲若不赞同，必致茶市调度大乱。所以，就想将此事留待回家后，由母亲来做交代。而康仝霖对父亲是否会赞同变制，本来就有些不踏实。尤其是东院反对，父亲势必会犹豫不决。今路途中父亲如此情形，可见父亲一时也难再担大掌柜重任，康仝霖就觉乘此说及变制事，或也正当其时。

康仝霖就先说："父亲困俄太久，水土不服，又无时不挂念家中柜上，致身心俱伤。回到太谷，当紧得安心养息几年。"

康乃懋感叹说："哪想竟致如此不堪！一生巡走茶道的功夫，就这样荒废了？"

康仝霖忙说："安心养息几年，就缓过来了。两院生意，日后还得全靠父亲大人呢。"

康乃懋说："养息几年，又谈何容易！我既归国，总不能将两院生意，再压在你母亲一人肩上。"

康仝霖就说："母亲这几年也已不堪重负了。"

康乃懋说："霖儿，如今也该你多替我们分担重任了。你仍心猿意马，惦记着科考吗？"

康仝霖说："家业遭此七年断市危厄，为儿岂能无动于衷？自断市之日起，为儿也断了功名念想，矢志专心于家业。七年来，竭力帮衬母亲，奔波茶道更勤，不敢稍有懈怠。"

康乃懋说："那就好。霖儿，你于今已三十多岁了，也到肩负重任时候。我虚弱至此，你母亲也操劳过甚，日后就靠你了。"

康仝霖就说："父亲大人如此器重，为儿不敢推辞。只是，多操心西院生意尚可，东院就不便过问了。儿系晚辈，总不能号令伯父的。"

康乃懋一时不语。

康仝霖乘机说："母亲其实早料到今日情形，故也提早一步，实施了应急之策。"

康乃懋忙问："你母亲施行了何种应急之策？"

康仝霖于是说出了母亲所施变制情形，已暂立冯得雨为天盛川大掌柜，徐文琪为二掌柜，驼队单立为天福社，刘福海为大掌柜。

这太出乎康乃懋意料了，尤其听到新立了两位大掌柜，久任大掌柜的他，就更觉难以入耳。所以听后默然不语。

康仝霖忙说："母亲这是应急之策，事前已向冯掌柜他们交代过了，一切还听父亲大人归国后裁定。如觉不妥，即刻复旧。"

康乃懋才说："吾家生意，历来都由自家执掌。你祖父生前，似也觉你伯父与我，不甚中意，但也未敢将生意托付外人。以前，你母亲也数次提及戴家此制，我终不敢有违祖嘱，做此大变。不想竟然……"

康仝霖忙说："母亲本是不得已了，有此应急之变。父亲如觉不妥，复旧就是了。只是眼前情形，父亲尚难即刻依旧，为儿也不便代行父职，就暂时再托靠掌柜们一二年，将复市繁忙时期度过，也是母亲用意。到那时，生意复原，父亲身体也复原，再一切依旧，也为时不晚的。”

康乃懋良久才说：“请神容易，送神难呀！”

康仝霖就又乘机说：“以为儿浅见，此也不失为一种长远之策。茶道万里，茶山远在南国，茶市近接异域，商事庞杂，千头万绪，我们即便三头六臂，鞠躬尽瘁，也还是常有顾此失彼处。将号事交付掌柜，我们只管掌柜，实在也才能腾出手来，执掌大政。今东西两院，分营内外茶业，局面也远非祖父当家时能比拟，双业并存，又各有所专，兼顾已难。而东院情形，父亲也是知道的。父亲年事渐长，即便未受此次创伤，又岂能长久代伯父料理天义川生意？再者，冯掌柜、徐掌柜、刘掌柜，还有天义川的杨掌柜，都是祖父生前的爱将，德才俱佳，哪一个不能独当一面，哪一个又不可托靠？为祖业长远计，将母亲此策，由暂行渐至形成规矩，长久施行，也是为后辈夯实了祖业根基。”

康乃懋又不语。

康仝霖就说：“为儿所见，是否得当，父亲尽可训示。母亲做此应急之变，儿恳望父亲能多体谅。母亲做此应变时，儿正陷库仑冤狱。母亲急赴库仑营救，又怕无人主理生意，才不得已做此应急安排。”

康乃懋才说：“此事不是小事，到家再从容计议吧。你这么赞成此制，是否已畏难于茶道奔波？”

康仝霖忙说：“儿实是为祖业计。巡走茶道，儿早已视为乐事。”

康仝霖替母亲说话，自然是想及母亲的削发之举。母亲的这一异常举动，康仝霖思之再三，也未对父亲说出。此时，见父亲对母亲变制，果然语焉不详，更不便说出了。

一路上，康仝霖又几次提及变制，父亲都不愿多议。

康乃懋本不是有大才，有胆魄的人，祖业守成已显吃力，岂敢变革？见夫人乘自己困俄期间，一举将以前提议，尽付实施，心里自然是七上八下。当此非常时期，有此应变，亦无不可。夫人当家这七年，不仅安度危厄，又为复市布下良局，今已喜见收成。在此局面下，收回夫人成命，一切复旧，岂不是要遭众怨！尤其这几位权重的掌柜，心里将如何作想？若因此留下心结，以后又如何依赖？康乃懋当然知道，这几位掌柜对两院生意，是如何不可或缺。所以就觉眼前已成了“请神容易送神难”的局面。但顺水推舟，成就此种变制，实在也不敢决断。他的才干器局，虽略胜乃兄，却也不能不有大权旁落的担忧。这几位掌柜倒是深可信赖的忠义之士，但他们毕竟也都年近半百了，日后选人不当，岂不是要将祖业任外人折腾！他实在也担当不起这份败家罪名的。还有东院乃兄，本就软弱，亲执大掌柜权柄，尚难以驾驭本事大的掌柜，今再将权柄授人，岂不更受人欺？

如此七上八下的，终也不知如何是好。复市的欣喜局面中，原来还隐藏着这样的难题，实在是出乎他的意料。

好在这一路，康乃懋虽已疲惫不堪，总算支撑下来，顺利到达了归化。

刘福海、杨敦义及正在归化的康仝魁，自然也是百感交集地迎接了康乃懋。大家不免又唏嘘感叹一番。

期间，康仝霖暗嘱刘掌柜等，暂不敢将母亲削发之事告知父亲。他们见二爷苍老虚弱如此，也就答应了。

为康乃懋接风聚宴时，大家问了在俄情形，都说二爷受罪了。康乃懋也说，这些年，你们也不容易。又问魁儿，没有耽误科考吧？康仝魁就说，已立志似霖弟，投身祖业。这几年跟随杨掌柜，常奔波于茶道茶市，早不觉辛苦了。只是于商道，功夫尚浅。康乃懋惊喜道，那也甚好！康仝魁就说，这也全凭二娘为他撑腰。于是，大家提及戴夫人种种功绩。

直率的刘福海就直言道：“断市之初，二爷意外困俄，东家顿失龙首。是刘某记起康爷生前有言：西院二娘是明白人，才出面联络冯掌柜、徐掌柜等，推举二娘出来主事。这七年，东家两院生意，也幸亏有二娘当家。刘某等不敢居功，但也总算对得起康爷了！二娘将东家驼队，单立为天福社，交付刘某料理，已是有言在先：此为暂代，一旦二爷归国，一切照旧。今二爷既已归来，天福社也该复旧了。”

康仝霖忙说：“父亲刚刚归来，还没喘口气呢！天福社就请刘掌柜再暂代主理，先对付复市繁忙，容父亲养息养息，再做议决，还不成吗？”

刘福海说：“今向二爷做此交代，是为申明，刘某决未有贪功揽权之心。效忠东家，仍一如既往！”

康仝霖及康仝魁、杨敦义都已听出刘福海话中意味：这是冲着东院为难二娘来的。

杨敦义就慌忙说：“二爷平安归来，是头一件大喜事，先好好庆贺庆贺再说。危局已破，万事都顺当了。刘掌柜，先不用这么着急！”

康仝魁说：“就先容二爷养息养息吧。天义川生意，杨掌柜还得照旧料理，先不敢太累着二爷！”

康乃懋也只好说：“刘掌柜、杨掌柜，还求你们照常张罗生意。这几年，两号生意维持下来，未伤根基，也全靠你们了。就再请霖儿代我敬你们一盅酒吧！”

气氛这才缓和下来。

康乃懋就觉，果然如他所料，一切复旧，已十分棘手了。

刘福海自听说戴夫人削发后，就想回太谷安慰，因复市前后驼队事务太繁忙，未能顾及。眼看忙季将过，就以护送二爷为名，执意与康家父子一道启程由归化返回太谷。

## 3

东院康乃骞及王夫人，自得知恰克图终于开关复市的消息后，就有些坐立不安了。戴夫人削发依旧，而他们却未能得到真凭实据，眼看老二将要归来，这可如何交代？

康乃骞又埋怨王夫人：“都是你惹的祸！本来是疑神疑鬼，还说能拿到凭证。事到如今了,你的凭证在哪?”

王夫人怒道:“一遇事,你就知道往后退!一有难处,你就会埋怨我!我惹的祸?不是为你,不是为你们康家,我管这事做甚!既是我惹的祸,该杀该剐,我替你!”

康乃謇也怒道:“不是你惹的祸,是我惹的祸?事到如今,是连后退一步的路也没有了,你还这么厉害!”

王夫人更厉声说:“进不得,退不得,那我们就等死吧!”

康乃謇才说:“那我们如何是好?妇人削发,非同小可,懋弟能不追问?她能不道出起因?”

王夫人说:“她心里没鬼,能有此出格举动?她能向男人告状,你也有嘴,就不能说出真相?”

康乃謇说:“我说真相,总得有凭证!”

王夫人说:“将西院生意,交给冯掌柜,还封了大掌柜,这就是凭证!没有私情,敢这么胆大妄为?”

康乃謇说:“她说这是为应急,又是暂代。”

王夫人厉声说:“她这么说,你也这么说?他们是夫妻,你们更是亲兄弟!”

康乃謇一时不语。

王夫人就说:“她在冯掌柜跟前哭天抹泪的,反正是我亲眼所见!”

康乃謇仍不语。

王夫人放缓口气说:“一遇事,你就知道想退路。我们反正是为祖业着想,凭什么只想往后退?她心里没鬼,何必削发?家业交付外人,这也不是我们指使。凭这两桩事,你就不用怕,就能向老二交代。”

康乃謇才说:“那也只能如此了。”

王夫人又厉声说:“你就不能直起腰来,说些硬话?总这么理亏似的,说话能叫谁信?”

康乃謇说:“日后我们还得指望懋弟呢,万一是我们冤枉他二娘,那可如何是好？”

王夫人怒道：“你真是不中用！那该杀该剐的，还是我？”

康乃骞生性懦弱，但也不是狠毒的人。当此进退两难的关头，实在难下一不做，二不休的狠心。当初王夫人生此猜疑，他因久怀的失落心态，一时激动，也就不由附和了，甚至还觉有几分解气。及至戴夫人凛然以削发回击，他已惊慌失措。今二弟将归，面临对阵，他更觉陷于进退不得的绝境。一面是自己的夫人，一面是自己的胞弟，哪头都想向着，又终要伤着一头。若夫人猜疑不假，胞弟势必受重伤。困俄七年，甫一归来，劈面就临妻叛窘境，如何能受得了？若夫人是捕风捉影，猜疑有失，那他们又将如何面对胞弟？要命的是，戴氏凛然削发，将两院逼上对阵绝境。谁胜谁负，终也是两院俱伤，两院失和！两院兄弟一旦失和，他又将依赖于谁？二弟与戴氏，又一向情义笃深，他即便照夫人主张，咬定不松口，二弟会不会相信，也是疑问。所以，他也实在难依夫人所愿。但不咬定，也无松口余地了。当初但凡多想一步，也不至陷此绝境。可惜，悔之已晚！

康仝霖虽不知母亲削发的真正缘由，但也知父亲归来，必将面临一场两院纠葛。于是，到达归化后，便暗中派人先回来给母亲报信，告之父亲即将归来，身体本就虚弱，又经远道跋涉，更疲惫不堪了，望早做迎接准备。其用心，当然是希望母亲先体抚父亲，暂缓两院纠葛，尤其是淡化削发烈举。

戴夫人得到报信，当时就泪流满面了。婉君已闻讯赶来，向报讯伙友细问归化情形，先打发走了。

婉君说：“终于盼到了这一天，公爹将平安归来！”

戴夫人已复平静，说：“我也早在盼这一天了。”

婉君为难地说：“可……可公爹见了婆母如此模样，将……”

戴夫人从容说：“我早有安排了，你不用多担心。我已写好一封书信，给你公爹。过几天，我就将回祁县母家。你公爹到家后，你只需告他，我这封书信留在妆匣中，此外不必多言。”

婉君忙说：“公爹困俄七年，终于归来，总得先见一面，何况公爹身心已疲惫不堪……”

戴夫人叹了口气，说：“离别七年，我何尝不想见面！但事关名节，我必须如此。他见我书信后，若不信东院所诬，即可来祁县接我回家。但愿如此。”

婉君就说：“东院分明是心怀叵测，我得跟公爹细说！”

戴夫人正色道：“此中缘由，西院只有你与玥儿知道，但你们在你公爹面前，一句也不能多说！多说一句，就是害了我了！”

婉君才忙说：“我们谨遵婆母嘱咐就是。”

数日之后，戴夫人果然悄然离开康家，回到祁县母家。

康乃懋父子及刘福海一行回到太谷，自然惊动了康家两院。然在主仆迎接行列中，唯独少了戴夫人。

康仝霖就先问婉君：“母亲呢，为何没有出来？”

婉君当着众人的面，也只好支吾说：“母亲略有不适。”

王夫人已有警觉，就说：“我说呢，这几天没见他二娘的面。”

这时，康乃骞早被乃弟的苍老状惊骇得涕泪俱下，连说：“二弟，看看你受了多大的罪，看看你受了多大的罪……”

康乃懋忙说：“大哥不必过虑，我不过是在俄境水土不服。七年未见，大哥也见老了……”

王夫人就说：“可不是呢，这七年，真是一言难尽！”

刘福海忙说：“恰克图已经开市，二爷也平安归来，这是双喜临门，快不用说伤心的话了！”

康仝霖也说：“还是先请父亲进家歇息吧。”

康乃骞哪里舍的？也跟进西院来，一路诉说不止。进了二门，王夫人才拦住说：“他二爷远路风尘刚到家，总得先喘口气。以后说话的时候多呢！”

婉君也说：“今儿太仓促，也没来得及备下酒席。等公爹歇息过来，总得办桌酒席，两院欢聚一回。”

王夫人忙说：“那得我们先办接风酒席！就请他二爷先歇息吧。”

东院主仆这才离去。

刘福海也起身告辞，康仝霖忙说：“刘掌柜，你就留下来，一道吃顿便饭吧。一路劳顿，哪能不吃口饭就走？”

刘福海说：“我还得招呼驼队的伙友，改日再来。”

康乃懋就说：“那就请刘掌柜，代我招待好驼队的伙友了！”

送走刘福海，婉君才说：“刚才当着众人，不好实说。其实婆母是不知公爹今天到家，有事往祁县母家，尚未回来。天也不早了，公爹就先洗漱了，安心吃顿可靠的茶饭，好好歇息一宿。”

康仝霖正要说什么，康乃懋已说：“你母亲既安好无恙，我也就放心了。”

康仝霖就说：“明儿一早，我就去接母亲回来。”

这时，玥儿已抱了通儿过来。婉君忙说：“通儿将满两岁，终于见到爷爷了！”

康乃懋慌忙抱过来，喜泪已不禁流出，说：“通儿，通儿，这名字是谁起的？真给吾家带来通运了！”

康仝霖说：“是母亲起的，只是乳名，大名还等着父亲给起呢。”

幸亏此时通儿甜笑动人，康乃懋被深深吸引，未及再问夫人情形。

伺候父亲饭后安歇了，康仝霖回到自己房中，才问婉君：“我不是已派人先回来报信了吗，母亲为何还不在家？”

婉君也只好说：“母亲是不愿让父亲一进门，就见到她削发模样，有意到祁县暂避的。”

康仝霖说：“母亲倒也是为父亲着想，可总归是要见面的。记得母亲说过，一旦父亲归来，她交代了生意，即要蓄发了。可蓄发也不是三五日的事，暂避到何时？”

婉君说：“母亲已给父亲留下一封书信，藏在妆匣中。今儿父亲初归，劳顿过甚，明日我再告知吧。”

康仝霖一听，就觉事情不是那么简单了，忙说：“母亲削发，真是太异常。我这一路，几次欲告诉父亲，都未能说出口。这中间到底还有什么原因吗？”

婉君说：“我所知道的，早已告诉你了。还能有什么原因，就是为明志，把危局支撑到底。”

康仝霖说：“我看还有原因！”

婉君说：“那你就说给我听听！”

康仝霖说：“我要知道，还问你？”

婉君说：“那就不用无端猜想了。你也一路劳累，该早些歇息了。”

若不是戴夫人临离家时，郑重叮咛“你们多说一句，就是害了我了”，婉君此时，或许会对夫君说出真正缘由的。现在，她是无论如何不能说了。她不知道婆母在书信中写了什么，但以婆母才智，当会有善策吧。向夫君早一步泄漏真相，或许会坏了婆母的良策。因此，也只好先密不透风。

第二天早饭后，婉君支开左右，对公爹说了婆母留有书信在妆匣中，只请公爹展阅。说毕，即自离去。

康乃懋忙从妆匣中翻出，拆封展读后，立刻惊愕得无可名状。

戴夫人在信中写道：

夫君如面：一别七年，无时不在盼望相见之日。自断市以来，妾勉为其难，强代夫君主理两院生意，成败得失，任夫君裁决。今终于盼到复市之日，夫君即将归来，妾亦终于可卸下不堪重负之任矣。本当远迎夫君于长亭，无奈妾已削发有年，不便亲往。削发缘由，夫君可亲问东院。如信东院所言，妾与夫君姻缘，即如妾之青发，从根削断。如仍相知，不信所言，妾当从此蓄发，一切依旧。东院所诬于妾，亦无须追究。信与不信，妾在母家等待十日。妾再拜。

夫人削发，他是万万想不到的，这非同小可的烈举，是因何而致？康乃懋惊愕之余，正要急召婉君来细问，旋即又颓然坐下来了。他毕竟阅世已深，意识到妇人非伤到根本，不会有此烈举。而伤及她的，信中已明示了，是东院所诬。康乃懋忽然面临了与乃兄一样的难局，一头是自己的夫人，一头是自己的兄长，两相对峙，自己又必须做出抉择。这可如何是好？以往两院并无太多积怨，何以会到这一步？他虽不知东院所诬为何，但也猜到几分，必是伤及了夫人的名节。可这诬从何起，又何以会有此重诬？这必与夫人出面主事相关。难道夫人真有失之检点处？他不敢深想了。

康仝霖及婉君，见父亲许久都未出来，就有些焦急了。康仝霖问，知道母亲信中写了什么吗？婉君说，真不知道。

康仝霖不敢再等，就进入父亲房中，见父亲神色不好，便说："我这就往祁县，接母亲回来。"

康乃懋失神说："你先不用去了。"

康仝霖忙问："这是为何？"

康乃懋忽然厉声道："先不用问！"

康仝霖一惊，才赶紧说："母亲削发之事，为儿未早告知父亲，是怕……"

康乃懋就问："你母亲有此烈举，是起自何时？"

康仝霖说："是去年正月。其时，为儿初出冤狱，留在库仑养息刑伤，并不在家，春天回来才知道的。惊问母亲，母亲说是为了名志，以防畏难懈怠，不能将祖业支撑到底。那时复市仍无消息，内外交困，母亲确已不堪重负。"

康乃懋无语。

康仝霖又说："母亲有此烈举，或者还因西院生意做临时变制，遭东院为难……”

康乃懋又厉声道：“先不用多说了！”

康仝霖说：“我还是去一趟祁县吧？”

康乃懋更厉声说：“我说先不用去，你没听见？”

康仝霖也只好退出。

4

这天午间，东院备宴为二爷接风。康乃懋才走出房来，但未允许康仝霖同往。

席前，康乃懋邀乃兄单独说话。

康乃骞见乃弟脸色阴郁，早已忐忑不安了，慌忙问：“霖儿母亲无大恙吧？”

康乃懋叹了口气，说：“她已避往母家，不愿见我。大哥，她出此削发烈举，起因究竟为何？”

康乃骞支吾道：“她擅改祖制，将西院生意交付外人，更将吾家起家的驼队拆分出来，亦交外人，我们不过责问了几句。哪能想到，她就出此烈举……”

康乃懋问：“她做此变制，是如何与大哥商量的？”

康乃骞忙说：“哪跟我商量来？要事先跟我商量，我岂能不阻止！我事后责问了几句，就惹下这么大的祸。”

康乃懋阴郁不语。

康乃骞就说：“外茶断市这七年，倒也是全凭霖儿母亲出来当家，艰难也是艰难，可她就是太惯着那几位掌柜了。生意本就艰难，却任掌柜们折腾，摊场铺得比平常还大，以致乱象丛生，意外不断。眼看老底掏空，捉襟见肘了，又把生意交付出来，你说我们能不着急吗？先父把家业交给你我，我们总得传下去吧？现在可好，她就新立了两位大掌柜！跟我平起平坐不说，将二弟你置于何位？”

康乃懋说：“她也是应急。”

康乃骞说：“这么抬举着，以后还怎么使唤他们？这几年，西院这么惯着掌柜们，东院的掌柜们也不安分了，动不动就说心生退意，逼得我软也不是，硬也不是，为难得没法说了！”

康乃懋又叹了口气说：“遭此危难，大家都不容易。霖儿母亲出来当家，本也是勉为其难。有所不妥当处，还望大哥多担待些。”

康乃骞说：“我也够十二分忍让了。她擅动祖业，我只责问了几句，她就不依了，头发一剃，铁面黑脸，对我发号施令，责我巡走茶道不勤！我是没本事，可也不至偷懒苟且，何时何刻不曾操心祖业？”

康乃懋听了这些话，悬着的心，已有些放下来了：夫人削发烈举，原来是因生意与东院冲撞而致，尤其因变制两相动怒。既未涉名节，总还是能化解的。于是说：“她一妇道人家，本也不擅料理生意。又临此危厄局面，一时畏难，不免意气用事。还望大哥多体谅些，好在危难已过，改日叫她郑重来给大哥赔罪就是了。”

康乃骞说：“赔罪倒可免了，变制之事，却不能依她！”

康乃懋就说：“此事，我有主见，祖制当然不宜轻易变动。只是，眼下恰克图茶市初开，繁忙异常，也不宜立即复旧。再说，我今虚弱不堪，一时亦难再亲巡茶道。我思来想去，也只有早走这一步了，愿先与大哥商量。”

康乃骞忙问：“早走哪一步？”

康乃懋说：“我意，拟在一二年内，将西院生意交付霖儿，正式立他为大掌柜。如此，掌柜们也不会太多心了。到时，再向霖儿郑重交代，祖制不能违。听说魁儿也已专心于家业，大哥也渐年长，如愿意，亦可将东院生意交付于他。你我只管两院大事，不必再终年奔波于茶道。”

康乃骞一听，就说：“到底还是二弟多谋善断，如此甚好。我们早把生意传给子一辈，也好向先父交代了！”

这一向，康乃骞思来想去，终也不愿毁了两院情分。于是才暗中拿定主意，只咬定戴氏擅变祖制，致使两相对峙，撕破脸皮，有此烈举，决意瞒去与冯掌柜有私一节。今既无凭证，贸然说出，必致两败俱伤。两人若真有私，日后总要败露，到时也不至伤害两院情分了。如此果然将事情掩过，与二弟相谈渐洽。二弟以交权之策，破变制之忧，更是甚合他的心意：东院生意，他本来就力不能胜了。

眼看繁难就要化解，不想此时王夫人走了进来。

原来，王夫人见兄弟俩避开她说话，心里就有些不放心。于是，便立在门外侧听。听见戴氏竟已避往母家，就知不会善罢甘休。丈夫先咬定擅变祖制，她还稍放心了一些。可丈夫再未深说，而小叔已在为戴氏说情，她就有些忍不住了。及至两人相谈渐洽，已在计议日后交班，更难以忍耐：如此和了稀泥，戴氏总有一天要将其中原委，说知小叔的。到那时，岂不是只有她做了恶人？再一想，魁儿当家，依然难敌霖儿，两院强弱格局岂不还是照旧！她一时冲动，就闯了进来。

她一进门，就说："只怕你们的如意算盘，打不下去！"

康乃骞急忙喝道："你进来做甚！"

王夫人说："我是不忍心你害了他二爷！"

康乃懋已预感不好，说："大嫂也不是外人，有话就进来说吧。"

康乃骞还是喝道："妇人之见，胡说什么！"

王夫人冷笑道："不守妇道的，你不敢说，就知道说我！"

康乃骞更怒道："你是要成心毁了两院情分？"

王夫人毫不相让，说："毁了康家门风的是我？纸里包不住火，不叫我说，就能没事了？"

康乃懋的心更悬了起来，说："大哥，就先听大嫂说吧。"

康乃骞还是怒道："不能听她胡说！"

王夫人说："就算我胡说，我也得叫他二爷裁定！他二爷，你离家多年，又远道归来，本也不该叫你受惊。可他二娘竟避不见你，也不能不说了。妇人削发，惊天动地，不违妇道，谁能走这一步？"

康乃骞急道:“不能听她胡说,不能听她胡说!”

王夫人依然说:“他二爷,你道她为何擅动祖制,把西院生意交给冯掌柜?那是因为他们有私情!她在冯掌柜跟前哭天抹泪,可是我亲自撞见!”

康乃懋已听得两眼发直,神色痴呆。康乃骞急忙呼叫:“不能听她的,不能听她的!”但康乃懋已不理会,只痴呆呆僵坐着。康乃懋更朝王夫人怒喝道:“这你就称心了,这你就称心了!”

王夫人也慌了,急忙呼叫:“他二爷,他二爷!”

康乃懋依然似听不见。

康乃骞叫道:“这可如何是好,这可如何是好!”

王夫人说:“一遇事,你就知道慌!这种事,给了谁,能不受惊?”又朝康乃懋说:“他二爷,他二爷,我还有话跟你说呢!老爷们家,哪能先气着自家?要不,我去把霖儿叫来?”跟着,又朝丈夫叫道:“你还不快去把霖儿叫来?”

康乃懋才忽然缓过来了,说:“不用叫他,不用叫他。”

康乃骞也才松了一口气,慌忙说:“她尽是胡猜疑呢,不敢信她,不敢信她!”

王夫人未敢再言声。

康乃懋叹了口气,说:“我得先回去歇着了。”说着,就站起身来,软软往出走。

康乃骞说:“看看,看看,七年未见,想跟二弟吃顿饭,叫你给搅了!”

王夫人瞪了丈夫一眼,就叫来铃儿扶康乃懋回西院。

见公爹单独往东院赴宴,婉君先就放心不下。她虽不知婆母信中写了什么,但相信公爹见信后,已知东院诬蔑。现在独赴东院,必会问及。因此就担心,还不知要出什么事。果然,饭时未过,就见铃儿扶了公爹回来了,公爹更是霜打了似的,颓然失神。

婉君急忙问："这是怎么了？"

康仝霖也问："父亲又有不适？"

康乃懋忽然怒道说："不关你们的事，不用多问！"

铃儿赶紧圆场说："二爷虚弱，吃不得酒席，你们还是赶紧弄些清淡可口的茶饭吧！"

康仝霖与婉君搀扶父亲回到屋里，父亲即说："你们出去吧，出去吧。"

出来，就见铃儿正跟玥儿低声说话，康仝霖就问铃儿："到底是怎么了？"

婉君忙说："铃儿不是已经说了，不想吃酒席的油腻东西！铃儿，你赶紧回去吧，这头没事了。"

铃儿走后，康仝霖又问玥儿："铃儿跟你说了什么？"

玥儿忙说："也没有说什么。"

婉君就说："玥儿，你赶紧叫厨房做些清淡的茶饭！"

玥儿走后，康仝霖就跟婉君说："这到底是怎么了？我得过东院去问问！"

婉君忙说："想必也是为变制的事，东院有所责难吧。这种时候，你过去做甚！赶紧先服侍父亲吧！"

康仝霖这才没往东院。

厨房做好清淡的茶饭，婉君亲自送来，公爹也是叫她放下茶饭，先出去忙你们的事。

待了一阵，康仝霖不放心，又进到父亲房中。见父亲未动茶饭，只呆坐着，忙说："父亲，好歹也得吃些。"

康乃懋忽然又怒道："端下去，端下去！你老进来做甚？就不能叫我歇一歇？"

康仝霖说："父亲，这到底是怎么了？"

康乃懋更怒道："你还不快出去？"

康仝霖也只好端了茶饭，退出来。

这一整天，康乃懋就这样不容别人进来，又闭门不出。

婉君暗中问过玥儿，知道了公爹是因王夫人闯入，道出了辱没婆母的话，才有如此反应。由此也才明白，婆母信中，并未先做辩解，是让公爹自去辨识。因此，她也更觉不能将此内情，说知夫君了。婆母磊落，不肯自辩一句，岂肯容别人辩护？所以，晚间康仝霖焦急异常，婉君终也没有松口多说。

翌日，刘福海来见，康乃懋亦是三言两语，将其打发出来。

刘福海问康仝霖，究竟发生了什么事？

婉君抢先说："婆母不想让公爹久别回来，就见到她削发模样，因此伤心，就暂先避往祁县母家了。公爹得知此事，心里不好受，故如此。"

刘福海就说："那你们还不赶紧去祁县，把二娘接回来？"

婉君又急忙说："还是缓几天为好。如此情形，彼此总难平静。"

刘福海气愤道："有些话，我不该说，又真不能不说！这七年来，东家两号生意，还不是幸亏有二娘苦撑着？好不容易盼到复市，生意大有收成了，二爷也回来了，本该喜庆一番，却留下这么一个疙瘩！东院真是成事不足，败事有余！我这就去跟东院说，二爷既已归来，我们几位也不贪恋这大掌柜、二掌柜的名分了，立马复旧！你们也不用再误会二娘，赶紧给二娘赔个不是！"

康仝霖忙说："刘掌柜，在归化不是已经说好了？你就先多辛苦，照常张罗生意。父亲虚弱如此，怎么能立马复旧？两院疙瘩，也不是一两句话能解开。就先缓几天吧。"

刘福海就欲往祁县，去探望戴夫人。

康仝霖也劝阻道："母亲既暂避母家，就先不用多惊动她了。我改日去时，代刘掌柜问候就是了。"

刘福海也只好答应。

此后几天，康乃懋就一直闭门不出。

# 第十七章　天意莫违

## 1

叶琳娜与康仝霖告别后，并没急于归国，而是留在恰克图，等待父亲。

发西利在两国正式宣告恰克图开市之前，就得知了开市有望的消息，于是急忙从喀山赶往伊尔库茨克。毕竟路途遥远，赶到伊尔库茨克时，两国已正式签订开市新条约。尤其令他遗憾的是，康乃懋已先行回国了，没能来得及就两家结姻再做细谈。这是他最牵挂的一件事。几经周折，终于说服了康家。而爱女叶琳娜滞留中国七年，显然与康家少爷已情深难舍，否则哪堪忍耐如此长久的离国离家之苦？一切都如他所愿！今两国和解，恰克图复市，眼看已到收获硕果时候，但愿不会再生变数。发西利犹存担忧的，还是康家。康乃懋对此事的犹豫不决，他岂能没有觉察？

发西利由伊尔库茨克赶到恰克图时，见叶琳娜已在此等候他多日了，当然喜出望外。父女俩阔别七年，终于重见，激动相拥，叶琳娜更是泣不成声。

发西利亦动情说："叶琳娜，叶琳娜，你母亲与我无时不在思念你！我们分别太久了,分别太久了!”

叶琳娜泣声说:“我也一样,我也一样……”

发西利这才仔细端详爱女,说:“孩子,七年苦难,并未能改变你!”

叶琳娜说:“这七年分离,用中国话说,仿佛隔了一生一世!我已老了吧?”

发西利说:“不,叶琳娜,你仍然美丽,你只是更坚强了。你是我们米哈络夫家族的骄傲!”

叶琳娜说:“不,父亲,我还是太任性了。我本来可以早日归国的。”

发西利说:“叶琳娜,父亲真为你的坚强感到骄傲!你终于如愿以偿,亲赴中国南方的茶山了。我做华茶贸易一生,也未有此幸运!”

叶琳娜说:“那是得到了仝霖母亲的帮助。她是一位尊贵而又富有智慧的夫人。”

发西利说:“那么,这位尊贵的夫人,一定也很喜欢你了?”

叶琳娜说:“好像是。”

发西利忙问:“听说这些年康家茶庄商务,全由尊贵的夫人经营?”

叶琳娜说:“是的。她美丽而坚强,我跟随她走艰难的穿越草原戈壁的漫长商路,她毫不畏惧,还时时背诵中国古代的诗歌。这些诗歌都是描写草原戈壁艰辛,而古人又不肯屈服的。听说很有名,一直流传不绝。”

发西利说:“如此看来,康家也不似中国一般人家,女性亦可外出做事,亦可主持商务,就像我国一样?”

叶琳娜说:“听说那是因为在康氏家族中,夫人是最出色的。”

发西利就说:“叶琳娜,你也是我们家族最出色的!美丽坚强,更有智慧。”

叶琳娜忙说:“父亲,我国女性本可自由出入,为何还要这样说?”

发西利不语,只重新端详爱女。

叶琳娜更有不解,问:“父亲为何这样看我?”

发西利说:“我从你脸上,看出了幸福!”

叶琳娜不由脸红了。

发西利见此,心中更暗喜:果然如他所愿,就问:“康乃懋大掌柜还在买卖城吗?”

叶琳娜说:“他们已回库仑了。康大掌柜竟衰弱如此?”

发西利说:“我晚了一步,没能在伊尔库茨克见到他。他比我想象的要软弱!困在我国这几年,心情一直郁闷。我设法使他开朗,都未如愿。”

叶琳娜说:“毕竟七年太漫长了!”

发西利说:“所以,叶琳娜,我为你的坚强而骄傲!”

叶琳娜又不好意思了,说:“我还是太任性了。”

发西利说:“恰克图贸易在即,很快就要异常繁忙了。我已来不及赶赴库仑,去见康大掌柜了。叶琳娜,你也急于回喀山吗?”

叶琳娜说:“是的,我离家已经太久了。库仑那边的商务,我已安排妥当了。”

发西利说:“我是遗憾未能再见康大掌柜一面,为他送行话别。”

叶琳娜说:“听说康大掌柜还要在库仑休养一些时候,才回山西。库仑到山西的旅途,太艰难了。恰克图繁忙过后,父亲到达库仑,也许还能见到康大掌柜的。”

发西利说:“但愿如此。叶琳娜,你能暂时留下来,帮我度过这复市的繁忙吗?”

叶琳娜说:“好吧,这也是应该的。”

发西利想再见到康乃懋,自然是为了最后坐实两家结姻一事。现在已是万事俱备,几乎不存在任何障碍了。只要康乃懋不再犹豫,就要具体商定这件大事,争取今年秋天,就正式结姻,将叶琳娜嫁过去。只是在结姻前,一定要叶琳娜明白,她不能辜负米哈络夫家族的厚望:打开通往茶山之路。所以,他叫叶琳娜暂缓回喀山,留了下来。

随后,果然就是复市前后一系列繁忙的商务,发西利深陷其中,实在也顾不及这件事情了。这期间,他虽然不断见到冯得雨及石岳等康家的掌柜,也无暇说及此事。再者,他对这些精明的掌柜,也心存戒备,只怕他们从中作梗。

恰克图正式开市贸易一个多月之后,生意才算大体就绪。此时,发西利却从冯掌柜处得知,康乃懋已由少爷陪同,离开库仑,启程返回山西了。他后悔莫及,也只好等待秋后再说了。

在送叶琳娜返回喀山前,发西利决定先同爱女商定这件事。

那日,风和日丽,恰克图的春意已浓,草木都现了新绿。发西利约了爱女往色楞格河边野游。

望着激越奔流的河水,发西利说:"恰克图贸易,终于又迎来新的春天。但愿能像这色楞格河,奔向贝加尔圣湖,不再能有什么阻挡它。"

叶琳娜说:"但愿如此吧。喀山的夏天,我已七年没有度过了。伏尔加河我也七年没有见到了。"

发西利说:"叶琳娜,你是伏尔加河的女儿,永远都不能忘记她。她是我们伟大的母亲!"

叶琳娜说:"我怎么会忘记?在干旱的地方,我日夜都在思念她。"

发西利说:"这就好。叶琳娜,你在这里找到了幸福,可你永远都是伏尔加河的女儿,永远都是我们米哈络夫家族骄傲的公主!"

叶琳娜变得忧郁起来。

发西利忙说:"叶琳娜,你爱上康家少爷,我早已看出来了。"

叶琳娜望着激越的河水,说:"父亲,我太任性了吧?"

发西利说:"少爷也爱你吗?"

叶琳娜忧郁地点点头。

发西利说:"那你好像不高兴,为什么?康家夫人不赞同?"

叶琳娜说:"不,是我想离开……但已不能够!"

发西利说:"孩子,为什么想离开?这是最宝贵的爱情!"

叶琳娜说:"父亲,请不要再多问了。"

发西利说:"为什么?是嫌少爷已经有第一位妻子?"

叶琳娜说:“不要再说了,请不要再说了。”

发西利说:“孩子,这不要紧。中国男子所爱的,往往不是第一位妻子。”

叶琳娜说:“父亲,请不要再说了,好吗?”

发西利说:“叶琳娜,我为你高兴,我也为你骄傲。你在这里找到了自己的幸福,我非常高兴!”

叶琳娜忧郁地问:“为什么?”

发西利说:“因为这也是我多年的愿望!”

叶琳娜不由问:“多年的愿望?”

发西利说:“是的,是的,是我多年的愿望!”

叶琳娜已有警觉,说:“为什么?父亲早已看中了康家少爷?”

发西利说:“是的,康家少爷英俊,有教养,也有才干,值得你爱他。你们宝贵的爱情,还有更伟大的意义!”

叶琳娜不解道:“伟大的意义?有什么伟大的意义?”

发西利兴奋地说:“你们的爱情,将为我们米哈络夫家族打通两国边界!用中国话说,我们与康家就要两家变成一家了。以后,我们进入中国茶山,就不会再有障碍了。”

叶琳娜说:“方便前往中国茶山旅行,这也算伟大的意义?”

发西利说:“孩子,岂止是旅行?我们家族的茶叶商务,也将延伸到中国茶山。这是所有俄罗斯茶商的愿望,我们家族终于要率先实现了。所以,我们与康家是一种伟大的联姻!”

叶琳娜正色问:“父亲,你这种愿望,是断市七年才有的吗?”

发西利说:“不,自从带你来恰克图,就有这种愿望了!”

叶琳娜就觉自己受到了意外的重击,顿时将一切都打碎了。她冷冷地对父亲说:“亲爱的父亲,你欺骗了我。”

说毕,飞身上马,疾驰而去。

发西利一时不知所措,及至慌忙策马去追,哪里又能追上?

叶琳娜一直以为，她钟情于康仝霖，完全是自己的选择。及至后来，虽然愈来愈发现这种选择是那样艰难，甚至不够如意，但已刻骨铭心，再也无法割舍。这就像是一杯蒙古烧酒，浓烈异常，却不够甜蜜，但失去这一份浓烈，世界已太平淡无味。她既做出了这种选择，也就情愿艰难下去。是的，太艰难了。在这遥远而又干旱的地方，一年甚至两年一度的相见，各属异国，语言只初通，习俗更大不相同，但这一切，在两人相见时，顿时就不复存在了，只有愉悦，只有愉悦。付出了艰难的代价，这愉悦才更不可比拟！即便是她最不如意，最不好接受的中国允许多妻的习俗：她已不能成为他唯一的女人，分明也难以使她割舍这一份钟情。能胜过这一切，自己难以动摇的选择，才是至高无上的，只忠于自己的。叶琳娜就是一直这样坚守着自己的这一份爱情。然而，突然之间，父亲向她无情地道破，她的这一份爱情，原来还负载着如此沉重的使命，如此久已存在的图谋！这不就是少爷在谈论吴家瑜的不幸时，所说的那种美人计吗？多年来，自己所做的艰难选择，原来并不是自己的选择，是父亲的选择，家族的选择！为了这种选择，她似乎在降格以求：远嫁异国，去做中国男人的第二位妻子！纯真的叶琳娜，岂能接受这样的选择！自己纯真的爱情，突然被玷污了，瞬间被打碎了。

在策马狂奔中，叶琳娜又一次做出了艰难无比的选择。

## 2

戴夫人回到祁县母家，心绪自然也难以平静。

戴家当家的兄长，早已听说了家妹削发之举，曾亲往康家探望。当时，戴夫人并未说出真正的缘由，仍以复市无望，又生变制之争，掩饰过去。今恰克图已然复市，妹丈即将归来，家妹忽然前来，还要长住多日，其兄就觉有些异常。这七年来，家妹不用说回来长住，就是回来一趟，也很罕见了。

于是，不免要细问。

戴夫人既已做了两种准备，终于决定将原委说出。一年多来，心中委屈淤积，她也是实在隐忍难耐了。今已到最后裁决关头，能如愿与否，她也实在不敢十分放心，毕竟是七年分离，又毕竟是这等狠毒的猜疑！然而，戴夫人未及说出，已先泪流满面。

其兄忙说："二娣，我早已看出你心积苦楚。今既已回到吾家，何必还要积于心中，只苦自己？"

戴夫人更痛哭不能止。

其兄说："回到母家，哭哭也无妨的。"

戴夫人才拭泪道："大哥，我毅然削发，实在是已生出家之念了！"

其兄惊问："这是为何？"

戴夫人又不能自已，良久才愤然说："断市这七年，我受千辛万苦，倒也无所畏惧，更无怨言。主理两院生意，成败得失，也任人评说。对东院有所不敬，也可赔罪。擅变康家祖制，也全由我一人担待。但他们如何能做那般狠毒猜疑！"

其兄忙说："二娣，他们做何种猜疑？"

戴夫人说："我实在说不出口！大哥，你是最知小妹的，小妹岂是那种水性杨花的女子，不守妇道的妇人？"

其兄已明白家妹受到何种中伤了，但并未激愤，只是坦然笑道："你真是遇了太不堪的对手！要说你风头太劲，不给人家情面，甚至说你霸道，揽事太多，为兄我相信！他们偏偏拣了你的最强处，欲泼污水，实在也是太愚笨了！可况你我已是有儿孙之辈，出这种中伤，不是几近无聊吗？"

戴夫人说："他们污蔑于我，起因实是我仿吾家商号，厘清伙东职权，竟猜疑我与新立主事掌柜有私，将他家生意尽付其人了……"

其兄更笑道："真是燕雀安知鸿鹄之志！吾戴家将商号交掌柜们主理，又与谁有私？二娣，你向来心志高远，为兄我最知道的。先不说你守不守妇道，天下又哪有你值得钟情的男人？下嫁康家二爷，你也并不是十分中意，我岂不知！”

其兄这一番话，正说到戴夫人内心深处，又落泪说：“大哥，正因为如此，我才不能忍耐！”

其兄忙说：“二娣，你为这等愚笨小人出家，太不值得了！”

戴夫人说：“我只为自洁，有何不值得！”

其兄说：“二娣，你尚如此激愤，我看也不像真有出世意念。”

戴夫人郑重说：“今来避住母家，就是等最后裁决。”

其兄就明白了，说：“是等妹丈回来裁决？”

戴夫人说：“只等他一句话，信，或不信。”

其兄叹道：“二娣，你如此坦荡磊落，是有吾戴家风骨，然吾戴家并不崇尚出世之道。但愿妹丈不会糊涂！”

戴夫人说：“我也但愿如此。”

其兄略作沉思，说：“万一妹丈一时为恶言所惑呢？”

戴夫人说：“大哥，你也有此担忧？”

其兄说：“毕竟困俄七年了，甫一归国，心绪异常。”

戴夫人说：“几十年夫妻，竟不敌这七年分离？”

其兄说：“但愿他不会一时糊涂！”

戴夫人说：“我已留言与他，我在此等他十日做决。”

其兄惊道：“只留十日？二娣，何必如此急迫？”

戴夫人说：“我背负此辱，已忍耐一年多了，真是一日也不想再忍耐了！”

其兄说：“你激愤如此，何必还走出家这一条路？万一妹丈糊涂，二娣，为兄给你另指一去处吧。”

戴夫人说：“还有何去处？”

其兄说：“吾家丹枫阁。二娣才学远胜为兄，主理丹枫阁，比为兄更适宜的。丹枫阁近年已显冷落，二娣若能归来，复兴当有指望了。”

家兄的这一指点，倒是使戴夫人心中一亮。

其兄又说:“抛却康家商事,专心于典籍诗书,是丹枫阁之幸,亦不负二娣才学。吾家先祖,当会含笑保佑于你的。不然,辜负才学,孤守青灯,先祖也会责怪于你,又如何能安静修行?”

戴夫人似已被说动,只说:“我这不是被康家无端休退母家,有辱我戴家门风吗?”

其兄坦然笑道:“吾家才不惧此种世俗陋见!先祖不仕清,建此丹枫阁养志,二娣不侍夫,更可在此养志论学。即便妹丈相知如旧,迎你回康家后,为兄亦会求你多来丹枫阁的。”

戴夫人说:“十日后再说吧。”

康乃懋闭门不出第三日,康仝霖忍耐不住,暗自赶到祁县,来见母亲。

戴夫人见霖儿前来,不免心头一热,以为是丈夫派他来迎自己回家。不过,她还是努力平静问道:“霖儿,你们何时到家的?这一路没出意外吧?”

康仝霖说:“我服侍父亲到家,已是第四天了。我们这一路,尚算顺利。只是,父亲身体欠佳,虽在库仑耐心养息,等到春暖后才上路回山西,路途上仍有几程几乎难支,好歹总算平安到家了。”

戴夫人忍不住问:“尔父身体不佳,因何所致?患病了?”

康仝霖说:“灾病倒也未有,只是困俄太久,忧虑过甚,又水土不服,以致虚弱得很。头发都白了,恰克图边境初见,我们几乎不敢相认!离国七载,父亲已苍老多了。”

戴夫人强作忍耐,还是难挡泪水涌出。

康仝霖忙说:“离散终于到头,父亲回来放心养息,不久即可复原的。只是,父亲久别归来,母亲却避此不见,近日父亲又闭门不出,这到底是为何?”

戴夫人一听,才失望了,忙问:“霖儿,你来祁县,是尔父叫你来的吗?”

康仝霖说:“父亲不让来,是我暗自来的。你们到底是怎么了?”

戴夫人努力镇静说："霖儿，我是不想让你父亲见我这削发模样。"

康仝霖说："母亲削发，我们已告知父亲，说明了原委，父亲似也能做体谅。只是，第二天从东院回来，就心绪异常，闭门不出。我、婉君，还有驼队的刘掌柜，进去探问，都不愿多说。我说来接母亲回家，他也不让。母亲，这到底是为什么？"

戴夫人说："能为什么？不过是惊异于我的削发吧。"

康仝霖说："因西院变制，母亲是否与东院相争甚烈？"

戴夫人说："霖儿，你也先不用多问了。刘掌柜也随你们回来了？"

康仝霖说："可不是呢，刘掌柜是放心不下，回来探望母亲的。日前，还要赶来这里，我劝下了。"

戴夫人忙说："霖儿，你回去转告刘掌柜，不用为我担心。外茶茶市初开，万废待兴，天福社哪能离开他？还是请他尽早返回归化吧。"

康仝霖说："你们如此僵持，叫我们如何能放心？"

戴夫人正色说："霖儿，你务必转告刘掌柜，请他返回库仑，专心张罗生意！"

康仝霖只好答应。

戴夫人转了话题问："买卖城及库仑茶市，生意如何？"

康仝霖忙说："当然是收成甚好！库仑所储存的巨量红砖，已出货近四成，茶价也为以往三倍！若不是同业有约，出货当会更多。尤其蒲圻所出红砖，经俄商细加品验，都认定不亚于武夷红砖，争相进货，出价也不低于武夷红砖。母亲历尽艰难，所布良局，正显出奇效，补回七年断市所失，已不在话下了。艰难局面已度过，唯有你们……"

戴夫人打断说："生意未败，我也可以放心了。霖儿，叶琳娜也该归国省亲了吧？"

康仝霖说："是的。在买卖城，已与她匆匆话别。"

戴夫人问："你们见到其父发西利先生了吗？"

康仝霖说："因要陪伴父亲回库仑，未能等及见发西利先生。父亲离俄时，发西利尚不在伊尔库茨克。”

戴夫人说：“霖儿，日后西院生意，你得多担待了。”

康仝霖说：“那是自然。不过，幸有母亲所做变制，今骤临复市繁忙，冯掌柜他们受权在身，全力张罗，一切都有条不紊，未出意外闪失。我也才能得以在家服侍父母，只盼你们早日相见，我也好重巡茶道。再者，我看变制不宜再废，还赖母亲说服父亲。”

戴夫人叹了口气，说：“先不要多说了。变制是存是废，只听尔父裁决。”

康仝霖说：“父亲如此闭门不出，是为此事犯难吗？”

戴夫人说：“不用多说了。你先回去吧。”

康仝霖说：“你们如此僵持，我如何能放心？母亲就同我回家吧！”

戴夫人说：“霖儿，你先回家吧，我还要在此静待几日。”

康仝霖终于未能说服母亲同回康家。

送走霖儿，戴夫人已有不祥之感。夫君闭门不出，显然是读过她的留言，也听了东院告状，但他也显然不似家兄，坦然一笑置之，而陷入将信将疑中。仅此，已使戴夫人深感失望了。几十年夫妻缘分，竟不敌兄嫂几句流言！不过，她还是极力不使自己绝望，念及丈夫久别初归，身心俱伤，情绪异常，又涉及变制大事，应宽加体谅。丈夫到家也只三四天，闭门独思，或会做出她所盼望的抉择吧。戴夫人一再叮嘱霖儿，劝走仗义直率的刘福海，是怕他逼丈夫来接自己，而不是丈夫自己所愿。刘福海若再因此事，率性责问东院，更不是戴夫人所愿。

然而，一天又一天无情过去了。

康乃懋闭门不出这几日，其兄康乃骞不断来探望。一来就说，你大嫂是胡乱猜疑，千万不能信她的话。弟妹既出来主事，岂能不同掌柜们打交道？又直说，引出这场麻烦，全怨他自己无能，但凡有些本事，也不至叫弟妹这么抛头露面。总之是百般劝说，一再埋怨王夫人胡言乱语。

自那日未拦住夫人，以致使胞弟受到刺激后，康乃骞已惊慌无比。自己最担心的局面，到底还是出现了。二弟初归，本就虚弱不堪，又骤然受此击打，似丢了魂灵一般，这可如何是好？而弟妹又是如此决然，不做一句辩解，只远避母家。自家夫人还说，这是没脸见自家男人了。康乃骞想来想去，总不敢相信：真是失节的妇人，岂会这般凛然？凭几句猜疑，不辩一声，就甘认骂名？戴氏一向自视甚高，岂肯如此束手就擒？她分明是逼迫男人为其洗污。为日后家业计，康乃骞已经愿意为她赔不是。因为他实在还得依赖乃弟！再者，如此僵持，势必惊动内外，两号各路掌柜伙友，还不都是向着戴氏！又无真凭实据，有谁会向着他们？到头来，他们也只有自取其辱。所以，他最希望暂时缓解僵局，不要把事情闹大。即便戴氏真有失节，日后也可暗自处置。

然而，康乃骞愈是如此劝说，康乃懋也愈是难以决断。他本来就生性优柔寡断，又遇了这样敏感的事，岂会断然做决？其兄如此劝说，反倒使他更疑心是在极力掩盖。那日，就是大嫂欲说，大哥极力阻拦，女人率性，男人多虑，因此康乃懋就不敢不信。其兄一再这样埋怨大嫂，很可能是因为大嫂捅破了真相。

然康乃懋又哪愿相信这样无情的真相？几十年夫妻缘分，就这样了结了吗？夫人富才学，性多情，喜辞章，但也毕竟出身名门，自视甚高，也不至如此甘毁名节吧？七年离恨，竟能毁了她？康乃懋不由想起夫人最喜咏的那首辛词《贺新郎》。从杭州聘水莲来为之配曲，历历在目，恍如昨日。那首词，通篇都是离恨！自己竟似苏武当年，久困北海，她也不幸亲尝此离恨，难道会不堪忍耐？他不敢相信。向来他们总是离多聚少的，她也从无怨言。

康乃懋如此思来想去，总是难做决断。夫人限他十日做决，每过一日，他焦虑甚似一日，犹豫也甚似一日。

到第十天，他也终于做不了决断，只是嘱咐康仝霖，可往祁县探望，告诉你母亲：他尚安好，但需静养，她如愿意，亦可再静住几日。康乃懋的用意，显然请求夫人再做宽限。

然而，戴夫人得此传话，已彻底绝望了。

3

五月初，石岳掌柜解押着八万多两银锭，回到太谷。这些银锭，仍然不是复市第一年外茶交易所得的全部，此外尚有易得的皮货及俄商的赊账。总之，复市头一年，收成是数倍于常年。

西商为保现银在千里驼道路上解押的安全，除雇用得力的镖师外，还独创了一种运银法。即将从俄商易得的银器，在买卖城铸成千两大锭，交驼运或车运。这是因穿越草原戈壁的驼路，所遇劫匪，都系马帮，即便劫得这千两银锭，马匹亦不堪重负，难以飞驰逃逸。所以这千两大锭，也俗称“莫奈何”。

石岳这次解押如此巨量银资，也是全铸成了千两大锭，藏之于茶箱中，由骆驼运回。如此多的“莫奈何”，往康家西院银库搬运，自然场面不小，一时惊动四方。康家两院主仆，自然也出来应酬观看。

康乃懋也不好再闭门不出，在康仝霖催促下，来到大门外，向石掌柜、押镖武师及驼队领房掌柜，一一致谢。见东院兄嫂也出来观看，过去略做问候。

康乃骞忙问其弟：“还没到祁县接人？”

王夫人就瞪了他一眼，说：“也不看看，这是说话的地方？”

康乃懋说：“我得去招呼众人了。”就走开了。

石岳迎住康乃懋，说：“因松筠大人即将离任回京，朝廷钦命的新任库仑办事大臣，也即将来接任。冯掌柜只好暂留库仑，以送别松筠大人，迎见继任，早做巴结联络。故托我先解押银子回来，冯掌柜力争早日赶回来交账。如迟延至驼路歇夏，也只好待秋后了。不过，冯掌柜已让我禀告二爷，二爷既已归国，天盛川号事，但愿一切照旧。”

康乃懋一听提及冯掌柜，已触及心病，忍耐着听完，就说："知道了，一切容后再说吧。今日，就请霖儿代我设宴，酬谢各位。我体虚不胜酒力，就不能亲谢你们了。"

石岳见康乃懋仍虚弱不振，也忙说："二爷哪用这样客气？你还是安心养息要紧。"

康乃懋返回西院后，石岳就问康仝霖："为何未见令堂出来？"

康仝霖只好说："母亲有事回祁县我舅家去了，不能亲迎你们，也由我来代谢吧。"

招待宴席，自然是多年未有的一片喜气洋洋。

散席时，石岳才将叶琳娜的一封信，交给了康仝霖。石岳说："这是叶琳娜在买卖城临回国前，交我转呈少爷的，一再嘱咐要亲交与你。"

康仝霖正欲拆看，石岳说："少爷还是到家后再从容拆阅吧。当时我看叶琳娜有些神色异常。这一向，发西利似也心事重重，洽谈商事，常见走神。"

康仝霖忙问："出了什么事了？"

石岳说："与我号交易，倒也顺当，进货不少。以前所约香片生意，也愿尽早践约。别的，我们也不便打听的。"

康仝霖即匆匆作别，回到西院，又往父亲房中略作交代，正要离去，父亲却叫住他，问道："这位松筠大人离任，也能轮得上冯掌柜送行？"

康仝霖忙说："在库仑时，我已告诉过父亲，这位松筠大人深得我西商拥戴，复市也幸得他全力促成。与吾家交往颇多，大瑜被他收为侍妾，即由冯掌柜从中成全。听石掌柜说，等候送别松筠大人的，也不止我一家，西商大户都在其中，将隆重为之送行。"

康乃懋才说："那也应该。"

他有此问，是因为一听说冯得雨滞留库仑不归，不免疑心其是有意躲避。康乃懋迟疑不决，也是想等冯得雨归来，观察其是否有异常。等到这时，竟也躲避不归，他的疑心又重了：莫非真有其事？经霖儿这样一说，才稍踏实了些。

康仝霖回到自己房中，婉君又问宴席情形，并深叹道："买卖城能有这样好的收成，还不是全靠母亲这些年含辛茹苦积攒下的。收成终于到手了，母亲却见不着，真叫人心酸！我们总得再设法说动父亲，亲往祁县一趟。今唯有父亲，能说动母亲了。"

康仝霖说："好吧，我再设法说服父亲吧。"

康仝霖才觉房中也不是拆看叶琳娜书信的地方，就借口要往祁县跑一趟，告诉母亲生意喜讯。

婉君忙说："你饮酒不少，能骑马吗？"

康仝霖说："不妨事的，不妨事的。"

他策马飞出庄外，才在路边一棵大树下停了下来。来不及拴马，即拆开书信来看，未及看毕，已惊呆了。

叶琳娜书信系用汉语写成：

亲爱的少爷：这是我写给你的第一封信，也是最后一封信了。还记得你给我讲解什么是中国的美人计吗？我中了美人计。你也中了美人计。我最亲爱的，我爱你，完全只是因为爱你！我不知道父亲早已设置了美人计。他希望我爱你，是为了我的家族与你的家族联姻，能进入中国茶山做生意。我的父亲已将此用意，向你的父亲说明了，你的父亲已经同意。这太伤我的心了！我的心里，只有你，你已占满了我的心，再也放不下别的东西。我也不允许再存放别的东西！我最亲爱的，我们不能进入这美人计。我决不想做美人计中的美人，你也不应该做美人计中受害的男子。请结束这美人计吧！我们的夺心之爱，不能成为一笔交易！我最亲爱的，我回国后将不再回来了，我不是不想回来，但已经不能回来了。我们最宝贵的爱，已经被他们打碎了。但我永远不会忘记你，我最亲爱的少爷！你已经永远占满了我的心，夺走了我的心，再也放不进别的东西，别的人了。永别了，我最亲

爱的少爷。愿上帝保佑你。 永远爱你的叶琳娜

美人计？中了发西利的美人计？父亲已经同意了这门亲事？不，这怎么可能是美人计！康仝霖正欲急返家中，去向父亲询问这件事，忽然又颓然作罢了。已经晚了，一切都晚了。他是深知叶琳娜的，她既已做此决断，父亲又岂能挽回？叶琳娜，这不是美人计，我们是真心的，他们沾我们的光，又有何妨？但他又如何这样说服叶琳娜？她再也不回来了。她是一时激动，写了这样决然的信吗？她还会像以前似的，冷落他后又意外重归于好吗？但她已经写明了，这是第一封信，也是最后一封信。艰难的驼道走到头后，再也见不到她，库仑将会何等荒凉寂寞，他实在不敢想象！叶琳娜，这不是美人计。秋天，你也许还会回到库仑！叶琳娜，那年春天，你不该说那句：为什么我们总是有太多的不幸？我也不应该说：这是天意。天意不该这样无情。

康仝霖已不知身在何处。在这个初夏的夜晚，他独坐野外，不觉已东方放白。

日高三竿时候，康仝霖才失魂落魄回到家中。然而，两院已经无人留意到他的异常了。他一进门，慌张的玥儿就告诉他："东院大爷中风了！"

他也赶紧跑往东院，只见父亲、婉君及伯母堂兄正围在伯父榻前，伯母更是声泪俱下呼叫伯父。

他低声问婉君，婉君低声说："已服下安宫丸了，仍不会说话。"

原来，这一向康乃謇因王夫人惹的祸，已焦虑不堪。一头竭力劝说乃弟，一头逼夫人去认错赔不是，然两头都不听他的。眼看乃弟夫妇将被拆散，他如何能不心急如焚！尤其乃弟像丢了魂灵似的，已无心操持家业。外茶复市后，内茶也渐货紧价涨。杨掌柜欲乘机再扩盘，派人回来请示，康乃謇不敢做决，怕货紧只是暂时。去征询乃弟，乃弟竟言去国太久，不谙行情，还是你们议决吧。终于盼回乃弟了，依然依靠不上！而弟妹避

走，也不再管东院号事。夫人惹的这场祸，眼看已使两院失去主心骨，他岂能不焦急？

那日，石岳从恰克图解押回巨量银子来，康乃骞亲见八十多个千两大锭，搬运进西院，更大受刺激：七年来西院戴氏主事，功绩已大显，疑其有私，更不会有人相信了。搬运银锭现场，众人多在感念戴氏，康乃骞闻听，心里那是何种滋味！

回到房中，他即与王夫人又发生争吵，怒逼她赶紧认错赔罪。当此西院风头正劲时候，王夫人哪里有台阶可下？自然是一句软话也没有。当夜，康乃骞又辗转难眠。

第二天一早起来，刚出房门，即猝然中风倒地。

康仝霖到后不久，派人急请的医师也赶到了。把脉细诊后，先令众人退下，只叫当家主事者留下。于是，除王夫人与康乃懋外，别人都退了出来。

医师才说："眼下倒无性命之忧，但也怕要身瘫失语。"

康乃懋当即跪求："万望能开出回春良方，施救于吾兄！"

王夫人也跪下哭求。

但医师无奈说："在下也只能尽力而为了。"

医师开好药方，康乃懋正欲送出，王夫人就拦住，自己送医师到门外，交代魁儿招待医师，即返回房中。

闭了房门，就给康乃懋跪下了，声泪俱下说："他二爷，这是报应，这是报应……该报应我，不该报应他……"

康乃懋慌忙去扶王夫人，她哪里肯起来？仍哭诉说："他二爷，这全是我惹的祸，该报应我，不该报应他……我无端猜疑，致使他二娘含冤削发……应该报应我！"

说着，又跪到丈夫榻前，哭诉说："我愿意给他二娘赔罪，你听见了吗？该报应我，不该报应你……你听见了吗？"

康乃懋劝道："大嫂，先不说这些，施救大哥要紧！"

王夫人说:“说清这件事,才能救你大哥!魁儿他爹,你听见了吗?我已给他二爷认不是了,是我无端猜疑,伤了他二娘,我该得报应……”

康乃懋又过来扶王夫人,就见其兄已睁开了眼睛,慌忙呼道:“大哥,大哥!”

王夫人也急忙起身趋前呼叫:“他爹,魁儿他爹!”

康乃謇的两眼已发痴了,陌生地望望两人,没有任何回应。

但王夫人仍惊呼道:“他二爷,你大哥听见了,他听见了!你得当着你大哥的面,说你愿意受我赔罪,说你不再疑心他二娘……他能听见!”

康乃懋也只好说:“大哥,大嫂已经认不是了,我们也不计较了,你听见了吧?”

然而,康乃懋依然陌生地望着,没有任何回应。

## 4

次日,康乃懋叫来霖儿,交予一封书信,说:“你往祁县,接你母亲回来吧。”

康全霖说:“母亲若再推拒,如何是好?”

康乃懋说:“你母亲见过此信,或许会不再延迟吧。”

康全霖欲问叶琳娜事,见父亲忧愁不堪,只好强忍下来。

他到达祁县舅家,发现母亲已在丹枫阁忙碌于藏书中。初时,竟不愿见他,经舅父说合,才得以相见。

十天期限满时,丈夫仍犹豫不决,戴夫人顿时绝望了。几十夫妻情分,竟不敌兄嫂几句无端猜疑,她感到了彻骨之寒。至此,她已心如死水,甚想实践出家初衷。幸亏其兄极力点拨,坦言:先祖有“士可择君而仕”遗言,妇何不可择夫而侍?你们既不相知,何必还要为之自毁?出家,实在也是为妹丈殉情。戴夫人终于彻悟,才答应从此埋身母家丹枫阁,移志于藏书中。那日,霖儿来传话时,她几乎说出:令尔父速写来休书!只是怜及霖儿当时极度不安情状，才未说出。今日不想再见霖儿，是不愿心中再起波澜，也是欲示知丈夫，一切已无可挽回。无奈碍于家兄情面，只好出来再见一面。

这次，戴夫人已平静异常，只淡淡问："霖儿，你又来做甚？"

康仝霖慌忙说："母亲大人，为儿是奉父亲之命，来接母亲回家的！"

戴夫人平静说："我来此静住，并非尔父驱来，实出自为母自愿，回与不回，亦当由我自主。"

康仝霖说："家中近来发生几件大事，愿母亲先听我说出。"

戴夫人说："大事小事，我已不愿多听，不说也罢。"

康仝霖还是说："前日，石掌柜押解八万多两银锭，已从买卖城运到家了。此只是收成的大部分，余外尚有皮货及赊账。复市头一年，收成即数倍于常年，此全系母亲功绩！"

戴夫人淡淡说："我可不想揽功于一身。"

康仝霖说："昨日，东院伯父猝然中风了……"

戴夫人大惊，忙问："真有此事？这是为何？"

康仝霖说："是在昨日早晨，延医急诊，说暂无性命之忧，但已身瘫失语。两院已忙成一团。"

戴夫人锁眉不语。

康仝霖才取出父亲的书信，说："父亲嘱我将此信呈交母亲，接母亲回家。"

戴夫人拆开看后，仍凝思不语。

信中写道：

贤妻如面：恕我失察，犹豫至今。日前东院兄长不幸中风失语，大嫂已痛悔无端猜疑，有负于你，愿做赔罪，乞不计前嫌。今两院失常，一片乱象。唯盼你早归，疏解此繁难。一别七年，你苦撑家业不易，亦当早日称谢。切切此盼。 夫字见母亲不语，康仝霖说："伯父既已如此，变制之争，已无须再计较了。我看日后，东院变制，亦是势在必行了。"

戴夫人说："此由尔父做决，我仍想在此安静住些时候。"

康仝霖忙说："母亲还要住到什么时候？"

戴夫人说："此由我做主。"

康仝霖说："伯父已如此，母亲总得探望探望吧？"

戴夫人说："霖儿，就托你先代我探望问候吧。"

康仝霖说："母亲不归，西院已冷寂异常。今东院又出此不幸，两院都一片阴郁。断市七年，好不容易盼到复市，外茶收成又这样奇好，却喜庆不得！今两号掌柜伙友，无人不在感念母亲作为，母亲却避此不出，这可如何向他们交代？"

戴夫人又想到了那句"子曰"："获罪于天，无可祷也。"但哪能说出？天意既已有惩东院，她只好长叹一声说："霖儿，你回去转告尔父吧，我得在此蓄发后，再议返家。"

康仝霖见母亲终于松口，忙说："那也好，我即以此告知父亲。"

康乃懋得夫人这一口信，终于也松了一口气。当然更深悔自己犹豫不决！如在所限十日内，毅然迎夫人还家，夫人已言明不会计较东院中伤，或许家兄也不至焦虑过甚，引发中风。但今悔之已晚。

他往东院告知大嫂，霖儿母亲已不计前嫌，只等蓄发后即回家中，一再嘱咐尽心施救大哥。王夫人听后，即哭告丈夫："你听见了吗？他二娘已答应不计前嫌，蓄发回家，与他二爷和好如初，你听见了吗？"

康乃謇依然满眼陌生，毫无回应。

他服过几服药后，倒是能进食了，但身瘫失语依旧，尤其谁也认不得了。康乃懋一日过来探视几趟，也尽力安慰大嫂，然亦难有回天之力。

那日，本县大户曹家的当家人曹兆远来访。曹兆远本来是探望久别归来的康乃懋的，进门才得知康家老大有此不幸，慌忙往东院探视问候。

回到西院，仍然嘘唏不已，说："真是天有不测风云，人有旦夕祸福！令兄一向尚好，竟忽然遭此不幸！"

康乃懋更叹道："余困俄七年，好不容易得以归国，家兄又遭此不幸。真是世事莫测。"

曹兆远说："仁兄也显苍老了！困俄这些年，未受大罪吧？"

康乃懋说："去国离家七载，又音信难通，这受的还不是大罪吗？"

曹兆远说："仁兄困俄七载，贵府外茶生意居然稳立不败之地。这复市头一年，贵府天盛川，拔得西商红砖状元，榆次常家，拔得青砖魁首，真叫我们又眼热，又后悔！日前，听说从恰克图运回的银子，卸了整整一天？"

康乃懋忙说："言过其实，言过其实。贵府虽暂断了外茶生意，新辟曲绸生意，利源也未减！"

曹兆远说："那也无法与贵府比肩的。今日此来，一是向贵府道喜，恭贺外茶获此好收成，二是向贵府问计。"

康乃懋说："这哪里敢当！敝号不过是苦撑而已。"

曹兆远说："仁兄，尊夫人胆识可是远胜你我！别的不说，只贵号天盛川变制之举，即已显出举重若轻的器局。此使我甚为开窍！我亲理外茶号事，早已不堪重负。今又辟曲绸生意，更有顾此失彼之忧。贵号将日常商务，尽托得力掌柜，实在是为吾家也指了一条新路！我已决意仿照贵府，将茶庄与曲绸庄，各交贤能的掌柜，授予大掌柜职权，任其掌管号事。以便敝人脱身冗务，从容运筹大事。贵府变制后，所新立规矩，能否与闻？"

康乃懋忙说："内子做此变制，实在也仅是应急之举，权宜之计，不足为训的。"

曹兆远说："权宜之计，竟获如此奇效，还不值得从长计议吗？敝人可是诚心讨教，敢请嫂夫人出来吗？"

康乃懋只好说："实在不巧，内子往祁县母家去了。其所暂行变制，也是多仿戴家。"

曹兆远说："那也只好再来讨教了。仁兄，今见令兄如此不幸，我真也忽有彻悟，说句不好听的话，你我也难免有此旦夕祸福。因此，家业生意更需早做交代，妥立规矩。仿贵府早行新制，实是日后应变的万全良策。"

康乃懋说："此次断市之困，也使我深知世事莫测！应变之策，是该早做谋划。"

5

到六月盛夏，康乃骞病情依旧，只是服侍更繁难了，扇凉、擦洗、翻身，日夜离不开人。杨敦义、徐文琪、刘福海等掌柜，闻讯也赶回来探望。唯有冯得雨因驼路歇夏，已难以赶回。众人除嘘唏不已，也都无可奈何。

康乃懋经此惊扰，虚弱身心又哪能得以养息？只是更显得憔悴不堪了。王夫人一再哭告于他，东院日后可如何是好？他也只有一步棋可走，那就是叫魁儿及早接过父职，正式担起天义川大掌柜的名分来，西院照旧尽力帮衬。可西院已变制，复旧已难！又虑及自己一时也难负旧任，思之再三，终于决定将西院号事，也及早交付给霖儿。两院子一辈早担重任，自己亦可从旁从容帮衬。此意乃兄病前，曾有计议，已获赞同。所以，他便将此意说知王夫人了，王夫人哪会不愿意？只是一再恳求，魁儿习商不久，日后更得你们父子不计前嫌，尽力帮衬。康乃懋自然一再应允。

但对变制存废，康乃懋仍犹豫不决。他原先起意将西院号事交付霖儿，其实就是想借新立霖儿为天盛川大掌柜，将变制暗废。但今变制已显奇效，连曹家都欲效仿，戛然废止，必然招惹众怨，尤其要得罪几位权重的掌柜。然而，两院晚辈少主初掌生意，即行新制，是否能驾驭得了权重的掌柜，康乃懋实在也疑虑甚重。又思之再三，还是决定先探探这几位掌柜的心思。

这天，以商议东院生意为由，备了一桌酒席，邀来刘福海、徐文琪及杨敦义三位掌柜。席间，掌柜们明知东院子承父业，已势在必行，但怜及康乃骞不幸情状，也不好直说：东院大爷虽懦弱，虽糊涂，虽气量小，但今落此下场，大家心里也不是滋味。所以，只是说，以后东院生意，西院照旧多帮衬就是了。

康乃懋也只好说："西院帮衬自然是义不容辞，但家兄不幸如此，总得早做长远打算。我已与家嫂商定，叫魁儿担起家业，魁儿涉商未久，所以更得你们各位成全。"

杨敦义即说："眼前也只有走这一步了。少爷这几年习商甚勤，也有志气，人又开通，在天义川上下很得人心。再加二爷保驾，东院渡此难关，似也不必太忧愁的。杨某及天义川各路掌柜伙友，更当一如既往，效忠于东家。二爷放心就是了。"

刘福海也说："我看东院少爷，也甚有志气。今对驼路辛苦，已不在意了。这几年，东家内茶生意，大有扩展，已是根深叶茂。杨掌柜手下也兵强马壮。少爷接手，也无多少犯难处。二爷又归来，东院眼前难局，已远不似断市当年西院那样危急了。"

徐文琪说："二爷，我等自追随康爷以来，已效忠东家两代人。今见大爷有此不幸，杨某深有物伤其类之感。新人代旧人，确也是势所必然。今东院易代，也使我思及，及早启用两号掌柜中新人，以取代我等，亦当早做谋划，以使东家茶业，永立不败之地。汉口曹廉，对新辟蒲圻茶山，有首功，我意应及早立为茶山掌柜。买卖城石岳掌柜，已暂立为茶市掌柜，也望二爷及早扶正。"

杨敦义忙说："徐掌柜所说极是。杨某事少爷，自会与事康爷、东家大爷一般忠心。但茶道艰辛异常，扶强不扶弱，我等已渐觉不似当年，启用掌柜中新贤，也确应及早为之。"

刘福海说："经此次断市之困，再加大爷突然犯此重病，确也该痛定思痛，防变于未然，早做长远布局的。不过，今日尚不是计议此事的时候。东院少爷方要接手生意，我等就言老之将至，岂不是为难二爷吗？"

徐文琪忙说："我哪里有此意？我不过是有感于东院易代，悟到新旧替代之难免耳！”

杨敦义也忙说：“二爷，这一向，我与少爷相处甚洽，一切就请放心。”

康乃懋才说：“徐掌柜所说的，亦正是我近日所想。不瞒各位，我今日请你们来，除商议东院生意，还想一诉我的心事。我虽已归来，但身心衰败如此，各位也有目共睹。正如杨掌柜所言，奔走万里茶道，确是扶强不扶弱，以我这般身心，重担旧任，实在也难以胜任了。因此也想将西院生意，交付霖儿去张罗。”

刘福海慌忙说：“二爷，东院易代，那是不得已了。在这种时候，东家两院更需二爷坐镇呢！我等方才所议，不过是从长远着想，二爷万不可以为我们有什么用意。”

杨敦义也说：“东院临此骤变，少爷新担重任，我们哪能离得开二爷？”

徐文琪说：“二爷，徐某所说新旧替代，实也只是为长远计。二爷虚弱，在家静心养息，由西院少爷代父多劳，这也是理所当然。但二爷在家坐镇，眼下更是必不能少。”

康乃懋就问：“霖儿料理生意，你们是否有不放心处？”

刘福海说：“西院少爷，在茶道历练已久，代二爷尽职，谁还不放心？”

徐文琪也说：“这七年来，西院少爷已渐成大器，帮衬二娘，建树甚多。但二爷言退，实在为时过早。”

康乃懋说：“我又能退到哪里？卸去重任，又岂能心离家业！往后，还望几位多多成全吾家两位少主！”

刘福海说：“那是当然。二爷，天福社存废，还是请二爷早做裁定。二娘有言在先，立天福社，只是权宜之计。今难关已过，应当一切照旧了。”

徐文琪也说：“天盛川变制，二爷也该及早裁定的。少爷既将接手号事，照例也应立为大掌柜。”

杨敦义也说：“我也不必再担天义川二掌柜的名分了，仍做归化茶市掌柜，也一样听命于少爷，竭力张罗生意的。”

康乃懋还是不敢言明复旧，只是说：“你们就仍照当前安顿生意吧，此事容后再议，容后再议。”

康乃懋对变制虽仍不敢明言存废，但心里踏实许多。三位毕竟忠心可鉴，对他言退，都极力挽留，尤其使他感到慰藉。新旧替代，既不能免，那就趁此关口，及早布局吧。变制之事，就留待夫人归来再议吧。变制肇始于夫人，存废亦应商之于夫人，以此亦可对夫人表示一种体谅。

不久，康乃懋即召来霖儿，郑重交代此事。

康仝霖一听，也极力劝说道：“父亲尽可精心养息，为儿当会尽力巡察生意，何必要似东院？今西院难局方过，东院又生此变，正待父亲坐镇运筹，实也不应再有变局。”

康乃懋正色说：“掌管家业，必亲走茶道，这是吾家祖规。为父离家已久，再居家不出，更要生疏于生意了。今万废待兴，又岂容为父远离茶道，居家养息？你在茶道历练已久，也该早担重任了。你已断科举念想，为父甚感欣慰。将生意托付于你后，为父也不是避居林下，只是稍微从容而已。尤其东院生意，我方能多操心帮衬。”

康仝霖说：“东院生意，为儿也会尽力帮衬的。”

康乃懋说：“不用多说了。今还有一事，须向你交代。你与叶琳娜，是否已过从甚密？”

康仝霖立刻失神说：“父亲大人，不必再提此事了，不必再提此事了！”

康乃懋惊问：“这是为何？你为何忌提此事？”

康仝霖仍失神说：“此事已经过去了，已经完结了，已经难以挽回了……”

康乃懋厉声问：“到底发生了什么事？”

康仝霖无力地说：“父亲真的已答应了米氏这门亲事？”

康乃懋说：“这正是我要向你交代的。为父困俄期间，发西利屡次提及此事，说你与叶琳娜已情笃意合，甚愿成全你们，不惜叫叶琳娜降格为如夫人。我初也不愿意，担心两家结姻后，米氏欲染指吾家茶山茶道生意。

后听说尔母成全了叶琳娜游历茶山的夙愿，以为尔母并不拒绝此事，加之为父曾患重病，幸蒙发西利竭诚施救，感其恩，也就答应了。但归国后，方知尔母并无此意，为父悔之不及。”

康仝霖说：“今父亲已无须后悔了，此事已了结了，无可挽回了！”

康乃懋问：“霖儿，是你已婉拒此事了？”

康仝霖说：“是叶琳娜受到了伤害！她一向并不知其父结姻用意，复市后见到其父，才得知真情，尤其得知吾家业已应允，成两家一笔交易，痛感受辱，毅然断情了……”

康乃懋不由叹道：“不想叶琳娜竟如此自洁贞烈，令人起敬！”

康仝霖说：“为儿亦深感有愧……”

康乃懋说：“既已如此，为父亦无须多做交代了。日后待米氏，仍当敬重，尤其待叶琳娜，更当敬重。”

康仝霖说：“叶琳娜已不会再来恰克图了！”

康乃懋选了吉日，约王夫人及魁儿、霖儿来到香堂，郑重祭拜先祖后，正式将两院生意，传交给了子一辈。康乃懋只照例交代，要善待两号掌柜伙友，并未言及变制事。同时，再次厘清内外茶生意，将新辟的前后营生意及京号，划归天义川，统营内茶；将东口庄口，归属天盛川，改营外茶。内外茶互济，仍守祖训。

仪毕，康乃懋及王夫人，携魁儿、霖儿，往康乃骞榻前，跪告此家业交接大事。可惜康乃骞仍毫无反应，只有王夫人认定，丈夫痴呆的眼中，有泪水漫出。

# 第十八章　尾声

## 1

乾隆五十七年(1792年)夏,恰克图边境已安定如初,库仑亦日渐复兴。松筠奉诏还京。因任库仑办事大臣八年,圆满纾解中俄两国外交僵局,治边功绩卓著,乾隆皇帝重加褒奖,擢升为御前侍卫、内务府大臣、军机大臣,恩宠隆极一时。

回京就绪后,大瑜即请求回山西省亲,松筠爽快应允。离乡已五年,思乡之情自然久积心头。尤其当年离乡之时,怎么也不会想到有此际遇,有此衣锦还乡的一天!因此出京一路,大瑜百感交集,归心似箭。不过,她最思念的,还是戴夫人。

大瑜虽是轻车简行,但其排场已叫叔婶惊骇不已,接待自然是超常的殷勤。大瑜礼敬如旧,诉说离情,询问家境,毫无矫情。孝敬叔婶的丰厚馈赠,更不能少。叔婶感激之余,不免抱愧以前未厚待大瑜。大瑜坦然笑说,没有叔婶养育,哪能有今天?

到家翌日,大瑜即往康家拜谢。

康家也是盛情接待。然而,人人都见到了,只是未见到最想见到的戴夫人。

问时,婉君就先掩饰说:“婆母有事,往祁县母家去了。”

大瑜追问:“几时能回来?”

婉君忙说:“我们这就给婆母送讯去。”

康仝霖也忙岔开话,说:“东院伯父不幸中风,你该先去探望一趟。”

大瑜这才慌忙说:“你们也不早说!”

当即婉君即陪大瑜来到东院,就见王夫人憔悴异常。大瑜忙给王夫人行了跪礼,王夫人赶紧扶起来,说:“大瑜,你现在身份不同了,如此礼数,大娘可消受不起了!”

大瑜忙说:“主家恩情,我哪里敢忘?大爷有此不幸,我知道太晚了。”

王夫人说:“大瑜,你是有福之人,或许能给你大爷消灾呢。”

大瑜进来,也在榻前给大爷行礼跪礼,趋前问候时,只见大爷似无病容,但已全然认不得她了。

王夫人忍不住说:“大瑜,这都是我作的孽,该报应我,不该报应他……”说时,泪流不止。

婉君慌忙说:“大娘,快不敢这么说!大瑜或许真能给大爷带来喜气呢。”

大瑜也说:“大娘,你先保重要紧!我看大爷面色尚好,或许能缓过来。”

王夫人说:“那就谢你吉言了……”

回到西院,大瑜问起大娘何出作孽之言。婉君思及事已缓解,就未深说,只言及因西院生意变制,婆母与东院发生争执,婆母难忍,有削发明志之举。今避住母家,实为重新蓄发。两院已不计前嫌,和好如旧了。

大瑜一听,更惊于主家变故之甚,不由叹道:“这都是因恰克图断市引发,所幸终于复市!”

婉君说:“松筠大人促成复市,功莫大焉!吾家亦由此得救。”

大瑜就执意要往祁县探望戴夫人。婉君也只好陪同前往。康乃懋及康仝霖亦托付大瑜，多多劝说你二娘，及早还家。

戴夫人见到大瑜，自然喜出望外。但大瑜乍见戴夫人蓄发未久模样，心里很不是滋味。行礼后说："我真没有想到，家中出了这许多事！"

戴夫人神色恬然，爽朗说："短发度夏，舒适得很。大瑜，若一切如故，你岂有今天？"

大瑜忙说："二娘恩情，我没齿难忘。只是这些年，二娘也太不容易了！"

婉君也说："这些年婆母苦撑家业，难处真也说不尽的。"

戴夫人说："我以妇人之身，能亲涉商道，南北奔走，任事历难，已遂我夙愿了。此虽是不幸之幸，我也知足了。先不说这些。大瑜，松筠大人还京后，获何新任？"

大瑜说了松筠所获新授。

戴夫人就说："这倒也应该。只是，我说句不该说的话，以松筠大人秉性，厕身朝中，似也难全其志。"

大瑜说："二娘，我们老爷也有此忧。当今同列军机大臣的六位，内中就有我们老爷不相意的。"

戴夫人说："向来宦海风浪莫测。今军机大臣，也算人臣之极了。以松筠大人秉性，居此高位，实在祸福难料。"

婉君笑道："松筠大人荣升人臣之极，我们该道喜才是，婆母倒说些不吉利的话！"

戴夫人说："我是为大瑜着想呢。大瑜，你跟了松筠大人，也算是我做的主。经这七八年变故，我更深知荣辱只在一线间！今日得荣宠，也该早为日后着想的。"

大瑜说："二娘，我跟了松筠老爷，也不图荣华富贵，只图顺心如意。日后有艰难，我也无怨无悔的。"

戴夫人说："那就好。"

婉君说："来时公爹与仝霖，都一再叫我代为问候母亲，他们无时不在盼望母亲早日归来。"

大瑜也说："我久别归来，只觉西院失了生气，东院更阴郁不振。唯二娘早归，两院方能复兴如初！"

戴夫人说："何日返回，我自有主意。大瑜，只是我们今日一别，何时才能再见？"

大瑜一听，不禁落泪。

大瑜返京后不久，松筠又受圣命，护送英吉利使臣马嘎尔尼一行，沿京杭大运河南下，再往广东，出海回国。以军机大臣之尊，长途亲送英国使臣，是大清朝廷破格礼仪，当然也因松筠擅办外交耳。

马嘎尔尼觐见乾隆皇帝，所负使命，即在中国派驻常任使团，为英国通商开辟专用口岸等，一一遭拒。因此，对清廷派出松筠这样的重臣，护送其出洋，已有些受宠若惊。而松筠又大别于他所见过的大清官员：生性谦和，为人宽厚，彬彬有礼，更富"文学修养"，是他所遇到的唯一在"旅途中携带大量书籍"的官员。马嘎尔尼甚至有些被松筠迷住了。于是，以为终于找到水平相当的对话者，可以进行实质性的谈判了。然而，这位英国使臣的一切非分要求，都被松筠有礼貌地拒绝了。

松筠自然不敢再违旨擅决，但他有处理涉俄贸易的经验，深知其时的大清帝国，并无对英贸易的迫切需求。对俄贸易，只是重在靖边，所能易得商品，本也无关紧要。与英吉利远隔重洋，互通贸易，与国家安危何益？所以，大清帝国拒绝与英国通商，实也是因其时中国经济繁盛，无太多互通有无之需，也即在国家利益层面，无所求于英国。反倒是英国其时急欲借海外通商，允实国力，支持其方兴未艾的工业革命。今人多诟病乾隆皇帝因马嘎尔尼不行觐见跪礼，怒而施海禁，闭关锁国，实也有失公允，未脱近代崇洋自卑思维。岂不知马嘎尔尼出使中国当年，恰克图对外贸易历时近六十年后，又重新开始走向兴盛，直至近代。由此，英国人得以养成饮下午茶的优雅习俗。自然，乾隆盛世时，未自觉到中国经济强势，重政治，不重工商，令今人遗憾，实也是时代局限，不必过分苛责先人。而事实上，在整个清代，除了官方的纳贡贸易不说，民间经由海路与陆路所进行的对外贸易，一直如火如荼，延绵不绝，只是不为官史彰显罢了。

## 2

再说这年秋天，康仝霖在驼路初开时，即随石岳等，押运红砖及少量香片，赶赴库仑。

康仝霖到达库仑后，自然是首先打听叶琳娜的消息。可并没有他所期望的意外发生。

先是问冯得雨掌柜。冯得雨告诉了春天在买卖城，叶琳娜神情异常，前来道别，说此后不再来恰克图了。细问原因，她也不愿多言，只托将一封书信转交少爷。想必少爷看过此信了，她为何有此意外决定？

康仝霖只是说，先不必多问了。

但冯得雨仍问："是否因令尊改变了主意？"

康仝霖吃惊道："冯掌柜也早知结姻谋划了？"

冯得雨只好说："是令尊归国时，有所提及。令尊是已答应了这件事的，又有推辞吗？"

康仝霖黯然说："父亲并无反悔，是叶琳娜……"

冯得雨更不解道："是叶琳娜不愿意？"

康仝霖说："先不必多问了。近来有无叶琳娜的消息？"

冯得雨说："尚未得到。米氏皮货店，也未言及叶琳娜近况。"

但康仝霖还是几次亲往米氏皮货店，然而再也没能见到在店铺外迎候他的叶琳娜。

失神几日后，他才努力镇静下来，向冯得雨略说了东院伯父中风，父亲已郑重将两号生意传交于他与堂兄。

冯得雨也才说："主家这些变故，我已听石掌柜说了。东院大爷蒙此不幸,也太令人意外了！冯某未能亲往探视,心里甚不是滋味。”

康仝霖也黯然说:“真是太意外了。”

冯得雨说:“少爷既已当家,天盛川大掌柜一职,少爷也该接手了。当初令堂有言在先的,冯某担此职,只是暂代一时。今令尊已归国,东家生意也传之少爷,茶市更复兴如初,我也该做一交代了。”

康仝霖忙向冯得雨施礼道:“冯掌柜,天盛川大掌柜一职,务必还请暂代。生意做此变制,实是母亲与我久已谋划的长远之策。今言暂代,实因晚辈初接手家业,不便即刻生此大变。缓以时日,当正式尊请冯掌柜就任此职！此意,我已向刘掌柜、徐掌柜两位郑重说过,他们都答应了,恳望冯掌柜也能成全!”

冯得雨忙说:“少爷才具不俗,又经多年茶道历练,正当统领宝号,有一番作为的。冯某虽已不似当年,但仍会竭诚辅佐少爷的。”

康仝霖说:“冯掌柜是先祖器重的大才,今理商正炉火纯青,日后晚辈仰赖冯掌柜处多多。还望看在先祖及家父面上,助家母及晚辈成就此一变制,保天盛川长盛不衰。”

冯得雨才说:“既提到康爷,我也不好再多说了。只是,咱们天盛川尚无近虑,倒是东院天义川,叫人担忧。”

康仝霖说:“自接手家业以来,堂兄已数次商之于我,欲将天义川亦做变制,立杨敦义为大掌柜。我虑及伯父方重病不起,病前又甚不赞同擅改祖制,因此也劝缓行,暂多依赖杨掌柜就是了。不过,天义川做变制,只是迟早而已。”

冯得雨就问:“令尊对变制之举,有何交代吗?”

康仝霖说:“家父对此事,虽未明言可否,心存疑虑,还是能看出来的。好在,香堂传交家业时,也未交代不可。今家父身心俱伤,情绪异常,缓以时日,再从容劝说吧。”

冯得雨叹息道:“这七八年,真是多事之秋！然经历频仍变故,总要拣得更多便宜。这是康爷遗训。今若能成就一桩长盛不衰之策,也算不枉度此空前磨难了。”

康仝霖说：“冯掌柜所说极是。常言识时务者为俊杰，善识变而应变，才是拣得大便宜了。”

这年恰克图议盘会商，康仝霖仍叫冯得雨出席，全权决断，以行大掌柜职责。他一直留在库仑，未赴恰克图，怕见到发西利，加重伤感。不过，他仍暗中盼望叶琳娜能忽然出现。

冯得雨在恰克图见到发西利时，发西利就问康大掌柜为何仍未前来？冯得雨只好推说，吾家大掌柜仍在养息身体，商务暂由敝人代理。发西利大感遗憾。冯得雨就探问叶琳娜近况，发西利也黯然说，她离国太久了，要在家多住几年。冯得雨也不便再多问。

两人先就香片生意，顺利谈妥。谈及红砖，发西利仍欲加大进货量。冯得雨以不敢有违同业约定，另外，与其他俄商也有约在先，表示难以满足。发西利就改求加大蒲圻红砖进量，说此红砖茶味更别致，甚受市间喜爱。冯得雨只好答应，心中当然也很高兴。蒲圻红砖到底顺利打入境外茶市了。

这年茶季，康家外茶生意自然收成更好。只是，康仝霖终于未能意外见到叶琳娜。他再见到叶琳娜时，已是八年之后。其时，叶琳娜也已继承父业。听说依然是独身，康仝霖委婉问过，她避而不答。

## 3

这年腊月，戴夫人也终于回到康家。

到家当天，即往东院探视伯兄。

王夫人一见，就跪下说：“她二娘，这都是我作的孽……”说时早声泪俱下。

戴夫人慌忙往起拉，哪里能拉起来？也跪下道：“大嫂，我这几年，对大哥大嫂也有失敬处。”

王夫人哭诉道:“是我作了孽,才叫你大哥遭了报应,该报应我,不该报应他……”

戴夫人忙说:“大嫂这样说,我越发不便回来了。灾病不由人的,哪就成了报应?”

众人才好歹把两人扶起来了。

戴夫人就又跪到伯兄榻前,说:“大哥,我给你赔不是来了!还望恕我晚来。”

王夫人又哭道:“他爹,他二娘看你来了,你听见了吧?他二娘已不计较以前的事了,她已蓄发回家,你看见了吧?”

榻上的康乃骞,依然没有反应。

但王夫人说:“他二娘,你看见了吧,你大哥也落泪了!”

戴夫人看时,伯兄痴直的眼中,泪水似有似无,但还是说:“我看见了。大哥,你就安心静养吧,大家都在盼你早日醒过来呢!”

这才起来对王夫人说:“大嫂,你得先保重!吾家难关,向来都能渡过的。”

王夫人说:“他二娘,魁儿虽已当家,可他也还得全靠你们帮衬呢!他习商太晚了……”

戴夫人说:“魁儿多读几年书,那是得了大便宜。日后理商,大有好处的。”

王夫人就叫过魁儿来,说:“魁儿,日后可得多敬重你二娘。”

康全魁说:“这是自然。二娘,这几年,你也太受累了!”

戴夫人说:“断市之难,也是不由人的。好歹也算熬过来了,两院家业未败,比什么都强。这些年,谁也不容易。魁儿,虽说耽误了你的举业,倒也使吾家多了一位掌门人。常言守业不易,日后难关还多着呢。逢难解难,也就是了。”

康全魁说:“二娘所言,我当谨记。日后还得全靠二爷二娘扶持呢。”

戴夫人说:“魁儿,你既当家,更得早日卓然自立。”

回到西院，戴夫人又急切地往婉君房中，看了通儿。近一年未见，通儿似已认生，婉君引导多时，方叫了一声奶奶。戴夫人听了，已不禁泪眼迷蒙。这时，才庆幸及时得到家兄开导，未愤然走了出家一途。毕竟俗世还是有太多羁挂！

傍晚时分，康乃懋才与戴夫人对坐房中。

康乃懋先说："夫人能恕我失察，全家得救矣！"

戴夫人一时无语。

康乃懋又说："吾亦得救矣。"

戴夫人才说："不提这些了。历此磨难，家业未败，我也能向你交代了。"

康乃懋说："夫人，回家这几个月来，只听人人都在说你的功劳。家业岂止未败，是历难而弥盛。遭如此长久断市之困，即便我在，也怕难有此结局。"

戴夫人说："此远非我一人所能成就。"

康乃懋说："但少了夫人支撑，则更难成就。有此良局，我也得以放心将生意传之于霖儿了。我及早退出激流，夫人不会有所讥笑吧？"

戴夫人说："你之衰弱，出我意料！"

康乃懋说："身困异域，真是度日如年。"

戴夫人说："及早叫霖儿担当家业，也是上策。这些年，霖儿也担责不轻，心志已全移至家业了。"

康乃懋说："此也是家业之幸！"

戴夫人说："生意所做临时变制，不知你如何向霖儿做了交代？"

康乃懋说："此为夫人施行，存废与否，我留待夫人做决，尚未敢擅动的。"

戴夫人说："事关祖制，还是应由你做决后，交代霖儿。"

康乃懋说："由夫人裁决，是我赔罪诚意。"

戴夫人叹了口气，说："霖儿既已担起家业，此事就由他自主做决吧，如何?”

康乃懋说:“这也算夫人决断吧,我自当遵从了。”

戴夫人说:“此意,也还得由你向霖儿做分明交代。”

康乃懋说:“我照此交代就是了。夫人,忽然想起一件事来,水莲后来下落如何?”

戴夫人说:“那年聘期届满,水莲却不愿再回杭州过售艺生涯。我见她有品茶天分,即安顿他们父女迁往崇安练习品茶。后来为崇安一家茶商主人看中,续弦为妻了。听说水莲还是满意的,只是其父有些不大中意。我往崇安时,曾见水莲,已出脱得似一丽人了。”

康乃懋说:“如此,我也就放心了。回想当时,既似昨日,又恍若隔世!”

戴夫人也叹息道:“弹唱稼轩一首《贺新郎》,哪想就离恨成真!”

康乃懋说:“毕竟我比苏武幸运的。”

戴夫人归来,康家西院乃至东院,才算真正复活如初了。

## 4

乾隆五十八(1793年)年,康乃謇去世。

当年,康家内外茶两号,正式改行“伙东制”。

天盛川立冯得雨为大掌柜,徐文琪为二掌柜,石岳为茶市掌柜,曹廉为茶山掌柜。天义川立杨敦义为大掌柜,亦另选号中贤能,出任二掌柜及茶市、茶山掌柜。驼队也正式立为天福社,刘福海出任大掌柜。康仝魁又让贤于康仝霖,推举堂弟做了“专东”,即康家作为财东,两院对内外茶生意的所有议决,均委托康仝霖一人,出面与字号的大掌柜交涉,别人不再随意干涉号事。从此之后,财东家事与字号商务,得以厘清,再也不曾相互缠绕干扰了。而商业前线,也总有得力商才,解脱羁绊,放手经营,应变图新。不过,康仝霖及康仝魁,仍传承了家风,勤勉巡走茶道,不敢贪图安逸。

未及几年，整个西商也纷纷改行此“伙东制”。正是因有此一成熟的商业制度，西商得以在此后半个多世纪中，繁盛不败，一直独立垄断了恰克图的对外贸易。直至到近代，俄、英等国，凭借不平等条约，终于获得深入中国内地，经营茶业的权利，西商仍能与之抗衡多年。

湖北蒲圻，渐渐也成了西商的外茶重镇。到近代，更成为外国茶商在中国生产机制红茶的中心。近代汉口的繁荣，蒲圻茶业，功莫大焉。其时，西商也曾够置西洋蒸汽机，压制青红砖茶。此都是后话了，不提。

2008年5月，写就。